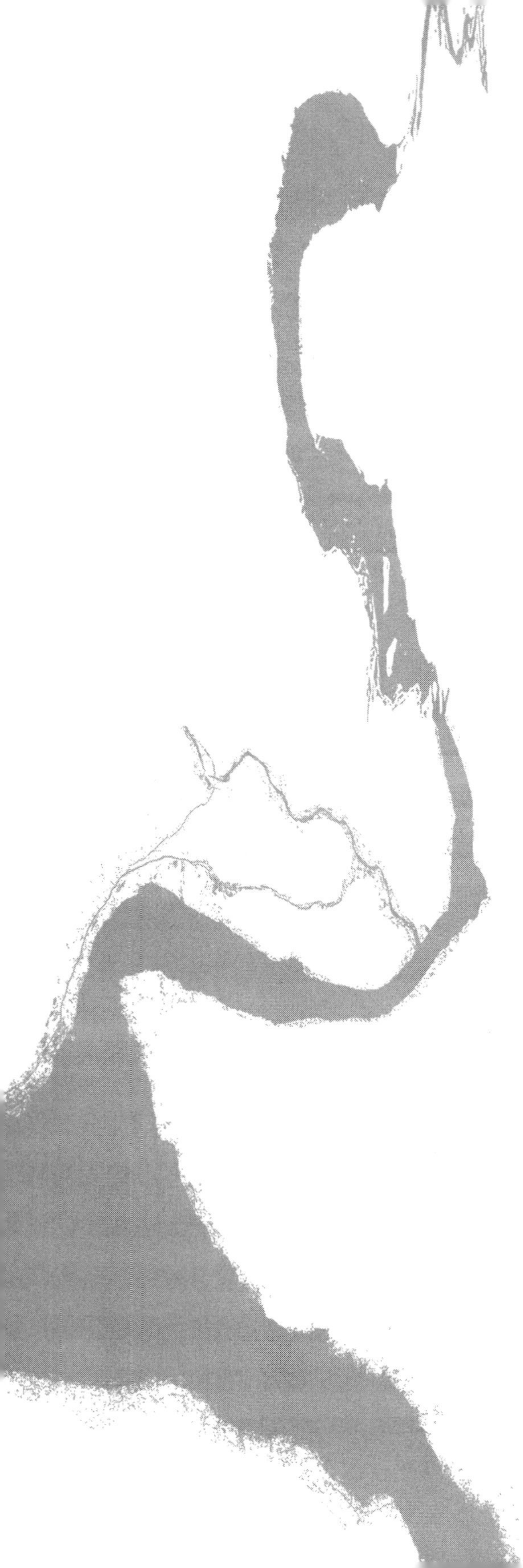

大江魂

郭保林／著

山东人民出版社·济南
国家一级出版社　全国百佳图书出版单位

图书在版编目（CIP）数据

大江魂／郭保林著．-- 济南：山东人民出版社，2019.4

ISBN 978-7-209-11499-8

Ⅰ．①大…　Ⅱ．①郭…　Ⅲ．①传记文学—中国—当代　Ⅳ．①I25

中国版本图书馆 CIP 数据核字(2018)第 149450 号

大江魂

DA JIANG HUN

郭保林　著

主管单位　山东出版传媒股份有限公司
出版发行　山东人民出版社
出 版 人　胡长青
社　　址　济南市英雄山路 165 号
邮　　编　250002
电　　话　总编室（0531）82098914
　　　　　市场部（0531）82098027
网　　址　http：//www. sd-book. com. cn
印　　装　山东新华印务有限责任公司
经　　销　新华书店

规　　格　16 开（170mm×240mm）
印　　张　35
字　　数　406 千字
版　　次　2019 年 4 月第 1 版
印　　次　2019 年 4 月第 1 次
ISBN 978-7-209-11499-8
定　　价　98.00 元

它流过空间，
穿越时间，
俘获大地，
并撰写大地的故事，
每个伟大的时代都与它相关……
江河之魂，流动的文明。

内容提要

这是当代文坛第一部全景式书写长江的文学传记。

洋洋洒洒，嵯峨跌宕，这是一曲气势磅礴的乐章。

宏构伟词，华彩美质，这是一部恢宏壮丽的史诗。

作家在时空交错的宏大背景上，以汉大赋的结构，散文诗式的抒情笔调，铺排扬厉，激扬文字，批注风云，校点历史。

苍茫雄浑的大江巨川，辉煌璀璨的华夏文明，叱咤风云的英雄豪杰，指点江山的风流人物，血与火，诗与剑，涅槃与新生，苦难与辉煌，伴着两岸旖旎的山水风光、多彩的民族风情、丰赡的历史文化，像金涛万迭的江水奔腾而来，使你真正领略天地之大美，人文之瑰丽。全书情感与理性并重，哲思与雄辩兼备，历史与现实互释，展示了长江精神和一个伟大生命波澜壮阔的故事，引人惊心动容地思考。

作家视野宏阔、情感炽烈、文采飞扬，叙事状物、写景抒情，如诗如画；其笔触摇曳多姿，雄浑中见细腻，苍劲中含婉约；格调典雅，意象浑茫；博大而又不失精微，给人以丰富的审美体验。

本书部分章节发表后，被选入《大学语文》、“高中生文学阅读能力考察试题”等多种经典选本。

前言

古希腊亚里士多德首先提出“灵魂说”。灵魂，就是幽灵，是人活着的标志。人死后，灵魂还存在否？亚里士多德并没有讲清楚。到了柏拉图，提出了“灵魂不朽”的概念，古希腊人的灵魂不朽，整个人类的灵魂不朽，并附于天地万物。柏拉图的哲学思想是一个庞大的体系，其核心是“理念论”，他认为，世界分为感觉中的自然世界和理念世界两部分。并说感觉世界是不真实的，唯一真实的是永恒存在的理念世界，而感受到的现实世界只是理念世界的反映。与此相应的灵魂有四种形态：理性、理智、信念和想象，这一切都具有崇高性。

中国的古哲圣贤指出万物有灵。山有山魂，水有水魂，草木有魂，鸟兽有魂，国有国魂，民族有民族魂。先哲们的灵魂来自一种深邃的“精神诗性”，来自几近宗教的精神层面。他们以人文之火烛照国人精神世界的荒寒。人类的灵魂至高、至深、至上，它高高伫立于群山之巅，它又深藏于窈然之谷，它以狂澜之态出现，它又像纤云流水一样渺淡，它使人类由软弱而坚强，由衰败而繁盛，它使人深沉、兴奋、敏感、热烈而勇猛……

灵魂的复苏，就是精神的觉醒。人与万物有了精神，什么艰难困厄，什么风霜雪雨，什么炼狱中的苦难，什么道路的蹇舛，都能置之度外。他变得崇高、伟岸、豪壮，像夸父、像精卫，做出一番惊天动地的大事业。

河有河之魂，江有江之魂。

长江之魂，是我们民族灵魂的表征，长江的诗性和旋律就是伟大灵魂外化的表现形式。民族之魂是一个民族历史、文化的积淀和精神基因，深化于这个民族的每一个人的血液之中。

《罗摩衍那》中说，任何一个心灵干涸的人，都能在这个深邃的神杯里饮到生命和青春的琼浆。

长江是一个个体生命，又是一个群体生命。一个民族或民族生命的全部意义都从这丰沛的天赐之水中呈现出来。它承载着过去、现在与未来。

在这部作品中，我丝毫不敢亵渎我们伟大的母亲河，对于长江的书写，我心怀敬畏，笔端带着超凡脱俗的情感，像对上天的虔敬，奉出由衷的颂辞。长江的意志，长江摧枯拉朽的伟力，长江包容万物的博大，长江矢志不渝的追求，已化为我们民族崇高的精神元素，民族灵魂基因的编码，从古到今，奔腾在一代代人的血管里。

我们生活在一块美丽、辽阔、富饶的土地上，北有黄河，南有长江，两条巨龙南北呼应，同侪共舞。它们都有光荣的记忆、不朽的种子，这是我们民族历史的灵与肉，精神的图腾，怎能不让人有悢悢之念?

我觉得我像查拉图斯特拉，为了一个灵魂的圆满和崇高，进行了一次漫长的生命之旅。

长江不老，民族永恒。

目录

前　言 …… 001
序　篇　大地之诗 …… 001

上　编

第一章　天上之水 …… 017

梦的起点 …… 018
神的创造 …… 023
告别故乡 …… 027
长江的童年 …… 031
通天河的诉说 …… 036
在那遥远的地方 …… 040
精神高地 …… 045

第二章　水拍金沙 …… 050

理智的抉择 …… 051

悲壮的突围 …… 056
江城古韵 …… 064
纳西古乐 …… 071
茶马古道 …… 074
东巴古文 …… 078

第三章　雪暖岷江 …… 084

美在西蜀 …… 085
在太阳深处 …… 091
山水的童话 …… 098

第四章　巴山蜀水 …… 103

走进巴蜀 …… 103
清风雅雨惹人醉 …… 107
蚕丛与鱼凫的后裔 …… 112
智慧和灵感的创造 …… 115
乐山大佛 …… 121
峨眉天下秀 …… 124
九天开出一成都 …… 129
火与剑的背面 …… 136
诗意锦官城 …… 140
锦官城之锦 …… 143
燃烧的水 …… 146

第五章　天生重庆 …………………………………… 154

血性之城 …………………………………… 154
磁器口码头 ………………………………… 160
大足石刻 …………………………………… 165
麻辣之城 …………………………………… 171
夔府落日 …………………………………… 175

中　编

第六章　山水《圣经》 ………………………………… 181

水与神话 …………………………………… 182
神人大禹 …………………………………… 184
山水《圣经》 ………………………………… 187
巫山少女的微笑 …………………………… 197
大宁河和川江号子 ………………………… 200
文化的拥抱 ………………………………… 207
诗涌三峡 …………………………………… 212

第七章　荆地沧桑 …………………………………… 219

长江遗产 …………………………………… 220
江入大荒流 ………………………………… 225
楚国的黄昏 ………………………………… 233
风雨荆州 …………………………………… 237
野旷天低树 ………………………………… 244

人类巨子 …… 249
南国星辰 …… 256
走进隆中村 …… 262
江清月近人 …… 267

第八章　巫风楚韵 …… 271

洞庭歌吟 …… 271
平江诗魂 …… 280
周郎赤壁 …… 284
东坡赤壁 …… 289
此地空余黄鹤楼 …… 294
洞庭天下水 …… 298
楚天云雨尽堪疑 …… 302

第九章　悲歌长啸 …… 310

一曲悲歌 …… 310
江水滔滔　因雨而升腾 …… 316
暮色降临天堂 …… 322

第十章　浔阳荻花 …… 328

浔阳江头 …… 329
白鹿洞书院 …… 334
江在湖中行 …… 341
靖节祠之思 …… 351

下　编

第十一章　千古金陵 …… 361

金陵帝王州 …… 362
六朝如梦 …… 364
春花秋月梦已逝 …… 373
治隆唐宋 …… 377
秦淮水依依 …… 384
悲壮的风景 …… 388
天下为公 …… 391
一片烟水气 …… 397

第十二章　二分明月 …… 400

隋炀帝的扬州 …… 401
多梦扬州 …… 405
文章太守 …… 412
铁骨孤忠 …… 417

第十三章　水城之春 …… 423

人文雕塑 …… 424
江南经典 …… 432
沈万三的悲剧 …… 440
西风碧树 …… 444
五人墓与虎丘寺 …… 450

第十四章　曲满江南 …………………………………… 456

船娘和歌 ……………………………………………… 456
水灵灵的文化 ………………………………………… 460
会唱歌的水 …………………………………………… 465
血染桃花 ……………………………………………… 472

第十五章　江海之恋 …………………………………… 479

唐朝的树 ……………………………………………… 480
明朝的园 ……………………………………………… 483
清朝的人 ……………………………………………… 489
长江之花 ……………………………………………… 502

第十六章　龙跃大海 …………………………………… 507

灰暗的背景 …………………………………………… 508
一首童谣 ……………………………………………… 512
上海开埠 ……………………………………………… 516
“海”的上海 ………………………………………… 520
初识大海 ……………………………………………… 524
晨光到来 ……………………………………………… 529
走向大海 ……………………………………………… 534

后　记 ………………………………………………… 538

序篇 大地之诗

日月星辰，天之文也；五岳四渎，地之文也；城阙朝仪，人之文也。长江是写在华夏大地上的绝世文章。

1

我在写一本书——不如说在读一本书。这书很难读懂，不仅因为主题深邃博奥，而且它的情节、细节繁复芜杂，由无数的高山和原野、冰川和江河湖泊、村镇城郭、民族风情、宗教文化和人文历史组成，是神曲，并由太阳的金线装订成册。是一卷浩浩荡荡的史册，宇宙风打开烫金封面，我震惊了：

啊，阳光下一条自由奔腾着的生命大河！

这就是长江。

这就是大地诗篇。

一个晴朗的秋天早晨，我来到长江岸边。这是长江的中游，江水从身边群山峡谷中穿过，断岸千尺，惊涛裂岸，乱石穿空，飞雪腾烟。博大宏丽的风景使我惊心动魄。我俯视滔滔江流，骇浪若奔，漩涡如渊。鸟瞰群山，山带一抹微蓝，微蓝的那边是蔚蓝，是长天，唯见长江天际流！正是山川之灵气、日月之精华，铸就了这大风景、大境界。我深深地吸了一口带有草腥、鱼腥、土腥味新鲜而陌生的空气，顿时五脏六腑盛满了草原的辽阔，森林的蓊郁，雪山的寒冽，溪流的清芬……阳光点燃了我灵感的火焰，流水掀起我激情的狂涛，我只觉得我的血管同长江连接起来，长江流进我的血管，我就是长江之子，我是浩浩大江一条鱼，一滴水！

她从远古走来，她从历史深处走来……

水，孕育了生命。人类目前繁衍生息的地球，二十亿年前，环绕它的是茫茫无际的海洋。这个小小星球裹着一层深深的水，在茫茫宇宙里悠游旋转。没有高山，没有平原，没有沙漠戈壁，没有森林草原。天空的蓝，海水的蓝，编织着一个沉沉的蓝色的梦。水，统治着地球，恣肆汪洋，苍茫、浩渺。苍天无语，岁月无声。地球是孤寂的、冷漠的，明晦之间只有风在呼啸，浪在咆哮，孤寂的浪涛撞击着孤寂的岁月。金、木、水、火、土，那时候地球上仿佛只有一大物质——水。苍老的温柔，苍老的飞扬跋扈，苍老的恣肆汪洋，苍老的惊涛骇浪……

那时候神话还未诞生，那时候水球上是寂寂漫长的昼与夜；那时候羿还未出生，天空中有十个太阳，阳光吮吸着宇宙的精华，吮吸着这颗蓝色星球上的水。但太阳并未喝下海水，而是把它变成气，气凝结成云，云暗藏着雨的魂，又把雨倾泻下来，周而复始。天空、太阳和水，构成一切生命诞生之前广阔舞台上粗糙简陋的布景。

日月旋转了几十个亿年，46 亿年前，巨大的水球上，有了山地，有了浅丘，出现了土壤，以后又陆续出现微生物、大型生物……

生命的创世纪出现了。

一个伟大的纪元开始了。

有了微生物、大型生物，后来，作为灵长目的动物也逐渐地、艰难地从海水中爬出来……

这个过程是极其缓慢的，缓慢得以亿万年作为进化的时间单位。这种缓慢的进展，让我们今天的人类感到焦虑，感到忧愁，感到心急如焚而又无可奈何。

剖开远古文明厚厚的堆积层，我们可以解读出，显露人类最初文明曙光的仍然是水，原始农业的星星之火开始在大海分娩的土地上出现了。又过了几千万年，人类古老的四大文明古国，也依赖水的滋润出生了。

水，这液态的物质是万物的创造者，是一切文明的孕育者。试想，如果没有水，地球会是什么样子？面目丑陋得像火星、木星、月球？那是何等的孤寂，何等的荒凉！

随着地球的旋转，时间呈线型在延续，宇宙之神动不动就以千万年、亿年这些天文数字来计算它的行程。它无意间拨动了一个算盘珠，千万个春秋就过去了。这个水球上自从出现了高山平原，也就出现了江河湖泊。我们伟大的母亲河也出现了她最初的胚胎。人类的文明史，每一页都是蘸着水写成的。黄河、恒河、密西西比河、尼罗河、幼发拉底河、底格里斯河、布拉马普特拉河……这是上天赐给人类的乳腺，正是这些河流给人类带来无穷无尽的福慧，创造了人类发展史上灿如星河的故事和壮丽的史诗。

人类的文明，是水的文明。

人类的历史，是江河的历史。

传说的伊甸园里就有河流，不止一条，而是四条：比逊河、基训河、希底结河和伯拉河。伊甸园河流两岸，生长着各种各样的花草树木，郁郁葱葱。树上结满各种各样的果子，亚当就靠食用这些果子而生存下来。看来，上天赐给伊甸园河流，就是为了人类的生存和繁衍。万物生长靠河流。

最早的“文明人”出现在古巴比伦，公元前三十世纪，他们的耕作方式已普及开来，且有自己的部落行政长官。幼发拉底河、底格里斯河用她们无形的手，开拓出一块美丽肥沃的平原——美索不达米亚平原，这是人类最初的摇篮之一。亚洲西部，这两条河流犹如两条银色的飘带，逶迤而来，蜿蜒而去，在这块平原上编织着神话和史诗，创造着生命和生命的历史。本来，她们可以径直注入波斯湾，成为独立的入海河流，但由于从肥沃的亚美尼亚高原一路欢歌，奔腾而来，携带着大量的泥沙和浮游物，不堪重负时，在各自的河床上沉积下来，于是，地球上便出现了这块精美的半月形的美索不达米亚平原。后来两条河流汇聚在一起，形成阿拉伯河，继续南下，最后注入波斯湾。

幼发拉底河与底格里斯河从远山走来，奔海而去，完成了她们的自然使命，赋予地球一片冲积平原，丰腴膏沃，像无与伦比的一轮

"新月"悬挂在西亚。水流过的地方，就是人类最早出现的地方。我想，千百年以后，穆罕默德及其后裔们把半规新月悬挂在他们神圣的清真寺顶端，是不是蕴含着他们对生命摇篮一种宗教式的敬畏和虔诚？美索不达米亚是他们千古不变的粮仓和花园，哺育了两岸的民族，哺育了辉煌灿烂的两河文明，于是人类文明发展史最初的里程碑出现了：

陶器的发明。

数学上的时记和度数的出现。

昼和夜的计时方式的诞生。

春夏秋冬按照两河的洪水期和枯水期被划分开来。

《吉尔伽美什》等史诗、神话、哀悼诗、赞美诗，古老的文学艺术在这片肥沃的土地上萌芽抽枝展叶了。

"一滴有威力的水，就足以创造一个世界并驱散黑夜。"（加斯东·巴什拉：《水与梦》）

法国的罗浮宫，珍藏着一件绝世之宝——一根刻着象形文字的石柱。文字呈楔形，于是被称为"楔形文字"。它不像希腊文，不像拉丁文，更不像英文，是由一些"楔形"的线条组合成的古老神秘的语言符号，像神秘的咒语。这是人类最早的文明密码，直到十九世纪才被考古学家破译出来——原来石柱上刻的是人类文明发展史上最早的一部法典，即《汉谟拉比法典》。它标志着人类社会由混乱走向有序，由野蛮走向文明，标志着道德和法律的曙光在这片古老的土地上冉冉升起……

这古老的法典就是两河的"原生文明"。

幼发拉底河和底格里斯河，波涛汹涌，浪花飞溅。波浪闪烁中，有着人类智慧的光芒，涛声浪语里可以听到人类艰难跋涉的跫然足音，有急骤的马蹄声，有剑戈的铿锵声，有落天的风潮，有扑岸的轰鸣……

这是天之籁、地之音，是上天的喃喃自语，是宇宙之神的喁喁情话……

人类劳作于山川之滨，创造于江河之畔，文明的太阳从江河波涛中冉冉升起……

| 2 |

长江是华夏文明又一发祥地。

中华民族尚未形成一个民族之时，长江便奉献出大溪文化、屈家岭文化、河姆渡文化、马家浜文化和良渚文化。

上天是吝啬的，也是慷慨的；上天是偏心的，又是公平的。上天给埃及尼罗河，给印度恒河，给美索不达米亚平原幼发拉底河与底格里斯河，也未忘记古老的东方大陆，仁慈的目光扫视着这片温暖而厚重的土地。这里物华天宝，这里钟灵毓秀，这里的民族气概龙马精神，使东方大地充溢着智慧和善良，弥漫着雄浑之气、浩然之气。他钟情于东方，扬手给这里一条黄河；过了片刻，感到还不够，又将长江赠送给它。长江、黄河，这两条巨龙咆哮奔腾在神州大地，苍苍茫茫，跌宕蜿蜒，两条大动脉，生生不息。

长江是一条神奇的水脉。

长江流域是一片神奇的土地。

作为中国第一大河的长江，自唐古拉山格拉丹东雪峰开始了6300公里的艰难跋涉，用其圣洁的乳汁哺育着一个民族的诞生、繁衍和发展!

长江声名显赫，水德灵长，流经青、藏、滇、川、渝、鄂、湘、赣、皖、苏、沪等11个省市自治区，然后注入东海。

长江水系庞大，水量丰沛，径流量年平均9513亿立方米，长江流域水资源总量为9616亿立方米，在世界上除了亚马孙河外，几乎没有哪一条河流能与之匹敌。

如果说幼发拉底河与底格里斯河共同创造了美索不达米亚文明，恒河与印度河携手奉献了印度文明，那么，是长江和黄河南北呼应，和衷共济，一起创造了华夏文明。

华夏文明是世界六大文明之一，又是其中唯一未曾中断、延绵至今的文明。

黄河流域远古文明奠定了中国堂皇正大进入自源性文明古国的基础，作为上天赐给华夏民族的另一股乳汁，作为文明古国哺育子民的母亲长江，在人类衍变、进化和成长乃至自身的沧桑嬗变、河山更迭过程中，走过怎样的风雨历程?

让我们的目光穿过两亿年前的时空。那时候地球正处在三叠纪，今日的西藏、青海、四川以及云南中西部，黔、桂西部大部分还是一片水天相连的海洋，是茫茫无际的古地中海。这片海洋南接印度洋，东连太平洋，烟波浩渺，云天苍苍，海日煌煌。在这广阔的空间里，只有雷同化的惊涛骇浪蛮野而雄悍地啸叫、咆哮，它没有知音，没有回声，也无伴奏，孤寂而沉郁。孤寂的水，飞扬跋扈，也百无聊赖地丈量世界的宽广。

又过了一亿年，这片古海到了中生代侏罗纪，海底发生了“内讧”，海水中的山岩率先揭竿而起。也许是几亿年的沉重压抑，使它们也难以忍受，难以支撑，伴随着雷霆万钧般发出的怒吼，山崩海啸，强烈的造山运动使海底岩石们挺起胸膛、昂起头颅，雄赳赳气昂昂地站起来，于是横断山脉出现了，秦岭出现了……

面对着山的异军突起，古地中海一边奋力地抗击、搏斗、厮杀，一边无可奈何地撤退，横无际涯的波涛撞击着山的胸膛，山岿然不动，高傲地展示着新生者的霸气雄风，疲惫的波涛终于有气无力、失魂落魄地退却了。

这是大自然力量与力量的角逐，这是山与水的抗争。山是胜利者。成王败寇，水永远匍匐在山的脚下，悲惋叹息，啜泣哀鸣。

三叠纪末的印支运动，使三叠系及其以下，地层几乎全部褶皱隆起，古地中海周遭，西边横断山系和龙门山、北边大巴山和米仓山、东边黄陵背斜及川鄂湘黔部分山地、南边的大娄山地也相继崛起，水、陆、山脉重新划分它们的势力范围。白云苍狗，瞬息万变！

三千万年的厮杀，三千万年的拼搏，三千万年的抗争，三千万年血性的凝聚和喷发。新崛起的山系年华正好、血气方刚，以气势磅礴的雄势战胜了古海。失败了的古地中海不得不在秦岭山系、横断山系和云贵高原之间形成一大片盆地——这就是后来的四川盆地。海水已让位于山脉，盆地空留下巴蜀湖、西昌海、秭归湖、滇池等几滴哀怨的眼泪。这几滴眼泪并不甘心灭亡的命运，它们仍然闪烁着生命之光，它们互相串联，携手开辟自己前进的道路，求得在山族的专制统治下生存和发展，这是一场悲壮的突围。但这还不是长江，这些水还没有形成一条气吞九天的长河巨川。

古长江的形成和进展是极其缓慢的。

造物主依然以他的大手笔创造着未来，他的工作周期依然为千万年。长江流域出现了奇迹，先是“巫山人”横空出世，继而，“元谋人”接踵而至，巴人的先祖，神农氏的后裔，吴越的前贤们注定要出现在这一条水系，在这一片土地上休养生息，繁衍发展，在这方水域上演一幕幕威武雄壮的历史话剧。

长江的脚步是沉重的，长江的信念是坚定的，长江的气派是恢宏的，她以横亘天地的大手笔，在这茫茫苍苍的大地上，抒写着震星撼月、惊天动地的文字。长江凭着自身的力量，既完成了本体的发育，又创造了大江流域辉煌的文明、灿烂的文化，在长夜冥冥中，托起了人类文明史的一轮朝阳……

| 3 |

中国古书上记载：江、河、淮、济为四渎，又说，中国江河数以百计，“莫著于四渎”。

江，就是长江，河即黄河。

黄河流域有仰韶文化，这里文化高度密集，出土的文物极其繁多：被磨砺得相当精致的骨针、石器、彩绘陶器，还发掘出大量村落、房屋、公共墓地、手工作坊、排水工程、防御壕堑的遗址，展示了中华民族先民们的生存状态和文化意识，这是世界其他原始文明区域所不具有的。

同样，掘开长江流域厚厚的积土层，让我们的目光在几万年几千年前停留，会看到“河姆渡”文化、大溪文化、“屈家岭”文化。长江下游的河姆渡文化，是长江流域最富有代表性的新石器时代的文化遗址：距今已有七千多年历史，相当于仰韶文化的早期和中期。在这里有以制作精美、形态逼真的陶猪、陶塑鱼等陶器装饰为代表的原始艺术。

艺术是人类智慧迸射出的最精彩最灿烂的火花，是灵长类动物——人类大脑细胞发育膨胀所结下的最甘甜的果实。艺术的出现标志着人类灵魂的诞生、思想的萌芽、精神的苏醒。

那时候长江流域的远古文明是很灿烂很辉煌的，先民们用古老的骨耜翻开潮湿的土地，撒播稻谷，田野上响起一阵阵吭唷之声，男人耕作于山野，女人采集树叶野菜，用陶罐装满水，把树叶和野菜煮熟。于是袅袅的炊烟，伴着劳动的号子，编织着一幅史前古人类生活的画面……

近人梁启超说："华夏民族，非一族所成。太古以来，诸族错居，接触交通，各去小异而大同，渐化合以成一族之形，后世所谓诸夏是也。"

那时候，黄河流域分布着大大小小成千上万个部落，他们狩猎、捕鱼、采集、种植，原始先民的错居、交往、婚媾，逐渐形成一个个血缘相近的家族式的部落。时光荏苒，岁月更迭，部落与部落之间相互联合，形成两大集团部落——炎帝部落和黄帝部落。炎帝神农氏，他的部落是一支很古老的氏族，发祥于渭水上游，后沿着黄河迁至中游地区；黄帝号轩辕氏，其氏族发祥于陕西北部，后东渡黄河，挺进中原，黄帝成为黄河中下游地区的盟主。

轩辕之时，神农氏世衰。诸侯相侵伐，暴虐百姓，而神农氏弗能征。于是轩辕氏乃习用干戈，"以征不享，诸侯咸来宾从"。这表明，黄河流域的历史进入崇尚武力的英雄时代。以擅于农耕著称的神农氏不能适应武力征服的需要，渐渐不能胜任联盟的首领，因而被强悍的黄帝部落首领所取代。

这两大集团为了掠夺财物、扩大地盘，不能不挑起战乱，互相攻伐。在苍茫古老的大地上，响起牛角号的呜咽和棍棒石块相击之声。两大氏族集团经历了几场著名的战争——其实这算不上“战争”，是打架，打群架，使用的武器无非是石块和木棒，或者是赤手空拳地搏斗、摔跤。然而，这是生命力与生命力的直接撞击和较量，是雄性的角逐，是野蛮的征服。当然有流血，也有伤亡，但更多是各氏族部落间的相识、了解、沟通和融合的过程——

《史记·五帝本纪》说：“轩辕乃修德振兵，治五气，艺五种，抚万民，度四方，教熊罴貔貅貙虎，以与炎帝战于阪泉之野。三战，然后得其志。”而炎帝部落战败后，东迁南徙，和九夷部落融合。

有学者说，长江流域猿进化成人与石器工具出现的时间，可能并不比黄河流域为晚，但是人类进一步战胜自然、从渔猎采集经济到农业和家禽养殖的新石器文化，长江流域可能出现得略晚。

长江默默地孕育着远古的文化、远古的文明。远古人类饮着长江水，一代代生生不息地繁衍着、发展着。从开远腊玛古猿，到禄丰腊玛古猿，到元谋腊玛古猿到巫山人到元谋人，再到和县人、桐梓人，以至今天的现代人，长江对中华文明的奉献绝不少于黄河！

倘若没有长江，整个南中国便会显得平庸、浅薄，只有朴素的田野和山岭；如果没有长江的博大、雄浑、深邃，赤县神州有半个大陆就会显得轻飘、浮躁，失去厚重与雄壮。北有黄河，南有长江，这是造物主的精心设计，上天的得意杰作。九州大地有了长江、黄河更加均衡：北方的风雪，南方的雨雾；北方的沉静，南方的骚动；北方火辣辣的爱，南方温柔柔的情……阴阳调和，浓淡相宜，使这片广袤的东方古大陆变得舒展而浪漫。

长江是巨龙。龙是中华民族的图腾，我们是龙的传人。龙马精神是中华民族一种气贯天地、襟阔万里的精神；是一种百折不挠、所向披靡的精神。

《庄子·天运》说："龙，合而成体，散而成章，乘乎云气而养乎阴阳。"《说文解字》称："龙，鳞虫之长，能幽，能明，能细，能巨，能短，能长，春分而登天，秋分而潜渊。"《说苑·辨物》云："神龙能为高，能为下，能为大，能为小，能为幽，能为明，能为短，能为长。昭乎其高也，渊乎其下也，薄乎天光，高乎其著也。"《尔雅翼·释龙》："角似鹿，头似驼，眼似兔，项似蛇，腹似蜃，鳞似鱼，爪似鹰，掌似虎，耳似牛。"龙是集天地之间九大物种之大成，展示出腾天跃地，纵横山川河野的大气象。龙是中华民族先民们想象的神物，是他们崇拜的图腾。《管子·水地》说："龙生于水，被五色而游，故神。欲小则化如蚕蠋，欲大则藏于天下，欲上则凌于云气，欲下则入于深泉。"

龙的出现，是先古各部族文化相融的结果，是农业社会必然产生的图腾崇拜，人们将龙升华为神，表达了一个共同的心愿——祈求神的佑护。几千年来，人们敬畏黄河，敬畏长江。河有河神，江有江神，这是对龙的崇拜的延续。长江这条巨龙，以其开天辟地的巨大威力，腾云驾雾，呼风唤雨，纳千溪，汇百流，凿巉岩，穿大山，气吞九天，势壮力强，奔流在泱泱神州大地，给古老的东方民族以生命的象征，以力量的象征，以权威的象征！

风雨苍苍，山川莽莽。长江，有了你，中华民族才有了屹立在世界民族之林坚实的根基；有了你，中华民族才精血充盈，气色红润，神志昂扬，浑身潮涌着排山倒海的力量！

4

当目光扫描着那片棕红色的高地，去寻找母亲长江雄健而苍茫的足迹，我震撼，我惊异。它和黄河同出一源，都是昆仑雪峰分娩的女儿，她们各自整合自己的队伍，开辟自己的道路，而途中汇聚千万条溪流，这多像我们民族的两大部落——黄帝和炎帝部落，融合、分离、再融合。河水泱泱，江水滔滔，江河不息，民族共荣不衰。

谁能读懂江河呢?

谁能为大河大江作传记呢?

谁能深入江河变幻莫测、玄机无穷的堂奥，理解一部流淌的芜杂而喧嚣的历史呢?楚辞汉赋旷世风流，唐诗宋词千古绝章，只不过为皇皇大江巨川做了点注释。

江河是神秘的。

江河是神奇的。

日月经天，江河行地。

如果说，大地是相对不动的，那么奔腾啸叫的江河，以旷世的风流在这大地写下撼天动地、撼魂动魄的诗篇。仁者乐山，智者乐水，巍巍峨峨的千山万峰，让人仰慕、敬畏，滔滔不息的江河赋予人智慧和灵性。

五千年！五千年的风云从我眼前缓缓飘过。湘烟前面是楚云，汉雨前面是秦风，唐柏不老，宋槐苍翠，明月松间照，清风满人间。五千年的岁月，风吼雷鸣刀光剑影的厮杀，天崩地坼腥风血雨的搏击，血水、泪水、汗水化为长江的浪涛滔滔东去。浪花淘尽英雄，但这一片坚实辽阔的水土，孕育了国之魂、民之根。沧浪之水清兮，可以濯我缨；沧浪之水浊兮，可以濯我足。楚国的黄昏，一介贬臣，披发行吟泽畔，发出悲切呼号，撼天动地，撕心裂胆，他并未唤醒楚王，最后以身殉国，化为历史的惊叹；而另一个被后世称为圣人的孔丘站在某一条河岸感叹道："逝者如斯夫，不舍昼夜。"漫不经心的一句话，道出天地间一个大哲理。

从屈子行吟泽畔到范蠡五湖泛舟，从魏武碣石观海到陶令桃源问津，从达摩一苇渡江到太白散发弄舟，从庄周濠梁观鱼到宗泽三呼过河，从隋文帝一衣带水到苏东坡赤壁作赋，从孔夫子河畔逝者如斯到毛泽东江边中流击水……历史上帝王将相、英雄豪杰、古哲圣贤、风流人物总是有缘于江河，情系乎流水！琴与剑、诗与歌，慷慨与放达、悲壮与惨烈，他们总借助于放纵不羁的江河、恣肆汪洋的流水完成自己最终的人格造型！流水漂泊了人间最新鲜的色彩，也过滤了历史的芜杂；岁月淘尽了最壮丽的人生，也沉淀了生命的永恒。

长江大河依然一路举浪奔腾，漩波拍岸，流淌至今；依然用幽怨怅惘的声音诉说一个个让现代人听不懂的故事。水，没有语言，地势高低使它产生了流动，于是水有了声音，于是向大地倾吐它的情感、它的思想、它的哲学，于是产生了文化的悲歌绝唱。长江也就展示了它的苍凉浑壮，烟波迷茫，涛哮珠滚，沙涌浪浊。

古老的黄河长江以拔山掣日的气概、龙腾虎跃的精神，托起地球东海岸不沉的古大陆，描绘出色彩浓重的历史大风景。

这是东方古老的神曲；

这是万古不朽的史诗。

上编

第一章 天上之水

蓝天、白云、冰川、雪峰、草甸、荒原，还有苍老的太阳、苍茫的风，一切都显得肃穆、庄重、坚实，而又透出点虚幻。

这就是大江之源吗？这就是诞生我们民族第一大河的格拉丹冬雪峰吗？哦，巍巍然，一尊天神；峨峨然，一把倚天长剑。这种大气象、大境界，必然会有大手笔、大造就。

听到了吗？那万古荒凉的静寂里，有簌簌的声响，微弱缥缈，像疲惫的贝多芬无意间抛下的一只只透明的音符，像黑格尔一粒粒“精神的种子”，晶莹剔亮，那是阳光之父和雪山之母交媾分娩出来的……那是千万年梦幻，千万年憧憬，千万年积累和创造啊！

梦的起点

庄重而肃穆的线条，若隐若现在海水般的青蓝之中，冰川雪峰道道白光凌空腾起，和辐射而来的阳光迅速融合，很快分娩出一种惊心动魄的透明物来……那是雪山之父的精华，点点滴滴的窾坎镗鞳之声，在涅槃般巨大的静寂中显得厚实深沉。这是为大地撰写的历史，还是为人类谱写的力量之歌？那点点滴滴汇成流苏般的小溪，向荒旷的大地寻找他生命的乐园。干涸的大地上腾起股股沙烟，宛若飘浮的世纪的衣袂。

这景象使我惊呆了，我的大脑一片空白，记忆消逝了，时间凝固了，甚至连我身边的季节也僵枯了。空旷的四野只有风不时发出几声战栗的凄惨的啸叫，像被什么野物咬了一口。好半天，我的大脑才开始启动思维的齿轮，缓缓地转动。我冷静地打量着远方，睁大眼睛扫描着眼前这阔大的冷漠的雕构：刀法粗犷，棱角尖锐，雄健苍劲；山顶上凝固着白云，白云上面是冷漠的蓝天，高渺深远。从与我眼连成一体的那线雪峰，我听到白色半透明的液体在大放厥词：“我是欲望之神，今晚谁敢为它划定疆界！我是哲人心里的暴力，今晚谁敢为它圈定范围!”尽管它出言不逊，但一条河流还处在发育期，它还没有资格嚣张。它的生命是孱弱的，它的梦还是缥缈的。

蓝天、白云、冰川、雪峰、草甸、荒原，还有苍老的太阳、苍茫的风，一切都显得肃穆、庄重、坚实，而又透出点虚幻。

我到过青海，游过塔尔寺，穿过日月山，纵情青海湖，经过柴达木到达格尔木，再行驶入苍莽雄浑的大野，再远处就是三江源吧？在地平线的尽头。

这就是大江之源吗？这就是诞生我们民族第一大河的格拉丹冬雪峰吗？哦，巍巍然，一尊天神；峨峨然，一把倚天长剑。这种大气象、大境界，必然会有大手笔、大造就。谁站在雪峰冰川脚下，能不觉得晕眩、心悸、惶恐，又有点木木然呢？西部的盛夏，原始的太阳，很古典，却依然充满激情，阳光辐射在冰山雪峰上，闪烁着冷漠和孤寂；风用很古老的方式摇撼着荒原，荒原沉默不语。我站在荒原的阳光和风里，心里涌动着一种生命的苍茫感和精神的孤独感。我突然感到人类是何等卑微。改天换地，让高山低头，让河水让路，人类发出此等狂嚣是多么荒谬，面对渺渺苍天、茫茫大地，人，你只能感到敬畏！

万籁俱寂。

天地间是一种涅槃般的静寂。

听到了吗？那万古荒凉的静寂里，有簌簌的声响，微弱缥缈，像疲惫的贝多芬无意间抛下的一只只透明的音符，像黑格尔一粒粒“精神的种子”，晶莹剔亮，那是阳光之父和雪山之母交媾分娩出来的……那是千万年梦幻，千万年憧憬，千万年积累和创造啊！

冰川、冰塔、冰窟、冰舌、冰柱、冰碛、冰笋，千姿万态，娉娉然，婷婷然，巍巍然，如剑如戟。它吮吸天地之灵气，日月之精华，博大宏丽中渗透出一种凛然之寒气。

你如果能站在格拉丹冬冰崖下，站在姜古迪如冰川前，那点点滴滴，涓涓细流，潺潺湲湲，慵懒、散漫、松懈。你怎么也想象不出，这就是奔腾嚎啸、叱咤风云的长江？是！这就是楚辞“望涔阳兮极浦，横大江兮扬灵”的长江，这就是汉赋“极泓量而海运，状滔天以淼茫”的长江，这就是唐诗“不尽长江滚滚来”的长江，这就是宋词里“惊涛拍岸，卷起千堆雪”的长江！

这里是一片原始的鸿蒙，一片野性而又冷酷的土地，是一片雄悍而又孤寂的土地。偶有稀稀落落的牦牛草、羊草，星星点点，斑斑驳驳，点缀着万古荒凉。寥廓、旷博、夐远、高古，还有令人觳觫的肃穆。巨大的静，气势磅礴的静，富有质感的静，笼罩在天地间。这静给人一种悲壮感、恐惧感。仿佛走进时间的童年、历史的开端，你根本想象不到，一条驰骋万里、雄涛澎湃的大江巨川的根竟然扎得这么深远，这么高危。

长江是神圣的、伟大的，是千古英雄的悲壮之地。在这里地理大于历史，在这里做梦也充满豪气。

在这寂天寞地里，你会体验到什么叫时间。时间是一部幽深博奥的哲学。时间有声有色，有角有棱，有质量，有重量。时间，你看不见，摸不着，但时间就在你身边。你必相信时间，依偎时间。时间有着巨大无比的创造力，时间能造就一切、毁灭一切，又包容一切。谁都无法逃脱时间的爱抚和追捕。

走进这赤裸裸的大自然，夕阳中，我站在一座高埠上，驰骋视线，远观这冰山、雪峰、流水、荒原：天之遥，地之远，山之高，水之长，我一下子流出泪来……

大山大水大苍凉，

大天大野大苍茫！

青藏高原啊！你大有大无，大贫大富，大丑大美，你最古老，又最年轻，你远离尘寰，遗世独立，安然、寂然，与世无争，与事无争，孤独而寂寞，陪伴你的只有沉默的时间。

苍山如海，残阳如血，这大风景、大地貌、大空间是我精神之旅的一种超越。常年被各种窘迫所困惑，被各种因素所囿圄，被各种庸俗所缠绕，我能走进这风光博大宏丽之境，我觉得我的灵智像“开光”一样——不是佛光，是天光、云光，是大自然之光。“笑夸故人指绝境，山光水色青于蓝。”这里上天的原创还未遭到人类的删改和艺术加工，一切都处在原生态、原始态。凡是人类涉足的地方，大自然都会感到讨厌的。人类的聪明和强大是大自然的悲剧，更是人类自身的悲剧。

天真是童年的代名词。

来到这里，你仿佛感到时间正处在童年。

童年，总是快乐的、天真无邪的。童年最富有天性，没有被陈规陋习制约，没有被名缰利锁束缚，没有被世俗红尘所污染，没有被灯红酒绿所诱惑……童年是生命的最纯净、最灿烂、最富有生机的篇章，是花的季节，是诗的年华。

格拉丹冬，藏语，意为尖尖的山。

格拉丹冬的西南侧是大型冰川，冰川的冰舌由阳光和风雕塑成壮观的冰塔林。晶莹，空明，清丽……那细细的冰牙，倒挂的冰凌，壁立的冰墙，蘑菇状的冰崮，幽深的冰窟……鬼斧神工，是一个冰雕玉琢的世界。那是西王母苍苍白发凝结的冰封？是伏羲的白髯飘逸而凝固的冰川？千丝万缕的寒光和太阳金线交织成灵光弥漫的冰川。

有生于无。此时你真正体悟到这种大哲学的真谛。原来，这条莽莽苍苍的大江巨川竟然是在这里发育、生长出来的。这一切都没有规则，那晶莹的水珠犹如夜露镀亮的黎明，像被玫瑰花映红的爱情，圣洁、华贵、幽美，令人心旌摇曳，在这高天远地间巨大的宁静里，呈现出一种生命的萌动，撞击命运之门的声响，从空宇浩渺中传来……这是一曲气势磅礴、宏大乐章的前奏。

上天赐予的最初的一粒粒水珠，是按照神祇的旨意，汇聚在一起的，抛掉自身的渺小、卑琐、单薄和孱弱。当它们的躯体被赋予了一种精神，赋予了一种信念以后，它们的灵魂开始升腾了，它们的血液开始了喧哗和骚动，它们自由地碰撞、融合，你拥我抱，你牵我扯，于是它们形成一个集体，或者是一个小小的部落，于是荒原上出现一条条银蛇般的小溪，自由自在，无拘无束……

我静静地倾听着生命临盆时的那种美妙的乐章，白色的精灵从冰山母体上脱落，蓝色的梦在荒芜的土地上撒欢歌唱……

金灿灿的阳光把一切都变成发光体，肉眼不敢看。那锋利的光芒犹如钢针，会把眼睛扎瞎，会把皮肤刺伤。在这里阳光不是虚无，是物质的、有形的。这里一切与生存有关的事体，甚至养育人类的大自然也变得邈远、空幻。

天地无言，冰川不语。只有浮动的梦，一枚透明的初恋，羞涩而又异样地执着，异样地坚韧……

那是个充血的白昼，阳光狂欢的夏日，太阳雄健而狂妄，气势磅礴而又大度豁然。阳光下的草甸是一片偌大的沼泽，斑驳的水洼，构成了一幅畸形的图案，闪闪烁烁，光怪陆离。这是一种怪异的和谐，冷漠的明媚。那水洼像写满了明亮的颂辞、晶莹的祝福。随着欲望的膨胀，灵魂的躁动，水面产生了眩晕的舞蹈。于是大地的沉默破裂了，它们用透明的触须探寻新的世界，蹒跚地寻找生命的通道。

于是最初的水滴，终于成了领队，率领着它用天文数字排列的兄弟姐妹形成一条条河流，一条条阳光下野性的自由自在的河流，孤独的跫音渐渐远行，清澈的浪花自言自语，向冰川雪峰举行最庄严的告别仪式……

但是这些野性的河流——严格地说是溪流，它们还未形成真正意义上的河流，但它们本能地知道团结的力量，集体的功能，下意识地汇聚在一起，形成最初的溪流。

神的创造

我没有去过可可西里，但我从录像和影视里看过它的形象，我也在长江水利委员会的朋友那里观看过大江之源的录像。那简直是“神的创造”，那是中国最美丽的自然保护区，是野生动物的基因库，那里高寒，草原上奔跑着羚羊、鼠兔，还有狼，天空不时有鹰雕掠过，那巨大的黑色翅翼像一片乌云。草原上面是山，山上面是云，云上面是天，天蓝得透明，像水晶一样纯净，像梦一样辽阔，没有一丝杂质。荒原沉寂、静穆，博大雍容。静是一种修炼，一种境界，也是东方一种智慧。“冲然而澹，悠然而远。”在这里你才能体验到《易经》所言“天地氤氲，万物化醇”的浑然大意象。偶尔鹰从高高的悬崖上飞掠而来，叼走一只小羚羊羔或鼠兔，草原连颤动一下都没有，它无动于衷，依然是旷大的静。这里没有浮躁，没有焦虑，一切都按照时间的节律奏响生命乐章。夜晚这里还保留着古夜的纯净，蔚蓝的夜空中是晶亮的星，是新鲜锃亮的月。只有草荣草枯，雪落雪融，镂刻着岁月的履痕，律动着乾坤的吐纳。

我采访过长江水利委员会退休总工程师顾总。老人和长江打了一辈子交道，和长江结下了不解之缘。他是湖北人，故乡就在长江臂弯里的一个小城里。他是喝着长江水长大的，在江畔的田野、大堤的土路上，曾经留下他蹒跚学步的足迹。他说，他三次去过长江源，他看过高高尖尖的格拉丹冬雪峰，见过荒原大大小小的水泡子、湖泊，站在这浩瀚巍峨的群山、冰川、江源面前，当时脑子一下懵了，一片混沌，记忆消失了，好一阵才像苏醒过来。他说，一切最神圣、最崇高、最纯洁、最虔诚、最瑰丽、最原始、最古老、最苍凉、最壮烈、最孤独、最寂寞……这些意念，这些意象，像汹涌的潮水将我淹没……我不是诗人，我不是文学家，我真不知道怎样形容，怎样赞美我们伟大的母亲河！我们中华民族千百年来喝着长江的乳汁，一代一代生活、成长。我们民族的历史若删去长江，那还叫历史吗？

“你看，这是我在三江源拍的照片。”老人用青筋累累的手拿出一本相册，相册也很老，多是黑白照片——但依然能映射出大自然之美，那雪峰、那绿川、那白云、那蓝天、那荒原，还有飞翔的鹰雕，奔驰的羚羊，孤独的狼……一切如诗如画，如梦如幻。我惊叹。我轻轻地一张张翻阅着这些照片，我一下子沉浸在壮美苍茫的大自然境界里，这是神的创造！出自宇宙之神的手笔！这是宇宙之神的原稿，还未经过人类的修饰或删改。这是真正的自然！老人指着照片说：这就是果洛草原、果洛高山牧场、高山草甸，风光旖旎，色彩迷人，草甸上有斑斓的野花，由于光照原因，红艳如霞，纯黄如金，鲜丽动人。无边无际的草原、草甸、水洼、水泊、小溪，远处的雪峰，褐色的峭壁，一幅绝美的风景油画！

我一边欣赏，脑海里想起了荷尔德林的诗句：“从寻优越的高度/也从那神圣的子宫/幸运地降生……”“生命出自欢乐之盆，粼粼银波映出微微蓝光。”这是诗人在赞美他们的母亲河——莱茵河。而我们的长江不知比莱茵河伟大多少！

那水泡、水泊，在阳光下像大大小小的银箔，闪烁着蓝幽幽的光，那是闪烁跳跃的梦！诗的神韵，情的魅力！在这里你会感到智慧是灰色的，宗教信仰则是激情澎湃的。对大自然的敬畏不是来自教科书，而是心灵。这时你能体会到藏民族信仰宗教的原因，这里只有神的世界。在大自然面前，你才会感到人类是真正的孩子。

几张照片上有玛尼堆、煨桑台，有经幡塔、风马旗，宗教的神秘来自人们对大自然的敬畏，在这天荒地老的世界尽头，也是大宗教的诞生之地。

老人有知识分子的儒雅持重，又有长期野外工作者的浑厚苍健。他说话有底气、有磁性，带有湖北腔的普通话，像长江水一样拍岸涌来。老人喜欢用“神秘的”“天上的”“神圣的”“永恒的”等词汇来描述他的长江。在他眼里，或者说精神世界里，长江已经“高贵化”了，散发出一种“精神隆重”的气息。

长江在这里表现得柔和、舒缓，温情脉脉，不急不躁，坦然自流，还有那种恋人般的温馨、圣哲般的宽容。老人深情地说：长江之源是神圣的、伟大的，是千古英雄悲歌慷慨之地，却是历史未曾书写之地。你看昆仑山多么苍茫巍峨，这巍峨由多种元素组合而成。泥土、岩石、河流、草木、流云、岁月组合成一座大山。博大、雄浑、静穆。广袤的荒原，大大小小的湖泊——可可西里湖、卓乃湖、库赛湖、西金乌兰湖、乌兰乌拉湖、多格错仁湖，面积大于一平方公里的湖泊一百零七个，最大的湖泊乌兰乌拉湖六百一十多平方公里。

老人用手指着一张照片：“你看，这就是楚玛尔河，它西部和北部的湖泊就形成长江最初的流水。”

老人说，这里是藏羚羊的故乡，这里的生物链极其简单，狼吃羊，羊吃草，草吃土，年年岁岁，一茬一茬，物种代代不息，生命链绵长而充满血性的残忍。

严酷的自然环境依然有着蓬勃生机，且不说奔驰的藏羚羊、藏野驴、藏野牦牛、棕熊、狼、金黄色的狐狸、银灰色的鼠兔……天空还飞翔着鹰雕、大天鹅、秃鹰，而荒原上更有斑斓多彩的野花，浅蓝、橘黄、桃红、绛紫，还有多刺的绿绒蒿。一只鹰衔去一只鼠兔，一只狼咬死一只藏羚羊，一声惨叫过后，大度雍容的荒原并不惊慌失措，沉静得有点麻木。那些野花散漫、浪漫，斑斑点点，紧贴着地皮，既不张扬，也不狂妄，它们低眉垂眼，学会生存的法则，怕风，低低地匍匐在地上，以便抵抗风的袭击。大自然的野性教会了它们生存的本领。由于光照强烈，它们特别鲜艳，像梦、像诗，小花大胆地毫不羞怯地面对旷野、太阳、冰川，浅浅微笑，款款摇曳，从它的神态和身姿中，可以体会生命的精神和生命的沧桑，它让你想象飞腾，思想升华。这里春天很短，夏天也很短，它们急急地抽叶，急急地开花，急急地结籽，冬天还未来到，已完成生命的一个圆。唯独多刺的绿绒蒿，还迎风而立，表现出一种傲骨嶙峋的形象。

这就是荒原哲学。

这独特的生态表现出一种荒原品格，如此优美的生命雕塑出大江之源的荒野景观。面对这巍巍高山、凛凛冰川、莽莽旷野，翻阅一页页波涛的湖泊、烈日晒烤的一垒垒岩石、大片的湿地、条条奔腾的溪流……每条河流都是万物生命的简史，每片荒原都承载着生命进化过程的精髓。

“长江悲已滞，万里念将归。”（王勃诗）感谢唐代诗人！长江从格拉丹冬雪山的台阶上一步一步走来，从历史深处走来，带着古人类的梦幻，怀揣着奔向大海壮美的理想，一步步走来。

千万年前喜马拉雅山造山运动，使青藏高原和云贵高原隆起，古地中海消失，原来被海水遮盖的地面普遍间歇上升。且就上升程度来说，西部比较急剧，而东部较为和缓，如同现在的地貌。长江流域的上游地区多形成高山、高原，高原抬升的同时也形成了一些盆地；

中、下游地区形成丘陵和山地，长江中下游两岸还分布着众多平原。另外，在河流强烈的下切作用下，长江上游流域的崇山峻岭中出现了许多深险的峡谷。顺着地势，沿着峡谷，原来自东向西流的水系折而向东流去，与东面水系归并融汇，演变成长江的原始形象。

告别故乡

昆仑山是长江之源，长达两千五百多公里，平均海拔五千多米，浩浩荡荡，构成庞大的昆仑山系。

格拉丹冬是昆仑山的一条支脉，它与黄河之源的雅拉达泽峰，澜沧江之源的唐古拉山，皆是昆仑山的支脉。昆仑山是万山之宗，万水之源。“长江源”环保纪念碑中有一段碑文，现录如下：

> 摩天滴露，润土发祥。姜古迪如冰川，乃六千三百八十公里长江之源，海拔五千四百米，壮乎高哉！自西极而东海，不惮曲折，经十一省市，浩浩荡荡；由亘古至长今，不择溪流，会九派云烟，坦坦荡荡。如此大江精神，民之魂也，国之魂也。
>
> ……

长江与黄河从故乡出发，分道扬镳之后，她们各自艰难地跋涉，创造着自己的辉煌。一个走向北国苍茫的冰天雪地，在凄厉的寒风和如血的残阳里，黄河混浊的波涛吞噬着沙岸，使自己的血液更加黏稠了，那大轮大轮的如同油画染料般的泥水，一边滞滞地翻卷着，寻找自己的生命之路，一边用自己的乳汁哺育着两岸儿女，饱经沧桑，历经坎坷。而长江却欢乐地奔腾于南国，她拒绝苍老，拒绝枯槁，尽管也饱经风霜，她的精神却是鲜活的，精力充沛，激情澎湃，热情的天性驱使她流动，她的道路铺满鲜花，她步履矫健，容光焕发，那是怎样的一脉活鲜鲜的、恣肆放达、任性自由的生命之水啊！

我想长江会远远地凝望她的同胞姊妹——黄河。这种凝望和关照里既有一种鼓励，也有一种期盼，有祝福，有歆慕，也有阳关三叠式的悲壮，但没有李清照的凄凄惨惨戚戚，没有蔡文姬《胡笳十八拍》式的哀怨凄楚。因为她们是强者，具有独步天下的壮志豪情、奔流到海不复回的坚定信念。没有信念就没有激情，就没有智慧、没有力量。有了信念，就会产生轰轰烈烈干一番大事业，有一番大创举的气魄；有了信念你就会成功，你就会卓越，你就会辉煌。尽管展现在它们面前的道路有所区别，但同样会遇到高山峻岭的阻挠，遇到巉岩的拦挡，还有戈壁旷漠的纠缠，遇到庸者不可能遇到的生命极限的挑战。但共同的信念造就了共同伟岸的性格——坚韧、顽强、百折不挠，勇往直前的毅力，矢志不移的英雄气概，有时也表现出残暴、凶顽和野蛮，那是她们战胜困难时表现出的生命壮美，是生命的硬度和力度，是生命的元气所形成的磅礴气势。她们心中只有一个目标：奔腾东去，拥抱大海，拥抱浩瀚，拥抱大化。

长江和黄河选择了不同的道路，因为河流与河流不可能永远行进在同一条河床中，就像两支队伍要分赴两个战场。上天交给河流的任务只有一个，那就是造福人类。对长江和黄河的分工更具体，就是造福东方这块古老的大陆，造福炎黄万代子孙。

这两条江河，遵照上天的意愿，庄严地完成了战争与和平、废墟与鲜花的双重责任。一边是南方，灵性、睿智；一边是北方，雄浑、纯朴。

最好乘坐飞机，从天空鸟瞰茫茫九州这两道弯弯曲曲的线条。它们几乎在同一纬度上出现两个巨大的“牛梭弯”，形成两个几字形，扣在一起，像一篆体“中”字。中国，这个伟大的名字，就是长江和黄河写成的。

这是天意。

西部有拔天掣日的伟力，有叱咤风云的雄姿，西部的太阳是刚烈的，西部的土地是坚硬的，西部奉献了数不清的河流，这是西部的大慈大悲，大德大善。

昆仑山在神话传说中是仙山，传说西王母就住在这里，她是藏民族部落的酋长。公元前963年，周穆王曾会见过她。穆天子为何要会见西王母？西王母给他发来邀请函了吗？这两个“国家元首”的会见要解决什么问题？疆域的划分，贸易的往来，也许还有“国际”上的重大事宜？当时没有电话和传真，甚至连驿站都没有，他怎么知道昆仑山下有这么一个女王？何况路途如此遥远，地域如此荒僻，道路如此艰险。风沙弥漫，烈日炎炎，山岭纵横，旷漠戈壁，浩瀚无边。西王母为何在昆仑山上建造行宫？想必那时候昆仑山绝非是现在这般景况，那时候昆仑山准是绿树苍郁，山泉叮咚，花草葳蕤，鸟兽云集，是花香鸟语的世界，是大自然最浪漫的世界。

根据《穆天子传》所载，周穆王在位第十三年（前963年），以伯夭为向导，乘造父驾的八骏马车，带着大量的丝织品西行，从王都宗周出发，经现今的河南，至山西西北部，来到犬戎地区，再西行到鄘人居地，受到鄘人首领热情款待。穆王又溯黄河而上，经河西走廊而登昆仑山，到了赤乌人的居地，后又继续西行，经过曹奴人、刳闾人居地和鄄韩氏部落，最后来到西王母之邦。美丽的西王母见了英俊的周穆王，两人非常兴奋，一阵欢畅。周穆王把从中原带来的丝绸锦帛赠送西王母，西王母在瑶池设盛宴招待了周穆王。宴席上摆满蜜瓜仙果、佳肴珍馐。西王母又回赠周穆王野马野牛和名犬，西王母为周天子的到来，高兴之至，在宴会还高歌："白云在天，山陵自出；道里悠远，山川间之；将子无死，尚能复来?"这是历史上中原帝王最远的一次出访，往返三万五千里。

穆天子患的旅游癖，可能有点遗传性，他老爹周昭王就喜欢旅游，曾经坐着船到南方游玩，据说他乘的船是"胶舟"，在水里划着划着，胶化船解，周昭王和随行的大臣全溺水而亡。周穆王吸取这一血的教训，不去多水的南方，而是远涉干燥亢旱的大西北。

周穆王出发前，准备工作很细致、很充分，除带着诸多名贵丝织品，还带着庞大的宫廷乐队，甚至还带着宠物狗和钓鱼的工具。到了黄河岸边，周穆王停下了，有滋有味地钓起鱼来，那份潇洒，那份悠闲，真有点帝王风度！过弱水时却发了愁，这条弱水连羽毛都浮不起来，怎么载得他如此众多的车马？不急，吉人自有天向，河里的乌龟、鳄鱼等自动组织起来，同心协力，搭起一座血肉浮桥，让他的车马通过。

穆天子西行是很浪漫、很富有神话色彩的。你想，在那寂天寞地里，在烈日飞沙中，一列车队浩浩荡荡西行而去，这本身就是一种创世纪的壮举，是开通东西方文化沟通的凿空之举。周穆王西行之后，又过了一千年，那只被称为"天虫"的蚕，才吐出一条波澜壮阔风雨沧桑的古丝绸之路，人类文化交流史上最宏伟的篇章揭开了。

昆仑山是仙山。《白蛇传》中"盗仙草"一出就发生在昆仑山。许仙听了法海禅师的徒弟悟本和尚的谎言，在端午节，让白娘子饮雄黄酒。白素贞现出原形，吓死许仙。为救许仙，白素贞亲赴昆仑山盗仙草——灵芝。正在采撷灵芝时，却遭到鹿童与鹤童的刁难，当然少不了一番厮杀，幸亏南极仙翁及时赶来，问之详情，采一枚灵芝赠给白娘子。

这故事太浪漫了，浪漫的时代总是诗的时代。

长江的童年

我在格尔木住了些日子。我曾孤独地沿着格尔木河岸行走，这哪里是岸呀？没有堤坝，没有护堤的树木，只有一条慵倦苍茫的野水。我站在岸的高埠上，这时是七月盛夏，高原最美好的季节。遥望河对岸广袤浩瀚的荒原、戈壁，俯瞰脚下散发着丝丝凉气的流水，依稀看见星星点点的用黑牦牛毛编织的帐篷，还有斑斑驳驳的绿洲，星星点点的牛羊。在这旷大的天地间，帐篷、牛羊、男人、女人都很渺小，渺小得可以忽略不计。此时戈壁风由弱到强，我感觉到戈壁风的硬度和凌利……

在这里，我遇到两位藏族青年画家，他们一身藏族服装，头发凌乱，面色黝黑，正专心致志地描绘荒原大自然风貌。油画的色彩艳丽，蓝天、白云，远处的雪山，近处的牦牛和牧羊人。面对铺天盖地、旷达宏阔的荒原，我感到自身的渺小，也感到大自然的浩瀚博大。

人们称这里为“神山”“圣湖”，这深刻地体现了藏人对大自然的敬畏。慈悲是佛教的本质，慈悲使人们懂得一切生命都是平等的，都有生存的权利。在这片原始状态的土地上，生活着野牦牛、雪豹、藏野驴、白唇鹿、棕熊、兔狲、岩羊、盘羊、藏羚羊、红狼、豺狗，还有大量的飞禽，黑颈鹤、绿尾虹雉、藏乌鸡、雪鸡、兀鹫等，万类霜天竞自由。这里有血性的残忍，更多的是温柔和爱。

在这里我听到过许多关于动物美丽动人的故事：一位老猎人早晨醒来，见到离帐篷不远处有只肥硕的藏羚羊，很兴奋，回到帐篷取来猎枪，瞄准藏羚羊。那只藏羚羊并没有逃跑，反而向前移动两步，对着枪口，扑通一声跪下，两行长泪涌流下来。老猎人感动，慈悲之心大发，收起猎枪。还有一个故事——一只母藏羚羊为救小藏羚羊摔死在深谷的故事：面对人类的枪口，母藏羚羊带着小藏羚羊逃亡，遇到一道峡谷，生存的唯一希望就是逃到峡谷对面。母藏羚羊深知孩子的力量有限，在弹跳的一瞬间，母藏羚羊放慢了速度，并滑落到小藏羚羊的身下，成为小藏羚羊的支点，让小藏羚羊来了第二次弹跳。结果小藏羚羊逃到峡谷对岸，母藏羚羊既无支点，又有小藏羚羊的压力，支撑不住，掉入深渊摔死了……

即使是食肉动物狼，也有各自的美丽和温柔。雄狼是个忠诚的丈夫，雌狼生下小狼崽以后，雄狼就只有追捕猎物时才离开，它捕到猎物后咽下，回洞口后吐出来喂给守护小狼崽的母狼。这样的故事很多，我总以为这些故事带有虚构性，但当地人却说是真实的，动物的世界中也有独特的感情。

千百年来，在这片荒无人烟的地方，大自然仍然演奏着和谐与爱的乐章。

走进长江之源，你脑海里会顿然出现屈原排山倒海的“天问”，面对浩瀚宇宙，你会体验到牛顿的困惑、爱因斯坦的迷茫，你会领悟到西方宗教与科学的对峙、纠结，最后又达到融汇的缘由。科学家遇到恼人的难题，就扔下手中的笔：让上天来做吧！

走近长江源，你会感到有一种神的力量，神的智慧，神的气质。

神在创造着世界，创造着传奇。古希腊大哲学家苏格拉底和他的学生柏拉图就指出，支撑世界的是天神，天神是造物者。它使人类懂得了战争与和平，认识与无知，给予与索取，欢乐与悲哀。它也谕示具体与抽象，有形与无形，真理与谬误。

我们的祖先几千年来多次探寻过长江之源，这是在寻找民族的初始，探索民族的庞大根系，历代王朝都不会忘记这件事。典籍《尚书·禹贡》中就把嘉陵江、岷江当作长江之源，因此有“岷山导江”“江源于岷”之说。西汉时期，那位“凿空”西域的博望侯张骞，第一个伟大的冒险家，《博物志》里记载他砍掉自己家门前的一棵大树，造了一只很大的能够漂洋过海的浮槎，并在上面建了飞阁，然后乘浮槎而去，历尽千难万险，来到一座辉煌的城郭。张骞下了浮槎，看见城中有一座高大的宫殿，殿内仙雾缭绕，宫内有许多美女在织锦。张骞没敢进殿，便问附近的牧人这是哪里，牧人告诉他：你找到会占卜的严君平便知道。张骞找到占卜人严君平，一打听，说这里是天河。

我想，这记载有点小说家言了，虚构的成分太多。历史有时也会撰写一些荒诞不经的故事留给后人，让他们产生联想，产生疑惑，这是历史的雕虫小技。直到明代，伟大的地理学家徐霞客才真正地开始探索长江之源的实践，芒鞋蓑衣，杖藜攀山，涉河渡水，餐风饮露，栉风沐雨，溯金沙江到川滇进行实地考察。他在《江源考》中，推翻了“岷山导江”“江源于岷”的错误说法，而把对长江之源的探索大大向前推进了一步，但并未找到长江之源。

又过了一百多年，清朝康熙大帝派专使去勘察江河之源，专使看到巴颜喀拉山的南麓河流众多，密如蛛网，无法肯定哪一条河流是正源。也许这位专使大人精疲力竭，气喘吁吁，一步也不想走了，看到通天河和木鲁乌苏河，于是含糊其词：这大概就是江河之源吧！反正皇上一时半时不会再派人来对证——谁知康熙老爷子较起真来，非要探根求源，弄个清清楚楚、明明白白。不久，他又派一位使臣，西去青藏高原勘察江河之源。这位使臣大概比前任使臣走得更远一点，至少到了沱沱河之首。看到遍地沼泽，水网如织，这么庞大的水系，使这位使臣大吃一惊，不知所以，到底哪条溪水是长江主流？饥饿劳顿，头晕目眩，再也无法前进一步了，只好拨马而回，在奏章上笼统地写道："江源如帚，分散甚阔。"直到20世纪70年代末期，中国人才真正地用现代科技设备，寻到了长江之源。长江发源于唐古拉山的主峰格拉丹冬西南侧姜古迪如冰川。

这一伟大的结论犹如殷墟的发掘、北京人的发现，像一道强烈的闪电，撕破了云雾弥漫的长江源之谜。

站在沱沱河沿西望群山万峰，那是雄浑巍峨的昆仑山。冰川如剑，雪峰如戟，云霭叠叠，气象森森，天空蓝得虚幻，蓝得空旷，蓝得寂寞。大块大块的白云停滞不动，像贴在一片蔚蓝上，远空里有游魂似的三五只水鸟，在苍茫中飞起又栖落。肮脏的帐篷、瘦弱的羊群、雄健的牦牛，在这冷峻的风景中，构成一张顽忍的生命图。

游牧人没有四季的概念，没有播种和收获的理念，所以有人说"牧场属于自然和季节，农村属于历史和文化"（马丽华语）。这话不无道理，游牧民族缺少的正是这种土地对历史的输入与输出。

如海市蜃楼，如格林兄弟的童话，在这荒僻遥远的地方出现了楼房、街道、炊烟、行人。这小街仿佛是个太空接收站，是从远方飘浮而来，一阵风，也许就会飘逸而去。然而，它却在这儿扎根几十年。

几十年的风霜雨雪，几十年的烈日酷寒，它吮吸着沱沱河水，一天天膨胀，一天天变得健壮。“沱沱河沿”这个粗陋的名字，本身就蕴含着一种粗糙的文化——这是当年修筑青藏公路的工人命名的，蕴含着艰辛、创造、汗水、泪水和热血。这里没有树，荒原上有斑斑驳驳的绿，绿得尴尬，绿得苦涩，绿得捉襟见肘。尽管七月盛夏，烈日炎炎，但从冰川雪峰吹来的风，仍然寒意凛凛。一个孤零零的小村镇守望着孤独的河流。这里自古属于西羌，是藏族游牧人的家园，街道上不时行走着三五成群穿单袖羊皮袍、头戴藏式礼帽的藏人，他们的脸被西部的阳光晒得粗糙黝黑。远处荒原上是牦牛毛绳结织的帐篷，有散散漫漫的羊群。体魄雄健的牦牛信步草地，那份稳重、那份肃穆、那份恢宏的气势……巨大的弯弯的牛角，是力的象征。藏族女人腰围邦典，背着木桶去河边汲水。河水清冽，水里有鹅卵石和荇藻，摇摇曳曳，在荒凉中漾出一缕诗意。

长江在青海境内长达一千二百公里，长江之源有三条河，南有木鲁乌苏河，北有楚玛尔河，沱沱河是正源。当长江的雏形“沱沱河”成为一条有实质意义的河流时，长江的童年也就结束了。童年的幼稚，童年的顽劣，少年不知愁滋味的放荡也随之结束了。沱沱河已发育成一个有血性、有个性的英俊少年了。

沱沱河继续东流，它欢唱着、喧嚣着，在荒原上抒写它的意志，挥洒它的激情，炫耀它的思想，在黎明和黄昏的天空里，在大地温暖而旷达的摇篮里，度过它的青春期，张扬着它生命的个性。流水的动感，粗犷飞扬的线条，气势磅礴的轮廓，展示着力量之美、青春之美、生命之美。急浪翻腾，波涛万叠，它学会了愤怒，学会了粗喉咙大嗓门地咆哮，学会了呐喊和呼叫，一条河的喜怒哀乐的情感，它都具备了，有了奔腾向前的欲望，理想、意志、追求，在灵魂里萌生，在血液里奔突。万籁俱寂的荒原有了沱沱河，也就有了喧哗和骚动。

那是一个黎明，一个荒凉的高原黎明。我在沱沱河沿岸徘徊。我望着遥远的东方，天空出现一抹微白，接着变成绯红、赭红、瑰红，转瞬间半个天空都燃烧起来，如火如荼，随之一轮朝阳带着从母体分娩出时的热气和淋淋漓漓的羊水升了起来。这轮朝阳在荒原上滚动，清新寒冽的空气，能使人的肺因受到强烈的洗涤而变得难受。这轮朝阳既古典又现实，既苍老而又年轻。这轮太阳血糊糊、黏糊糊，宏大壮丽，混沌不清，使人想起伏羲刚用神斧劈开鸿蒙天地的最初时刻出现的太阳。这正是黑格尔所说的“精神的种子”……“所以‘精神’在最初迹象中已经含有‘历史’的全体。”……

在这巨大的时空里，有了这条河，天空、太阳、荒原、冰川、大山……一切僵化的变得生动，一切枯涩的变得滋润、丰腴而精气充盈，一切呆滞的变得生机勃勃、青春焕发。太阳和河流互相对视着，太阳的目光温柔而亲切，河流的目光明亮而妩媚。太阳和河流像一幅古老的画，像唐诗宋词的意象，如今都显得苍凉和悲壮，有一种深沉的悲剧感悟。

通天河的诉说

沿着沱沱河往下走去，至囊极巴陇附近，河谷忽然变得陡峭深邃，河水变得湍急，浪涛飞溅，喧声如雷。原来，沱沱河在这里又接受了三条支流——当曲、布曲、尕尔曲，汇合成长江上游的通天河。

通天河在青海境内已形成一条典型的大河了。两岸陡峭的山峰，如剑如戟。峰回路转，河谷迂回，巨涡回澜，整个峡谷是雷鸣电闪，涛声隆隆，震耳欲聋。通天河在用浪涛的斧钺开拓生命的道路。

通天河有一条渡口，是青海连接西藏的唯一路途。那些往来的藏汉使者，传经布道的僧侣，求神拜佛的信徒，历经艰辛的商贾……就是在这渡口上乘坐牛皮筏穿梭往来。那牛皮筏子在激浪中一起一伏，人、牲畜及货物的命运便也随波起伏。

一个美丽的传说至今还在这一带流传。玄奘大师西天取经回来，路过通天河。当年送玄奘大师过河西去印度的老鼋又迎回大师，它驮着大师即将到达对岸时，忽然问起先前托付玄奘的事情——问问佛祖它何日能还原成人。这本来是很简单的事，但玄奘到了佛教文化的源头，却忙着抄经讲经，忘了老鼋的嘱托。玄奘无言以对。老鼋不高兴了，一翻身将玄奘抛在河里，接着老鼋又施了魔法，通天河汹浪滔滔，阴风怒号，暴雨倾盆，玄奘差点儿被淹死，直到第二天风平浪静，他才爬上岸，可是带来的经书全被河水泡湿了，玄奘急忙打捞经书并在河边的石头上晾晒。至今这里还有一块玄奘的“晒经石”。

不过传说有点儿牵强附会，唐僧从印度返回内地是否走的这条路还有待考证。我在甘肃天水也听说有一条通天河，也有“晒经石”，这大概是文化的争夺。

沱沱河流过唐古拉山口，继续东流，流程中又接受了许多条支流，河床变得宽阔，河水变得汹涌澎湃，后来又和长江的北源——楚玛尔河融汇在一起，通天河陡然变得气魄雄伟，气势宏大，河床最宽处达两千多米，在广袤的山野上展示出气势非凡的风度，它已发育成为丰腴饱满的一条大河。河水没有被泥沙污染，清澈见底。浪涛沉缓，静水深流，浩浩荡荡，一路南下。

通天河流过治多，流至玉树藏族自治州的首府玉树，河水深达二十多米。宽阔幽深的峡谷中，波涛拍击着岩石，发出空洞沉闷的声响。风光旖旎的大草原、冰雪覆盖的山峰、古老的太阳依然充满激情，风肆无忌惮地纵横驰骋。在这茫茫荒原上，奔腾着一条野性的大河，的确给人一种原始的苍凉感、原始的粗犷感。我想只有这博大的空间，才允许一条河流如此放肆，没有人工修筑的堤岸，没有人工栽植的杨柳，当然，也没有杨柳岸晓风残月，没有画舫兰舟、烟桥水榭，一切都很野性、很原始，展示着大自然本真的面貌。

通天河也很寂寞。没有桥，自然也没有穿织如梭的汽车在桥上通过；没有运输的货船，更没有游艇。是人们忘记了它，还是通天河对人类的浮躁有一种本能的排斥感?

落日的余晖映照在峡谷里，犹如灵柩前熊熊燃烧的火烛。有一只古陶罐裸露在地面上，像古老的符咒和卜辞，恐怖和肃穆酝酿成一片宗教氛围。长满灌木丛的河岸，风在树丛间喧哗，绿叶悉索，像是朗诵死亡的绝句。天空寂然如梦。我想，这河，是远古人类泪和血的混合……

我在青海大地跋涉，在戈壁荒漠，在草原雪山。那戈壁的荒旷，草原的广袤，冰川的晶莹，在万水之源，那一切生命的滥觞。在远古的传说中，因为羌人的祖先原是长江中游的“三苗”，在舜时被迁到这里，就有所谓“窜三苗于三危”了。《诗·商颂·殷武》中说：“昔有成汤，自彼氐、羌，莫敢不来享，莫敢不来王。曰商是常。”远在三千多年前，商王朝已是西方氐羌的宗主国了。

夏天的阳光丰隆而庄严，热烈而喧嚣，从雪山冰川间吹来的风，带着些许的凉意，一阵急一阵疏，这是天体的伟大运作，是宇宙之神粗重的呼吸。高原的天空深旷高远，云团也厚实苍老。也许只有这宏大浑厚的云团才能充实长天的空旷，只有这浮动飘曳的云团才能稀释万里苍穹的寂寞。我在高原上跋涉，读天空，读白云，读雪山戈壁大漠，读神话，读历史，感受着历史的温情，感受着岁月的苍凉。古丝绸路的驼铃，汉赵充国将军率士垦荒屯田劳作的杭育之声，仿佛从历史的深处隐隐传来，从雪山冰川那边传来。空旷的天地间我隐约看见法显和尚被风撕扯的衣袂，在西去天竺的漫漫征途上，孤独的文化苦旅撒播着一粒粒苦难的宗教种子。

历史绵延不断，一代代传播文化和文明的僧侣们，北魏的宋云，唐代的玄奘大师，都曾栉风沐雨，经兰州、乐都、西宁、湟源，过日月山，穿过吐谷浑境内至鄯善，再循丝绸之路南道去往天竺。篝火、马蹄、驼铃、剑戈、旌旗，在这纵横古今的大地上，演绎着远古的文明。青藏高原，山山水水，丘丘壑壑都蕴藏着动荡浮躁的气氛。奔腾的马蹄，翔飞的雄鹰，飞驰的云团。风起风息，寒来暑往，走过了数不清的年代，滔滔不息的岁月，横扫山岳冰川的残酷洗劫，暴风雪气吞万里的袭击，火山的爆发，地震的暴戾，雷霆的摧残……经历了大自然炼狱般的苦难，山还是那样崔嵬，水还是那样执着，大地依然苍茫雄浑，气象依然森森。

只有这苍莽辽阔的青藏高原才能分娩出这一条条巨川大江，这是片神奇的土地，神圣的土地！

长江，雄涛万里的大江，你的第一个音符就奏响在青藏高原，你生命的第一声呐喊就震撼着西部的山岳，你牙牙学语，你匍匐学步，你的哭泣和欢笑，你趔趔趄趄的足痕，你的任性，你的乖戾，都印在这片高原厚土上；你青春永生的大波，你生命最庄严、最神圣的开端，你的觉醒，你的繁荣，你膨胀的欲望，你志存高远的追求，就在这高原上写下第一行誓言。

我站在通天河畔，身旁仿佛响起天国梵钟的警示：真正的生命，应当是不倦地前进、迅跑、奋飞，不停留，不沉沦……

在那遥远的地方

走进青海，你要了解青海的历史，其中最有代表性的是“卡约文化遗址”。它最早被发现于湟中县卡约村。其分布以湟水流域为中心，东起甘青交界处的黄河、湟水两岸，西至青海湖周围，北达祁连山麓，南至阿尼玛卿山以北。湟水中游的西宁盆地，遗址最为密集，是其分布的中心带。在这片狭长的土地上，人们当时的经济形态是以畜牧业为主，在小块地区兼营农业。生产工具石器有石斧、石刀、石锄、石铲，骨器有刀、铲、锥，铜器有刀、斧、戈、箭、镞。陶器主要是褐色粗陶，彩陶很少。这里已受到中原文化的影响。卡约文化是羌族文化的遗存。我们到湟中县，县文化馆的文物专家很热情地介绍青海的历史：

羌在古代是个大族，古时候又统称西戎。所谓戎，是指羌人已从事农业者，如后世所称骊戎、燕京之戎、大荔之戎等，就是青藏高原地区以农耕为生的人，至今仍有居住在农业区的藏民自称“戎娃”。所以有人指出“戎”就是从事并渐近于耕稼文明的羌人。这部分接受农业文明的牧羊人，在周秦时代已融合为后来汉族的先民了。那时仍留在这块土地上，后来在秦人的进逼下，又重新进入今青藏高原地区的羌人，依然拿起放羊鞭，牵着牧羊犬，在荒原上放牧。但也有少数人一边放牧，一边在绿洲上从事农耕，这就是中原人所称的西戎牧羊人。

新中国成立后，中国社科院地质工作者在青海玉树藏族自治州的可可西里、格尔木的沱沱河沿等处的河岸地面，发掘出一批打制石器。这是旧石器时代遗迹，有半圆形的剥削器，有弯曲形或锯齿形的刀器。这说明，早在远古时期，在海拔 3500—4200 米的长江岸边，河谷地区，人类文明的曙光已经升腾起来。这片荒凉阒寂的万古高原，已有人类的祖先摇曳的身影了。后来考古学家们又在柴达木盆地发现了新石器时代的文化遗存，出土大批陶器、石器、青铜器。陶器中有双身罐、大口罐、直口缸及盆等盛水器物，石器中有斧、刀、杵及盘状器，骨器中有骨针、匕、铲、箭头和骨钗……在遗址中还发现有冶炼的铜渣、铜器残片及大量毛纺织品的残片。

青藏高原地处远古三大文明区域的中间地带。古印度河流域、阿拉伯半岛的两河流域和黄河流域，这三大流域的文明之光辐射到这里。特别是黄河流域的文明更富有魅力，更接近青藏高原，必然促使这古老的高原大陆绽开璀璨的文明之花。黄河流经中国的北方和西北黄土高原，两岸形成的台地，土壤肥沃，为原始农业的发展提供了良好的条件，仰韶文化就在这一地区诞生。早在公元前四千多年前，这里便出现了母系氏族公社制的繁荣和兴旺。由于农业的发达，谷物酿酒、制陶业的发展，青铜器的出现，商业贸易也相当发达。周王朝确立了宗法制度和典章制度，把中原文明向西部移徙，并与西部诸“戎”交往增多，联系加强。穆天子西行是真实的。他带去的丝绸锦帛非黄河流域所产，而是来自长江流域。据考古发掘，浙江吴兴钱山漾遗址地下层发现了绢片、丝带、丝绒，经鉴定为公元前四千七百多年前的遗物。由此可以推断，影响青藏高原古文明发展的不仅是黄河文明，长江文明也做出了巨大的贡献。

羌人文化源远流长，现代的瀚海，曾是繁荣的绿洲，2003 年 6 月我参加了一个散文笔会，又造访了这片神秘的土地，广袤无垠的土地，是裸露、粗犷的荒漠戈壁。远古时代这里原来是一片海洋，喜马拉雅造山运动，使海水退去，高山崛起，而举世闻名的青海湖就在柴达木的衣襟上。

这是西天菩萨净瓶里的一滴甘露，还是大海留在高原上的最后一滴泪珠？青海湖波澜壮阔，水光浩渺，湖畔是广阔的草原。六月，是青海湖最美妙的时节，野花开得五彩缤纷，牛羊星星点点，帐篷如同雨后的蘑菇，撒在草原上。牧羊的藏族少女包着头巾，露出黧黑的脸儿和一双水汪汪的大眼睛，不知是看羊，还是看人。我忽然想起王洛宾的《在那遥远的地方》，我真想变成一只洁白的小羊，让姑娘的鞭子轻轻打在我身上。这草原的确是生长诗和歌的地方。湖四周是巍巍高山，北面是峻拔宏丽的大通山，东面是高高的日月山，也就是文成公主远嫁西藏时路过的那座山。哭哭啼啼，把宝镜摔碎，为想家，用银簪在大地上划了一下，于是这里出现一条倒淌河。在万流东去的青藏高原，出现叛逆，这是个性极其倔强的河流。而湖的西面是橡皮山，南面是逶迤绵延的青海南山。青海湖像被巨大的屏障围裹起来。这一片静谧、一片天然纯净的湖水，确乎是一面宝镜，映照着蓝天、白云、雪山。

站在湖边，面对满目湛蓝，一湖寒波，谁能不将心灵过滤洗涤一番？这湖水远离人寰，不慕喧嚣，遗世而处，冲淡简远，既无悲欢离合之苦，又无孤独寂寞之忧；既不为汪洋恣肆而惆怅，更不因远离世俗，“高自标置”而自喜。千百年来汇细流，纳千溪，吞吐天地之英华，吮吸宇宙之精气，浩浩然，沛沛然，这是天地之造化！

从四周的山麓到湖畔则是广袤无际的草原，为这一抹碧蓝镶了绿框。青海湖四季有不同的颜色，夏秋季节，当四周的群山和两岸辽阔的草原披上绿装时，青海湖山清水秀，景观十分绮丽：千里草原，千里绿毯，风吹翠浪翻起，层层叠叠，深邃辽远；而那碧波万顷、水天一色的青海湖水，如同一湖琼浆玉液轻轻荡漾。到了冬春季节，寒凝大地，雪笼莽原，浩瀚碧澄的青海湖，一片冰封玉砌，银装素裹，仿佛传说中的琉璃世界、极乐净土。

我们驱车青海湖畔，并有幸参加了当地居民举办的一年一度的"花儿会"。"花儿"是最有青海特色的民歌。从字面上就流淌着青春、激情、浪漫和诗意！

高原的人们用口头创作的诗歌，表现他们对生活的爱，对理想和爱情的追求。花儿会举办的地址就是在一片草原上——实际上是花儿赛歌会。那歌儿有的婉约，有的豪放，有的缠绵，有的刚健，有的含蓄，有的明快，有的诙谐，有的深沉，有的夸张，有的朴实。音韵和谐，情真感人，雅俗共赏，令人回味无穷。

蓝天、白云、草原、湖水、雪山、河流，这广阔的舞台，怎能不能产生"花儿"这样的歌舞呢？那歌儿融入他们的生命、他们的青春，是他们生命的组成部分。

青海湖是长江母亲在高原繁衍的第一个女儿，长江为什么在这海拔三千米的高原留下这部杰作？

我从当地牧人那里听到一个美丽的传说。和许多传说的开头一样：很早很早的时候，这里没有山，也没有湖，更没有众多的河流，只是草原深处有一眼清澈甘洌的泉。泉眼上有一个很重的石盖，常人搬不动、揭不开。有一天，一位去西天取经的僧人带着他的徒弟路过这里。那徒弟觉得口干舌燥，想找水喝，可是到处找不到。僧人告诉徒弟说，草原深处有一眼泉，盖着石板，搬开石板，泉水就会冒出来。并嘱咐徒弟，喝了水一定盖好石板。徒弟喝足了水，师傅已经走远了，为了追赶师傅，却忘了盖上石板。可走了不远，大水便汹涌奔腾而来，师徒回头一看，一片汪洋，草原帐篷全被淹进水里。师傅口念咒语，憋足力气，举手向空中用力一劈，削去半山头，盖住了泉眼，这山就是湖中的“鸟岛”，可四周已是一片浩瀚了。

后来，藏族人把青海湖称为“赤秀洁莫”，意思是“万户消失的地方”，把湖心中的山称为“错宁玛哈岱哇”，意思为“海心大天神”。

传说毕竟是传说，是人类对大自然现象的一种自我解释。这传说弥漫着幼稚和天真，是人类想象的童话。可是没有童话，没有故事传说，只是野性的山水、自然的山水，有了怪诞的神话故事，也就有了文明历史。由此，我想到，盘古开天地，女娲补天，嫦娥奔月，后羿射日，周穆王与西王母相会，这些神话传说美妙而悠长，从远古传到今，一个民族绵长的历史，原来与山水同源。其实，青海湖的形成始于两亿年前的一次地壳错裂，地球出现激烈的造山运动，使得这片古海洋被逐渐隆起的喜马拉雅山、昆仑山、巴颜喀拉山这些庞大的山脉所驱赶，留下的海水被群山切割，形成一个内陆湖泊。

青海湖草原上盛产的良种马，早在春秋战国时期就名扬天下，当时被称为“秦马”。秦马雄壮英俊，四蹄腾空，奔驰如电，这种马与乌孙马、汗血马杂交改良，不仅以神骏善驰而闻名，而且以能征惯战而著称。

这蓝蓝的、青青的、似海非海的湖水，是这片远天远地的精灵。它旷古以来，远离人寰，远离尘嚣，静静地隐逸在荒寒高原，守护着这片净土。青海湖的“秦马”，它的始祖是否为庄子所言的“野马”?“野马也，尘埃也，生物之以息相吹也。”啊，美丽的青海湖，这里还醒着古海的记忆，走近它，一种远古气息扑面而来。

精神高地

通天河仍是长江上游的河流，它在青海境内流长八百多公里。

凡是有藏民族居住的地方，都流传着他们的古代英雄——格萨尔王的故事。格萨尔，这位被神化了的古代英雄，骑着白马，戴一顶白色的兜头鳌，挥动长剑，纵马奔驰在雪域高原。他四处征战，降妖除魔……一部浩浩荡荡的史诗，记述了古代藏民族的风俗、宗教文化、战争与文明。格萨尔王以马蹄和长剑在这广阔的空间，开辟了一个尚武时代。那时候，山野间、戈壁大漠上，到处响起呐喊声、厮杀声、剑戟的铿锵声……“人类中的英雄，几乎同超自然的人物一样神奇。”

我想，没有格萨尔王，这粗犷的山野，这苍茫的戈壁荒原，这辽阔的背景不是更寂寞、更空旷、更苍白了吗？它还有什么令人神往的文化和动人心魄的故事呢？

文化与文明之花在这块雪域高原上代代盛开着，这里藏传佛教如同西藏一样，塔寺林立，喇嘛成群，香烟缭绕，梵钟玉磬。你走进藏族自治州的每一个村庄，都会看见路口的玛尼堆、白色佛塔、五彩经幡，磕长头的信徒，手持摩尼轮、衣衫褴褛、满面黝黑的信徒，这是一片“密宗王国”。他们对大自然充满无限的敬畏……这些文化和文明的格局并没有经过认真的梳理，崇拜帝王的心理依然是一切文化的主导，对英雄格萨尔王的崇拜便是最典型的例证。在民间到处都有说唱《格萨尔王》的艺人，人们最爱听的是格萨尔王降服四方四大敌国的“四大战役”：魔岭大战、霍岭大战、姜岭大战及门岭大战。在青藏高原，你会常常看到藏胞骑马外出前都要先把坐骑的尾巴结成结。这一习俗源于史诗《格萨尔王》。格萨尔一生南征北战，在行军途中，要经过无数险关，江河、森林、石山、暴风等等。史诗对这些关塞的描述极富神话色彩，它们都能随机应变，自动阻挡外敌入侵。格萨尔王在一次进军中，必须通过由两座山对峙而形成的“石山关”。那两座对峙的石山日夜一开一合，清风也很难通过。格萨尔王凭着自己的机智和勇敢，在石山一开的瞬间，跃马而过。人马是跃过去了，可是马尾却被迅速合拢的石山夹掉了一束，使格萨尔王大吃一惊。自此以后，格萨尔每次出征，都要先把坐骑神马的尾巴结成一个结，以免途中再遇风险。

在格尔木采风的日子里，我结识了南杰才让，他是玉树人，曾经在四川某师范专科学校读过书，毕业后又回到青海。他爱好文学，业余时间写诗、写小说、写散文。他从小读双语学校，藏语汉语都说得流畅。他用汉语写诗，有时也用藏语写散文。他的诗集洋溢着浓烈的青海气息，诗中有苍天的寥廓，远水的苍茫，雪山冰川的巍峨，也有草甸野花的芬芳；有翱翔的雄鹰，奔驰的马群，有红狼的吼叫，也有鸟雀的歌唱；当然也反映出家乡人民的欢乐和忧伤，高原人的歌舞、祭祀、宗教和劳动生活，也表现藏民族婚丧嫁娶的风土人情。这些诗不乏历史的绵长和情感的厚重，也有的略嫌粗糙、直白，却诗意质朴、粗犷、大气。诗的题材之广阔、内容之丰富，使我震惊，这是个多么热爱生活的人，思想多么活跃的人！

他有一首诗是写“油菜花”，诗意浓郁，语言优美，读着它仿佛看到在七月强烈的阳光下，有位神奇的大师，为大地涂上一片绿，又点上一朵朵金黄，置身这黄与绿的田野，眺望远处的雪山、近处的河流，或抬头仰望蓝得惊心动魄的长天，总觉得油菜花给这枯寂的山野带来了吉祥与祝福，是黄金之梦，洋溢着带有青海气息的浪漫和温馨。

他说，他会说唱《格萨尔王传》，他姥爷就是一位《格萨尔王传》说唱艺人，他从小是在听着《格萨尔王传》说唱声中长大的。他说，格萨尔王是藏人的魂，是高原人的神。说着，他学着艺人的腔调说唱了《格萨尔王传》开首一段：

唐古拉的旷野，天高云淡/光明中诞生的壮丽天地/曾经写下这样的长卷/英勇的格萨尔/黑暗中的闪电/骑着枣红骏马/拉响手中弓箭/率领正义兵师/实现天神的预言。

他告诉我，《格萨尔王传》有五十六种手抄本，现在已整理出三十余部，几百万字，是世界上最长的史诗，是藏民族的一部宏阔的“二十四史”。

谈起他的家乡玉树，他兴致更高，那是个典型的藏族自治州，寺院林立，经幡飘扬，处处悬挂着风马旗，山谷的早晨和黄昏常响起晨钟暮鼓、长号短号，深沉、低郁、悠远。那寺院建筑宏伟，寺僧众多，文物丰富，许多名师高僧都出自玉树三大教合一的寺院——结古寺。整个寺院依山势而建，殿堂僧舍错落有致，层楼重阁，富丽堂皇，那殿堂里可容纳上千人诵经。

他说藏族人喜欢歌舞，藏族人的舞蹈千姿百态，妖娆纷繁，有上千种之多，藏族民歌近万首。

寥廓的长天，寂静的高地，空旷的草甸，斑驳的湖泊，还有荒茫的风、苍茫的岁月，青海大地富有神性、佛性和诗性。这里到处有诗性的闪光，有神祇的影子。这恶劣的生存环境塑造了高原人的粗犷、豪放、坚毅、乐观的性格；他们达观知命，欢欢乐乐送去一个个的日子，又欢欢乐乐迎来无边无际的岁月。民间歌舞是民族文化的组成部分，内容丰富，涉及历史、宗教、战争、劳动、生活、爱情、民俗，再现了藏民族民众丰富的生活。

南杰才让有一首诗就写到藏族人是爱歌唱的民族，挤奶时唱挤奶歌，骑着马唱骏马歌，喝酒唱祝酒歌，放牧时有更多的牧歌，他们的鞭梢系着歌，套马杆子上系着歌……青年男女相恋的情歌，多如草甸上的野花。婚礼上，那祝福的歌从早唱到晚；祭祀时，那千寺万僧唱起源源不断的梵歌，神色肃穆，心灵圣洁。这时你才体会到“音乐所特有的威力是一种自然的力量”（黑格尔语）。

青海民歌分两大类，即“鲁”（山歌）和“拉伊”（情歌）。高山原野上传唱着民歌，空旷的大地，高渺的天空，任歌声撒欢、飞翔。走进青海，你会感到浓郁的宗教气息，感受到神山圣水都闪烁着佛祖的灵光。那些古老的文化，从部落到部落，从山村到城镇，一路传承着，骑马、射箭、摔跤，点燃圣火，在朝圣路上，一步步艰辛地跋涉，信仰之光照亮了他们的灵魂。

最让我震撼的是在他的办公室里，我看到藏族祭神舞蹈的录像。那场面、那背景，宗教气氛十分浓烈。佛祖、神灵、桑烟、风马旗、经幡，既神秘又让人恐惧，一种敬畏感油然而生。你仿佛走进另一个世界，神性的世界，神光布满大地。

供桌上摆满了青稞、酥油灯、净水、花草、切玛。宝瓶里面插着几根孔雀翎，阳光照耀，翎毛闪耀着神秘的色彩。

舞蹈人员还未上场，那经号已吹响。号有长有短，长号达数米，短号一两米。号手身着红色僧装，头戴鸡公帽，佩戴绛紫色飘带，还有璎珞、佛珠，光彩熠熠，神秘兮兮。他们时而吹出沉郁悠悠的长调，那是对这高天大地奏响的长鸣；时而号声短促，像是风过林莽一样雄沉。在俯仰之间，错落之中，宗教庄严肃穆神圣的气息更加浓郁，观者未见舞者就已沉浸在虚无缥缈的梦幻境界里。

号声响过，舞者登场。他们身着怪诞的衣服，头饰更是奇形怪状，有的戴着呈愤怒相的面具，他们手持蟒蛇、颅骨、心脏、长剑、利箭、斧钺或金刚等造型奇异、五颜六色的法器，踏着缓慢的脚步，陆续登场。中间有一主神，他头戴五莲冠，身着彩衣，右手持一明镜，左手持一把“火焰盅”，胸前佩一轮宝镜，舞动着威严的脚步，身后便是几位怒目金刚式的雄强汉子。他们的脸庞黝黑，眼睛发亮，头戴颅骨冠，身着藏蓝、墨绿、赭红等色彩浓重的法衣，舞步刚烈，夸张地表现出愤怒、暴躁的威慑力量。他们是护法神，协助“主神”来惩罚人间罪恶，并誓愿保护佛法和信众的一切利益。

随着经号的奏鸣，诵经声起，一种沉郁极富磁性的声浪，像海涛般震荡着大地，一种穿透力、渗透力灌满我们的心房。

我们已走进神的世界。

在希腊，美学与史诗、悲剧中所呈现的神话密不可分，那是神的世界。而在藏民族，美学则与日常生活、道德、社会和政教问题关系密切，这里蕴含着神性之美、诗性之美。

看罢，我感到在山宗水脉的青海，袈裟连缀的高天远地，没有山水，写什么都不是真正的青海；没有宗教和神灵，怎么写都不像青海。这里的山川美景是大地之美，这里的宗教文化是人类灵魂之美。

第二章 水拍金沙

从青海的巴塘河口，一直到四川宜宾的岷江河口，金沙江全长两千三百零八公里，占了整个长江的三分之一强的长度。

她从青藏高原一路奔腾而下，劈开崇山峻岭、层峦叠嶂，把茫茫大山硬硬地切割成深深的峡谷——这就是横断山脉。谁说弱水三千，水的性格是温柔的？对阻挡它前进脚步的顽石、巉岩，水却展示了刚烈坚毅、摧枯拉朽的伟力和毁灭一切、冲决一切、征服一切的英雄气概。

金沙江在石鼓镇转了一百八十度的大弯，她的抉择突然而又理智，没有犹豫，没有彷徨。这是智者的抉择，大气磅礴的抉择，开弓没有回头箭的抉择，决定了一条大河的命运。

理智的抉择

金沙江是一条美丽的河流。长江走下青藏高原，穿越惊心动魄的十万大山，这条河流经历了怎样炼狱般的苦难！想想吧，那一泓巨流穿岩凿壁，过峡谷，涉深渊，无数的浪涛不惜粉身碎骨，为了开拓前进的道路，激流喧豗，浪涛澎湃，抱成团，形成合力，锲而不舍，坚忍执着，一切顽石巨岩都被它击溃！

但金沙江仍然不改女儿身的气质，你听听她另外的名字吧：丽水、绳水、泸水、若水、黑水、淹水……

这女性般娇弱的名字，怎能使人想象出她那勇往直前、所向披靡的英雄气概？怎能想象她同十万大山搏击了千百万年？厮杀，鏖战，咆哮，呐喊，狂啸，怒吼。金沙江一生都充满了狼烟烽火的战争，都充满了惊心动魄的传奇。多少大山阻挡，多少怪岩堵截，多少巨石羁绊，都没改变她钢铁的意志，钢铁的雄心，一路拼杀，一路高歌，从青藏高原奔腾呼啸而来。

从青海的巴塘河口，一直到四川宜宾的岷江河口，金沙江全长两千三百零八公里，占了整个长江的三分之一还要长的长度。

是一个初秋的黄昏，我见到了金沙江。

金沙江的上游就是通天河，通天河揽朶尔曲、当曲、布曲，流至得列楚拉勃登，与另一条重要河流楚马尔河汇合，形成汹涌澎湃的大河。通天河流出巴塘河口，往下才是著名的金沙江。金沙江又携同澜沧江、怒江一路奔腾南下，劈开崇山峻岭、层峦叠嶂，把莽莽大山硬硬地切割成深深的峡谷——地理学上称为“横断山脉”。横断山地北段，川西南山地，滇北高原，山高、壁陡、流湍、高峡与高峡间鲜有宽谷出现，深壑似劈，陡崖如削。横断山脉平均海拔四千多米，有的山峰高达五千多米，山与山之间最深的峡谷达三千多米。

山水相依，山环水覆，每一叠岩石，每一朵浪花，都镌刻着风雨沧桑的岁月。水是山的血脉，大地的动脉，不管是流动还是穿越，都展示着大自然的启示。山川形胜，险嶂激流，闪烁着中华文化的异彩，孕育着中华儿女的优秀品质和峥嵘风骨。歌德在《水的颂歌》中唱道："一切都从水里产生，一切都被水保持！"

其实，环境是性格形成的重要因素，水在平原、池塘、湖泊中展现的是温柔平静，但面对深山峡谷，水却展示了刚烈坚毅的性情，富有了摧枯拉朽的伟力和毁灭一切、冲决一切、征服一切的英雄气概。

有民谣云："上山入云端，下山到河边。两山相对话，握手得一天。"说明金沙江两岸，石壁陡立，山峰峻拔，激流就在这峡谷中咆哮奔腾，如群狮狂啸，万马齐鸣。完全想象得出来，群山莽莽，森林郁郁，云霭冉冉，苍天渺渺，一条银剑般的大江竖劈而来，令人怎能不忐忑觳觫。这是天籁之水，这是银河落地！

在丽江一带流传着一个美丽的故事：传说怒江、澜沧江、金沙江是三姐妹，她们商量好一同到东海龙王宫做客。此事被玉龙山老人知道了，借口她们的父亲事先没有打招呼，便扯住三个姑娘的衣襟不让东去。大姐怒江最老实，憋着一肚子气往南去了；二姐澜沧江最勇敢，鼓着劲儿往东冲，没冲多远，精疲力竭，败下阵来，乖乖地扭头南流；小妹金沙江聪慧机智，趁玉龙山老人打瞌睡，忽地把身子一扭，从玉龙山老人脚脖子处溜过，头也不回直向东海奔去。玉龙山老人叹了一口气，眼睁睁地望着金沙江远去的身影，呆呆地站在那里……传说是美丽的，现实是残酷的。金沙江东去的途中，其艰难险阻，不可言状，一路咆哮，一路厮杀，进峡出峡，粉身碎骨。

东方，是金沙江追求的理想之地。

大海，是金沙江梦寐以求的圣境。

金沙江和澜沧江、怒江并行一千多公里，到了云南丽江地区长江第一湾所在地——石鼓镇，突然来了个一百八十度的大转弯，割舍并肩而行的姐妹澜沧江和怒江，独自远行，它们三者相距最近处只有七十六公里，而至入海口却遥遥相隔几千公里！为达目的，斩断一切羁绊，打破一切枷锁，抛弃一切诱惑，摧毁一切障碍！这就是金沙江意志。

秋天的阳光像成群的鸟儿，扑扑棱棱落满山野，到处是秋阳无声的歌唱。秋风弹琴，动人的琴韵伴着流水的涛声，给云南初秋的山野增添了一抹动人的诗意。金沙江在这里同澜沧江、怒江分道扬镳，没有生死离别的悲哀、失魂断肠的痛苦，但也有一怀愁绪，金沙江是为着自己的抉择而思忖？是告别二姐妹，为独自开辟生命的道路而踌躇？流水来到天下长江第一弯时，变得格外冷静、沉着，一改峡谷中的狂躁，一改山壁夹击下的紧蹙，流水安详平稳，细波澹澹，完全显示女儿身的艺术写真。金沙江在重新塑造自己的形象吗？

也许金沙江太疲惫了，在这浅浅的沙滩开始休息、整饬，把疲惫与沉重都卸下来，晾在沙滩上，潮湿的呓语把风干的记忆重新梳理。夕阳向晚了，沙滩上只有细波喋喋的亲吻，江两岸砾石满坡，光秃秃的山崖，十里无一树。一只只水鸟从芦苇丛里窜出来，在江面上时飞时栖；芦苇丛的白絮随风飘起，颇有点“柳絮飞来片片红”的意境。

我徘徊在沙滩上，望着眼前屋瓦鳞次的南国文化名镇——石鼓镇。小镇不大，千户人家，屋舍依山而筑，一条石板铺砌的小街横贯其间，青砖黛瓦，墙角上这里那里有斑驳的苔藓，显示出岁月的苍老、时光的苍凉。走进小镇，常见门联：“户连云岭几千叠，家住长江第一湾。”金沙江畔，杨柳护堤，迎风击浪；一条古倔的铁索大桥，沉重的链环上铺着被风雨剥蚀得斑斑驳驳的木板，木板已发黑。桥西头有一座鼓形的汉白玉石碣，它立于明代嘉靖年间，石鼓镇因此而得名。

金沙江在这里形成V字形的一个大弯，玉龙雪山硬是将南下的巨流逼向东北，让其从脚下绕道东流，这就造就了三江并流（金沙江、澜沧江、怒江）。一座大山改变了金沙江的命运，从而金沙江抒写了一部喧嚣的历史，而长江中下游出现了重庆、武汉、南京、上海等灿若明珠的巨都大邑，正是在长江第一湾埋下了伏笔！谁说这不是玉龙雪山的功绩呢？

石鼓，唐代属南诏铁桥节度使管辖。元初，忽必烈兵分三路，从西北进军云南。南宋政权虽然风雨飘摇，但有长江天堑，仍然苟延残喘。尽管忽必烈有投鞭断流的壮志豪情，但面对天险长江也不得不思忖三分、畏怯三分。于是他采取迂回包抄的战术，即抄后路。其中西路军兀良合台一路激战于此地。据《木氏宦谱（甲）·阿琮阿良传》载：“宋理宗宝祐元年……忽必烈亲征大理，良迎兵于剌巴江口。”并派人引路，遂破巨津半空和砦。这半空和砦，即今天的石鼓。“剌巴”，是纳西人对石鼓的称谓。

其实，石鼓镇早在三国时期就是古战场。诸葛亮七擒孟获就是从这里出征的。

诸葛亮在《出师表》中涕泗横流地向阿斗表白自己的忠心，“受命以来，夙夜忧叹，恐托付不效，以伤先帝之明。故五月渡泸，深入不毛。今南方已定，兵甲已足，当奖率三军，北定中原”，诸葛亮的

“五月渡泸”就是渡金沙江，深入不毛之地，平息南诏少数民族的叛乱。

蜀建兴三年（225）五月，诸葛亮统率大军经过艰苦的长途跋涉，翻过人烟稀少的横断山脉，来到波涛汹涌的泸水之滨，逼近益州郡，开始了以军事为后盾的“攻心战术”，宣布对叛军首领孟获只准生擒，不得伤害。历史上，一场罕见的“七擒七纵”的战役就打响了。

孟获有勇无谋，只会冲杀，不懂兵法，和蜀兵一交手，就中了埋伏，被活活捉住，部下除了少数死伤，大多做了俘虏。

诸葛亮坐在帐中，士卒们押孟获进来。孟获身材高大，肩宽臂粗，目露凶光，果然是一条硬汉。孟获被汉军捉住，认为必死无疑，谁知诸葛亮不仅不杀，还亲自解绑。孟获没有感恩的意思，一脸不屑，诸葛亮只好带他去帐外，看看军威。

孟获一看都是老兵残将，甲戈无光，旗帜不整。诸葛亮对孟获说：“你看我大军如何?”孟获说：“从前我不知道虚实，所以打了败仗，现在看了你的军队，我肯定会打败你。”诸葛亮听罢哈哈大笑：“好，那你就重整兵马吧!”其实这是诸葛亮的一计，把精兵悍将隐藏起来，造成孟获的轻敌思想，那结局可想而知了。

这样孟获七战七败，诸葛亮七擒七纵。这实际上是一场猫与老鼠的游戏，是智慧与力量的玩耍。诸葛亮不杀孟获，这犹如高明的棋手同一个懵懂的小儿对弈，实在是一场玩笑，把这个剽悍、勇猛而缺智少谋的叛军首领逗耍得无可奈何，最终感激涕零：“丞相恩德，我们永远不会忘记啊！南人永远不再造反了!”诸葛亮于是设宴帐中，庆贺民族友好，并宣布汉军占领的地盘全部退还，由孟获和部落首领治理。孟获和蛮兵蛮将听了，无不欢呼雀跃。征服一个民族不是将对方从肉体上消灭，不是杀戮和吞噬，而是击溃他们的精神。这是诸葛亮的智谋，也是大政治家的襟怀。

悲壮的突围

南国的秋天总是姗姗来迟，已是九月了，北方早已沦陷于秋的深处，这里的太阳还是没完没了地吟唱夏之绝句。田里的庄稼还青葱葱的，山上的树木苍苍郁郁，田埂上的野花还乐乐呵呵热热闹闹地开，野草还傻乎乎地长，只是失去了夏天的亢奋和热烈。早晨推开旅馆的窗户，只见天空蓝湛湛的透明，云也白多了，远处玉龙山顶的雾霭疏淡多了，露出皑皑的白雪，吹过山野的风再也不是黏糊糊热辣辣的，而是清爽宜人，还裹着一股沁人的凉意。

玉龙山早已闯进我的视野，金沙江就在我的身边。这是一个阳光灿烂的中午——很少有这样晴朗的天气。在云南常常东边日出西边雨，湿漉漉，潮乎乎，没有干爽的日子。阳光薄金，江面飞银，大地氤氲，玉龙雪山蒸腾着一团云雾。金沙江的涛声如雷如吼如啸如怒。我们的旅游车在山弯里转来绕去。玉龙雪山时而远避三舍，时而近在咫尺。我们去寻找虎跳峡，这是金沙江横切横断山脉最震撼心魄的一章，许多长江漂流者都没有闯过这一关，1989 年有个叫李茂书的四川某大学学生，从长江源漂流到虎跳峡，却没闯过这一劫，船翻人亡，至今未找到他的尸首。

这是横断山脉的咽喉。虎跳峡，使人闻之色变。

金沙江在石鼓镇一带养精蓄锐之后，江面空阔舒缓，可是走了三十多公里，它的性子又发生了陡变——暴烈、狂躁。

玉龙山，名副其实，真像一条玉龙游离于九天。那山峰犹如擎天柱。玉龙山有十二座雪峰，依次排列在虎跳峡畔，犹如长江三峡巫山十二峰一样。前头的主峰如龙首昂天，后面峰峰相连，好像龙身和龙尾。天高云淡时，这条龙犹如从天而降；风吹云飘，又仿佛龙跃云中，云飞龙舞。明代奇人徐霞客曾游于此，写道："玉龙独挂山前，漾荡众壑，领挈诸胜。"

玉龙雪山南北长三十五公里，东西宽十三公里。山顶披云戴雪，美艳惊人。当清晨太阳尚未升起时，雪山最早迎来第一缕晨光，玉笋闪烁，灿灿生辉，珠光宝气，群峰苍茫；黄昏降临，一抹夕照，飞上雪峰，镂金敷彩，金碧辉煌，那一座座山峰犹如女神的金簪。当晚霞消逝，天空出现黛蓝色的夜幕，一轮月亮冉冉升起，融融皓魄，朗朗雪山，两相辉映，犹如瑶台玉宫。

而山脚下却弥漫着亚热带的情调，氤氲着亚热带的氛围。

且不说人，单看那些植物王国花花绿绿生机勃勃的世界，就让人震惊，让人感叹。在这里，一切生命都是匆匆忙忙，热热烈烈，急急惶惶，像是某种力量驱动下陀螺似的飞速地旋转着，变换着，分分秒秒不停息。这里的土地、花草、树木、庄稼、河流、空气、云彩，甚至风雨，都处在分秒不停的剧烈的变化之中。竞争把一切都撕裂得粉碎，树木拼命长高，花匆匆忙忙地开，草急急忙忙地长，你争我夺，你追我赶。亚热带的生命争奇斗艳，植物的气息浓得呛人，天空是温暖的湛蓝，下面的幽谷却弥漫着薄雾。竞争的剧烈，往往是生命的高潮过去就是衰老、死亡、腐朽，生命浓缩在极短的时间里，飞速地进行。它们是智者，是哲学家。老的生命还没有完结，新的生命便齐乎拉地喷涌而出，急急嚷嚷，喧喧嚣嚣，热热烈烈，像争夺表演自我的舞台似的。那些死乞白赖不肯离开舞台者被逼得无奈，只好匆匆地结束了自己的生命。无数生命的过客组成了一个花花绿绿的世界。所谓，昙花一现，正是说明最灿烂的生命也是最短暂的。在这里找不到永恒，找不到不朽。不朽的是时间，不朽的是奔腾的江河。

金沙江是永恒的。

玉龙雪山是永恒的。

玉龙雪山的春天和秋天没有本质的区别。春天，薄雾轻烟，云霭缥缈，雪山犹如藏在轻纱帐中，神韵丰盈，玲珑朦胧，又如身披婚纱的嫁娘，衣袂飘飘，娇腮粉面，让你一看就心旌摇荡。夏天则又幻成另一副仙态神姿：山顶上云流雾走，依依袅袅，扑朔迷离，深奥莫测，令人神往心醉，眼花缭乱。倘若朗朗晴日，云收雾敛，山顶雪冠袒露在蓝天下，而山腰仍有一条白纱，腰带似地缠绕，更是丰采绰约，奇观佳景让人叫绝："雪精溶玉液，冰骨酿珠浆。"雪峰杉林，草原畜群，玉璧金川，一幅幅画卷般的美景销魂夺魄。登上大坝望雪亭，眼界顿开，雪山十二峰，峰峰晶莹透明，四面瑞色攒聚，玉笋插天，银烛照地。

现在是秋天，玉龙山云笼雾罩的画面已淡去，更显出清水出芙蓉般的清丽。大雁从北国衔来一枚红叶，丢进山林，漫山遍野的葱绿、翠绿、苍绿、黛绿，似乎一下子被稀释了。李白云："草不谢荣于春风，木不怨落于秋天。谁挥鞭策驱四运，万物兴歇皆自然。"欧阳修《秋声赋》里写道："星月皎洁，明河在天，四无人声，声在树间。"秋天给人一种疏淡的美、绚丽的美、成熟的美。如果夏是绝句，秋则是元曲小令，虽有凄凄然，戚戚然，草木却无怨无忧，玉龙山的秋天依然潇洒和大气磅礴。

玉龙山的西侧是金沙江。怒涛翻卷，堆烟砌雪，满峡谷玉马奔腾。

雄浑的大江来到两山夹峙的峡谷，只见巨流层层推进，浪涛訇訇，好像一场大决战的冲锋号响起，万马奔腾而来，飞鬃扬鬣，势不可挡，呐喊，厮杀，搏击，这是金沙江生命激情的爆发，是一场生死存亡的鏖战。而两山峡壁，铜浇铁铸，浪涛撞在上面，粉身碎骨，玉屑腾空。然而前排浪涛倒下，后排浪涛又汹涌而来，浪涛滚滚，铺天盖地，即使是铜墙铁壁，面对视死如归的滔滔巨浪，也不能不胆战心寒。

金沙江创造了一种音乐，一种奔流汹涌的狄俄尼索斯式音乐——一首令人伤悲的挽歌。没有人能听懂它。有时它疯狂地跳跃，有时它在刀光剑影中舞蹈，它用尖利刺耳的声音在山谷中咆哮、呐喊，以殉道者的精神开辟自己的生存之路。它伤痕累累，它的生命充满神圣的苦难。面对重峦叠嶂，面对观者钢铁般的沉默，金沙江孤独地挣扎着、冲撞着……一路闯关夺隘。它强健的躯体被顽岩怪石撕成千万个刺人的锋利的碎片、一堆空洞的泡沫，但它是神，凭着天性的最原始的再生力量，转瞬间又复合在一起。生命的破碎，情感的爆炸，血液急剧的循环，它在整体上承受着痛苦。英雄生命里没有鲜花、颂辞，宏大的演出没有喝彩，它的舞台空旷而寂寞。

金沙江是孤独的，漫长的孤独。这种孤独痉挛于时间之前和时间之后。它无论是匍匐前进，还是挺胸奔跃；无论是颤抖的甜蜜，或是兴奋地陶醉，抑或强烈的渴望，都是一部充满激情的心灵史。只有意志拯救它，只有信念支撑它，只有理想鼓舞它，它从痛苦走向欢乐，从黑暗走向光明。

如果用电影的慢镜头把金沙江激流记录下来，你会发现它的浪涛重复而不雷同，后浪前浪既有克隆性，又有鲜明的个性。但每一个浪涛都凝重、强健有力，在动与静中掷地有声。这是纯意志行动。无言的天地和永恒的时间与它同台演出。望着浑浊的伤痕累累的金沙江，我忍不住一阵心酸，眼泪差一点儿夺眶而出。

这是金沙江气势磅礴的“生命”交响曲。

金沙江畔一家宾馆里，一位地方史专家向我讲述了金沙江的故事，他说，许多文学作品和教科书都把金沙江描绘成一个悲剧角色，我不这样认为。金沙江是英雄，是上天之子，千山万岭都不是它的对手，它是胜利者。

虎跳峡是金沙江命运的一劫，金沙江闯过它，将付出巨大的牺牲和粉身碎骨的代价。

美国西部的科罗拉多大峡谷平均深度一千六百米，举世闻名。而虎跳峡陡岩峭壁高出水面三千多米，远远深于科罗拉多，是世界之最，而且虎跳峡深而窄，许多地方双峰欲合，如门半开半掩，身入谷中，只见一线蓝天，曲曲折折。金沙江如同一条游龙，头顶蓝天，身贴绝壁，脚踏激流，令人心胆俱骇。

幽深而又森严的玉龙山和哈巴雪山，巉岩丛簇，森森郁郁，野藤山箐，层层密布，更给这巨峡深渊涂上一层恐怖的色彩。

虎跳峡是天下第一险谷。不少中外探险家、长江漂流者都葬身于虎跳峡，至今未有一人漂流成功。越是艰险的地方，越是蕴藏着一种壮美，一种摄人心魄的壮美。山和水的较量，山与水的对峙，大自然自我间的一场场恶战，惊心动魄。

金沙江孑然走向命运深处。

金沙江，天意之江，在这里似乎具有一种象征意义。它的流域，或它通过的地方是文明对野蛮的征服，是灵动对顽固的征服，是高尚、永恒对险恶、深奥的征服。金沙江遭遇虎跳峡，犹如黄河流经壶口，是一个巨大的里程碑。

玉龙雪山怪石嵯峨，古藤盘结，山脚壁立，直插江底，江水奔突怒号，石乱水澈，雪浪翻飞，漩涡漫卷，飞瀑轰鸣，雾气空濛，沸沸扬扬，形成一道壮丽的景观。

令人震惊的是千仞铁壁、万丈峭岩，静如禅境，静如涅槃。任凭头顶风云乱渡，雾岚缭绕，脚下流水如千蟒扭结，万狮怒啸，它却缄默不语，神威凛凛。这里的山与水形成一个巨大的磁场，动与静构成哲学的两极。“以静制动”“宁静致远”。静是中国古典哲学最崇尚的命题。静本身就是一种力量、一种信念，展示了胸有成竹、腹藏丘壑的大家风度。动静参于天地谓之文。江河是天地间的大文章，是自然之文。中华大地上的人文是怎样形成的？是参照天地之文。金沙江一路断杀搏击，凭什么力量战胜了十万大山？第一是勇气，第二是骨气，第三是底气，三气合一，构成一种静气。世界上还有什么力量能超越这种“静”的伟力呢？

山是宗教，水是史诗。

山是神，水是鬼。

虎跳峡，是鬼神的杰作。

虎跳峡分为上虎跳、中虎跳、下虎跳。继续前行就到了“中虎跳”。这里巉岩排空，直刺青天，或扑斜江面。滔滔大江遇到挤压和阻拦，怒不可遏，它攒足力量，以雷霆万钧的气势，劈头向崖壁冲杀而来，狂涛汹涌，飞瀑腾空，空谷轰鸣，声震云天。江底惊涛裂岸，崖头山泉喷泻。站在山路上，脚下是深不可测的悬崖，谷底是惊涛骇浪的轰鸣，头顶是乱云与呼啸而过的猎猎江风。偶尔落下一块石头，便如丸飞坠，很久才听到它落进江底激起的回响。

在这里你会感到“一山有四季”的立体气候，和植物垂直分布的奇迹！且不说，山顶上白雪皑皑，云雾缭绕，积雪常年不化，那是绿色的绝缘体，是生命的禁区；仿佛那道雪线上有块警示牌：生命，切勿靠近！在雪线附近，便是褐色的岩石与积雪的参差交错，地衣和苔藓这些高寒植物胆战心惊、小心翼翼地匍匐在岩石上，仿佛谁一声恫吓，它们会逃遁得无影无踪！雪线以下，是针叶林带，苍黑的铁杉、冷杉，漫布开来，一尊尊御风雪、抗严寒的无所畏惧的群体雕像！

到了半山腰，玉龙雪山却是另一番璀璨烂漫、丰赡壮丽的景象，那是混合林带。杂花生树，五彩斑斓，满山遍野是高大葳蕤的杜鹃花树，丛丛簇簇，花繁如潮，花艳如霞。也有松、栎，大树参天，冠盖如云，植物学家称这里是植物王国，是生命的基因库。而再往下来到了金沙江边，完全进入了亚热带风光，巨大的芭蕉树肆无忌惮地、疯疯癫癫地沿江一线漫卷而来，展示着生命的野性和强悍；还有榕树，高大宏阔，独木成林的现象并不少见。虽是秋风萧瑟的季节了，这里依然是繁花似锦、翠绿欲滴的盛夏，老水牛卧在水洼懒得动一动身子，孩子们赤身裸体在山塘洗澡耍水，纳西族少女临溪浣衣，流水潺潺，带去一片芳馨的梦幻。

我站在江畔，深情地望着江水——千百年来，岁月漫长的流徙，四季晨昏的交替，风霜雨雪的侵袭，草木荣枯，金沙江遭受着内在的困惑和外在的苦难，虽伤痕累累，却痴心不改，精神昂扬，正如诗人黑塞所言：“满是磨难的生活并没有把我折断。”

写到这里，我想起一个落魄文人，此人名叫孙髯，字髯翁，号颐庵，是雍乾年间昆明一介寒士。这个穷秀才看到当时科举的腐败，官场黑暗，仕途蹇涩，他毅然放弃登科及第的欲望，在金沙江畔青山碧水间度过他清贫的一生。实际上孙髯翁和曹雪芹一样，在康雍乾盛世已看到大厦将倾的征兆，于是成为一个散淡的文人。他性情达观、孤傲、坚毅。他素爱梅，自称“万树梅花一布衣”。到了晚年，他已散淡不起了，穷困潦倒，靠卖卜混饭吃。此人一生著作颇丰，但大多遗失，却有“天下第一长联”享誉海内外。昆明大观楼建成，一时文人雅集，墨客登临，填词作诗，无不粉饰太平，为统治者歌功颂德。这老先生颇有凌霜傲雪的风骨，对群儒鄙夷和不屑，便挥笔写下一副长联，长达一百八十字，旷古未有，成为大观楼一大风景：

五百里滇池，奔来眼底。披襟岸帻，喜茫茫空阔无边。看东骧神骏，西翥灵仪，北走蜿蜒，南翔缟素。高人韵士，何妨选胜登临。趁蟹屿螺洲，梳裹就风鬟雾鬓；更苹天苇地，点缀些翠羽丹霞。莫辜负四围香稻，万顷晴沙，九夏芙蓉，三春杨柳。

数千年往事，注到心头。把酒凌虚，叹滚滚，英雄谁在？想汉习楼船，唐标铁柱，宋挥玉斧，元跨革囊。伟烈丰功，费尽移山心力。尽珠帘画栋，卷不及暮雨朝云；便断碣残碑，都付与苍烟落照。只赢得几杵疏钟，半江渔火，两行秋雁，一枕清霜。

他也写过一首诗《金沙江》：

劈开蕃域斧无痕，流出黎牛向丽奔。
一线中分天作堑，两山夹斗石为门。
波摇日月苍藤细，沙走雷霆白昼昏。
倒峡翻浪自今古，更从何处觅江源？

说实话，这首诗写得并不怎么样，太实、太白，尽管也用了些

"意象"，但缺乏艺术想象力和艺术魅力。没有李白的"登高壮观天地间，大江茫茫去不还"那样气派宏大，撼人心旌。

江城古韵

丽江就躺在金沙江温暖的臂弯里。这个古意悠悠的小城由白沙古镇、束河古镇和大研古镇三个相对独立的城建单元组成。我们走进丽江古城时，正值细雨淋漓的日子。湿漉漉的地，湿漉漉的树林，老水牛在雨里发出沉闷的似乎发酵了的哞叫，狗夹着湿漉漉的尾巴无目的地游逛，不时狺狺地叫几声。远山，一抹黛黑，笼在雨雾里，树林一泓苍郁，蒸腾着雾岚。古城的房舍全是飞檐翘瓴的古建筑，青砖黛瓦，油漆剥落的门窗，小巷铺着斑斑驳驳的五花石，亮亮的雨丝飘下来，石凹间积满亮汪汪的水。三五顶尼龙伞下是看不清面容的姑娘，高跟鞋橐橐敲在五花石上，溅起一簇簇水花，也溅起一串串笑声，随着斜风细雨，满街巷飞扬。

三个古镇，资格最老的是大研镇，始建于宋代，是元代丽江路宣抚司、明代丽江军民府和清代丽江府驻地。纳西族称为"依古之"，意为"金沙江湾中的集镇"，又叫"恐本之"，意思是"仓库的集镇"，可见丽江古城很早就是这一带的商贸中心，货物集散之地。

古镇四周隆起，群山环抱，中间形成一块小小的盆地，犹如一块巨大的砚台，所以大研镇也叫大砚镇。这巨大的砚台里有水，一条玉河汩汩湲湲流淌其间，仿佛有谁临水研墨，挥毫抒写这边陲的历史、风土人情的诗篇。

古镇后面是狮子山。山上林木蓊郁，莽莽苍苍，晨升白岚，暮起紫烟，氤氲缭绕，如梦如幻，更给人一种神秘感。站在山上，俯首鸟瞰，玉带如河，飘逸逶迤，穿城而过，河两旁青砖灰瓦，屋舍俨然，烟波荡漾，土司的宫殿巍峨壮伟，鹤立鸡群，更令人肃然。

丽江古城的发展经历了漫长的过程，蒙古军征服云南以前，纳西族的四大支系——禾、束、叶、梅，“依山负险，酋寨星列，不相统摄”，也就是说这四大支系经常互相争战，烽火不息，狼烟不绝，碉堡林立，矢镞如雨。元朝忽必烈攻灭大理国，建立丽江路军民总管府，改变了这种互不统摄的涣散局面，原始部落也由割据逐渐走向社会权力的民族统一的聚合。

现在白沙镇、束河镇明显地展示出这一历史演变的轨迹。白沙的中心，是被称为“木都”的殿宇群落和象征政治权力的广场，萃集在这里的大宝积塔、大定阁、金刚殿、白沙壁画等杰作，佐证着丽江的统治中心地位。白沙南面不远处的束河古镇，更为明显地表露出以商业文化为主流的城建格局。但依山而建的民居群落和围绕集市四通八达的街巷格局、沿街的作坊，也说明了这里完全成了商贸中心，政治被淡化到极致。明清时期，是这里的繁华鼎盛时代。铜器、铁器、皮革、盐巴、茶叶、布帛、柴薪、牲口、家禽以及各种生活、生产用具用品，胪列成行，琳琅满目，畅销于藏区，辐射到周边地区。商业巨大利润的诱惑也吸引着八方商贾、马帮，络绎不绝，纷至沓来。

明洪武年间，明军南下，木氏先祖率众归降，并随军作战，因其投诚且战功卓著，被朱皇帝赐以“木”姓，并得授“子孙世袭土官知府”，不久在大研镇的西隅大兴土木，建筑了宏伟雄丽的丽江公署，从此丽江成了政治、军事、文化和商业中心。一座三位一体（白沙、束河、大研）辉煌的丽江古城出现在金沙江边。

丽江古城没有城墙，据说土司姓木，“木”外边加一个“口”字，成了“困”字，木家家族认为这太不吉利，所以木家不许修城墙。这座古城充分利用了山川地形和周围的自然环境，十分和谐，北依象山、金虹山，西枕狮子山；东面与开阔的平坝相连，格局齐整，起伏跌宕，鳞鳞屋瓦，荡荡烟波。金沙江的支流玉泉河穿街绕巷，屋舍阁楼临水而建，流水悠悠，清波湜湜，三百多座古桥纵横交错，编织了一幅南国水乡古镇独特的画面。街巷老了，老成了历史；房屋老了，老成了古董。古树、石坊、小桥流水，一种古典的美学意蕴扑面盈怀。明代大地理学家、探险家徐霞客曾造访了丽江古城，在此住了十五天，他在笔记里曾写道“居庐骈集，萦坡带谷”。城市的衙署则呈现“宫室之丽，拟于王者”的非凡景象。五彩花石铺砌的街巷，随着山势，向四处辐射而去，巷巷相连，街街相通。在这里，山、水、桥、树、楼台、水榭，天造地设，达到高度的和谐、美的极致。

春天，雾失楼台，烟迷芳草；夏日雨脚连绵，花繁树茂；即使秋冬季节，依然流水清丽，绿影婆娑。水性使人通，山性使人塞。青山秀水，使这里成了一个世外桃源。这里给人一种典型的南国水乡小镇的感觉，流水绕巷，房随水筑，家家门前有流水，户户院后奏水声。小镇角角落落弥漫着水雾、水气，水的清凉，水的温柔，水的情调。但它又不同于苏杭江南水乡小镇，那里太雕琢、太拥挤、太人文，而大研古镇则自然、潇洒、落拓，使人感到很随意，感到清水出芙蓉，天然去雕饰的古朴、鲜亮。

我在丽江的几天里，最鲜明的感觉，就是小镇的滋润和绿色。是金沙江丰沛的水量，赋予一方沃土，养育了繁荣的小镇与纳西族古老的文明。

古城人家爱美，喜欢种花植草。云南的花色品种极其繁多，号称植物王国，一年四季，花团锦簇，春光永驻。有诗云“丽郡从来喜植树，山城无处不飞花”。四方古街早在明清时期已是滇西北商贸枢纽，是茶马古道的集散中心。丽江处在上通西藏、印度，下达大理、昆明的咽喉位置，商贸活动盛极一时，至今依然商贾辐辏，货物胪列，酒肆茶楼，热气腾腾，沸沸扬扬。然而纳西人又极爱洁净，彩石铺地，清水洗街，日中为市，薄暮涤场。那店铺乌黑黢裂的门板，那屋舍古色古香的建筑，更令你惊奇，这琳琅满目、色彩纷呈的商品，多是五花八门的手工艺品，像是举行民间手工艺品的博览会。

在一家餐馆喝了一碗“过桥米线”，地地道道的云南风味，配料齐全而陌生，红绿黄白，味道鲜美，口感很好，吃得我鼻尖冒汗。走出餐馆，我便在四方街闲逛起来。

雨，不知什么时候停了，天空变得明丽，云彩疏淡而缥缈。这是云南最经典的云。

下午的阳光安谧、祥和，五花石板洁净，一尘不染。那石板光润坚硬，黑油油地闪烁着一朵朵光。湿湿的石板不沾泥，不扬尘，干干净净。以四方街为中心呈放射状的六条街道与数十条小巷联系起来，形成一个疏密有致的网络，其间还夹杂着许多小街，形成一个开放的格局，既不拥挤，也不疏离，有条不紊，细密精致。有趣的是无论多么拥挤的人流，汇集四方街，都会有秩序地疏散开来。清晨赶场的人，午后又分散而去。每天正午是最喧嚣的时候，商贩云集，人声鼎沸。

几百年来，四方街都是大西南地区茶马古道和古丝绸之路的一个商品集散地和交通枢纽。云南的地理环境和自然气候，以及交通条件，使丽江出现了成千上万支的马帮运输大军，这就形成了马帮文化。黄昏的降临，使大街小巷又恢复一片静谧和安详。古城中的石牌坊、关门口、大石桥、卖草巷，又成了居民聊天晚憩的佳地，品茗闲话人世沧桑，在一袋袋烟锅的明明灭灭中，谈古说今，海阔天空，话语里缭绕着浓浓的乡情人情。

我住在一家民居旅馆，主人既开杂货店，又经营一处小宾馆。几间木楼都是明清建筑。是什么木头，黑黢黢的已看不出原色。那楼梯的扶手、二楼的栏杆，人倚手摸，木头光滑油亮，有一种沧桑感、生活的疲惫感。楼板多年失修，踩上去，发出咯吱咯吱的声响，真担心木楼会塌陷。楼上所有门窗都有着精致的雕花，这雕饰不同于徽州，也不同于山西的平遥，汉族的雕刻多是历史人物故事，或者福禄寿之类吉祥文字，纳西族爱自然，爱天地万物，他们信奉万物有灵，大多雕刻山水、草木、花朵、禽兽，他们崇拜多神。木楼虽陈旧，但十分清洁，雕花木床上，纳西族手工织就的被褥，被面刺绣上大朵的山茶花，红艳艳的鲜美；也有飞禽，栩栩如生。这简直是工艺品，透出纳西族人的聪慧和精湛的技艺。

四方街是古城丽江最动人最撩人的一条街，犹如上海的南京路，北京的王府井，拉萨的八廓街，四通八达的街衢汇集为一个中枢和焦点。四方街面积并不大，横纵不过一两千平方米，这里是古城的商贸中心、信息中心、娱乐中心、休闲中心。四方街有一个偌大的广场，是纳西族居民的聚集之地，像古城巨大的磁场。江城失去了四方街就失去了灵魂，失去了生机和魅力。

四方街据说是根据知府的印章之形修建，象征着权压四方，威镇全城。

现在看来，四方街是条很时髦的步行街，没有现代化交通工具的喧闹，人们可以悠闲地漫步，既可徜徉于花花绿绿、五彩缤纷、琳琅满目的商铺间，又可以欣赏明清时代建筑的古风古韵，了解马帮文化的渊源和发展。

踏着五花石铺就的街巷信步游逛，街两旁全是密密麻麻像蜂巢的商店。商品之繁多、之丰富，令人眼花缭乱。商店里出售各类民族手工艺品、烟酒糖茶水果食品、玉石雕刻金银首饰竹木制品、数码相机电子产品、避孕套壮阳药仿真性具；出售现代文明，也出售历史感、文化感。

四方街最令人注目的特色，是条“女人街”。商店老板清一色的纳西族女人——因此，有人称四方街为女人街。经营者有六七十岁的老妇，有四五十岁的中年妇女，但更多的是青年女子，她们戴着帽子，粗糙黝黑的面庞——那是亚热带的阳光和南国风的杰作。

两旁的店铺里，摆满了珠宝、银饰、刻着纳西文字的各种雕饰、工艺品，还有茶和腌制的牦牛肉。店铺的招牌很不显眼，挂在屋檐下，家家还挂一串串随风摇摆的红灯笼，更有趣的是一流溪水从街旁潺潺穿过，奔泻而去。这水来自玉龙雪山，来自哈巴雪山，水清澈而冰凉，终年不断。溪水急急，步履并不悠闲，有时还溅起波浪。倒映在流水中的蓝天、白云、绿树和小桥，常被水波打乱，揉搓、重叠、动荡。有时又模模糊糊，像 19 世纪西方印象派大师莫奈的作品。这里的水极洁净，据说，早上的水可饮，中午的水可洗菜，下午的水可洗衣。现在游人多了，不免受到污染，早晨的水也不能饮。有趣的是，四方街，甚至整个丽江古城，很少有专职的环卫工人，而人人又是环卫工人，自觉地维护他们的生存环境。这里街道不需人工打扫，在广场西端河边有一石闸，提闸放水，河水涌入场中，即可清洗街面。

古城的另一特色，是清一色的“人”字屋架的瓦房院落，有平房、楼房，有四合院，也有“三方一照壁”，全为土木结构布局，又追求雕绘装饰，玲珑精巧，古趣叠生。

走在四方街上，像走进梦幻里、走进仙境里、走进毕加索那变形的画里。午后的阳光懒洋洋地洒下来，金晃晃的，耀人眼目。屋舍的阴影重重叠叠地铺在街面，你并不感到阴影的幽暗，而感到明亮、温暖，像在石板街面铺开一幅幅浓淡相宜的油画。骑楼、花窗、门廊，雕花的隔扇，刻有浮雕的青砖，一切都变得有灵性，有生命感。间或有几条绿树枝，几匝青藤从砖墙上探出身来，泼你一头绿荫和芬芳，屋脊瓦楞上的瓦松和野草静静沐浴在斜阳里，打禅一般肃穆。而那些被风雨剥蚀龟裂而黢黑的桉木门板，则昏昏然睡意蒙眬。

你如果肚皮饿了，最好到小吃店里品尝云南风味的小吃，那风味、那花色、那品类，简直让你目瞪口呆，让你馋涎欲滴，让你眼花缭乱，不知先尝什么，恨不得一下子生出五张嘴来。晚餐我和我的同伴在街旁选了一家小餐馆。窗外就是流水，是晚风拂扬的树枝，水声从柳枝里逸出，扑进窗棂，撩拨着你，像谁奏起琴声，伴你用餐。餐桌上有鲫鱼汤，与本地咸菜一起煮，味道极鲜美。还有肉脯，耳块粑，和炝得很香的鲜菌。坐在这窗明几净的小餐馆里，品尝风味鲜美的鱼汤，听水声，观街景，让人忘记一切，不知今夕是何年。

我喜欢古城丽江的水，不同于周庄古镇，那里的街巷流水总有种鱼腥味、草腥味，还有鸭鹅的粪便味，这里水纯净清澈，有种天真之美、神性之美。有水就有桥，桥多为木桥、石桥，单孔、双孔，拱形的、平面的，但无舟船，只有流水，两岸是人家，是街铺，岸边有古柳、古槐，苍苍如龙蟠。石桥大多有雕刻，飞禽、走兽与木楼上的雕饰雷同。石桥多为明清遗物。踏上古桥，行走在这古街，仿佛从喧嚣、斑驳陆离的现代走进历史，只是人们的衣着不同，超短裙、高跟鞋、西装革履，有时和古城格格不入。

“家家门前绕水流，户户屋后垂杨柳。”三百多座古桥，流水、古街、古居相依相映，极具“小桥流水人家”的美学意韵。

纳西古乐

黄昏，不管在哪里都是美的。一鞭斜阳横照过来，树梢、草坪、花坛、楼、檐、屋瓴，全都被涂上一层赤铜色，富丽堂皇，万物都显得静穆而高贵，庄严而典雅。古城的黄昏更美，天空变得柔和、清纯，白云也镶上金边，满城浴在一片鎏金的光色里，被夕阳照得像佛光一样灿烂。

我在丽江古城观看一场极富民族特色的纳西古乐的演出，这是旅游项目中最闪光的亮点。

纳西人远古时期也属游牧民族，他们先人的血脉里仍然奔腾着游牧人的剽悍、勇武、刚毅的气质。昊天烈日，天风浩荡，林莽苍郁，大自然的乖戾和暴虐，铸就了他们旷大粗豪的性格。然而这柔婉温驯的玉河又赋予了他们女性的细腻、缠绵，这使纳西人具有了刚与柔，静与动，剑戈与鲜花，冷漠与热情，勇武与温婉这样芜杂而又和谐的禀赋。

当夜幕降临后，街上是一片明明灭灭的灯光，四方街那座著名的广场却热闹起来。这时，不知谁在广场点燃了篝火。木柴是盛在一个大铜盆里，或是放在一口大铁锅里，下面用石块架着，熊熊的火苗伸出长长的舌，舔舐着黛色的夜幕，随即音箱里响起轻快的音乐——这是纳西古乐。广场上坐着十几位身着传统服饰的老人弹拨琴弦，老者风神疏朗，面庞清癯，但眉宇间布满了虬曲的苍凉，一缕古色古香的乐曲，随着手指的弹拨而流淌出来。这音乐的古化石，是一种即将消亡的古风，犹如伯牙的高山流水。人声鼎沸的广场顿时变得鸦雀无声，天地间充满了动人的旋律流变，那跌宕的旋律时而像金沙江撞击岩壁的惊涛澎湃；时而像是长江第一湾的流水，细波澹澹，盈盈款款，呓语般地拍打着沙滩，水鸟啾啾，在水面上盘旋；时而像风卷山林，撼天动地；时而像月出东山，明丽清静，怡人心魄。

“此曲只应天上有，人间能得几回闻。”这纳西古乐透露出纳西族的先民，在这片山清水秀的土地上耕耘的时光。风声、雨声、水声伴奏，阳光下的山野，风雨中的树林，月光下的流水，远处静谧肃穆的雪山，鲜花盛开的村寨……大自然的壮美与劳动者的欢快、艰辛和幸福，都从那旋律中流淌出来……

这个简朴的舞台挂着幕布，幕布上贴着十几位纳西演奏古乐老者的肖像，那是近年来去世的老人。据说，古乐演奏家正以每年两人的速度离开人世。现存的古乐演奏家目睹同伴的远逝，并不感到悲哀，反而面对死亡有一种俯视苍生的开朗。生命已至耄耋之年，还有什么恐惧和悲哀呢？

在那些苍苍老者中间也夹杂着几个年轻的小伙子和姑娘，他们是古乐的传人。纳西人，不会让人间美妙的旋律到他们一代终止，他们要传给后人，像金沙江的流水一样，不会出现断流。那花一样年华的姑娘小伙，接过垂垂老者的琴和鼓，古乐的旋律便在他们灵巧的手指间流淌出来。

纳西古乐由“白沙细乐”“洞经音乐”和“皇经音乐”三部分组成（“皇经音乐”现已失传）。“白沙细乐”纳西语叫“伯石细里”，又叫“别时谢礼”。相传为“元人遗音”，说是元世祖忽必烈南征大理时，“革囊渡江”，到达丽江，受到纳西族首领阿良的欢迎和帮助。为此，忽必烈离开丽江时留下随军一半乐师和乐谱给阿良，作为“别时谢礼”。纳西古乐经过数百年的发展变化，形成汉族、蒙古族和纳西族音乐相融合的独特风格，具有浓厚的民族民间色彩。丽江有十几个古乐队，逢年过节，红白喜事，城乡各地都有古乐演出。

有位外国人久居古城，他深刻而高度评价古乐：“那些古曲是宇宙生活的颂歌……它是众神之乐，是一个安详、永久和平与和谐的国度的音乐。如果你觉得有些单调，而不能领会它，是因为你的心灵还未达到应有的平静和安宁。”

纳西人不仅会创造音乐，而且还会保存音乐。中国道教的洞经音乐和儒家的宫廷音乐，曾经盛行于唐宋时期，后来慢慢变调失传，而在玉龙山下却奇迹般地保存下来。上海一位音乐家旅游来到丽江，他在别处听到的洞经音乐，都走腔变调，失去了原汁原味，而唯有纳西人还保留着洞经古韵，他非常激动，这简直是天籁、神籁，是古乐的绝版。一支长笛呼啸而起，其他乐器随之而奏鸣起来。大锣一敲，达到高潮，这深沉洪亮的锣声，使整所房子都在圆润的声波中震动。庄严的颂歌，充满激情的演奏，甜美的音律，高山流水般的曲调——那简直是天国的乐章！这位音乐家被纳西人迷人的古乐艺术陶醉了，震撼了！

这种纳西古乐实际上是道教洞经音乐和儒家典礼音乐创造性的融合。“它保持了宫廷音乐的典雅性，同时又糅进了纳西族独特审美观的悠扬神韵。”它是艺术，也是历史，更是生活。人们从纳西古乐的韵律里可以想象纳西人热烈、深沉、苍凉又雄浑的情感世界。

纳西族是个生命力极其顽强的民族。传说纳西族的创世祖先从忍利恩经历洪水浩劫而余生，和天神的公主衬红褒白邂逅相爱，冲破重重阻挠，终结成眷属。天宫有个易马会，他们二人下凡人间把易马会带到丽江。丽江，很早就是纳西与巴蜀交换盐铁和以马易茶的地方。

茶马古道

丽江自古以来既是滇藏、滇川的交通枢纽，也是云南西部的咽喉，是南国陆上丝绸之路和茶马古道的重要通道。丽江产一种马叫丽江马，体形短小，头大耳小直立，眼小有神，颈短粗昂举，背腰长短适中，肌肉发达，四肢强健，蹄质坚硬，举步轻盈，能吃苦耐劳，善爬山越岭，驮载力强。20 世纪 50 年代有一部电影《山间铃响马帮来》，反映的就是云南茶马古道的马帮生活。

千百年来，这里的商品流通和文化交流主要是靠马帮完成的，于是形成了独特的马帮文化。云南茶马古道，铃声不绝，从秦汉一直响到清末民初。抗日战争期间，主要靠这一支支马帮（多达上万头骡马）行走在这一条条古道上，从缅甸、印度，运来大批战略物资，成为抗战时期重要的国际运输手段。

丽江与四川成都之间的步道，秦汉时期已经打通。从丽江经永胜、宁蒗、盐源、西昌、笮都（汉源），经灵关、邛崃，至蜀（成都），为南方陆上丝绸之路的“灵关道”。另一条从丽江经大理、姚安、西昌达成都，古称“姚安道”。这两条均属南方陆上丝绸之路的重要组成部分。横跨金沙江的塔城铁桥，建于隋唐时期，遗址尚在今丽江的塔城乡。

元、明、清时期各古驿道都设有驿站。忽必烈统一中原后，灭掉大理国，建立云南行省，为了通达边情，布宣号令，便在云南交通上设置了七十八个驿站，其中马站七十四个，水站四个。这些地方都设有驿令，并备有牛马舟车。这样就为官方派的使节、军人，以及商贾、僧侣、游客的往来，提供了食宿和车马之便。那时候，在云南，在大理，在丽江，跨过千溪百川，穿过莽莽森林，在万山丛簇的峡谷涧壑之间都有人工开凿的道路，架设的木桥、石桥。踏踏的马蹄声叩响大地，点点的篝火映照着古老沉寂的山野。山间铃响马帮来，驮来日用百货，载来茶叶瓷器、针头线脑，给山村古寨带来欢乐，给妇女孩子带来笑声，这茫茫的南国大地上活跃着这一缕不绝的温情。

那千年古道掩藏在深山密林里，坎坷崎岖，顽石垒垒，原先好像一条明黯隐约的山径贴在山脊山坡，长年累月，马帮的蹄痕，赶马人的履痕，叩击顽石，血、泪、汗都渗入岩石。石头碎裂，山径变成山沟，变成山的皱褶，是大山一道长长的伤痕。

横断山脉，群山逶迤，雪峰丛簇，一条条大江奔泻其间，马帮穿行在茫茫雪山，其艰难坎坷不可述状。云南纳西族的一位作者曾亲历茶马古道体验马帮生活，并描写了“过溜”的一个惊险镜头：

> 大江夹在两条大山脉之间，日夜呼啸奔腾，又无舟船之便，形成不可逾越的天堑。……溜索用藤篾扭编而成，跨江固定在两岸岩石中的巨桩上。两条粗大的篾绳相互向对岸倾斜，一来一往。溜索上覆用栗木制成的半圆形溜梆。溜梆两头边上有孔，穿上皮绳，过溜时，将人、骡马、货驮用皮绳捆牢，司溜工猛地一推，即飞滑到对岸。人过溜时，双手十指合拢，紧握溜梆，保持平衡，不使溜梆倾斜。如果溜梆倾斜，皮绳就会被溜索割断，人畜和货物便葬身狂涛恶浪之中，几无生还的可能。

过溜的确是件令人惊心动魄的事，那些平时性暴难以驯服的骡子，也吓得屁滚尿流，到了对岸，瑟抖不停，好长时间不敢走动。

马帮的生活是艰难的、艰险的。民间的马帮是住不起驿站的，官驿是不接待这些客贾的。他们只得露宿荒野，风天雪地里，点燃一束柴火，浓浓的湿烟在林间缭绕，解开米袋，支上锅，这是地道的“野炊”。有时雨下大了，做不成饭，便就着山涧泉水，啃一口干粮。夜里铺开一页油布便在山林树丛间歇息，狼嚎虎啸，往往伴着风声、雨声、水声、林涛声传来。也有时遇到强盗，三五成群的蒙面大盗，手持火铳、大刀，围住了马帮。敌众我寡，赶马者只好忍痛将货物给他们，以免受到人身伤害。遇到贪婪的强盗，不仅抢走货物，还抢走马匹，杀死赶马人，将尸首往山涧流水中一扔，悲惨之至，目不忍睹。

苦难、血腥、艰辛、泪水、汗水，一直在古道演绎了上千年。为了文化和物质的交流，古道上常常留下点点白骨，斑斑血渍。

现代交通已打破了历史遗留的原始形态，但在蜿蜒的山道上隐隐传来的马帮铃声，让人体会到中国西南部特有的文化遗存，它从远古走来，至今延续着土著文化的血脉。

官方设置的驿站，馆舍也有档次之分，“星级”之别，达官贵人下榻的宾馆，陈设豪华，挂着绸缎窗帘，冬有取暖的火塘、壁炉，夏有降温的冰块、解暑的水果，衣食用品一应俱全。很多驿长或地方官员得知朝廷来人，或上司驾到，高接远迎，招待备至。

公元1287年，马可·波罗曾来云南，足迹遍及全省。马可·波罗在他的游记中说，可供邮递的驿马有二十多万匹。马可·波罗显然有些夸张，去掉百分之五十的水分，云南一省约有十多万驿马。邮差乘坐驿马，一手牵着缰绳，一手摇着手铃，肩上斜挎着包裹好的“御函金匣”，一路奔驰，跨山过河，穿过林薮，马蹄踏踏，马鸣萧萧。那“金匣”里或是军国大事、边疆战报，或是皇帝御旨，六百里加急，人马匆匆。驿马来到驿站之前，驿令就命人把一匹良马备好，邮差到了驿站，纵身跃下，又跳上了备好的另一匹驿马，继续风风火火地向前奔驰。

元朝的大量驿站，对于云南的交通和文化传播起了巨大的推动作用。闭塞的山寨，画地为牢的古城堡，荒僻的边民村落，正是通过驿马传来外界的信息、皇上的谕旨。这古道是一条条神经，那些驿站就是一粒粒兴奋点。

到了明代，驿道和驿站的建设有了较大的发展，整修出七丈宽的道路，犹如当今的“高速公路”，直达各府、州、县，驿站间的距离一般是六十华里；一个驿站配备馆夫一两个，马匹马夫若干。在交通要道上还要委派驿丞、驿官，有的设置卫所，驻扎军队，一些偏僻地区，则由当地土司管理。有了驿道和驿站也就有了“街子”，即集镇和小的城镇。也就是说一条大路的开通，全方位地带动了地方经济的发展。“要想富，先修路”，看来古人早就明白了这一点。到了清朝，驿道和驿站的建设又有了新的拓展。当时云南共设驿丞八十五名，驿马五百零八匹。驿站间的距离也有所缩短，三十里、六十里、八十里不等。不通驿道的地方还设有堡，传递文书由堡夫负责，整个驿站交通统归中央兵部管理，也就是说采取“军管”。各驿站管理人员承袭明制，由政府委派，后归各州县一级的政府监管，各府、厅、州、县为了方便与各驿站驿堡联络，还增设了铺，铺与铺之间只有十华里，二十华里。看来清政府很重视“网络”信息的建设，一旦边境出事，“六百里加急”便在驿道上奔驰起来，一路火速直达北京。有的驿卒人不下鞍，马不停蹄，饥饿劳顿，昼夜不停到达京城，还未将金匣交给有关官员，就昏厥在地，几天后方苏醒过来。

马帮和驿站构成云南万山丛中一大景观。两千多年来，山间河浜正是由这驮马和驿马编织着传奇和故事，马蹄踏落寒星霜月，送去多少残阳落日，又迎来多少晨光朝霞，那被打湿的沉闷喑哑的铃声，久久回荡在林薮山涧，哒哒的马蹄叩击着石板，溅出火星，火星也照亮了一页页烽火狼烟的历史。

东巴古文

很难想象，纳西族还保留着一千多年前的古老象形文字，在这闭塞的重山大嶂围裹的地方，开放着惊世骇俗的文明之花。纳西族是有着丰厚的文化底蕴的民族，早在宋元年间就创造了属于自己的文字——最原始的图画文字，有一千四百多个符号。如果说现在使用的汉字处于成年期，那么东巴文字尚处于童年期。文字专家说："这是目前世界上唯一活着的象形文字，是象形文字的活化石。"

东巴文字虽然流传地域不广，但它的存在就像一枝火红鲜艳的大丽花，耀人眼目而又深藏在深谷林里。它没有形成大的气候，但像汉字的发明者仓颉一样，在东巴文创造者那聪慧的大脑里，将山、水、树、花、草、兽、禽、牛、羊、马、日、月、星、雨、雪等等大自然意象，用图画般的符号标识出来，这是石破天惊的创造，它与中国整个文明的格局相对称。

东巴文字往往以一字像一物，或像一事，像一意，但与图画之惟妙惟肖，求真美感不同，常用简单的笔画粗具事、物、意的轮廓来表达。这样就有了依类象形、突出特征、变易本形、依声托事等等各种造字方法。用这种象形文字书写的句子，有的极像一幅图画。它只是起到一种提示作用，无固定读法。

东巴文字出现在秦始皇统一文字一千多年之后，在这个“普天之下，莫非王土”而又偏居一隅的大理丽江一带，悄悄地蔓延生长，虽然处于一种弱势状态，既不张扬，也不狂妄，却是对中原文明的一种对抗，与正统文化的一种对峙。这反映了这些远居边陲的南方少数民族倔强的文化心态。

岁月如水，历史如烟。纳西族的许多传说、神话、民谣、彩陶、木器、雕刻、绘画，在这片土地上，像种子一样生根、发芽、开花、结果，像烟雨雾霭一样，弥漫在这山野村镇。有的已消逝在历史的苍茫里，有的却顽强地生生不息活了过来。东巴文字能保留下来，成了历史的“珍玩”，文化的稀有元素，这不能不说是历史的一种奇迹。丽江盛开着多种文明和文化之花，鲜艳明丽，璀璨夺目，这是纳西人的骄傲，它没有和中原文明相融合，没有对话和交流，但也没牴牾。东巴文字是粗糙的、直白的，连神鬼妖魔之类糟粕也未剔除，就像鲜花和杂草一样葳蕤生长，虽其势不壮，但毕竟存在着。

据说，用东巴文字书写的经书有两万多卷。它记录着一个民族的心灵史、精神史和文化的发展史。

纳西古乐、东巴文、东巴舞是丽江古文化和古文明的重要组成部分，没有音乐歌舞的民族是缺乏生命激情和创造力的民族，是思维枯涩僵化的民族。歌舞是生命力强旺、情感丰富的象征。

东巴舞也是宗教祭祀的一种仪式。这舞蹈是对万物有灵、万物皆神的崇拜和敬畏的表现。据研究东巴舞的专家介绍，舞蹈题材可分为：一是神舞。它以神的品格和相貌来做舞蹈的形象动作，出现在祭祀仪式中，气氛庄严肃穆，舞姿也变幻无穷。二是鸟兽虫舞。如孔雀舞、白马舞、白羊舞、牦牛舞、豪猪舞、金蛙舞等，这些模拟鸟姿兽态的舞蹈，或雄健，或轻灵，或豪放，或柔婉，或简洁，或优雅……那是人类对大自然的崇拜和敬畏，是对自然生命的爱，是一曲大自然古老的悲歌；它展示了纳西人青葱饱满、激情喷涌的生命华彩。那仪态万千、风姿万种的动作，是智慧和健康体魄的象征。在舞蹈中，人们赋予了这些鸟、兽、虫以特殊的含义，如金足蛙象征创世；飞龙表示神仙来自渺冥的天界，神力无边。这些舞姿既有模仿性，又有抽象性，一个民族丰富多彩的精神世界通过那舒展自如的舞姿淋漓尽致地展示出来。三是器物性舞蹈。器物是指生产、生活和祭神用的物品，既然万物有灵，这些器物本身就有灵性。他们手持不同的器物，就象征着不同的神力。四是战争舞。人类的本性是好斗的，战斗欲如同性欲一样，伴随着人类始祖伏羲女娲、亚当夏娃而出现。随着私有制的诞生，战争的大幕也就随之拉开了。没有战争，人类还处在茹毛饮血的原始混沌时期，战争破坏了文明，战争又催生了文明，战争促进人类大脑思维的发展。人类的发展史就是一部浩浩荡荡卷帙繁复的战争史。看到东巴舞者手持战刀、弓弩、盔甲、长剑，跳跃着雄健的舞姿，我眼前总是幻化出一幅幅血刃交加、鼓角雷动的画面，为了开拓生存的空间，为了争夺美女和财富，人类在金沙江畔、玉龙山下，在古朴美丽的大自然的怀抱里，演绎了多少场腥风血雨的恶斗……雄健的步姿，孔武的动作，生命力的张扬，血脉的贲张，燃烧着狂热的激情，展示着将士们勇武剽悍、气吞山河、叱咤风云的壮烈和豪迈。最后还有一类舞蹈就是“蹉脚舞”，这舞蹈很像我在西藏看到的那种“果谐舞”，也叫“锅庄舞”，这是一种平和、安详、温情脉脉的舞蹈。动作舒缓，犹如金沙江流经第一湾时那样平静；舞姿优雅，舞者的嘴角上盛开着丰收的喜悦，劳作的欢愉，生活的富足……

纳西族的祖先，大概也是半牧半猎的生活方式，随着畜群而迁徙，围着草场而转移，以鸟兽为邻，与水草相伴。山间之林涛，林间之明月，清风拂耳，花香沁人，在美丽的金沙江畔，浪花伴舞，涛声涌枕，一曲古老的牧歌，年年月月，伴随纳西人走过历史，走向未来……

每个民族都有自己创世纪的神话和史诗，纳西族的史诗《崇搬图》有两千多行，讲述的是纳西人祖先的游牧射猎生活，“崇”的意译即“人类”，兼有种族含义；“搬”即迁徙，兼有分支的含义；“图”即出世，由来之意。

远古时候，天地混沌，阴阳混杂。那时候，树木会走动，石头会唱歌，野兽会说话，大地也不稳定，忽忽悠悠，一切都在晃荡。就在这动荡之中生出天地、日月。天神九兄弟开了天，地神七姐妹辟了地。经过九代，传到从忍利恩。

从忍利恩到黑白交界处，遇到天女衬红褒白，他们相亲相爱，下凡人间，途经重重险关，战胜拦截的各路凶神，来到今日的白沙定居创业。但是衬红褒白生了三个儿子，都不会说话，便派蝙蝠到天神那里取秘方。从忍利恩和衬红褒白照秘方祭天，三个儿子同时用三种语言说出同一句话。这样丽江地区，金沙江畔便出现了纳西族、藏族、白族三个少数民族。历史便在这里浩浩荡荡演绎开来……

我在丽江拜访丽江地方志专家，他赠送我一册《纳西族风俗习惯和民间传说》，原来纳西族源于古代髦人的一个部落。汉代文献中有“牦牛夷”和“摩沙夷”之记载，他们就是纳西族的先民。金沙江两岸肥沃的山野是纳西人的故乡，这里林木丰茂，玉龙山被誉为森林基因库。

纳西族有很好的风俗习惯，待客热情，讲诚信，重视礼节。纳西人男女社交大都在节日期间，男女相识，通过媒人撮合，双方家长合完八字，男方请媒人送去好茶两筒、糖四盒、米两升，另外还有砣盐两斤，表示山盟海誓。婚礼很隆重，全村老少、亲戚朋友，载歌载舞，锣鼓喧天，酒席连宴，一片欢歌笑语。

我离开丽江，沿着金沙江向巴蜀地区走去。当汽车告别丽江古城时，我用潮润润的眼睛向古城回眸一阵，我不知道古城对我抱有怎样的态度，但丽江却给我留下深刻的印象。丽江古城被列为世界文化遗产之一，当之无愧。那青砖黛瓦，那小桥流水，那阳光和空气的鲜冽和纯净，仿佛是我走进了另一个世界。文化是历史的产物，也是时代的产物。文化的丰腴和灿烂是一个民族的自豪和骄傲。文化与文明又是大地的产儿，土地接受了文化和文明，又将这种文化和文明输送给这片土地上的人类，文化便有了根基，文明之花才代代盛开不败。

季节是时间的脚步。脚步有轻有重，有欢快，有忧郁，有仓皇急迫，有舒缓潇洒。我想，时间迈向秋天的时候，脚步肯定是舒缓潇洒的，心情也是轻松愉快的，何况要去巴山蜀水的秋天？风已经凉爽，夏天的燠热、湿闷消失了。早晚有了些许的凉意，绿黄斑驳的山野上，迎接它的是河水欢畅的笑声，湖水也变得澄净明丽，山色浓淡相宜，天空变得深远清朗。我们的车子就这样在秋天的川西北公路上行驶，碾过时间走过的足迹，碾过历史走过的履痕。

一阵风儿旋起，带起一片落叶，忽高忽低，忽缓忽急，欢快地冲着我们的车子追了过来。路况不好，车速并不快，叶子追上来了，一下子扑在车窗上。我转脸看看，它正对我微笑呢，我想，这是南国秋天的问候啊！“你好，巴蜀！”我轻轻地回敬一声。

长江，仅四川就有一千二百七十条水流汇入。长江胸怀博大令人惊叹：雅砻江、大渡河、岷江、涪江、金沙江、嘉陵江，长江将这些巨流大川统统揽入自己的怀抱。

仁者乐山，智者乐水。

四川，顾名思义，这里水多江川多，丰富的水资源哺育了一方沃土腴壤，这里山野葱翠，林木葳蕤；这里沃野千里，粮丰果茂。流水赋予人以智慧、灵性，所以巴蜀多才子、多智者。巴蜀文化与水文化融在一起，孕育了名垂千古的盛世华章。没有奔腾跌宕天地间的万古长流，能有司马相如、扬雄瑰丽璀璨的洋洋大赋吗？能有陈子昂挥毫云锦、纸落云烟的皇皇诗篇吗？一门三词客，千古文章父子三大家不是巴山蜀水孕育的精英吗？那波涌浪翻的诗词曲赋，给中国文化涂上几多光彩！奇怪的是，这些巴山蜀水的精英，一旦走出三峡，便驰骋华夏神州，吐纳风云，纵横天地，成就永垂青史的角色。

第三章 雪暖岷江

川西北是片神奇的土地，这里有高耸入云的雪山，也有膏腴坦荡的平川；有莽莽苍苍的森林，也有林木繁茂的浅丘；有绿洗千里的草原，也有翠珠如玉的湖泊。地势变化之大，自然景观之异，风光胜迹之多，实属罕见。

岷江披风浴雪，就从万山丛中冲杀出来，一头扎进长江的怀抱……

金沙江和岷江合流，“双江映月”，金沙江一轮，岷江一轮，天下绝境。李白、杜甫、苏轼、黄庭坚、陆游曾在这里吟诗著文，留恋缠绵。

岷江、沱江、嘉陵江、乌江、大渡河——你听听这些撼山动地的名字，就会感悟到长江具有多么博大的胸怀，这些来自四面八方的大川大河都汇聚于长江，热血澎湃，激情滔滔，浩浩荡荡，滂滂沛沛，百川同心，千溪协力，形成地球上第三大巨川——一条奔腾在东方古国的巨龙！

美在西蜀

天下山水之观在蜀，蜀之胜景在西蜀。川西，江河之魅唯有岷江，岷江穿山越岭，奔腾而来。

一走进川西，满眼绿色扑面而来。远处的山峦弥满大气磅礴的森林，近处是放荡不羁的草场。山丘草木葱茏，树身不高，树叶硕大，是黄桷树吗？一排排葱茏蓊郁，一棵棵三角梅也来凑热闹，万绿丛中一点红吗？在这里你会体悟到“江山妖娆”这词汇的深沉之美、神秘之美。岷江是长江径流量最大的支流，相当于黄河的两倍，也就是岷江水之丰润相当于两条黄河。

岷江发源于四川西北部的岷山南麓，溯源而上，是一片丰美的水泽草原，风光明丽，藏风荡漾，帐篷点点，牛羊布野，一片恬淡漫时光的自然人生。岷江源头就是一泓很不起眼的小水洼，平静低沉，水色清澄，冰凉甘洌，谁都想不到这片平庸的小小水洼会孕育出一条波涛汹涌、气势雄阔的巨流，像金沙江一样处在重峦叠嶂中的岷江，山高谷深，江水暴急、狂躁、猛烈，拼死与岩石相撞，粉身碎骨，不屈不挠，厮杀怒吼，这是一部惨烈悲壮的血战史。

看到岷江，我想起了荷尔德林的《莱茵河》，他写道：

可是现在，在深山里/在银色群嶂的深处/和喜悦的绿荫下/森林面对他战栗/岩崖的顶端互相叠压着/向外张望，在那/最寒冷的深渊里……/他如何在怒吼/听到大地母亲的谴责/还有雷神，正是他创造了他/……/黑暗中的他/在桎梏中翻滚/这半神的狂怒。

荷尔德林书写过许多河流的颂诗。《莱茵河》《在多瑙河之源》《伊斯特河》《内卡河之恋》。他认为他的精神是在河流“崇高和神性领域的升腾”，超越常人的“英雄、半神领域的飞升”。地质学家告诉我们，岷山上游有记载就曾经发生过五次大的地震，由地震出现五个堰塞湖，水路直通青海。这里雨量充沛，堰塞湖又使岷江上游气候温湿，土地肥沃，物产富饶，林木丰茂。

我下榻的宾馆坐落于岷江岸畔，脚下的江流显得平静，不狂躁、不乖戾，太阳西斜，江面上晃动着虚幻的光影，阳光照射在江面上，反射过来，金灿灿的刺眼。对岸的山巍峨雄浑，阳光未照到的地方，一片阴郁幽暗。巨石无言，江流有声，山崖岩石呈紫褐色，深沉、浓郁，像哪个丹青画盘的染料，看不清是什么树木，莽莽苍苍，蓊蓊郁郁，是一幅真山实水的水墨画。令人惊叹的是悬崖岩峭那鬼斧神工的景观，隐隐现出一种禅意的沉静。

川西的天空，高远、深邃而广阔，阳光清澈透明，云洁白纯净，让人惊心动魄。阳光深情地照耀着群山、森林、草原和江河，像是神圣的精神之灵光。

有一条小船缓缓游来，划船人点波敲浪，看似那么悠闲，漫不经心，其实江水下面湍急凶险。

岷江有大小支流九十余条，上游有黑水河、杂谷脑河，中游有都江堰灌区的黑石河、金马河、江安河、走马河、柏条河、蒲阳河，下游有青石河、大渡河、马边河、越溪河等。大渡河古称沫水、涐水，源头在川、青交界的果洛山，从壤塘北部入川，流经阿坝、甘孜、凉山、雅安，最后在乐山与岷江汇合。

岷江不同于金沙江。金沙江浑浊，水流是土黄色，金沙江穿过云南二十二个县的河谷地带，“万里不见一棵树”，水土流失严重，能不浑浊吗？岷江清澈碧绿，洁净甘洌，是雪之魂、冰之魄，掬手可饮，甘甜芬芳，它有草原的花香、森林的芳菲、冰川雪山的晶莹圣洁。

这片土地上有岷山、大雪山、龙门山、贡嘎山、邛崃山、二郎山、雀儿山等崇山峻岭；岷江上游是一片原始森林，走进繁茂幽暗的森林，有高大挺拔的秃杉、冷杉、雪松、楠木、香樟、红豆杉、鸡刺木……树干结着苔藓，树叶间飘着“树胡子”……松树、栎树、箭竹、高山杜鹃、紫藤萝，都以持有原始森林的常居户口而自豪，无拘无束自由自在生长。它们和谐相处。一条条小溪从腐叶下，从草丛中探头探脑地流出，不敢大声喧哗，有点惊慌失措地匆匆流去。这就是岷江、涪江、沱江、雅砻江、大渡河……多条江河的源头，海拔一千七百至二千二百米为常绿与落叶树混合林，油樟、青枫、杉树，还有落叶阔叶树，鹅耳枥、桦木、鳞皮冷杉等，方阵井然。它们有足够的时间完成自己，高大巍峨，顶天立地，一种英雄主义的大气象。

唐宋时期，蜀人多植树造林。唐时栽桤，宋时栽松、楠、柏、楮……莽莽苍苍，十分壮观。草木芊芊，翠烟笼岸，那是大地之肺，是生命之源。森林，这两个象形字，就象征着集结性、群体性。林生雨，雨生林，林又积雪。水养树，树又涵养水分。这是大自然神秘的物化变幻。宁静和圣洁的原始森林，是地球上物种的基因库。

老藤古树，缠绕缱绻；荒草野卉，芳菲馨香，一首生命的欢乐颂！

保护森林不仅是保护树木，实际上是保护万千物种的家园，也是保护人类的家园。想想看，树木消失了，地球不成沙漠了吗？人类还能生存吗？

印第安人有个传说：树木支撑了天空，如果森林消失，世界之顶的天空就会塌落，自然和人类就一起灭亡。

川西是一片神奇又神秘的土地，既美丽又静谧，花开花落，草枯草荣，云自舒卷水自流，一派原始生态的稚气和纯真，这是上天的原创作品。

看到岷江，我想起欧洲的莱茵河，莱茵河碧清泛绿，细波澹澹，河面宽阔，水流舒缓，两岸是高树伟木。河流的清澈甘洌与它流经的流域有关，川西是无边无际的原始森林，是茫茫的竹海。西哲说："大自然的女性是植物，植物是一切自然形式中最端正和最优美的。是大自然之语言，一切都在植物身上得到表达。"

雨果曾赞美莱茵河："莱茵河集中了河流的万般面貌于一身，它像罗纳河一样湍急迅猛，像卢瓦尔河一样宽广辽阔，像缪斯河一样峭壁夹岸，像塞纳河一样逶迤蜿蜒，像索姆河一样碧绿清澈，像台伯河一样历史悠久，像多瑙河一样高贵大气，像尼罗河一样神秘莫测，像美洲的河流一样金光闪烁，像亚洲的河流一样蕴涵寓言与幽灵。"你看作家多么酷爱莱茵河，三千钟爱集一身。

在这篇散文中，雨果不仅热情地赞美莱茵河，而且还怀着敬仰的心情歌颂和叙述河两岸悠久的历史和璀璨的文明、辉煌的城堡、丰富的文化、连绵宏阔的山林。他写道："而在历史朦胧的地方，想象力便使幽灵出现，使幻想和表象共存。寓言在消失的历史空白区生存、成长、结合、开花。……文明犹如太阳，有黑夜，有白昼，有圆满，有残缺；时而落下，时而升起。”这是一条“高贵而骄傲的河流”，凶猛而不疯狂，原始中却显出威严。

岷江，没有辉煌的城堡，却遍布着古老的山镇。朱沱镇、白沙镇、油溪镇……如果你有兴趣，到小镇一游，黛瓦粉墙，屋脊坡度舒缓，正房两端各有厢房伸出，与正房相连通，屋前房后植竹，种花栽草，绿竹猗猗，野花簇簇，一派生机勃勃。临江往往有一排排吊脚楼，楼前有矮树、芭蕉、青蔓，绿荫匝地，野藤缭绕。树荫下有女孩儿男孩儿在玩耍；鸡在屋后竹林里觅食；小黑狗卧在窗前芭蕉树荫下，见外人进来，便伸个懒腰，有一声无一声吠叫着，表示它守家有责。阳光很明亮，夏日里毒日头晒得江水发烫。雨天多，上午好端端的日头，一片云彩从山洼里飘出来，迅速铺排，很快噼噼啪啪下起雨来。吊脚楼后面往往是一片坡地，有竹林、树木、菜园，远处是丘陵，是山。山坡上林木葱葱，或桑树，或茶园，也有庄稼、苞谷、红苕什么的。

从眉山乘船沿岷江航行，领略两岸壮美的大自然风光，感悟蜀地风土民情是很惬意的，在江河上航行，回溯往昔，自己和世界对话，与历史耳语。江河的历史比人类历史久远，人类历史实际上是自然史的分册。江河穿越了时间，曾与恐龙的遗骨相遇，在江岸的土地深处讲述人类的往事。两岸的土地都保留着历史的痕迹，往昔不会消失，它用自己独特的方式，讲述着曾经发生过的故事。

宜宾是古代僰人居住之地。岷江一路奔来，崖岸千姿百态，时而奇岩怪石，削壁昂立；时而林木葱茏，蓊蓊郁郁。橘子熟了，黄澄澄琥珀般透亮；缕缕炊烟，冉冉升起，一片绿莹莹的田园风光。

更令人注目，也令人百思不解，至少还是个谜的，是僰人的“悬棺”，僰人这个川西南的少数民族在明朝时期，因战争和天灾而灭亡了，他们没有自己的文字、语言，自然也没有独立成章的历史，夹杂在汉民族的历史中，很少被提及。这是被遗忘的民族，只是崖岩上的悬棺向人们含含糊糊地讲述了这个民族星星点点的往事。

僰人到底怎么消亡的？因哪场战争？什么天灾？是地震？洪水？瘟疫？人们死后为何不埋进土里，而葬在高高的悬崖上？那个时代没有现代化的吊装机械，棺木是怎样悬挂在崖壁上？岩崖陡峭如削，有的凿孔把木桩打入孔内，然后把棺材安放在上面；有的直接插放在岩洞里。风雨沧桑，那些棺木已腐朽不堪。僰人去了，去得无影无踪……人去江还流，长江滚滚东流，沧桑人世，几度夕阳，几番春雨秋风。

正是暮秋时节，憔悴的花，飘零的落叶，掉落的果子，西沉的太阳，古老的庙宇，陈旧的村舍……这流水，这山野、树林、稼穑……烽火与炊烟，诗歌与刀剑，战争与和平，上苍正是用这两种工具不断地打造人类文明。长江目睹过战争伟人的风貌，也触及人类精英的灵魂，一代文豪司马相如就是饮着岷江水而走进大汉朝的锦绣年华；而李太白就在唐朝那十分壮阔的时代，高歌长啸，至今神州大地还回荡着他的歌吟；北宋重文轻武，苏氏父子走出眉山，走出夔门，走出三峡，于是一代诗词大家高耸在历史的地平线上。

水育精神，水赋灵性。川西南的高原莽林是中国之肺，肺活量大必然吐纳量大，山青方有水绿。岷江奔腾在绿树丛，兴致勃勃，欢欢乐乐，不染杂尘，不惹泥沙，所以一色青绿。而金沙江浑浊，伴有大量泥沙，青一缕，黄一缕，在这里融汇，犹如两条蛟龙，金沙江来到这里变得风度翩翩，大气而高贵，流水性情温婉而充满诗意，洗尽铅华，去除浮躁，带着美好的憧憬去和来自川西北高原的岷江相会，一同汇进长江，仿佛说："我的血，我的命，我是属于你了，身体和灵魂都是你的。"黄者胜青者败，于是江流浑黄，长江始矣。

金沙江和岷江合流，"双江映月"，金沙江一轮，岷江一轮，天下绝境。李白、杜甫、苏轼、黄庭坚、陆游曾在这里吟诗著文，流连缠绵。

金沙江结束了两千二百九十公里的征程，结束了一场场挣扎、拼搏、厮杀，结束了斩关夺隘、钻山涧、出穹隆的艰险，付出青春的激情、生命的创伤，终于来到四川盆地，这就形成了川江水系。这片凹下去的盆地，是上天的一个洗脸盆，它接纳了众多河流溪水，胸襟博大，气魄宏伟，吐纳自如，抑扬有序。岷江、沱江、嘉陵江、乌江、大渡河——你听听这些撼山动地的名字，就会感悟到长江具有多么博大的胸怀。这些来自四面八方的大川大河都汇聚于长江，热血澎湃，激情滔滔，浩浩荡荡，滂滂沛沛，百川同心，千溪协力，形成地球上第三大巨川——一条奔腾在东方古国的巨龙！

《诗经》云："百川沸腾，山冢崒崩。高岸为谷，深谷为陵。"我对古地理学没有研究，我总觉得这几句诗写的是川西的地理风貌。

在太阳深处

我走进一个陌生的如梦如幻的世界，只见广阔的天宇有十颗太阳，太阳喷火，大地被炙烤着、蒸煮着。一片森林间的空地上，平坦的草坪上有几个人在活动着，他们烧火做饭，或用石刀切割鹿肉；有老人、女人和儿童，也有健壮的男人，一身赭红色的肌肤，蓬头垢面，野草般的长发，披散在肩头。男女只在腰间围一件草衣，裸胸、坦腹、赤足，忙碌，大汗淋漓。老人和孩子坐在树荫下，不停地用芭蕉叶子扇着风。

这时从树林里走出一个高大健壮的男子，古铜色的皮肤，赤褐色的脸膛，勇武、健壮、肌腱突凸，一种雄性的力量汹涌澎湃地展示出来。他从后背上取下弓箭，箭搭弦上，瞄准天空的太阳。那是颗最大最亮的火团，光芒四射，围绕它的是一圈淡蓝色的光晕，环绕它的还有九颗小太阳，像孩子围着母亲打转，那九颗小太阳也光亮耀目。

大汉用力张弓，弦上的神箭嗖嗖地向天宇飞去，呼啸声震耳欲聋，转瞬间，一颗太阳落进密林不见了踪影。接着大汉射出第二支神箭，第三支、第四支……连续射出，天空只剩下那颗最大最亮的太阳——那是太阳之母。大汉运足力气还要射出最后一支神箭，一位老人走过来抓住他的手脖子："壮士留情，她的九个儿子都被你杀了，这颗太阳之母，人间还是需要的，你要天地一团黑暗吗?"

大汉放下弓箭，和老人去了。这不知绵延了几千几万年的天宇顿时出现清丽明媚的韵律，又像雷雨过后的闪电照亮世界，大地出现无比壮观的景色，田野的葱绿，高山的雄浑，森林的苍郁，河流的奔腾，鸟雀的歌声，群兽的奔跃，鱼虾自由自在游弋，天空和大地呈现出一种天平般的匀称、平等、和谐。

这是我在三星堆博物馆影视厅里看到的画面，那是人类生活的扉页。后羿射日的故事被演绎得鲜活动人。接着又看到另一个大汉，同样高大、伟岸、健壮，黝黑的皮肤，丰茂的长发，一双大得出奇的脚掌，飞过高山，跨过河流，穿越海洋，直冲天宇，追赶那颗太阳之母。

我问那位长发老汉，他是谁？干什么的？老人回答说，他是夸父，在追日。我在想，五大三粗身强力壮的夸父干什么不好，种庄稼准是一把好手，当一个青铜匠，也准是一个能工巧匠，偏偏要追赶日头。宇宙浩瀚，太阳日夜旋转不停，凭着个人力量怎能追上日头的脚步，你这样奔跑有什么意义？我真想一把拉住他，告诉他别干这种蠢事了，可是夸父已跑出亿万里之外……最终是一场悲剧，夸父渴死在一片沼泽旁，手中的神杖化为一片桃林……

我突然领悟到：这是对理想的追求，对美的追求，是不可思议的高洁的情操和人格！

不知是历史还是神话，我从影视厅出来。远古人类的生活是美的，和谐匀称的美，质朴的美！这是上天最初赋予人间的生活之美。

希腊神话把人类的历史划分为五个时代：黄金时代、白银时代、青铜时代、英雄时代、黑铁时代。人类在黄金时代时，天国的统治者是天神克罗诺斯。黄金时代的人类如同神祇一样过着无忧无虑的生活，他们没有任何苦恼和贫困，没有饥寒交迫，他们不需要任何劳动，因为他们需要的一切都会自动而来，大地会给他们提供各种果实、食物，人与人之间和平相处，他们几乎不会衰老。其次是白银时代，这是人类的第二时代。宙斯已将父亲克罗诺斯赶进地狱最底层，由他自己统治着整个宇宙。白银时代的人类从小娇生惯养，衣来伸手，饭来张口。白银时代的人类寿命比黄金时代的寿命短多了，他们处在漫长的幼儿期，在思维上和精神上都不够成熟，当他们成长起来，一生也就所剩无几了。青铜时代是人类的第三个时代，这是很糟糕的时代，人类出现了战争，出现了杀戮，出现了青铜器，使用青铜器制作的工具，战士穿着的是青铜器制作的铠甲，甚至居住的是青铜器制造的房子。他们懂得了自私，对动物的血肉格外嗜好。青铜时代的人们具有高大伟岸的身躯，却不能避免死亡，他们居住在幽暗的森林里。

我想三星堆古蜀人正处于“青铜时代”。展厅里除了石器、金器、骨器、陶器，充满各个展柜的是大量的青铜器，大青铜立人、小青铜立人，大大小小造型奇特，想象力飞腾，那大小立人多为大眼、直鼻、方颐大耳，戴冠，穿左衽长袍，佩脚镯，这形象是古代蜀人的风貌，还是西方洋人的神采？或是外星人的造型？至今考古专家争论不休，莫衷一是。展品丰富，还有大量造型别致的青铜罍、尊、盘、戈、剑、面具，马、鹿、龙、虎形器，青铜太阳、青铜树……这是青铜器的世界，是青铜的方程式的解构，复杂的图形，精致的制作，是智慧的创造，灵感的结晶，既闪烁着青铜五彩缤纷的光芒，又彰显着古蜀人的聪明才智，这静穆而高贵的青铜制品，朴拙中却显出威严。古城古国古蜀人文明的博大精深，气派的宏大豪迈，一个雄浑苍茫的青铜时代展现在今人面前。

展厅中最引人注目的是青铜神树和青铜立人像。除了有大有小，还有跪坐人物、奉璋人物、顶尊人物、人头人面像等。它们都有共同的特征，方形的脸，似人非人，似兽非兽，狰狞、雄悍、怪诞。古书上记载：“蜀侯蚕丛，其目纵，始称王。”青铜立人眼球呈凸出状，也许这就是蚕丛后人心目中的古代蜀王蚕丛的形象。

那青铜神树，高达三点九六米，三层，分九枝，每一条树枝栖息一只神鸟，树丫下垂，树旁有一龙援树而上，生动而神秘。一缕古风吹来，我依稀看见神树在摇曳，神鸟在歌唱，那是蜀人灵魂的飞扬。那神树神鸟笼罩着一种文化的氛围，哲思的氤氲。那横弋的枝条是一种精神，挺拔的身躯是一种信念，那神鸟的歌声是一种情愫。我走近，仿佛听到风吹树叶的窸窸窣窣声，铮铮有韵，如涛初起，如雨初降，如银瓶乍裂，如鼓瑟齐鸣，令人浮想联翩，仿佛在看一个古老的氏族血脉之滥觞。那神树绿冠庞大，顶天立地，仪态万方，那是一个古老氏族的精神图腾。我徘徊在神树前，久久留恋，虽然铜枝铜干有点形销骨立之感，但是一枝一鸟，一树一世界，一鸟一乾坤，这是古代艺术和哲学的结晶。

我想象得出古蜀人生活在森林中，狩猎捕鱼，采集野果，也开始农耕生产，农耕文明之光已渗进这枝繁叶茂的森林里，但神树依然是他们敬畏的对象，这是早期的宗教观念。这神树挑战时空的风貌，伟岸挺拔的雄姿，剪裁春秋，傲视风霜，都在昭示着至刚、至烈、至美的精神，它活了六七千岁，它是一尊有生命的神。

那青铜大立人是镇馆之宝，高大铜人像二点六二米，是巨人，是尼采所说的“超人”，若是今人，怕是会创吉尼斯世界纪录。这是旷世神品。广阔的精神空间，极尽夸张的浪漫主义想象，那是古蜀人心中的偶像，似人似神，又似仙又似妖，既让众人敬畏，又让世人迷惘。

我眼前仿佛出现了一个场景，一位须发皓白的老者，用手撕下一块块烤熟的香喷喷的鹿肉分给众人，一边用简单的话语咿咿呀呀说着，含混不清，还需借助眼神和手势。

这是一种神秘的语言。

星光，还未来得及镀亮它的词根。

我静穆地伫立在青铜人像面前，只听见——

岁月一层一层被剥落，

但一尊尊雕塑依然坚硬如初，

这就是历史，它的根深深地扎在这片土地上。

虽显苍老，灵魂却依旧鲜艳。

这使我想起欧洲雕塑大师奥古斯特·罗丹的代表作品《青铜时代》，这是一尊高大伟岸的青年士兵的雕像，赤身裸体，体魄强健，肌肉发达，骨骼坚强，轮廓鲜明，形象生动，但是士兵神色忧郁，一手抚头，好像心事重重的样子。这是作者历时十八个月的匠心之作，罗丹以年轻男子裸体形象象征了远古时代人类的觉醒。

由此，我想到希腊神话传说中的人类“黄金时代”“白银时代”纯粹处在蒙昧状态，像婴儿在梦呓中，在熟睡。青铜时代的大幕拉开了，人类从深山密林里走出来，奔赴阳光明媚的历史舞台。

以后人类进入英雄时代。生活在这个时代的人类都是神祇的后裔，他们比以前人类更高尚、更富有创造力，他们英勇、正直，是半人半神。但他们不能避免战争和痛苦，他们多数人都在战争中为荣誉、为信仰、为群体，或者为国家而献身。他们的英魂始终为活着的人们所敬仰。

我走近青铜神人，想和他说几句话。他缄默不语，嘴角紧闭，纵目辐射出一道冷冷的光。我想与他握握手，他却不理睬，身板挺直，神色肃穆。我们初次相识，却横穿几千年的光阴，这是缘。你认识我，知道我在北方晾晒的衣物，知道我夜间伏案写作的身影，知道我晨梦醒来的第一缕相思；我认识你真是惊喜、惊愕，还想伸出手画一个大大的问号……你，沉默不语，纵目竖眉，是睥睨时间的荒诞，还是嘲弄沧桑的变幻？你是神，是远古蜀人物化的灵魂。

展厅里文物很多，除了大量的生活用品，还有纷繁多样的生产用具，难以细述。我从一个展室走进另一个展室，不消说有陶器、石器、骨器、玉器，还有大量的青铜制品，这里展示着一个古老氏族沸腾的生活，歌舞，哭、笑，男情女爱，天伦之乐的幸福，狩猎满载的兴奋，五谷丰登的喜悦。十月，正是闪亮的季节，丰硕的果实，凝重的稻穗，空气里弥漫着成熟的芬芳，“人们为饮喙忙，为商机忙，为养育儿女忙，为五光十色的幻想忙”，这是一个太阳部落的热气腾腾的生活。这个曾经燃烧着生命和激情、充满着美好向往的氏族部落，怎么突然走出了历史，迷失在茫茫的时空里，失联了，失踪了，再不见高大伟岸的身影，再也听不到鸟的歌唱、大人孩子的笑声……他们走得无影无踪，任谁都唤不回来。

一缕金风带着浓郁的秋意，从门口吹进来，我觉得那青铜神树，也摇曳晃动起来。飒飒的声韵是青铜树的呢喃，是神鸟的鸣唱，还有泥土升华为陶罐时燃烧的哔剥声，这是远古蜀人的灵魂之声——一个古民族用结满厚茧的双手推开沉重的历史帷幕，走到前台，他们的崛起和表演，伴着时间蜿蜒而来，这是蚕丛的祖先，是鱼凫的前辈，居住在岷江岸畔，岷江的流水孕育了他们，他们和古老的黄河文化同庚。

江河的历史就是人类的历史，它比人类记忆得深刻、久远。岷江，这条来自雪山冰川的流水，见多识广，他见过恐龙高大伟岸的雄姿；他见过始祖鸟嘎嘎地鸣叫着从一棵巨树飞向另一棵巨树；他见过后羿射日的壮举；见过夸父追逐太阳的那种坚毅，那种执着，那种追求理想的激情；他见过三星堆古巴蜀人类早期生活的黄金时代，白银时代，当然也见过烽火弥漫，甲戈森森的战争的悲壮、血性的残忍；他见过蚕丛和鱼凫带着他们氏族辛勤劳作的群体形象；他见过诸葛亮七擒孟获的大智大勇，将对手操纵于股掌之间；他见过唐代女诗人薛涛被放逐松州时期，用陶罐取水的疲惫身影；他见过李商隐在小旅馆里，从行囊里取出妻子问归期的书信，官差在身，身不由己，辗转难眠；他见过苏老泉手拿戒尺，教育两个顽童苏轼、苏辙苦读诗书的一言一行；他见过唐太宗携带宫室妃嫔臣工逃难的狼狈；他见过诗人陆游；也见过张献忠的农民军被清军追剿时狼狈溃败的残局……

岷江是川西一部流动的史书，是一部川西南人类活动的影集。水流影还在。江河是有情感的，江河是有记忆的。

山水的童话

这里是大自然神工鬼斧的创构，这里是山、水、林撰写的一部童话。这是宇宙之神为地球古老的书卷绘制的一幅最精美的插图。

我进入这片峡谷最初的感觉是无边无际的惊喜和战栗。这里是海拔三千多米的大峡谷口，远离尘寰，远离滔滔浊世。清、幽、雅、静、奇，我站在峡谷里，只觉得大脑一片空幻，眼睛晕眩。人接受美的极致审阅，同接受崇高一样，会使大脑产生短暂的混沌。眼前是奇峰，或突兀峻拔，或断裂孤峭，满山遍野、铺天盖地惊心动魄的绿，绿得浓浓稠稠、苍苍郁郁，毕竟已是九月，大树下面的灌木叶已了出现黄、红、赫、黛，油画般地更衬托出层次感，而山顶却是白雪皑皑，玉冠银髻。

水是这里的主旋律，水在这里变化成各种姿态，或飞瀑直下，或静若处子的明眸，或潺潺淙淙，如歌如吟，或浪拍参差错裂的岩石，訇訇然而去；或在那些老树的虬髯上拂拂，飘然如纱，给苍老一抹青春的轻佻。

我走进九寨沟，仿佛走进一个童话的世界，走进一种新奇、撼人心魄的巨大生命场。我带着尘世的俗气、人间的污浊，我不知道这生命巨大磁场是排斥我，还是欢迎我。我只觉得身上的污垢，在一层层剥落。

秋风漾漾，秋波澹澹，细漪轻舒，一片清丽明媚的水，如乐章的余韵袅袅，如艺术家缥缈的构思，水的艺术达到极致，如仙子飘逸的裙裾。山是水之骨，水是山之血，血气充盈，骨骼坚实，构成大自然滂滂沛沛的生机、蓬蓬勃勃的生机。

我感到这里的水简直是从菩萨净瓶里倾泻而出，大者数千平方米，小者只有几平方米，倒映着蓝天、白云、绿树，还有黛色的山峰。

缤纷多姿的水，清冽妩媚的水，婉转流动的水，跳跃奔腾的水，恬静淡泊的水，浪漫多情的水，凄迷哀怨的水，在秋阳下漫忆心事的水，或急急赶路喧喧闹闹的水。水的妖娆，水的灵性，水的智慧，水的多愁善感，水的千姿百态，令人回肠荡气，眼花缭乱。更令人惊奇的是，这里的水有不同的颜色，同一海子的水彩色纷呈，水中生长着水棉、水藻、水蕨，还长着芦苇、节节草、水灯芯，构成一个水生群落，这些水生群落叶绿素深浅不同。在含有硫酸钙的湖里，使得同一湖泊呈现蔚蓝、浅绿、绛黄、赭红、灰黑、粉紫各种颜色，简直把大自然的色彩都融汇在一起。秋阳朗照，山风轻拂，泛起彩色的涟漪，像无数个小精灵在舞蹈。一种动态的美，一种魔幻般的美，这是七彩的水，水的神奇的变脸。满目色彩摇曳，满目斑斓荡漾，深橙的黄栌，浅黄的椴叶，绛红的山槐，朱紫的山杏，酡红的野果，背衬苍郁的莽林，可谓七彩迷目。

在水与石间的小径缓缓漫步，水声淙淙，浪花喋喋，鸟韵林涛声声传来。风与水的奏鸣，水与石的相搏，发出撕锦裂帛的声韵，悦耳动人。

远山近岭，高耸的悬崖，陡峭的山峰，如点点浮标，组成宏大的星座。这是宇宙之神的大手笔。星座下便是极其美丽、变幻无穷的风景。更令人感到惊异的是阳光，你无法用语言描绘阳光的作用，阳光用尽上天赋予它的七彩光谱，倾泻给所有的空间，山石都燃着魔鬼的色彩，连柔和湿润的空气都如此浓郁和绚丽迷人。这里是山、木、光、影、树同心协力打造的人间仙境。

九寨山水是一部大自然的书卷，也许它的古老更显出自然的本色；也许它的原始，更展示出生生不息的生命的强旺。它也许还没有遭到人类过多的染指，这片山水才更纯净、更古朴。

长海是水的琉璃世界，枫叶如火，倒映水中，犹如水中仙子，衣袂袅袅缈缈而来。这里的湖静如禅境，静如幽梦，四周的野花、芳草、山峰、树木，仿佛有点失真，像一种虚幻，白云、蓝天、山影、树影像漂泊的幽魂似的。几株偃伏在湖畔的古树柳杈上缠绕着古藤，古藤垂下来又轻拂水面，划出一圈圈如梦的涟漪，更典型化更艺术化了神话和童话的背景。使你感到不知是人间仙境，还是天上的御花园！

这里是水晶的世界，内涵丰富，清丽雅致，高古幽玄。我凝视着水，水也凝视着我。我和水对峙，水与山对峙，这短暂的对峙中，一切仿佛变得遥远，一切都在幻化。我感到自己是一粒来自俗世的微尘，飘落在纯净的世界，深感痛苦和自卑。

听着潺潺的流水声，听着萧萧的松涛竹韵，听着啾啾喳喳的鸟语，听着远一声近一声高一声低一声的兽鸣，一切都那么和谐、那么安谧。我面对着大自然感到羞赧，人类的负罪感吞噬我的心，我的灵魂战栗着，我的精神有着裂变的痛苦。上天如果死去并非是好事，人类既失去了明察秋毫的监督者，也失去了铁面无私的审判者，于是底层的欲望被放飞了，无节制的罪恶和邪欲肆无忌惮，张牙舞爪。这是一种宿命，人类必定遭到大自然残酷的报复。湖水如镜，照出我的丑恶，也照出我的同类们的丑恶！

我坐在海子边，敞开衣襟，任大自然温柔的手抚摸我精神与肉体的累累伤痕、叠叠皱褶。我掬起一捧流水，想用上天的净水洗涮我来自尘世灵魂的斑斑污迹。大大小小、方方圆圆的海子，盛满琼浆玉液，这是山林之魂魄，是日月之精华，是大自然智慧与灵感的杰作，是宇宙之神的经典，如《神曲》，如《诗经》。我聆听着水的旋律，心已陶醉：这是天国的乐章，是山水的语言，是爱的翅膀扑扇的声音，它喧哗在诗歌的心房！

再往前走，便是诺日朗瀑布。它是从镜湖的堤埂上水柳丛里漫溢出来的。李白赞美的庐山瀑布有惊心动魄的美，而这里的瀑布给我留下刻骨铭心的记忆。像绢纱？像雾幔？像梦呓？像抒情诗？像月光曲？缥缈、朦胧、迷离、轻盈、曼妙，流光溢彩的美，轻灵飞动的美！也许秋日，瀑布会失去夏日的狂躁莽撞，节奏迂缓、舒展、平和，像巴赫的《b小调弥撒曲》，肃穆、圣洁、高雅、纯净！

瀑布迤迤逦逦，袅袅娜娜！

瀑布幽幽邈邈，清清丽丽！

瀑布银银白白，素素净净！

那水不管来自岩石缝隙，或者森林根系，都那么隐忍、躲闪、坎坷、曲折，但都那么乐观，欢欢腾腾。青春的激情，生命的力量，奔腾在悬崖峭壁，哪管深壑巨渊，纵身跃下，生命绽放出最灿烂的花朵，那么绚丽，那么热烈！“霓为衣兮风为马，云之君兮纷纷而来下。”一幅壮伟的大自然景观！

从气韵到气势，气韵的生动、气势的磅礴，给人一种启示：只有哲学家才能揭示这种真正的美，它体现一种宇宙的和谐，叔本华说：纯粹的审美，人会摆脱世俗的欲求。

写到这里，我不能不讲述一下九寨沟的神话传说，没有神话传说的山水，也就没有打下文化胎记，是荒凉而粗野的。

传说九寨沟曾是个滴水没有的干旱山沟，百姓痛苦地挣扎在旱魃的折磨下，苦不堪言。有一天玉皇大帝的使者下凡巡视人间，看到这里禾稼枯焦，牛羊因饥渴而死亡，人们蓬头垢面，因缺水而面黄肌瘦，不觉生起怜悯之情，回到天庭，汇报给玉帝。玉帝大发慈悲，赐给九寨沟百姓一口金钟，只要敲击一下，就雷鸣电闪，大雨如注，驱逐旱魃，降下甘霖。可是这口金钟被一个恶魔盗去。百姓讨还时，恶魔竟提出条件，要百姓将村寨最美的姑娘沃诺色姆送给他做奴仆，沃诺色姆不从。青年达戈得知此事，便毅然同恶魔决斗，经过九天九夜的激战，终于战胜恶魔，夺回金钟。沃诺色姆见到金钟，兴奋不已，喜泪盈盈，连忙举锤敲击，只听“铛”的一声，雷鸣电闪，大雨倾盆，九寨沟顿时冒出一百个翠湖。沃诺色姆爱上达戈，二人当即在湖边成婚。各路山神得知，都带上绿树、野花、翠竹、芳草，前来翠海边道贺；各种野兽也前来献歌献舞，以示欢庆。从此九寨沟才有碧水、青山、绿树、芳草、鲜花，成了人间仙苑！

这是山水撰写的童话！

人类为了取得大自然的恩赐，为了自身的幸福，总是编织许多瑰丽动人的神话故事，这是向大自然示爱，是人类的情欲和梦幻的暗示。

第四章 巴山蜀水

横断山脉走在这里已是尾声，像一曲乐章，尾声是孱弱的、纤细的。平庸的丘陵，既缺乏英雄气概，又缺乏超凡脱俗的灵气，甚至缺乏一种美感。川西南并非一个平庸的世界，它不强悍，不放肆，不纵横，不似二泉映月，也不似春江花月夜，但它不俗气，不脂粉气。

——这是"长江"这个伟大名字的正式命名，这名字第一次注册于中华大地！

走进巴蜀

伴我走进巴山蜀水的除了同伴，还有秋天。不管我乘轮船或是乘火车汽车，秋天总是悄悄跟在身后，不言不语，寸步不离，温柔而缠绵。南国的九月，酷暑溽热销匿了，尽管秋风从遥远的塞外吹来，至此已是强弩之末了。臃肿了一夏的天空显得高远深渺了，云也白了，轻了，柔了。风里渗出丝丝凉意，反应迟钝的山林树冠还傻乎乎地苍绿，但底部有黄叶飘零了；聒噪整整一个夏季的蝉，叫声疏了，细了，喑哑了，水淋淋的南国似乎变得清爽了。

最动人处是金涛万叠的稻田，沉甸甸的稻穗害羞似地垂着，单等着农人秋割了。田埂上的桑树叶子已显出苍老，蚕姑将最后一把桑叶放在桑箴上……蚕宝宝吐出银白色的细丝，这是交给秋天的最后一份答卷。夕阳里，老牛卧在水田边，一幅恬淡的秋耕图，铺展在巴山蜀水间。

行走在这片盆状的大地上，你会随时遇到一条溪流，不宽不窄，不急不躁，浪花喋喋，喁喁絮语，穿越在起起伏伏的丘岗，流进平平仄仄的山野，那不叫河，却又似河。流水在峡谷里穿行，在平地上爬行，还不时看见竹排小舟，落日里横泊在水岸，顿时缭绕出一缕诗意。水田里，小路上，不时传来几声山歌，信腔野调，那是在释放生命的朝气和青春的激情。沿江沿河是村镇城郭，繁华的，简朴的，现代的，古典的，喧嚣的，静寂的，密密麻麻排列着。傍江的古镇，黛瓦、粉壁、吊脚楼，筑插水中，托起一台，台上建楼，依山、面江。一株株高大的黄桷树，兀立在镇头或街中心。江面上有窄窄的木船，远望为黑色，现在多为机动船，柴油机“砰砰”地响，和江水的浪涛声混合在一起，打破了古典的静谧。

如果你有机会走进川西南乡间人家，这里依然古风悠悠。村舍房屋大都是土木结构，家家有一处小院，芭蕉婷婷，绿竹翦翦，风摇曳着蕉叶竹梢在屋檐上拂来拂去。那黛色鱼鳞小瓦，古色古香，瓦缝间摇曳着一簇簇小草，却也精神，梁檩柱椽也因年久而变黑。玉米、蔬菜、瓜果，红红绿绿绣满了山坡。紫云英和野菊花铺开一片耀眼的灿烂，给人一种梦幻感，一片扑朔迷离的美。

沉重的牛哞在空旷的山野上显得很重，七八岁的孩童骑在牛背上，横在手里的不是竹笛而是柳条，一鞭斜阳，满目青山，这是一幅“牧归”中国画的意境。很古典，也很有诗意。

而山依然是沉默的，像雕塑，伫立在江边，目睹江水无语东流。在这山水之间，无声的岁月演绎了多少惊心动魄的故事，荣辱兴衰，苦难和辉煌，死亡和新生，壮烈和悲惨，鲜花和爱情……

横断山脉走在这里已是尾声，像一曲乐章，尾声是孱弱的、纤细的。平庸的丘陵，既缺乏英雄气概，又缺乏超凡脱俗的灵气，甚至缺乏一种美感。川西南并非一个平庸的世界，它不强悍，不放肆，不纵横，不似二泉映月，也不似春江花月夜，但它不俗气，不脂粉气。

金沙江蜿蜒在四川与云南之间，成为天然的省界线，金沙江来到宜宾后便改名为长江了——这是“长江”这个伟大名字的正式命名，这名字第一次注册于中华大地！犹如一个孩童，走过婴儿期，走过幼儿期，走过“绕床弄青梅”的髫年，现在成了顶天立地的汉子，再不用那些乳名了。但是长江的幼年和童年是漫长的，生命的历程是坎坷的，且不说沱沱河、通天河，仅自通天河的巴塘河口至宜宾全长就是二千三百〇八公里，占据了长江总长度的三分之一强。二千三百〇八公里路云和月，二千三百〇八公里风霜和雪，路漫漫，风萧萧，一条巨川大江经历了多少坎坷和惊心动魄的曲折！

江对岸，山谷里有一片树林，一色的攀枝花树，那贫瘠的河滩，那表层浅薄的山坡，竟然生长出如此高大粗壮的大树，简直是个奇迹！那花艳如霞，红似火，热烈、喧嚣，硕大的花萼像酒盅、像茶杯，高擎着，恭谨地迎接远方的客人。攀枝花树，未曾生叶先开花，光秃秃的枝干开出一簇簇的花，展示着生命的强旺和青春的激情。当我第一次见到攀枝花，感到花大得惊人，红艳得惊人，我不敢相信，这是真实的。事实上攀枝花恣肆、狂放，甚至有一种孤傲悲壮的气质。我想，是否金沙江、横断山脉这方水土赋予了它情性乖戾的品格来？

花红似火，映红半江流水，为这条强悍、暴躁的大江增添了诗意和些许女性的柔婉。夕阳西下，我站在金沙江畔，水面上映着山影云影树影，一川滔滔远去了，水流山不动，水去影不去。金沙江并不一味地狂放不羁，也有娴静淡雅的岁月。在这里，它表现出一种安详、平和、与世无争，无边的慈祥，博大的悲悯情怀，是那样感人、动人心魄。有几只水鸟鸣叫着掠过河水的上空，飞向远处的山谷。

水面上出现几只野鸭子：一家五口，一对夫妻，三只小崽儿，大鸭子在前，小鸭子在后，有只小鸭跳到它母亲背上，让母亲驮着游水。这是个和睦的家庭，在这荒山野地、茫茫流水里，这些和美可爱的小动物，使人感动不已：这里还存在生命美、温情美。

白昼将尽，黄昏那种特有的温馨和恬静弥漫开来，天地空旷而宁静。山谷静静的。这阔大的空间似乎没有历史只有时间，时间似乎停止了流逝，凝固了，凝固成山崖的紫褐色，那深沉得近乎温暖的紫褐色。江水柔和明亮，在夕阳里变得娴静、温雅，谁能想象它曾有过与横断山脉搏击厮杀、狼吼虎啸的岁月？在这里山与水和谐地构成一幅古典的油画，大自然的原创是人工难以模拟的，它的雄浑、深沉、和谐、柔静，透出一种宗教般的神秘、禅意。

清风雅雨惹人醉

下雨了。雨是天空的语言。天空向大地发表演说，急一阵，缓一阵，情绪起伏跌宕，万物都在倾听，只有溪流兀自喧哗，表示不耐烦的样子，而雷鸣不时给天空鼓掌，似乎被天空的演讲所感动。

本以为秋天是天高气爽的季节，谁知道走进巴蜀却走进一个雨雾的世界，走进一个天也湿湿、地也潮潮的世界。

雅安就以“雨城”而著称。一年之中，雅安就有八个月的雨天，全年三分之二的日子，是在细雨连绵，风雨潇潇中度过的。古人说“西蜀天漏”，莫不是女娲补天时粗心大意，忘了这塌陷的一角？“蜀犬吠日”绝非古人的夸张之词，这里常年很少见到太阳，即使这天高气爽的秋天，也只是偶尔雨敛天晴，太阳当空，连狗也感到惊讶，能不狂吠？

那是怎样的雨啊，细如粉奁，轻如绢纱，飘忽若雾，动若烟霭，山峰常年云雾缭绕，峡谷终日雨纱飘弋。不管走到哪里，雨总是伴着你，淅淅沥沥，点点滴滴，霏霏潇潇。雨是一个幽魂。更令人惊奇的是，巴山的雨一连几天几夜沙沙不停，有时也让人不解，一到夜间雨便来了，随风潜入夜吗？或薄暮降临时，霏霏细雨便不知不觉飘洒下来，抑或是睡意蒙眬时，刚才还是明月半窗，一团云雾飘来，便扑扑簌簌下起雨来。秋雨更富有特色，凄清的雨打在阔大的芭蕉叶上，沙沙沙，像蚕噬桑叶，像大漠风卷流沙，有一种乐感，轻音乐。当夜雨初晴，太阳露出笑脸，红红的阳光照在芭蕉叶上，晶莹的水珠像朱砂，像玛瑙，像一粒粒鸡血石。

秋水涣涣，洋洋而来，荡荡而去。雨如烟，雾似雨，远山近水一片扑朔迷离。风在调情，雨在弄姿。情风骚雨，把山野弄得风韵楚楚，情意绸缪。野蔷薇花粉嘟嘟的，满脸涂着胭脂，叶眉抹黛，花眼含笑。花香、草香、水腥味，氤氤氲氲，浓得扑面呛鼻。成熟的稻谷铺开一地灿烂，翠竹绿树伫立在细雨里，像进入禅境。老水牛湿漉漉的哞叫，将山野的宁静撕破一道口子，淋淋漓漓流出的不是血，是淅淅沥沥的雨。巴蜀的秋雨，像米芾的画，悠然，宁馨，淳朴，天然。

雨自落，水自流。只有溪边的顽石，睡眼惺忪，漫不经心地打量着身边的自然万物。花开花落两由之，草荣草枯任尔去。即使烽火烛天，鼙鼓大振，它也懒得睁眼，依然故我，是永恒的沉默。

刘禹锡诗云“巴山楚水凄凉地”，那是他人生不得志时的感悟，他二十三年远离庙堂之高，漂泊江湖之远，能不有弃身的凄凉之感吗?

巴蜀的雨凄凉凄清，江南的雨哀怨哀楚。

巴蜀的雨点点滴滴分明是离人泪，江南的雨淅淅沥沥恰似恋人情。

巴蜀的雨是诗人的雨，江南的雨是女人的雨。

雨，历来是文人骚客笔下的意象。千百年来，那雨飘飘洒洒，霏霏潇潇，柔情万斛，绵意千尺，撩拨着诗人的情愫。

巴蜀的雨创造了巴蜀的文化。

“高楼风雨感斯文”“湓浦书来秋雨翻”“更作风檐夜雨声”“茂陵秋雨病相如”“留得枯荷听雨声”“一春梦雨常飘瓦”“月榭故香因雨发”“雨中寥落月中愁”“江上晴云杂雨云”“黄叶仍风雨”等等，数不胜数，谁的诗?——李商隐。李商隐无雨不成诗，是写雨的诗人。他的灵魂也是湿湿的——雨淋湿的。

李商隐对雨有独特的感悟、独特的体验。他生于巴蜀，大半生都在风雨中度过，对雨有很深很浓的情感，那滂滂沛沛的雨，那霏霏潇潇的雨，那淅淅沥沥的雨……李商隐常把雨化作诗的意象。

又是一个风雨潇潇的秋夜，李诗人客居在异乡的旅肆里，孤灯摇曳，窗外雨打芭蕉，沙沙作响，秋水涨池，此情此景，怎能不让他想起远在故乡、对他一往情深的爱妻？李商隐是个情种，挑亮灯，挥毫写下一首诗，不想流传了千古：

君问归期未有期，巴山夜雨涨秋池。
何当共剪西窗烛，却话巴山夜雨时。

也许刚收到妻子的来信，李商隐便回信。他很想说清归期，并写了这首《夜雨寄北》托邮差送去。一盏孤灯，半窗寒意，羁旅之愁，长夜绵绵，涨满秋池的雨水，弥漫巴山的秋雨，一幅多么凄凉的画面啊！

李商隐是写情诗的高手，他对女性的笃诚和挚爱，那种纤细幽微的感情，在中国诗人中是少见的。李商隐只不过和妻子相别一年半载，就如此思念，可见他对女性的缱绻深情，对爱情的敏感和执着，于是他的笔下出现许多动人心魄的爱情诗篇。

李商隐是晚唐才子，青年时期，得到节度使令狐楚的赏识，请他到幕府里去做巡官，却没有安排任何工作，干拿一份俸禄，实际上是让他做一位专业作家。出不出作品令狐楚不管，不过他交给李商隐一个任务：与儿子令狐绹一起学习今体文，即讲究对偶、辞藻的四六文。李商隐二十一岁时，令狐楚进京为吏部尚书，李商隐则回到河南郑州老家，四年后，李商隐考上进士。据说，这次应考，令狐楚的儿子令狐绹帮了忙。不久前，令狐楚已调到兴元任节度使，便又把李商隐调进幕府。李商隐二十六岁时，生活发生了变化，经原节度使王茂元看中李商隐的才华，把女儿嫁给他，令狐楚自然不高兴。原来当时朝廷朋党之争很激烈，以牛僧儒为代表的“牛党”和以李德裕为代表的“李党”，互相排斥，互相攻击。令狐楚及其子令狐绹属于牛党，而王茂元属于李党。这样李商隐就掉进牛李两党争斗的夹缝里，苦恼不堪，又不能自拔。官场黑暗，党派之争，残酷惨烈，李商隐一生不得志，这位才华盖世的晚唐诗人只活了四十六岁，英年早逝。

李商隐的爱情诗被当作经典而传世，他的诗构思精巧，结构严谨，语言浓艳，格律完美，情深义邈，创造出文采斑斓的华章。后人称他为中国唐朝的拜伦，中古时期中国的雪莱。

我在一个雨丝绵绵的秋日黄昏，住进雅安市的一家宾馆，窗外便是碧波湜湜的青衣江。在秋雨霏霏的夜晚，自然想起了诗人李商隐。我想寻找诗人当年下榻的旅馆，千年的岁月，千年的风雨，哪里有迹可循？而另一个诗人刘禹锡的遗迹也杳无踪影。

南国文化是水的产物。南国多水，岩奇峰秀，林木蓊郁，花草扶疏，蜿蜒的山径，斑驳的石磴，古朴的凉亭，烟笼雾树，雨打芭蕉，青砖灰瓦，屋檐下点点滴滴、淅淅沥沥的雨水，像诗词的断章、飘落的音符……因此巴蜀也盛产湿淋淋的“竹枝词”。大西北是《凉州词》《阳关三叠》《八声甘州》的产地，雄浑、豪放、悲壮，代表西部的阳刚；北方是盛产边塞诗的地方，铁板铜琶，啸天吼地，一派豪气。这构成了南北两地截然不同的风格，也是南北文化的差异。

李商隐许多诗都湿淋淋的，稍稍一拧，水就流淌出来，晾晒了千年，总也不干。“巴山夜雨涨秋池”，那是他在涪江岸边三台县当幕僚时写的诗句，一句诗给巴蜀的雨带来多少美誉。更有诗圣“好雨知时节，当春乃发生。随风潜入夜，润物细无声”，更抬高了川雨的身份；还有南宋大诗人陆游“细雨骑驴入剑门”，又实实在在地美化了四川的雨。细雨霏霏，骑着毛驴，在砂石路上笃笃地行走，两旁山色空蒙，眼前雨霭迷蒙，多么逼真的水墨山水，怎能不撩动诗人情怀！

巴山蜀水诗人雨，雨成了四川名产品。其实这是诗人误誉了四川的雨。四川的雨和巴蜀的汉子一样，性情火辣，粗犷暴躁，三点一大碗，风狂雨骤，如海啸如狂涛，凶猛异常。哪里尽是如丝如线，飘飘洒洒，袅袅霏霏，玉弹桐叶，珠滴蕉心，柔情万种，绵意千尺？那是诗人心情的幻化。

与李商隐同时代的诗人刘禹锡虽然故土在洛阳，但他的一生不得志，被流放在巴山蜀水。刘禹锡在此写出大量的“竹枝词”，成了晚唐时代杰出诗人。“竹枝词”原来是巴蜀一带的民歌，阴柔、温婉、清丽、优美。歌唱“竹枝词”的形式很多，插秧歌、丰收歌、闹年歌、婚歌、嫁歌、午歌、夜歌，更多的是男女相爱的情歌，他们借山述怀，凭水抒情，“郎害相思在云南，妹害相思在四川，又隔云南三道水，又隔四川峨眉山。想交妹子难上难！”刘禹锡吸收民间文化，采集大量民歌，从中得到营养，革新了“竹枝词”，使“下里巴人”变成“阳春白雪”，使粗蛮的民歌更富有诗意、文学性，这是对民歌的提纯和升华。

刘禹锡任夔州刺史时，常常跋山涉水去乡下巡视，这位刘诗人听到民间俚歌俗调，优美活泼，又富有浓郁的生活气息和泥土的清香，能不受到感染和启发？诗歌是性情的产物，哪位诗人不多愁善感，激情如注？

> 杨柳青青江水平，闻郎江上踏歌声。
> 东边日出西边雨，道是无晴却有晴。

长江东流，浪花叠叠，生了又灭，灭了又生。岸边杨柳春色正浓，春花正艳。那是一个晴转多云的天气，一位少女臂挎竹篮来到长江边的田野，是打猪草还是采桑叶？竹篮里盛满她的希望和喜悦。忽然远远江岸边传来她日夜思念的恋人的歌声，她又惊又喜，抬头望望，那人边走边唱，似乎对自己有意。姑娘垂下头，胸口有一只小白兔在蹦跳，可是对那位唱歌的情郎又难以捉摸，就像这巴蜀的天气，说它晴吧，西边还下着雨；说它阴吧，东边还有一轮明灿灿的太阳。这恼人的天气，这恼人的情绪，让人甜甜柔柔，又酸酸涩涩……

道是无晴却有晴，一曲《竹枝词》响彻千古。这种纤细的情感、瞬间的心理变化，被诗人捕捉到笔下，写得那么含蓄，那么真挚！

蚕丛与鱼凫的后裔

巴人也是黄帝的后裔，活动在今天的汉水中游，曾与秦、楚联姻，分布在鄂西川东之地。

黄帝的两个后裔，即蜀人与巴人，究竟什么原因从黄河流域——黄土高原流落到巴山蜀水？是部落间的争斗？是为了开拓生存空间？抑或是某一场天灾人祸，使他们背井离乡，远涉江河，来到这闭塞的盆地？他们在这里叠土为壁，架梁为屋，或穴居石洞岩窟，捕鱼狩猎，也开始操用笨拙的木耜，刨开赭红色的山土，撒下从故土带来的谷物种子，于是这片荒蛮的土地上升起了袅袅的炊烟，响起了杭育杭育的劳动号子！篝火烧破了岷江岸边的古夜，新生活的曙光映亮了巴山黎明。

传说，种桑养蚕缫丝是蜀人发明的。蜀和蚕，都有一个“虫”字，在字根上有共同的地方。这个部落有几个女人在山野桑树上摘取桑葚果腹，无意中发现了一只只野蚕正在吐丝，树枝间挂满罗帐般的丝网，煞是美丽，像云一样轻柔，像雪一样洁白！女人们惊喜得叽叽喳喳呼叫，其中一个女子用手从树枝上捕捉了几只蚕，用桑叶包裹好带回洞室。谁知第二天，这几只蚕，啃噬完桑叶便爬到岩壁上吐出一缕缕洁白晶亮的丝，光洁柔软的蚕丝被女人们取下来，编织成一块块小手帕大小的“蜀锦”。

这一伟大发现，石破天惊，开辟了一个新的时代！蜀锦于是名扬天下！以后过了几百年，到了汉朝，这“天虫”吐的丝，波澜壮阔地铺开了一条古丝绸之路，为东西方文化的沟通，发挥了无与伦比的作用！

这个部落把野蚕驯养成家蚕，因此部落的名字就当之无愧地叫作“蚕丛”。

唐朝有位诗人王建曾写诗道：“雨里鸡鸣一两家，竹溪村路板桥斜。妇姑相唤浴蚕去，闲看中庭栀子花。”

这是一幅多么鲜明而富有生活情趣的画卷啊！

细雨如烟如雾，笼罩山林田野，雨帘里传来三两声湿漉漉的鸡鸣，在空旷和静谧中更显得幽远。一个个川妹子头戴斗笠，身披蓑衣，手提竹篮，推开虚掩的柴扉，你呼我叫，相伴着去山野采撷新鲜的桑叶。她们咯咯叽叽地笑着、闹着，沿着细雨淋湿了的石板小径，跨过架设竹桥的小溪。于是山野这幅静谧的画面有了跃动的身影，寂静的山林响起她们的歌谣，润润的青春的旋律，润润的生命的音符，便飘荡在山野间、野溪边。

蚕生春三月，春桑正含绿。
女儿采春桑，歌吹当春曲。

采桑盛阳月，绿叶何翩翩。
攀条上树表，牵坏紫罗裙。

她们走进桑林，手指翻飞，一片片鲜嫩的叶子带着晶莹的水珠，落进竹篮。妹子的脸上绽开山桃花般的红晕，是桑叶的葳蕤茂盛，使她们激动，还是她们心中充满过多的喜悦、过多的甜蜜？这蚕宝宝可是她们一家酱醋油盐的花销，也是她们装点嫁奁的费用，寄托着她们美好的期望、甜蜜的梦幻。你想，这采桑的川妹子能不欢欣，红扑扑的脸上能不绽开一缕缕笑意？

巴山蜀水，天府之国；成都平原，沃土膏壤；绿满田畴，水盈渠堰；丘壑藏珍，山林掖秀；乡村农舍，一片恬静。鸡鸣犬吠，更添一抹深沉静幽的氛围。春种，夏耕，秋收，冬藏，四季虽不及中原棱角分明，却也有时令之痕。即使冬天，北国风雪茫茫，这里只是浓绿变成苍黛，更显老练沉稳。农人们忙田里活路，应节歌舞，喜庆丰收，亲情乡情，浓如醇酒，把盏畅饮，其情其境，一派乡野风情。田野风光依然迷人，鹭栖芳汀，雁横烟渚，阵雨初歇，烟岚飘逸，如纱弥漫。这里草丰花繁，这里稻香鱼肥。这里荷香莲芳，瓜果飘香；这里四野青青，仙风缭绕。这里竹林葳蕤，激情高亢，惊鸿震鹤，一派顶天立地之骨气；这里地气温湿，民质好义，士风敦厚，自古得蜀者可得天下。这里多耕读人家，白天一身泥巴，夜晚一窗书声，所以汉有司马相如、扬雄卷起汉赋大风，唐有李白横空出世，宋有苏氏三父子文甲天下，诗绝千古。他们吟吟啸啸，情感激烈，文气葱茏，有开天地之胸襟，灵气、才气、仙气，横漫千古。卓文君、薛涛、花蕊夫人，巾帼锦绣，花貌倾国，才如仙女，柔情似水，浅吟低唱，流转如莺歌燕语，诗文不让须眉。

长江上游流域以三星堆文明为代表的古蜀文明并不弱于黄河文明。秦灭六国，统一华夏，九州一体。长江文明与黄河文明共融共生，相生相长，逐渐形成璀璨辉煌的中华文明。

智慧和灵感的创造

伴着风声、雨声，长江继续走它的路，步伐依然赳赳，气势依然昂昂，雄涛万叠，浪丛峥嵘。山妖难以阻挡，地神难以挽留，它目不斜视，心无旁骛，充满着信心，坚定着意志，执着着追求，胆略独步天下，气魄吞吐日月，向终极目的奔腾而去。它胸襟博大，心怀宏阔，不冷淡每一条小溪，不拒绝每一条清流，纳千川，揽万水，浩浩荡荡，滔滔涌涌，任凭道路崎岖，征程遥远。多少次浴血于顽石，多少次粉身于巉岩，它重新整合生命，积聚力量，锻造意志，冶炼肝胆，不死的灵魂，不灭的豪气……一颗无畏无私的心！

长江，这条母亲般的大河巨流，它泽惠天下，一路上，毫不吝啬地施舍乳汁，送这里一片湖泊，给那里一方池塘，或浩浩碧波，或细漪涟涟，风景因此而名，胜迹由此而著。那一方方稻田，那一片片桑园，得到母亲乳汁的哺育，更苍绿，更葳蕤。如花的原野，如锦的山峦，构成大地一处处壮观的风景。

走进巴蜀，你不能不看看都江堰。

都江堰是李冰任蜀郡守时修建的一座水利工程。

都江堰将岷江一分为二，既消除了水患，又有灌溉航运之利，至今仍是成都平原最大的灌区。“水旱从人，不知饥馑，时无荒年，天下谓之天府也。”

有了都江堰，蜀地才有了名扬天下的“天府之国”的称谓。

岷江发源于岷山，它滔滔奔腾而下，来到灌县，被伸进江心的“鱼嘴”剖分为内外二江。西边为外江，除岷江正流外，还分出沙沟河和黑石河两大支流，东边的内江古称沱江。都江堰就修建于“鱼嘴”处。

都江堰的历史很长，最早开凿于古蜀国的开明王朝时期，到战国后期即公元前 256 年，李冰任蜀郡太守时在原来的基础上加以改造修建。

这是一项伟大的智慧和灵感的工程。这智慧和灵感就流入中华民族改造自然、利用自然的历史中，渗透在我们民族的血脉中。它与秦长城、楚长城、齐长城、燕赵长城是同时期的产物，但那些“长城”们早已倾圮，成了历史的废墟，有的已融入后来的明长城，它们的身影早已销匿于历史的苍茫中，唯有这都江堰还在造福天府之国的儿女，这是人文历史的奇迹，这是一个民族开拓史上的辉煌！除了神话传说中的大禹治水之外，就是李冰父子流芳千古。这位智慧的巨人，首先使长江按照人类的意志奔流，狂妄的桀骜不驯的大江巨流，在这里俯首帖耳由人摆布，旱能灌，涝能排，使广阔的成都平原有了血液的流涌、生命的脉动……

李冰是长江第一位水利专家。他老人家不仅是个政治家，也是个“工程院士”。

我想像得出，一位须发斑白的老者迎着满天风雨，身披蓑衣，头顶竹笠，手持藜杖，高高挽起裤角，赤着双腿，高一脚，低一脚在岷江岸边跋涉……江风吹得他的衣襟鼓起来。他险些被淤泥顽石绊倒，他抹了把脸上的雨水，蹲下身，仔细观察水的流向、水的漩涡、江澜的起伏。他的眼睛倏然一亮，目光停留在虎头岩那个缺口处——“雍江作堋”，他大脑里顿时出现这个概念，就是说，在这里若修一道拦河坝，堵住沱江，使江水流入前面的“空瓶口”——这也是前人说的湔堰，现在人称飞沙堰——岂不是使江水既能航运，又不发生洪涝，还能引水灌溉？真是一举三得，一石三鸟！李冰高兴得眉毛飞扬起来——这灵感的火花，照亮了造福千秋万代的伟大工程。谁知这一闪念，石破天惊，被定格在中华民族水利史上，流芳百世！

写到这里，我们必须腾出笔，写一下出现李冰这位伟大的水利专家的历史背景。

那时蜀地相对安静，它不是征战的疆场，不是厮杀的舞台，四面环山，交通闭塞。没有羽檄飞驰，没有风鸣马啸，一片炊烟缭绕、鸡鸣狗吠的田园诗般的安谧。

蜀地多水灾。早在李冰三百年前，正是杜宇治下时代，四川盆地西部水灾频仍，东部旱魃迭起。杜宇是个有才干的君主，以成都平原为中心，注重发展农业，也注重发展手工业，国力逐渐强盛，但水患难以根除，杜宇治水没有成效。后来从荆楚迁来的开明氏族，其首领名叫鳖灵，被任命为杜宇王朝首相。此人大概精通水利，他跋山涉水，察看山形水势，寻找水灾成因，发现玉垒山阻挡江流，于是决定

“决玉垒山以除水患”“东别为沱”，疏浚成都平原河道，使民安居乐业，博得了很高的威信。后来鳖灵取代了杜宇的统治，称丛帝，传十二世。

有诗云：“古时杜宇称望帝，魂作杜鹃何微细。”说的是杜宇被迫“禅位”，到都江堰附近的青城山隐居。杜宇不甘心失去帝位，孤苦伶仃隐居在深山老林，与蛇虫虎狼为伴，凄风苦雨，日夜啼哭，化为鸟，名杜鹃，以春心托杜鹃，时常飞回故都看望，寻访旧迹，眷恋过去的帝王生活。

在鳖灵排除水患以后，成都平原农业获得丰收，百姓安居乐业，后来，开明氏移都居成都。

兴荣枯衰，政潮跌宕。到了开明氏的末世，政治腐败，生活奢华，蜀国与秦争夺汉中，东联巴国又与楚为敌，后又役使蜀民，与巴国相互攻伐，国力日渐衰败。

这一天，秦惠王正与臣子商讨进攻楚国，召开御前军事会议。这时苴国派来使者，说蜀国进攻他们苴国，希望秦国派兵支援。张仪主张不理蜀国之事，全力攻韩，以便进而灭周。司马错坚决主张联合苴国趁机灭蜀。他说：“蜀有桀、纣之乱，其国富饶，得其布帛金银，足给军用。水通于楚，有巴之劲卒，浮大舶船，以东向楚，楚地可得。得蜀则得楚，楚亡则天下并矣。”秦惠王采取了司马错的计策，于公元前316年派兵南下，以援苴为名，把蜀、苴、巴三国连骨带肉吞噬了。这就为秦国后来横扫中原、兼并六国打下坚实的物质基础，也消除身后之患。司马错这一计策奠定了秦始皇统一中国的根基。

秦始皇统一中国后，设蜀郡，当时治理蜀郡的太守就是李冰。

李冰上任后，跋山涉水，查看水旱灾害之根源，要根治水患，造福一方百姓。当他来到岷江，发现岷江在深山峡谷，水势急湍，流到平原地段，水势缓慢，泥沙淤积，时间长了，河床加高，当然河水泛滥成灾。

玉垒山就是一大障碍，山的东面水流不到，年年干旱，山的西面为山所阻，水流过不去，洪水暴发，就闹水灾。李冰想，如果把玉垒山凿通，既可解决东面的旱灾，又可解决西面的水患。于是他率众像愚公移山那样，开山凿洞，终于凿通。而这山洞像一个瓶口，人称“宝瓶口”，江水从宝瓶口不断流出来。

但是水量不大，旱涝仍然不能从根本上解决，于是李冰又带领大家在宝瓶口上游不远处修了一道大坝，让更多的水流到东面。在滚滚江流中修一道大坝谈何容易？扔进的砂石，转眼间被江流冲走了。李冰蹲在江边，茶饭不思，忽然出现一个念头，如果将竹篾编织成筐篓，把砂石盛满竹篓，然后投放江流，还能被冲走吗？试试看，果然奏效。李冰这个点子，一直到两千多年后，三峡截流大坝仍然是其“翻版”，如果当年知识产权受保护的话，李冰父子可会发大财哟！

大坝建成后，这一带成了旱涝保收的鱼米之乡。李冰给大坝起名为“安堰”，后人称“都江堰”。这是战国时期中国最大的水利工程。古埃及农民在阿门内姆哈特三世时为了调节尼罗河的水流而修建大型水库，这项水利工程，可以保证阿门内姆哈特三世统治下的日益增长的人口都能永久不愁吃喝。异曲同工，尼罗河的水库和岷江的都江堰都是为造福一方百姓，但是尼罗河的水库早已被风沙填埋，而都江堰却依然造福后代，这不能说不是个人类历史上的奇迹！

宝瓶口北岸的岩壁有古人开凿的十几条横道，犹如今之水位线，名叫“水则”，水位超过水则十六划时为汛期，超过十九划时为警戒线。

如果水势太大，空瓶口扼制不住，怎么办？聪明的李冰，便带众用竹笼卵石砌了飞沙堰和人字堤，洪汛时期洪水便沿着两条排洪道溢出，重归岷江。遇特大洪汛，飞沙堰会自动崩溃，宣泄洪水，不让过多的江水进入宝瓶口，它的作用如同高压锅的“安全阀”。

为了防止泥沙沉积，每年冬天枯水季节，还要疏浚，都江堰上到处刻着六字箴言——“深淘滩，低作堰”，这里的“滩”，指的泥沙淤积地，淘去泥沙防止淤塞；“堰”指的飞沙堰和人字堤，修得低了易排洪。

这巧夺天工的都江堰使李冰父子流芳百世。东汉灵帝时，人们为了纪念这位造福百姓的智慧巨星，雕石像，陈列在伏龙观大殿上，将其当作江神一样供奉着。

李冰手持铁锸，挽腿赤足，一副老农的形象。石像古拙粗放，透出一种雄浑苍健的汉代艺术气息。李冰在正史中记载不多，但民间传说却纷纷然。相传古时，成都附近有江神作怪，每年索要两个姑娘侍候他，新任太守李冰知悉后说：“今年索要两个姑娘，就送我女儿去。”到期，江神来了，李冰痛骂一阵，跳进水中，同江神搏斗。忽然，李冰和江神一同消失了，过了好一阵，只见江面上出现两条苍牛相斗。众百姓观战，后李冰出现，喊道：“腰系白带的苍牛是我，另一头苍牛是江神，你们帮助我呀！”众人一齐动手，杀死了无标记的苍牛。江神死了，李冰怕江神子孙作怪，派人做了五个石犀——李冰的化身放在江边镇守。从此以后，几千年来在中国的江河湖泊岸边常出现雕塑的石牛、浇铸的铁牛，以镇守江河，安澜洪水。

水是生命之本，人们临水而居。从此这里成了富庶之地、鱼米之乡、美酒之城、繁华之境，人谓之天府之国也！

走遍长江，人们只把两个人当作神供奉，一个是李冰，再一个就是屈原。

我驱车奔驰在成都平原，那苍茫的原野，那绿涛涌动的丘陵，葱郁的竹林，缭绕的炊烟，一片安详温馨的氛围。江流弃恶从善，按照人的意志滔滔东去。

宝瓶口一侧的离堆，三面都是悬崖峭壁，下临深渊。登高望远，西临雪峰，古堰雄姿；俯视江面，汹涌澎湃的岷江奔腾而来，进入宝瓶口和引入渠后，那奔腾咆哮的滚滚急流，更加壮观，离堆上有一座气宇轩昂的古代建筑——伏龙观。我走进伏龙观，端详着李冰的石像，这位水利太守只不过凭着一种责任感、使命感，凭着智慧为民办了实事，做出历史的担当。他并没有大肆炫耀、大肆宣扬，当都江堰落成后，也许根本没有请什么朝廷大臣来剪彩，没有出现彩旗飞舞、锣鼓喧天的盛大庆典场景；更没有大报小报写文章宣扬。李冰只是躲在历史的一隅，默默无闻地风里来雨里去，履行他太守的职责。李冰死后，人们至今未发现他的坟冢，直到二十世纪才发现这尊石像，这是他镇守大江的象征。他死后，似乎仍使命在身，重任在肩，年年岁岁，世世代代，安澜巨流，造福百姓。唐代那位边塞诗人岑参不知何时来到蜀郡，曾作诗赞扬李冰："江水初荡潏，蜀人几为鱼。向无尔石犀，安得有邑居。始知李太守，伯禹亦不如。"

乐山大佛

从宜宾逆水而上，第一个名胜景区便是乐山，乐山因乐山大佛而闻名于世。

青衣江、大渡河在乐山汇入长江，使长江更加丰容盛鬋。壮硕的体态，膨亨饱满的乳汁，它两岸是黄中染绿的土地和蓝色的山。岷江进入下游，才有资格说，它是长江水系中水量最大的支流，因为它吸纳了青衣江和大渡河两大支流的水量。

乐山市城郭耸立在水面上，远远望去像一座水上浮城。

乐山，古称嘉州，乐山大佛坐落在山城的东岸凌云山上——这是岷江、青衣江、大渡河三流汇聚之处，江面宏阔，气势雄浑，三条激情澎湃的生命相拥相抱，该是如何惊喜，如何欢腾！

“蜀之山水在嘉州。”这里是人文荟萃之地，文明之光璀璨绚丽，是蜀中古老的都会。

世上万事万物中最富有毅力和韧性的莫过于江河，最执着、最富有开拓精神的莫过于江河，性格最开朗、最有激情的也莫过于江河。岷江为投入长江的怀抱，付出了多么沉重的代价？它始终一路长啸，一路高歌，一路搏击，悲壮苍凉，那不到大海非好汉的壮志和豪情，的确令人敬慕。

这是一种追求。

生命的意志随着乐章的旋律，静静地扩展自己身上美丽的一切。

她虽历经失败和挫折，但没有失去追求的信念。

她虽饱尝苦难暴虐，但不认为所追求的是虚妄。

峭壁、巉岩、幽谷、深壑，人迹罕至，兽迹罕至，她不感到孤独和寂寞；也不论前面是郁葱的森林、锦簇的鲜花，还是如茵的草地，她都给它们爱和泽惠，她给荒原以绿茵，但又不沉溺于绿茵；她给山野创造如诗如画的境界，但又不迷恋于灯红酒绿的奢靡。

乐山是长江的伟大的坐标，是宏阔乐章的一节华彩。

在三江汇合处有一座大佛雕像。山是一尊佛，佛是一座山，这是天下奇观，只有在那个云蒸霞蔚、热气沸腾的大时代，在那个多元开放、吸九天来风、纳四海云雨的大唐盛世，才会有如此大气魄，如此大手笔。设计师利用一座山雕塑一尊佛像，而且比例那么协调，这闪烁着天才光芒的构思与造型，撼心动魄，让人惊叹叫绝！如果米开朗基罗、罗丹这些西方雕塑界的泰斗看到这顶天立地的大佛造像，也会目瞪口呆！一千多年前，那时候欧洲文艺复兴的曙光尚未展露，整个欧洲大陆，还处在中世纪的幽暗之中，人们在冥冥大夜中还未挣脱束缚精神和个性的锁链，而东方大唐帝国却推行文化多元，以博大的胸襟，广阔的胸怀，使精神和个性得到充分的张扬。

佛像高达七十一米，头宽十米，肩宽二十四米，脚背上可围坐一百多人，整个佛像比例匀称，体态庄严。只有大唐帝国文化璀璨的大时代，才会有如此大气磅礴的造型艺术，风华旷代，前无古人，后无来者；只有这开放多元化的大时代，才有如此的耐心、信心和毅力，一口气开凿了九十多年。这是盛世的品格，也是盛世的象征。

三江汇合处有一座大山，曰凌云山——这里山林葱翠，丹崖翠壁，俯视浩浩三江，气势壮阔。登上凌云峰，纵目驰骋：云水苍茫，九峰争艳，峰峰有寺，草木清华，楼台金粉，富丽辉煌，乐山大佛就坐落在这诗画般的栖鸾峰上。

乐山大佛是长江母亲的杰作，只有长江这巨川大流，才有这等气魄，这等大手笔、大思维、大意志。故古人曰：“天下山水之观在蜀，蜀之胜曰嘉州，州之胜曰凌云寺。”

大佛的开凿据说是为了祈求来往舟船平安。这里三江交汇，巨浪如山，漩涡如渊，船行此处，常常舟覆人亡，惨祸丛生，目不忍睹。而这一带时有暴雨，风雨交加，惊涛雷鸣，令人胆战，江水也常常泛滥成灾。

大慈大悲大德大善的佛陀们能够普度众生，造福百姓。只有修建一尊巨佛，才能保佑一方平安。但要完成这项巨大的工程谈何容易?不仅要有精确的计算，还要有丰富的想象。它是雕塑，又是建筑，它是精美的艺术，又是精湛的技术。为了避免山洪的冲击，大佛设计者还建造了排水系统，它是智慧的结晶，是科学技术和文化艺术的高度融合，展示了设计者天才的光芒，建筑师智慧的灵光，劳动者的意志，工匠们九十多年的心血，几代人的汗水……这一些共同被浇铸成辉煌。想想吧，多少个风雨之夜，多少赤日炎炎的夏日，江涛怒卷，雷电交加，那些雕刻家，手持斧凿，砉砉声中，惊落晨星，敲碎晚霞……漫长的一个世纪。

“山是一尊佛，佛是一座山。带领群山来，挺立大江边。”

这本身就是一种宗教精神。

据说，大佛建成后，还修建了大佛阁，飞檐翘瓴，恢宏壮丽，可以为佛像遮风挡雨，可惜不知何年而遭破坏。然而大佛依然屹立江边，如古典的《诗经》，如浪漫的《离骚》，任风吹雨打，涛涌浪击；任春来秋往，云流雾走。霹雳闪电，你禅心不惊；霜刀雪剑，你宁馨如大自然本身。十二个世纪，一千二百个春秋，巨佛默察人间风云变幻，静观白云苍狗，政潮升沉，王冠更迭。千帆飘过，万舸穿梭，一尊大佛，缄默不语，嘴角凝固着永恒的微笑，眉宇间辐射慈祥的灵光!

峨眉天下秀

既然到了乐山，你不能不去令人向往的峨眉山。峨眉天下秀。巴山蜀水哪一道风景不让人心醉？哪一条流水不使人情酣意畅？哪一尊峰峦不使人心旌摇荡？

江，走到这里是一脉青碧；山，走到这里是一抹黛绿。山上有雾，那雾成团成卷，丝丝缕缕，蓬松、舒缓、缱绻、婀娜，像梦一样美，像情一样浓，峨眉山隐隐约约，羞涩而朦胧，无论冬夏，像阿拉伯少女似的总不肯掷掉面纱。田野上是水织的网，水网里盛满金色的秋。稻田洋溢着微笑，秋在果园里流溢着芬芳，青草用叶片端着晨光的曦微，野花用花瓣装饰着清丽。

峨眉山坐落在与乐山市毗邻的眉山市境内，是邛崃山的余脉，纵横四百公里，由四座大山组成，为大峨山、二峨山、三峨山、四峨山。

大峨山有万佛顶，山峰高达三千多米，巍峨雄伟，气势磅礴，是四大佛教名山之一。

左思在《蜀都赋》中写道："带二江之双流，抗峨眉之重阻。"远看大峨、二峨两山对称，清秀苍黛修长似眉，故北魏郦道元在《水经注》中写道："去成都南千里，然秋日清澄，望见两山相峙，如峨眉焉。"

我去峨眉山，没有"细雨骑驴入剑门"的古典浪漫，也没有"蜀道难，难于上青天"的艰辛，我是乘着现代化的交通工具，奔驰在高速公路上，来拜谒这佛教圣地的。

我知道两千多年前，蜀锦和齐缟都是海内外的名牌产品，那时驮队和马帮满载着成捆的锦帛，跋涉在丛山重岭间，行走在风沙浩浩的古丝绸之路上，到达印度、波斯、古希腊。那些衮衮王公，那些花团锦簇的公主，那些穿金戴银的贵妇人，见到这东方灿若云霞的丝织品，该是如何惊喜！纤纤玉指摩挲着柔滑的丝绸时该是如何激动！她们将丝绸贴在妩媚白皙的脸靥上，幸福的红晕，也贴上了脸颊。

雾重化雨。浓浓的雾变成细细的雨，飘飘洒洒。秋雨是朦胧的，诗化了山野，也诗化了寺院。雨中传来的梵钟声悠长而潮湿。山峦翠涛翻卷，层层叠叠，浓得化不开，扯不碎。山路被雨水洗得清新明亮，使人不忍足踏脚踩。路旁的峡谷幽邃、深沉，更衬托出山峰的峻拔。秀、雄、奇、幽、险，古人对峨眉山用这五个字给予精辟的概括，的确道出了峨眉山的风情，这是蜀版山水的特色。

峨眉不仅是佛教圣地，也是道教的洞天福地。东汉末年至三国时期，道教已在山上建有道观，佛教则是晋初传到山上的。在唐宋两朝，道教佛教并存，这儿既有佛教的寺庙，又有道教的观庵。万绿丛中，隐隐露出大雄宝殿的翘檐飞瓴，也掩映道观的青砖黛瓦；佛烟袅袅伴着道观的依依香烟，氤氲在翠涛绿浪里；木鱼声声，晨钟暮鼓传之遐迩，更衬托出大山的幽深和静谧。峡谷里、山道间、树丛中不时有道袍和袈裟飘动的衣袂，使这处宗教圣地更加神秘。

到了明代，不知何因，中国本土的道教渐渐式微，而佛烟蒸腾，佛号震天，峨眉山成了梵天佛地，后来山上僧侣多达一千七百多人，满山遍野响起一片如涛如浪的诵经声，伴着松涛泉韵。

雨声潇潇，雨点打在树叶上，沙啦沙啦，山涧的溪水开始喧哗了，天地间都是一个颜色，灰蒙蒙，昏沉沉。一团团雨云，一缕缕雨雾，或灰白，或深黛，或稀薄，或凝重，把山裹了起来，扑朔迷离，隐约朦胧。这重笔浓彩的云雨，隔绝尘世的纷扰，山上山下行人稀少，山幽林深，不时传来湿漉漉的鸟鸣。

寺与寺都相似，只是位置不同。因雨越来越大，我的雨伞被风撕扯着，差一点儿没有张过去。雨是斜斜地潲过来，下半身被雨打湿了，山风吹来，不禁觉得寒意潇潇。我不想爬到金顶去饱览峨眉风光，也不想按照游览图去伏虎寺、大峨寺、雷音寺、云佛寺、中峰寺、牛心寺、仙峰寺、遇仙寺、白龙寺、万年寺、大乘寺等，峨眉天下秀，自然寺多得令人眼花缭乱。我只去了坐落在半山麓光明山的报国寺。这座寺院，原名叫“会宗堂”，取儒、释、道三家会宗之义。

这里重殿相连，亭台楼阁，气派恢宏，雄阔壮丽，那弥勒佛袒胸露肚，喜笑颜开，门上有一楹联曰：

看他皤腹欢颜，却原是菩萨化相；
愿尔清心滤尘，好去睹金顶祥光。

第二殿为大雄宝殿，供奉着释迦牟尼佛、迦叶佛，皆为六丈金身，端坐莲花台，慈眉善颜，双目微闭，神态庄重。两旁是站立的十八罗汉。第三殿为七佛殿，供奉毗婆尸佛、尸弃佛、毗舍浮佛、拘留孙佛、拘那含牟尼佛、迦叶佛、释迦牟尼佛，六丈金身，最后一殿是藏经楼，正中供奉着菩萨像，楼中藏有佛经。

值得一提的是，在报国寺附近，有座道观，原名“吕仙洞”，到后来改名为纯阳殿——这就为道教占有一席之地。殿中有吕纯阳立、坐、卧三种不同姿态的雕像，枋上有一联曰：

稳睡为何因，遍游天涯，未得缘人说妙道；
醉眼无别事，厌闻世况，掀开书卷乐长生。

这显然是吕纯阳在发牢骚，看到佛寺香火炽盛，人头攒聚，木鱼声声，佛烟袅袅，而自己道观却冷冷清清，无人光顾，香冷烟灭，不觉怨艾丛生，埋怨世人信佛不信道，只得稳睡，醉眼观世。然而这最后的道观，到了乾隆年间，又被僧人占据，名存实亡。

这是道教的悲哀。

宗教是人类精神的产物。宗教的宗旨是人类灵魂具象或抽象的皈依物。一个人在强权政治下或生命受到威胁时被迫干一些违心违愿的事是可能的，但灵魂要被征服却是不容易的。因为灵魂是永远朝着真理和存在的高级形式而逐步上升，最终它要叩见天神，那是至高至尊之境。

上天知道最难控制的是人类的思想和灵魂，它无形无声，无影无踪，疾如闪电，猛如洪水。它具有极大的创造力，同样也具有极大的破坏力。它上天入地，天马行空，纵横驰骋，无拘无束。因此上天发明了宗教，给精神戴上笼头，给灵魂拴上缰绳。有了宗教，就能使人类规范行为，约束自律。

两晋南北朝期间，沿着古丝绸之路，驼队马帮驮来了天竺国的佛教经典，西雨东渐，这种博大精深的教义和“生死轮回”的学说，像流水一样漫布开来，开始洇湿了河西走廊，进入大西北广袤的山野。这是一场精神上的革命，是人类文化的一场大传播、大发扬，而且得到了一代代执政者的首肯和倡导，佛教便轰轰烈烈在中原大地传播开来。修造佛像，建筑寺院，开凿佛窟，华山夏水间便叮叮当当响个不停，偌大的九州已是佛烟缭绕、晨钟暮鼓不息的梵天净土。到了大唐时代，全国寺院遍布，仅洛阳的伽蓝就数以千计，这在宗教史上是极为罕见的现象。

儒家繁富人生，道家简化人生，释家逃避人生。孔子宣扬仁治，老聃无为而治。法治当然不受统治者欢迎，老子的思想始终在两千多年的封建社会的历史上得不到发扬，门庭冷落，不成气候。

峨眉山、乐山两山对峙，寺院和大佛隔江相望，袅袅的佛烟弥漫在峨眉山头。苍茫的释家文化氤氲在巴山蜀水，道教在这浓郁的氛围中自然黯淡了……

不过老子说出了一句真理：人法地，地法天，天法道，道法自然。老子阐述的“道”是先于天地而独立存在的，无形无声，循环不止，创造了万物。道以自然为本性，成为天、地、人取法的准则。

我既非释迦牟尼的信徒，也非吕纯阳的弟子，我喜欢大自然的钟灵毓秀，行走在峨眉山的烟雨里，使我想起了欧阳修的名篇《醉翁亭记》：“林壑尤美，望之蔚然而深秀者”“若夫日出而林霏开，云归而岩穴暝，晦明变化者，山间之朝暮也。野芳发而幽香，佳木秀而繁阴……”

霏霏秋雨中登山，虽有点凄清，但秋景是撩人的、绚丽的。处处层林，点点野花被雨水打湿，山野响彻彩色的歌，火红的枫叶，胭脂色的岩桑，金箔一样闪光的银杏，苍郁的扁柏，翡翠般的古楠，还有白蜡树组成的一片片灌木林，在深绿中绽开一簇簇白花，如同落满万千白蝴蝶。这雨中秋色，斑斓得令人眼花缭乱，给人一种惊心动魄的美。

太平岭地处峨眉山腹部，孤立突兀，四面环山，山岭寺庙，或露山梁，或隐林间，恍如仙阙琼阁。站在这里，举目纵驰，群峰剑笏，长林曲径，幽深苍莽；近岭古柏寒松，虬枝偃蹇，琦花瑶草，锦绣斑斓。秋雨润玉，乱云弥漫；远山，烟笼雾罩，一片迷蒙。

九天开出一成都

蚕丛与鱼凫的眼光是不错的，他们的选择颇具帝王的睿智和聪慧，成都落脚在这片膏壤沃土，扎根于青山绿水之间——背依青山，面临江流，举目便是辽阔的长江冲积平原，真是插上支铅笔，也会长出一片锦绣文章。

左思是东汉末年一位杰出的作家。这位山东汉子相貌丑陋，性情木讷，不善于交际，属于伏尔泰称赞的那种“独立的作家”，但他辞章华丽，文思泉涌，笔墨纵横，精品叠叠。他为人耿介、正直，敢于挑剔一代辞赋大师司马相如作品中的弊端、瑕疵。左思并不虚狂，他的《三都赋》一经传出，顿时洛阳纸贵。左思是靠作品的艺术魅力而产生轰动效应的，文章不胫而走，竟然出现“左思现象”。左思的《蜀都赋》把成都列为和洛阳、长安一样的都会城市。

“夫蜀都者……带二江之双流，抗峨眉之重阻。水陆所凑，兼六合而交会焉。”“岗峦纠纷，触石吐云。”“流汉汤汤，惊浪雷奔。”“右挟岷山，涌渎发川。陪以白狼，夷歌成章。”“栋宇相望，桑梓接连。家有盐泉之井，户有橘柚之园。”“车马雷骇，轰轰阗阗。”……一幅多么富庶繁华的景象！一座多么喧嚣热烈的城市！

汉赋大都有夸张铺排之习，纵横捭阖，走龙奔虹，写得辉辉煌煌，洋洋洒洒，让人怀疑有夸饰虚张之词，但《蜀都赋》也确实反映了蜀都之繁荣。依山傍水，屋宇相连，村落星布，家家盐井，户户橘园。枇杷、橙子、山梨、山桃，青樟翠竹，芭蕉桑林……真是物产丰饶，山川锦绣。汉赋追求的是宏阔的构思，宏大的结构，巨大的形象，一切以“大”为美，以镂金错彩为美。《蜀都赋》采用时空交叉、多角度、多方位的艺术表现手法，气势恢宏，淋漓尽致，再现了客观事物。

如此富庶的“天府之国”，怎能不引起帝王霸主的觊觎之心、饕餮之欲？秦始皇横扫中原之前，就将蜀国兼并了。刘邦与项羽争夺天下，刘邦势力单薄，被项羽封为汉王，逼入四面环山交通闭塞的蜀地。粗莽的项羽并没有过多地思考，正是这闭塞的蜀国使刘邦得以休养生息，这犹如放虎归山。刘邦赍志发愤，卧薪尝胆，借得巴山蜀水这块宝地，发展自己，壮大自己，一旦时机成熟，便明修栈道，暗度陈仓。川西平原的禾稼养肥了战马，巴蜀的沃野丰腴了将士的面颊，大江东去的雄健气势，葳蕤了他们的精神……刘邦静观中原风云，以待时机。正当项羽出兵齐鲁与诸侯残余势力厮杀之际，刘邦杀出巴蜀。军队出剑门阁，问鼎中原，此时正是飞龙在天，只见刘汉大军，如长江的惊涛骇浪直扑江南大地，一场楚汉相争的大战拉开了序幕……

蜀地就是这场持续四年大战的支点。历史毫不犹豫地把支撑点给了刘邦。有了这个支点，刘邦就改写了一部历史。战争的最后，一代力拔山兮气盖世的项羽落了个霸王别姬、拔剑自刎的悲剧结局。

涛洗浪刷，訇然拍岸的江水，过滤了历史的芜杂，也淘汰了许多鲜活的细节，留给后人的是一堆僵硬枯涩的故事梗概。

又过了四百多年。东汉末年，军阀大战，天下大乱，群雄蜂起，逐鹿中原。

刘备三顾茅庐，诸葛亮口若悬河，滔滔不绝地话说天下大势。果不出所料，随着群雄被翦灭，原无立锥之地的刘备一帮人马以借荆州建立根据地，夺取西川，占据巴蜀，最后形成三国鼎立的局面。

诸葛孔明被誉为智慧的巨星，他料事如神，文武兼备，运筹帷幄，决胜千里。刘备驾崩，白帝托孤，诸葛孔明谨记先帝之遗嘱，夙夜忧虑，勤勉不殆，辅佐昏庸憨愚的阿斗，支撑着江山。诸葛亮并不屈就于巴蜀弹丸之地，辽阔的北国，广袤的江南，他的目光穿过苍茫的烟水，成就一统霸业的雄心躁动于腹。

诸葛亮入主朝班，面对阿斗，声情并茂，声泪俱下，宣读了他的《出师表》，这是一篇讨伐曹魏的檄文，悲壮里充满豪情，哀恸中寄托壮志。

他六次率蜀汉大军，出剑门，跋山涉水，风餐露宿，北出祁山，决战五丈原，然而天不佑诸葛公，出征未捷身先亡，一代霸业终付诸流水。巨星陨落，蜀国从此黯淡了，最后被魏军吞灭，只留下阿斗"乐不思蜀"的笑柄于历史。分久必合，三国鼎立的大幕拉上了，天下归于西晋王朝。

我走进昭烈庙。正值仲秋季节，满寺的银杏叶子已微微发黄，高大的柳杉依然葱绿，几棵古柏枝干虬蟠，松叶浓郁得凝重、苍碧，差一点儿滴出绿来，叶片上跳跃着阳光，风一吹，簌簌作响。这里初建时原是刘备和诸葛亮的合祠，但后人爱戴"鞠躬尽瘁，死而后已"的一代国士诸葛公，习惯称之为武侯祠，这的确有点喧宾夺主了，有人为此写诗曰："门额大书昭烈庙，世人都道武侯祠。由来名位输勋业，丞相功高百代思。"

《方舆胜览》上记载："孔明初亡，百姓遇节朔，各私祭于道上。李雄称王，始为庙于少城内。桓温平蜀，夷少城，独存孔明庙。"可见东晋时期人们也对孔明尊崇备至，那时就有了祭祀孔明的庙宇，但在少城。时隔一千多年，到了明朝初年，才将武侯祠并入汉昭烈庙。

武侯祠正殿有诸葛亮贴金泥塑坐像，头戴纶巾，手执羽扇，长髯飘飘，袍袖宽舒，闲静淡泊，神态自若，一股儒雅之气扑面而来。谁曾知他胸中自藏甲兵百万，那平静慈祥的面容里曾激荡着智慧的风云？隆中话说天下大势，到赤壁大战呼风唤雨，出谋划策，借荆州，占荆州，还有三气周郎……运筹帷幄，决胜千里，诸葛公手无缚鸡之力，却凭着智慧的超绝，梳理乱纷纷的天下，替刘氏打下半壁江山。

诸葛亮死于六征祁山，原因就在于他违背了“天意”。如果诸葛亮不上奏《出师表》，而是立足巴山蜀水，秣马厉兵，积蓄力量，巩固和发展蜀国军事和经济力量，以守为攻，然后再联合吴国，战局将是如何？最后统一天下的是西晋，还是西蜀？

在诸葛亮坐像旁配祀其子诸葛瞻和孙子诸葛尚。蜀汉灭亡之前，诸葛一家“三世忠贞”，为中华民族这个视“忠烈”为最高道德标准的民族树立了典范。

丞相去世后，蜀国大权先后由蒋琬、费祎、姜维执掌。蒋琬和费祎执政二十年，能继承诸葛亮的旧制，对内休养生息，发展生产，对外坚持吴蜀联盟，对抗魏国，使得蜀国一度出现复苏的气息，东山再起，可望可即。

但是到了姜维担任丞相时，蜀国内外形势发生了变化。后主刘禅这个头脑简单、四肢发福的昏君只知倚红偎翠，日日红楼，夜夜笙歌，更可怕的是他重用宦官黄皓，奸佞小人黄皓对姜维造成了极大威胁；北方的魏国已结束了曹氏父子的统治，司马氏牢牢地控制了军政大权，可以把主要精力集中于灭蜀、攻吴、篡魏上。这三件事，司马氏干得有声有色，有条不紊，步步为营。山高水阔，交通闭塞，信息不灵，身居巴蜀的姜维不知敌情，还一心想伐魏，诸葛亮只是六次北伐，姜维却是七次北征，能力虽不及诸葛亮，却牛气得很。姜维不愧为蜀中一员大将，但他遇到了一个更加厉害的对手——邓艾。

邓艾出身贫寒，又是孤儿，从小跟人家放牛，放牛时就经常耍枪弄棒，冲着高山大川，喊喊杀杀，还结结巴巴地说：这里可以安营扎寨，那里可以埋伏。真像个领兵作战的统帅。一次偶然的机会，他被独具慧眼、善于用才的司马懿发现，让他担任了屯田的官职。邓艾在淮河两岸领导屯田，开渠引水，取得很大成功。后来司马炎很赏识他，邓艾青云直上，当上了征西大将军，对手就是姜维，每场战役都是邓艾得胜，而姜维败逃。

姜维第七次，也是最后一次伐魏，又被邓艾打败了。黄皓以此为借口，将姜维免职，吓得姜维连成都都不敢回，率兵退到陇西，即今日的河西走廊地区屯田。

魏景元四年（263）的秋天，黄叶飘零，朔风萧瑟，江流泛着叠叠寒波，无语东流。魏军经过精心谋略，决心大举伐蜀，兵分三路，浩浩荡荡向蜀地进发。第一路就是七战七胜的邓艾统帅的三万精兵，这个贫雇农的儿子骑在红鬃烈马上，雄赳赳，气昂昂，身着甲衣，头戴兜鍪，手执长剑，威风凛凛，豪气干云。天空大雁南飞，流云急驰，身边风卷枯木落叶，邓艾嘴角溢出一抹自信的微笑，眉眼间飞扬着稳操胜券的豪情；第二路兵马就是诸葛亮的族弟雍州刺史诸葛绪统领的三万大军；第三路大军由钟会率领，这是魏国的主力部队，十万将士，旌旗飞扬，甲戈森森，盔甲灼灼，风鸣马萧，犹如怒江之惊涛，金沙之狂澜。蜀军仅有十四万兵马，还要留下一半保卫京城。剩下的几万人马怎能抵挡如同洪水猛兽般的虎狼之师？

但是蜀地群山万壑，易守难攻，剑门山又分大剑山、小剑山，两山对峙，山峰直插霄壤，万分峻险。山间有飞阁通道相接，称为剑门关，一夫当关，万夫莫开。姜维派重兵把守，钟会望而生畏。

邓艾想出了一个出奇制胜的点子，他写信给钟会：如果从阳平小道偷偷向南进军，用奇兵插到剑门关后方，攻下涪城，姜维被迫无奈，会回军救涪城，剑门关就会被魏军占领。钟会觉得此计虽好，实施起来谈何容易？从阳平向南的山路险恶，崎岖峻拔，怕是猿猴也难攀爬，但钟会官高于邓艾，便来了个将计就计，既然你想出的点子，那你就率兵实施吧！

阳平小道，是三百多年前汉武帝征服西南少数民族开凿的小道，风雨沧桑，顽石嶙峋，乱荆披离，野草丛生，连路径都难辨认了，而这里群峰危耸，如剑如戟，悬崖峭壁，如削如劈，危乎高哉，危乎险矣！

邓艾率军来到一处险崖，士兵再也不敢前行了，邓艾结结巴巴地下令："只……只……只准前……前进，不……不准后退……"说完，他用一条毡子将身子一裹，双手抱着脑袋，第一个滚下悬崖！将士们都惊呆了，被邓艾的精神感动了！但士兵们没有毡子，便抽出腰带连在一起，一个个往下滑。就这样，邓艾大军在人烟断绝的荒山野岭行军七百里竟然未遇到一个蜀兵，直插姜维、廖化、张翼的背后。这石破天惊的一举，使得蜀军倒抽一口冷气，接着乱作一团……他们想不到魏军从天而降，只好乖乖投降。

邓艾率大军浩浩荡荡直逼京畿成都。

刘后主不得不派人捧着玉玺出城八十里，到邓艾大营里投降。刘禅按照古代国君投降的仪式，用白绫捆扎双手，还让人抬着一口棺材走出城门。邓艾按照古代接受国君投降的仪式，急忙亲自为刘禅解绑，又让人当众一把火烧掉棺材，一场投降仪式表演得有礼有节。"白衣素车"的故事到此画上句号。

鲜花与骷髅，烈马长啸与歌舞吟咏，恩爱与仇恨，瞬间与永恒，热血喷涌与青春激情的燃烧，到此都化为一片静谧，一片辽阔的沉寂。滚滚长江水，浪花淘尽英雄。

火与剑的背面

成都是英雄荟萃、俊采星驰之地，不仅留下了遍地的刀伤剑痕，也留下了漫山遍野的诗词歌赋。走进巴山蜀水，随便从一道大山的皱褶中，从一堵古墙的石缝砖隙中，从一溪山泉流水里，都会冒出一缕缕文气，又流淌着一股股诗韵，会摭拾到文人的风流韵事、散落的诗词断章。从汉武帝时期一代赋宗风流千古的司马相如，到唐代那位爱喝酒的诗人李白，再到宋朝一生仕途坎坷蹇涩的苏东坡，中国的文学史上少了巴蜀文人，就缺了奇峰突兀、跌宕逶迤的韵致，那文学史还不瘦骨嶙峋不成体统了吗？且不说政治、经济、军事上巴蜀人才济济，单单文学艺术上，哪朝哪代没有巴蜀文人横空出世，高高伫立在历史的地平线上？

锦官城的锦山秀水，曾吸引着古往今来多少诗人骚客；长江的滔滔流水，哺育了多少文坛巨子？长江是富有的，每一页波涛，每一叠涟漪，都飘荡着诗文的吉光片羽。扬雄最尊崇的两个人物，一是屈原，二是司马相如。他悲悯屈原怀沙投江，特仿《离骚》之体写《反离骚》："自岷山投诸江流，以吊屈原。"四十岁后来长安，学习司马相如，写了大量辞赋。扬雄不问政事，潜心学问，疏于交往，发愤著书。晚年，扬雄过着"家素贫""人稀至其门"的生活。

走进巴蜀，走进川江，文人骚客的心灵首先感悟到大地母亲血脉汩汩的流动声，怦怦的脉跳声。这声音是生命的乐章，是大地的神经，怎能不激起诗人才情的狂涛巨澜？初唐四杰：王勃、杨炯、卢照邻和骆宾王都来过成都，追随其后的还有陈子昂、孟浩然、王维、李白、高适、杜甫、岑参、白居易、刘禹锡、元稹、贾岛、薛涛、李商隐……五代天下大乱，不少文人学者为躲避战乱逃往巴蜀，全国的精英一度都汇聚于此，他们留下了大量的诗词歌赋、绘画，璀璨辉煌，光照千古。到了宋代，故籍巴蜀的苏氏父子也“常回家看看”，柳永、黄庭坚、陆游、范成大等也多次来到锦官城，吟诗弄文，使这里的山山水水，草木鸟兽都染上诗意。这里是中国的后花园，是风平浪静的港湾，是灵魂的栖息地。

李白对故乡山水更是情深意笃，他曾放歌成都：“九天开出一成都，万户千门入画图。草树云山如锦绣，秦川得及此间无。”如果说《蜀道难》是李白出蜀后第一次到长安时写的，那么这首诗应该是在出蜀后回忆成都风光，是漫游黄土高原八百里秦川所感，想起故乡山水的秀美，草树云山、堆烟笼翠、流水人家、野花丛簇、竹篁依依，三秦高原的黄土怎堪媲美？诗里流露出对故乡强烈的爱、真挚的情，还有几分自豪。李白对故乡的歌咏很多，“水绿天青不起尘，风光和暖胜三秦”，他认为三秦不仅不如故乡巴蜀风光优美，连空气都不如成都清新甘醇。

诗圣杜甫本是河南巩县（今河南省巩义市）人，安史之乱后漂泊到成都，穷困潦倒，筑草庐一间，苦度风雨。他在成都只住了两年多的时间，他的草堂却被世世代代维修并保存下来，而今成为一大胜景。

杜甫来成都是唐肃宗乾元三年（760），当年便改为肃宗上元元年，安史之乱后，大唐帝国再也难恢复元气，由盛而衰。杜甫时年四十八岁，正值春秋旺盛之年华，但苦难的岁月、颠沛流离的生活、忧国忧民的感伤，使他未老先衰，一头皓发，满脸沧桑。肃宗继位后，他曾被任命为左拾遗，后又被贬为华州司马参军——当了师团参谋。

乾元二年（759），他弃官经甘肃到四川，同年年底抵达成都。杜甫一生留下的一千四百首诗，其中有二百四十七首就是在这座茅屋中写下的。这时他处在创作的井喷期，小小草庐辐射出天才的光芒，从这里冉冉升起一颗诗星。

这里风光幽美，竹林花树，一派田园风光。“细雨鱼儿出，微风燕子斜。城中十万户，此地两三家。”显然茅屋建在锦官城的郊区，人烟稀少，大自然气息更加浓郁。于是，一颗伤痕累累的心，远离市廛的喧嚣，在这清风细雨、茂林修篁、青山秀水之间获得慰藉。古今中外的名家都有共同的生命体验：高更到塔希提岛去寻求原始的清风溪流；凡·高到阿尔小镇追寻太阳的纯真；梭罗在瓦尔登湖畔的密林盖一座小屋，与林木花草共语，与昆虫水鸟对话；普希金走出彼得堡，漫游在俄罗斯秋天的白桦林里；而屠格涅夫更喜欢草原，喜欢打猎，在草原上东游西逛；海明威则爱乞力马扎罗山上的皑皑白雪……大自然用母亲般温暖的手抚平诗人灵魂的皱褶，医治心灵的创伤，激发创作的灵感，但是人间的苦难、生活的风霜，却不时袭来，炼狱般折磨着苦难的人生。

那是个秋老风寒的日子，朔风翻过秦岭刮到山明水秀的四川盆地，天空游荡着大团大团的乌云，风一阵比一阵大，一把一把撕扯起茅屋上的茅草，抛向半空。这本来不遮风雨、不避严寒的茅屋怎能抵御寒冬的降临？屋漏偏逢连夜雨，夜晚又飘起雨来，屋外淅淅沥沥，室内滴滴答答，杜甫只好用破盆烂瓢接雨，咫尺之间未有一片干爽之处。

杜甫夜不能寐，想起天下有多少这样简陋的茅屋，多少人在严寒中挣扎，在艰难中煎熬，打发凄凉的岁月，不觉发出浩叹：

“安得广厦千万间，大庇天下寒士俱欢颜，风雨不动安如山！”

“呜呼！何时眼前突兀见此屋，吾庐独破受冻死亦足！”

这悲怆的诗句，铿锵的节律，是诗人在“床头屋漏无干处”“长夜沾湿何由彻”的痛苦中的体验，进而爆发出杜鹃啼血般的低吼！

我游历大西南这座文化名城，这是长江的长子，它雄伟、壮硕而又文雅、高古。正是万物凋零的农历十月，北国早已推开冬天的大门，怕是塞北早已雪野茫茫了，这里秋色却依然不减。且不说锦江两岸绿树葱葱，满街满城芙蓉花开得热热闹闹，那粉红色的花絮飘飘欲飞，空气里弥漫着草木的气息和浓馥的花香，这是花城、诗城。

连日来我游览古城的景点：三道堰上观景楼的旖旎风光，青羊宫青铜怪兽的神话故事，望江楼“扫眉才子知多少，管领春风总不如”女诗人的浪漫，汉昭烈庙的森森古柏，浣花溪畔的杜甫草堂，万里桥旁的烟水酒家……都保留着历史的痕迹，用独特的方式讲述着发生在这古城的故事。碧草、绿树、白云、青山、飞鹭、垂柳、鸟语、花香，跌在眉间，缭乱了视线，春见“颠狂柳絮随风去，轻薄桃花逐水流”已非想象，秋闻“留连戏蝶时时舞，自在娇莺恰恰啼”的诗情画意却在眼前铺排。画入眼，美入心，景色清幽，油画般浓烈丰满，水墨画般空灵、雅逸。聆听现代化的跫然足音，又闻古色古香的芬芳。这是城市的语言，他用古典的形式，现代的笔法，书写一座城市的史诗。杜工部的春雨依然随风潜入夜；陆游的流莺还念旧情；司马相如的琴韵夜深人静时隐隐传来，还是那么委婉动人；李白的草树云山更加多姿；只有苏东坡“忘却成都来十载”“凭将清泪洒江阳”，哀叹“故山知好在，孤客自悲凉”。

成都给人一种古拙、执着、纯粹的气息，又显得生机勃勃，动作朴直，异常聪慧而不乏肃穆之感。

诗意锦官城

暮秋时节，锦江的流水清澈而明丽，涟涟碧波轻吻着岩石堤岸，发出撕锦裂帛的窸窣声。锦江在巴蜀众多江流中算不上大江巨川，更不是长江有名的支流，但它穿过锦官城，给繁华喧嚣的都会添一抹清丽、一缕婀娜。

距杜甫浣花溪草堂不远处，便是女诗人薛涛的吟诗楼，是薛涛晚年栖息吟咏之地。它为锦江玉垒的秀丽风光增辉添彩。唐朝是诗化的朝代，吟诗不仅是一种时髦，也是封建士大夫的基本功。那时候不仅考试登科、进士及第要作诗，结朋交友也要吟诗，即使贵族为女儿选婿，也要用作诗来考一考未来的姑爷。诗歌如此繁荣，昭示了一个时代文化教育的辉煌，也表明了社会经济的发达，思想的活跃。唐代涌现了大量的诗人，也出现了许多女诗人，那个时代女孩子有受教育的权利，和男孩同堂读书。这是中国封建社会历史上第一次妇女解放。武则天登上九五之尊，这本身就是一大奇观，是向传统男权的有力挑战。

薛涛是中唐时期的女才子。当时很有名气的诗人如张籍、白居易、刘禹锡、元稹、杜牧都同她有过诗咏唱和。这样的一位才女引起诗界的欣赏，特别在寥若晨星的女才子丛中，她可谓名噪遐迩的“美女作家”。美女很多，才女也不少，美女加上才女集为一身者并不多见，这是缪斯女神的恩赐，是上天的精品之作。

薛涛一生怀才不遇，个人婚姻又遭不幸，尽管在大唐这样非常开放的朝代，女诗人也难展才华。她的诗全凭“性灵”见长，妙喻天生，口吻毕肖，且擅长小诗，立意高超，深得古诗遗韵。特别有意思的是这位才女还自制了一种粉红色的诗笺，风靡一时，人称薛涛笺。

薛涛毕竟是诗伎，及笄之年便加入乐籍，后因为得罪成都军政一把手韦皋而被贬到松州，就是今日的松潘，是岷江的发源地。那里穷困闭塞，山高壑深，岷江在这里表现出一种狂躁、暴烈的脾性。她后悔莫及，写了首《十离诗》，向韦皋表示忏悔。不久，她又回到成都。但她再不愿过那种诗酒风流歌舞调笑的生活了，便用自己大半生积攒的重金赎回自由身，脱离乐籍，在浣花溪畔购得一处宅所，过起隐居泉林的生活。

浣花溪从远山流来，潺潺湲湲，叮叮咚咚，溪流清澈，映着蓝天白云，飘荡着树影花影，没有拍岸的涛声，没有波浪的喘息，抒情而写意。茅舍、溪流、小桥、芳草、野花，卵石铺岸、竹林疏朗，这里充满着诗意的花香。

这里，天空是蓝色的，远山是蓝色的，蓝蓝的溪水，蓝蓝的山岚，蓝蓝的蜃气，蓝蓝的炊烟。蓝是一种明净和深远，蓝是一种温馨和宁静。

薛涛诗意地生活在浣花溪畔，像许多前辈诗人那样，在大自然中寻觅生命的慰藉，寻觅灵魂的安抚。纯真、纯净，本身就是一种美。薛涛白昼与溪水相伴，与鸟兽相侣，以写诗为乐，夜晚头枕流水淙淙，一窗竹影，半庭月色。她爱上这寂寞的山光水色，经常穿着鲜艳的衣裳，临流顾盼，览影自怜，徘徊溪岸，缠绵于竹林花丛，浪漫而自由，娴静而雅逸，尽情享受天地赐予的诗意和芬芳。她赞美清泉，“冷色初澄一带烟”，歌唱荷蕖，“风前一叶压荷蕖”，庙前听笛，溪边观鱼，泛舟戏水，兴奋不已：“水荇斜牵绿藻浮。”她的诗更富有生活气息和大自然的美，诗思奇妙，笔触细腻，情调温柔、恬淡，远比那灯红酒绿、强颜欢笑时所作阿谀奉承的诗句有灵性得多，读来心灵与自然达到纯净的和谐，使人领略到一代才女另一种自由写意的才情。

薛涛一生喜欢竹子，竹是她的知音，她写了许多赞美竹子的诗篇。她借竹咏怀，寄情达志，展示她独标高格，志存高远的文人风骨。

好诗本天成，妙手偶得之。诗是天籁。薛涛在浣花溪畔写的清词丽句少了烟火气，多了山野空灵的清新气。

卓文君、薛涛生前诗名，不减当时词客，这是山川之秀气、日月之精魄赋予了她们才气与灵气。唐人有诗："锦江滑腻蛾眉秀，幻出文君与薛涛。"四川风俗，女孩儿自小从师上学，与男孩一起读书，做青衿弟子。若在别处，岂非奇闻？

薛涛不但是一位杰出的诗人，也是一位深受大书法家米芾称赞的出色的女书法家。宋人对薛涛的书法给予高度评价："思致俊逸，法书警句，因而得名。"薛涛不是靠别人的宣传，而是靠自己的"法书警句"而得名。薛涛笔力峻激，无女子气，长枪大戟，气势磅礴。书谱上说薛涛颇得王羲之、王献之笔法。薛涛确是师法二王，但又不为所囿，这就是杨铁崖所谓"写得薛涛《萱草帖》，西湖纸价顿能高"的原因所在。

我散步在望江公园，公园一隅被辟为薛涛纪念馆，建有薛涛墓、薛涛井、薛涛吟诗楼。建筑风格独特，飞檐翘瓴，临江而筑；窗外清流飘逸，锦江如画；园内茂茂腾腾的楠竹，高大浓密；翠翠幽兰，一阵秋籁，寒叶萧萧。竹丛中有薛涛大理石雕像，一身洁白，象征着薛涛高洁的人生，"竹林幽居"正是她晚年生活的写照。我登上吟诗楼，遥想当年，这位军旅女诗人，乌云半弹，禀花月之仪容，蕴蕙兰之佳气，在此酌酒赏花，吟诗弄月，尽情挥洒生命的激情、青春的意气！

我徘徊墓前，踯躅井旁，寻几分秋籁，握一把苍凉，穿越千年时空，借得青竹万竿，同诗人歌舞吹弹，笔起笔落，潮飞云卷！

明月易缺，修短有数。薛涛晚景凄凉，终老在浣花溪畔。

但她身前身后一直喧闹不休。

历代都有文人以薛涛为题材编撰的戏剧、小说，演绎她的一曲曲风流韵事。《刘海砍樵》《画中人》《天仙配》等都有些雷同，表现的都是贫苦劳动者与落第秀才的幻想，且男主人公都是被同情者。《田洙遇薛涛联句记》中的田洙是个落第秀才，赴考落榜，返乡路费已成难题，只好傍人门第开馆教书，在这种情况下无法找到自己理想的爱人，只好托梦，梦到了才貌双全的薛涛。这完全是虚构和想象，真真假假虚虚实实，甚至会骗得观众几掬眼泪。

中唐诗人张籍有首诗《成都曲》，是描绘当年万里桥风光物候人家的："锦江近西烟水绿，新雨山头荔枝熟。万里桥边多酒家，游人爱向谁家宿。"

晚清有位秀才写诗道："石马巷中存石马，青羊宫里有青羊。青羊宫里休题句，隔壁诗人旧草堂。"这意思是说，你来成都休要题诗，这里诗人很多，隔壁就是诗圣杜甫的草堂。

诗的传统，其实是一种文化底蕴，历经岁月的积淀、打磨，才化为这座城市的血脉和基因。

而文化正是江河流水滋养的。

锦官城之锦

山清水秀的成都不仅是诗人汇聚之地，留下千古绝唱，成都的山水成就了诗人，诗人的丽词佳句也诗化了成都。张籍说，新雨之后，顺着锦江向西望去，江流之上烟水迷蒙，那江水却澄碧透绿，山坡上荔枝新熟，鲜艳艳的荔枝压弯枝头。万里桥一带，热闹繁华，酒肆林立，游人云集，酒香四溢，熏透了一条街，店家个个热情周到，游客不知今晚宿在何家？

五代十国时期后蜀末代皇帝孟昶，自幼爱好文学，诗书琴画，样样精通。他有个妃子徐氏，世称“花蕊夫人”，且不说她花容月貌，更有蕙心兰质的天资。她能跳《霓裳羽衣舞》，其舞姿优美堪与杨玉环媲美，云袖翻转如孔雀开屏，裙裾飘逸如彩霞飞舞。花蕊般娇艳，流水般温柔，莺语燕喃般亲昵，千娇百媚，宛若天仙。孟昶喜欢芙蓉树，满城遍植，一时间“二十四城芙蓉花，锦官自昔称繁华”。

成都又称锦官城。

我曾在成都博物馆参观过织锦演示厅，这是博物馆浓墨重彩的一个章节，当然也是重要的旅游景点。一进大厅，只见一架庞大的木制机械，长有一丈七八，看似古拙、笨重，却有灵性，神奇的编码程序，织匠按着程序操作，便织出色彩斑斓、富丽明艳的彩锦。演示者给我们介绍：一个织锦匠脚下有五六十个脚踏板，每织一行需要推动横梁一次，脚底踩动一次，这叫“一勾多综式提花机”，在这里你会体验到“夜织成梦”“错综复杂”这些汉语词汇的丰富内涵。城南的流江，因织女在江边“濯锦”，被称为“锦江”。

成都的手工业发展，是强大的科技力量。提花机的核心技术是提花程序的编制，科技史上说，这不仅是对中国和欧洲丝织品生产起到极大作用，也对现代科技如电报、计算机的发明产生直接的影响。汉唐时期的蜀锦对丝绸之路上中华文明的传播做出了巨大贡献。据资料介绍：1995 年，中日联合考察队在新疆尼雅古墓中发现一片汉锦，且不说锦面风云流动，祥兽奔跃，彩条经锦，文采并茂，而弥足珍贵的是有汉体吉祥铭文："五星出东方利中国"，真叫人惊叹、称绝！这是古老谶言还是吉祥的预兆？

三国时期，成都蜀锦出名，成为蜀汉政权重要的财政来源之一。后来它和南京的云锦、苏州的宋锦、广西的壮锦，被誉为中国四大名锦。蜀汉王朝在今成都西郊外锦江南岸建锦官城，集中织锦工匠，有工坊且设管理织锦的官吏，蜀绣与湘绣、苏绣、粤绣又被誉为中国四大名绣。锦绣双娇，名冠天下，这真是成都的骄傲。

蜀国能与魏、吴对峙，主要靠这柔美鲜丽的蜀锦、蜀绣支撑着蜀国的财力。诸葛亮为了进攻曹魏，非常注重财政积累，把发展种桑养蚕放在重要地位。《蜀都赋》中有"栋宇相望，桑梓接连""贝锦斐成，濯色江波"之描述，言外之意，锦绣生产除了官营，还有大量的民间作坊，家家机杼声声，织出的花锦，在江中漂洗，江水也呈现出斑斓的色彩。

蜀锦有"寸锦寸金"之说，成筒细布，价值千金。蜀锦不仅销往中原魏地，还沿着丝绸之路，远销西域、中亚细亚、身毒（印度），以至罗马、埃及等地。那美轮美奂、艳丽如霞、轻薄如云的丝织品，怎能不使那些贵妇人如获至宝，惊叹不已？她们身着"霓裳霞衣"，怕是性情也发生了变化，嗓音柔了，脚步轻了，举止雅了，高贵的身份，华美的服饰，脸上的笑容也更灿烂了。

这是上天赐给这方土地的灵气，是蜀地世世代代赖以生存的天赐之物。物华天宝！司马相如、卓文君、诸葛亮是明星人物，蜀人善于发挥名人效应，产品冠以他们的大名、芳名，出现"相如锦""文君锦""诸葛锦"，一时名噪天下。

我想象，那时的蜀都该是一片多么繁忙的景象，川妹子坐在织机上，个个如仙女一般，纤柔的手指，上下翻舞，银鱼似的织梭，疾速地游来游去。一缕细纱柔韧地缠绕在织机上。她们脚踩踏板，五六十个踏板上下跳动，舞蹈般动人。花纹越复杂，综板越多，踏板越多，忙而不乱，既有灵性，又有节奏。她们眼波流盼，手舞足蹈，那经线和纬线便渐渐凸现出奇妙艳丽的图案。那图案轻轻颤动着，如梦如幻，令人晕眩。

那是劳作吗？她们是智慧女神，是天工，是艺术大师，在敲击黑白键，创作一曲优美婉约的仙乐。缥缈的音符，飘逸的旋律，蕴含着她们生命的欢乐和幸福。

“晓看红湿处，花重锦官城。”好雨下了一夜，万物都得到润泽，花更精神，树更翠绿，杂花生树，黎明的薄雾中，一片红湿，一朵朵红艳艳、沉甸甸地汇成花的海洋，少陵野老的一个“重”字多么生动形象地道出锦官城的勃勃生机，盎然春色！

燃烧的水

金沙江、岷江与南广河在这里汇聚，这是雄悍与孱弱的融洽，这是激情澎湃与纤柔温和的相交，不是兼并，不是吞噬，是爱的天作地合，是英雄与美女的佳配。婚媾的结果是诞生一个精明聪慧强干而情感丰富的美男子——宜宾古城。

南广河的确是一条女性的河，它娴雅、安适，性情温柔。她体肤清丽，线条妩媚，偶有小性，也带有三分羞涩、三分忸怩。江边有一架水车，像一个古老的幽灵，日夜转动，咿咿呀呀唱着谁也听不懂的古老歌谣，也许是咒语，也许是箴言。但那水车带着古典的气息耸立在河岸，这本身就是一座遥远的风景。她默默无闻，不求虚荣，不求喧哗，勤勤恳恳，尽职尽力地把河水提汲上来，化为一条条明澈清亮的小溪，流进吐芳溢彩的田野。

长江进入四川，水量更加丰沛，从宜宾到重庆水路只有三百八十里，却一路敞开博大的胸怀，接纳沱江、赤水、綦江、嘉陵江等许多重要支流，这是长江这曲雄浑乐章的高音部。

宜宾是长江的第一个码头。

宜宾是先秦时期古代僰人聚居地，史称僰国。汉代在这里设郡县，但鞭长莫及，难以推行王政。梁武帝时称戎州。唐代这里不再是边城，而改名“义城”，到了宋朝赵光义执政时，义字犯讳，改为宜宾，至今日。

至今岷江两岸的山崖上还保存着僰人的悬棺。古人是怎样将沉重的棺椁摆放到几十米，甚至几百米的悬崖峭壁上，这是个谜。陡峭的崖壁如削如劈，呈九十度直角，又临深渊，那时又没有现代化机械，简直不可思议。

僰人是我国早已消失的一个少数民族，早在三千年前即中国历史上的夏朝，四川南部的崇山峻岭中就生活着一个神秘的游牧民族，他们勇敢、彪悍，常常狩猎凶猛的野兽，在险山恶水间，代代繁衍不息。死后子孙将他们安葬在高高的悬崖上，葬得越高，越显示后人的孝心。

既然是古代文化名城，总有林林总总的文化人的身影，也许不经意间能摭拾到他们浪漫的遗迹和风流韵事。生活不是诗，山川原野不是诗，有了骚客诗人，这古老的土地便繁衍出诗篇。宜宾出好酒，酒侣诗俦。

岷江南岸，巍峨雄浑的天柱山上，屹立着一座巨大的岩石，中间破裂，形成道深谷。谷壁陡峭，刀劈斧砍，天然成趣。谷底古榕如华盖，遮天蔽日，曲折潆回，终年苍郁不衰。这就是北宋诗人黄庭坚贬谪戎州时，取王羲之《兰亭集序》中“流觞曲水”之意，修建的流杯池。

那泉水从缝隙间汩汩涌流而出，经池塘而流去。阳光斜照池水，荡漾着婆娑的树影、浮动的云影，给人梦幻感。如遇雨天，滴水从岩隙间跌落池中，叮咚作响，愉心悦耳。

黄庭坚是苏门四学士之一，自号山谷道人。宋英宗治平四年（1067）进士，官至著作佑郎，好像是个专业作家？非也，是个史志办公室主任。因编《神宗实录》不真实而获罪，被贬到这里。

当黄庭坚还是莘莘学子中的一员之时，苏东坡正在杭州通判任上。苏东坡的官舍在凤凰山顶，这里窗含西湖流云，门对钱塘潮汐，水鸥衔一片晚霞栖落庭树上，晨风撕一缕雾纱挂在窗前。的确有点诗情画意，每到黄昏，苏东坡便到湖畔散步，身边岸柳依依，眼前落照缤纷，触景生情，顺口吟道：

晚霞映水，渔人争唱《满江红》。

话未落音，便有人接道：

朔雪飞空，农夫齐歌《普天乐》。

这实为一副对联。苏东坡十分满意，复又大惊，是谁如此敏捷，和自己思路完全一致？急转身，方见一青年秀士趋前揖道：“学生叩见苏先生。”苏东坡又问尊姓大名，青年便自谦道：“黄庭坚，字鲁直，久仰先生才德，早想投拜门下，但无人引荐，今日得以叩见先生，实乃学生万幸!”从此以后，黄庭坚便拜师东坡，往来甚密。

黄庭坚被贬戎州，实际上带有流放的意味。把文化人放逐山水间，放逐到生活的底层，犹如放鸟归林，驱鱼入水。封建时代的文人与官是矛盾的统一体，满怀鸿鹄之志的文人一旦青云直上，要么他的翰墨便被车磨成光滑圆润的成批成批的公文，要么是他本人成了狐假虎威欺骗和恐吓老百姓的御用文人，同样也变成统治者的爪牙，他会利用他“超人的智商”为统治者如何敲骨吸髓，吞食百姓的脂膏出谋划策。文人本身就不是一个独立体，要么依附于统治者，要么被统治者或官场同僚排挤摒弃，他们不得志就遁隐山林，面对遥村孤树，斜阳疏柳，荒水野渡，残阳落照，抒发心中的块垒，分泌病态的诗篇。说穿了，这是不得已的事。查阅历代文人骚客的生平履历，只有当他被贬谪，被放逐，才回到大地上，才回到民间，见到那胼手胝足、艰辛困苦的百姓，洒几滴同情者的眼泪。因为几千年的封建专制，学而优则仕，他们青灯黄卷，孜孜不倦，其目的是“翩然一只云中鹤，飞来飞去帝王家”。

黄庭坚来到戎州，为排泄一肚子怨气，常骑马出游，到大自然里去医治心灵的创伤。有一次他骑马郊游，新雨过后，路湿苔滑，马失前蹄，黄山谷摔下马来，但并未负重伤。黄山谷很快站起来，甩了甩手上的泥巴，擦去衣上的泥渍。望着这块泥板，寻思一阵，忽然想起老子的“大巧若拙”，便顺手撸下一把茅草，蘸着泥巴在石板上写下两个字“拙滩”。后人见落款“黄山谷”，便以笔迹凿刻，使诗人手迹长留千古。

宜宾这座古城充满了巴风蜀韵，那参差的粉墙黛瓦，清瘦的木楼，被岁月磨砺得光滑的青石板小街。这里远离皇都，民风朴实，没有官场里的钩心斗角、尔虞我诈，也没有口蜜腹剑、笑里藏刀。这里有秀丽的山色，奔腾的江水；山意闲闲，水意悠悠，清通灵秀，置身此境，只觉一介俗身也被净化了。晴朗时，天空一片湛蓝；阴雨时，霏霏的雨，潇潇的雨，滂滂沛沛的雨，使天地一片湿漉漉的温馨。

宜宾这片土地处处充满浪漫的气息，每当春江水暖，细腰的川妹子便结伴踏青郊外，她们用甜甜的歌喉，唱着柔柔的歌，把青春、激情和对美好生活的向往都倾注给生养她们的故土了。茶楼酒肆林立，酒令声声，黄山谷在这里饱尝民间文化的美味，也吸收了民间文化浓郁的气息。

黄庭坚随便写了两个字，却被当地百姓保留，可见这里的百姓对文人的尊重，对文化的渴求。

诸葛亮说，僰人凶悍，故仓颉造字时有意将整个“棘”字放在“人”上面，认为他们是生活在荆棘莽林中的“野人”。传说诸葛亮七擒孟获，征战途中问道，僰人首领不答，并在井里下毒，后来终于找到一眼甘泉。诸葛亮对僰人首领说：“我有办法使你们兴旺发达。你们将祖先的尸骨放入棺中，吊在悬崖上，占尽天地二气，便能兴旺发达。”僰人听了非常高兴，便将祖先的棺木悬放在山岩上，这就出现了千古之谜——悬棺。

僰人，在这片土地上生存繁衍了两千余年，明朝万历年间，朝廷多次派兵征剿，僰人被十四万官兵斩尽杀绝。这个围着篝火歌舞，手执长戟，敲着铜鼓，擅长岩画的民族从此销声匿迹。走进宜宾，你会感到这里的一山一水都蕴藏着僰人的历史，流传着他们的传说，一草一木都在诉说着这个消失的少数民族的文明。

宜宾市有一片闻名于世的竹海，位于长宁、江安县一带，十分壮观，世称“蜀南竹海”。有一则美丽的神话故事，给这片竹海平添上浪漫主义的色彩。传说女娲补天遗落一块赤石，荒凉，寸草不生。天宫有位金鸾仙子，见天南赤石变成的万岭山还是童山秃岭，便私自下凡在此山种竹，编翠织绿。不料因触犯天条，被召回天宫治罪。看守金鸾仙子的是瑶箐仙子，她心地善良，便偷走父亲南极天官的放行牌，送金鸾仙子逃出南天门。

瑶箐仙子也受到惩罚，被贬人间。瑶箐自南天门而下，落脚在这荒山野岭，日出日落，和金鸾仙子一起播青撒绿，日复一日，年复一年，终于让这片荒凉的大山出现一片莽莽竹海，绿涛翻腾，竹风篁韵，漫山遍野。

走进这片竹海，如入仙境，人们称这里是“忘忧谷”。古人云：“清泠之状与目谋，潽潽之声与耳谋，悠然而虚者与神谋，渊然而静者与心谋。”这是天地之灵气，日月之精华打造的一片“净界圣林”，使人忘却尘世的烦恼、忧愁、伤感和种种欲望。

古木参天，静幽清远，这里原是古代文人墨客寄身泉林的佳境。那原始荒凉、竹林繁茂的山谷深处，常有一潭墨绿的小湖，湖水深不可测。走进竹海，太阳光只能在枝叶上跳跃，地上连个光斑也没有。坐在幽篁里，居住在湖畔小木屋里，绿浪拍窗，鸟鸣入室，天地间是光和影的美妙变幻。而那湖水又像一面闪光的魔镜。湖光山色，泉声鸟鸣。白天吟诗作画，夜晚清风相伴，明月在天，煮茶品茗，三五好友，谈天说地，那简直是人间仙境。

宜宾是酒城，宜宾的水经过一番酿造竟然化为甘醇，一团燃烧的火焰，它使诗人诗情如注，它使壮士热血沸腾，它为弱者解忧，激励奋发的豪情，酒中蕴含着岷江的情愫，有十万大山的精髓。

我在一个小酒店里独自品味酒国的佳酿——五粮液，五粮液是名酒中的佼佼者。其特色是：色清如玉而不薄，味道浓醇而不浊，甘而不涩，辛而不螫。古人赞誉："一家饮酒千家醉，一户开瓶满城香。"

宜宾人对酒有深厚的感情，蜀人节日多，社会活动多，以酒待客，是千年的积习。孩子出生三天宴请客人叫三朝酒，满一月叫满月酒，周岁时叫满岁酒，生日时叫生期酒，办丧事时叫开奠酒，葬时叫安葬酒，新屋落成时叫贺屋酒，商店开业时叫开张酒，出远门时叫饯行酒，过春节时叫年酒，清明时叫春酒，平时无事而饮酒叫耍酒……花样繁多，不一而足。文人墨客，诗侣酒俦，对酒当歌，更是寻常之事。酒是燃烧的水，酒能点燃人们的情感，激发诗人的灵感；酒是润滑剂，能调剂人与人之间的感情；酒使人兴奋、热烈、激昂，精神升华、灵魂净化。正如尼采所言：纯粹的酒神艺术，它不受外观形象的制约而直接表现某种情绪，是最富有哲学深度的艺术。他们饮酒、嗜酒是世俗的需要，也是生命的需要，更是一种精神的需求，是一种艺术行为。

我想起两千多年前的楚汉之争，本无蜀地之事，这里山高水远，是历史的后院，但刘邦的谋僚萧何目光深邃，视野辽阔，盯上这片闭塞的巴山蜀水，刘邦从谏，便率领疲惫的汉军进入蜀地。谁知丰富的水资源养育一方沃土腴壤；山野葱翠，林木葳蕤，这里粮丰果茂，物阜民丰；周围群山跌宕，峰峦高耸，易守难攻，萧何把它视为战略基地。巨大的生命子宫，必将孕育一个盛大的王朝，三年生息，三年休养。千里沃野养壮了汉军，这里的烈酒点燃了将士如火豪情。他们明修栈道，暗度陈仓。刘邦一声令下，兵强马壮的大军浩浩荡荡闯夔门，出三峡，纵横天下，鏖兵三年，"力拔山兮气盖世"的西楚霸王，最终上演一出饮恨乌江、别姬自刎的千古悲剧。

烽烟俱净，一个热气腾腾的大汉王朝横空出世。

后人诸葛孔明以战略家的眼光盛赞巴山蜀水："益州险塞，沃野千里，天府之土，高祖因之以成帝业。"

我一边饮酒，一边不时向窗外望，酒城的热烈和喧嚣，岷江穿城而过，倒映着人影、楼影、树影，流水在眼里渐渐迷蒙、幻化。我只觉得血在涨潮，情在燃烧，那是醉感——醉感是高度的力感。按照尼采的解释：醉感会改变空间感和时间感，天涯海角一览无遗，高山大河尽收眼底，视野开阔，目光深邃，能洞察更纷繁的事物、更辽远的世界，也可以明察瞬息；肌肉中有种支配感，犹如运动的快乐，犹如舞蹈，犹如绝技，强健、勇猛、置生死于度外……生命最富有朝气和春意。这是酒的力量，也是水的力量，宜宾的酒就被注入岷江的基因：坚韧、决绝，冲击一切，摧毁一切。这顽强进取的精神，是山魂水魄，吸纳了天地之元气，是山水文化的升华。在这里你随意掬起一捧流水，就会映照出山魂水魄相谐的影子。

第五章 天生重庆

重庆是浩浩长江重要的一章，是长江母亲养育的最美丽的女儿之一。嘉陵江和长江在这里拥抱融合，长江又接受了新鲜血液，变得更加生机勃勃，生命力更加强旺。江水在这里变得宏阔，气势非凡。

嘉陵江与长江在这里会师，是值得庆祝的事情。中国人往往以“吃”的形式来纪念一个节日或重要事件，因此，重庆又是一座“吃城”。

血性之城

重庆怀抱一条长江，背靠十万大山，远看是山，近看是城，山在城中，城在山上。山城之谓也。重庆最著名的山是缙云山，雄峙在北碚区嘉陵江温塘峡畔。山间云气缭绕，似雾非雾，似烟非烟，磅礴郁积，气象万千。早晨云霞初照，姹紫嫣红，五彩缤纷，古人称“赤多白少”为缙，故名缙云山。

山有山门，路有路口。重庆有朝天门、临江门、望龙门、储奇门、南纪门、千厮门、太平门、东水门、通远门、洪崖门；带“口”的地名有较场口、两路口、磁器口、大渡口、中渡口、道门口、南溪口、三溪口、滩子口、黄家垭口、井口等等。

山水相依，水养山，山养水。

重庆有历史感。重庆在水墨蓊然的暮色中，千檐万瓦，雾失楼台，那么令人迷茫而神往！

重庆是巴人的故国，巴人的基因一代代遗传下来，勇敢、剽悍、猛烈、坚韧、刚毅，富有雄性和血性。有民谚曰：巴有将，蜀有相。

重庆，古称江州，曾是古代巴人居住的地方。“巴”的来历有两种说法，一是因参加周武王伐纣有战功的黄辛氏部落，被封为巴子国；一说巴族原生活在云梦泽（今洞庭湖一带），从事渔猎，建都巴丘（今岳阳城陵矶一带），又先后建都丰都、枳（今涪陵）、江州。秦军灭巴，在江州置巴郡，属益州。

重庆北面有嘉陵江，东面和南面是长江，两江在朝天门汇合，使重庆成为半岛。重庆襟带两江，气吞远山，形势险要，居高临下，历来有“天生重庆”之说。

七百年前，重庆合州出现过一场震撼历史的血战。

中国历史博物馆有一个沙盘模型，模型是三面临水的古城，名叫钓鱼城，因它建在钓鱼山上。古城城门雄伟巍峨，城墙高大，垛堞连连，一副古城堡的样子。这就是今天重庆市合川区的钓鱼城。

十三世纪这里发生了一场改变中国历史的战役。

蒙古大军在大汗蒙哥的率领下，经六盘山、大散关，直扑四川，攻城略地，所向披靡。一路顺风，蒙哥十分得意。

蒙哥何许人也？就是那位手执上帝之鞭、横扫欧亚的天可汗成吉思汗的孙子，现在继承祖业，成了蒙古大汗。这蒙哥长得五大三粗，十分健壮，血管里奔腾着祖父的热血，《元史》上说蒙哥汗“刚明雄毅，沉断而寡言，不乐燕饮，不好侈靡”“性喜畋猎”，是个很有才干、很有作为，且富有雄图大略的一代“天可汗”，是成吉思汗的最佳接班人。他曾命令三路大军直扑江南，饮马长江，夺取三秋桂子十里荷花的锦绣之地。他令其弟忽必烈进攻鄂州（今武昌），兀良合台进攻潭州（今湖南长沙），他亲率十万（实数四万）大军直取巴蜀，至1258年年底，四川许多州县已被攻下。大军来到合州钓鱼城下，几次进攻都遭到失败。

钓鱼城处在嘉陵江、渠江、涪江汇合处。南、北、西，三面临水，壁垒悬江，城围十二三里，均筑高墙，固若金汤。城内水源丰沛，粮草充足，江边设有水师码头，战船布满江面，“上可控三江，下可屏蔽重庆”，这是一座十分险要的军事要塞。守将是王坚和副将张珏，城内军民只有一万余人。

蒙哥汗几次攻城，均遭失败，且死伤甚重，这位一代天骄的孙子感到莫名其妙，那么大的巴蜀大地众多县城全拿下了，唯一这个弹丸孤岛的钓鱼城连攻五个月未克，何因？蒙哥汗怒火填膺，又愁眉不展。这些来自塞北高寒地区的牧人难以忍受南国的酷暑燠热，疫病泛滥，将士病的病，死的死，更使他忧心如焚。

这弹丸小城竟然使得蒙古大汗无可奈何。在最后一次攻城时，蒙哥汗被飞石击伤，不久卒于军中。临终遗言："我之婴疾，为此城也，不讳之后，若克此城，当赭城剖赤，而尽诛之。"一代帝王元宪宗蒙哥饮恨葬身于嘉陵江畔。

蒙哥汗战死的消息传遍蒙古南下各路大军，他们纷纷掉头北归，一场争夺汗位的内战拉开了序幕。蒙哥汗在钓鱼城下的惨败，其影响是巨大的，导致蒙古这场灭宋的战争全面瓦解。他们暂时放弃了南下进攻，使南宋小朝廷，又苟延残喘了二十年之久。

南宋灭亡，元朝已统一了大江南北。但钓鱼城城头仍然飘着杏黄旗，像一团火焰燃烧在长江岸边。

蒙哥之死，也改变了整个世界局势。成吉思汗十余年间，高举上帝之鞭，横扫欧亚，先后灭掉四十余国，铁蹄践踏了从里海到波斯湾，从中亚到东欧的俄罗斯平原广袤的土地。蒙哥一死，元世祖忽必烈和驻兵欧亚的蒙古皇族也纷纷率兵回国，为的是奔丧和伺机夺取皇位，被统治者欧亚诸国，纷纷起来驱赶蒙古统治者，获得了民族解放，钓鱼城被人誉为"上帝折鞭处"，一座钓鱼孤城，竟抵抗了三十六年，为世界史所罕见。

忽必烈做了大汗，对汉人采取了怀柔政策，派人带着大量慰问品去钓鱼城做将领们的工作，归顺大元朝，要"和平解放钓鱼城"。后来的守城将领说："事已如此，我朝灭亡非人也，天也！但有一条，你们可进城，却不许伤害一个老百姓！"元朝官员一一答应，并对钓鱼城将士们深感敬慕。据说守城将领命人打开城门，转身对守城的将士们说："我们为国尽忠的时候到了！""唰"地抽出长剑，引颈自刎。三十多位守城将领们见首将以身殉国，无不感动，"唰！唰！唰！"他们随之纷纷自刎而死，尸横城堞，血漫城楼。

元朝的官员大为惊骇，深为这些赤胆忠心的壮士感动！并亲自收殓尸骸，隆重安葬了宋王朝的英烈！

落暮时分，我游完钓鱼城。夕阳流水，落霞晚照，我只觉得钓鱼城像一只浴火重生的凤凰，依然风度凛凛，傲立于世。那巍峨的城楼，那雄浑的城墙，古老的建筑还渗透出一种豪气，我脑海中顿时浮出一个具有精神硬度的词——血性。这些守城将士们身上都有豹子般血性气质，猛虎般刚烈风度。中华民族历朝历代不乏血性之人，不食周粟的伯夷、叔齐饿死首阳山，是一种血性；田横五百壮士不愿做汉朝顺民而横刀自杀，是一种血性；荆轲凭一身虎胆只身闯入秦宫刺杀秦始皇，是一种血性；苏武手握符节，在北国风刀雪剑中，受尽煎熬，是一种大忠大烈的血性；以及宋朝的岳家军，“还我山河”，直捣黄龙的勇敢决绝，是民族精神的血性；还有不做贰臣，只求留取丹心照汗青的文丞相忠君爱国的血性……人无血性，寸草不立。王坚们文化水平也许不高，也许没饱读过“四书五经”，但他们生命里有着赤胆忠心的基因，他们的血管里奔腾着大宋朝的血液，他们为国殉难，用生命塑造了一个“血性凛然”的文化符号。

钓鱼城属于重庆市合川区，位于钓鱼山上。本是西南边陲抗元前线的弹丸小城，却坚持了三十六年的抗敌斗争。经历了大小二百场战役，才最终被划入元朝版图。

重庆是一座举世闻名的文化名城，巴渝文化发祥地，有文字记载的历史达三千余年。早在公元前 11 世纪，这里就是古代巴国的首都江州。因嘉陵江古称渝水，在此汇入长江，所以隋文帝杨坚在这里设置了渝州，由此简称为“渝”。南宋淳熙十六年（1189），因这里是当朝天子宋光宗赵惇的潜藩之地，便号称“重庆府”，以表“双重喜庆”。

重庆曾是大夏国国都，抗日战争期间国民政府的陪都。

重庆是一个多雨多雾多水的山城，貌似柔弱温软，但它是个富有阳刚气、浩气的雄性之城，血性之城，钢铁之城。抗日战争期间，日寇连续九十六个小时狂轰滥炸，山城变成一片废墟，死伤数以万计，但敌机飞去，活着的人们又走至街头，用木头搭起一座高高的三脚架，竖起国旗，高高飘扬，那是民族之魂、国魂！与南宋年间发生的那场天崩地坼、血肉迸溅的保卫战可谓一脉相承，可见这里民风顽强、刚烈、雄悍。

重庆像是悬在空中，硕大而又沉重。纵横交错高高低低的街巷具有某种让人无可抗拒的专横。那高大的黄葛树、冷杉、柳杉，挺拔巍峨的桉树，把这座古城装扮得神秘、深邃，不可捉摸。顽固的植被与坚硬的岩石进行了几番激烈较量与角逐，终于取得胜利，林木葳蕤，花草丛生。在高楼林立的罅隙里，隐约还看到一些古建筑，它的灵魂被囚禁在玻璃幕墙后面。

山的坚硬，水的柔韧，塑造了重庆人刚中有柔、柔中有刚的性格，雄势滔滔的嘉陵江和大气磅礴的长江在这里汇合，是力与力的相融，生命与生命的热烈拥抱，它必然产生风骨嶙峋、雄冠天下的大气象、大气派。激流澎湃，惊涛裂岸，是水性的展现。

宋朝诗人杨万里有诗云“人家重庆更奇伟”，你看到过朝天门码头的棒棒队吗？那厚实的肩膀、赤裸的酱紫色的肌肉，承担超负荷的重载，沿着漫长的台阶，一步一步，艰难地攀登，那是何等坚毅，何等吃苦耐劳的精神？重庆人爱辣，嗜辣，性格也火爆，充满着辣味，那红红的辣椒，辣得钻心，辣得人头上冒汗，身上起火，但精神里却有一种刺激感、冒险感、男子汉的雄性感，这样的城市怎能不代代产生惊天地泣鬼神的壮烈之举？

磁器口码头

我来到重庆时，正是多雾季节，潮湿而阴冷。那雾弥漫开来，连天无隙，像纱像雾，把远近高低，尊贵卑贱，高雅与丑陋，善良与邪恶，纯洁与肮脏统统搅和在一起，赋予其朦胧化、诗化。朦胧是一种美，你越看不清楚，越生发想象的空间，在这个空间你可以制造各种虚幻的东西。

有了朦胧也就有了距离，距离产生美。山在虚无缥缈间，却能让你浮想联翩，遐思悠悠。这做冷欺花的雾，是一种湿冷的温柔，是大自然分泌出的一种病态的诗，是朦胧诗、意识流，很难让人读懂。

人走进雾里，像鱼游在水里。

汽车开得很慢，战战兢兢，不时鸣喇叭。前灯和尾灯都打开了，但无济于事。满城满街的雾，黏黏稠稠，浓浓郁郁，扯不断，理又乱。

我对重庆并无好感。觉得这座山城缺乏一种爽快、明朗，缺乏一种潇洒、简洁。整天雾笼云罩，说雨不雨，似雨非雨，似梦非梦，弄得你心绪烦乱，弄得你头晕目眩，弄得你找不着北。

但重庆是浩浩长江重要的一章，是长江母亲养育的最美丽的女儿之一。嘉陵江和长江在这里拥抱融合，长江又接受了新鲜血液，变得更加生机勃勃，生命力更加强旺。江水在这里变得宏阔，气势非凡。重庆境内，江河纵横，水源丰富，而重庆地貌也非常特殊，主要城区建于长江与嘉陵江汇合的三角地带，半城山色半城江涛，房屋建筑依山傍水，层层叠叠，高低起伏，错落跌宕，极富有层次感。

重庆是长江上游最大的港口，长江航运充分地显示了独特的优越性。从朝天门码头登上江轮，顺流而下，江流宛转，一派浩浩江风相送，两岸青山排闼相迎，特别是船入三峡时，那简直是进入人间仙境。

长江的航运历史悠久，隋唐时重庆即为川蜀的始发港，宋元时为西南贡赋军需运用的必经之地，明清时为川粮、川盐、滇铜、黔铅的专用码头。江笛声声，樯橹如林，千帆云集，百舸争流，一片繁忙喧嚣的景象。在蜀道难于上青天的古代，川江水运建立了不可磨灭的功勋，承担了“天府之国”乃至西南诸省大宗货物吞吐的功能。

磁器口是重庆最古老的码头。《巴县志》上记述“水陆交会，极便舟楫”。这里都是人工装卸，工人们赤着脚，光着背，背驮麻包，踏上颤悠悠的跳板，把货物码在船舱里。

民国时期达到极盛，其时嘉陵江中上游各州县和沿江支流的农副产品都在此集散中转。重庆城内的一些商铺也在这里设点经营，大量输出棉纱、布匹、煤油、盐糖、杂货、日用百货、五金颜料、土碗土纸和特产烟丝，其繁华名扬巴蜀大地。

磁器口实际上是一个古镇，小巷悠长，小巷两边是一丛丛一簇簇的古建筑，青砖灰瓦，店铺林立，民居鳞次栉比，“一条石板路，千年磁器口”。这些明清遗物又富有巴渝特色。沿街铺面多为一进三间，长进深户型。铺面后面一般为四合院，窗花户棂图案精美，雕梁画栋做工精巧，该是商贾大户的居所。而一般民居为竹木结构，采用穿头夹缝或穿板墙，因陋就简，自得其乐。房子的木板大多已经朽坏，在重庆多雨多雾潮湿的空气中，散发着浓浓的霉味。店铺民居羼杂而建，构成贫穷与豪富、高低错落的众生相，就像一片原始森林群落，既有参天大树，也有乱荆披离；既有鲜花，也有野菌。这是一些黑白键，几百年和谐地共同演奏着重庆生活的乐章。

磁器口码头富有川西北风味的便是“棒棒”们。“棒棒”本是一根竹杠，那些胼手胝足的穷汉和打工者就靠这一根竹杠，挑起生活的重轭。每天早晨，嘉陵江边就站满了一批批揽活的汉子，犹如今日失去土地的农民工涌进城市，出卖极其廉价的劳动力，换取几个小钱，养家糊口。码头深有几百米，用石头砌就的台阶一层又一层，这时客轮来了，手提肩背行李的客人，最头痛的就是攀登上百个台阶的石梯。这时棒棒们便争先恐后凑上来：“先生，让我抽合（帮助）一下吧！小姐，我抽合抽合吧，一件一块钱!”帮你挑，帮你背，帮你提……面对犹如天梯般的石阶，你早就望而生畏，谁还心疼那几枚小钱呢?

这些“棒棒”，都是生活在社会底层最可怜的小角色，一大早就起身，裹一身雾，披一身雨，到码头当掮客。衣衫不整，蓬头垢面，几近乞丐，遇到达官贵人，帮人家干了活，讨钱时，还落个白眼。他们没有大起大落的人生，没有大红大紫的梦幻，他们自甘生活在这社会的底层，就像大海深水层的小鱼、小虾、蛤蚧，更没有纵横驰骋的理想。中午活路忙时，他们不得回家，就饿着肚子继续揽活儿，撑不住便到小摊上喝碗“抄手”，吃根麻花，有时看见客主来，三口两口吞下去，又赔笑脸，又低声下气央求客主。在世界这个大舞台上，他们永远是跑龙套的角色。

他们生活极有规律，都是千篇一律的重复，早出晚归。踏着灯光月色回家里，把挣回的三块五块的小钱从怀里掏出，一张张展开、理平，交给妻子，他们憨憨的嘴角边就浮起一缕幸福满足的笑意。要是生意不好，他们便坐在昏暗的油灯下，闷闷地吧唧吧唧地抽着水烟，烟火一明一黯，映照着皱纹纵横的脸。——那皱纹犹如嘉陵江的涛纹，绽满的是惆怅和忧郁。

早晨，雾还浓浓的，整个重庆还在雾一样的梦中。街上的店铺还未开门，但三五成群的人便沿着石阶慢慢悠悠地走进小街，街上卖早点、零食的担子、车子，沿街铺满；卖抄手的、卖毛血旺的、卖烧饼麻花的、卖凉粉的、卖油饼的、卖豆腐脑的，当然还有卖青菜的，红水萝卜、扁豆秧、卷心菜、小白菜，青红绿紫，满是色彩的流淌。为分厘之争，吵得尘土扬天，最后“尘埃落定”，那些小市民趁卖主一不留神，还偷一根芹菜，或极其麻利地偷一个土豆放到竹篮里，才嘟嘟囔囔地离开……

沿小街上继续走，便在街一侧看到宝轮寺的山门。宝轮寺是很有岁数的名刹。传说，这磁器口过去有九宫十八庙。宝轮寺也是庙。昔日这里有香会、庙会、花会，以及正月龙灯，清明节风筝，端午节龙舟，七月河灯，中秋赏月，重阳登高，一年到头，民间文化的鲜花盛开不衰。“初一十五庙门开，烧香拜佛请进来。”

随便找一个老重庆人摆摆龙门阵，说起磁器口，他会扯起一嘟噜、一串串故事：“唉哟哟，这宝轮寺可不得了，那是唐朝大将军尉迟敬德修建的，你看看那柱，楠木的，在深山老林长了几百年，都成了神树了，两三个人都搂抱不过来，一年四季，那个香火旺哟！后来，燕王朱棣从北京起兵，南下把他侄儿从金銮殿里赶了出来，建文帝就削发为僧，躲进宝轮寺当了和尚，后来这寺就改名隐龙寺，真龙天子哟！可惜，让张献忠一把大火烧了个精光，大清朝乾隆年间又重修这庙子。”

老者像鲁迅笔下的九斤老太，摇头晃脑，大发今不如昔之慨：“现在的磁器口不行了，那时磁器口闹着呢！”老汉说，“白日里千人拱手，入夜后万盏明灯。千人拱手，那是船夫在摇船，入夜油灯、电池灯、汽灯一亮，可不是‘万盏明灯’？现在……”

巴渝亦沧桑。重庆，也曾经是古战场，不时会发现古代战争的遗迹。幽暗的山洞里，荒草没膝的山野上，风萧水寒的江畔川浜，芊芊绵绵的草丛中，历史的记忆未被千百年的风雨洗涮净尽。古老的彩陶，生锈的长剑，写在竹简上的羽檄信札，留在发黄纸页上的历史残片，埋在古墓中的弓箭和剑戟，依旧无声讲述着烽火狼烟的血腥故事。但巴渝地区在历史上更多地扮演了“避难所”“急诊室”的角色。中原一旦战火纷飞，狼烟滚滚，血肉迸溅，一些统治者就纷纷逃亡巴蜀。且不说汉刘邦在此休养生息，秣马厉兵，最后杀向中原。三国刘备建国在蜀，以巴蜀为后方根据地，龙腾虎骧长啸而出，以图统一天下；安史之乱，唐明皇仓促逃往巴蜀；抗日战争时期，首都南京被日本鬼子打得一塌糊涂，蒋介石也是逃亡到重庆。那时候长江水面，帆樯如云，舳舻相连，哭声、叫声、吆喝声、呐喊声、咒骂声，压过长江涛声……长江也经历了有史以来最悲惨最黑暗的岁月。

寒风萧萧。

江水呜咽。

长江泣血含泪，默默地承受着历史的重重灾难，又无声无息地奉献自己的乳汁，哺育奄奄一息的肉体和饥饿的灵魂，长江以其不屈不挠、勇往直前的精神，以奔腾咆哮、惊涛拍岸的气势，雄壮了中华儿女，重新扶起倒塌的骨骼……

长江从此以热烈的情感，铺展开了它壮烈的征途，它高举着生命的旗帜，坚强、顽韧，矢志不移，一路东去，头也不回。

大足石刻

从重庆到大足县距离不过一百六十多公里，汽车跑了足足四个小时。主要原因是有雾，重庆的雾真缠人，几十米的距离外就看不清，眼前像有一块毛玻璃，模模糊糊，而且雾从早到晚不消不散。没有风，这是初冬湿暖天气。擦拭一下车窗玻璃凝结的雾水，依稀看见公路边的山野，仍然绿意葱葱，巨大的芭蕉叶子，尚未枯焦，成片成片的榨菜正在收获。山城重庆渐渐隐去，我们的车子纡纡前进。

大足县城是不大的县城。

这个粗俗的名字就给人一种荒芜粗陋的感觉，不会有什么丰赡的文化，浪漫的诗意。县城又那么小，用不了一个小时就会走遍县城的角角落落。然而“大足”这名字颇有来历。《蜀中广记》载：“大足县……取丰足之意也。或云县之宝顶山有巨人迹。”传说，释迦牟尼在菩提树下修成正果，就要涅槃了。他最后一次站在山巅上，俯视着芸芸众生，心中涌起一股大悲悯的情绪，久久不忍离去，于是山巅上留下他深深的足印。现在大足县宝顶山圣寿寺的山门，还有一块“天光云影共徘徊”的半亩方塘，名曰佛迹池。池底刻有一对大脚印，长近两米，宽有一米多。后人说这是释迦牟尼生前留下的佛迹，也就有了大足县名字的来历。

不过，稍有点宗教文化知识的人，都会微微一哂，这太离谱了，释迦牟尼一生从未离开过印度，怎么会在他涅槃之前来到中国，而且来到这偏僻荒凉的地方？还要站在山顶上慈悲地眷顾一番，这故事太失真了！

但是这里的百姓偏偏为他们家乡编制这则神话，还言之凿凿。这实际是一种文化的争夺，也是这方百姓聪慧甚至狡黠的脑瓜里杜撰出来争夺的种种理由。不管它吧，大足石刻可谓中国佛教文化的一大奇观！很难想象，佛教文化如此深入、如此广泛，如此无孔不入地渗入中国大地母亲的肌体。在这长江右岸的荒山野岭间，却是佛烟缭绕、晨钟暮鼓的梵天净土。

文化从某种角度看，是人类思维的虚幻的想象，是大脑神经运动的轨迹，人们记录下来，或口头流传下来，便是故事，便是神话传说。有时历史也睁一只眼，闭一只眼，任凭人们编造，而且很大度，把它纳入自己的胸怀，变成它的一个细胞。

传说如此荒唐，谁也不愿意戳破它，老百姓沐浴着古老荒唐的传说，信心十足地生活着，日子过得有板有眼，有滋有味，比起峡江地区面临被江水淹没的县城，她显得沉稳而安详，潇洒而坦然，没有焦虑和浮躁，没有恐慌和不安。黎明晨起，洒扫庭院，黄昏店铺打烊关门盘点。这里没有什么农产品名扬天下，只有小五金远近驰名，盛产刀具。小摊上店铺里到处摆满各式各样的刀具。小城民风古朴，社会治安良好，犹如晋时的桃花源，“不知有汉，无论魏晋”。

雾，蒙蒙地横漫小城上空，街上行人并不多，也不是行色匆匆，而是优哉游哉，消闲洒脱。时间就是金钱的概念，远远未能侵蚀他们的思维。

大足县有五万尊佛像，怕是中国之最、世界之最，大足县城的常住人口不足一万人，平均每人守望着五尊佛像。我走进大足，忽然产生一个奇怪的念头，若是这五万尊佛像经佛祖一点化，化为五万身披袈裟的和尚，这里该是怎样一番景象？小城会不会人满为患？

这五万尊大大小小高高低低的佛像主要分布在宝顶山、北山、南山、舒成岩、石门山、石篆山、妙高山等四十多处。其中尤以宝顶山和北山石刻最为著名。传说，宝顶山摩崖石刻是鲁班所造，北山摩崖造像是鲁班徒弟赵巧的功绩。赵巧跟鲁班学艺多年，自以为手艺学到家了，便想脱离师傅，自己单干闯天下，但话又不能直说。一天黄昏，师徒二人吃罢晚饭摆“龙门阵”，赵巧说：“过去干活儿都是咱俩在一起，这次咱变变花样，分开干，好吗?”鲁班随口应道：“好啊!”“您老在宝顶山修佛像，我在北山，一夜要造一万尊佛像，今晚就开始。”鲁班答应了。于是赵巧起身去了北山，鲁班去了宝顶山。

名师出高徒，赵巧确实手艺高超。他挥动锤头，三下两下，碎石飞溅，山谷轰鸣，不到三更时分，北山出现繁星般的佛像，形态各异，栩栩如生，大大小小的佛像排列有序，抬头看看天上的启明星，时间还不到四更时分，赵巧得意地笑了笑：“怕是师傅汗流浃背地正忙活儿呢!”他拍拍身上的尘土，向宝顶山走去。谁知鲁班正气定神闲地坐在山顶，显然休息了好一阵子了，赵巧惊问：“师傅，师傅……您……”鲁班微微欠欠身，笑笑没说什么。赵巧抬头一看，不禁大吃一惊，一万尊佛像早已造好，排列得整整齐齐，蹲、坐、倚、卧，形态逼真，线条飘逸，神姿各异，造型气势磅礴，佛像高大健硕。他的脸唰一下子红了，看来自己的技术比起师傅还相差甚远。从此，赵巧又乖乖地跟师傅学艺。

这故事与史实也风马牛不相及，鲁班是春秋战国的一位技艺超人的木匠，而大足石刻是南宋时代的产物，此间相差两千多年。

宝顶山和北山的石刻是大足石刻中最璀璨最壮观的两颗明珠。远远望去，便是雾气缭绕的宝顶山塔形楼阁和檐牙高啄的寺庙屋顶。宝顶山石刻始建于南宋孝宗淳熙至理宗淳祐年间（1174—1252），由当时四川密宗僧人赵智凤主持，历时七十余年才开凿而成。整个石刻群以大、小佛湾为中心，共计十三处，东有倒塔、龙头山、殊始山，南有高观音，西有广大山、松林坡、佛祖岩，北有岩湾、龙湾、对面佛，都分布在圣寿寺方圆五里之内，而以大佛湾最为集中，也最有艺术价值。

我穿行在石刻前的走廊里，那无生命的石头经过匠人的点化，都化为有灵性的生命，那一颦一笑间展示着佛陀复杂微妙的内心世界。他们有的目光沉静，有的面庞肃穆，有的嘴角含笑。有的作少女状，三分羞涩，七分腼腆。有的眉额微蹙，是目睹人间苦难，引起佛心如焚？有的怒目金刚，是面对尘世的丑恶，而怒火攻心？有的扬膊舞臂，似乎在鞭打罪恶的世界……而菩萨却温和恬静，慈眉善目，静观人世风云，默数岁月往来。

佛是缄默的。

缄默是金。

佛是金口。

看到这庞大的佛像雕塑群，我感到艺术品的诞生过程是多么艰辛，需要艺术家呕尽多少心血！艺术家是孤独的、寂寞的，他们在黑暗中摸索，在幽冥中构思、酝酿，从灵魂升华和思想闪电的一瞬间，捕捉灵感，捕捉转眼即逝的风丝雨片、星星之火。艺术的巨匠们，总是有一种坚毅、坚韧的性格，他们可以抛家舍爱，废寝忘食，如痴如狂，如疯如癫，为了一个细节的完美，哪怕一个线条，一束衣襟的皱褶，就可以耗费数日精力，他们眼睛熬红，嘴唇焦干，神色憔悴，仍孜孜不倦精雕细镂，苦心孤诣，将自己的灵感、智慧、心血、汗水，随着一斧一凿的雕刻声，灌进艺术的血脉中。每一尊佛像，就是一尊神，这神正是石匠和艺术家精神的结晶，蕴含着艺术家对世界全部梦幻的思索理解和诠释。他们宣扬的是宗教，实际上他们视艺术为宗教，他们塑造了神，实际上艺术才是他们心中的神。在这里你可品味出宗教信仰自身的特色，也感到释文化无穷的魅力和光辉。

这庞大的雕塑群，敷金绘彩，丹青满壁，再现了唐风宋韵的历史风貌和文化气息。在这里，你可以读出多姿多彩的生命，欢乐的、痛苦的、悲愤的、忧郁的，或怒目金刚，或慈眉善目，酸、甜、苦、辣、咸，五味人生，林林总总，大千世界。

这庞大的雕塑群展示出大匠运斤的磅礴之气，虽是南宋兵荒马乱的年月，那些艺术大师却在荒山野岭，禅心已定，一凿、一斧、一锤，叮叮当当昼夜不停，整整七十年，一个人从出生到死亡的生命的长度都献给了艺术。我想，那些手持斧凿的民间艺术家们，当他们完成一件雕塑后，坐在佛像前端详，审视或自我欣赏的那短暂时间，心情如何？满意？欣慰？惊喜？还是遗憾？他们没有姓名，更没有留下传记，无名的艺术家却创造了名垂千古的艺术。

艺术血脉往往超越了历史和时代，南宋朝廷昏庸萎靡，几代皇帝都干着同样一种割地、赔款、称臣、纳贡、屈膝求和的勾当，但这庞大的群雕艺术却仍然承继着盛唐时期雍容大度、浩然磅礴的气派。

北山石刻总体感觉没有宝顶山那样气魄宏大，但精致细腻，那脸上笑纹可掬，衣服的皱褶有质感、动感。特别那媚态菩萨，简直是群雕的极品，只见她头戴宝冠，脚踏莲花，右手拿着佛珠，左手轻握右腕，上身半裸，璎珞披体，长裙曳地，衣带飘拂，有“曹衣出水，吴带当风”之感。尤其精彩的是观音的神态，她头略微侧向左面，眼睛稍稍下视，抿着嘴，似笑非笑，似羞非羞，庄严而不骄矜，妩媚而不轻佻。她没有冷漠、高傲、目空一切的气势，而富有人情味；她端庄娴静，让人愿意接近她，又令人产生一种尊重感。大足石刻不同于莫高窟、云冈石窟、龙门石窟，这里一切雕塑都是神的人化，人的神化，神是人，人是神，你分不清究竟是人还是神；这是有情感有灵性有智慧的艺术品，是中国石刻艺术从北魏到唐朝再到宋朝的流变趋势，同时也是新的审美因素的萌芽。

由此，我想到两宋这个中国历史上很特殊的朝代。这个时代，重文轻武，对外（金、辽）割地赔款，纳贡称臣，委曲求全；而国内，文化、教育、艺术、文学，却创造了中国历史一个全盛时代。一朝的宋词，铺天盖地，除了唐诗，谁敢比肩？更不用说绘画，那一系列大师级的名字都让国人永远引以为豪：范宽、燕文贵、高克明、郭熙、王诜、苏轼、米芾……绘画艺术达到了空前繁荣，更有甚者——宋徽宗赵佶（1082—1135）自幼喜欢书画，和王诜、赵令穰交好。赵佶登基后，不爱江山爱艺术，把政务交给蔡京、童贯，而自己躲进深宫成一统，沉溺于梦幻般的艺术境界，陶醉在艺术的氛围里，整日挥毫泼墨。艺术生命比他的政治生命都重要，比经国大业还重要。他成了画坛领袖，他兴办画院，举办画展。他指示建“五岳观”，“大集天下名手，应召者数百人……自此之后，益兴画学”，有了皇帝的最高指示，哪个臣子不响应？哪级政府不倡导？上有所好，下必甚焉！一时出现全国绘画热，艺术至上主义……

十一世纪，距离文艺复兴还有二百多年，整个欧洲处在神学统治下，非洲、美洲还在蒙昧时期，而具有文明古国之称的古希腊、古埃及、古巴比伦等早已衰老，以后形成的阿拉伯帝国艺术也只是慢慢爬行。俄罗斯正在奴隶制的幽暗里挣扎。

当时，世界上唯一兴旺发达的是中国，而两宋时期不仅在经济上达到高峰，在艺术上也是黄金时期，试想在一千年前，有哪个国家能组织如此庞大的画院？涌现出这么多杰出的画家？试想哪朝哪代由皇帝亲自组织和领导书画艺术团体？

艺术误国。早在赵佶之前一百多年南唐李后主舞文弄墨，吟诗赋词，不问国事，整日陶醉于艺术想象里，结果国破家亡，沦为赵佶祖宗赵匡胤的阶下囚。无独有偶，一百多年后，赵佶又重蹈覆辙，沦为金国的战俘。

麻辣之城

在重庆，吃是一种文化，也是一种消闲，重庆人用“吃”来打发时光。

走进重庆，第一感觉像走进火锅之城，大街、小巷，或富丽堂皇的酒家饭店，或者逼仄的旮旯角落里，都会有热气腾腾的火锅，湿热的空气里弥漫着香辣味、油烟味、肉香味，氤氤氲氲，浓浓郁郁，三五成群的食客，袒胸裸背围聚在火锅旁，炭火正旺，火锅里汤翻菜滚，他们吆五喝六，大碗喝酒，大箸夹肉，一副饕餮的气派。一条三百米的步行街，两旁全是挤挤压压、密密麻麻的小饭店、大排档，鳞次栉比，桌桌摆放的都是火锅，铜制的、铝合金的，造型古朴，像古董、像文物，而现代派的也不少，有的用煤气做燃料，有的是电火锅，还配上微电脑，清洁卫生，没有油烟。火锅的口味也不一样，有毛肚火锅、清汤火锅、红汤火锅，各有各的风味。眼下正是深秋时节，曾被称为“四大火炉之一”的重庆，天气变得阴冷，再加上雨雾连绵，到处湿湿的、黏黏的，这正是火锅的旺季。特别到了周末、节假日，几乎家家户户，倾巢而出，不在家里做饭，而跑到街上饭店里，一家人围着一只火锅，一顿饭要吃上大半天。他们不急不躁，不温不火，慢慢夹着菜蔬，慢腾腾地夹着肉卷，往滚烫的火锅里浸泡片刻，便夹出来放在眼前盛着佐料的小盘子上，一边吃，一边闲聊起来。重庆人称为“摆龙门阵”。

巴蜀的火锅文化历史悠久，可追溯到远古时代，巴蜀的先人祭祀神灵，或举行节日庆典，都要“击钟列鼎”而食，即众人围在鼎周围，将牛羊肉等食物放入鼎中煮熟分食，这就是火锅的原始雏形。

到了清代，火锅盛行起来，也吃出了规模，吃出了气势。康熙、乾隆两朝曾四次举办“千叟宴”——这是盛大的国宴，离退休的老干部、在职的诸位爱卿济济一堂，山呼万岁声中，宴会开始。每张酒席桌上总少不了设一只火锅。火锅分银制、铜制、锡制，构造虽同，质地相异。根据官爵的品级，而用银、铜、锡不同火锅。这就是秩序，这就是尊卑。桌上放着鲜嫩的牛、羊、猪肉片，山珍海味，新鲜菜蔬，红黄绿紫，五彩斑斓，大料茴香，小材花椒，五味俱全，火锅沸腾，气氛浓烈，杯盏交错，飞觞痛饮，一片祥和兴旺的景象。嘉庆登基，禅位刚刚三天的乾隆皇帝再次举办“千叟宴”，火锅用了一千五百五十个，堪称历史之最。

重庆火锅开全国风气之先，率先使用天然气，率先出现电火锅，率先安置抽烟机，环境卫生条件大大改观；而且率先出现“黑白鱼”造型的火锅，这是道家文化的演绎，将阴阳平衡，天体流变，冷热协调，融为一体，象征中国式的大团圆结局，既增加了重庆人的情趣，又丰富了火锅文化的内涵。

重庆火锅分三种：一是鸳鸯火锅，一分为二，半边清场，半边麻辣；二是红油锅，全是麻辣的；三是子母火锅，就是一个同心圆，中间是不辣的清汤，外圈是麻辣烫。“麻、辣、烫、鲜、嫩、香、脆”，是重庆火锅最鲜明的特色。

重庆火锅非常讲究色、香、味，汤汁、调料、菜品都有很规范的要求。而且吃火锅又讲究气氛，热烈、融洽、兴奋、欢畅，火锅店高桌大凳，铜制火锅下，炭火熊熊，锅内汤汁沸腾，肉菜翻滚，热气腾腾，香味扑鼻，一看这气氛都令人醉上三分了。如果是夏日，个个吃得汗流浃背，那些男人们个个“打光胴胴”，上身一丝不挂，那种豪放气势是其他地区难以媲美的，巴渝食文化体现了古老的巴民族勇武豪放的性格。重庆多雨多雾多阴湿，吃火锅，多食辣，多排汗，有益于健康，也是火锅文化久盛不衰的原因。

火锅是重庆饮食文化的一大景观，失去了火锅，重庆也就不是重庆了。

茶馆又是重庆的一大特色，和火锅并重，布满街头巷尾。走进重庆茶馆，那黑漆桌椅，擦拭得锃明瓦亮，你往桌前一坐，堂倌就走了过来：“先生，吃龙井，还是铁观音？青茶、红茶、绿茶？”重庆人不说喝茶，说“吃茶”，不说坐茶馆，而是“泡”茶馆。一个“泡”字显示出浓郁的地方特色，就是在茶馆里消磨时间。旧时茶馆里，除跑堂的，还有说书的、唱曲的，有评书，有川剧，边吃茶，边看边听，那是有闲阶级享乐的场所，往往一壶茶从早晨喝到中午，从中午喝到晚上。他们自由、散漫、悠闲。即使是穷人也来吃茶，他们不仅仅是为饮茶，而是为了闲谈，即摆龙门阵、冲壳子。天南地北，三皇五帝，上下几千年，纵横几万里，芝麻西瓜，谈得龙飞凤舞，天花乱坠，谈到兴头上，小肚子憋得鼓鼓的，都不愿意出去撒泡尿。

茶馆是多层次与多功能设施。一是聊天的场所，二是交友之地，三是休息娱乐的地方，四是舆论与新闻中心，五是收集信息和洽谈生意之处，还有评理、调解矛盾，或谈亲说媒的场所等等。茶馆明柱楹联往往题写：“四海咸来不速客，一堂相聚知音人。”大小茶馆都很热闹。茶馆是三教九流、五行八作会聚之地，不分贵贱，不分男女老少，他们个个心境宽和，人人随便自如，说笑弹唱，大声喧哗，杯盏狼藉，也不相干。重庆的民俗学家们说：喝茶是休闲，也是交流信息，现在档次高雅的茶馆又成为谈买卖、做交易的场所。

堂倌手提长嘴铜壶不停地穿梭在茶客之间。铜壶的长嘴有一米多，堂倌看到某个茶客该添茶，在你不知不觉间，将铜壶的嘴伸过来，一线细流，倾泻而出，斟到八成满，戛然而止，滴水不洒。他们斟茶很有讲究，单从姿势上讲，就能变换出十多种花样来，什么“鹰击长空”，什么“负荆请罪”，什么“凤凰亮翅”“龙行十八式”“凤舞十八式”等等，只见长长的壶嘴从肩上，从背后，从头顶，从腋下，倾斜而出，流水冲着茶碗，飞泻而下，在碗里打了个飞漩，转瞬间，一碗热腾腾的茶水便斟满了。与其说这是一种劳作，不如说是艺术行为，一种杂技的表演。既斟满水，又不淋漓一滴，干净利落，要练出这一身过硬功夫，没有三五年的时间是不行的。

巴人饮茶的历史很长。从汉代王褒的《僮约》到唐代陆羽的《茶经》，从五代十国毛文锡的《茶谱》到清初大学者顾炎武的《日知录》，都明确记载饮茶之风始于巴蜀。传说西汉时，蒙山药农吴理真，偶然发现野生茶有止渴解乏提神的功能，带回为母治病有效，于是选其良种，在蒙山种植几棵，开创了人工种茶的历史。

山城重庆，到了夜晚，高高低低、深深浅浅，到处灯山灯海，错落有致，漫如星汉。桥面上霓虹灯更为瑰丽，如长虹，如游龙，两江环抱，双桥相望，万家灯火，高低井然，车辆舟船，流光穿梭，浪卷金花，波翻银星，上下辉映，五彩斑斓，给山城带来无限动感和生机。重庆的夜晚，如梦如幻，弥漫着一城的麻辣味，沸腾着一城灯火。山水之城大气磅礴，秀丽妩媚，有山之傲骨，有水之灵性，加上万家灯火，更添诗意。

夔府落日

沿长江顺流而下，遥望瞿塘峡口外，有一座雉堞城垣齐全的古城，它临江而立，气象森严，刘备白帝托孤的故事，就发生在这里，更使小城增添了历史的沧桑感、文化的厚重感。

奉节有一个美丽的民间传说。古时有一个县令许友，是个见钱眼开的大贪官，有一天闲着无事，发现县衙大堂西侧有一条长长的地道，许友想，准是前任县令的藏宝窟，便沿着地道走去，只见洞中隐约有一盏万年灯：灯光恍惚，灯油快要耗尽，举目细看，原是刘备甘夫人的墓殿。许友细心寻找，未见任何财宝，只是见那灯是金子做的，便伸手来取，却忽然飞来一张纸条："许友许友，无冤无仇，揭开我墓，罚你上油。"落款是汉丞相诸葛亮。许友吓得浑身发抖，双手麻木，回到家里把平日搜刮的钱财买灯油，县城大小油店的油全买光了，仍灌不满盛油的缸，最后，把老婆的头油也添进去，才算添满了缸。此时石壁上才出现了四个大字："奉公守节"，奉节县名由此而来，许友知道这是诸葛亮在警告自己。

《三国志》记载，蜀汉章武二年（222）刘备兵败于东吴，退兵鱼腹县，将鱼腹县改名"永安县"。刘备在这里忧思成疾，次年春死于永安宫。刘备死之前，诸葛亮从成都赶来探视，刘备自知将不久于人世，便将国家大事和儿子刘禅托付给诸葛亮，这就是"白帝托孤"的故事。诸葛亮真正做到了"鞠躬尽瘁，死而后已"，这是流传于历史上的千古佳话。

李白曾写诗《早发白帝城》。唐肃宗乾元二年（759）春天，李白因李璘案，流放夜郎，取道四川赴贬地。行至白帝城，忽传赦书，惊喜交加，旋即掉棹东去下江陵。诗人难以抑制心头兴奋，遇赦的喜悦跃然纸上，他以空灵飞动之感，用气势豪爽、峻利挺拔之笔写下："朝辞白帝彩云间，千里江陵一日还。两岸猿声啼不住，轻舟已过万重山。"一大早，晨曦弥漫，彩云散绮之时，李白简单梳洗一下，便乘船回归江陵。船顺流而下，犹如脱弦之箭。诗人的心情是何等畅快兴奋啊！

诗人历经艰难岁月，饱尝囚徒之苦，时来运转，能不激情满怀？"快船快意，使人神远。"那种豪放傲岸的性格，纵恣奔放的风格，在诗中得到淋漓尽致的表现！

我想，李白乘船东去，激动兴奋之余，也会回首自己大半生坎坷岁月，一生傲岸苦不谐，他精神世界里充满失望、颓败、痛苦、悲伤、焦虑、愤怒、高傲、旷达，怀才不遇，命运蹇涩，出世不得，入世不得，漂泊之苦，流落之难，纵有管晏之术，安邦兴国之志，面对黑暗的社会现实，只能是悲剧般的吼啸、呼号。诗人的感情汹涌澎湃，诗人的歌声激昂奔放，他把个人的痛苦、悲伤、挣扎、奋争，都化为一首首风格豪放、震撼心灵的诗篇，即使描绘大自然山水风光，或吟咏风花雪月的诗章，也表现出他桀骜不驯和兀傲脱俗的情感和性格。

欲过瞿塘峡，先闯夔门关。浩浩荡荡的长江进入瞿塘峡口，便遇到北岸赤甲山拔地而起，江南白盐山从天而落，对峙的两岸为千丈峭壁，相距仅一百多米的阻隔，仿佛是天造地设的一座锁江大门，这就是著名的三峡门户——巍峨壮观的"夔门"，亦称"瞿塘关"。

李白离开白帝城七年后，也就是大历元年（766），杜甫也来到奉节。杜甫在成都期间，一度做了节度使严武的检校工部员外郎——所以后人称杜甫为杜工部。这官职实际上就是节度使署中的参谋，无职无权的幕僚。后来杜甫辞职，又回到草堂，不久便离开成都。

杜甫离开成都后，经嘉州（乐山）、戎州（宜宾）、渝州（重庆）、忠州（忠县）、云安（云阳）到达夔州。白帝城和夔门实属一地。这里依山临江，气势雄伟，“白帝高为三峡镇，瞿塘险过百牢关”。由于夔州都督柏茂林的关照，杜甫落脚在这里，主管一百顷公田。杜甫寓居夔州西阁，阁在长江岸边，有山水之胜，白昼一川滔滔，奔流东去，夜听一江涛声，如鼓如磬，诗人常常夜不能眠。杜甫有诗云：“一卧沧江惊岁晚。”

杜甫在这里买了四十亩果园，竟然还雇了几个长工，他和家人也参加了劳动，成了真正的农民，过起田园生活。他养鸡养鸭，种药种菜，给果树剪枝、浇水、施肥，有时带领孩子清除杂草，过着一种陶渊明式的“晨兴理荒秽，带月荷锄归”的生活。乡村，满眼碎片与凋零，陶公的那般勇气和境界，一般人是达不到的。诗是痛苦的产物，陶公“不为五斗米折腰”，却付出人生苦难的代价。他初始太诗意化、太浪漫化了，把乡村生活视为一种艺术审美，然而他渐渐感受到现实的苦难，饥寒交迫的生活，“春蚕既无食，寒衣欲谁待”，生活是严峻的，悲苦是真实的，“敝庐交悲风，荒草没前庭”，一种荒凉凄楚的现实生活彻底摧毁了他的浪漫主义和艺术的理想化。

杜甫在夔州倒也过了几年温饱的小康生活，“细雨荷锄立”“老夫自汲涧”，既写身体力行的田间劳作，又写夔州山川江峡壮美的大自然风光。他生活安定了，创作更加勤奋，“他乡阅迟暮，不敢废诗篇”。杜甫不仅把当地的山川景物、风土人情、名胜古迹纳入诗篇，尽情歌咏，同时又展开人生漫长辽阔的回忆，“反刍”个人身世，从国家大事、个人苦难到朋友交往、漂泊生涯都成了创作题材，写了大量的纪实诗、传记诗、回忆诗、咏史诗，构成一部色彩凝重的诗史。杜甫在夔州住了不到两年时间，竟然创作了四百三十多首诗，占他全集的百分之三十。这样的丰产，在当代诗人中是罕见的。夔州人杰地灵，激发得杜甫诗思泉涌，诗情澎湃，这是杜甫人生的巅峰，而这新作不仅艺术上更加完美，在内容、题材上也有重大突破。他的视野更广阔了，诗意更深邃了。一般诗人，老了，诗思枯竭，作品愈老愈少，与他同时代的诗人王维、高适、岑参等人就是如此。杜甫恰好相反，他生命火焰的燃烧愈发炽烈了。两年，四百多首诗！这要付出多少劳苦和心血啊！

“语不惊人死不休！”这豪言壮语大概发自夔州。

杜甫在夔州创作的《登高》一诗成了千古绝唱。

风急天高猿啸哀，渚清沙白鸟飞回。

无边落木萧萧下，不尽长江滚滚来。

……

我想象得出，在秋高气爽之日，杜甫立在长江岸石上，放眼望去，远山如黛，近水滔滔，沙渚有飞鸟盘桓，峡中传来高猿长啸。秋风猎猎，身边秋树落叶缤纷，天地间只有苍茫的大江巨川不舍昼夜，滚滚东流！这是一幅多么壮观苍凉的画面，怎能不激起这位饱经沧桑、备尝潦倒之苦、多病缠身的诗人“雄阔高浑”的感慨！诗人的羁旅之愁与孤独之感和长江流水一样倾泻不尽。

是夔州，今日的奉节成就了晚年的诗人，倘抽去这四百多首诗，那么诗人被后人称为“诗圣”就有点缺憾了。

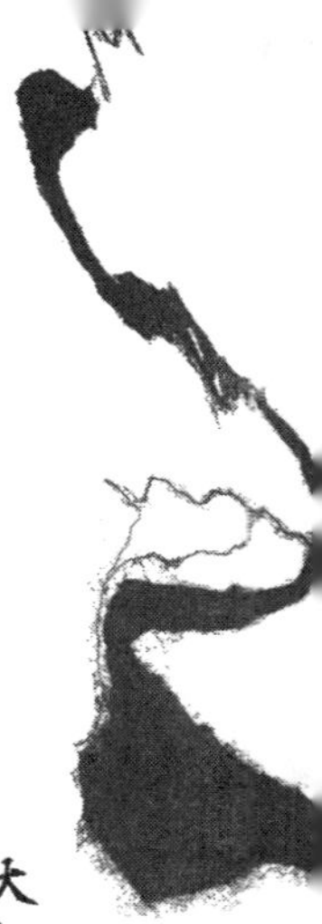

中编

第六章

山水《圣经》

三峡是一曲大江的华彩乐章；

三峡是气势雄浑、云蒸霞蔚、惊涛裂岸、堆起千堆雪的三峡；

三峡是巫山云雨、高唐神女、秭归屈原、香溪昭君的三峡；

三峡是楚辞、汉赋、唐诗、宋词的三峡。

壮美、瑰丽、雄奇、凶险。这是天下绝景，你会想到鬼斧神工，想到造化的大手笔、大写意，是天神绘就的一幅大风景。

与江水一同流淌千古的唯有翰墨文章。江河行地，诗词歌赋入心，滋润了一代又一代人的心灵。

水与神话

翻阅世界多民族的创世纪史诗，没有哪个民族的创世纪神话不与洪水联系在一起。

在印度创世纪的史诗中，宇宙被认为是永无终止的创造和毁灭相互交替的循环，即轮回。水孕育一切，水又毁灭一切。万物生于水，又亡于水。水是生命之母，水又是万物之坟墓。世界上的崇山峻岭都是从海水中崛起，而傲勃于世的。

《圣经》流传最广的“挪亚方舟”的故事，天下皆知。

《吉尔伽美什史诗》开端是序诗，描述了半神半人的英雄吉尔伽美什，勇于战争，在暴雨成灾、洪水猖獗时，打造了一个三角形的大船，上下六层，底舱又分六个隔舱，造好后，又把家眷、家畜、金银财宝装进去。暴雨来临时，他关闭了各处的门窗，并将门缝涂上树脂——这故事是模仿挪亚方舟的故事，源自《圣经》，但吉尔伽美什并没有挪亚想得周到，只顾自己，而不考虑万物。美索不达米亚的英雄吉尔伽美什说：“到过世界边缘，看到天下的一切全是海洋……”他告诉人们“柔情万种的水，有时候也是把杀人刀”!

《大禹治水》就是中国汉民族同洪水搏斗的神话故事，而中国南方少数民族也各有一部抗洪战洪的史诗，一位被千古传唱的治水英雄。

布依族创世纪古歌《洪水潮天》中说：雷神失职，造成人间大旱。布依族祖先布杰把雷神捉下人间，关进笼子里要进行惩处。谁知雷神蒙骗了布杰的儿子伏哥和女儿羲妹，伏哥、羲妹放走了雷神。雷神为了酬谢二兄妹，临行时送给他们一粒葫芦种，让他们种出大葫芦，以避水灾。雷神回到天空，布云击鼓，雷电交加，大雨下了九九八十一天，整个人间一片汪洋。布杰为解除民间灾难，又上天庭，偷来玉帝的龙头杵，往东天脚捅了八十一个大洞，洪水方被排去，当然，布杰严厉地批评了伏哥和羲妹……

在侗族创世纪的史诗《沸腾酒歌》中说：天老母有五个儿女，四男一女，但家庭不和。老大雷公蹿上天后，抓起两个千斤重的大紫铜锤，擂得天崩地裂。大雨如注，下了九九八十一天，水漫大地，淹没了高山、森林。老四张良和老五张妹看见了两个大葫芦，于是就躲了进去，随水一直漂到天涯……

这些神话故事大同小异地反映了人类同自然斗争，求得生存的美丽愿望，也增添了真善美同假恶丑斗争的元素，张扬人文精神的胜利。

人类是带着原罪来到世间的，天帝总是想点子惩罚人类，于是洪水从天而降。《山海经·海内经》注中就记载：“滔滔洪水，无所止极。”这就出现了大禹治水的英雄传说。

传说《山海经》是大禹所作，这有点附会，不可信。但传说最早的地理书《禹贡》可能是他所作，《禹贡》和《山海经》有所雷同。大禹一生为治水奔波不止，三过家门而不入，这成为他生命的亮点，永远闪烁在中华民族的史册上，大禹也因此成为英雄和楷模。大禹游历九州，在那个时代，唯有他才有如此丰富的阅历，记录殊方异域之奇山异水、珍禽怪兽。这些传述稗闻，使那些囿于一隅孤陋寡闻之人惊诧九州之大、品汇之奇。

神人大禹

远在古帝尧时代，天帝降大雨惩罚人类。这时黄帝之玄孙、帝颛顼之子鲧站起来为民众说话，他要求天帝收回成命，收住洪水，以救万民。天帝余怒未消，自然不准。鲧郁郁寡欢，望着洪水，一筹莫展。

这时，一只大龟游到鲧面前，又有一只鸱鸟也飞到他身边。它们知道鲧的心事，便对他说：要征服这洪水，只有天庭的息壤可以自生成山，自长成坝，堵塞洪水。于是鲧冒天下之大不韪，“窃帝之息壤以堙洪水”。“鲧违帝命”，偷得息壤治水还是功亏一篑，未有成功。当天帝得悉，便命祝融杀掉鲧。

鲧死后，心中介介，仍不甘心，念念不忘治洪水之事。其尸在羽山整整躺了三年不朽不腐，天帝知道后，又派一天神去羽山查处，当天神用宝刀刚划开鲧的肚皮，一个稀奇古怪的肉团便蹦了出来，立地成人，这便是后来名传千古的治水英雄——大禹。

鲧的治水方案多采用“堵”的办法，哪里决口哪里堵，所以鲧治水无果，被天帝殛于羽山以死。

这是一个残阳如血的黄昏，大禹蹲在一座山头上，身边放着一把木锸，晚风吹拂着身边的野草乱荆，发出簌簌的声响。晚霞很荒凉，斑斑点点飞落在山下，飞落在起伏跌宕的波涛上，江水如血，一种令人恐怖、令人胆战心惊的色彩。长江由西滚滚而来，滔滔涌涌，被眼前苍莽的大山阻挡，水在漫溢、上涨，浪涛訇然，一棵棵巨大的树木被洪水卷走，打了一个漩涡，不见了踪影。远山近岭是一片错综复杂的荒野，由古杉、古松、古桴树、鹅耳枥、桤木、榛树组成，时有狼群和野熊出没。大禹眉头紧蹙起来，怪不得老百姓说这里常闹洪水，人畜溺死很多，这么大的水患如何征服？他摘下荆冠，站起身来，呆呆望着滔滔流水，只感到焦虑和不安也像江水在心里翻腾涌涨。

前些日子，他从黄河那边过来，黄河在青铜峡发生壅塞，大禹手挥神斧，将大山劈开一道巨缝，黄河水疏导开来，河水滔滔汩汩奔泻而下。黄河问题刚刚解决，总算舒了一口气，他已经十分疲惫了，十多年没回家了，有三次路过家门口，听见孩子的哭声，他忍了忍，没有进家门。现在长江又闹水灾，而且水势之大，灾情之重，比起黄河不知严重多少倍。大禹心急如焚，不时拣起一块石子在石板上画画，端详一阵，又画，寻思半天，又摇摇头。一个个方案被自我否定了，他长长地叹口气，扔掉手中的石子，茫然地在山头徘徊。

暮色苍茫了，西天的晚霞在剥落，乌云从远山磅礴而来，气势汹汹。雨躲在云的背后，发出沉默的暗示。蓦然间，一卷天书出现在眼前的草丛中，大禹急忙捡起，一页页翻阅书卷，惊喜得眼睛一亮，这天书有他昼思冥想不得其法的治水方略，他一时激动得不知如何是好。他兴奋地抬起头望去，烟岚雾霭迷蒙处，有一位美女翩翩而去，衣裙摆动的窸窣之声依稀传来。大禹喜出望外，莫不是天上的仙女送来天书，要救这一方百姓？

按照天书的指点，他带领民众，挥动木锸，疏通水道。突然天崩地裂，一声巨响，大山裂开一道罅隙，大江两岸的山峰哗哗向后退去，眼前出现一道道雄奇壮丽的峡谷——瞿塘峡、巫峡、西峡，默然壁立两旁。江水卷起惊涛骇浪，挤挤攘攘，若万马奔腾，争先恐后地涌出峡谷。也许被憋困得太久，江水变成青碧色；也许被挤得时间太长，大江满腔的愤怒，化为雄狮般的怒吼，震天悚地。

江水在下降。

大禹擦把脸上的汗水，这时晨光已初露，晨风轻拂，烟岚袅袅，江水平缓而舒阔，江面荡起层层莲花瓣般波纹，平静、宁馨。两岸的山，绿树葱葱，百鸟歌唱，猿声呼应，朝霞映照，烟岚雾霭，如锦似帛，飘逸飞舞。这时，大禹无意间看见前面山头站着十二位美女，晨光照耀着，她们的面靥娇娆，躯体婀娜，螺髻高旋，衣袂飘逸，似乎还能听到她们的嬉笑声。大禹急急走过去，那十二个美女都顿时化为一座座山峰。

这就是三峡的诞生。神话传说已打上人类文化的胎记，文化是大地的产物，文化与大地的故事连载在一体。我曾想，名山胜水一旦失去神话，失去传说，还有什么值得玩味的？还会成为名胜吗？神话传说使它神奇，使它美丽，富有震撼人心的魅力。“任何神话都是用想象力和借助想象以征服自然力，支配自然力，把自然力加以形象化。”（马克思语）没有文化负荷的山水是野性的山水，非文明的山水。

大禹治水，是人类同大自然抗争史上最辉煌的一页，也是古代神话传说中最精彩的篇章。大禹是英雄，是血与火中淬炼出的英雄。大禹的父亲为治水而献出生命——鲧不是死于洪水搏斗中，不是死于与敌族的战争，而因触犯天条，死于自己的主神手中。

英雄大禹栉风沐雨，不屈不挠，同洪水展开一场场鏖战，展开了波澜壮阔的治水生涯。大禹得到天帝的信任，借得一方神土，铺出山峦起伏跌宕的九州大地，疏浚河流，化害为利。大禹为了制服洪水，还杀死了九头蛇身水怪相繇，还把被它腥臭的血渍污染的沼泽，就地填土造台，供神来住。为了开山辟路，大禹化为黄熊，其妻见状，惊吓逃走，化为一块石头。他的儿子“启”就是在这石破天惊中诞生的。“启”的诞生，预示着一个新时代的诞生，那神话的黄金时代就要谢幕了，属于人类的青铜时代、白银时代也就要到来了。

“大禹治水”成为千古佳话，大禹成为万民歌颂的英雄。《史记》说大禹“其德不违，其仁可亲，其言可信；声为律，身为度，称以出；亹亹穆穆，为纲为纪。”那意思说，大禹是老实憨厚，遵纪守法，讲诚信，讲仁义，可亲可近之人，以身为法度。

山水《圣经》

白帝城枕高峡，俯大江，扼川东门户，“西控巴渝收万壑，东连荆楚压群山”，可谓一夫当关、万夫莫开的战略要地。东汉末年，王莽篡权，他手下大将公孙述割据四川，在瞿塘峡设防，防地有一口古井，每天早晨，常有白雾升腾，他视为“白龙献瑞”，动了当皇上的念头，号称白帝。三国时代，蜀汉皇帝为了给败走麦城的二弟关羽报仇，不听诸葛亮和群臣的力谏，发兵攻打东吴，结果被吴将陆逊火烧连营七百里，而全军溃没。刘备沉疴不起，驾崩白帝城，白帝托孤的故事就发生在这里。

往事如烟，青史几番春梦，悲剧更添了白帝城沉郁的氛围。但是，它毕竟是这三峡山水圣经的扉页，给这浩浩江流，巍巍大峡写了一篇卷首语。翻过这一页，便是瞿塘峡了，只见那峭壁如削，陡崖如戟，直插入霄汉。崖壁皴皴叠叠，古树、野藤、杂花、乱草、飞泉、流瀑，犹如一部《圣经》的隐语，让人产生无限的联想、无穷的思绪。

来到三峡，不能不想起郦道元的《水经注》，他描写三峡的章节，是一篇极为精美的散文小品：

> 自三峡七百里中，两岸连山，略无阙处。重岩叠嶂，隐天蔽日。自非亭午夜分，不见曦月。至于夏水襄陵，沿溯阻绝。或王命急宣，有时朝发白帝，暮到江陵，其间千二百里，虽乘奔御风，不以疾也。
>
> 春冬之时，则素湍绿潭，回清倒影。绝巘多生怪柏，悬泉瀑布，飞漱其间，清荣峻茂，良多趣味。每至晴初霜旦，林寒涧肃，常有高猿长啸，属引凄异，空谷传响，哀转久绝。故渔者歌曰："巴东三峡巫峡长，猿鸣三声泪沾裳！"

郦道元不愧为描山画水的高手，短短一百七十余字，就描绘出三峡春夏秋冬四季不同的姿态和色彩，真是绝妙之极。

两山巍巍，一水沉沉。四季之景，迥然者异，夏季水之凶猛，惊涛裂岸，狂浪若奔；秋冬，林寒涧肃，江水平静舒缓，两岸猿声长啼，哀音袅袅。

而今行驶在三峡，再也听不到古典的猿啼了，甚至连鸟鸣雀噪也难闻到了。一江寒水，两岸断崖，秋老风寒，草木凋零。过去的年代里，峡岸森林茂密，郁郁苍茫，高猿长啸，鸟鸣兽语，是三峡一大景观，自 20 世纪人类"向大自然进军"以来，斧砍钺劈，原始森林已被毁坏殆尽，三峡猿的生存空间已被人类占据了。据说三峡猿极富有人性，殊爱其子，如果老猿中年丧子，就会悲啼不止，直至哭得肠断气绝。古往今来，许多诗人船行三峡，总是借猿声抒发情怀："可怜欲晓啼猿处，说到巫山似妾家。"（阎立本），"巫峡苍苍烟雨时，清猿啼在最高枝。"（刘禹锡），"神女庙前秋月明，黄牛峡里暮猿声。"（陆游）……万重青山，一川滔滔，两岸林莽，声声猿啼，这是一幅多么恢宏鲜活的画卷！而今，原始生态惨遭破坏，高猿已逃遁（或已绝种）。只闻汽笛乱耳，油烟迷目，浑浊的江涛哀怨地拍打着断崖！

瞿塘峡的扉页便是奉节的白帝城，西控巴渝收万壑，东连荆楚压群山。白居易《夜入瞿塘峡》诗云："岸似双屏合，天如匹练开。"形象地表现了夔门天下雄的景象。刘禹锡、李白、苏轼都写诗赞美瞿塘峡："瞿塘迤逦尽，巫峡峥嵘起。"瞿塘峡长八公里，巫峡长四点五公里，最长的西陵峡七十五公里。

船过三峡正是仲秋季节，两岸灰蒙蒙的，山上的树和草虽已衰老，但也有绿意，呈苍黛色，显得肃穆庄重。即使在夏天的热烈和喧嚣中，也始终保持着一种高贵的沉默，它给人一种空灵的美，宁静的美，不管江流怎滔滔汹汹，激浪澎湃，也不论身边万物枯荣兴衰，也不管人类在它身边演绎怎样残酷的血与剑的烽火狼烟，它们视而不见，置若罔闻，似乎打禅坐定，意守丹田。

滔滔长江横切四川省和湖北省交界处的巫山山脉，形成三个雄奇险峻、奔腾湍急的大峡，这是长江这部乐章的华彩乐段。

望着这莽莽苍苍、雄浑壮丽的天下绝景，你会想到神工鬼斧，大自然之杰作，宇宙之神的大手笔，在这里绘制出一幅大风景。

大约在三叠纪时期，今日的西藏、青海、四川，以至云贵高原，大部分地域还是水天苍茫、浩渺无垠的海洋。这片海域被古地质学家命名为特提斯海，它南接印度洋，东连太平洋，其广阔的海湾却一直绵延到川鄂交界的三峡一带。

那时候，这里没有鲜花、野草、芳树、佳木，没有鸟鸣兽语，只有苍凉的波涛，古老的莽云，还有孤独的太阳。而到了中生代侏罗纪，海底的岩石开始不安分了，开始骚动了，欲望膨胀了，于是一场震天悚地的造山运动开始了，海底岩石造反了，它们横空出世了……

强烈的造山运动是宇宙之神的一次觉醒，他以巨大的手掌，轻轻地摆弄地球，犹如孩童在棋盘上随心所欲地摆弄一堆棋子。西边的横断山系和龙门山，北边的大巴山和米仓山，东边的黄陵背斜及川鄂黔部分山地，南边的大娄山等相继崛起，水、陆、山，像军阀混战似的，开始重新划分自己的势力范围。白云苍狗，瞬息万变！

进入白垩纪，云贵高原及四川盆地北缘地区，随着喜马拉雅山头颅的升高，此时盆地的南部发生了凹陷，与金沙江汇聚的雅砻江水进入了巴湖，古嘉陵江也凑热闹从合江附近进入巴湖。湖水和江水，不愿囿于这弹丸之地，便野性大发，冲破造山运动形成的铜墙铁壁，它东碰西撞，像雄师，像野牦牛，硬是把岩石凿碎，把山穿透。无穷的浪涛，生而灭，灭而生，生生不息，始终保持着昂扬的斗志，钢铁般的意志，终于历经万县、奉节的群山万岭，沿巫山峡谷直插黄陵背斜，又风尘仆仆，进入江汉平原……

于是，三峡诞生了……

瞿塘峡也称夔门。夔，古代传说中龙族的一种，只有一条腿，凶猛异常。长江在四川盆地会聚千川百溪，气势更为磅礴，浩浩东下，来到此地，陡地一束，激流回旋，怒吼如雷，雪浪腾空，惊涛裂岸，令人惊叹。

这就是长江的大手笔，犹如张旭的狂草，裹风雨，夹雷电，惊天地，泣鬼神，纵横天地，富有神奇的魅力。

船行此峡谷，满目是上悬下削的山，壁立对峙，头顶只留一线蓝天，苍老的白云被如戟的山峰也削成丝丝片片。郭璞在《江赋》中描写激流险滩：“圆渊九回以悬腾，溢流雷响而电激。骇浪暴洒，惊波飞薄。”接着是三十二个带水的怪字，以此炫耀水声水势，惊心动魄。这实际上是形容瞿塘峡险恶。不过令人钦佩的是那山，任凭头顶风云乱飞，雨雾翻卷，脚下群蟒扭结，惊涛裂岸，那山却打禅入定，意守丹田，沉进永恒，这是生命和意志的抗争。这种入定的境界，怕是任何佛陀都难以达到。这是神性与佛性的统一。

在冷兵器时代，一横江，可阻挡千帆万樯，所谓一夫当关，万夫莫开。这里险滩丛簇，巨礁挡道，随着江水的盈亏呈露为似象、如马之状，船行至此，犹豫不决，故谐而称“滟滪堆”。谚云：“滟滪大如马，瞿塘不可下。”其险恶之状，不可言喻。在峡谷夹壁，狂涛把船儿掀翻于深潭，激流又拼命将船抛上山巅。在山与水的抗衡、静与动的较量、永恒与瞬间的对峙中，倒霉的只是航船。

而巫峡幽深美丽而令人瞩目。两岸群峰如屏，绵延排列，岩壑幽深，船行其间，有“两崖如剑立，百丈入云牵。石出疑无路，云开别有天”之感，这是清代张衍懿在《巫峡》中的感受。大禹治水时为他偷送天书的仙女就是巫山神女，已化为十二座山峰耸立于此。十二峰亭亭玉立，婀娜多姿，峰峰披秀，山山着锦。中国文人望形生义，想象力极为丰富，给十二峰命名都很诗意、很女性化。人们为了便于记忆，把她们的名字连缀成诗：“曾步‘净坛’访‘集仙’，‘朝云’深处‘起云’连。‘上升’峰顶‘望霞’远，月照‘翠屏’‘聚鹤’还。才睹‘登龙’腾汉宇，遥望‘飞凤’弄晴川。两岸不住‘松峦’啸，断是呼朋饮‘圣泉’。”望霞峰又名神女峰，即神女瑶姬的化身，就是为大禹盗来天书的姑娘。

船行巫峡，我忽然想起冯梦龙《警世通言》记载的一则故事，说王安石患眼疾，得一偏方，须用三峡中峡之水服之。苏东坡被贬黄州必到三峡游历，便请苏东坡帮助，返京时取一坛巫峡之水来服药。后来苏东坡被马太守委托进京办事，他专程去三峡，谁知船一进三峡，他就被这里的壮丽景色迷住了，开始集中精力构思一篇《三峡赋》，如痴如醉，不觉船已入西陵峡。忽然醒悟，要再逆水返回巫峡，已无可能，问过当地长者，说，三峡水味没有区别，就命船工取了一瓮西陵水，带回京城。王安石很高兴，便命人烧来沏茶。当家人端上茶，王安石看过茶色便笑了，直言道："又欺老夫！此乃下峡之水，怎得假名中峡？"苏东坡大惊，请教王安石。王安石道："《水经补注》上说，上峡味浓，下峡味淡，中峡淡浓之间。今见茶色半晌方见，故知是下峡。"苏东坡吓得面如土色，不得不承认是下峡水，对王安石佩服之至。

我总觉得故事有点虚构色彩，三峡水果有三味，王安石也未必有那么灵敏的味蕾，冯梦龙编的是小说，姑妄言之，姑妄听之吧。

忽然一片秋云舒卷，雨丝霏霏，烟岚蒙蒙。难道那耸入云天的十二位仙女不愿意会见我这远方客人，故意扯一缕云纱遮住娇羞的面靥？也许有难言的隐衷，借这淋漓的雨丝向我倾诉什么？西王母的女儿瑶姬带着众姐妹下凡，不愿再回寂寞的天宫，便化为一座座秀丽的山峰，妩媚婀娜的躯体，形态各异，妖娆动人，屹立在大江之岸。而瑶姬即化为神女峰，为船工导航。几千年来，关于三峡的诗文、传说、故事，怕是长江万里也难载得。尤其神女峰，人们对她倾注了多少遐想梦幻，不仅说她帮大禹治水，还夜夜与楚襄王幽会；说她走路时玉佩有声，说她云雨归来，满身馨香。

"巫山云雨"，实际上是宋玉虚构了一个美丽的故事，说楚襄王云游高唐阳台，梦见一个美女——巫山神女，"旦为朝云，暮为行雨"，朝朝暮暮，年年月月，为怀王提供枕席之欢。这故事并未结束，那天晚上，楚襄王真的梦见了神女，襄王把梦中之事告诉了宋玉，宋玉又作了《高唐赋》，谁说散文不可虚构？一章《高唐赋》，风流千古，劝说之辞，“讽一劝百”，“思万方，忧国害；开贤圣，辅不逮”。宋玉这篇赋本是写巫山的大自然壮美景色，先写山脚，长江水滔滔涌涌，“水澹澹而盘纡兮，洪波淫淫之溶潏。奔扬踊而相击兮，云兴声之霈霈。”继而写山腰榛林郁郁的壮观，再往上着力渲染山岩陡峭，“岩岖参差，纵横相追”的险峻，这里的山石呈万马奔腾的气势；最后写山顶芳草萋萋，野花簇簇，百鸟欢唱的场景，这完全是一幅巫山大自然风光的画卷。而结尾却强加了劝说之辞，从作品的逻辑上看，是风马牛不相及的；从作品的主题上看，是牵强附会的。但是一篇《高唐赋》开汉大赋之先河，而且对曹植《洛神赋》都有直接影响。

神女峰，亭亭玉立大江两岸，引起多少诗人骚客的吟诵，赋予了她多少美丽的遐想，动人的故事，这是对美的追求和爱慕。

这巫峡不仅留下巫山神话故事，还留下“朝秦暮楚”的典故。巫县是一个小县，是秦楚交界之地，常常是今天归秦，明天归楚，像一朵亭亭小花摇曳在秦风楚雨中。

前面不是三闾大夫的故里吗？烟雨迷蒙中，我看见屈原的雕像矗立在岸边，一肩披发，仰天长啸，是吟诵《九歌》，还是放怀《离骚》？两千多年了，你屈原心上的块垒还未倾吐罄尽么？脚下滔滔激流，可是你绵绵不尽的诗句？那卷卷浪花可是你怨泪涟涟？你拨动着风云的琴弦，行采星月的音符；你目览三江楚色，耳纳千里浪语山籁，将一腔忧愤、满腔忠贞，化为声声“天问”，“挥泪做苍生的霖雨，歌哭成大地的风雷”。

此时，我再回首神女峰，啊，那直插入云天的青峰，莫不是屈原的神笔？他以此校点星月，批注风云，化苍天为尺素，蘸万里江涛，挥洒着千古遗恨！

三闾大夫，你看到那雄峰大嶂了吗？你看到那蓝天白云了吗？山，依旧是战国时代的山；云，依旧是你童年时代的云。然而，楚国苍茫的晚景已化为夜色，消逝在太阳初升的清晨；楚怀王凄凉的黄昏，已变成一抹烟岚，被岁月之风轻轻掠去。千百年来的厮杀、搏击、呐喊、哀号，毁誉荣辱都化为浪沫随之被滔滔江流卷逝而去。残碑断碣，古墓荒坟，只不过是百代豪杰、帝王将相的一缕遗痕……

巍巍巨峡依然在，浩浩大江依然流。人类的一部历史只不过是这天地奇书的几页插图。

翻过巫峡这一章，便是一道宽阔的峡谷，逶迤蜿蜒，长达四十五公里，这是巫峡和西陵峡之间一道山谷。那不是香溪河吗？我第一次见到香溪是初秋时节，江风凉爽，阳光明媚，一条古老的小河从深山流出来，汇进滔滔长江。那河水发源于神农架，由于昭君常在这洗衣、洗脸，一脸的脂粉染香了流水，“浣帕染脂遗香”而称香溪。香溪清澈碧绿，和长江浑黄的波涛迥然不同，泾渭分明。两岸绿树，浓荫匝地，河里游鱼历历可数，河面上水雾蒙蒙，如一条绿绸飘浮在山峦间，林间芳草萋萋，山花簇簇，令人心旷神怡。

美丽的香溪水哺育了绝代佳人。

这里流传着明妃王昭君的许多故事。传说，香溪河口水深流急，有浪有潮，昭君省亲回京城那天，坐着雕龙镌凤刻花的木船，方圆百里的百姓赶来送行，昭君一谢再谢，水被感动了，回澜九曲；山被感动了，云拦雾阻；长江更被感动了，不愿昭君远嫁异域，卷起浪潮，高达数丈，使昭君的龙凤船无法前行。昭君回眸故乡，泪水涟涟，环顾两岸乡亲，心潮翻腾，一去数千里，何日回故乡？山路遥遥，水路遥遥，沙路遥遥，风路遥遥，塞外又是何等景象？……但皇命难违，昭君抹一把泪水，对长江招招手：“免朝！免朝!”说也怪，那翻卷的长江滔天巨浪，顿然平息，香溪河风平浪静，浩浩长江静水如练。

传说，昭君，是天上仙女，下凡专为平息匈奴干戈的；

传说，她和单于冒雪走到黑水边，只见朔风凛冽，飞沙走石，马队不能前进。这时，昭君下马，弹起她的琵琶，顿时风停雪止，天空彩云缭绕，地上冰雪消融；

传说，她有一把金剪，用金剪剪成车马牛犁，于是塞外荒原便牛马成群，犁耕车载，一片繁荣……

传说毕竟是传说，这美丽的三峡，既造就了一代啸傲自得、狂放不羁的诗魂，也哺育了婉娈秀丽的佳人；既有雄嶂大峦的庄严肃穆，又有香溪的温馨明丽；既有滔滔巨浪奔腾不息，又有涓涓细流汩汩不绝。战火与诗情，长剑与惊涛，爱与恨，愁与怨，血与泪……构成了这丰富而痛苦的世界。谁知那风操凛凛的巨峰，那皱褶叠叠的峡壁吞噬了多少故事、人间传奇？这滔滔巨流织进了多少历史断章？古木忘情，顽石无语，只有空寂的江天，草自青，花自艳，云自飞，鸟自鸣……

西陵峡由许多山峡组合而成，有西陵四峡，兵书宝剑峡、牛肝马肺峡、黄牛峡、灯影峡。

民谚有云：“西陵滩如竹节稠，滩滩都是鬼见愁。”万里长江险在川江（宜宾至宜昌），千里川江险在三峡，三峡之险，西陵为最。船运部门将上下水不能“会船”的单线航道称为控制河段，这种控制河段在西陵峡中多达二十余处，川江有五大险滩，西陵峡就有三处，青滩、泄滩、崆岭滩。李白乘船过三峡就发出浩叹："三朝上黄牛，三暮行太迟。三朝又三暮，不觉鬓成丝。"他在船上急得三天三夜头发都白了！

其实，李白那个时代，三峡还保留着原始风貌，人类还没有严重地污染江水，浩浩大江，在广袤壮阔的南国大地自由自在地流淌，张扬着鲜活的个性，恣肆狂放，喜于形，怒于色。两岸是怒涛涌卷的群山，莽莽的原始森林，蓊蓊郁郁，离离蔚蔚，云雾缭绕，气象万千。猿鸣长啸，兽吼如雷，空谷传响，令人胆战，一派大自然粗犷之美、雄性之美。放荡不羁的江水，左冲右突，狂暴激烈，制造着恐怖和惊险、狰狞和凶恶。

而今，苍老的牛哞吼不过岁月的长鞭，凿凿蹄痕已被风雨拭去，只有采茶女的歌声载着一片片晚霞飘落在水面。故事已经苍老，传说已经苍老，袅袅的农家炊烟里又升起一节新的传奇……

马肝峡石壁高绝处，有石下垂如肝，其旁又有狮子岩，其中有一小石，蹲踞张须，碧草披立，跃跃欲奔。最令人深思的是我们山东老乡蜀国丞相诸葛亮，不知何因将兵书和宝剑藏于此？那兵书宝剑峡青峰凛凛，直插苍天，斜阳点点，寒光灼灼。这莫不是一代军师为保蜀汉三分天下而立长剑、拦魏军入侵？铁马金戈涛声万丈的演奏虽已落幕，但华夏大地却依然闪烁着你永远不屈的宝剑光芒！

这是天地之大美。这种大美，人类难以触及，难以审视；这种激烈狂怒、令人望而生畏的大美，感悟它、体验它，要付出生命的代价。壮阔、瑰丽、雄奇、凶险，这是大自然鬼斧神工的雕构，是宇宙之神的杰作，是天下险谷的绝景。

游艇缓缓而过，三峡已近尾声。这时夜幕已徐徐降临。江涛变黯，也出现了阴阳两面，阳面仍有余光闪烁。航标灯已经亮了，犹如一串删节号，像是表达三峡未完的故事。

我立在船头，回首三峡，心潮翻腾。这部山与水撰写的圣经，早在天地鸿蒙女娲伏羲时就有了，在《周易》八卦之前就有了，在金字塔和玛雅文化之前就有了。千百万年来，那峭壁陡峡起伏跌宕的旋律和犬牙交错的大江浪涛的节奏，和谐地阐释着一个伟大的主题：大自然无限的魅力和永恒的生机，蕴含着永远难以破译的人类苦难命运的密码！

巫山少女的微笑

船到三峡，我们不能不想到“巫山少女”，她的出现使我们民族风光于世界，震撼了人类发展史。这待字闺中少女的微笑，动摇了“人类演化的理论”。神奇美丽的长江三峡，不仅以其迷人的自然风景蜚声中外，成为中国旅游业最辉煌的景点之一，而且还以蕴藏着极其丰富的远古文化而声震寰宇，是远古人类生命的摇篮。这里发掘出二百多万年前的古生物化石，1986 年 10 月，中国科学院古生物专家，在巫山县庙宇镇龙坪村龙骨坡一处洞穴里，发掘出了一块小指大的形状特别的化石——这是距今天二百万年的古人类的门齿化石——与现代人的牙齿非常相似，联系在这之前，即 1985 年 8 月发现的一块下颌骨化石，使考古学家惊喜若狂。

这颗门齿闪烁着珐琅质光泽，还没有磨蚀，是上门齿，专家断定这是一颗少女的牙齿——“巫山少女”。这位美丽的姑娘，披着神秘的面纱，从遥远的二百多万年前向我们走来，披肩长发，细眉大眼，丹唇皓齿，妩媚婀娜，展示了东方少女身姿丰韵的魅力。同时在她旁边还出土了两件石器：一件是砸击石器，一件是凸面砍砸器，这显然是巫山少女使用过的工具！

巫山少女的出现，似闪电划破了占地球人口五分之一的中国人祖先起源于非洲的断言，似霹雳粉碎了这在考古界几乎形成的定论。长江边的美丽巫山少女，你向二百万年后的现代人宣告，你已是直立行走的“直立人”。

这位“巫山少女”牙齿的特征，与现代人相似，既非猿人，也非智人，应属能人。中国科学院著名考古学家黄万波教授兴奋而肯定地说：“巫山人”系统地位特别，门齿的铲形形态显示了黄种人的特点。化石内侧门齿舌侧结节与北京人等更新世化石不尽相同，和现代人相似。根据下颌上牙齿判断可能是少女，门齿代表了幼年，这少女只有七八岁！

科学家天才的目光、睿智的判断，证实这“巫山少女”不是猿，而是人！长江之滨，峰峦跌宕的三峡峡谷早在二百万年前已有人类生存和繁衍！这是目前已知道的最早的旧石器时期远古人类！

我们走在巫山县龙坪村，我想象着巫山少女：那是人类文明的早晨，鲜嫩的曙光照亮山洞的幽暗，洞中走出一位少女。山野刚刚醒来，树丛中传来鸟的歌唱，少女采一束带露的野花，在山岩上跳跃着、行走着。来到一处山泉边，她停下来，坐在泉边的岩石上，临水照影，不时捧一掬清澈的泉水，贴近红扑扑的脸颊，有一缕长发很写意地贴在鬓边，更衬托出她的美丽、纯真。发梢上结着巫山的晨露，脖颈间粘着巫山的草梢，眼睛里晃动着长江的波光，豆蔻年华，纯真烂漫，谁家女儿初长成？

巫山少女面对着初春的山野，嘴角上绽开了一缕微笑，像朝霞一样亮丽，像朝霞一样鲜艳！这是人类第一次微笑，这微笑惊醒了世界，也惊醒了人类历史！

这巫山少女，她美丽的姿容，流盼的目光，神秘的微笑，像蒙娜丽莎？像胜利女神？她扫描着如花似锦的世界，真想亮开嗓门唱一支谣曲：多么美好啊，林木葱茏，鲜花丛簇，百鸟歌唱，祥兽奔跃，创世纪之神向人类打开崭新的篇章！“元谋人”接踵而来，巴人先祖、神农前贤，注定在这条水系流域繁衍，注定在这片土地上创造灿烂辉煌……

长江古文明的火把照亮了南中国漫长的古夜，人类的曙光已冉冉升起，这片多雨多水多草木的江南。

人类文明之花愈发灿烂了。

大溪文化、屈家岭文化，这是长江流域比较发达的中华原始文化。

拂去二百万年岁月的尘埃，穿过两万个世纪的时空，在三峡这风光旖旎的宝地出现这一古宝，举世震惊！

世界著名的东非大裂谷谷底地带，被科学家认为是远古人类生活栖居的乐园，在那里发掘了大量的远古人类的化石、文化遗存和哺乳动物的化石。长江三峡与东非裂谷都是世界范围内的造山运动活跃时期的产儿，其地形地貌、地质结构极其相似，都是气候湿润，雨量充沛，有茂密的森林，有成群结对的动物，喀斯特地质异常发育，溶洞非常多，遍布山坳，非常适宜人类的生存。黄万波教授曾发掘一处龙洞，龙洞坐南朝北，洞口高隆，可容万人，而且龙洞环境奇特，风光旖旎，以至后人总结出了龙洞八景：天台耸翠、石廓横烟、梵阁钟声、莲华滴漏……怪石磊磊，仙姿妖娆，即使今人从审美的视角来看，也是人间仙境，远古人类能不借此一角，避风雨，遮严寒，得以栖身?

巫山少女的出现到著名的大溪文化遗存的发现，以及元谋人、郧西人、郧阳人、汤山人、和县人、长阳人、桐梓人等等的相继出现，代表了两个伟大的创世纪时代：旧石器时代，新石器时代。展示出乳汁丰沛的长江母亲滋润着广袤的土地，哺育了中华民族的祖先！皇天后土，这辽阔的长江流域和黄河流域一样，承载了我们民族发展史上最厚重的篇章！这些发掘问世的夏、商、周、秦、汉、唐、宋、元、明、清的文化遗存和大量历史文物，向世人证实，长江流域地下埋藏着一部辉煌的“中国通史”！

大宁河和川江号子

我第一次听川江号子是一个朋友在旅馆里唱给我的，他是四川人，从小生活在长江岸边，是喝着长江水，呼吸着长江水草气味长大的。长江每一叠波涛都灌进他童年的记忆，长江每一声吟唱都刻进他大脑的波纹里。他说，从宜宾到宜昌这上千公里的长江叫川江，三峡也叫峡江。千百年来，生活在这里的一代代船工、纤夫，在与急流险滩、礁石狂涛的搏斗中，展示了人类最雄壮、最壮烈、最勇敢、最智慧，以至最悲惨的搏击，也展示了最撼人心魄的精神之美。当然，老船工与险滩激流的抗争中，还有一份敬畏、一份认同、一份赞美。

在秭归流传着“九龙奔江”的传说，九道石梁如同九条巨龙向江心对峙奔腾而去，滚滚长江水道被逼窄了三分之二，顿时水势汹涌。传说，古夔子国有一老者携九子筑坝吒溪，想引溪水上山浇灌良田，坝未筑起而老人殁，这事感动了彭祖，彭祖托梦给他的九个儿子，于深夜饮长江水百口，就会变成九条蛟龙横卧长江，使其自然成坝，围水上山，万民同乐。可谁想夔地巫师作乱，迷惑九子，各饮了九十九口江水，却错当一百口，使其道行不满，从而只奔到江心三分之二处，便气绝身亡，变成九道石梁，后人称“九龙奔江”。

在云阳也有龙脊的传说，洞庭湖有一条巨龙游入长江，任着性子在巴蜀大地上撒野，到处兴风作浪。玉帝派大禹前来收服，杀龙于江中，残尸化为礁石——这些暗礁、险石阻挡了长江的去路，激起长江的万顷怒涛，劈风斩石，狂躁不安，奔腾呼号，风雷激荡。进入峡江的船只一不小心，就会船毁人亡。

这些民间传说有一个总的主题，即川江这段航道上，险谷丛生，怪石林立，暗礁累累，漩涡如渊。西陵峡还流传着民谣：“青滩、泄滩不算滩，崆岭才是鬼门关。”这是三峡的雄奇、险恶，这种狰狞的美达到极致。长江流经这里，淋漓尽致地展示了它的狂暴个性，摧枯拉朽的气势，征服一切的决绝气概，只见雄涛万叠，如从天降，汹涌澎湃，势不可挡，夹电裹雷，力拔群山。

人鬼见愁的三峡险滩巨流，造成了大自然惊世之美，也滋生了人类征服自然的信念和智慧——这里诞生了一种同魔鬼共舞的艺术——那就是川江号子。

川江号子是船工们在生命处于极限中发出的声嘶力竭的呼声，是群体创造性的生命乐章，高亢、浑厚、雄壮、有力，节奏铿锵，喊、叫、呼、唱，触景生情，自由行腔，悲壮犹如“风萧萧兮易水寒”，热烈又见“大风起兮云飞扬”，悲怆时则似“力拔山兮气盖世，时不利兮骓不逝”，气势磅礴，苍劲悠长。万里长江，千里三峡，波涌夔门，浪激西陵，滔急浪高，险滩重重，行船艰难，航道畏途，纤夫们个个豪放开朗，肌腱发达，他们赤身裸体，一身黝黑的肌肉在阳光下发亮，浑身涌涨着原始的生命力。他们躬腰拉纤，肩膀磨出硬茧，脊梁晒出玳瑁光。然而他们的号子，并非一味地雄强悲壮，也有抒情性，节奏明快，富有山歌的风味，表达对劳动的赞美、爱的追求。

开完散文笔会，我和朋友特意游览了人称小三峡的大宁河。这是长江最具有魅力的地方。

正值仲秋，大宁河风光浓艳而迷人。我们的游艇犁开一风碧波，缓缓驶去。举目仰望，两岸峭壁峋岩，如削如劈，天留一线，飞鸟不度，青岩不语；只见江流水势平和，沉静而富有魅力，波涛粼粼，细浪叠叠，涌到滩头，发出窸窸窣窣撕帛裂锦般的声响。山崖峭壁有青松翠柏，蓊然勃然，虬蟠苍劲，野花点点，幽然如梦。

置身这巨峡浩流之上，只感到一种伟大、沉郁、庄严、雄阔的宁静扑面而来。从巫溪到巫山，大宁河不断纳小溪，汇潜流，受悬瀑，挤挤攘攘，蹦蹦跳跳，冲开一座座崇山峻岭，显得格外富有生机。船从高山峡谷穿行而过，故有峭壁走廊之称。

传说，大宁河是一群身着绿色绸衫的龙女变的，所以水波澄碧，柔美得像一匹绿绸，款款地飘去，柔柔地荡开。带着大山的粗野和空灵。其实，这只是形容大宁河性格的一个侧面，大宁河到了雨季，却是另一种秉性和声貌：巨浪咆哮，急流飞湍，浪拍云崖，其声如闷雷排空，群山战栗，峡谷萧瑟，万木觳觫，使人想起上帝耶和华发怒时，要铲除罪恶的人类而制造的那场毁天灭地的洪水……

眼前的大宁河却静得出奇，绿得惹人，也明丽得让人心疼。水，呈淡青色，水中藻草、卵石、游鱼，历历在目。更让人动情的，是那水用最纯洁、最生动、最绚丽的语言，描绘着阳光和色彩的变幻：时淡时浓，时明时黯，时静时动。山崖，巨柱，怪石，巉岩，飞流，野藤，杂花，古木，在这水写的语言里都变成朦胧诗。僵硬的变得柔和，呆滞的变得生动，万物的色彩都在水中融解、汇合，美轮美奂，又像一幅印象派的杰作。

这里还保留着一种人力驾驶的造型古朴的“柳叶舟”。舟的前方驾着一柄长橹，形如关云长的青龙偃月刀，劈风斩浪，灵活自如。船上其他行船工具有桡、桨、竹篙、铁钩、竹纤、搭肩，皆为适应“峭壁走廊”所置。

不知何时起了雾，雾越来越浓，成团成簇，成卷成缕，沉郁而凝重。山崖、树丛全被雾洇湿了，朦胧而缥缈。幽暗的江面上，氤氲朦胧，船行其中，仿佛进入一种梦幻和意象的境界。远处的一道流水反衬着苍白的光，船桅搅动着淡青色的水波和天宇灰暗的灵魂。

船进入另一道峡谷，雾忽然消失了，抬头望去，仍是一道弯弯曲曲的蓝天，俯首看去仍是一道弯弯曲曲的江流。

就在这时，我听到一声声“嘿哟、嘿哟”的川江号子，那声音犹如从峡壁中挤压出来的，沉闷、凝重、苍凉。待我们的游艇赶上，方看清是一条货船，在缓缓行驶。纤夫们赤身裸体，弓着腰，手抓住崖壁，青筋暴涨，踏在布满卵石的礁滩上，一步一步，伴着沉重的号子，艰难地移动着。

咿嗬呀嘿嗨嘎啄，手抓岩石脚蹬沙，为儿为女把船拉。咿嗬呀嘿嗨嘎啄，把船拉——把船拉——

这单调而肃穆的音节，有韵无韵的呼号，仿佛是伏羲在天庭劳作时发出的声响，带着原始的苍凉和悲壮，如狮吼虎啸，震悚着山川，激荡着大地和苍穹，高一声，低一声，错落参差。那是生命的呐喊和呼号，还是灵魂在炼狱中燃烧时发出的噼啪之声？抑或是对悲怆命运的一种祈祷？

看到这种情景，我想起基督教的“原罪说”，想起罗丹的雕塑《三个影子》所揭示的那种痛苦而沉重的主题——那大幅度扭曲的脊背，低垂的头颅，暴突赤裸的肌腱……主人公有着忍辱负重的勇气，坚信自己肉体的力量，承受着无穷无尽的苦难，世代不息地劳苦下去。

我心里顿时产生一种庄严肃穆的感情：对生命的崇拜和敬重。

那声声号子是生命在压抑、撞击和超负荷时迸溅出的闪电般的蓝色火花，是生命在这崇山大河中展示的雄性亢奋和凛然不屈的风采，是一束束熠熠不息的灵魂之火在宇宙里释放的灼灼之光……

黑压压的时间之泉滴穿了暗淡的巨岩；

雄沉沉的川江号子凝成化石般的诗句。

那是一种文化。

任何文化艺术都是由它诞生地的地理环境所承载的，不同的地域滋养和孕育了不同的文化。川江号子只能出现在风涛灌日、凶恶险峻的峡江激流上。川江号子是川江一种独特的艺术。

长期同风浪搏斗的经历，也造就不同的号子，有慢水号子，也有拼命号子等等。慢水号子即风平浪静时的号子，节奏悠缓；拼命号子即船遇急流险滩时的号子，激烈紧张，吼声震天，节奏渐吼渐快，让人透不过气，声音极富有穿透力，上薄云天，下压惊涛。使人想象出急风暴雨之中，惊涛骇浪之上，船工驾一苇木船，船上桡工们赤身裸体，闯激流，过险滩，斗狂风，战惊涛，那种九死一生的瞬间，生命发出排山倒海般的呐喊，是人、神、鬼、妖之间的互相厮杀鏖战……

西陵上，滩连滩，崖对崖来山连山。青滩泄滩不算滩，最怕是崆岭鬼门关。船过西陵人心寒，一声号子过了青滩。一声号子我一身汗，一声号子我一身胆……

我曾经访问过一位纤夫。他已经老了，那额头皱纹纵横，犹如波浪瞬间的造型，犹如山岩层层叠叠的壁褶。他的腿有点罗圈，脚掌粗糙，如熊掌、驼蹄。那皮肤呈黛紫色，是峡谷江流、太阳和风的涂鸦之作。肩膀上的肌肉高高隆起，层层叠叠的硬茧，蕴含着艰辛、困厄、挣扎、跋涉，也浓缩着紫色的信念、黑色的箴言和淡绿色的希冀……

他告诉我：在船上推桨摇橹的人叫“桡夫子”，岸上背缆的叫“纤夫”，撑篙人叫“西差”，船工叫“瓜土”，驾长叫“领水”。

他告诉我：他们拉纤时都赤裸着身子，有时只穿上衣，下衣绝对不穿，涉水时在礁石沙滩上爬，若穿下衣，水湿了裤子，来回摩擦，不仅肌肉糜烂，鲜血淋漓，甚至卵子也会磨破。

他还告诉我：船工纤夫的命运都很苦，死了，尸首往水里一扔，就算了事。因为岸上没有他们的家园，劳苦一生连一块墓地都买不起。

水是永恒的。升腾成云，降落为雨，或歌吟溪间，或纵情湖泊，放浪于海洋。

水是不朽的。无论怎样变幻，雪、霜、霰、冰，形变而神不散，但它的基因千古不变，它的灵魂永远属于历史的长河。

我想象得出，他们成年累月在这险滩激流上挣扎、跋涉，人、船、江流三位一体，伴着跌宕的峭岸，编织着他们悲怆凄凉的命运，也编织着一部灰褐色的历史。爱、恨、忧、愁、荣、辱、苦、乐，诅咒和忏悔，希冀和憧憬，都凝聚进那一声声号子里，回荡在那悲壮的旋律中。曲曲折折的江流，坎坎坷坷的行程，便是他们命运的坐标图。他们把生命交给了江流，他们也变成这江流的一部分。

但是，你见过船夫同激流险滩搏斗的情景吗？那真是惊心动魄，他们为了生存，为了同死神争夺生存的权利，要付出多么巨大而痛苦的代价——

那滔天的巨浪，成排成群，挤挤压压，重重叠叠，如万千只张牙舞爪的雄狮猛兽，怒吼啸号，铺天盖地压来，劈头盖脸打来；山崖峡谷为之胆寒，飞鸟草木为之惊骇，且有风神摇旗呐喊，风助浪威，浪借风势，沆瀣纠缠；江面上云团翻腾，水雾弥漫，仿佛宇宙之神把洪荒时代拉了过来，又将今天搓得粉碎抛撒在黛色的岩石上和灰褐色的江涛里。一切都发生了错位和变形，天、地、日、月、江、山、人……

这时，你倘若能观察一下那撑篙的“西差”，他们忽然变得出奇的沉着，惊人的勇猛，赤裸的身躯在激溅的浪沫里化为一尊威风凛凛的战神，犹如古希腊的英雄赫拉克勒斯，手中的长篙也变成长剑，咔嚓咔嚓，发出骇人的声响；摇橹的“桡夫子”，把“橹”扳得“咴咴呀呀”地怪叫，只差没有迸溅出蓝色的火花；而纤夫们犹如披头散发的山鬼水妖，他们高吼着号子，那号子也被神化了——原始的粗犷剽悍，雄性的亢奋高傲，野性的狂放，岩浆爆发般的力量，巉岩般高耸的信念，都在这吼叫呐喊般的号子声里，化为一种咒语，一种神祇的箴言，一种莫名其妙的特异功能——那是一曲人与自然宣战的誓言，与命运抗击、与死神厮杀角逐的战歌……

这时，你会感到震惊：这就是那些船工纤夫吗？那些麻木呆滞的灵魂怎么突然会焕发超人的智、勇、力？那些浑浑噩噩的思维怎么会霎时迸发出如此辉煌灿烂的火花？他们那黝黑色肌腱隆起的躯体，也赫然释放出一种恢宏庄严的思想，在这凶涛恶浪的江流险滩中，倾泻着无穷无尽鲜活的生命力！

啊，天哪！人，只有在生存死亡的搏击之中，才展示出辉煌壮丽的自我意识、生存意识、生命意识！

当我听到这声声号子，思绪变得苍茫而凝重。这古老的川江号子没有调式，甚至没有词语，可是从古喊到今，一代一代地流传下来。它追逐长风，追逐流云，啄透黎明，啄碎黄昏，摇撼着伟岸的雄峦大嶂，激溅着滔滔不尽的流水，也肩荷着一代代船工悲怆的命运。我不知道这川江号子是否于冥冥之中，有一种神祇赋予这些生命的咒语？我不知道这号子是否是我们民族几千年挣扎、跋涉、拼搏、厮杀、开拓、进击时发自肉体和灵魂深处的一种啸傲之声？是否是这部苍黛色沉甸甸的历史的旁白或注释？……

劳动创造诗篇，劳动创造音乐，劳动创造艺术。同江流险滩斗争的船工们，数千年来创造出一种既有助于协调劳动，又有助于减轻疲乏抒发胸臆的船工号子，因为产于三峡地区，又称峡江号子。

这是长江的艺术，这是长江的歌声。

文化的拥抱

三峡西连成都平原，东接江汉平原。宇宙之神在两块长江冲积平原之间竖起一尊巨峡，犹如屹立着一位巨人，左手牵着成都平原，右手拉着江汉平原，这两个文明世界，一是蜀文明，一是楚文明。巴文明是蜀楚文明的交汇点、衔接点，或者说是这条文化带中紧密相连的一环。

没有三峡，巴蜀文明是封闭的，神秘诡谲的蜀文明永远幽闭在四川盆地。李白最熟悉他的故乡，曾感叹道："噫吁嚱，危乎高哉！蜀道之难难于上青天！蚕丛及鱼凫，开国何茫然！尔来四万八千岁，不与秦塞通人烟。"

李大诗人不能张口，一张口就是珠滚玉翻，就是极力夸张，超乎凡人的想象。四万八千年交通闭塞的巴蜀与外界切断联系！巴蜀是何等的孤独寂寞，不是百年孤独，是万年孤独啊！

同样，没有三峡，荆楚文明也是寂寞的，它的浪漫主义情怀似乎没有对象倾诉，它奇异的巫鬼神灵的想象找不到知音。

而巴文化恰恰把这两种文化融合在一起，形成自己特色鲜明的地域文化。

巴是一个古老的部族，《山海经·海内经》中记载，早在五帝时代，"西南有巴国，太皞生咸鸟，咸鸟生乘厘，乘厘生后照，后照是始为巴人"。认为巴人的远祖是活动在汉水流域一带的太皞部落，后来迁徙到三峡。

从江岸望去，低缓的山坡上，有粉墙黛瓦，村庄错落有致，屋前屋后，茂林修竹，橘树果实累累。间或有芭蕉林，屋舍半遮半掩，一条小溪似玉镀银般地蜿蜒在田畴树丛间。这个弱小的部族生活在峡江的谷地和山坡上，以采集果实和渔猎为生，经济文化远远落后于中原诸族，分散的居住方式，又决定了他们组织结构的松散，它怎能敌过中原强国的凌侵？

"山上巴子城，山下巴江水。"（白居易诗）从重庆到涪陵、丰都、奉节、云阳、巫山，从瞿塘峡到巫峡，巴山、巴水、巴城、巴人、巴歌、巴舞，这巨峡上空，这江涛水面，像雾霭，像山岚，弥漫着神奇、神秘、诡谲、怪异的巴文化气息，一缕缕巫气、妖气、神气、鬼气，始终笼罩在这巨大而狭小的空间。

巴人崇鬼。且不说巫山神女是巴文化的一朵奇葩，几千年来盛开不败，而鬼城丰都更是巴文化的渊薮。

巴人的祖先传说是廪君，“廪君之先，故出巫诞”。上古时期，钟离山一带住着巴氏、樊氏、瞫氏、相氏、郑氏五个部落。五个部落为了生存和繁衍，为了开拓生存空间，要联合起来，选一个首领。选举的办法是比赛掷剑，“胜者为王”。巴氏有一个叫务相的人，一举夺冠，被封为首领，尊为廪君。廪君上任后，第一件大事，就是率领众部落成员向西迁移，夺得一个母系部落的地盘，进入川东，捕鱼、狩猎、耕播、晒盐，发展畜牧业，势力范围剧增。到了周武王伐纣时，巴人作为志愿军踊跃参加，“巴师勇锐，歌舞以凌殷人”。周灭殷后，“以其宗姬封于巴”，他们教民务农，经济迅速发展。在峡江两岸，崇山峡谷间，一个小小的奴隶制国家出现了。

蜀文化是一种宁馨的、静态的农耕文化，有着田园诗的浓郁氛围，青箬笠，绿蓑衣，斜风细雨不须归，这种劳动本身就富有一种诗意。四周高山既排除了外边的干扰，又遮蔽了蜀人的视野；既孕育了他们的安分守己、勤劳刻苦的性格，也抑制了他们膨胀的欲望。而夔门是巴蜀的东门户，也是蜀人心理上的一道门槛。古往今来，凡是成名成家成就一番事业的人都是走出夔门的人，这片盆地养育了他们，但不会成就他们。

走出夔门，迎面而来的是个开阔的大世界——苍茫辽阔的荆天楚地。楚文化是浪漫不羁、富有想象力、充满活力的酒神文化，激情如注，热血沸腾，气势磅礴。

楚文化的代表作是《楚辞》，那是中国文学史上浪漫主义的鼻祖。张扬的是个性的舒展，生命的自由，思想的辐射，精神的解放。楚地之俗“信鬼而好祠，其祠必作歌乐鼓舞，以乐诸神”。他们祭神时载歌载舞，而且日常生活中也十分喜欢乐舞诗歌。诗歌语言或清丽宛转，或典雅庄严，句式长短交错，音律和谐优美，感情夸张热烈，想象十分丰富大胆，汪洋纵横，富有极浓郁的浪漫主义色彩。

屈原的《楚辞》就大量吸取民间口头文学的营养，从思想到内容都有了提纯和升华。艺术技巧经过屈原的加工，更臻于完美，个性更加鲜明，地域特色更加浓郁。用楚语，作楚声，言楚事，成为千古绝唱。

春秋时期的巴国，活跃在汉水中游，并与楚国联姻，文化受到楚国的影响；同时又西接蜀地，也直接受蜀文化的滋养，巴人也善歌舞。巴人用錞和钲一类打击乐器，饰以兽面、蟠螭、几何纹组成的图案。巴文化最引人注目的是悬棺葬、船棺葬等，至今三峡中的秭归兵书宝剑峡、巫山峡、棺峡、奉节灰甲洞、风箱峡等地，还有巴人悬棺遗存。

古代的巴地，不仅指今日的川东地区，还包括今湖北的汉水中游、长江中游等辽阔的区域。而蜀地也相当辽阔，它不仅仅包括川西、川西北岷山一带，还囊括今陕西与甘肃南部，南至今云南与贵州的北部广袤地带。

在巴蜀的历史上，开明氏是个治水英雄，他取代了杜宇当上蜀国君王，历经十二个王朝，大约相当于中原地区春秋中期到战国后期。巴蜀地区多水，丰富的水利资源，给这片土地带来频繁的水患灾害，但更多地带来灌溉之利，使这里粮丰果茂。纵横交错的河流（巴蜀地区大小河流一千四百多条，只有少数几条流入黄河，绝大多数注入长江）编织了巴蜀历史的灿烂，文化的辉煌。

长江浩浩万里，如巨龙奔腾于南国。从四川至长江入海口，按照文化域划分，有蜀文化、巴文化、楚文化和吴越文化，这是长江在古代孕育出的最璀璨的文化基因链，即有共同的基因，又有各自鲜明的个性。长江如血脉一样贯穿它们的生命，它们像长江一样源远流长，也像长江一样奔腾在南国大地上，影响了中华大地三千多年。它们都有奇诡浪漫，怪诞夸张，鬼怪神巫的共同情愫，但表现形式各有不同。

长江浪漫主义文化和黄河朴实、浑厚的中原文化同样古老。黄河是一尊土地神，长江是一位能歌善舞的酒神。

火辣辣的情感，浪漫无羁的想象，如大江奔腾，岩浆奔涌。从屈原一百七十个“天问”，到苏东坡的“把酒问青天”，中间李白又赤裸裸地言称：“天若不爱酒，酒星不在天。地若不爱酒，地应无酒泉。”这种对酒神的热烈赞美和歌颂，这种纵横驰骋、天马行空的想象和比喻，是长江给予它睿智子孙的精神密码。

黄河是从洞穴里走出来的文明，它向大地铺展全部的想象，留下了迷宫般的皇家宫殿，山一样的陵阙；长江是架在树上的文明，它远离大地，努力接近天宇，造就出巍峨的临水楼阁。由此我想起李白和杜甫，李白的故乡在巴蜀彰明县，而杜甫出生于中原河南巩县，他们一落胎，就各自打上那片土地的胎记，也就是说分别打上了长江文化和中原文化的胎记。每一个人都降生在一种文化中，这文化早已存在，而且是独立于个人的。李白生命基因多是水的灵性，所以他的诗弥漫着浪漫主义的想象，李白斗酒诗百篇，李白是酒中仙，是酒神。李白最好的诗都是赞美江川大地的。昆仑、天山、黄河、长江，都散发出他生命的大气象。杜甫尽管中晚年也奔波在巴山蜀水，但他血脉里流淌的是朴实无华的泥土的因子，杜甫永远不会像李白那样恣肆汪洋，纵横捭阖，铺张扬厉，激情如长江惊涛狂澜，想象的翅膀腾天跃地。这是地域文化造成的中国文学史上两位不同风格的文学巨子。

诗涌三峡

三峡的山水绮丽动人，壮观优美，是万里长江最精美的华章。历代骚客文人，到三峡旅游必然诗思澎湃，诗浪翻涌，写出千古绝唱。

长江养育了多少诗人！余光中说他的蓝墨水的上游是汨罗江，其实汨罗江的上游是长江，那位楚国贬官三闾大夫屈原不就是家居三峡吗?

巴文化既吸收了蜀文化的奇诡神秘，又接纳了楚文化的浪漫主义因子，当两种文化相互渗透、融合、撞击，才使三峡出现那种“控引天地”“包括宇宙”“总揽人物”的大才大气。

正是这种大才大气，才出现船到三峡必有诗的“三峡现象”。那些才华旷世、风流倜傥的诗人骚客船行三峡，两岸壮丽的大自然风光扑面而来，让人应接不暇，眼花缭乱，“触景生情”，感情的潮水能不像长江的波涛一样翻卷而来吗?是三峡的绝世风景，是激情澎湃的江流，触发了他们的情怀；是浩浩江风，叠叠江涛点燃他们一腔诗情。

“无边落木萧萧下，不尽长江滚滚来。”杜甫中年后，遭遇离乱，流寓江表，四处漂泊，家类转蓬，人生在乱离中……然而这位从中原大地走来，浑身沾满泥土和高粱花的诗人来到三峡，顿时灵气蒸腾，诗情潮涌。他客居奉节三年，竟然写了四百三十七首诗。莫不是这片灵山秀水激发了他创作的热情，给他的心灵里注入了灵感和智慧?李白是长江奶大的最杰出的诗人，他第一次走出闭塞的巴山蜀水，就兴奋地高歌："昨夜巫山下，猿声梦里长。桃花飞绿水，三月下瞿塘。"诗风也变得浩荡开阔……

李白是信仰道教的，崇尚老庄哲学。道教不同于佛教，没有空、幻、寂、灭的禁欲绝色；又不同于儒家学说，不迷信君君臣臣那套奴隶哲学。李白是正宗的"道教协会会员"。他虽然也有入仕做官的念头，热衷功名，渴望混迹朝廷，但他一身仙风道骨，放荡不羁，与儒家严谨、端方、稳健的特质格格不入，当然也没有释家普度众生的慈悲。他"十五游神仙，仙游未曾歇"，他走出巴蜀的狭隘，走向广阔的世界，一生放浪山水，诗酒俦侣，散发弄舟，求仙拜神，放浪形骸。他把自己的灵魂寄托在山水之中，把自己的理想、志趣、情愫、才华都赋予大自然。他追求个性的张扬、生命的自由、生存的欲望和享乐的欲望。他一生穿越三峡多少次？我手头没有资料，说不准。但李白却写了大量吟咏三峡的诗章，"巴陵无限酒，醉杀洞庭秋"，就是他行至巫山而作。李白写三峡最著名的代表作是那首"朝辞白帝彩云间，千里江陵一日还。两岸猿声啼不住，轻舟已过万重山"。李白是个性情中人，高兴时是"轻舟已过万重山"，不高兴时，便诗云："三朝上黄牛，三暮行太迟。三朝又三暮，不觉鬓成丝。"说他的船在黄牛峡中的崆岭滩被阻，头发也急白了。

李白一生和三峡结下了不解之缘，三峡成就了李白，李白辉煌了三峡。李白少年时走出封闭的蜀地，第一次出夔门，穿过三峡，他像鸟儿飞出竹笼，像龙潜进大海！他一颗少年的心沸腾了，他年轻的血脉贲张了，他两眼放光，心胸豁然开朗；他伫立船头，一叶轻舟顺流而下，江风浩浩吹乱一头青丝。他纵目远瞻，两岸青山，一川洪波，涌涌荡荡，苍苍茫茫，他为"奔扬踊而相击兮，云兴声之霈霈"的大江巨川而惊叹；他为三峡狂浪若奔，漩涡如渊，草木荣华之飘风，鸟兽好音之过耳而欣喜；他为两岸轩昂磊落，突兀峥嵘，岩岖参差，纵横相连的伟岸而嗟叹！江山如此多娇，怎能不使少年李白心旌摇荡？夜发清溪向三峡！他寻高唐旧梦，他觅神女行踪，那惊涛，那危崖，那险滩，怎么不激发少年李白一腔豪气？

逶迤巴山尽，摇曳楚云行。仰天大笑出门去，我辈岂是蓬蒿人！李白走出夔门，走出三峡，走向广阔的世界，踏上他辉煌而坎坷的人生之路！

当李白轻尧舜、笑孔丘、耍弄朝中重臣、戏弄九五之尊之后，当李白五花马、千金裘之后，当李白胡姬压酒醉卧街头天子呼来不上船之后，当李白放浪形骸诗酒俦侣仗剑江湖之后，历史却不大不小地给他开了一个玩笑——又打发他回到人生的出发点——三峡。

这是个怪圈。

已是生命的秋天，安史之乱爆发后，左手握剑，右手挽着缪斯胳膊的李白又不甘寂寞，他虽非廊庙之材，却有高居庙堂之志；他虽无一官半职，却忧国忧民，思管、晏之谈，谋帝王之术。他认为报效祖国的时候到了，他玩腻了桃花水，他看厌了敬亭山，他直赴浔阳投靠玄宗十六子李璘的队伍。谁知李璘这忤逆之徒心怀异念，趁安史之乱，打着平乱之旗，妄图分裂国家，夺取江南半壁江山。唐肃宗戳穿其狼子野心，兵锋指处土崩瓦解。这下李白可倒霉了，本想报效国家，却成了罪人，被捕入浔阳监狱，差一点儿脑袋没有搬家，后来，李白被流放夜郎。

此时此境，“贬舟逐臣”，再过三峡，李白该是何等感慨？人生无常，命运无常！青年时，他辞亲远游，从这里出三峡，下长江，东游金陵和扬州，那时大唐帝国如日中天，辉煌灿烂，自己也雄姿英发，意气飞扬，可惜开元盛世，昙花一现。后来国事蜩螗，日非一日。渔阳一声鼙鼓，战乱铺天盖地，社稷在风雨中飘摇，苍生在战火中涂炭，自己也身陷困厄。而今却遭缧绁之灾，如屈原放逐，贾谊被贬……夜郎啊，夜郎！你那不毛之地，瘴疠之乡，虎豹成群，蚊蚋成阵，居无村寨，寝无席帐，可是我的归宿之地？

两岸瘦山，一江寒波；满脸愁云，一头霜发。李白带枷坐在船头，烟水苍茫，雨雾迷蒙。当年天生我材必有用的自信呢？当年自称臣是酒中仙的狂放呢？当年会须一饮三百杯的豪气呢？当年举杯邀明月的优雅和浪漫呢？而今谪仙老矣，青莲老矣，翰林学士老矣，西蜀才子巴山剑客统统老矣！

李白愁绪萦怀，泪眼迷蒙。问三峡，寒风阳台、锦衾瑶席今何在？问三峡，翠屏丹崖、清涛碧浪今何在？问三峡，水石烟光、江客猿声今何在？青山缄默，长江东流无语。晚风轻寒，残照飞红，烟波江上使人愁！

在肃宗和李璘的皇权之争中，肃宗为了保住自己的皇位，对谋反的李璘大肆镇压。李璘被杀，李白也锒铛入狱。不久朝廷因旱灾赦免流刑以下的罪犯，李白也在赦免范围之内。天佑英才，李白在流放夜郎途中遇赦，真是喜出望外，喜从天降，惊喜交加，热泪潸然。他没有回故乡，接着掉转船头，朝辞白帝，千里江陵，此时李白眼里的三峡何等瑰丽！彩云纷呈，朝霞散绮；神女娉婷，风姿绰约；一川碧波，波欢浪跃；两岸青山，高猿长啸；轻舟坦途，涛推浪助……多么舒畅，真是人生得意舟棹疾！

这是李白最后一次到三峡，他的晚年在安徽当涂度过，最后客死异乡。

三峡的名称曾经有演变。瞿塘峡，一名广溪峡。唐朝诗人杨炯曾作诗云："广溪三峡首，旷望兼川陆。"白居易的《夜入瞿塘峡》，"岸似双屏合，天如匹练开"，形象地表现了"夔门天下雄"的壮观景象。刘禹锡曾写诗赞美瞿塘峡，"瞿塘迤逦尽，巫峡峥嵘起"。他在巫山神女庙前也留下芬芳的诗句："巫山十二郁苍苍，片石亭亭号女郎。晓雾乍开疑卷幔，山花欲谢似残妆。"李商隐有诗："巫山迢迢旧楚宫，至今云雨暗丹枫。微生尽恋人间乐，只有襄王忆梦中。"西陵峡也曾名西峡、归峡，唯巫峡名未改。

"朝秦暮楚"的典故就源自巫县，小小的巫县，时而属于秦国，时而属于楚国，是秦楚交界之地。

"瞿塘雄，巫峡秀，西峡险。"雄、秀、险概括了三峡的特点，浩浩长江流经三峡，被雄嶂大山阻挡，被逼成一二百米宽的河流，在深谷峡壑之间，呼啸奔腾。山与水的对峙，人与自然的抗衡，置航船于一道栗然可畏，动魄惊心的险途。

"船到三峡必有诗。"是三峡雄、秀、险，壮丽恢宏的大自然景观激发了诗人的情怀，点燃了诗人的灵感，让他不吐不快。唐代是一个诗化的朝代，千古不朽的诗歌巨匠，流芳百世的文章大家，或出生在长江流域，或长期生活在长江岸边，或钟爱留恋长江风物，多少次到长江之滨采风。浩浩江风，滔滔巨流，大自然钟灵毓秀，风光旖旎，怎么不孕育出诗星灿烂，文章千秋？

巫山的"三台""三观"中最有名的当属楚阳台和高唐观。一天，楚襄王和宋玉登云梦台馆，远望高唐观，上有云气飘浮，成龙成虎，变幻无穷。

楚襄王问宋玉："此为何气？"宋玉答曰："此即朝云。""何谓朝云？"宋玉答道："往昔，先王曾游览高唐，倦而昼寝。梦见一妇人说：'妾居巫山之南，高山之巅，旦为朝云，暮为行雨，朝朝暮暮，阳台之下。'先王晨起观之，果如其言。"楚襄王便命人立庙，称之朝云。又命宋玉作《高唐赋》《神女赋》，这两篇赋广为传颂，成为千古华章。

李白对宋玉的《高唐赋》《神女赋》爱不释手，每每诵读，两眼放光。只觉得眼前，云呈华彩，霞作散绮，何等瑰丽，何等优美！再看那碧峰千重，险峻巍峨，如万笏朝天，何等伟岸，何等奇诡！李白心驰神往，对二赋拍案叫绝！少年李白对三峡更加痴迷，他渴望畅游三峡，会见巫山神女，登上高唐观，畅游楚阳台，晨观朝云翩翩，夕听暮雨潇潇，夜梦神女缠绵，谁知出夔门至巫峡，大为扫兴：我行巫山渚，寻古登阳台。天空彩云灭，地远清风来。神女去已久，襄王安在哉？荒淫竟沦替，樵牧徒悲哀。不过那危崖，那惊涛，那郁郁林木，那长啸猿啼，依然在，李白的一腔豪情又添几分！后来，唐代女诗人薛涛谒巫山庙，触景生情，诗兴大发："乱猿啼处访高唐，路入烟霞草木香。山色未能忘宋玉，水声犹是哭襄王。朝朝夜夜阳台下，为雨为云楚国亡。惆怅庙前多少柳，春来空斗画眉长。"

巫山十二峰是宇宙之神神来之笔，是天地造化。神女峰是十二峰中最为俏丽的奇峰。她高入云端，下临大江。山峰旁有一危石，形如健美的少女，亭亭玉立，她放眼远眺，晨迎朝晖，夕送暮雨，朝朝暮暮，行云行雨。雨霭缭绕，烟岚袅袅，更显得含情脉脉，妩媚动人，给人一抹神秘感，也更开阔了人的想象空间。

长江的巫峡，幽深隽秀，那是峡中之峡，尤其优美动人：金盔银甲峡、老鼠峡、箭穿峡、铁棺峡、门扇峡等山峡深谷，一峡一处风景，一峡一处妖娆，自然景色与人文景观琳琅丛生，让人叹为观止。箜篌沱、金鸡对石鼓、七女塘、边域溪、楠木园、官渡口、授书台、神女庙、孔明碑，错落有致，斑斑驳驳地分布在巫峡两岸，这是一种和谐的美，一种人文和自然景物美的统一，让人惊叹不已。船行峡中，云来云往，烟雨霏霏，若梦若幻，“巫峡苍苍烟雨时”的诗意顿时涌上心头。

古往今来，多少文人墨客游览三峡时写出叠叠华章，除李白、杜甫有歌咏三峡的大量诗章外，陈子昂、白居易、王维、刘禹锡、王安石、苏轼、黄庭坚、陆游等都留下千古名句，咏巫山、巫峡的诗数不胜数，连梁元帝萧绎也有《折杨柳》诗“巫山巫峡长，垂柳复垂杨……寒夜猿声彻，游子泪沾裳”。诗虽无新意，但也表露了“一代帝王”对三峡江水的深情。

诗人们穿三峡，过江陵，两岸翡翠，一川银涛，江山如画，能不诗情大发，诗浪汹涌？领略“峡门秋月”之神韵，发“犀牛望月”之诗情，放歌遣怀之遐思，或览巫山云气之萧森，或采石矶下赏月，或咏叹两岸青山相对出……滔滔大江给他们带来几多灵感，湍湍流水激溅出多少情感波浪。

第七章 荆地沧桑

长江来到荆州，九曲回环，这是一个节奏。

整个人类的命运，就是上天的一个节奏。

流过远古荒凉的岁月，流过烽火连天喊杀如雷的年代，千里波涛的青春和迟暮，千里江流的激越和壮阔，借荆楚大地为素笺，写下一章章故事：豪放淋漓的，浪漫绮丽的。

楚国八百年的春和景明和秋老风寒，四十七个君主的辉煌和黯淡，在这片多雨多水多江河湖泊的荆楚大地演绎多少悲剧和喜剧。古木忘情，顽石无语，唯见槛外长江空自流！

只有散落在山间、沟壑、田野、河流上的三国故事，经过岁月波涛的冲击和磨洗，仍然露出那个时代的峥嵘。

长江遗产

荆州之地，西部是一片起伏跌宕的崇山峻岭。秦岭山脉、大巴山脉的东段，武当山、荆山等众多山脉，大部分是东西走向，或西北东南走向，山峰高耸，峡谷深邃，形成凸凹造型。著名的神农架就在鄂西山地。

大巴车沿着弯弯曲曲的山路踽踽行驶，两旁是大气磅礴的森林。森林这两个象形字，最生动地表现出树木的群体性、集结性。满眼郁郁苍苍，绿波汹涌，直薄云天。山路渺小得如一游蛇，在绿浪中浮动，盘旋而上，盘旋而下，高低错落，绕来绕去，让人晕眩。山高谷深，群峰攒簇，神农架既有泰山之壮，庐山之秀，又有华山之险，集五岳之神韵，又有独创之风致。那山的海洋，雾的波涛，不知深浅。刚才还晴天丽日，转瞬间云翻雾腾，一团团，一卷卷，洁白如同棉絮堆砌在山峦间，天地一片浑蒙。这时你会产生虚幻、高妙、神秘、神奇的感觉，连绵不尽的山峦，起伏跌宕，弄得人眼花缭乱，高、远、深、虚、玄，这是神农架给我留下的第一印象。

路旁有裸露的岩石。石头冷静地审视着万物，用一颗坚强的心，抵御着岁月的风刀霜剑，雕刻着大山的雄魂和风骨。

山顶上，雾渐渐散开，阳光辐射下来，四周的山峰，参差如花瓣，层层叠叠。深深浅浅的绿，漫卷着，沸腾着。兀兀穷年，神农架以千古几乎不变的姿态，支撑着这方流域的天空，守护着人类赖以生存的空间。

车行山里，我感到历史的深沉。历史的声音隐隐传来，在这湿湿的空气中颤动，诡谲、神秘。

车行于一道山弯时，出现一座庞大的用木头搭建的牌坊，横联上几个大字着实醒目：“神农架，世界遗产。”实际上是长江遗产。它耸立在长江与汉水之间。茫茫的远山，云蒸霞蔚的气势，在大自然面前，人类是渺小的、笨拙的，面对天公的杰作，人类不得不五体投地，匍匐足下。

神农架，从印支运动至燕山运动初，发生了强烈的褶皱和大面积掀斜，奠定了区内的地貌骨架，第四纪气候的冷暖变化，在部分地段留下冰川地貌，致使区内的地貌复杂多样。林区重峦叠嶂，沟壑纵横，河谷深切，山坡陡峭。香溪河、沿渡河、南河、堵河，境内有大小河流三百一十七条，山瀑飞泉，溪流水泊，似隐似现。山苍苍、水茫茫，树苍苍、雾茫茫，天地浑蒙，博大与幽微，高远与宏阔，新奇与质朴，雄伟与俊秀，神农架天人合一的大自然和谐的节律，演绎着它非凡、神奇、神秘的大风景。

神农架是长江水酿造的一片风水宝地。这里是一片原始的苍茫，原生态森林，重峦叠嶂，溪流纵横。这里植物群落，层次高低，参差有致，有高大乔木，直薄云天，冷杉、桫椤，风度翩翩的珙桐，次之便是松、槐、楸、橡、栎，再次之为杂乱的灌木丛，最下面是苔藓、地衣、菌类、蘑菇、云雾草，一种像丝绸般柔软滑润的草。这里每棵树木，每朵野花，每片芳草，每丛荆棘，每缕藤萝，都有独特的风采，闪烁着大自然原始的魅力；苍翠的群峰，陡峭的壁岩，遮天蔽日的密林，构成险、奇、秀、雅的景观。更撩人的是那云雾，时而升腾翻滚，如大海怒涛；时而如雨若轻纱，袅娜飘逸，若隐若现。造化钟神秀，如临蓬莱仙境，大自然的鬼斧神工已臻极致，这是上天的杰作，宇宙之神的原创，在大自然面前，人类任何艺术能力都是笨拙的、捉襟见肘的。它具有江河原野的壮美，回荡着岁月的幽渺、历史的沧桑。

神农架也称“熊山”。《山海经》中云：“又东一百五十里，曰熊山。有穴焉，熊之穴，恒出入神人，夏启而冬闭……熊山，帝也。”

上古时期，没有农业，人们靠打猎、捕鱼、采摘野果为生，挨饿受冻，过着原始的游牧生活。炎帝神农氏看到人民的苦难，忧心忡忡，他要大家过上丰衣足食的安稳日子。他不辞劳苦，冒着生命危险，走遍名山大河，尝遍百草和无数果子，终于在江南山清水秀的地方，找到他心目中能结出很多果实又能吃的植物，这就是禾苗。这山清水秀之地就是“熊山”。

炎帝架木为巢，供百姓居住，搭架采药，为百姓治病。他又斫木为耜，楺木为耒，发明了生产工具，取代了刀耕火种。北有轩辕氏黄帝，南有神农氏炎帝，炎黄二帝从而开创了中国的农耕文明史。

地理学和人类学告诉我们：

人类文明线——北纬 30 度线横贯流域。此纬线通过人类古文明区，印度河流域、两河流域、尼罗河流域、长江流域。长江得到大自然眷顾，在亚洲中部崛起的青藏高原和横断山脉阻挡来自太平洋的季风，形成了巫山云雨，使这里物产丰富，经济繁荣，文明先进，最适合人类居住。

巴蜀文化、荆楚文化、吴越文化与北方齐鲁文化、三晋文化、秦羌文化，都处在北纬 30 度左右，所以繁荣、璀璨，龙凤齐舞，国风与离骚并存，孔孟之说与老庄之道同在，构成中华文明的灿烂和永恒。

北纬 30 度，自古就是神秘的名词，这个神秘地带出现了金字塔、百慕大三角、珠穆朗玛峰、空中花园、死海等自然奇观和人造奇观。

神农架林区位于这一纬度，走进神农架，可以亲临大自然的神工。神农架是生物的避难所、物种的基因库，有 5000 余种动植物，其中 110 种被列为国家珍稀动植物，70 余种被列为濒危物种。

巍峨的神农架，耸拔的板壁岩，苍翠的神农顶箭竹，遮天蔽日的金猴岭原始森林，变幻莫测的神农谷云海，曾经沧海变迁的金丝燕洞，丝绸之路古盐道……这里自古以来就有人类生存。眼前云雾升腾，雨、云、雾、岚给神农架涂上一层神秘的色彩，人在山中，恍如置身蓬莱仙境。幽谷深邃，摄人心魄，冷杉、岩柏雍容华贵，桫椤高大雄伟，栱桐、香樟风度翩翩，翔飞在林间的飞禽，起舞在草丛花簇的蜂蝶，鸟鸣兽语，神农架天人合一的自然和谐的节律，演绎着它千年非凡的大气象，勾勒出魔幻般的画卷。

这里药用植物极为丰富，其名字也很诗意：文王一支笔、七叶一枝花、江边一碗水、头顶一颗珠……这些稀有植物美丽的名字，蕴含着神农架千溪百川，千峰万壑的神韵。山岭的葱郁，流水的清冽，山花野草的风致，尽情播洒在漫山遍野，更不用说古木参天，老藤纠缠的雄浑壮美的景观了。走进神农架，就是走进神的灵境。

山，是大地的骨架，山脉逶迤，峰峦起伏，决定着地形的构造，水源的高低和流向。山高谷深，远离城市的喧嚣、人寰的芜杂，似乎拒绝人类的染指，其实不然，山是万物基因库，山林是生命的摇篮，山养育着天地万物，也养育着人类。山也是大地的保护者，远古人类就是从大山里走出来的，所以楚人有“筚路蓝缕，以启山林”之说；山是大地的守望者，山从不因奇峰深谷而孤独，而寂寞，至高无上的峰峦怎能没有神迹？至深至大的谷壑怎能没有百兽出没、百鸟鸣唱？从汉水和长江彼岸吹来的风，温暖湿润，奏响山峦宏大的交响乐章，这是生命的乐章。这充沛的流水孕育着鸟语花香，莺飞草长，冬天的肃杀，夏日的葱茏，秋天的辉煌，更动人的是春天万物蓬勃的欲望，这是神农架最壮丽的一页。炎帝出于羌，流浪、漂泊，最终落脚于江南神农架。这无疑是英明的选择。炎帝部落由游猎最先转入简单的农耕，成为农耕文明的先祖。

神农坛是神农架的一大景观。神农坛分天、地二坛，依山而建。天坛正中耸立着炎帝神农氏的巨型牛首人面雕像，他双目微闭，威武古朴，身躯拔地而起，头顶蓝天，身披彩云，仿佛是神农架的保护神。在炎帝时代，从天上降落谷粟，炎帝便把这些谷粟收起来，把土地耕耘后，将谷粟种在地下，于是五谷丰收，百果结实。《拾遗记》中说："时有丹雀衔九穗禾，其坠地者，帝乃拾之，以植于田，食者老而不死。"这就说明炎帝被称作神农的原因。这里山峰水流，草木虫鱼，都享受他的恩泽，炎帝在守护着中华民族风雨沧桑的华夏文明。

周围树丛里有群鸟在鸣叫，唧唧、喳喳、啾啾，此起彼伏。神农架是鸟兽生命的伊甸园。我忽然想起一个美丽、生动的神话故事，炎帝的女儿女娃，因游历东海，不慎溺水而亡。她的魂灵化为鸟儿，名叫精卫，白头、红颈、黑尾，美丽可爱，叫声忧郁、悲伤。精卫决心填平东海，衔一木石，飞来飞去，日夜不息，风雨兼程。在波涛汹涌、浩瀚无际的大海上空，一只小小的精卫鸟在翱翔，自己啼叫着自己的名字，投下石片、碎木。它要以锲而不舍的精神，把大海填平。是复仇，还是为后人不再溺水而终身做出奉献？

发源于神农架的香溪河，因哺育了世界"四大文化名人"之一的屈原和中国"四大美女"之一的王昭君而闻名。香溪河是长江的支流，那清澈碧绿的流水，蕴含着神农架风韵注入长江，为中华民族的母亲河增添一抹秀色。

一片云雾飘来，天空落下雨来。这是“天雨”。这雨带有古意，像唐诗宋词里的雨，神农架的雨有韵有味，耐得推敲，耐得品评，在茫茫的林海中，雨在做着润物细无声的事情。

江入大荒流

鄂东是长江最大的支流汉江冲积而成的江汉平原，地势平坦，膏土沃壤，河网如织，堤坝纵横，湖泊星罗棋布，是一片水乡泽国、鱼米之乡。

荆天楚地，天旷地阔。春秋战国时期，这里曾经出现过楚王朝，有滋有味地一直绵延八百多年，可谓国运悠远。它一度成为诸侯国中的大国、强国——“春秋五霸”“战国七雄”，也就是说，属于“第一世界”。当时国都在郢城，它曾经步履轻捷，它曾经青春焕发，它曾经充满昂扬的创造力，但八百年过去了，到楚怀王时代，显得老态龙钟、年迈气衰了。

楚为芈姓，始祖是鬻熊。西周时立国荆山一带，后来建都丹阳，常与西周作战，被周人称为“荆蛮”。后来逐渐强大，到春秋时与晋争霸，楚庄王曾问鼎中原，想成为霸主。同齐桓公、晋文公、秦穆公、宋襄公，史称春秋五霸。到战国时期，楚国国力更加强大，同秦、燕、韩、赵、魏、齐，一起被称为战国七雄。

我前面就是一座古城池废墟，那些残砖烂瓦，础柱碑碣，承载着一段历史、一方文明，它曾辉煌过、灿烂过、趾高气扬过。这里曾经觥筹交错，酒气灯影；这里曾经颐指气使，权势熏天；这里曾经拔天掣日，壮志凌云……而今在冷风冷雨中，历史的残章断简在饮泣哀叹，只是博大宏丽的神韵依然在，至高至尊的霸气雄气依然在。那种沧桑和生命气息，还从残垣断壁间丝丝缕缕渗出来，扑面盈怀，弥漫在雨雾之中。文明像孤魂野鬼似的出没在这古樟野藤、破砖烂瓦之中。

天空阴郁，乌云憔悴而呆滞。风，还以古典的方式吹拂着树林，一溪流水忧郁的波纹像一缕愁思，绵绵牵蔓。

这座古城遗址距荆州城不足五公里之遥，是郢城。楚国当时有三大都市，十分繁华，一是鄂城，二是鄢城，三是郢城。

楚国国都郢，郢者，王者之都也。都城迁移频繁，是周朝诸侯国所难以比拟的。楚文王时，楚都由丹阳迁至江陵，即现在的荆州区纪南城。楚昭王说过："江、汉、睢、漳，楚之望也。"意思是楚国的地望在长江、汉江、睢水、漳水之间。方城为城，汉水为池。纪南城南邻长江，西滨睢水和漳河，北方有江汉之南的纪山为屏，一马平川，东临云梦泽。在这里建都城是最佳选择。

郢，又称"楸郢"。楚人喜欢楸树，楸树自古有"木王"之称。楸树树姿雄伟，高大挺拔，枝繁叶茂，花多色艳，不仅是著名的园林观赏树种，还是优质木材，楚人引之为宝。2002年，联合国还把楸树列为"人类健康树"。屈原流徙漂泊中，怀念故都，有辞曰："望长楸而太息兮，涕淫淫其若霰。"殷殷之情，眷眷之恋，心系故楚，魂飞长楸。屈原救国救民之心不死，一腔忠诚只能寄托给桑梓长楸。楸树，是楚人的精神旗帜。

郢都是楚国的政治、军事、文化中心，自然雄阔而繁华。当年郢都人烟稠密，辐辏相连，行人肩踵相擦，市中街道上，人头攒集，早上穿上的新衣，到了晚上就被挤破了，大有齐国临淄"举袂成云，挥汗成雨”之气势。我想象得出，郢都当年不仅街衢如织，屋瓦鳞鳞，车水马龙，满城绿树如幄，高大的楸树，蓊郁苍翠，树冠如云。

楚人原住在深山老林，山洞里栖息，山崖上劳作，密林中狩猎，山溪里捕鱼。衣服破烂，蓬头垢面，但他们筚路蓝缕，以启山林，子子孙孙，代代相继，埋头劳作。山被开拓，地被耕作，砍树架屋，家园筑起，城郭耸峙。

光阴荏苒，春秋代序，终于在三湘大地、江汉平原，出现了楚人的家园，九头鸟变成了一只翱翔天地的大鹏。楚人终于亮剑战国诸侯。

郢都建成之后，楚王的目光便投向长江左岸这片肥沃的风水宝地，在长江岸边修建码头，筑建了豪华的宫殿，名渚宫，意为别居之宫，也是楚王的临江“别墅”。浩浩江水从宫前滚滚东流，帆樯如云，舟楫如过江之鲫，由宫殿又扩建成城邑。

可惜，秦大将白起挥师郢都，刀光剑影，一片腥风血雨，数月不息，尸堆如山，郢都化为残垣断壁，废墟累累。八百年楚文明的繁华荡然无存，优美动人的南韶弦歌断绝，楚都王气散尽无痕。

大秦灭楚，这荆天楚地划为秦之版图，一个新的时代拉开了帷幕。

我漫步在楚旧都纪南城的遗址上，初冬带着些寒意的风，轻轻拂过明净寥廓的大地，天地间是慑人心魂的沉寂。

江河穿越空间，也穿越时间，它俘获大地，也回报大地，任何城市总是傍依河流而诞生，文明源于江河，任何伟大的时代也总与河流相关。我查阅了人类发展史，似乎没有例外。

谁能想到三千多年前这里曾是商贾云集，车辚马啸，举袂如云，挥汗成雨的南国名都大邑？又怎能想象得出这里是七国之雄——楚国搅动历史、传扶九州的中心？这里曾激荡着生命的炽热，创造的激情，问鼎中原的豪迈和胆略，智慧的丰赡，才华的横溢，一个个怀瑾握瑜的才子曾创造多少书卷山河的浪漫？一个个热血沸腾的南国英雄，挥斥风雷，卷起历史几重波涛？然而在楚国的黄昏，秦将白起六十万大军饿狼般扑来，兵锋所至，血流漂杵，尸塞街巷。残暴的烧杀和抢掠，转眼间，几个世纪的创造，几个世纪的繁华，几个世纪的灿烂，郢都变成一片焦土，汗水和热血缔造的帝业化为一缕云烟，消逝在历史的苍茫之中。

我披一身荆风楚雨行走在这片土地上。穿过历史的帷幕，依然感到一个泱泱大国的磅礴之势，楚文明的烁烁光斑，历史的点点密码，不时映现在大脑的屏幕上，楚人远古生命的气息也在冥冥中传导而来。

战国时期楚国领土之广，人口之众，物产之丰，国力之强盛，文化之灿烂在诸国之上，是和秦、齐并驾齐驱的超级大国。老子曾在这巫风劲吹的土地上创造出有中国风格的宗教——道教，而被誉为世界级文化名人；我国浪漫主义鼻祖、爱国主义诗人屈原，从这里卓然而起，成为煌煌五千年华夏历史擎天之柱，独领风骚的“书楚语，作楚声，纪楚地，名楚物”的《楚辞》，为一部辉煌灿烂的中国文学发展史写下了序章；楚国的刺绣、漆器、雕刻、书法、金石、帛画、壁画等工艺的精美，堪称中国的艺术瑰宝；另外，青铜器制造、冶铁技术的发展也遥遥领先于世……

我千里迢迢来拜访这片古老的土地，就是要感悟南国荆天楚地宏伟雄奇的历史，古代文明的璀璨和历史文化的辉煌。

我两次走进江汉平原，一次是初夏，一次是秋末冬初。我喜欢江汉平原，广袤、雄浑，“天地与我并生，而万物与我为一”“吾将囊括大块，浩然与溟涬同科”。初冬的江汉大地，依然有着秋天挣扎性的嚣张。火狐似的红栌叶在丛林里闪烁着不灭的秋色，亭亭的竹林依然顽固地点燃着绿色的火焰，山冈上的松树虽绿得苍老，仍不改秋和夏的气质秉性，只有水边的芦花白了，无目的漫天飞扬。从遥远的塞北汹汹南下的朔风，走过千里万里，来到这里已经成为强弩之末，锐利之势也被万里山野磨钝了，却也瑟瑟萧萧，寒气盈盈，冷意森森。苍老的白云，很颓唐，也很慵倦，独步空旷的天空，步履蹒跚。

眼前的汉水清纯多了，荇藻水草枯萎了，岸边屈子的汀兰也凋谢了，江水有气无力地拍打着堤岸，像母亲拍打着婴儿的摇篮，其实母亲也困意沉沉了。白鹭鸥鸟很少见了，南方，在这块上天注视的大地上，一切有生命的花草树木，人兽鸟畜，都按照同一节律，徘徊在季节的大舞台上，演绎着生命的神圣，生命的庄严，生命的荣枯。

楚国八百年历史，四十七个君主，最有作为的是楚庄王，他在风烟弥漫的荆楚大地上演绎了一部辉煌的历史，奏响了奋进昂扬的进行曲。

楚灵王昏庸无道，一味地吃喝玩乐。他看到跳舞的女子把腰勒得细细的，挺好看，为了寻开心，就下令宫中男女，一律把腰扎得细细的，女的不把腰扎细，不得出入后宫，男的不把腰扎细，不能上朝。所以有诗云：“楚王好细腰，宫中多饿死。”

楚平王羡慕楚灵王吃喝玩乐，公元前528年篡位后，更是任性胡闹，不仅生活上荒淫糜烂，而且忠奸不分。他宠信奸臣费无极，就把原已确立的太子废掉，说太子私通外国，图谋造反。太子的老师就是伍奢，伍奢的儿子就是伍子胥。平王要杀太子，伍奢力劝平王，但平王不听，并把伍奢囚禁起来，奸佞小人费无极便极力造谣诽谤，说太子谋反，是他的老师教唆的，必须杀掉伍奢，又进谗道：伍奢有两个儿子，大儿子叫伍尚，小儿子叫伍员（伍子胥），必须把他们抓起来，一起杀掉，斩草除根。

楚平王采纳费无极的毒计，把伍奢从牢里提出来，对他说：念及你祖上有功，对你从宽处理，你可写信叫你两个儿子晋京，我改封官职，赦免你的罪过。

伍奢不得不写，信写好后派人送给远在都城之外的伍尚和伍子胥。伍子胥看罢信后说：“平王忌惮我们兄弟在外，还不敢杀害父亲，咱们如果回去，等于提前了父亲的死期。”伍尚想想也觉得有道理：“还有什么办法呢？为了尽孝，能见上父亲一面，死也甘心。”

兄弟二人商议一番，决定一个去京城探望父亲，一个逃走，日后为父亲报仇。于是兄弟叩头相别，泪洒衣衫，伍子胥逃往吴国政治避难。

几年之后，伍子胥成了吴王阖闾的重臣，伍子胥便请求吴王阖闾攻打楚国，吴王阖闾说：不是不想攻打楚国，只是兵少将寡，无力所为！伍子胥便请来齐国大军事家孙武。吴王阖闾早就读过孙武兵法十三篇，大加称赞，但仍然犹豫彷徨，吴国是小国，男丁很少，如何战胜楚国？孙武说这兵法既可训练男丁，也适用于妇女。不论男女，只要听我军令，按我的兵法训练，都可以上阵打仗。

几经劝谏，吴王同意伐楚，并封孙武为上将军。

吴军势如破竹，经过几场艰苦战役，不几天便打到楚国郢都，楚平王已死，执政的是他的儿子楚昭王，楚昭王吓得慌了手脚，什么也不顾，丢了郢都而仓皇逃跑。

伍子胥发誓要亲手来杀掉平王，但他已死了，就令人掘开坟墓，一口气鞭尸三百鞭，并用剑插入尸体的眼眶，骂道：“你生前有眼无珠，不辨忠奸，不分良莠，听从谗言，残害忠良，我不能亲手杀死你，难解心头之恨。”他一剑又砍掉了楚王的头颅！

这是春秋末期，发生在这片荆楚大地上的重大历史事件。

古都废墟上有几只残破的陶片，几棵古树，苍老、华严、尊贵，树冠庞大，有一种孤芳自赏的高傲，傲视苍穹的气概。面对风霜雨雪大自然炼狱般的折磨，它有力量站在这里，展示了一种自信，一种气度。谁也没有记载这些树们的历史，但它们很细心、很有心机，悄悄地用年轮记录着它们的自传。树，没有语言，风赋予它们一种声音，让它们沙沙沙地向天地倾泻它们的情感、它们的故事和传奇。

几片叶子飘然而至，落在草地上，叶子已经枯黄，那是一种生命成熟后而衰老的枯黄，淡雅、纯净、安谧，没有哀怨，没有悲凉。

江水浊黄，河床宽阔，两岸平坦，树木成行，这就是汉水，河两岸生长着楸树、杨树，辽阔的田野，无边无际。初冬的江水平静、冷漠、忧郁。江汉平原，荆楚大地，到处都有古战场的遗迹，诸侯国之间，三国之间，军阀之间，都闪烁过他们的刀光剑影，燃烧过他们的烽火狼烟。汉水承载着一部战争史、思想史和博弈史。金戈铁马与琴棋书画，血腥杀伐与“上善若水”的思想，上天正是用这两种工具不断地打造人类文明，汉水几乎目睹了战争巨人的风貌，也触及他们的灵魂。战争用洪荒之力破坏了文明，人类还要用洪荒之力创建文明，这就是历史。

古书上说，河出图，河图就是星图，在天为象，在地成形，“天地之象为风为水”。有风水就有人物，即人杰地灵。汉水从我身边流过，我徘徊在江堤上，望着汉水思考，这条流水是否承载着一种大文化、大历史、大中华的底蕴，汉水源自陕西西南部秦岭与米仓山之间的宁强县嶓冢山，在武汉市汇入长江。这是一条不凡的江河，它来自云端，来自星汉璀璨的云天。天苍苍野茫茫，一条江河从天而降，一川晶莹，一川碧波，仿佛与星河相接。汉水带着盈盈星带，来到人间，这是个瑞兆，是祥瑞之水。它如乳汁般地哺育着广袤的江汉平原。

汉水是宇宙之神的造化，它同埃及的尼罗河、巴比伦的幼发拉底河、印度的恒河等都是创世纪的园地。

汉水是一部“史记”，它有很强的记忆力，它记得有巢氏、燧人氏、神农氏；它见过补天的女娲，追日的夸父；它见过填海的精卫，那是只多么可爱的小鸟，美丽的羽毛，小小的脑袋，黑亮的眼睛，从遥远的西山口衔来一根草棒，或一粒石子，立志要去填平东海，不管风雨，无论昼夜，它不停地飞来飞去……后来，炎帝来了，黄帝来了，少昊、颛顼、帝喾、尧、舜、禹、夏、商、周……这是一条奔流不息，从未断流的文化之河、文明之江。如果夏夜，你坐在汉水岸畔仰望天宇、星空，银河如带，星汉灿烂，大地江河逶迤，水光迷离，河汉、江汉、星汉，星光水光，交相辉映，那是一幅多么壮丽的景观！

那天晚上，我坐在汉水岸边，仰观天象，俯视流水，忽然想起古书记载的阴阳鱼图，那是一幅大而化之的太极图。河图本是星图，在天为象，在地成形，天之象为风为气，地之形为龙为水，故为风水。这方风水是天地之大美！

汉水，东为沧浪之水，又流经汉阳府、汉口，从合江走近汉水，你会想起古代那位牧童踏歌而行，沿着沧浪江岸唱道：“沧浪之水清兮，可以濯我缨；沧浪之水浊兮，可以濯我足。”其情怡悦，其声清朗，分明在说着一个朴素的哲理：灵活处世，与时俱进！

我总觉得汉水和汉族、汉语、汉文化有着内在联系，想当初刘邦和项羽还是“哥们”时，项羽曾说谁先攻下关中，谁可称王。项羽势力强大，当刘邦拿下关中，攻占咸阳后，却被项羽封为“汉王”，移兵巴蜀，刘邦很不高兴。萧何安慰道：不要与势头正盛的项王抗争，我们需要一块土地养兵蓄锐。汉王，天汉之王，是吉利的称号，会得天助，成就一番大事业。果然不出三年，刘邦明修栈道暗度陈仓，率大军杀出汉中，纵马天地，驰骋大江南北，力拔山兮气盖世的霸王只落得垓下悲歌，泪别虞姬的千古悲剧。刘邦成为一代汉皇，一个热力蒸腾的大汉王朝横亘在中国历史上四百年。

这“汉朝”与天来之水“汉水”有否暗喻？一个“汉”字成为一个民族千年不变的称谓。后来历史演进，唐、宋、元、明、清……不管朝代如何更迭，但是汉文化一直笼罩着大中华，不老的汉字，不老的大汉风骨，不老的汉语言仍然沸腾在华夏大地！

我走在江汉平原和荆山山麓，感到无比愉悦。纯洁的气息，原始的特色，广袤的田野，奔腾的流水，无限的富庶和充裕，一种精神与力量的融合，独特与奇异的融合，千里禾香与草木之芳的融合，汉水与奔腾而来的长江融合，古老文化与现代文明的融合，大自然的一切都那么亲近、和谐，造物主是多么细心而多情！一只小鸟从河面飞过，顶着风，它飞得很有特色。

楚国的黄昏

楚国的黄昏是苍凉的，晚景是惨淡的，到楚怀王时代，八百年的楚国已日落西山，奄奄一息了。

楚怀王是个昏君，忠奸不分，宫廷腐败，国力式微，那时，秦、楚、齐是“第一世界”，仍为战国三雄。如果怀王采纳屈原的计策，联齐抗秦，楚国的历史会出现一抹晨曦般的亮光。三国鼎立，任何两国联合，都可以遏止第三国的野心。当初楚齐关系非常友好，而秦国虽为第一霸国，如同现在的超级大国，但对楚齐联盟中的任何一国都不敢轻举妄动。

苏秦和张仪是鬼谷子的学生，这两个人拜在鬼谷子门下，学习怎样当官，学习如何谋略。苏秦更为刻苦，常常苦读到深夜，瞌睡了，就用锥子刺一下大腿，使自己清醒，再读书。如此苦读几年，成了知识渊博，口若悬河的巨才。这就是有名的“锥刺股”的故事。

苏秦出道后，便游说六国，联合抗秦，凭着三寸不烂之舌，竟然一度说服六国国君，统一起来对付秦这个超级大国。那时苏秦很神气，很了不得，挂六国相印，衣锦荣归，各国官员高接远迎，成为“纵约长”，居高临下，各国的君主唯他的马首是瞻，这是公元前318年的事。

秦惠王得悉消息，大为震惊，便召集众臣商议对付办法，群臣们出谋划策，破坏六国的合纵，先是拉拢魏国、燕国。这两个小国本来就惧秦，三言两语，两国国君便投靠了秦国，合纵的链条断了两环，合纵失败。

张仪是苏秦的老同学，看到苏秦飞黄腾达，很是羡慕，便央求老同学，拉兄弟一把，混个官做。但苏秦架子很大，以学兄的口气教育他：靠自己的双腿站起来，靠自己的双足走路。张仪那时很穷，各国国君都看不起他，还因“和氏璧”被盗成为“犯罪嫌疑人”，几乎被打死。妻子劝他，你老老实实在家里待着吧，别到处游说了，当心人家把你的舌头割去。张仪安慰妻子道："只要舌头在，我什么也不怕。"张仪投靠秦国，竟然得到秦惠文王的重用。

公元前318年，六国联军攻打秦国，结果被秦国虎贲之师杀死八万二千多人，联军惨遭失败。楚怀王胆战心惊，庆幸楚国没有参加联军作战。但楚齐关系仍然很好，构成对秦国的威胁。张仪对秦王说，必须拆散他们的关系，于是张仪出使楚国。

这就引起屈原被放逐的故事。苦难造成了诗人，屈原放逐，乃赋《离骚》，一代辞宗在国家不幸中出现了。

张仪巧舌如簧，连哄带骗，连吓带劝，连吹带诈，终于说服楚怀王，与齐国绝交，方可签署秦楚联盟。并许诺把商（今陕西商县至河南一带）地归还楚国。

当时楚国大臣也分两派，有的同意秦楚联盟，有的忧虑，有的沉默，只有屈原和陈轸坚决反对。

昏庸的怀王哪里听得进去，便答应了张仪，怀王一面下令与齐绝交，一面用白璧黄金厚赠张仪，同时派大臣逄侯丑随张仪去秦国办理土地交割手续。谁知到达咸阳时，张仪的车子颠了一下，张仪乘势滚下车去，说腿摔断了，以此理由三个月不见楚使。三个月后，逄侯丑接到一封信，说，秦王见到楚齐断交的文书，方可兑现。逄侯丑写信给楚怀王，楚怀王不假思索派人到楚齐边境滋事，引起边境战争。齐王非常生气，便派使者约会秦王，共同攻打楚国。

逄侯丑回到楚国，将情况详细汇报给楚怀王，楚怀王气得大骂起来，遂发兵攻打秦国，秦早有准备，秦齐联军夹击，一场战役，楚国七十多位将领战死，士兵阵亡八万多人！楚国的江汉平原，一片沃土膏壤也被秦军占领。

楚怀王恨上加恨，不甘心失败，又调动全国兵力，向秦发动进攻，但结局又是惨败，只好割去两座城池求和，并提出要用黔之地换张仪。秦王不答应，张仪说："用我换黔之大片土地值得，我去楚国。"

这个流氓无赖一到楚国便被抓起来，但他并不害怕，倒有胜券在握之感。他知道楚怀王最喜欢郑袖，实际上楚国大权掌握在这个女人手里。靳尚是楚王的宠臣，善于奉承，是个口是心非的奸佞，也深得郑袖喜欢，只要收买了靳尚，通过他再打通郑袖的关节，一切都好办了。

张仪暗中派人打通靳尚的关节，靳尚又说通了郑袖，郑袖便在楚怀王跟前大哭大闹，非让怀王放了张仪，说秦国强大，大王如果杀了张仪，秦王一怒，驱兵打来，别说黔之地，就连我们郢都也保不住。

昏庸至极的怀王对郑袖的话言听计从，便放走了张仪。

这时，屈原早已被楚怀王疏远。原因是怀王命时任左徒的屈原起草一部宪令，如果宪令一公布，便触及了楚国贵族集团的利益。因此靳尚、公子子兰、郑袖一伙想法破坏，制造谣言，诽谤屈原。

楚怀王听取谗言，屈原把宪令交给怀王，他连看也不看，扔到一边，后来终于找了一个借口，把屈原贬为"三闾大夫"，这实际上是一个无职无权的"教书匠"，当了楚怀王儿孙的老师。

楚国在一帮奸佞小人的操纵下，国势日趋衰弱。楚国本来是合纵盟约国家，怀王一会儿连纵抗秦，一会儿绝纵亲秦，出尔反尔，左右摇摆，惹恼了中原诸国，使楚国陷入孤立状态。

楚怀王因几次上了秦国的当，损兵折将，割地求和，不愿去秦国，犹豫不决。这时靳尚和郑袖想让公子子兰（郑袖之子）篡夺太子之位，把已立的太子废掉，认为这是机会，极力撺弄怀王去武关。楚怀王经不起郑袖花言巧语，便糊里糊涂乘车上路了。

楚国已如鼎鱼幕燕，祸患孔亟，危难之势迫在眉睫，忠悫无私的屈原得悉后，流着泪，攀住车辕劝阻，请大王千万莫去，没等屈原将话说完，子兰、靳尚便把屈原推到一边去了。

怀王到武关，方知又上了当。哪里是会盟？秦昭王根本没来，来的全是武士。楚怀王一下子成了战俘，被押解到咸阳，结果被秦王软禁起来。这时他顿足大哭，后悔不该不听屈原的话。楚怀王瞅个空子，换了衣服逃出咸阳，跑到赵国，赵国国君不在，谁也不敢收留他。他又往西跑，结果被秦兵抓住，押回咸阳，最后死在秦国的囚牢中。

风雨荆州

山水文化实际是民族文化的重要组成部分，也是民族精神、民族气节、民族之魂的形象再现。山水相连，万水千山，每一叠岩石都镌刻着苦难的履痕，每一片流域都律动着乾坤的吐纳，展示着大自然的风貌。荆江奔腾在荆州大地，任性而放达，在江汉平原上扭来转去，尽情地表现它生命的多姿，它性情的恣肆。长江走出闭塞的囹圄，甩掉峡谷的束缚，心情是兴奋的，是胜利者的自豪，是跋涉者的欢忭。

一到荆州，耳边仿佛响起“滚滚长江东逝水，浪花淘尽英雄……”那悲壮苍凉的歌声。这方土地有厚重的历史感、沉郁的沧桑感。我想，波澜壮阔、浩瀚雄浑的长江，应该有如此的负重和历史的担当。

荆州是长江岸边又一座文化名城。在这里到处铺满三国的故事，你随便触及一堆废墟、一道古城墙、一座荒冢，就会引发出思古之幽情。

谁说北方多刀光剑影肃杀之气，而南国多温婉儒雅的书卷气？谁说北国多雄气、浩气、霸气、匪气，而江南多灵气、秀气、脂粉气？其实“气”是看不见、摸不着的东西，它来自生命的本体，是一种禀赋，是天地山川河流物理气候综合作用而形成的，带有先天的基因。而荆州，在历史上的“气”绝非女人般的温婉阴柔。且不说荆楚风云在这里啸聚激荡，而一部由三国演绎的历史大剧就发生在这里。

他们围绕着荆州展开了一幕幕“借、夺、索、还、失”惊心动魄的智斗和武战，剑拔弩张，骇人心胆。刘备吊唁刘表，后来刘琦死，刘备又去吊唁，其目的都是为荆州。“吊本为死，乃以为生；吊本为人，乃以为我……吊之而有益于我，则虽不必吊而亦吊焉。”刘备几次吊孝，大放悲声，哭得天昏地暗，江河呜咽，神鬼落泪。其实这都是刘备的表面文章，心里就是想占据荆州，以荆州为基点，占领整个汉水流域。

荆州，当时主要指江陵地区。占领江陵在当时具有重大战略意义：第一可以向北威胁襄阳，以夺取整个江汉地区，威慑曹操在中原地区的安全；第二可以占据长江之险，保护整个下游地区的完全；第三可以作为下一步进军巴蜀的基地，为日后占据巴蜀、汉中，形成南北对峙局面打下基础；第四可以切断南方四郡与曹魏的联系，今后可传檄而定南方四郡。

但赤壁之战后，荆州成了孙权的地盘。曹孟德大败，军事对峙的力量发生巨变，曹刘孙三家荆州之争愈演愈烈。当时刘备驻扎公安，公安面积相当于三个郡的大小。他采纳诸葛亮“先取荆州，后取西川建国”的计策，请求孙权借荆州数郡以安民。孙权害怕刘备用武力去争夺，曹操会乘虚南下，洗雪赤壁之辱，左右权衡，只好忍痛割爱，暂借荆州与刘备。后来，诸葛亮又导演了一场刘备娶孙权妹妹的闹剧，结果是聪明盖世的孙仲谋赔了夫人又折兵。

刘备得了荆州，加紧向西川扩展，终于在成都建立蜀国，形成魏、蜀、吴三国鼎立的格局。按说“士为知己者死”的诸葛亮该满足了吧，借来荆州该归还了吧？借钱容易还钱难。孙权后悔莫及，多次向刘备提出归还荆州，刘备赖账。诸葛孔明设计三气周瑜，致使东吴元勋呕血殒命，而诸葛亮虚情假意，又上演了“吊孝”的假戏。这是东吴的悲剧！是历史的荒唐！

走进荆州，这座江南历史文化名城至今保存得还算完整，城池坚固，城阙巍峨。荆江绕城而过，城内粉墙黛瓦，楼阁重重，显得一派庄重肃穆。荆州城墙坚固，六座城门都有城楼。城墙上有二十多个炮台和四个藏兵洞，城墙因地势而起伏，顺湖池而迂回，城墙上一孔孔戍堞箭垛，犹能使人想象攻与守的激烈、战争的残酷。

登上荆州古城墙，那垛堞，那城门，那楼阁，引发我思古之幽情。我想到建安七子之冠王粲的《登楼赋》，他是否也像我一样，在一个暮秋冬初的下午，登上城楼，极目四望，大发思乡怀亲之感慨？王粲不是江南人，是山东邹城人，和孟子是老乡。他在《七哀诗》就写道“荆蛮非我乡”“羁旅无终极，忧思壮难任”。这是抒怀乡愁，《登楼赋》中，这种去国怀乡之情更深切，他在刘表手下不受重用，难展雄才，不禁无限悲伤。他感伤日月不居，希冀自己见用，驰骋当世。

我抚摩着古城墙的砖石，抚摩着凸凸凹凹的垛堞，摸脉搏、试心跳，它们真的死了吗？它们的灵魂呢？历史的风霜，岁月的沧桑，使它们失去原始的辉煌。走在城墙上，我眼前仿佛出现守城士卒的身影，将领挥动长剑闪烁的寒光，他们的呐喊、吼啸声从砖隙间、从时光深处隐隐传来……

这时你会感到这城墙犹如古龙飞舞在荆楚大地。凭眺城外那秀丽江山，牵动多少人的情怀，初唐诗人张九龄被贬为荆州长史时，常常一个人登上城门楼阙，赏景赋诗，久久凝视着滔滔奔腾的长江水，以细腻的笔触描绘多姿多彩的荆州风光："清迥江城月，流光万里同。""邑人半舻舰，津树多枫橘。"多么开阔的视野，多么壮丽的景色！

"荆州北据汉、沔，利尽南海，东连吴会，西通巴蜀，此用武之国。"荆州大地是古战场，占领荆州可对抗孙吴、曹魏，三分天下。

荆州，这个被传唱了千百年的古城，三国时期是名声鼎盛时期，并非经济繁荣时期。战火的蔓延，刀剑的伤痕，抚摸那斑斑驳驳的古城墙，看看那一座座伤痕累累的古垛堞，那黛色的古砖，长满苔藓的砖隙，你会感到历史的苍凉，岁月的沧桑，衰败和沉沦，悲壮和苦难。这片土地既充满了战马嘶鸣、剑戈铿锵的豪情，也弥漫着血腥气，也充满了仇、怨、恨和沉重的悲壮。

《三国演义》一百二十回，有八十四回借助荆州这个舞台演出。徐芷亭在《荆州怀古》中写道：英雄争战几时休，巨镇天开楚上游。月夜与谁游赤壁，江山从古重荆州。

罗贯中在小说中淋漓尽致地塑造了关羽的正面形象，写出他义薄云天的一生。一出场便是桃园三结义，打造兵器为匡扶汉室，参加镇压黄巾起义的战争；而后跟随刘备东奔西走，颠沛流离，千里单骑，过五关，斩六将，尽显大将军武威；后于华容道不忍杀害曹操将其放走，张扬他大仁大义的人格魅力；刮骨疗毒一幕，更显凌越万古的劲气。襄樊之战与庞德大战被其暗算，导致后来与徐晃单挑时右臂少力无法取胜，又因吕蒙白衣渡江袭取荆州，关羽腹背受敌，败走麦城，后被杀。死后，三国为其举办丧事。一个关云长为这座古城增添了多么厚重的文化力量，是关云长的“历史动作”，丰富了城市的历史，增添了历史的深度。英雄失意，将星西殒，泰山其颓，梁木其折，难道不是这个古老帝国的悲剧么？各朝各代视关羽为忠义的化身、忠君爱国的楷模，先为封侯，后人又“侯而王，王而帝，帝而圣，圣而天”。

关公镇守荆州十年，其忠、义、仁、勇的精神品质，千古流芳，被后人尊为“财神”“战神”。公园里有尊关公的青铜雕像，是当代艺术大师韩美林的收山之作，铜像高达五十八米（象征关羽生年五十八岁）重达一千二百吨，义薄云天的关公手执长达七十二米大刀，双目微闭，不怒而威，迎风侧立，整个身躯如山峦屹立。

何谓大丈夫？有了大才、大力、大智、大勇，还不够；有了大担待、大抱负、大理想、大追求也不够；还要有大境界、大情操、大悲悯、大胸襟、大沉毅，这样才能称得上顶天立地大英雄、大大夫。

荆州不仅是战火燃烧和刀剑耕耘的土地，也是诗的土地，腥风血雨中也夹杂着一缕诗的芬芳。李白有《秋下荆门》《渡荆门送别》，他诗中奔腾着长江的波涛。长期隐居襄阳的孟浩然，年长李白十二岁，却与他结成忘年之交。孟浩然曾有怀抱用世之志，具有侠义之风，他崇拜自由，豪放、热烈，不屈于权贵。李白为数不多的诗友中，孟浩然当属首位。李白《赠孟浩然》《黄鹤楼送孟浩然之广陵》，都作于开元十六年前后。“孤帆远影碧空尽，唯见长江天际流！”多么开阔的意境，多么雄伟的气象，又深沉含蓄地表达了诗人情意深厚的感情。

随之而来的还有大唐帝国星级诗人，他们络绎不绝地造访这片刀与剑耕耘的土地，那是唐代诗坛上群星丽天的时代，爱写竹枝词的刘禹锡，投笔从戎的边塞诗人岑参，披一肩大西北的风雪来到荆州，抚今怀古，再现那种浪漫主义精神、昂扬的英雄气概；瘦若秋风、穷困潦倒的杜甫，那位多才多艺能诗善画的大才子王维，也有荆州遨游的雅兴，那正是张九龄被贬荆州长史之际，王维曾寄诗表示要归隐。政治上不得意，就逃往大自然，借助山光水色以自娱，解除内心的痛苦。他何年何月来到荆州，难以考究。王维的诗深受《楚辞》的影响，境界空灵，一往情深，既有哀怨之思，又有慷慨悲壮之情。张九龄任宰相时，就看出安禄山有逆相，狼子野心，不应留作后患，但玄宗听不进去，结果出现“安史之乱”，大唐帝国一蹶不振。张九龄刚正不阿，引起一些奸人忌恨，被李林甫陷害、排斥，被借故贬为荆州大都府长史。

张九龄赴任荆州时，已至生命的暮年，自感一生雄图无望，前景暗淡，在《登荆州城楼》中对自己身至暮年却壮志未酬，深感迷惑和悲愤。他在荆州写了许多诗文，虽遭贬谪，却不失高风亮节。发出“草木有本心，何求美人折”“江南有丹橘，经冬犹绿林。岂伊地气暖，自有岁寒心”的感叹，再现了他情志高洁的人生。

宋之问、杜牧等唐朝诗人以及南宋主张抗金的诗人张孝祥也来到荆州，钟情这片刀耕剑耘的土地，或怀古咏今，或浅斟低唱，放歌泉林；或登楼长啸，一吐胸垒。

我第一次见到荆江是夏天的一个黄昏，在城郊。夕阳在天，晚霞如火，一江流水被赭红色涨得满满的，浪花拍岸，訇然有声。我喜欢江河，江河既运载货物，又可传播思想。在天地万物中，江河是大地的血管，又是大地的神经。它给田野带来美景，给城市带来繁荣。

长江来到这里，像是心事重重的样子，别处是一泻千里，在这里却踟蹰、蹀躞，情绪纠结，精神迷乱。荆江，荆者不是乱蓬蓬的草莽吗？万里长江，险在荆江。

荆江既给江汉平原带来富饶，也带来数不尽的灾难。荆江有流沙，有暗礁，狂风暴雨一来，流沙涌动，像一条黑龙翻腾，历史上决堤泛滥，肆无忌惮之频繁、之宏大，让人触目惊心。人们称荆江是一匹雄狮，它发怒时，大地颤抖，草木惊惶，雨袭江天，水漫城乡，“孤云野水共依依”，一片烟水茫茫。

远在春秋战国时期，荆江为一大害，经常水患连年。楚庄王是个贤君，想根治水害，要大臣提建议，做方案，那些庸臣谁也想不出办法来。庄王立刻整肃臣工，提拔孙叔敖任楚国令尹，他考察了荆江，制定出完整的治水方案，挽堤围垸，修了七里长的金堤，一支安澜曲在江汉大地奏响，荆江水患得到控制。

我坐在荆江大堤的石阶上，久久凝望这狂傲而高贵的江流，想起一九九八年的洪水，我觉得它确实是一头狮子，凶猛疯狂，蛮野中显示出威严。此时河水丰满，余霞散绮，既美丽又壮观，那浅金色的浪花如同雄狮的卷发，它的声音低沉、凝重、雄壮，使我感到江河的力量，大江大河的凛凛风操。

荆江见多识广，饱经沧桑。气蒸云梦之灵，星列翼轸之象。襟带长江，万里洪波天际去；身横沃壤，四时佳气，氤氲成云袅袅在。它目睹千年烽火，浪拍金戈铁马之声；它像所有的江河一样，蕴含着寓言和幽灵。它使诗人们面对它深深思索，把诗句磨砺得犀利闪光；它使政客们不敢凝望深沉的流水。文明犹如太阳，有黑夜，有白昼，有圆满，有日蚀；时沉时浮，时明时暗。楚国八百年的历史，歌、哭、悲、喜、仇、恨、怨、怒；三国时期的杀戮、狡诈、阴鸷，诸葛孔明的睿智和权谋，如妖如神；曹孟德横槊赋诗的壮志豪情；周公瑾的才华横溢、毅力超群……千秋人依依，统统像东逝的荆江水，浪花淘尽英雄！

夕阳西下，荆江，大自然的原创，呈现人工难以成就的完美，雄浑深沉，气象宏大而柔静，那幽静里隐隐透出一缕禅意。

荆门位于长江南岸，与北岸虎牙山隔江对峙，形势险恶，自古即有桂蜀咽喉之称。李白从闭塞的蜀地来到江汉平原，见到这广袤的大地，宽阔舒缓的长江，好一番大境界、大气象。“山随平野尽，江入大荒流”，长江来到这里挣脱了山的桎梏、峡的束缚，像解放了的普罗米修斯，神话般出现了空间感，荒野旷远，天空寥廓，境界高阔！这才是长江！诗人怎能不激动，浑身充满青春的朝气，生命焕发出浪漫的情感？

李白的诗是一幅长江出三峡至荆门的山水画卷，山高水远苍茫外；长江中游的万里山势与水流景色，尽在诗中。

野旷天低树

从荆州去襄阳，要经过荆山、荆门。我既没乘高铁，也未走高速，是乘一辆载客不多的中巴小车，行驶在“原生态”的公路上。道路不平，车速很慢，也好，何不趁此机会放牧视野，用目光好好亲吻一下辽阔广袤的江汉平原。

车窗外是绿浪拍天的旷野，莽莽苍苍，无边无际。那绿有“平面”的绿，有“立体”的绿。凸起的自然是一簇树木、一片树林，堆绿叠翠，生机盎然。正是初夏，田野上有白鹭和不知名的鸟儿飞起，群飞群栖给大地一种灵性和动感。一位海外归来的浪子曾对我说，他在外面漂泊大半辈子，最想念的是故乡的树，是村头那棵老柳树。他念念不忘，喃喃自语。我想，那是他生命的根。所谓生命根脉是情之所系、魂之所牵的精神支柱。树本身就是一种文化，树冠笼罩着文化的烟云，树根扎在大地深处，那也是历史的深处。所谓乡愁，就是故乡的一枝一叶、一花一草，一棵老榆树、老槐树、老柳树，一汪水坑、一片芦苇等等留在你心灵的记忆里，这记忆像胎记一样，伴随你终生。

孟浩然诗：“野旷天低树，江清月近人。”这首诗是写给安徽新安江的，或在新安江写的。其实这首诗移植到江汉平原更恰当。孟浩然漂泊在外，生出羁旅之思，怀乡之念，想起美丽辽阔的江汉平原，旷野苍茫，日暮客愁，放眼望去，远处的天空比树木还要低。于是诗情大发，故乡的流水、树木，蕴含着灵性和宇宙的信息，跃上心灵，于是流出千古绝句。诗人在这广阔宁静的时空中，能不激起乡愁叠叠？日暮乡关，只有一轮江月对他那么亲近，多么令人心碎的一缕乡愁啊！

江汉平原，西起枝江，东迄武汉，西至荆门钟祥，南连洞庭湖平原，面积有四万六千平方公里，位于长江中游，这是上天赐给南国的一方宝地。江汉平原，江河纵横，湖泊斑驳，草木葳蕤，庄稼丰茂，是产棉区、稻谷乡。密如织网的汉江支流，像大地的毛细血管漫布开来，蜀河、金线河、天河、泥河、滔河、兆河、丹江、资水、澧水、沅水……婀娜多姿，或款款细流，或涌涌荡荡，水势浩渺。这里盛产鱼类、贝类。《诗经》有首诗《南有嘉鱼》：“南有嘉鱼，烝然罩罩。

君子有酒，嘉宾式燕以乐。”这里“南”不是广义的江南，是指江汉之地。这里的草鱼、青鱼、鲢鱼、鳙鱼，闻名遐迩，鲤鱼、鲫鱼亦丰，还有虾、蟹，贝类更是繁多。水之湄，沙之洲，水禽嬉戏，莲菱苇蒲葳蕤茂密。尧天舜日，那时代，老百姓都像唱《击壤歌》的老汉一样，日出而作，日落而息，人和自然高度和谐。《诗经》里还有一首叫作《江汉》的长诗，汉江早就流进诗韵里：“江汉浮浮，武夫滔滔。……江汉汤汤，武夫洸洸。”这是穆公奉宣王之命，定淮夷之事，号召将士们赳赳昂昂，像长江、汉江水势一样汹涌澎湃，奔赴沙场，奋勇杀敌。这是一篇战争动员令，也是向淮夷宣战的檄文。

楚人原住在深山老林，后来走出山洞，走出大山，江汉平原，三湘大地便出现了楚人家园，九头鸟变成一只凌空横绝的大鹏，真像《庄子·逍遥游》所夸饰的“水击三千里，抟扶摇而上者九万里”。

说起庄子，我想起他记述的大树，这是楚人的根脉、神树，是生命之树。他说，楚国一种叫冥灵的大树，它以五百年为春，以五百年为秋，还有一棵椿树，以八千年为春，以八千年为秋。这真是长寿之树啊！

庄周的话不可当真，他是道家学派，浪漫主义大师。道教是长江孕育的一种文化，本身就是一种玄虚抽象的思维，上至九天云日，下至山川人鬼，思接千载，视通万里，放荡不羁，怪诞奇幻；诡异的语言，怪异的比喻，组成一种超现实主义或魔幻主义的画面。

我徘徊在汉江之滨，我在荆地的褶皱间穿行，都未见过这样的“神树”。虽有高大的香樟树、枫杨树、楸树，还有老态龙钟的银杏树，它们挺拔伟岸，背负青天，但不像庄子所言的那种神树。

对神树的崇拜，其因为神树是农耕文明的一种精神图腾，楚人本是山林之人，当然会编织出许多树的神话。人世间，风雨沧桑，苍苍古树始终以沉默对峙喧嚣，以叶枯叶荣循四季之规律，对峙风霜雨雪的冷酷。

这是襄阳市郊，汉水依城而去。汉江荡荡，雄势豪阔，那一簇簇浪花像一组组音符，汇成一支大气磅礴的“洪波曲”。

河畔有一片墓地，一片郁郁苍苍的树林，掩映着凸起的坟丘。人是离不开树木的，有村庄的地方必有树木，有坟墓的地方也定会造林，黄河流域的人们称“坟地”为“林地”。我不知道江汉平原流域的风俗如何。我问路人，那树木叫什么名字？答曰：“梓树。”是桑梓的梓吗？大名贯耳，我第一次见到梓树。梓树可做家具、梁檩，桑树可养蚕，这是和人们生活极密切的树，所以古人称“桑梓”为故乡。

我走下江岸，留恋梓树间，一叶一世界，一树一乾坤。我从植物学上得知，楸树、梓树、黄金树都是同属同科，其叶其花很难分辨，李时珍在《本草纲目》中也曾误将楸树作梓树。它们都初夏开花，花瓣极相似，花冠呈唇形，花冠内都有黄色斑点和紫色条纹。只是花色不同，楸树开黄花，浅黄色；梓树开红花，淡红色；黄金树开白花，洁白如雪。梓树多种在墓地，寓意生命之根。梓树是生命树，被视为“灵树”。那郁郁苍苍、高大伟岸的梓树是一个家族之图腾，血脉之滥觞。

我喜欢江汉平原的枫杨树，我曾在小村外见到一片枫杨林，高大健美。无风时，有一种阔大静穆的气息；有风萧萧，如金戈铿锵的声韵。这种树耐湿、耐旱、耐寒。根系发达，树有多高，根有多深。它们在风霜雨雪中成长，饱经大自然炼狱的苦难，有超拔脱俗的灵性，有飞扬云霄的磅礴气度。枫杨树树冠庞大，枝叶茂密，生长速度快，寿命长，是江汉平原非常普通又非常高贵的树种。

这片枫杨林，油绿浓郁，树木正年轻，生机勃勃。树千姿百态地摇曳在秋日的阳光里，显示出强烈的生命气息，枫杨树在夕晖落照中灼灼燃烧的斑斓，叶子在晚风中欣欣舞动的姿态，静穆之中有一种热烈的活力和激情。这种树既给人们田园牧歌的浪漫情调，又让人感到丰盈、华美、恬静、抒情的经典之美。

我一个人沿着汉水行走，流水荡荡，涛声汩汩。上游没有下雨，水势平缓舒展，涛纹细密精致，那是大地的心音，深邃宁馨。大自然淋漓尽致地展示着内涵的丰富和外表的美。放眼江汉平原，顿时产生一种“天地与我并生，而万物与我为一”的大彻大悟。

但是使我最难忘的是荆州关公祠里那两棵参天古银杏树，树身有三人合抱之围，但树冠并不庞大，两棵树都有被焚烧的残痕。传说，抗战时，中国士兵的伤员住在祠庙里，日本鬼子得悉后派飞机轰炸，第一次投弹错了位置，后有汉奸做了标记，日本飞机扔下两颗炸弹，本欲炸毁祠庙，不知道是关公显圣，还是银杏树显灵，以自我牺牲的精神保护了伤病员，那两颗炸弹没有落在屋顶，却炸毁了两棵树，树冠被削了一半，树身也被炸裂，祠庙里的伤员却安然无恙。银杏树有一种强大的生命力，几年后又长出新枝，枝杆横逸，树冠蓬勃，那柔韧绵长的生命气息在骚动，百劫不死，千毁犹生，生命在这里继续铺展开来。我站在银杏树下，真想给两棵“神树”烧炷香，愿它们像庄子所讲的“冥灵”，长寿无疆。

祠庙里关羽雕像高大健壮，一缕长髯像瀑布般飘在胸前，双眼微眯，目光犀利、冷峻，神色忧郁、肃穆、高贵，他还完完全全地活在那里，只是由人变成了神，由战神变成财神。他的身份是何朝何代改变的？是谁让他来了个华丽转身？历史是个谜。他大意失了荆州，人们并不埋怨他，依然供着他，敬着他。他的大忠大义，大仁大勇，已化成了一个民族精神的偶像，人生的楷模。

我站在树下，只觉得那庞大的树冠笼罩着一种文化气氛，横戈般的枝干张扬着一种精神。那皲裂斑驳的躯体是一种诗意的沧桑，那种静穆的气度是一种信念，有风吹来，窸窣铿锵，其声如涛韵，其势如江河之奔腾。这是两棵“英雄树”，顶天立地，是民族精神之物化，是人生的座右铭。我久久留恋祠院，肃立树下，这两棵神树承受了民族的灾难，又大长了民族之志气。气宇轩昂，挺拔峥嵘，那挑战古今的风貌，那笑傲风霜的气度，那裁剪春秋的襟怀，不正张扬了我们民族精神至大至美的境界吗?“野旷天低树”，在这里我才真正体会到，古诗中那种天低树高的丰富内涵。

人类巨子

鲁迅认为，中国文化之根大抵在于道家。走近长江，走进荆楚大地，你不能不想起老子，他是道家的始祖。老子哲学与古希腊哲学一起构成人类哲学的两个源头，并与儒家释家思想构成中国传统文化的内核。老子的《道德经》比孔子的《论语》传播更广，在西方，有多达三千种译本，是被翻译语言最多的中国书籍，流传之广仅次于《圣经》。

老子的出生地有争议，一说河南鹿邑，一说安徽涡阳，还有一说是楚地，并言之凿凿地说是“苦县厉乡曲仁里人”，但我认为应为安徽。我去过老子故里涡阳，传说老子出生时，洵水“上空出现千古奇观”“万鹤翔空，九龙吐水，以浴圣姿，龙出之处，因成九井”。这使我想起了孔子出生地，孔子的父亲纥与颜氏野合生孔子，孔子出生在“圩顶”，实际上是一个小山丘，母亲为他起名孔丘。

这两个人类之子的出生似乎带有天意，蕴含着两种文化的异质，一个是水边，一个是丘陵，一个是多雨多水的长江之滨，一个是干旱水枯的山丘。

不同的地域环境不仅有着文化的区别，也直接影响人的才智的发展、性格的形成。水润江南，多雨多水的江南赋予老子多智多思多情的性能。老子孤独、惆怅、忧郁，面对大千世界，他反思、踌躇，审视众生，拷问众生，而孔子则面如春风，朗目如炬，温厚贤让，一副为人师表的彬彬然。

老子和孔子都生于春秋“礼崩乐坏”的乱世，烽火不熄，干戈铿锵，腥风血雨漫布北国江南。诸侯割据，互相争斗厮杀，夺取更大地盘的战幕一拉开，便是一场悲剧、惨剧。

面对着诸侯争霸，各诸侯国相互倾轧，周朝的礼教崩坏，周天子权威式微，世道混乱，竟然出现臣弑君、子弑父的现象，孔子感到悲哀、悲痛，甚至感到恐惧。老子不然，他高标独立，“高蹈轻扬”。他避世，面对现实，他视若无睹，充耳不闻，是人们难以想象的坦然大度。

孔子行年五十有一而不闻道，便招来弟子南宫敬叔一起拜见身在沛地的老子。老子时任周朝国家图书馆馆长，学识渊博，贯通古今，知礼乐之源，明道德之要。孔子要请教老子关于道德的问题，随即报请鲁国国君，国君非常高兴，并给他一车二马一书童一车夫。

自鲁至周千里迢迢，孔子一路风尘仆仆，老子盛情接待了他，便问道：

“子来乎？吾闻子，北方之贤者也，子亦得道乎？”

孔子曰："未得也。"

老子曰："子恶乎求之哉？"

孔子曰："吾求之于度数，五年而未得也。"

孔子在研究六经中遇到困惑，便说《诗》《书》《礼》《易》《乐》《春秋》，都是讲治国之道，我向诸侯各国进谏，但他们并不感兴趣，不知何因？

老子曰：你那六艺全是先王的陈迹。迹者，脚印也，已过时的东西，有何用哉？并说，周礼那一套已成朽骨，早该扔掉了！

对此观点，孔子是否接受未可知，但老子滔滔不绝大讲其道，说，道假若是一个有形的东西，应该献给君主；如果道可以送人，人们会将它送给亲人，如果可以说清楚，可以告知自己的子孙。这意思是说，如果自己从心中没有对道有正确的认识，那么道也不会来到他心中。

老子又对孔子讲了一番关于道的观念。老子曰："古之至人，假道于仁，托宿于义，以游逍遥之虚，食于苟简之田，立于不贷之圃。逍遥，无为也；苟简，易养也；不贷，无出也。古者谓是采真之游。"

孔子是否与老子达成共识也未可知，他又求教大夫苌弘。苌弘精通乐理，传授孔子乐理；并且陪同孔子观察祭神的典礼，孔子感叹不已，受益匪浅。

孔子要告别老子回国，老子送行，临别时说："吾闻之，富贵者送人以财，仁义者送人以言。吾不富不贵，无财以送汝，愿以数言相送。当今之世，聪明而深察者，其所以遇难而几至于死，在于好讥人之非也；善辩而通达者，其所以招祸而屡至于身，在于好扬人之恶也。为人之子，勿以己为高；为人之臣，勿以己为上。望汝切记。"意思是说，不要诽谤别人，也不要过分夸奖别人，不要自傲。

老子送孔子至黄河岸边，孔子望着滔滔河水，像万马奔腾，气势飞扬，不由感慨道："逝者如斯夫，不舍昼夜！"感到人生苦短，如江河奔腾不知何往，人生匆匆也不知何归。

老子说："你应该学习水德。上善若水，水善利万物而不争，处众人之所恶，此乃谦下之德也；……此乃柔德也；故柔之胜刚，弱之胜强坚。因其无有，故能入于无间。由此可知不言之教、无为之益也。"

孔子大悟，人生最高标准的善具有水一样的品格，水的品格是"利万物而不争"，人的各种行为若能像水那样，方能取得良好的效果。人只有以柔弱自处，忍辱负重，才能立于不败之地。

孔子感激老子一番教诲："先生之言，出自肺腑，弟子深受教益，我当终生不忘。"说完向老子拜别，与南宫敬叔上车，依依惜别而回归鲁国。

回来后孔子三日不言。弟子问曰："夫子见老聃，亦将何规哉？"孔子曰："吾乃今于是乎见龙。龙，合而成体，散而成章，乘乎云气而养乎阴阳……"

孔子对弟子感叹道："朝闻道，夕死可矣！"

老子守静，茕茕孑立，踽踽独行。他骑一青牛，孤独地行走在夕阳中。

孔子从众，乘牛车，疲于奔波在诸侯之间，四处宣扬自己的治国理念。

老子生活潇洒，不求闻达于世；

孔子宵衣旰食，孜孜矻矻，到处求用。

老子哲学的精髓是"道"。

孔子思想的核心是"礼"。

老子避世。

孔子出世。

老子是浪漫主义的鼻祖。

孔子是现实主义的先哲。

老子哲学的继承者，代表人物是庄子，后人称“老庄”。

孔子思想的发扬者，代表人物是孟轲，后人则称“孔孟”。

老子成为思维敏捷、聪慧、渊博、才智的象征。

孔子则成为保守、固执、循规蹈矩，用自己制造的枷锁来制约自己的代表。

老子是智者，智者乐水。

孔子是仁者，仁者乐山。

江南是老子智慧腾飞的天空。

北国是孔子灵感奔驰的大地。

《道德经》告诉人们为什么这样做事。

《论语》告诉世人该怎样做事。

对世界的阐释，显然孔子不及老子深厚博大，老子阐释世界自然发展的规律，阐述了人类社会发展规律，老子给世界深情而生动的解释。

自汉武帝时代，董仲舒向皇帝上谏：罢黜百家，独尊儒术。武帝纳谏，将孔子学说视为治国之道，驭民之术。这一下，光辉了儒家思想，孔子的地位与日俱增，尊孔祭孔成为时尚，半部《论语》成为统治者治国理政教民的圭臬。历代帝王对孔子不断追封加冕。孔子被誉为“天纵之圣”“天之木铎”，圣人、至圣、至圣先师、万世师表、文宣皇帝、文宣王，一顶顶高帽摞上去，孔子成了他们的神。

恰恰相反，老子的哲学变得黯淡，成为山野之人信奉的道教。孔子居庙堂之高，老子则处江湖之远，荒山野岭，破庙陋观，烟火萧条，信徒伶仃。

两千年来冷淡了老子。

两千年来捧热了孔子。

但是道家哲学被更多的社会精英接受、宣传。《周易》中说，“刚柔交错，天文也。文明以止，人文也。观乎天文，以察时变；观乎人文，以化成天下。”

老子的道家哲学，与水有密不可分的内在联系：“上善若水。水善利万物而不争，处众人之所恶，故几于道”；“天下柔弱莫过于水，而攻坚强者莫之能胜，以其无以易之”……

道家以道论宇宙起源，以道论德，以道论证。《周易》还说：“天地之大德曰生。”万物生生不息，也死死不息，但生亦自然，死亦自然。宇宙即时空，时空即宇宙。古人云：“四方上下曰宇，往古来今曰宙。”

老子的道是讲生生之源。关于宇宙的起源，古希腊先哲们，以人格神交出了答卷。古希腊的哲学家泰勒斯认为“水”为第一元素；中华先贤则以为世界由阴阳两种元素组成，两条黑白鱼日夜流转就构成了自然之道，老子说：“道生一，一生二，二生三，三生万物。”道是自然之道，非“人格神”，上天就反对人的发明创造，例如反对人用无花果叶子造裙子，反对人造通天塔。而“道”却启发人类创造、发明、创新。

道在万物中。

道在卦象中。

道在数中。

道在举一反万的哲学中。

道为自然之道，涵盖了自然哲理。

孔子一生不得志，一生不顺当，曾受困于陈蔡之间，那时正遇到楚国攻陈。两个诸侯国打得热火朝天，孔子被困于此，绝粮七日，只能吃野菜，连他最得意的门生子贡、子路都熬不住了，孔子却在那里弹琴。如此山穷水尽，可谓穷矣！孔子却说："君子达于道之谓达，穷于道之谓穷。今丘也拘仁义之道，以遭乱世之患，其所也，何穷之谓？故内省而不疚于道，临难而不失其德。大寒既至，霜雪既降，吾是以知松柏之茂也……"

那意思是说，人生最艰难困苦之时，仍然把坚持真理放在头等位置。这是一种精神高度。

孔子在这里口口声声说到"道"，其实就是老子的人生之"道"，是人类生命的自然规律。人生必经磨难，方成对命运的认知，这里蕴含着生命的哀乐，也是特有的文化原型。以弱胜强，以静致远，人生静时、弱时，正是积聚崛起之时！

有了老子、孔子、庄子、孟子，有了苏格拉底，有了释迦牟尼，有了耶稣，这是时代的轴心。如果失去了他们，中国历史，世界历史将是什么样子？人类社会将混沌到何等程度？这些精神的导师，伟大的天才，人类的巨子，是我们的精神领袖啊！

这些人都是仰望星空、心怀远方之人。一个民族缺乏这种高远之人，这个民族就没有希望。在那个"礼乐崩坏"的乱世，面对着腥风血雨，人命如草芥的社会现实，他们仍然孜孜以求，高举着火把，像狮子一样奔突在黑暗的旷野，给社会以光亮。他们冷傲中有着宽阔的预想，渺小中蕴含着宏阔，卑微中又心怀巍峨。他们是思想者、智者，是人类的敲门者，是盗取天火的普罗米修斯，有了他们才有了中国文化的博大精深，才有了世界历史的丰富和壮丽。

老子主张的“无为”，并不是“不为”，而与“无为”对立的“有为”，就是违反万物之自然天性的强为、妄为。我们曾整天大喊大叫“向自然进军”，战胜自然，实际上否定了“天人合一”的大哲理。老子的信徒庄子解释得更生动、清晰，《庄子·秋水》所说的“牛马四足，是谓天；落马首，穿牛鼻，是谓人。故曰：无以人灭天，无以故灭命……”是不要因人自己的需要去毁坏自然界的自然天性，应以天为师，顺应自然。

有资料介绍：1987年《纽约时报》评选古今十大作家，老子名列榜首，老子的《道德经》穿越三千年历史，仍然影响着当今世界人们的思想和行为，启发人类正确处理人与自然生态的关系。伟大的哲学家老子是长江流域天地之精华，是上苍赐予人类的智慧巨子。“道法自然”像一轮精神的太阳照耀着人类的灵魂——自然生态法则，对自然生态持敬畏感，不能违反自然生态的“自然”本性。

《论语》带着黄河流域泥土的芳香。

《老子》散发着长江流水的灵气。

南国星辰

楚文化是以江汉地区为中心，在原始宗教、巫术、神话弥漫的土地上发展起来的，是楚人创造的独具地方特色而开放多元的南国文化。楚文化以神巫性、浪漫性、卓然不屈的文化精神为总体特征，对文学加以渗透，形成浪漫主义风格，以屈原、庄周为代表的南国星辰，照耀着楚文化的发展，出现了《离骚》和《庄子》这横亘千古的不朽之作。

楚人心灵中充满了神巫性，面对山洪、地震、雷电、风暴等大自然复杂多变的现象，感到恐惧、迷惘、困惑，于是他们的思维方式出现了万物有灵的观念，认为一种看不见、摸不着的力量支配着一切。

楚人信鬼，重祭祀。神人可通，祭祀神灵可避灾免祸，而有福祉。浓郁的巫文化气息，怪异的祭神歌舞，充满着奇谲的神话，奇特的想象力，天地山川神灵图画，韶乐的奇妙，展示了楚人浪漫主义精神和思维的广阔性、丰富性。

《离骚》和《庄子》都以浪漫主义的手法抒发对社会、人生、大千世界的感悟，想象丰富，比喻新颖，语言瑰丽，形象鲜明，上天入地，人、神、鬼、妖，组合一体，变幻莫测，使人想起古希腊神话中的人物和故事。古老的神话，美丽的传说，恣肆汪洋的笔触，天马行空的抒情，笔落惊风雨，诗成泣鬼神。

南国山川相缪，天地、日月、风云、雷电、雨雪、龙凤、鬼神、高山密林、奇禽怪兽、贤士美人、佳卉芳草，大自然的瑰丽、多姿多彩，必然丰富了楚人发散性思维和奇思妙想。

屈原的高冠长佩，荷衣蕙裳，上至九天云端，下至山川人鬼，思接千载，视通万里，思维总活跃在众多神鬼形象奇幻的画面之中。

庄子代表的道家学派，实际上是长江文化的重要组成。“道”本身就是一种玄虚抽象的理念，上天入地，放荡不羁。怪诞的幻想，诡异的语言，组成一幅超现实主义或魔幻主义的画面。

庄子宣扬的道教是楚文化的内核，是长江流域天空飘洒下来的诗意想象，落在现实生活大地上开放的花朵、结出的果实。

庄子，是浪漫主义大师，在作品中，极尽夸张和想象之能事，他叙述的事物，塑造的人物都是虚构的。庄子写作的感情色彩极浓，他善于夸饰，对他喜爱的人物、事物，比如栎树、游鱼、蝴蝶、渔夫、野马、海鳖等物，都注入了丰富的感情、热烈的歌颂和赞美。王国维说："南人想象力之伟大丰富，胜于北人远甚。"鲁迅也说："其文则汪洋辟阖，仪态万方，晚周诸子之作，莫能先也。"

想象力和创造力如同生命之水，人类借此创造了一个满足我们心灵的需要，且不受现实世界支配的精神世界，诗人、艺术家是想象力和创造力的守护神，通过丰富的想象架起幻想和现实之间的桥梁，积极的想象力是人类发展前进不可缺少的动力之源。

庄周不仅思维怪异，想象力极为丰富，而且行为也怪异，有一种超尘拔俗，不食人间烟火的仙风道骨。

庄子一生穷困潦倒，但他不求官，不染政尘，不愿意位列卿相，受官场体制的约束。他追求精神之独立，思想之自由。楚王派使者让他做官，那天他正临渊垂钓，好一阵才对来者说："我听说楚国有一只神龟，死时已经三千岁，国王用锦缎包裹，收放在竹匣中珍藏在宗庙的堂上。这只神龟是愿意死后被置于庙堂之上，还是活着在烂泥塘里摇尾爬行呢?"使者说："当然愿意活着在烂泥塘中爬行。"庄子说："请回去吧。"

这故事使人想起东汉末年"竹林七贤"中的嵇康不愿接受司马懿的邀请，去朝廷做官，只不过他当时不是垂钓，而是光着膀子，汗流满面地在一棵大树下打铁，对来者冷言冷语，说出不愿做官的理由。还有后来不为五斗米折腰的陶渊明。这样的人物只能出现在长江流域，是长江文化培育的贤人。

两晋南北朝时期是俊才云集的时代，是风流尽展的时代，造就了与春秋战国相媲美的江南文化。汉末魏晋六朝是中国政治上最混乱、最黑暗、社会动荡、民生涂炭、人生痛苦不堪的时代，然而却是精神上最自由，思想上最解放，智慧、才情、诗情最浪漫、最热烈、最繁花似锦的时代，也是“最富有艺术精神的时代”。

长江文化哺育了一大批高人雅士，他们品行高洁，一身正气，志存高远，节操凛然，坚贞纯正，宁愿杀头，也不会背叛信仰。当然，还哺育了一批沉鱼落雁、才气横溢的奇女子；还有华章叠叠、流芳千古的诗词文赋，璀璨了长江文化，丰富了长江精神；更有一批刚烈勇猛之士，用热血和生命奏响一曲骨韵刚劲、铜琶铁板的浩歌。

木心说：“中国文学的源流，都从庄子来。汉的赋家，魏晋高士，唐代诗人，全从庄子来。嵇康、李白、苏轼，全是庄子思想，一直流到民国的鲁迅，骨子里都是庄子思想。石涛、八大，似信佛，也是庄子思想。”

当我来到荆山，眼前总是幻化出一位衣着褴褛、蓬头垢面的老人。他失去双足，坐在石上，怀抱一块璞玉，痛哭不止，眼角泣血，漫洒成河。他深信他怀中的玉璞藏有世界最纯正、最优质的美玉。他两次献玉，却被误判欺君之罪，其足被削，他悲愤之极，痛苦之极，不是因身残，而是天下之人不识真善美。玉终为王识，被视为珍宝，雕刻成璧，雕刻成玺，也刻下一个人的忠贞。

它就是和氏璧。在漫长的历史传说中，它成全了一个男子历久弥坚、至忠至诚的美名。那玉至刚至柔的天然本性，至真至纯的文化意蕴，至美至洁的清醇，是人间之瑰宝，是山水之魂魄。楚文王拿到这块玉石，惊呆了：它是那样典雅、奇丽、悦目、纯真、清郁、坚硬、温润，它远离尘世之喧嚣，远避货利之竞争，它淡定、矜持、静穆、高贵，一方瑰宝，一缕芳魂……

我多想会见一下卞氏老人，可是他躲进大山深处，躲进历史深处，化为一段美丽的故事，美好的传说。

长江文化是水文化。水沁其韵，华凝其神。江南水意弥漫，一片云彩，一方水影，一段细流，一丛树林，一声梦呓，一曲情歌，天上人间的爱，生死相恋的情，都在春秋的序里流转，都在山水的韵里升腾，隐现着岁月的沧桑，蕴含着世态的炎凉。

老子、庄子是长江文化的代表人物，几千年来，他们与孔子、孟子，道家思想与儒家学说支撑起了华夏民族的精神苍穹。

我曾在安徽马鞍山市一处公园里看到伯牙抚琴的雕像，今天在武汉东湖公园也有一尊雷同化的雕像，可见伯牙琴艺流传之广。

那是八月十五之夜，中秋的月光晶莹清澈，像流水一样，夜风徐徐，山野一片静穆。伯牙望明月之窈窕，对清风之缥缈，兴致勃勃，抚琴弹奏，鸟不鸣，兽不语，草木在静听，明月在静听，水塘的鱼儿也浮出水面静听，这是人间的仙籁，是天上之乐章。他弹了一曲又一曲。突然"啪"的一声弦断了，这时有人走过来，对伯牙说："先生，你刚才弹的是孔子赞叹弟子颜回的曲谱，只可惜，你弹到第四句时，琴弦断了。"伯牙见一个打柴的汉子竟然懂得琴曲，这楚地真是人杰地灵，便邀请樵夫叙谈，樵夫说："你这瑶琴是伏羲氏造的。"伯牙更惊叹樵夫知识的渊博，便又弹了几曲，请樵夫辨识曲中之意，当伯牙琴韵高昂、气势雄壮时，樵夫说："这是高山流水之韵。"伯牙惊喜万分，真知音耶！樵夫名叫钟子期。

我常常被这故事所感动，想起鲁迅的名言，人生得一知己足矣，斯世当以同怀视之。人生是孤独的，生命是孤独之旅，在茫茫人海中能得一知音，何其难也！

又一年中秋节，伯牙又来到汉江口弹琴等待子期，却再没有等来。人们告诉他，钟子期已病逝，临死前还嘱咐将他埋在江口岸边，好听伯牙的琴声。伯牙悲痛万分，来到钟子期墓前，弹了一曲《高山流水》。弹罢，挑断琴弦，长叹一声：“我唯一的知音不在了，我还弹什么琴?”把琴摔得粉碎。

多么凄美的故事，多么动人的传奇！长江儿女“知音之情”成了千古佳话。据说，伯牙琴艺高绝，他的琴曲奏响，游鱼出听，六马仰秣。

白昼将尽，黄昏那特有的温馨和恬静弥漫开来，大地空旷而宁静。我坐在江岸上，江风吹来，凉爽宜人，岸草铺地，像毡，似毯，红花草疯疯癫癫，肆无忌惮地笼罩着整个堤岸。红花草也叫紫云英，当地农民叫“荷花头”，开粉红色的小花，是豆科黄芪属的一年生植物。红花草可以当肥料，江南是红花草的天堂。

是江南养育了红花草，还是红花草肥沃了江南？一如我在想，江南是个地理概念，还是诗人的意象？江南指的哪一方土地？具体地理范围，谁能清楚？白居易的《忆江南》，江南分明指的是杭州，更具体的是指西子湖；杜牧则有诗“千里莺啼绿映红，水村山郭酒旗风。南朝四百八十寺，多少楼台烟雨中”。这首《江南春》里的江南显然指历史上南朝所辖金陵以南地域。而他的另一首诗“青山隐隐水迢迢，秋尽江南草未凋。二十四桥明月夜，玉人何处教吹箫”却指的是扬州。屈原在《招魂》中有诗云：“目极千里兮伤春心，魂兮归来哀江南。”这里的江南又指潇湘大地，而南北朝辞赋家庾信的《哀江南赋》中，江南又被指作今日江浙地区。

江南，更多的文学家建构起来的一个诗意的空间。江南，不仅是三秋桂子，十里荷花，春风十里杨柳路；不仅是暮春三月，江南草长，杂花生树，群莺乱飞。更重要的是，江南这个富庶之地，是雅逸、精致、温柔的代名词。

江南，是片物华天宝的土地，花木优美，山清水秀，到处是堆烟笼翠的村野，到处是花团锦簇的园林。长江的千万支流，像大地的血脉，滋润着这如诗如画如梦如幻的土地，青山妩媚，水光潋滟，诗人们怎不情潮涌动？纵情山水中，获得精神的慰藉。

屈原“芰荷为衣，芙蓉为裳，彷徨于阡陌，离骚于荒野”，这是屈原精神的旷达。天地有大美而不言，凡是大美之地，必有深邃之内涵。只有把心灵贴近大地，你才能熟谙这片皇天后土的神韵。

实际上李白、李贺、孟浩然、杜牧、刘禹锡、温庭筠，乃至晚年漂泊在潇湘、流浪在南国的杜甫，也受屈原、庄子的影响，诗作染上浪漫主义古风，至于唐代以后的文人墨客，尤其是宋人欧阳修、苏轼、黄庭坚、秦观，还有由山东投奔南宋朝廷的辛弃疾，江南烟水的润泽，使他们的诗词富有视觉、嗅觉、触觉的奇幻色彩。奇谲、玄虚，视楚韵为图腾，步屈平之后尘，音涉哀思，超尘拔俗，不畏权贵，笑傲江湖，有一种独与天地精神之往来，追求独立的人格和自由的思想。

他们是南国天空璀璨的星群，闪烁在中国文化的史册上。

走进隆中村

隆中村位于襄阳城西郊，乘公交车不需半个时辰即到隆中山麓。隆中村并非隐没在山高云深处，恰恰是进山不深，便出现一座青砖黛瓦的村舍，掩映在松林竹篁里。正如《三国演义》所描写的“山不高而秀雅，水不深而澄清；地不广而平坦，林不大而茂盛；猿鹤相亲，松篁交翠”。山清水秀，风景优美，一条小溪绕村而过，悠然远去，没有令人惊叹的铺陈，没有巧夺天工的装扮，只有几缕薄薄的炊烟从树丛中飘然而出，一种淡然、纯朴的气息扑面而来。

“山不在高，有仙则名；水不在深，有龙则灵。”这桃花源般的仙境必然孕育出非凡之子。隆中村因诸葛亮而名扬天下。

诸葛亮三岁失恃，八岁失怙，由叔父抚养。十七岁，叔叔又亡，便带着弟弟走进隆中山，躬耕陇亩，自食其力。十年的风霜雨雪，十年的月缺日圆，隆中村把一个青衿少年塑造成上晓天文、下知地理、博古通今的智慧巨星。

诸葛亮白天耕耘，夜间读书。他博览群书，不仅是儒家“六经”，而且广猎众家：道家、墨家、法家、兵家，纵横家。他苦苦钻研，精通妙理。江流、月色、松涛、竹韵，汇于一气，山村静夜，寂处草庐，一豆灯光，孤身只影，一卷在手，进入物我两忘的境界。他只觉得人与天地相融，心随大自然节律起伏跌宕。诸葛亮具有丰厚的儒家思想底蕴，但心灵深处却尊崇道家、道教。老庄之道，孔孟学说，两大思想体系像长江、黄河一样，滋养着中华民族，熔铸了民族之魂，冶炼了民族的气节、情操。草庐虽小，却是“谈笑有鸿儒，往来无白丁”。诸葛亮静以修身，俭以养德，兴来挥毫，情来赋诗，闲来对弈，他那淡泊明志，宁静致远的理想在草庐中、在山野间渐渐孕育成长。

诸葛亮对诸子百家的吸收，以儒家学说为基础，以道家为参照，博采旁家之长，融会贯通。在那个思想活跃的年代，鸟飞鱼跃，驰骋纵横。

诸葛亮不是鱼，他是一条卧龙；

诸葛亮不是鸟，他是一只凤凰。

他在等待天时，选择明主："凤翱翔于千仞兮，非梧不栖；士伏处于一方兮，非主不依。乐躬耕于陇亩兮，吾爱吾庐；聊寄傲于琴书兮，以待天时。"

梁父岩上、鱼梁洲上，他放声诵咏《梁父吟》。长吟当啸，长啸当歌，歌抒怀，诗言志，一腔豪气漫卷山林……

古代隐士常常保持身段。严子陵便是一个典型，他先是隐居山东沂河岸畔，披一张羊皮在河边钓鱼，用隐逸维护着士人的自信和昂然于世的骄傲形象。刘秀曾三次携厚礼，派车去请，严子陵才肯随使者登车而去洛阳。谁知他"谏官"没做多长时间，就决意离去。刘秀倒也大度，随之赐行。严子陵这次的隐逸之地选择在富春江畔，这里"青山拥江，苍崖俯水"，这里江山如画，风光秀美。他一顶竹笠，一身蓑衣，便淡泊名利，睥睨权势，纵情天地，自由逍遥。

时机来了。诸葛亮终于等来了胸怀大志、求贤若渴的刘备，演绎出"三顾茅庐"的千古佳话。

一杯清茶，满室馨香。二人谈起天下大势，诸葛亮口角生风，激情如注，他指点江山，臧否人物，条分缕析，运筹帷幄，三国鼎立的宏图渐呈眼前。刘备频频点头，称赞不已。他惊叹诸葛亮那口若悬河的辩才，那睿智深邃的真知灼见，那挎扶寰宇的宏阔视野，那潇洒飘逸的高士风韵。"众里寻他千百度"，人在青山绿水处！

二十七岁的诸葛亮走出隆中，这不仅开启了他一生谋大事、创大业的政治生涯，也决定了刘备、关羽、张飞等人的命运，历史就在这位智慧巨星的股掌之中变化。

一部《三国演义》不仅把诸葛亮写成智慧的化身，更是仁、义、礼、智、信的楷模。他具有超人的坚韧、睿智、机敏、勤勉，还具有特异功能般的神机妙算。智慧的较量、血性的厮杀，文戏、武戏，他都能演得精彩绝伦，令人惊叹。他舌战群儒，草船借箭；他借占荆州，火烧连营，大败曹军；他智取汉中，奠立蜀国，七擒孟获，六出祁山……一场场、一幕幕，可谓气壮山河，泣鬼惊神。让人更为惊异的是他筑坛祭风，他按四方八位，二十八宿，六十四卦，立下七星坛，沐浴斋戒，身披道衣，跣足散发，焚香暗祝，完全是道家做派。这是道教信徒撒豆成兵、奇门遁甲、斋醮画符的那套把戏，所以鲁迅先生斥之为“多智而近妖”。但事实上，诸葛亮成功了、胜利了。诸葛亮实现了那个时代人生的最高价值。

诸葛亮立足蜀中，背负着沉甸甸的托付，励精图治，勤政不怠，昼不息，夜难寐，兢兢业业，南入不毛之地，讨伐雍闿，为蜀开疆扩土；公元227年，诸葛亮已四十有七，决定再聚兵川江，开始北伐，还声泪俱下地写下《出师表》。这是诸葛亮人格造型最精彩的一笔，这千古绝唱，表明了不负先帝重托，完成先帝未竟之业的决心。英雄难造时势，诸葛亮最终输给曹魏：“出师未捷身先死，长使英雄泪满襟。”

诸葛亮出山时二十七岁，去世时五十四岁，两个“二十七”，简直是天意的安排。

我漫游隆中村，村头有副楹联，是杜甫诗句：“三顾频烦天下计，两朝开济老臣心。”小村到处有关于诸葛亮的遗迹，有躬耕田、抱膝亭、六角井、梁父岩、老龙洞、半月溪、小虹桥、三顾堂、草庐亭、野云庵，使游人触景生情，浮想联翩。

树林里不断传来一声声鹧鸪的叫声，啾啾啾，最后一个音节上扬，显示出一种高亢的气质。层层绿叶，交叉重叠，阳光穿过叶隙，银白色却变成牛乳色，显得静雅而柔和。我心中涌动着激情，眼望远山近水，想与自然山水对话，也想与历史展开一场机锋睿智的争辩。

古人云：良禽择木而栖。在风云乱渡，军阀鏖兵初期，诸葛亮选择了刘皇叔这位“根正苗红”之树，耗尽聪明才智，为刘氏集团争得一杯羹，是推动了历史进步，还是阻碍了社会发展？倘若“卧龙潜渊”，会不会战事频发，出现一场场白骨盈野、血沃华夏的大厮杀？会不会出现长达三百余年大动荡、大分裂的局面？三国之后是两晋，两晋之后是南北朝，数百年间历史迂回不前，正如荆江九曲连环，洪浪滔天，险情连连，灾难绵绵。秦始皇统一中国，是用九十三场战争四百万生命换来的，那隋唐的历史又要付出多么沉重的代价？

固然，古代战争是刀枪剑戟的厮杀，是生命力与生命力的搏击，也不乏智慧的博弈。战争摧毁了文明，也催生了文明。战争既展示了人性恶的一面：残忍、血腥、杀戮，“一将功成万骨枯”；血与火的洗礼，也冶炼了人性美：忠义、豪勇、胆略、英雄主义、集体主义，以及天地浩然之气。

人类历史就是在铺满诗与剑、鲜花与白骨的道路上蹀蹀躞躞行进旳。

村后有一片小广场，中央立着一尊诸葛亮雕像，在秋天午后的阳光照耀下，洁白的大理石闪着光泽。诸葛亮依然是一副潇洒飘逸的形象，头戴纶巾，手持羽扇，凝神沉思，不缓不急，有一种温暖的力量。我透过他深沉的目光，努力想象他耕种陇亩、山村隐居的形象，脑海里又迅速闪过他的丰功伟绩。我想，如果诸葛亮真的遵守刘备遗嘱，将阿斗取而代之，完全释放他的智慧才干，那三国故事将会怎样发展？会不会再造一个盛汉王朝？

呜呼，历史安排给他的是一个悲剧角色。但他的人格力量、道德力量、智慧力量却将他塑造成民族之魂，受到历史的尊重。

江清月近人

在车开往襄阳的路上，我脑海里翻腾着襄阳的历史云烟和风流人物。襄阳位于汉江之滨，汉江穿城而过，汉江又是长江重要支流，长江文化必然浸濡着这座文化名城。且不说这是江南经济重镇，更是军事要地。襄阳历代名人辈出，文臣武将、诗人贤相，层出不穷。他们在历史的舞台上导演了一场场威武雄壮的大剧，这是政治家的发轫之地，也是战略家驰骋的舞台。从这里出发，马蹄踏碎山河万里，烽烟燃遍大地九州；从这里肇始，社会动荡三百年，裂疆分土，民生涂炭。历史从此打漩，停滞徘徊。

走进江汉大地，只觉得这片骚动而潮湿的大地仍然蒸腾着诗的激情和剑戟的刚烈。远去了鼓角争鸣，暗淡了刀光剑影，千年的古战场依然是江涛拍岸，流水滔滔。赤壁大战陈列馆里的盔甲、战车、剑戟、弩机、艋艇还叙述着那战争的惨烈；大江上下升腾的硝烟、飞扬着的战旗，还有将帅叱咤风云的雄姿和英雄气概闪耀在犬牙交错、高高耸立的烽火台上，让人呼吸到历史长河中那血雨腥风的悲壮气息。

王者，英雄，属谁风流？

王朝，江山，谁主沉浮？

看不尽的山山水水，说不尽的三国故事，道不尽的风流人物，俱往矣！

我住在襄阳一家宾馆，窗外便是拍岸的汉水。汉水清碧，落日的余晖在江面闪烁，流水像云霞一般瑰丽。岸边是美丽的橘园，正是秋天，满园的橘子金黄黄地闪烁在绿叶间。这时我想起诗人孟浩然，他是本土诗人。孟浩然是位美男子，骨貌淑清，形神散朗，风仪落落，凛然旷绝，一身才子气、书卷气。白居易曾称赞他："楚山碧岩岩，汉水碧汤汤。秀气结成象，孟氏之文章。"李白是举目皆空、狂狷傲世的"谪仙"，他一生有几位朋友？一是神交的谢朓，他崇拜小谢，小谢并不理睬他；二是友人孟浩然。他闻名于世的诗篇《黄鹤楼送孟浩然之广陵》道出两人的深情厚谊。清代贺贻孙称赞："王（维）如一轮秋月，碧天似洗；而孟则江月一色，荡漾空明。"这样的檠檠大才，到长安混上一官半职并不难，何况孟浩然人品旷达，儒雅温和，人脉还不错。他四十岁于长安考进士，张九龄、王维极力推荐他，唐玄宗道："朕素闻其人，而未见也。"诏出，帝问曰："卿将诗来耶?"对曰："偶不赍。"即命吟近作，诵至"不才明主弃，多病故人疏"之句，帝慨然曰："卿不求仕，朕何尝弃卿，奈何诬我!"因命放还。多好的机会，孟浩然竟然一句错诗，绝了仕途，被放逐南山，这和后世的柳永一样："忍把浮名，换了浅斟低唱。"

孟浩然怅然回归故里，后半生只能放浪山水，成为唐代著名的田园诗人、山水诗人。其实，一部中国文学史，相当大的篇幅是山水诗，是那些不得志的文人墨客面对烟村雾树、层峦叠嶂、泉瀑溪流、芳草野卉，倾吐一腔郁垒，散发郁气之作。

我想象孟浩然这位不得志的诗人，回到故里，他并没颓废，不像后世的柳永，沉迷于秦楼楚馆，勾栏瓦肆；也不会像北宋的林和靖，囿于方寸园林，梅妻鹤子，孤独寂寞，一生足不出园，断了人间烟火。孟浩然诗情不减，回归大自然，他情绪兴奋、热烈，像获得一种神奇的魅力：秋登万山寄友人，夏日南亭怀故旧，彭蠡湖中望庐山，夜归鹿门抒怀，岁暮南山歌吟，诗朋酒侣，放浪山水。既然奉皇命至南山，仕途之梦已破灭，只好看“野旷天低”“江清月近”；只好面对荆吴相衔、春江渺茫的故土山河感叹：“夜来风雨声，花落知多少。”一介寒儒，一位被打入另册的才子，只能投身山水来倾吐情感的汹涌波涛。

“身在江海之上，心居乎魏阙之下。”对山水的神往和愉悦，保持任性适情、闲云野鹤式的生活心境，几乎成了千百年来江南文人世代相袭的传统雅道。这种传统最突出的特点是自然和人文水乳交融，构成人与自然的和谐，诗人通过皈依无限的自然，从而敞开心灵获得赏心悦目的自由生活。

孟浩然的南山，佳山丽水，重峦叠嶂。栖身在此，感物吟志，不亦乐乎？孟浩然笔法承继了南北朝山水诗人的衣钵。萧悫有“芙蓉露下落，杨柳月中疏”，孟则有“微云淡河汉，疏雨滴梧桐”；何逊有“露湿寒塘草，月映清淮流”，孟则有“荷风送香气，竹露滴清响”。可与古人争胜毫厘。

悲怆的精神，无情的世界，他既然于仕途绝望，便投身山水，以伟大的才华，刚强的人格，秉承了陶渊明的流风余韵，也开创了盛唐山水田园诗派。

李白小孟浩然十二岁，两人却结成至交，原因之一是二人有相似的经历：仕途绝迹，官宦无望，于是投身山水自然。所以李白有诗云：“吾爱孟夫子，风流天下闻。红颜弃轩冕，白首卧松云。醉月频中圣，迷花不事君。高山安可仰，徒此揖清芬。”这是开元盛世，像孟浩然这样的才子都不得志，可见历史的波涛卷去多少珠贝。

我在襄阳游览了孟浩然的祠堂。只见一尊彩塑，身材伟岸，面目清朗。诗人气质，才子气息，扑面而来。在世俗的夜雨中，像他这样的落花知多少？

千山千水千诗人。在时光漫长的旅程中，多少江南才子失魂落魄于一片金黄的乡愁中。晚唐诗人司空图也有诗云："花覆茅檐，疏雨相过。倒酒既尽，杖藜行歌。孰不有古，南山峨峨。""南山"是陶渊明的"南山"，也是归隐文人的"南山"。南山不仅是诗中意象，也是失意文人的具象。

江南是莺飞草长之地。林木葱郁，山川锦绣，到处是堆烟笼翠的村野，到处是花团锦簇的园林，长江和她的千万支流像大地的血脉，用血液、用感情、用无韵的歌喂养一代代诗人的灵魂。青山妩媚，绿水潋滟，诗人能不情思潮涌？尤其是在人生的困厄和苦难中，能不从山水中获得慰藉？云水中载酒，松篁旁煎茶。诗、酒、琴、曲伴随着他们走过风丝雨片的漫长岁月。长江凭它一身奔放的豪气、苍莽的雄气、流水的灵气，孕育了多少千古华章！

第八章 巫风楚韵

上下天光，一碧万顷，沙鸥翔集，锦鳞游泳。八百里的洞庭，揭开你碧绿色的扉页，我想打捞一个疯魔诗人的歌声；拂开眼前的野云，拨开苍茫的古意，我在寻觅一个漂泊的诗魂。放眼三楚山色，耳闻千里涛声。满目尽是云烟野石，断碣残碑，一了无痕。天容惨淡，两千年前的巨星已经陨落。

洞庭歌吟

楚国国君由太子横继位，这就是顷襄王。顷襄王本应该吸取惨痛的教训，重用屈原等忠臣，重兵强国，有一番作为，相反，这位昏君依然重用公子子兰、奸臣靳尚之流。衰弱的楚国已处于暮色苍茫的凄风苦雨之中，靳尚、公子子兰欲治屈原于死地，继续在顷襄王面前进谗言，诽谤屈原，顷襄王不分青红皂白，竟然罢免屈原“三闾大夫”的职位，将他放逐汉北（汉水以北），远离庙堂。

屈原原本不想当诗人，他出身贵族，是“楚之同姓”，又博闻强识，明于治乱，娴于辞令，如果遇到一代明君，他会是一个很有作为的政治家。他也想兴利革弊，在政治上有一番作为，恰恰他起草的一部法令触及了旧贵族的利益，造成了后半生的坎坷。正应了“文章憎命达”那句话，屈原的放逐促使他成为风流千古的诗人，成就了文学史上的一种文体——楚辞。

信而见疑，忠而被谤，一心为国，却遭流放，能不悲戚感伤？他从高位跌落至民间，举步山野，满目荒凉，一腔委屈，无人倾诉，孤身只影，漂泊江湖，凄风苦雨，历尽人间寒凉。在流放中，他目睹人民百姓的苦难，想起秦军的暴行、楚君的昏庸、奸臣的卑鄙、国家的灾难，不禁忧心如焚，愁云满面。望茫茫荆天楚地，问冥冥苍天，一腔悲愤，满怀忧怨，化为震撼千古的诗篇：《天问》《离骚》《九章》《九歌》……

屈原第二次被放逐，来到了洞庭湖畔、汨罗江岸，这次放逐长达十余年。

一个消瘦的身影徘徊江湖之滨，破旧的衣衫挡不住寒意萧萧的北风，呜咽的江涛湖浪伴随他杜鹃啼血的悲叹：

长太息以掩涕兮，哀民生之多艰。余虽好修姱以鞿羁兮，謇朝谇而夕替。……路漫漫其修远兮，吾将上下而求索！

形容枯槁、一腔忧愤、满面憔悴的三闾大夫，苦吟洞庭湖畔。冷风吹乱一头长发，撕扯一袭寒衣。问苍天，苍天不语；问大地，大地缄默。

初冬，洞庭湖畔，一片寒意，草木枯衰，黄叶飘零，一湖寒波，呜咽嗟叹。我徘徊洞庭湖畔，多想掀开波涛的扉页，寻觅屈原泪吟荇藻的嗟伤，呼唤屈子的亡灵！其实在屈原那个时代，他完全可以去他国谋求富贵，朝秦暮楚，楚材晋用，并不可耻，但屈原的伟大在于爱这片生于斯长于斯的故土，爱这方土地上受苦受难的百姓，他宁可葬身故土，也不会背叛自己的祖国。他用嘶哑的喉咙，行吟泽畔，激励民众，唤醒国魂，他一再慨叹“惜壅君之不昭”，饮恨终身。

宁溘死而流亡兮，不忍此心之常愁。孤子吟而抆泪兮，放子出而不还。孰能思而不隐兮，照彭咸之所闻。

屈原是浪漫主义大师，他史诗般的作品，寄托了他的理想、他的情怀、他的信念、他的追求。随着他的笔触，上天入地，遨游青天碧落，“乘龙御风，云旗逶迤，鸾铃和鸣，周流于上下，浮游于六合。”（袁枚语）朝发天津，夕止西极，途经边地流沙，循行赤水之滨，取道不周山，直至归宿地——西海。值此飘然神游之际，又有“九歌”“韶舞”以娱耳，心旷神怡，一时解脱了自身痛苦。

眼前是浩浩渺渺的洞庭湖。长江竖起来是一棵参天巨树，千条支流是它的枝干，那么洞庭湖就是树上结出的巨大的果实。茫茫八百里的洞庭，衔远山，吞长江，浩浩荡荡，横无际涯。

暮冬的天空充满云的愁绪，暮冬的江水奏响凄凉的呜咽。问桃花港的烟波，问凤凰山的岩石，问三闾桥的流水，屈原的身影在哪里？它们或低首蹙眉，或哀叹低吟，或缄默不语，或用迷惘的眼睛注视着我，泪盈盈，情戚戚。

透过幕阜山苍茫的雨雾，拨开湘江沅水一页页波涛，“朝发枉渚兮，夕宿辰阳”，我读遍辰阳斑斓的晨昏，依然听不到三闾大夫的苦吟嗟叹，屈原，你在哪里？

屈原被放逐洞庭湖畔，湖畔荒草萋萋，野鸟翔集。泥泞蹇涩的小径上，留下三闾大夫多少踉踉跄跄的履痕；那层层叠叠的万顷波涛，可曾记下三闾大夫的哀叹？当秦国大将王翦的六十万大军攻破楚国京城郢都时，屈原抱石沉入汨罗江，以死殉国……

我在洞庭湖畔徘徊寻觅，两千三百年前，一个疯魔了的爱国诗人泪满眶，愁满面，怒满腔，满腹悲愤只好向天倾诉……

晨霞落晖，断鸣孤雁，莽云荒鸷，乱荆披离，野草蔓延。屈原步履蹒跚，掬饮彩霞，采撷星斗，裁一方素云为纸笺，蘸洞庭万里碧波走笔飞虹，向天空和大地倾泻一腔忧愤，恨奸佞当道，怨君王昏庸，看故国江山破碎，念百姓生灵涂炭，一颗忧国忧民之心怎能不如焚如煎？

掬山泉而饮，撷野芹为食，挽雾而行，枕石而眠；风做伴，雨相随，风风雨雨里，山容你的爱怜，水伴你的歌吟；晨间呼云，夜里揽月，寄愁天文，埋忧地脉……

北风萧萧，残阳斜晖，衣袂破旧，寒意裹身，孤身只影，屈原悲怜的目光凝视楚国凄凉的黄昏，沉重的步履叩击楚国大地。他问天问地，问山问水，问树问草，问飞翔的鸥鸟，问盘桓的鹰雕，问瑟瑟的蒹葭，问叠叠的洞庭寒波。这位能上天入地跨越古今的神人，他深感人间遭遇的痛苦，上下求索的种种挫折。他一次次飞升、遨游，最终还是跌落在肮脏龌龊的现实土地上。他为客死他乡的楚怀王招魂，他为大厦将倾、国之将亡的楚国招魂。其词激荡淋漓，其情殷切，到头来却只是“目极千里兮伤春心，魂兮归来哀江南”。屈原瘦若秋风的躯体战栗在寒风中……楚怀王已魂断异乡，而楚顷襄王既不反思，又不接受先王的教训，依然重用小人佞臣，不思报国复仇，反而整日依红偎翠，荒淫无度，靡费奢华，这样能不亡国？

屈原所处的时代是“举世皆浊，众人皆醉”的时代，是“朋比为奸，宵小入堂”的时代，是“蝉翼为重，千钧为轻；黄钟毁弃，瓦釜雷鸣；谗人高张，贤士无名”的时代。屈原的抗争，屈原的忠君爱国，注定了他人生的悲剧性。这老夫子很自信，认为自幼禀赋优异，志向高洁，并且认为自己有匡时济世之才，楚怀王的引路人，非他莫属。然而事与愿违，在黑白颠倒、是非混淆的大背景下，他的清白、端直、嵚崎磊落、遗世独立，只能遭到贬逐。

屈原，凭着他的才干和智慧，凭着他的声望和地位，他完全可以弄一个“护照”，去国离乡，到其他诸侯国谋一高位。在那个礼崩乐坏的时代，良禽择木而栖，是一种时尚，何况春秋末期，战国初始，各诸侯国四处网罗人才，有称霸野心的诸侯国中，招贤纳士已蔚然成风。俗话说，人挪活，树挪死，你干吗非要一棵树上吊死？到了别的国家，说不定也能弄个大官当当，退一万步说，当个教书匠也能混碗饭吃呀！你老夫子太耿直、太倔强了，举国混浊，你为何独身清白？天下皆醉，你为何独自清醒？贪官污吏遍布朝野，你却一身清廉！这忧国忧民的责任，你一个人能担当得起？死脑筋，老榆木疙瘩！三闾大夫眷恋故土，酷爱祖国，被楚王两次放逐，漂泊在荆天楚地，风雨潇潇，烈日炎炎，寒意索索，雪落霏霏。这老夫子披发行吟，他像啼血的杜鹃，吟咏着苦涩的诗章，倾吐着一腔爱国忠君的热血。洞庭湖的云，汨罗江上的风，伴着一个苦命的诗人度过多少血染泪裹的岁月！

八百里的洞庭，日月出没其中。楚汀芦白，荆渚蓼红，瑟瑟秋风，潇潇暮雨，一个衣衫褴褛的老爷子步履蹒跚，头发花白，面容消瘦，在这荒天野地里呼号悲叹。花天酒地里的楚顷襄王能听见吗？满朝大腹便便的庸臣能听见吗？问苍穹，苍穹缄默；问流水，流水不语。孤苦无告，屡谏不听，反遭贬逐。看故都烽火狼烟，被虎贲之师践踏成废墟，怎能不“愁叹苦神，灵遥思兮”？然而“忧心不遂，斯言谁告兮”，这种凄恻悲绝的痛苦，只能向天倾诉，向风雨倾诉，向烟水苍茫的大地倾诉……

《离骚》上天入地，跨越时空，想象力极其瑰丽，与天神共语，与仙人对话，《离骚》是神曲。旸谷、蒙汜、白水、赤水、崦嵫、咸池、天津、不周、西海等缥缈的仙山神水，任其纵横驰骋；羲和（日神）、望舒（月神）、丰隆（云神）、雷师（雷神），以及蛟龙鸾凤等，他可招之即来，挥之而去。这就是浪漫主义诗人丰富的精神世界！

《九歌》是什么？是人对自然的崇拜、对未来的展望，是迎神曲、送神曲，是祭祀的乐歌，是人对生死的敬畏。诗写得清新、凄绝、幽渺。人的神化，神的人化，是一出表现灵魂跨越过去、现在、未来，在宗教仪式中，又回归自然的大型歌舞剧。

《哀郢》最能表达屈原对楚国命运的关注和赤诚的爱国之情。在《哀郢》中他回环往复、高歌低吟，把这种感情表现得淋漓尽致。他深深眷恋故土的山川草木、风土人情，至死也不想离开。当他遭到打击和迫害离开郢都之时，他是那样悲愤、痛苦。有人劝说让他离开楚国，另取他路，他婉言谢绝，就是死也要死在祖国的土地上，“鸟飞反故乡兮，狐死必首丘”，这是多么深厚的情感！后来被放逐江南，看到楚国日薄西山，大势已去，无力回天，只好投江自尽。

屈子的《怀沙》写他临死前的心情，虽然情绪萧索，但没有赴死前的思之缭乱而纷杂，情之犹豫而彷徨，是烈士视死如归、慷慨悲歌之心胸……这是汨罗之痛，这是国魂之殇。

屈原决心以身殉国，从而结束了他人生追求的最后一个乐章。

彩笔吐星霞，丹心昭日月。你用长江雄涛般的文思，化育了沧桑世界；是你峥嵘的巨笔，抟扶着昼夜乾坤。在洞庭湖畔，芳草铺开绿茵，野花展开锦被，供你栖息；流云飘来为你做帐，青山耸立为你撑屏，茫茫万顷波涛化为你的翰墨，星光霞辉点燃你万古诗情……

屈子啊，你以《楚辞》半部，启百代文心，给历史荒漠种下文学的花卉，给古典的东方播撒特异的芬芳，给阴霾密布的长空一道思想的闪电，给茫茫九州几滴精神的甘露……在这里我寻到了中华民族精神史的源头！夸父追日、女娲补天、精卫填海、愚公移山，那固然展示了一个民族的精神和意志，不过那是反映人类与自然的抗争，而人类高尚的情操，坚贞的人格，圣洁的精神，深邃的思想，则给一个民族浑浑噩噩的灵魂里注入一道光照千秋的闪电！

屈原，漂泊在这巫歌神语的大地，古老神秘的艺术滋养了他。其实屈原死时很寂寞，那个时代很少有人知道他，那个时代是荒凉而阒寂的。在他的忌日，没有人会往汨罗江扔粽子，以求鱼虾不食屈原的尸首；老百姓也没有以划龙舟的形式来纪念一个疯魔了的诗人。老百姓根本不知道诗人的伟大，诗有什么价值？屈原的死，也很快被人忘掉了……事情过去了一百二十多年，汉文帝时代有个叫贾谊的年轻博士被贬到长沙，赴任路上，路过湘江，误认为屈原投身的汨罗江是湘江支流，触景生情，于是借他人酒杯，抒发自己心中块垒，作《吊屈原赋》。“已矣！国其莫吾知也。”两个痛苦的灵魂相遇相撞在一起，惺惺相惜。又过了四五十年，司马迁作《史记》想起了贾谊，进而想到屈原。那时司马迁因为李陵辩护而遭到汉武帝的痛斥，被打进死牢，最后改判宫刑。这时司马迁的人生坐标达到了最低点。屈原放逐，贾谊被贬，司马迁受辱，三个高级知识分子心灵巨大的悲痛穿越近二百年的时空汇合在一起，发生了山呼海啸般的撞击。司马迁悲愤填膺，痛苦至极，写下了《屈原贾生列传》，从此屈原声名鹊起。

长江文化并不像柔弱的水，而像淬铁为钢的水，培育了一代代傲骨如松、铁骨铮铮的文人。排头兵就是生长在长江岸边，饮着长江水长大的屈原，他最后又投水而死，质本洁来还洁去。屈原后面是贾谊，年纪轻轻，满腹才华，一腔鸿鹄之志。他本应该是汉文帝身边的大红人，二十余岁，就当了博士，官运亨通。再说汉文帝又不是昏君，老臣周勃、灌婴又非奸佞，他完全可以做到位极人臣之地步。可这人生就一副硬骨头、直肠子，浑身书生意气，不会融通，不会周旋，不会阿谀，不会奉承，不会逢人便说三分话。那么聪明绝顶的人，偏偏不懂得官场的潜规则，硬要揭露统治者的弊端，表奏《陈政事疏》，最终被流放到长沙，留下的只有被鲁迅称赞的几篇伟大的“西汉鸿文”。

中国文学史是一部血泪斑斑的苦难史、铁骨铮铮的反叛史，弥漫着浩然正气，氤氲着凛然雄气。从屈原到鲁迅的两千多年，尽管中间有司马迁遭到去势之耻，但硬骨头文人并未断种，他们都有一副铁脖子、钢脊梁，不怕打，不怕压，不怕坐牢，不怕杀头，不怕鞭尸，不怕灭九族，动不动就与政府唱反调，挑刺说点风凉话，甚至敢与最高统治者叫板。魏晋南北朝时期，嵇康、阮籍、刘伶等一班文人就不与朝堂合作，整日诗酒风流，放浪形骸，特立独行；更有甚者，初唐四杰之一的骆宾王竟然发表檄文讨伐则天女皇，扯旗放炮。且不说北宋大文豪苏东坡，也是喝长江水长大的。他一生坎坷，一生潇洒，冷也忍得，热也耐得，苦也耐得。"一蓑烟雨任平生"，情怀旷大，风节高迈，大有长江之襟怀。至于南宋多年生活在长江流域的北人辛弃疾，也有一颗忧国忧民的赤子之心，无论身居官职，还是退隐江湖，家国情怀，可昭日月。还有词人张孝祥，他是唐代大诗人张籍的七世孙，原籍就在长江岸边（现和县乌江镇）。才华卓绝，英伟不羁，是主战派骨干。他痛斥秦桧一党，惨遭贬谪，英年早逝。著名地理学家张拭著文称赞其有"英迈豪特之气"，"其如长江巨河，奔逸汹涌，渺然无际"，冰雪节操，风骨凛然。到了明末，更有一批不要脑袋的文人，偏与势焰熏天的阉党展开了血淋淋的抗争。这些东林党人热血蒸腾，傲骨铮铮，视死如归，不亚于手执铁戈效命沙场的英烈！他们为国为民，为了气节、节操、正义、真理，不怕惨遭屠戮！这正是中华民族五千年血脉不断、浩气长存的根本所在！

谁言弱水三千？长江流水平静的涛汶如绉，但遇到顽石巉岩，却不惜粉身碎骨，以生命开辟前进的道路！

这是长江的精神，这是长江文化的内涵！

烟波云影的洞庭，稳重而肃穆，把旋律般的涛韵播放在湖畔草地上，像屈老夫子的缓步微吟、轻轻的叹息。

风用咒语解释着这一切。

而冬天的风对这宏大的题材，繁复而芜杂的细节，删繁就简，天地间只剩下白茫茫的一湖寒波。我迎着初冬的冷风，寻觅一个民族的魂魄，哪里还有他的踪影？我想斟一杯苍凉，邀请屈原共饮，皇皇华夏因你而皇皇，泱泱中华因你而泱泱，古老璀璨的民族精神史因你而古老璀璨……

这时，只见一只水鸥拍水而起，直冲暮空，洁白的羽翼在苍茫的暮色里画下一道旋律般的曲线……

平江诗魂

江流石不转，水去影还在。星辰低垂，平野广阔，月随波涌，大江东流。

沙鸥飘零，人似沙鸥，徒转江湖。

从岳阳乘大巴车，一路是高速公路，路途平坦，两岸沃野，虽至秋天，亦是一片茫茫的苍翠。汨罗江就在身边，那碧清的流水有南国江水的气质，节奏舒缓有致。她虽不是长江重要支流，也没有长江气吞云天的气概，但她在三湘大地却声誉隆重。这里有屈原的冤魂，千百年来，年年端阳，百姓划龙舟、包粽子纪念疯魔了的诗人。

但是人们冷淡了另一位伟大的诗人，一缕苦难的诗魂——杜甫。杜甫生于黄河之南，却死于洞庭之南。一叶孤舟载满他一腔忧愁，一家老小漂泊在长江支流，枯萎的生命结束于漂泊的小船上。他死得那么寂寞，没有哀乐，没有挽联，没有长长的哭丧队伍。他的墓地就在汨罗江畔，平江山岗一角。

我站在汨罗江大堤上，望着汤汤流水，惊叹这是条神秘的河流，是命中注定不凡的河流。它特立独行，中国的江河大都从西流向东，汨罗江性格叛逆，偏偏由东向西流去，头也不回。屈原怀沙投江，已成惊世骇闻，时过千年，又一诗圣死于汨罗江，中国两缕最伟大的诗魂都由汨罗江收藏，可谓千古传奇。这里江天的鸥鸟，水中的鱼虾，也添了文气，花草树木都染上了诗意。

杜甫从瞿塘峡乘船而下时，曾写下“无边落木萧萧下，不尽长江滚滚来”，千古诗人在青春少年时曾豪情满怀，“致君尧舜上，再使风俗淳”，诗写得意象峥嵘，谁知一生命运多舛，仕途侘傺，直到人生暮年，依然“萧条”“蹭蹬”。当他骑驴十三载，旅食京华后；当他“朝扣富儿门，暮随肥马尘。残杯与冷炙，到处潜悲辛”；当他饱经人世风霜，身历世态炎凉后，不由在汨罗江上悲叹：“应共冤魂语，投诗赠汨罗。”一语成谶，李白没有投诗汨罗，杜甫在大历五年（770）就死在由潭州驶往岳阳的一只小船上。

杜甫晚年在成都生活失去凭依，沿江东下，滞留夔州。诗人多病，知交零落，壮志成灰，又至暮年，心境异常寂寞抑郁。他对夔州总的看法是“形胜有余风土恶”。杜甫于大历三年正月仓促离开夔州，沿江东去，开始了漂泊江湘的生活，一路写了许多怀古诗。诗人登上高处，峡口不断传来“高猿长啸”，大有“空谷传响，哀传久绝”之意。诗人备尝潦倒落魄之苦，国难家仇之恨，一登高便无缘无故地惹恨生悲，这些诗“雄阔高浑，实大声弘”。江湖多风波，那时李白正被放逐夜郎，中途被赦，但鸿雁断飞，信息杳无，面对茫茫长江风波，只觉得一种苍茫惆怅之感，袭上心头。他思念家乡，本想北还，但北方在安史之乱之后，又出现了藩镇割据、军阀混战的局面。杜甫只得南下公安、岳阳。秋风落日，病魔缠身，他感到自己老了，“古来存老马，不必取长途”，但他还关切着饥寒交迫的劳苦大众，写诗

《岁暮》。此时此刻杜甫正在去岳阳的小船上，当他登上岳阳楼时，一望浩渺无际的湖水，大发感慨：“亲朋无一字，老病有孤舟。戎马关山北，凭轩涕泗流。”

浓烈的笔墨下面深藏着他的悲怆凄凉和痛苦百转的愁肠……杜甫又想起李白，觉得李白和屈原命运相同，一个怀沙投江，一个放逐远荒。他曾为李白写下《天末怀李白》。楚天云水，满目苍凉，草木蘸泪，秋雁横空。屈原的悲剧会在大唐的舞台上重演吗？

年底他由岳阳到潭州（长沙），又由潭州到衡州，复又折回潭州。

一只小船载着杜甫一家老小和满腹忧愁行驶在风波浪里。

时间过去两年，大历五年（770）冬天，杜甫又乘船由潭州去岳阳。他一心要北归，回到故乡，不幸死在去岳阳的小船上。

杜甫死后，就葬在平江县乡间一座小山丘上。

“千秋万岁名，寂寞身后事。”杜甫生前名声不扬，同时代人冷落了他，他作诗曰“百年歌自苦，未见有知音”，天宝年间，殷璠编《河岳英灵集》，许多三流四流的诗人都入选，偏偏未收录杜甫的诗。他的死也未引起社会反响，连“文朋诗友”也未写诗悼念。

散文家李元洛曾拜谒过平江杜甫墓，他写道：“车出平江县城，驰过汨罗江大桥，往南行二十余里，拐上一条泥泞曲折的乡间小道……终于看到山丘间有一溜白色的粉墙，那就是光绪十年重修的‘杜公祠’。”

杜甫生前死后都很凄凉，很少有人来这荒山小丘来祭祀这千古“诗圣”，即使在这旅游热火朝天的年代，也没有将“杜公祠”打造成一个旅游景点。杜公祠索然、寂然，墓前没有谁来献上一束鲜花。墓坐北朝南，封土堆以青麻石结顶，墓园用红麻石与青砖砌成，墓碑镌文：“唐左拾遗工部员外郎杜文贞公之墓。”

汨罗江下游是屈原魂归之所，上游是诗圣葬身之地。年年纪念屈原已成全民性的盛大“节日”，而这忧国忧民的“诗圣”，为何却无人问津？这简直天地不公！

我站在汨罗江边，采一束野花撒入江水，祭祀这两颗伟大的诗魂。汨罗江的上游是长江，长江是一条文脉悠远的大江。长江载诗载文，一部浩浩荡荡的文学史都流淌着长江的琼汁玉液。屈原、宋玉、司马相如、扬雄、曹操、陶渊明、鲍照、谢灵运、李白、白居易、刘禹锡、杜牧、李商隐，还有范仲淹、欧阳修、苏氏三父子、杨万里，连同辛弃疾，谁人笔下没有流淌着长江水呢？这个生在中原大地、浑身散发着泥土气息的杜甫，晚年也沐浴着大江之风，最后魂断汨罗，在长江水域画上生命的句号。这是千百年中华民族勃勃跳动的文脉，文脉不息，生命不止，中华民族的家园诗篇，光华璀璨，辉映着一代代人的心灵。

我放牧视野，汨罗江用它最温暖的流水把这片土地泡软，正是秋天，稻浪一片金黄。水稻一登场，便以雷霆万钧之气势，叱咤风云之雄姿，铺满湖滨原野。层层稻浪，是一种力量的燃烧，一种激情的喷放。这是大地的诗意，生命的张扬。如果你春天来，莺飞草长，绿树堆烟。油菜花儿几乎开遍了所有的山道、台地、漫坡，红花草一夜间钻出地面，道路旁、田埂上、江堤、河岸、树丛间，挤挤攘攘，兴奋地摇曳着细嫩的腰肢；初夏时，便茂茂腾腾。红花草又是上好的肥料，农民用犁铧将其翻进泥土，红花草身殉江南，成全了这片膏腴之地。

在陌生的山水间行走，新奇、兴奋，有一种目不暇接的快感，还夹杂着些微的惶惑。或许我感到的不是兴奋，而是震撼，甚至是一种惘然的错愕。

周郎赤壁

初冬的风越发凌厉了，落木开始飘零，山野平原显得肃穆简约。北方已是寒气逼人，寒风刺骨，这南国却处处闪烁着斑斑驳驳的绿，树枝间依然悬挂着夏之绝句，飘逸着浓浓淡淡的秋韵。

那几日是冬季里少有的好天气，我先乘船从武汉到蒲圻，后又乘船从武汉到黄冈。也就是从周郎赤壁到东坡赤壁。寻觅公元3世纪一场大战的遗迹，感悟历史在这片土地上留下的刀光剑影，诗吟歌咏！

《三国演义》最精彩最撼人心魄的故事，就发生在荆楚大地上，是借助长江两岸铺排演练的。这里曾经马鸣萧萧，矢镞如雨；这里曾舳舻千里，旌旗蔽空；这里曾天崩地坼，雨血潇潇。这里曾演绎了多少幕悲剧、壮剧、丑剧、荒唐剧？是土地对历史的诱惑，还是历史钟情这片土地？

自然界只有真和美，唯独人类才有真、善、美。战争无论胜负，都展示了人性的多维：邪恶、残忍、阴鸷、狡诈、毒辣、凶狠、阴谋、诡计；同时也淋漓尽致地展示了人性的另一面，硝烟中仍有人性的温暖，闪烁着精神的光芒，绽放出智慧的花朵。天崩地坼，腥风血雨，这是一种社会和人类能量的释放，是走向和谐匀称的动态，有一种惊心动魄的残酷美，犹如自然界的地震、海啸、狂风暴雨，激烈的结果是安宁，同样也是走向和平的桥梁。

长江流经在江汉平原时显得宏阔舒展多了，不急不躁，雍容大度地向前奔腾。波涛撞击着江岸，腾烟堆雪，壮观宏丽。原野秋禾已收割，大地也显得敞亮多了，天空飘着丝丝缕缕的白云。南国初冬的云也显得娴雅、潇洒，水田上空有越冬的白鹭盘桓飞翔。船顺流而下，柔软的波浪轻吻着船舷，激起喃喃的声音，很有节奏感，像在吟诵唐诗宋词。我多想像古人一样，乘一叶扁舟，头戴竹笠，身披蓑衣，烟波江上，任它风吹浪打。现代化的交通工具抹去了古典的浪漫和诗意。

史书上载，武汉附近，长江两岸名赤壁的就有五处，蒲圻赤壁、汉川赤壁、汉阳赤壁、武昌赤壁、黄州赤壁。

蒲圻赤壁位于蒲圻县城西北四十公里的长江南岸。长江流经这里，蓦然出现一脉山峦，逶迤跌宕，势若奔马。嶙峋的山峰，临江而立，斜亘百丈，断岸千尺。汹涌的江水直扑峭壁，激浪飞溅，声震遐迩。

赤壁，是长江这部皇皇巨著的一个极动人的章节，而文武双赤壁又为它增添了扑朔迷离的色彩。

石壁上有各种各样的摩崖悬刻和画像，其中两个大字赫然耀目："赤壁"。传说英姿焕发的周公瑾，在孙刘联军击溃曹操自称"八十万"大军，取得战略战役上决定性的胜利后，为犒劳将士，举行盛大的贺捷大会，乘酒兴，挥笔写下"赤壁"两字。那遒劲苍健的笔迹，那腾跃张扬的气势，反映了一个胜利者的自豪喜悦。那一撇一捺也透露了联军统帅指点江山、激扬文字的雄风霸气。

东汉建安十二年（207），曹大丞相，挟天子以令诸侯，消灭了北方大大小小的割据势力，独霸中原。经过多年的战略准备，一个蕴藏心头的宏愿开始实施了。他想一举扫平江南，统一全国，亲率号称八十万的水陆大军直扑汉江流域，很快占领了江汉广大地域，最后要和孙、刘联军会猎于蒲圻赤壁。

蒲圻赤壁位于陆水和长江汇合口上侧，水陆交通四通八达，地势龙争虎斗，进可取荆州，问鼎中原；退则可守东吴十二军州，称霸一方，自古乃兵家战略必争之地。

孟冬十月，江南已是寒意萧萧，芦荻瑟瑟。战幕一拉开，舳舻千里，旌旗蔽空，甲戈如林。水陆两军，陈列森严，剑拔弩张，确有鏖兵大战长江之势。十一月十五日，天清气朗，风平浪静。曹操乘一艘大船，视察沿途旱寨水营，看到水陆大军威风凛凛，正秣马厉兵，持戈执戟的将士雄赳赳，气昂昂；南望樊山，北视乌林，东目柴桑，西观夏口。天旷地阔，江山如画，怎能不激起曹操一腔豪情？

这是曹操最高兴的一天。几天来，有三件事办得很顺心：第一件，连环船稳如平地，北军因不熟悉水战，在风高浪急的江流上，呕吐、晕船，由于连环船抵御了风浪，船稳如陆地，训练效果也好；第二件，许都方面运来大批军粮，可以保证粮草供应；第三件，也是最使曹操高兴的，就是东吴的三代名将黄盖投降。

曹操心情极其亢奋。已经五十四岁的他，回想大半生戎马倥偬，破黄巾、擒吕布、灭袁术、收袁绍，深入塞北，直达辽东，纵横天下，不负大丈夫之志，而今率百万雄师南取荆襄，气吞吴会，兵锋指处，所向披靡。他对左右说：“与国家除凶去害，誓愿扫清四海，削平天下……今吾有百万雄师，更赖诸公用命，何患不成功耶！”吴蜀联军只有五六万人马，怎敌得过曹军？如今大军临江，投鞭断流，取江南如风扫落叶。昔闻大乔小乔二女天姿国色，如得之以娱暮年，“吾愿足矣”！

此时明月当空，江流如练，微风澹澹，波平浪静。曹操手横长槊，激情如注，一位诗人兼政治家、军事家，不觉豪气丛生，便引吭歌道：“对酒当歌，人生几何？譬如朝露，去日苦多。”……

曹操陶醉在已取得的丰功伟业中，而今与孙刘会猎，八十万大军，蓄势待发。他踌躇满志，气高志扬，他“山不厌高，海不厌深”的进取精神正在燃烧，“周公吐哺，天下归心”的宏伟抱负就要变成现实，能不引吭高歌、诗情潮涌吗？诗言志，歌抒怀！

这首诗也不免流露出一缕悲怆的意蕴：人生短暂，事业无穷，南征北战，戎马一生，而江山尚未统一。就像天上皎皎之明月，何日能捕捉？诗人的壮志，何时得酬？

乐极生悲。毛纶、毛宗岗评改《三国演义》时指出：“盖乐者忧之所伏。”并引用《檀弓》之言：“乐斯陶，陶斯咏，咏斯舞，舞斯愠，愠斯戚，戚斯叹矣。”曹操临江酾酒，横槊赋诗，这实际是人生的一曲悲歌。

只是一将功成万骨枯。英雄辉煌的业绩是以千万人的生命为代价的，英雄王冠上的红珍珠是多少将士鲜血的结晶？可那千百万枯骨早已化为泥土，谁还记得他们呢？

我站在赤壁山下，望着滔滔东去的长江，眼前出现了那诗情与战火、战马嘶鸣与管弦丝竹编织的历史一页页斑驳的画面。长江，你目睹了多少血流如注、尸横江流的惨剧；你博大的胸怀，既容纳诗人如火的激情，也包容了矢镞如雨、杀声如雷的怒啸；长江，你流动的文明史里，既记录了一代代帝王将相施展宏图的理想，也写下汹涌的浪涛怎样粉碎了他们的梦幻！

江水浑黄，河床宽阔，两岸平坦，树木成行，遍地生长着楸树、枫杨树。辽阔的田野，当年的古战场，如今唯有秋收后的宁馨和恬静。山丘和江流的弧线已失去圆润、爽朗，变得忧郁和冷漠。我望着岩石上的“赤壁”两个大字，红漆刷过，夕阳中更加鲜艳，像两束火把高举半空；像一面历尽沧桑的旗帜飘扬在苍茫中。为这两个字，后世学人喋喋争执不休，多数人认为是周瑜书刻，也有人言之凿凿力证是明代嘉靖“眉山张郎”——张可述或张庭所作。张可述是眉山知县，辞官后寄情山水，喜欢在崖壁上题字。我看罢，转身哂笑，和同伴讲，没必要如此烦琐地考究，这两个“大字”是历史的标志，是一页大写的史志，充满着苍凉的意蕴。

几只鸟儿从树丛中飞出，扑翅声和鸟鸣声在柠檬色的黄昏中，有一种自在的喜悦。江边小路上，晚归的农人，高一声，低一声吆喝着水牛，慢悠悠地向炊烟升起的村庄走去。也有年轻人骑着摩托或电瓶车飞驰而过。

四面八方的暮色悄然弥漫开来，落霞缤纷，洒满长江。江面上像燃起熊熊大火，一条游弋的火龙，翻腾滚动，莫非是赤壁大战的重现？晚风乍起，惊涛裂岸，如鼓如雷，如战马嘶鸣……

赤壁矶后面是一个小广场，还有几间砖瓦房，广场中央有一尊大理石雕像，高大巍峨，威风凛凛，一看就是周公瑾。他头戴兜鍪，帽顶有一束洁白的羽缨，帽檐有雕饰的配件。他身披铠甲，手持长戟，一手握拳，英姿勃发，嘴角流露着胜利者的傲慢，目光里闪烁着不可一世的神采。从他那深沉的目光里，我想象到那场宏大的、庄严的、恐怖的、骇人听闻的战争，空前的规模，庞大的场面。

广场毗邻着田野。苞谷已经收割，枯黄的秸秆叶子在风中瑟索作响，伴着薄暮下变得黯淡的流水，波浪似的拥上来，又塌陷下去。

生命是永恒的。烈火的燃烧，死亡中的挣扎，失败者溃逃的形象，仿佛都是永恒的，在岁月的浪涛里沉浮，在远去时光的虚无中隐现。这雕像也是一座纪念碑，纪念着死亡，纪念着永恒的生命，也纪念着一丝不苟的追求和混乱的秩序……

胜利者也疲累了。

周公瑾那刚毅而又憔悴的姿态，已切入茫茫时空的洪流中。

落日沉沦了，只有江涛撞击岸石，涛石相搏，发出悲壮空洞的鸣响，那是历史的回声吗？

荆楚大地到处铺满三国的故事，历史的斑斑遗迹随处可寻。古隆中的翠竹依然依依，风过萧萧，仿佛夹杂着孔明论说三分天下的兴奋而热烈的话语；祭风台遗址尚在，诸葛亮披发仗剑，步罡踏斗，向天帝借东风的故事，还醒着记忆；赤壁之战的漫江浓烟早已消散，冲天大火也已熄灭，但赤壁屹立，断岸千尺，涛声里依然回荡着将士的呐喊吼叫之声！你看见了吗？那山崖上耸立的翼江亭，那是周公瑾破曹时的观察哨所。亭上有一副神思高远、令人回味无穷的对联，还在讲述着远逝的故事。上联是："江水无情红，凭吊当年，谁别识子布危言、兴霸良策！"下联是："湖山一望碧，遗留胜迹，犹怀想周郎声价、陆弟风徽。"在翼江亭凭栏远眺，隔岸的乌林苍苍，此处乃是曹军大本营，至今仍留"曹操湾"；曹军战死，血流飘杵的"红血巷"依然在；而赤壁东南十里处，周瑜的驻军周郎嘴、黄盖操练水军之地"黄盖湖"依然在，还有建在庞统阅读兵书旧址处的"凤雏庵"……这一切都化作历史的道具。风雨千年，沧桑嬗变，谁也难用这些陈旧的道具演出新的壮剧、悲剧和诗剧了！

东坡赤壁

乘游艇从武汉顺江而下，一百八十里，便到了一座有两千多年历史的古老小城——黄州。黄州县城外有聚宝山和玉几山，崖石赭赤，屹立如壁，山崖突出下垂，形状像一倒悬的大象鼻子，也称赤鼻。江水从山崖下滔滔流去，崖石直插江底——这就是宋代文学家苏轼的“东坡赤壁”。三国群雄争霸的故事已付与渔翁樵夫的笑谈之中，但历史依然折磨着国人——这位苏大文豪的笔误，导致了史学界一场场喋喋不休的争辩。

诗仙李白也曾来凭吊古战场，站在黄冈赤壁矶上信誓旦旦、言之凿凿，说当年的赤壁大战就发生在这里，并赋诗曰：“二龙争战决雌雄，赤壁楼船扫地空。烈火张天照云海，周瑜于此破曹公。”诗仙这首写赤壁的诗缺乏艺术魅力，太白太直，像不加思考随口吟出的，影响不大，许多人不记得这首诗。晚唐诗人杜牧在黄州任刺史时，写了一首很有名的诗《赤壁》：“折戟沉沙铁未销，自将磨洗认前朝。东风不与周郎便，铜雀春深锁二乔。”也许某年秋天，杜牧忙完公务，漫步长江岸边，无意间拾到一柄断戟，似乎拿到什么证据，证明赤壁大战就发生在这里，顿时诗情大发，写下这首诗。艺术没有对错，只有美与不美。人们只把它当作诗来欣赏，不是当历史来阅读。事情并未就此结束，到了北宋元丰三年（1080），又一个横亘文学史的大文学家苏轼被贬，来到黄州。

那时的黄州城，不过是个破旧肮脏的小镇。竹篱茅舍、泥泞的街道、生满绿醭的池塘、木质皲裂的辘轳、长满苔藓的井台，泥泞的乡路上有斑斑点点的牛屎狗粪……苏轼因“乌台诗案”被贬为黄州团练副使。苏轼从丹墀玉阶、琼楼玉宇的京城一下子沦落到这个贫穷荒僻的小镇，从高官到贬员，这种从物质到精神的巨大落差，实在难以忍受！何况苏轼完全是蒙冤，是受一些宵小、奸人的嫉妒，而遭迫害。

苏轼何罪之有？名气太大！围绕在皇帝身边大大小小的奸佞和庸才，最嫉妒苏轼。他好像一颗硕大的明珠，使得那些愚顽的鹅卵石黯然失色，能不让他们恨得咬牙切齿？正如培根所言："在人性中既有天然向善的倾向……最恶的乃是嫉妒，以至祸害他人。有一种人专靠落井下石，给别人制造灾祸来谋生——他们简直还不如《圣经》里那条以舔疮为生的恶狗。"

嫉妒是人类生命中恶瘤般的一种基因，是人性最坏的元素。且不说一大批文人志士因受嫉妒而遭到小人摇唇鼓舌、栽赃陷害，使他们被放逐、被贬谪、被迫害、被杀害。屈原、贾谊以至苏东坡，有才干、清正廉洁、耿介正直的官吏几个有好下场？善与丑、真与假、正派与狡诈、诚实与虚伪、高尚与卑鄙……在缺乏民主的专制社会，正人君子常常不是小人奸佞的对手！苏轼，一代文学巨子，竟然要被舒亶、李定等小人置于死地。

苏轼来到黄州，闲居无事，读到杜牧的诗，感慨颇多，也想去赤壁矶游览赏景，看能不能捡到几枚残戟断刃。谁知这个念头一经实施，苏轼竟然在滔滔大江里打捞出一阕歌颂长江，激扬历史，评判英雄，辞章华美，意境宏阔，气势豪放的千古绝唱——《念奴娇·赤壁怀古》，还有光照千秋的前后赤壁赋，这简直是中国文学史上的奇迹！东坡未被贬黄州之前，诗文与弟弟苏辙不分伯仲，而来到黄州，却高峰突兀，写下中国文学发展史上最璀璨的一页。

苏轼千古奇冤尘埃落定，惊魂平息。虽然黄州僻远贫穷，但毕竟远离了京城的芜杂喧嚣，远离了官场的黑暗龌龊，远离了奸慝丑恶……苏轼在这里呼吸着江风的清淳、泥土的芳香，眼观山野的苍翠，耳听大江的涛韵，激荡胸怀，发出历史的感慨：

大江东去，浪淘尽，千古风流人物。故垒西边，人道是，三国周郎赤壁。乱石穿空，惊涛拍岸，卷起千堆雪。江山如画，一时多少豪杰！

遥想公瑾当年，小乔初嫁了，雄姿英发。羽扇纶巾，谈笑间、樯橹灰飞烟灭。故国神游，多情应笑我，早生华发。人生如梦，一樽还酹江月。

怀古博雅，诗语真素，魂清魄爽，放旷山水，高清独诣。

你看东坡先生把黄州赤壁当作三国古战场，在这里大吐怀古之情，作阕词还不算，又文兴大发，紧接着写了《前赤壁赋》，几个月后又写了《后赤壁赋》。这一下子使黄州赤壁扬名天下。

历史实质上是文化史。正如马克思所说：“整个所谓世界历史不外是人通过人的劳动而诞生的过程，是自然界对人来说的生成过程。”

假作真时真亦假。东坡先生不过是借景抒情，借历史事件，抒发心中块垒。

元丰五年（1082）一个仲夏之夜，苏轼陪同从庐山来看望他的绵竹武都山道士杨世昌等人，一道乘着月色，泛舟赤壁矶头。杨世昌善画山水，洞箫也吹得格外好。他们在“清风徐来，水波不兴”的江面上，随波逐流。船上置一茶几，摆上菜肴，一壶雪堂蜜酒，邀天上明月，唤身边清风，共同小酌。月色里长江如练，满江波光闪烁，飞金点银，赤壁嶙峋，陡峭如削。整个赤壁矶，风清水静，仿佛进入一种空明的禅境。苏轼想起曹孟德的诗句“月明星稀，乌鹊南飞”，感慨万端：当年不可一世的曹孟德破荆州，下江陵，舳舻千里，旌旗蔽空，酾酒临江，横槊赋诗，英雄一世，而今安在哉？联军统帅，意气风发的周公瑾安在哉？那羽扇纶巾、智慧超人的一代智星安在哉？江山如画，引起多少英雄豪杰的争夺断杀！

苏轼举觞畅饮，时而高歌，时而低吟。船到江心，看那赤壁矶越发雄浑、巍峨，杨世昌也动情地吹箫相和。于是一篇震撼千古的华章就在这个美妙的长江月色之中诞生了。这是中国文学史上又一个纪念碑般庄严的日子：

> 桂棹兮兰桨，击空明兮溯流光。渺渺兮予怀，望美人兮天一方。

冷饮江月，卧听江涛，“唤起《九歌》忠愤，拂拭三闾文字”，发历史之感悟，叹人生之短暂：“寄蜉蝣于天地，渺沧海之一粟。哀吾生之须臾，羡长江之无穷。”

东坡被贬到黄州，政治上失意、坎坷，命运处在人生的低谷，而文学创作却达到了高峰，华章迭出，如泉涌井喷，一下子成了横陈宋代文学史上的巍巍雄峰，“一览众山小”。

这几年间，苏轼“孤舟出没风浪里。故人不复通问讯，疾病饥寒宜死矣”。政治上的失意，生活上“禀入既绝”，“穷到骨”，许多亲朋好友也与他断绝来往，吃不饱饭，只好躬耕于“东坡”。出人意料，他的文学创作却获得惊人的丰收，诗、词、赋、散文诸多名篇，都在这里写就，连他的弟弟苏辙也惊叹：“既而谪居于黄，杜门深居，驰骋翰墨，其文一变，如川之方至，而辙瞠然不能及矣。”

滔滔大江从秦汉隋唐流到大宋王朝，依然气势磅礴，宏阔壮观，咆哮奔腾，东去大海，曹公投鞭未断其流，李白抽刀未断其水！千百年来大江两岸，杀伐争战，排山倒海地挺进，血流如注地厮杀。烽火狼烟，干戈森森，长江依然故我，不失其志，不改其势，不变秉性，执着、顽强、不屈不挠地向着大海，向着东方，追逐流云清风，汹涌澎湃，奔腾不已！

长江用她甘甜的乳汁哺育了屈原、李白、苏东坡。皇皇华夏，浩浩长江，有了屈原，有了李白，有了苏东坡，有了一代代的文人墨客，这是长江的功德！

此地空余黄鹤楼

黄昏不管在哪里都是美丽的。那一鞭斜阳横照过来，树梢、草坪、楼檐、瓦楞，全给抹上一层古铜色、赭金色，富丽堂皇，雍容华贵，万物都显得平和、庄严、典雅。耸立在长江臂弯里的武汉三镇沐浴在夕阳里，映得镀上一层鎏金的霞光更加壮美。天空变得柔和、洁净，白云镶上金边，犹如雕刻画般肃穆。夕阳亲吻着流水，飞金点银。波涛声犹如铜钟的余韵袅袅地扩散到岸上，又发出撕锦裂帛的声音，久久不散。远近的航船航行在江面上，首尾相接，迤逦蜿蜒，像一行抒情诗，写在这浩浩江流上。

长江上空弥漫着蓝色的暮霭，那些高大的建筑物模糊了视线，像水墨画一样贴在玫瑰色的天幕上。只有屹立在江岸的黄鹤楼在薄雾尚未到来、千万霓虹还未闪亮的瞬间里显得巍峨雄伟。它毕竟是这个城市的标志。

芳草萋萋的鹦鹉洲已不在，历历汉阳树已不在，但是江南三大名楼之一的黄鹤楼依然飞峙在大江边。那飞檐翘瓴，金碧辉煌，在夕阳里更显得巍峨。登上黄鹤楼，观长江，阅洪波，清风相伴，阔野在目，顿觉心旷神怡。

黄鹤楼有 1700 多年的历史，始建于三国时期吴黄武二年（223），历代屡毁屡建。当初是吴军临江驻兵哨所谯楼，后人重修，因它西临大江，建在黄鹤矶上，故名黄鹤楼。

黄鹤楼在唐代以前并不出名，直到有位名叫崔颢的诗人写了一首《黄鹤楼》，才名声大振：

昔人已乘黄鹤去，此地空余黄鹤楼。
黄鹤一去不复返，白云千载空悠悠。
晴川历历汉阳树，芳草萋萋鹦鹉洲。
日暮乡关何处是？烟波江上使人愁。

《唐才子传》中，谪仙李白来到黄鹤楼，读罢崔颢的诗，大为称赞。本想写一首咏黄鹤楼的诗，也只好罢手：“眼前有景道不得，崔颢题诗在上头。”连谪仙都望而生叹，随之搁笔，可见这首诗艺术水准之高。

崔颢在唐朝名气并不大，且诗歌也留下不多，《唐诗鉴赏辞典》上只选入四首，这是其中一首。和写了《春江花月夜》的张若虚、赞美扬州的徐凝、写了《枫桥夜泊》的张继一样，诗人也许并非才华横溢，诗满书囊，但他们有深切的生命体验，有深沉的历史感悟，便奇峰突兀般地写出绝章。而一首诗足可使诗人流芳千古。这就是艺术的魅力，这就是艺术穿越时空的辐射力。

由于李白搁笔，使崔颢的诗更身价百倍，黄鹤楼也因崔颢的诗而名扬天下。中国的山川风物、名胜古迹，大都因文人骚客的诗文而名噪，这是文化效应。试想若没有崔颢的诗，谁还记得三国吴军的一个观察哨所呢？一座楼阁一处园林，若少了文人题咏，那不过是一处园林亭榭，是经过人类艺术加工的自然景观。

如果长江两岸没有发生一场场惊心动魄的人类战争，没有人类改天换地的艰辛劳动，没有一代代文人的诗词歌赋，那么长江只是一条野性的纯自然的大江巨川，是一条原始鸿蒙中的野水。与其说长江奶大了一批诗人，不如说诗人诗化了长江，使长江有了人文的历史，也成了人类的文明史、文化发展史。长江是一部永恒的乐章，一部中华民族的通史。

白日已尽，俗缘暂隐，只有长江的浪涛在静静的暮色里訇然有声，节律深沉地撞击着岩石，发出空洞的声响。我站在黄鹤楼上，抚今追昔，念天地之悠悠。古往今来，那些居帝王将相，享高官厚禄者，生前荣华富贵，颐指气使，势焰熏天，死后早已化为荒冢一丘；那些排山倒海纵横捭阖的战争，厮杀呐喊，刀光剑影，狼烟散尽，无论胜败，都随长江流水东逝而去。而奇怪的是黄鹤楼屡遭战火，化为一片废墟，崔颢的一首诗却烧不掉，穿越了一千二百多年——这简直是一个寓言，一则古老的神话，一个令人费解的魔术！

黄鹤楼依山面水，“云涛烟树，咫尺千里，夏口汉阳，苍苍如目睫”，一派山川大会、古今艳称的气派。

站在黄鹤楼的顶层，放牧视线，晴川阁周围的茂林修竹、葳蕤丛生的汉阳树早已根枯叶凋，像历史的碎片，沉入时间巨川的激流里。芳草萋萋、如锦如绣的鹦鹉洲已是楼房林立，人烟稠密的孤岛横亘在长江之中。时间的巨笔任意涂抹，崔颢用诗句绘出的画卷早已被千年风雨侵蚀得一片模糊，此地空余一楼一诗！

江面上雾霭沉沉，过往船只的灯火点点，像一首首朦胧诗漂浮在江面上。江风有点料峭，毕竟是冬天了。冬天是枯水季节，涛不惊浪不骇，平静舒缓，像一篇心平气和、如诉家常的散文。

冬天的黄昏，我登上黄鹤楼，而崔颢登楼大概也是在黄昏，只不过他是在一个春和景明的日子。他看到的是一川江流，东逝滔滔。面对丰盛清丽的春光、波光云影的长江流水、对岸的晴川阁、绿草萋萋的鹦鹉洲，不禁想起传说中的仙人已乘黄鹤远去，只剩下这巍巍高楼伴着苍茫的岁月。时空变幻，物是人非，唯有白云千载悠悠然，飘飘然；而暮色苍茫，不知乡关何处，怎不能感到悲怆凄凉、惆怅满腹？多少人生感悟，多少世事沧桑，都蕴含在这个“愁”字上了。

位于长江中游的武汉有“九省通衢”之称。早在两千多年前，汉阳山下的鹦鹉洲就是商船停靠的码头。唐宋时期，武汉的商贸中心就在武昌。南宋诗人陆游曾在《入蜀记》中说：“市邑雄富，列肆繁错，城外南市亦数里，虽钱塘（杭州）、建康（南京）不能过，隐然一大都会也。”李白没有写诗专门赞美黄鹤楼，却也留下脍炙人口的诗篇。其中《黄鹤楼送孟浩然之广陵》家喻户晓。

送别诗与送别诗迥然不同，《渭城曲》以悲壮为基调，《塞下曲》以苍凉见长，更多的送别诗泣泪涟涟。而李白写这首诗时还年轻，刚刚出川不久，正是春风得意、意气风发之时，满眼鲜花美景，理想的翅膀正翱翔。在他眼里，天空是蔚蓝的，水是碧清的，江风是温柔的。天旷水阔，景和春明，没有断肠人在天涯的凄楚哀怨。李白踏着长江边的小径，步履轻捷，即使踩在砂石上，也像踩在音符上一样，心情愉悦。诗朋酒侣，风流潇洒，与朋友告别，目送一苇轻舟穿行在烟波江上，有一种诗意的美。且在这烟花三月，去的地方又是繁华富贵温柔的扬州，而不是烽火狼烟的边塞，怎么会产生凄恻徬徨之情、断肠天涯之感呢？

清刻《古今名人画稿》中有一幅画就是以这首诗为题材的。浩浩长江，烟波不惊，碧水如镜，似流非流。春光明媚，岸上的桃花已星星点点缭绕着一抹浓浓淡淡的春意。山上林木葱葱，李白站在江岸，身后隐约露出黄鹤楼的飞檐翘瓴。远望江中一叶小舟，欸乃而去，风帆张满，船头站着一位比李白大十二岁的中年诗人孟浩然，依稀看到他微微抱手，江风吹乱一缕蓄发。一幅多么动人的送别图啊！

明清时代的画，大都是人物小而江山阔。人在画中，犹如大自然中一粒芥子。

荆楚大地到处是古典的诗意、古典的浪漫，到处流淌着楚文化的幽香，到处弥散着历史的芬芳！“贾生悼长沙之屈，祢衡痛江夏之来”都发生在湘天楚地。江南诗人沾染了太多的山水灵气，显得出奇的空灵。他们亭榭品茗，轩窗听雨。帘栊香霭，栏槛花妍，足以使人忘却人生之风霜、命运之多舛！

黄昏降临，身后的武汉三镇已是灯火万家。缤纷多彩的灯火，把长江映照得满江溢虹流彩，江水明明暗暗，斑斑烁烁。

洞庭天下水

洞庭湖，远无边涯，巨浪滔滔，高灌日月。它“容纳四水，吞吐长江”，是长江来到中游的一个大水库，调节着长江水量，也是长江的“后院”。当长江和“四水”（澧水、沅江、资水、湘江），奔腾无羁，壮若烈马的洪水无处咆哮、无处倾泻时，洞庭湖便收纳了它们，这后院是平静的、安谧的。它抑制了长江和“四水”的狂躁，即便它们怒啸如雄狮，或激烈如龙吟，一到了这里，立即变得安稳起来，温驯起来。

洞庭湖永远唱着一曲动人的“安澜曲”，像母亲温柔的胸膛，温柔的手，抚摸着你，温暖着你，使长江，使四水在这里安然小憩。

洞庭湖的前身，古人称为云梦泽，比现在的洞庭湖大得多，是江湖难分的硕大无朋的大泽水国。大约在晋代以前，四水直接注入长江，那时候洞庭湖河网交织，水陆相间。唐宋时期，长江泥沙淤积，河道堵塞，四水改道注入洞庭湖。洞庭湖直接通长江，水丰时候，长江水将储存在洞庭湖；长江水枯时，洞庭湖的水又补充了长江的流量。八百里洞庭，夏秋水涨，一片汪洋，波澜壮阔。明清时期，洞庭湖水面积六千平方公里，成为我国第一大淡水湖，后来今泥沙淤积，加上围湖造田，湖面日益缩小，沙滩星罗棋布，湖体支离破碎，面积只有二千八百多平方公里，屈居于鄱阳湖之后。

冬天的洞庭湖，极目所见，遍野芦花，白茫茫的茅草，白茫茫的秋水寒波，伴着萧萧的秋风，旷远迷茫，充满悲凉肃杀的景象。

江南三大名楼之一——岳阳楼就建在洞庭湖畔。这普通的楼在江南并不怎么显眼，随着一些文人骚客的不断光顾，他们借景抒怀，吟诗作文，发泄满腹牢骚。李白、杜甫、白居易、孟浩然、刘禹锡……这些个个都富有质感和光泽的名字，都是“风流人物”，他们游览岳阳楼，留下大量诗文。楼以文显，仅大唐一代，吟咏岳阳楼和洞庭湖诗的就有一百八十多首，李白有名句：“楼观岳阳尽，川迥洞庭开。”诗圣杜甫有名篇：“昔闻洞庭水，今上岳阳楼。吴楚东南坼，乾坤日夜浮。”

诗的意境，像湖水一样浩瀚，气势也像洞庭湖的波涛般雄浑，“戎马关山北，凭轩涕泗流”。苍茫万里的关山，是一片兵荒马乱的苍凉，凭栏北望长安，能不涕泪滂沱吗?

时光到了北宋庆历四年（1044）的春天，有一个失意的官员——

滕子京被贬谪岳阳。第二年也就是庆历五年，他看到岳阳楼已经破败，便筹资要修缮岳阳楼。楼修好了，滕子京给老朋友、同科进士，也同样被贬南阳的范仲淹写了一封信，请他为重修岳阳楼写一篇纪念文章。范仲淹读罢来信，凭窗南望，一时间思绪纷飞：他想念老朋友，而自己也处被贬之际，远离庙堂，身处江湖，仕途蹇涩；人生况味，多少感慨，多少忧愤，涌上心头。他回到案前，凝眉片刻，灵感骤至，洋洋洒洒，石破天惊。岳阳楼名声大噪，《岳阳楼记》千古绝唱，成了中国文化史上的一道景观。范仲淹在《岳阳楼记》中抒发了以天下为己任的伟大胸怀，“先天下之忧而忧，后天下之乐而乐”，成了千百年来仁人志士的座右铭。

范仲淹是政治家，也是文学家，他留下的诗词文赋虽然不多，但是一篇《岳阳楼记》使他名满天下，风流千古。

站在岳阳楼上南望，洞庭湖面露出一座螺髻般的小岛，这就是洞庭湖上有名的君山。唐代诗人刘禹锡把上下天光、一碧万顷的洞庭湖比喻为一个白色的银盘，而君山不过是银盘里的一个小青螺：“湖光秋月两相和，潭面无风镜未磨。遥望洞庭山水色，白银盘里一青螺。”

如果在一个秋月空明的夜晚，登上岳阳楼，举目远望，素月清辉与湖水交相辉映，真如琼浆玉液，是一派空灵、缥缈、宁静、和谐的境界。水天一色，玉宇无尘，那清风拂起，万叠波涛闪闪烁烁，如银鳞跳跃，如无数个精灵在舞蹈，不知是天上，还是人间仙境。浩浩渺渺的洞庭水，烟纱般的空蒙，水国之夜细波的吟咏，烟笼月抱的幽凄，月落江湖的皓白，玉骨冰肌，云闲水远……皓月银辉之下，远处的君山黑黝黝的，含烟沁翠，从审美角度看，这是一种朦胧之美，是一种迷离之美。

相传舜帝与两个妃子娥皇、女英曾来过君山。后来舜离开君山南行苍梧，病死在那里。娥皇和女英在君山凭吊无处，便扶竹痛哭，泪洒竹上，斑斑点点，因此便有了现在君山北边生长的斑竹，即湘妃竹。有诗云："当时珠泪垂多少，直到如今竹尚斑。"二妃悲恸过度，后来竟死在君山。

这完全是一个凄美哀怨的爱情故事，一个美丽的民间传说。大概为制造游览景点，激起游兴，清人竟然在君山煞有介事地修建了一座湘妃墓——"虞帝二妃之墓"。还在石柱上面刻着麒麟、狮、象等浮雕，石柱上镌刻一楹联："君妃二魄芳千古，山竹诸斑泪一人。"

君山生产一种茶叶，叫"银针"，1956年在世界博览会曾荣获金质奖章。这茶清明时节采摘。乾隆皇帝爱饮银针茶，要地方官吏每年进贡十八斤。清明节前，官府派人监督采摘。银针用开水冲泡，一片片嫩芽茶叶，根根竖立起来，如同银针，形象殊异。银针茶清香甘醇，沁人肺腑，让人感到身心舒爽，情致欣然。这是洞庭湖的恩泽。

柳毅传书的故事也发生在君山。传说，柳毅赶考路经河畔，看到女子悲啼不止，一询问，原来是洞庭龙女三娘遭受泾河小龙虐待。三娘恳求柳毅入海传书，会见洞庭龙王。钱塘君惊悉侄女被囚，赶奔泾河，杀死泾河小龙，救回龙女。三娘得救后深感柳毅传书之恩，愿嫁柳毅。又经历一些波折，终与柳毅订下齐眉之约，结为伉俪。

洞庭湖北通巫峡，南极潇湘，气魄豪迈，气场宏大。它有着云梦泽的基因，是古代的水乡泽国，南以长江为界，有丘陵、山林、川泽，星罗棋布的湖泊，若即若离。"梦"，在楚地方言中，即"泽"之意。由长江的冲积，形成平原。《史记·货殖列传》中记载："江陵故郢都……东有云梦之饶。"

范仲淹笔下的洞庭湖，"衔远山，吞长江，浩浩汤汤，横无际涯；

朝晖夕阴，气象万千”。湖水不停地吐纳，吸纳四水，又及时放贷长江，输送新鲜血液，使大江血气充盈，雄势磅礴，永远保持昂扬、直扑沧海的原动力。这是洞庭湖的大手笔、大气象。当夜阑人静时，你会听到湖水的呼吸与脉搏跳动之声，哗哗的水流仿佛从你心头掠过，这是来自造化的细语，是大地生命力的张扬。古往今来，多少诗人、艺术家将一腔激情倾泻给洞庭，孟浩然“气蒸云梦泽，波撼岳阳城”成为洞庭湖的绝唱。洞庭湖既有博大胸襟，又有一颗慈悲之心，这是天地之恩泽。

范仲淹通过对春天阴晴晦明的描写抒发了自己的感慨，表现了作者的高尚情操和宏阔胸襟。李白喜欢洞庭湖的秋天，“巴陵无限酒，醉杀洞庭秋”。诗意虽磅礴豪放，但字里行间却蕴含着悲凉、悲怆之感。面对一湖茫茫秋波，一壶酒，一段情，一处殇，满腹感慨。那沙鸥、芦花、枫叶，如此情景，怎能不引得诗人感慨万千？

冬天的洞庭湖虽不是阴风怒号，但恹恹的阳光从云隙间无力地抛洒下来，湖光水色也带上了一种冷色调。远处的君山木叶脱尽，嶙嶙的山岩，黢黑青瘦。天空空旷，湖面寥廓，云水苍茫，只有风在水面上滑行带起的波涛声，发出单调锐利的声响。湖面上偶有几只水鸟掠过，叽叽喳喳的叫声撒下来，更显得湖山清寂。

楚天云雨尽堪疑

院子里有高大的枫杨树、樟树、水杉和古老的银杏树，墙角台阶的石缝间长满绿苔。一走进陈列馆的大院，心头顿时滋生些古意——这是楚文化陈列馆。仓颉这老汉真有意思，他创造的每一个字都闪烁着智慧的火花、天才的光芒。你们楚人不是栖居在深山老林吗？你们不是“筚路蓝缕，以启山林”吗？那就头上顶个“林”吧，不论走到哪里，都戴着个林字，“疋”就是走，说明你们是从山林里走出来的，这是千年不变的胎记。

荆楚大地多才俊。丰厚的文化内涵是长江孕育的。每到一处，我总喜欢参观一下博物馆，博物馆是立体的历史、浓缩的历史、原生态的历史。每一件文物总是无言诉述着一段原汁原味的历史片断。且不说青花大理石磨制的精美石铲，反映远古人类早已生活在荆天楚地，那描绘着波浪纹图案的红色陶壶，闪烁着远古楚文明的光芒，让人惊叹；楚国儿女的聪慧才智和江南人那特有的细腻心思，也得以淋漓尽致地表现。楚国八百年的历史都微缩在这几间陈列室里。漆器色彩艳丽、图案似锦，彩漆木雕、楚印“郢爰”、乐器和各种手工艺品，无不精巧而优美，别致而古朴，展示着泱泱七国之雄的楚国当年的辉煌！

陈列馆为仿古建筑，呈现楚建筑多层次屋檐、大坡式屋顶的特点。那雕梁画栋，那荟檀椒兰的门窗，终年散发出古典的芬芳。楚韵精致，楚风浓郁，江汉平原、荆楚大地产生了可以与古希腊、古罗马文化相媲美的楚文化。

陈列馆展厅里挤满了历史文化和人文景观，有石器、陶器、青铜器、玉器、竹器、漆器、骨器、银器。这里既有丰富的生活用品，又有种类繁多的生产工具。且不说造型别致优美、花纹细腻的各类陶罐、鼎、壶、盘、碗、釜，还有大量的青铜制品，更精美的鼎，玉斝、玉璧、玉盅、玉玺……物老生精，这些古物传递着一个古老王国的精气神——人文精神和生命气场。我的内心受到巨大的震撼，依稀看那古物身上还闪烁着不熄的生命之火。我眼前朦胧地出现一幅幅古人生活的画面：

深深的山洞，山洞前是一片平坦的场地。山上山下都是苍郁的古树，林木萧萧，林丛里有一条溪水潺潺流淌。洞前几位皓发白眉的老人，点火于陶鼎下，火光灼灼。打猎的汉子归来了，场地上堆放着野猪、山羊、野兔的尸首。孩子的叫声、女人的笑声……好一个热热闹闹的黄昏，一个和和睦睦的家族。

饭后，月亮升起来，月光透过树木的枝隙洒在地上，充满动感的光斑，远山近岭都沦陷在月光的迷蒙中。精力充沛的青年男女在场地上跳起舞来，舞步铿锵，节奏急促，还发出尖锐的“噢噢”声，这是楚的先人们生活的一页。

另一个展厅里还展览着一架国之重宝——编钟。那编钟是青铜器中的菁华，拂去历史的尘埃，依然鲜亮，闪烁着青春的光彩，跃动着生命的激情。它依然能奏响现代旋律，音质清脆，音律动人，雅韵悠扬，回荡着远古的气息，透露出古代楚宫的雍容华贵、富丽堂皇，也夹杂着苍凉。

我在影视资料里欣赏到楚人的歌舞和迷人的被孔子称道的“韶乐”。男人们赤裸着上身，头插着白色、红色的羽毛，长发披肩，脖子上挂着叫不上名堂的项链，勇猛、彪悍、健捷；妇人们衣着艳丽、色彩缤纷，头饰更为绚丽，她们的手镯是一串串银铃。人们舞起来，如疾风、迅雷，热烈、急促。动作夸张，手势变幻，充满男性的力感、女性的健柔。既彰显着男性肌腱的坚实，也突出着女性胸脯的丰满。姿态生动，自由放达。其生命力之强旺，精神之狂放，既有人、神、鬼、妖的丰采神韵，又传递出悲壮和苍凉的远古气息。

荆楚之地，那胼手胝足的田夫野老、从莽林荒陬走出的汉子，在农事之余，或节庆之日，即兴而歌，席地而舞。他们自视为日神、火神、酒神的后裔，在旷野草地上，祭祀、舞蹈、歌唱。女巫男觋，奇形怪状，神人相恋，神鬼同舞，尽情嬉戏。古书里讲“击鼓戴胡，傩舞逐疫”。原来这巫风楚俗，还有驱邪治病的作用，原生态的歌舞最能体现民族精神和生命之原动力。

文化馆的朋友向我介绍，正月闹花灯，二月庆花潮，三月清明祭先人，五月过端午，六月里迎神，七月盂兰会，八月聚中秋，九月度重阳，年余守岁，开年迎春。婚丧嫁娶、做寿、盖屋、开镰、收割、赛灯、赛龙舟，人们都会载歌载舞。锣鼓喧天，彩旗飘飘，热烈非凡……寂寞的岁月有了巫歌傩舞，填补人们空旷苍白的精神空间，激发情感的燃烧，唤醒麻木的灵魂，那爱恨情仇也随着倾泻而出。一江如带，江水一如漫漶的时光，云在水中央，人在风中飘，这是楚人的狂欢节。

在展厅里，游览巡视，就像穿越时空，在历史的长河里畅游。飞溅的浪花、起伏的波涛，阳光点点，江风萧萧。沉浮在这荆风楚韵里，我的心灵受到震撼。士大夫气的英华秀发，猛士气的磊落刚烈，山林气的静默渊深，这里山水多气韵，“氤氲着烟霞气、忠义气、奇气、古气”。

在陈列馆里我寻到毁家纾难，高山流水，黄钟毁弃、瓦釜雷鸣，曳尾泥涂，螳螂捕蝉、黄雀在后等典故和旧迹的影子。这是古代楚人演绎的生活的光彩篇章，这是楚人理性的诗，他们借用寓言的外衣珍藏着人生哲学和真理内核。

这时我想起鲁迅说的，“民族魂”来自一种深邃的“精神诗性”，几近宗教精神的层面。屈原以他的“精神诗性”，烛照国人（楚人）精神上的荒寒。

在展示厅里有一件镇国之宝，也是举国之珍品，那就是“越王勾践剑”。这把剑在地下埋藏了两千多年，毫无锈蚀，略一擦拭，依旧精光灿然，凛然闪烁着一种逼人的寒气。

剑，全长55.7厘米，柄长8.4厘米，剑宽4.6厘米，剑身上装饰着菱形花纹，剑身双面用蓝色琉璃镶嵌着精美花纹，上刻八个错金鸟篆铭文，意为：“越王勾践，自作用剑。”这就是卧薪尝胆，终于灭吴的越王勾践的用剑。

这古剑显现出一位文化史上杰出的亡灵。

这古剑凝聚着沉甸甸的历史感。

越王勾践卧薪尝胆是民族精神最精彩的华章。一个民族忘记耻辱是没有前途的，不知耻而后勇的民族是没有希望的。勾践的行为是人格的力量，是信念的力量，是对意志最严峻的挑战。展厅里没有勾践画像，但我想象得出。他神色肃穆，目光深邃辽远，眉额间皱纹深沉，下巴的肌肉饱绽而有力度，复仇的火焰在胸中熊熊燃烧，这是古希腊战神阿瑞斯的形象！

由于勾践的剑，我想起春秋时期著名的冶匠干将和他的妻子镆铘的故事：

干将与欧阳子同师，善于铸造兵器。他曾为吴王阖闾铸剑，后来和妻子镆铘给楚王铸剑。三年后才铸造成雌雄二剑。这时镆铘怀孕临产，干将便说：“你生下孩子，若是男孩，等长大后告诉他‘出门望着南山，松树长在石头上，剑就在松树背上’。”干将带着雌剑去见楚王，楚王一见只带来雌剑，大发脾气，果然杀了干将。

等他的儿子赤长大成人，知道了事情原委，日夜都想找楚王报仇。楚王做梦，说一青年要杀他，便悬千金捉拿这个青年人，赤跑到大山里悲伤地哭泣。一侠客遇见赤，问清原因，便说：“既然楚王悬千金要杀你的头，你把你的头和剑交给我，我为你报仇。”赤抽剑自杀，两手捧着剑和头交给侠客，身子却直立不倒。侠客说：“你放心，我不会辜负你!”赤的尸体才倒下。

侠客捧着赤的头去见楚王，楚王甚喜。侠客说：“这是勇士的头，应当在滚烫的镬中煮烂。”楚王命人按侠客的话去办，三天三夜后，侠客约楚王到镬旁观看，侠客趁机一剑削下楚王的脑袋，扔进镬中。之后侠客也将自己的脑袋砍下，滚入沸水中。三个头颅被煮烂，难以辨识，便一块埋葬，现在还有三王墓，在汝南县境内。

“清操厉冰雪。”“鬼神泣壮烈。”这就是楚人的古气奇气。

杜审言说：“楚山横地出，汉水接天回。”贾生悼长沙之屈，祢衡痛江夏之来，都发生在荆天楚地。自古以来，唯楚有才，他们都继承了那位疯魔诗人的生命基因：喜耿介，慕灵修，爱芳草美人，志洁行芳，有遗世独立的人格，有一种笑傲权贵、江湖天阔是风物的襟怀，以及与天地往来的精神追求、不与世俗为伍的思想自由。

楚国是出美女的地方。宋玉在《登徒子好色赋》中写道，他的邻居就是一个美女：

> 增之一分则太长，减之一分则太短；著粉则太白，施朱则太赤；眉如翠羽，肌如白雪；腰如束素，齿如含贝；嫣然一笑，惑阳城，迷下蔡。

这里山青青，水蓝蓝，烟岚云雾，华风美雨，伴着芳草野花，能不孕育出水一样温存、水一样柔美的女儿吗?

娥皇、女英的归宿就在楚地。

姐妹俩死后，化为湘江女神，人称湘夫人。屈原《九歌·湘夫人》就是歌咏赞美的娥皇和女英。

荆楚之地，僻在南国。江汉之滨，蒹葭苍茫，鸥鹭飞翔。文人墨客沾染了太多山水灵气，显得空灵。他们亭榭品茗，轩窗听雨，莳花弄草，咽水餐云，依然不能忘却人生之风霜，命运之错舛，这才写出震撼人心的千古华章。就是一般百姓，他们的刺绣、织锦、漆器、竹编，也是精美之至，风采迷人。

荆楚文化、巴蜀文化、吴越文化与北方齐鲁文化、三晋文化、秦羌文化，并耀千秋，龙凤齐舞。“国风”与“离骚”并肩同在，孔孟与老庄共生共存，将中华文明巍峨耸立在人类文明的群山之巅，而独具风光。

黄昏了，游览了整整一天，我浑身落满历史的尘埃，想寻一幽静之处，梳理纷繁的思绪，整饬斑斑点点的记忆。我又来到长江岸边。这段流水被称为荆江，和汉水组成江汉平原两大长江支流。荇藻水草枯萎了，有气无力地任流水摆动嬉弄。芦苇丛上飘着白花花的芦絮，风一吹，漫天飞舞。白鹭和鸥鸟很少见了，树叶落了，草叶黄了，花儿凋零了，风用“寒意萧萧”这个词汇解释着这一切。南方，在这块上天注视的大地上，一切有生命的花、草、木、鱼、虫、兽，都按照同一节律，徘徊在季节的大舞台上，表演着生命的神圣、生命的荣枯、生命的庄严。只有荆江的流水，涛不惊，浪不骇，稳重而舒缓，漫不经心透出一点闲情逸韵来。

历史钟情于荆楚大地，把一个个鲜活、生动、惊心动魄的故事交给荆州来演绎，这也是对它的信赖与偏爱。

江水是平静的，江面并不宽阔。一条清澈澄碧的流水，垂天而落，自由自在地奔腾在江汉平原上。星汉苍茫的天宇、晶莹璀璨的星带和一川流水交相辉映，天上人间一片空明，涌涌荡荡，波涛奔腾，这是动态美、形象美。暮色中，蓬蓬勃勃的野草，茂茂腾腾的庄稼，郁郁苍苍的树林，组合成一曲气势磅礴的江汉平原的生命乐章，而长江是这部乐章的主旋律。

楚国出现了许多大政治家，范蠡、文种、伍子胥等等。伍子胥为吴国创下赫赫功勋，吴王不听忠良之言，终致吴国被越国所灭。苏州人怀念伍子胥，五月初五也家家户户包粽子，是祭祀伍子胥而不是屈原。

每条江都有自己的精神、思想、性格、情操，谁能读懂江河的心思呢？江河流经之地叫流域，每片流域都形成完整的人文生态系统：语言、民风、习俗、性情，以及婚丧嫁娶等等都受江河的影响，仿佛那江河流水已化为基因，流入人们的血脉。“我住长江头，君住长江尾。日日思君不见君，共饮长江水。”人与人的隔阂，人与自然的疏离，需要流水给他们的精神和生存空间带来温馨的抚慰。

江汉平原广袤、坦荡，汉水穿过，荆江穿过。有了水，平原不再平庸枯涩，也有了情感与诗性。

抚摸着古城墙那黛色浓厚的古砖，你会感到历史的沧桑、岁月的悠久，衰弱与兴旺、沉沦与崛起、刀剑与诗歌、废墟与鲜花，给我无边的遐想和深厚的文化底蕴。

第九章 悲歌长啸

暮雨潇潇。阴郁的长空，磅礴的乌云，凭栏远望长江，八千里路云和月，三十功名尘与土。荆楚故地，悲怆的箫声拍打着一个人的沉思，那故国山河的残月颤抖着人生的悲切。

心事重重，无法排解。苦闷深沉："靖康耻，犹未雪；臣子恨，何时灭？"在冷风冷雨的黄昏，谁来慰藉一颗在炼狱烈火中煎熬的心？

孤独，孤愤。

一曲悲歌

大雨下了足足三个时辰，停下来时已近黄昏。天空还浮动着磅礴的云，远山是一片雾蒙蒙的。夕阳下几缕光束穿过云层，辐射在江面上，江水波涛汹涌，拍打着堤岸，发出沉重的闷响，岸边的亭子，檐牙上还有水珠滴落。这是绍兴六年（1136）的一个秋日，岳飞站在长江岸边的望江亭中，望着滔滔江流、暮色沉沉的远山近野，心情有一种郁愤、一种悲壮。虽然近期北伐，取得了一连串的胜利，攻占了伊阳、洛阳、商州和虢州，围攻陈蔡，但岳飞很快发现这次是孤军深入，既无援兵，又无粮草，不得不撤回鄂州。

遥远的中原，许多城郭还沦陷于敌手，还我山河只是虚愿。岳飞凭栏远眺，感慨万千，脱口吟道：

怒发冲冠，凭栏处、潇潇雨歇。抬望眼，仰天长啸，壮怀激烈。三十功名尘与土，八千里路云和月。莫等闲、白了少年头，空悲切。

靖康耻，犹未雪；臣子恨，何时灭？驾长车，踏破贺兰山缺。壮志饥餐胡虏肉，笑谈渴饮匈奴血。待从头，收拾旧山河，朝天阙。

宋朝不仅有意境婉约、言辞清丽的辞章，有水墨蓊然、云烟氤氲的山水册页，有内敛含蓄的青瓷，有三寸金莲，有人与自然亲近相融的精神和气度，有对残缺美的执着追求、对婉约美的忠诚守护；还有“大江东去”的铁板铜琶的豪壮，还有“怒发冲冠”“驾长车，踏破贺兰山缺”的雄心壮志，还有把栏杆拍遍、铁马冰河的一腔报国宏愿。

岳飞的词喊出时代的最强音，是“精忠报国”的誓言，是“还我山河”的铮铮壮烈气概。如果说，苏东坡的“大江东去”是一种豪放，那么岳飞的《满江红》则是一种悲壮，表现的却是一种“扫空万古”之气势，豪情如烈火燃烧、岩浆奔突。

那个时代，强虏金戈铁马，占据了中原，又虎视鹰瞵，投鞭长江，马踏十里荷花、三秋桂子的江南。投降派、议和派、反战派一直活跃在朝廷。赵构皇帝昏庸，无抗战之意志，更无洗雪靖康之耻、还我山河之决心，躲在西子湖畔，歌儿舞儿过残年。朝廷由奸相秦桧把持，一片投降、议和的丧权辱国之声。南宋小朝廷腐朽至极，已被蠹虫们蛀空梁檩，在凄风苦雨中摇摇欲坠。

1127年，靖康二年，汴梁被围，北宋王朝灭亡，徽、钦二帝和后妃、公主、倡优、儒生，百工被掳北去。百姓大众，流离失所，生灵涂炭，尸横荒野；中原大地腥风血雨，白骨累累，千里无人烟。

力主抗战的重臣李纲悲愤填膺，须发怒张，发出“燕然即须平扫。拥精兵十万，横行沙漠，奉迎天表”的怒吼；岳飞直捣黄龙，“壮怀激烈”，怎能不“仰天长啸”?

岳飞从宋徽宗宣和四年（1122）十九岁从军，到绍兴十一年（1142）三十九岁，被秦桧陷害身亡。为了抵抗金兵南下，保卫长江，保卫南宋的半壁山河，进而收复中原，他长期转战今两湖、浙、赣、苏、皖一带，绍兴四年和十一年，就曾两次在庐州（今安徽合肥）击败金兵，生在北宋的岳飞，亲眼看到山河破碎，国破家亡。于是青年从军，冒矢石，受风霜，冒着枪林弹雨，以“还我山河”为己任。

这首《满江红》是岳飞“发于心而冲于口”的心声。全词倾泻了一个驰骋沙场，为祖国而战的诗人和战士的炽热感情。

连年征战，虽然战果累累，但毕竟孤军奋战，难免有孤独和悲哀，也少不了丧权辱国之恨。饥餐胡虏之志，激昂壮烈，“凛凛有生气”。

一缕残阳余晖射来，照在岳将军的头盔上，那缕红缨像一团燃烧的火苗，又像一束盛开的带血的杜鹃花。眼前的长江已成了前线，能不激起将军的满腔悲愤、壮烈雄心？

岳飞两道剑眉攒聚，胸中激荡着历史的风暴，脑海里浮出一代代中华民族的精英：春秋时的管仲，战国时的廉颇，秦王朝的大将军蒙恬，西汉王朝的大将军霍去病、李广，东汉王朝的班超，三国时“鞠躬尽瘁，死而后已”的诸葛孔明、跃马横戈的老将黄忠，晋代“中流击楫”的祖逖，大唐帝国的李靖、秦琼、颜杲卿等等，都是开疆拓土的一代英雄豪杰，他们身上都充溢着中华民族凛然不屈的浩然正气，他们与日月同辉，同天地共存。正是这无数英烈，铸就国魂、民族魂，撑起华夏民族高邈深邃的苍穹。我堂堂七尺须眉，“三十功名尘与土，八千里路云和月”，“待从头，收拾旧山河”已急不可待了，精忠报国不要等到白了少年头，那时连悲哀也就来不及了。

诗言志，诗文是心灵之光的折射。岳飞登过黄鹤楼，留下另外一首《满江红·登黄鹤楼有感》：

遥望中原，荒烟外，许多城郭。想当年，花遮柳护，凤楼龙阁。万岁山前珠翠绕，蓬壶殿里笙歌作，到而今、铁骑满郊畿，风尘恶。

兵安在？膏锋锷。民安在？填沟壑。叹江山如故，千村寥落。何日请缨提锐旅，一鞭直渡清河洛。却归来、再续汉阳游，骑黄鹤。

他放目远眺，远山融入苍茫云海，中原大地是一片寂寥和荒旷，悲愤使他声音哽咽，黯然神伤使他清泪涌流，一种壮烈的英雄气概，一种“还我山河”立功报国的宏愿，只能倾泻给滔滔巨川、冥冥苍天了。

绍兴三年（1133）十月，金朝傀儡刘豫攻占南宋的襄阳，唐、邓、随、郢诸州府和信阳也相继陷落，切断了南宋朝廷通向川陕的交通要道，也直接威胁南宋朝廷对湖南、湖北的统治安全。岳飞被任命为“制置使”，统军出征。由于岳家纪律严明，将士奋勇作战，不到三个月便收复襄阳六州。正是捷报频传、士气高昂时，朝廷传旨，要求岳飞班师回朝，岳飞只好率兵回到鄂州。那时岳飞年仅三十二岁，正是血气方刚年华，壮志在胸，只要提锐旅，“一鞭直渡清河洛”，收复中原不在话下。可是投降派假借圣旨，让岳飞班师回朝，丧失良机。岳飞登上黄鹤楼，大发感慨。其实皇帝对岳飞相当器重，常常单独召见，并在寝阁密谈。除军国大事，还问岳飞有良马否？并劝他少饮酒，别因饮酒误了军国大事。据说，皇上还赠送御马。如果没有奸相秦桧和奸臣张俊的诬告、挑拨君臣关系，岳飞不可能有如此悲惨的下场。

岳飞不仅勇猛善战，不怕死，不畏敌，而且不爱财，不好色。他多次说过：“文臣不爱钱，武臣不惜死，天下太平矣。”他严肃军纪，“冻死不拆屋，饿死不掳掠”，因此世传“撼山易，撼岳家军难”。这是一支铁军，一支捍卫南宋江山的劲旅。大宋王朝文有苏东坡、武有岳武穆，在中国历史上是可睥睨一世的。岳飞始终一夫一妻，在那个时代，别说像岳飞这样的军营大帅，就是一般官吏，哪个不是三妻四妾，还要三天两头秦楼楚馆，醉卧金钗，可岳飞一身清白。有人送他一位漂亮的川妹子，并带来丰厚的妆奁。但岳飞偏偏“不解风情”，隔着屏风说了几句抱歉的话，你在这里会吃苦的，没有福可享。当即派人将她送回去了。

岳飞极其清廉、高洁。在乱世，在举世混浊的时代，这对个人来说并非是好事，正如一只猴子要站起来，两条腿走路，必遭那些四条腿爬行的群猴攻击。岳飞成了朝廷投降派、主和派的眼中钉、肉中刺。

谁没有黄白之贪、声色之好，你偏偏不随俗；是人都偷生，你偏偏不畏死？这不是让其他群臣众僚无颜面苟活于世吗？于是先陷害其子岳云有谋反之罪，接着又诬陷岳飞野心勃勃，有篡逆之心。大理寺的奏状上，判岳飞、张宪是死刑，而岳云是流刑。韩世忠气愤不过，深感岳飞冤枉，闯入厅堂，大声质问秦桧，岳将军何罪？秦桧口舌滞涩，嗫嗫嚅嚅说道："莫须有！"绍兴十一年腊月二十九日，奸相送来一杯毒酒，要结束一代战神、抗金英雄的性命。

临刑前岳飞用牙咬破中指，在一张帛上写下八个字："天日昭昭，天日昭昭！"然后端起盛满毒酒的酒杯一饮而尽。

这正是除夕之夜。

此时，窗外传来鞭炮声，街道弥漫着酒香肉香的气味。旧历年的杭州还是喜气盈门的，何况朝廷已和金朝议和了，明年是个太平年吧？

岳飞的家产被没收，家属被充军到岭南。支持岳飞向北进军的李若虚，也被撵到外地。

岳飞死后，尸首被一个狱卒隗顺偷偷背出去，匆匆埋葬在杭州郊外荒草丛中，并立了一小石碑。他在岳飞的尸首下放有岳飞经常佩带的玉环，以示这是岳武穆将军的真正骨殖，又偷偷交代给了自己的儿子。这个普通的小人物，因为民族保留一缕英魂而被历史记下名字。天道人心，隗顺也随之名传之千秋。

江水滔滔　因雨而升腾

力主抗战的南宋将领、文武大臣何止岳飞一人，李纲、韩世忠都是抗金元老，宗泽老将军近七十高龄仍带病率军驰骋沙场。他病危时，躺在病榻时，还起身用手指着窗外："过河，过河！"这里指要打过黄河，收复失地。黄河沦陷，中原大地已惨遭敌人铁骑践踏，而今敌军兵临长江，江南已非安全之地，这些民族精英、抗金健儿怎能不肝胆俱裂、悲愤填膺？岳飞被害，胡铨义愤至极，对于来临安议和的金朝来使，他上书皇上：

> 臣备员枢属，义不与桧等共戴天。区区之心，愿断三人头，竿之藁街，然后羁留虏使，责以无礼，徐兴问罪之师，则三军之士不战而气自倍。不然，臣有赴东海而死尔，宁能处小朝廷求活邪！

朝廷为防民口，绞尽脑汁。但江苏宜兴进士吴师古将胡铨的奏表雕版印刷，使胡铨的文字不胫而走。举国哗然，朝野震惊，秦桧投降派惶恐不安。秦桧痛斥胡铨"狂妄凶悖"，下诏除名，贬昭州。由于朝臣营救，改贬广州监管盐仓。绍兴十二年被弹劾，又贬新州，十八年又谪移吉阳，直到秦桧死，方徙移衡州。

后人在《说岳全传》中虚构了一个情节：韩世忠将金兀术围困于黄天荡，在大战金兵之夜，与夫人梁红玉饮酒舞剑，对月高歌，同样也吟一阕《满江红》：

万里长江，淘不尽，壮怀秋色。漫说道、秦宫汉帐，瑶台银阙。长剑倚天氛雾外，宝弓挂日烟尘侧！向星辰、拍袖整乾坤，难消歇！

龙虎啸，风云泣。千古恨，凭谁说？对山河、耿耿泪沾襟血。汴水夜吹羌笛管，鸾舆步老辽阳月。把唾壶、敲碎问蟾蜍，圆何缺？

《春秋左传正义》曰：“中国有礼仪之大，故称夏；有服章之美，谓之华。”宋王朝不只有女人的三寸金莲，也有铁马金戈的雄风浩荡；不只有“杨柳岸，晓风残月”“月上柳梢头，人约黄昏后”的婉约，还有把栏杆拍遍、大江东去的豪放，还有君子之风、浩然正气，这是中华民族精神的独特美质。那时，大概山野渔樵、垂髫稚子也知道靖康之耻、中原沦陷之国难。中华民族的脊梁未被打断，几千年形成的血脉并未止息。岳飞之后，又有多少英雄豪杰齐刷刷地站起来。一道新的长城耸立起来，胡铨的奏表，韩世忠的隐忍，张孝祥、张元幹的辞章，陆游的诗篇，更有辛弃疾的冲天豪气，支撑着中华民族的精神天空，这是民族精神的内核。

长江之水是淬铁成钢的巨川大江，永远氤氲着风操凛凛的骨气。

白虹贯日的精魂，傲绝寰宇的魏晋风骨，仍然汹涌在一代文人墨客胸中。张孝祥是大唐诗人张籍七世孙，一位忠贞爱国词人，他的文章“如大海之起涛澜，泰山之腾云气”，气势充沛，感情深沉，既对南宋王朝黑暗腐败的政治有所揭露，又提出加强边备、扫除积弊、选用人才、革新图强的主张。绍兴二十四年，也就是岳飞被害十三年后，他状元及第，即上疏言“岳飞忠勇，天下共闻，一朝被谤，不旬日而亡，则敌国庆幸而将士解体，非国家之福也！”旗帜鲜明，言辞慷慨，为岳飞翻案，因此为权相秦桧所忌，诬陷其父张祁谋反，并将其父下狱。第二年秦桧死，此案了结。

张孝祥的仕途起起落落，其爱国之心坚如磐石，抗金收复中原之志不移，他以“剪烛看吴钩”“击楫誓中流”的词句，表达了北伐抗敌的热情。

他的代表作《六州歌头》读之令人起舞。词中描述了中原沦陷后横遭敌人践踏的凄凉景象和词人渴望王师收复失地的心情。痛斥当权者、主和派的一味投降，不思北战收复失地的满腔愤慨。全词音调悲壮，极富艺术感染力。据说，这首词是他在建康留守位上，一次宴会上即席所赋之词，当时抗金名将张浚听了这首词，食不下咽，悲愤不已，罢席而去。

张孝祥许多爱国词章词风豁达、豪放、刚烈，满腔忠愤，如惊涛出壑，淋漓尽致地抒发了他“肝胆皆冰雪”的高洁情操，也张扬了他开阔的胸襟、轩昂的气概。

他的词上承苏东坡，下启辛稼轩，笔墨酣畅，音调激越，大有长江滔滔之雄势。

高宗赵构听信奸相秦桧谗言，杀岳飞，订和议，激起许多爱国文人和将士愤懑。张元幹与张孝祥抗议朝廷主和派，痛斥他们的丑恶行径，口诛笔伐，写词撰文，倾泻出一腔炽烈的爱国情怀。他在《建炎感事》中写道：“议和其祸胎，割地亦覆辙”，在《贺新郎》中又写道：“天意从来高难问，况人情老易悲难诉”，围绕着朝廷内主战派和主和派的斗争，他们以诗词参加战斗，表现出扫除胡尘的义愤。

中国人有句俗语：“家贫出孝子，国难出忠臣。”在国破家亡、时局动荡危难之际，那些不怕杀头，不怕坐牢，不怕灭九族，不怕贬逐流放的仁人志士，勇敢地站出来，挺直了腰杆，以笔为刀枪。或干脆弃笔从戎，驰骋沙场，投入捍卫民族尊严的战场。连那位横跨两宋的婉约派词人、弱女子李清照的词也一改“凄凄惨惨戚戚”的哀音，染上时代风云的色彩，道出“九万里风鹏正举”的豪放气概，词风大变，于简淡中见雄杰。

豪放词以辛弃疾“称首”。辛弃疾南渡，开一代豪放雄风，振奋民族精神，重塑国魂，大有呼唤天风海雨一洗胡尘的豪情壮志。

岳飞死后，有相当长一段时间，朝廷由主和派、投降派把持着，他们极尽屈辱、苟且、献媚之形态，换取金朝的怜悯。但是豺狼并不因为媚态而改变嗜血的本性，金朝除了大量敲诈勒索南宋的钱帛，而且频频投鞭长江，骚扰江南。辛弃疾据守长江南岸的镇江成了抗金的前线，这简直成了历史的笑柄！

北宋王朝结束了五代十国的分裂局面，统一全国。首都汴梁一度成为“八荒争凑，万国咸通”的政治、经济、文化、交通的中心。一幅《清明上河图》真实地记录了当年宋朝京城的繁荣和繁华。宋朝平灭各地小国，不仅把国君及其后妃、公主带到汴梁，还把技艺高超的乐工歌伎掳入京华。汴梁出现歌吹满城、舞动京畿的淫靡现象，许多达官贵人，竞蓄歌伎，流连坊曲。宋词的诞生不能不说与宋太祖杯酒释兵权有关，他倡导臣下多置田产，歌儿舞女以终年。全国上下轻武者，重文墨，轻刀枪剑戟，重文房四宝，一大批文人沉浸在清新、婉约、妍丽小词的虚幻中，“宋人以能词而得官爵，能词而受封赏者，比比皆是”。朝野弥漫着“烟花伴侣”“朝云暮雨”的淫奢靡靡氛围。重文轻武导致了靖康之耻、丧权辱国之变。

文学史实际上是人的心灵史、灵魂史。

南宋末期出现张元幹、张孝祥、胡铨以及后来以陆游、辛弃疾为代表的爱国诗人词人，正象征着一个麻木灵魂的苏醒，一个柔弱、精神塌陷的民族的崛起。抗金、反元，收复中原、还我山河，已成为一种磅礴的正能量跃动朝野，奔腾在热血沸腾的文化精英的血脉里。“思故国，高台月明”“倚风长啸，夜深霜露凄冷”，不仅是抗金名将的心声，也是一般文人墨客发出的撼天动地的吼声。对祖国北方领土的沦陷感到愤慨，对偏安南方感到可耻，对南宋小朝廷的满足于暂时的和平感到不满，对国家“满地干戈”感到忧虑，对自己报效祖国的壮志不得施展而悲愤……这是南宋爱国知识分子的呼声，是那个时代的最强音。“落落东南墙一角，谁护山河万里。”

陆游二十岁便怀有“上马击狂胡，下马草军书”的雄才大略，到头来壮志未酬，只能寄托梦幻：“夜阑卧听风吹雨，铁马冰河入梦来。”从张孝祥“剪烛看吴钩”到辛弃疾“栏杆拍遍”“醉里挑灯看剑，梦回吹角连营”，他们念念不忘报国。

辛弃疾南归后，仕途坎坷，徒有报国之志，满怀豪情只能化作“漫声长吟，弹铗作歌”的怨怼之声，在那个悲风呼啸、哀鸿遍野的动荡年代起伏着。

二十五岁的辛弃疾壮志凌云，率众从北方投奔南国，本想有一番大作为，没想到遭到南宋小朝廷一次次的冷落，一腔豪情只能燃烧在长短句里，化为一声声扼腕叹息。

何处望神州，满眼风光北固楼。千古兴亡多少事，悠悠。不尽长江滚滚流。

年少万兜鍪，坐断东南战未休。天下英雄谁敌手？曹刘。生子当如孙仲谋。

这是他人生最后一次出仕，出任镇江。镇江是长江南岸一座小城，北固楼实际上是长江岸边北固山上的戍楼。辛弃疾登楼北望，黄河不见，中原茫茫，何处望神州？心潮起伏，他身在楼头，心在铁马冰河，挂念收复失地，北伐驱逐胡虏。辛弃疾身已六十有四，年迈体衰，一生夙愿，未得到实施。尽管把吴钩看透，栏杆拍遍，但眼前是落日楼头，断鸿声里。万般愁肠，悲剧已注定人生的荒凉，只能望着长江流水滔滔而去，一片怅然。

辛弃疾后半生，南宋小朝廷也知道他的才干，他辗转迁徙两湖江淮之间，出任江阴签判、建康府通判、滁州知州、江西提点刑狱、江陵知府、湖北安抚使、江西安抚使、福建提点刑狱、浙东安抚使，他还在南昌亲手创建飞虎营。然而官场风云变幻莫测，刚到任，又调任；刚接到诏令，赴任路上又更换职衔，匆匆忙忙，一事无成。他在一地做官，大都没超过三年的时间，有时刚落座就又接到调令。他豪迈的性格和执着北伐的热情，使他难以圆滑，难以逃脱嫉贤妒能者的夹击，及六十四岁高龄，再次出任为朝廷效命。

“却将万字平戎策，换得东家种树书。”辛弃疾南渡有二十年赋闲带湖，退居山林。镇江知府是这风雨仕途最后一站了。登楼北望，中原不见，唯有长江依然东流，一种兴亡的悲怆笼上心头。

公元1207年的秋天，西子湖畔，桂子飘香，残荷犹在，皇宫里依然歌吹喧天，灯火辉煌，皇上、宫女和群臣醉眼蒙眬，慷慨风流过残年。一颗将星闪烁着光芒，从黯淡的夜空倏然滑落，辛弃疾终年六十七岁。

生命的适应性是很强的，尽管辛弃疾可以将高贵的豪气蜕变为暗淡的世俗风度，将铁马金戈驰骋的烈火化为林泉风致、浅斟低吟，但抗元北伐仁人志士的决心，收复旧山河的信念，反而唤醒一大群文人词客的反抗精神，张元幹、张孝祥之后是陆游、辛弃疾、陈亮、刘过、刘克庄、周密、刘辰翁、文天祥等等，他们的呐喊和呼啸，奔突和抗争，仍然展示着中华儿女、黄河和长江子孙百折不挠的意志、滔滔不尽的爱国之情。

暮色降临天堂

历史翻去了一页，南宋王朝的黄昏近了，沉沉落日的余晖已涂在西子湖上。小朝廷的金銮殿发生了房倒屋塌般的地震。

江山代代有人才出，华夏民族的龙脉未断，文脉依旧绵延，“中州万古英雄气，也到阴山敕勒川”。但是光靠诗词是打不退金元帝国的铁骑的。元帝国灭掉金国，又挥戈南下，直逼江南。长江天险已难阻挡元帝国的铁军劲旅。成吉思汗的子孙挥舞着上帝之鞭，一路杀来。

文天祥、陆秀夫、张世杰，“宋末三杰”登场了。他们掀开历史的帷幕，走进舞台中心。

文天祥二十一岁中状元，官至丞相，封信国公。文天祥官位如此之高，其实他的仕途出奇地坎坷，直到南宋末年才匆匆被提为右丞相。其实，他一天也没有在丞相位上干过。

咸淳十年（1274），文天祥知任赣州，第二年长江上游告急，诏令天下勤王。文天祥看到诏书，泪流满面，立即召集周围郡县的英雄好汉，聚集兵众万人。他知道这些乌合之众难以抗击元军铁骑的进犯，与之相抗无异以卵击石。每当和宾客、僚属谈及国事，他总是声泪俱下，要以身殉国，要做忠义之士。文天祥以全部家产充当军费，响应朝廷号召“勤王”，至祥兴元年十二月在五坡岭兵败被俘，他“勤王”恰恰整四年。这四年间，为挽救王室危亡，他竭尽全力，折冲樽俎，辗转兵间，仍未能挽回局势。在抗元斗争中出生入死，一次被扣，再次被俘，均已逃脱。

德祐二年（1276），文天祥担任临安知府。不久，宋朝投降，那时朝廷已无重臣。满朝上下，昔日花天酒地、歌舞达旦、颐指气使、重权在握者早已做了鸟兽散，皇上不得不起用文天祥。先任枢密使，不久又任命右丞相，这是为与元军首领伯颜讲和谈判，临时封上官衔。文天祥不要这些“虚衔”，当场请辞，他直进元军大营。他不是来签投降书的，而是谈判，双方地位本就同等。谈判中文天祥唇枪舌剑，针锋相对，同元大将伯颜争论。伯颜拘捕了他。有幸，文天祥和同去的廷臣趁夜间元兵看守不严，连夜逃出。

祥兴元年（1278）三月，文天祥又召集残兵败将，重新组织武装力量，他亲自训练将士，率军进驻丽江浦。

五岭坡是文天祥的滑铁卢。此时，文天祥正和将士们一块吃饭，由于叛徒的出卖，元军突然出现，将他们包围。文天祥带着身边几个士卒仓皇奔逃，躺在草丛中、树林里，元军来了个地毯式的搜索，文天祥无奈被俘。他的抗战生涯由此画上了句号。

文天祥被俘后，立即吞食装在口袋里的“脑子”（即龙脑，有毒性），自杀未死。

文天祥被押往潮阳。

他计算，按第一天行走的路程，需要八天到达他的家乡江西吉州庐陵。他绝食八天，希冀死在家乡，也对得起国家和亲人了，但元军硬灌他一些米汤，他没有死。

到达潮阳，送至元军大帅张弘范大营，左右官员都命他跪拜，文天祥不跪。张弘范要他写信招降张世杰，文天祥不写，说："我不能保卫父母，还教别人叛离父母，可以吗？"张弘范多次强迫他写信，文天祥写了《过零丁洋》诗给张："人生自古谁无死，留取丹心照汗青。"张看罢，笑了笑收藏了它。张弘范说："丞相忠心孝义都尽到了，若能改变态度像侍奉宋朝那样侍奉大元皇上，将不会失去宰相位置。"文天祥泪眼婆娑地说："国亡不能救，作为臣子死有余辜，怎敢怀有二心苟且偷生呢？"

张弘范感其仁义，将文天祥押往燕京。到了燕京，元世祖忽必烈起初要招安文天祥，委以重任。馆舍侍员殷勤，陈设奢华，忽必烈派人劝降。文天祥说："国家亡了，我只能以死报国。"但元朝没杀他。

文天祥蹲了三年大牢，忽必烈认为文天祥受尽折磨，会改变初心的，亲自召见文天祥："你有什么愿望？"文天祥说："天祥深受宋朝恩德，身为丞相，哪能侍奉二主，愿赐我一死就满足了。"忽必烈仍不忍心，急忙挥手要他退去。

文天祥在狱中，其妻女也被抓去，在宫中为奴，女儿写信给他，只要投降，全家就可以团聚。文天祥捧信泪如雨下，他回信说："人谁无妻儿骨肉之情？但今日事到这里，于义当死，乃是命也。奈何，奈何！……可令柳女、环女做好人，爹爹管不得。泪下哽咽哽咽。"

文天祥关在牢里，元朝皇帝忽必烈仍不肯杀他，想尽一切办法劝降。宋朝的状元宰相留梦炎逃跑后，投奔元朝做了官。他奉皇上之命，到狱中劝文天祥投降，被文天祥骂走。元朝又派俘虏来的亡国皇帝赵㬎去劝降，文天祥拘于封建礼教，只是连声说："圣驾请回，圣驾请回。"文天祥所住牢房，实际上就是地牢，深四寻，阔八尺，阴暗、潮湿、腌臜，窗户短窄、低小，见不到阳光，牢里弥漫着水气、土气、日气、火气、食物腐气、圊溷恶气，腥臊污垢，根本不是人住的地方。文天祥受尽难以想象的折磨，但他在土牢里“养浩然之气”，并作《正气歌》。我认为支持他坚定不移的精神力量就是这种正气，也就是孟子所说的充塞天地之间至大至刚的浩然之气。“天地有正气，杂然赋流形。下则为河岳，上则为日星。于人曰浩然，沛乎塞苍冥”。他认这浩然之气犹如浩然的长江大河，巍峨雄峙的岱宗华岳；在天，为光华的日月、璀璨的星辰；赋予人，则是浩然刚正之气。这种气，无处不在，不因时间环境而改变，越是到危难之时，就越表现出刚毅坚贞的志节，不辞见危授命，为国捐躯，在史册上留下万古长存的英名。

有一次大元帝国丞相孛罗审讯他。文天祥被带到枢密院大堂，此时文天祥已形销骨立，面容枯槁，但直面孛罗，依然气宇轩昂。来到大堂，对孛罗只是双手抱拳，算是打了一个招呼。两个衙役上来硬按着文天祥跪下，文天祥被压得瘫倒在地，死也不跪。孛罗无可奈何，挥了挥手，好一阵折腾才算结束。孛罗问：

“你还有什么话要说?”文天祥答道：“天下事有兴有衰。国亡受戮，历代皆有，我为国尽忠，只愿一死。”一种凛然正气使孛罗震惊得无言以对。

正气是维系天柱、地维、人伦并使之绵亘古今而不绝的巨大精神力量。一个民族生存天地间而不遭灭亡，就是靠这种“气”战胜一切艰难困苦，这是擎天之柱。人世的一切伦理道德莫不系于正气而存在，将生死置之度外，这是以正气为根本的。

文天祥在诗中列举了古今仁人志士的气节和他们的壮烈事迹，都是“时穷节乃见”的体现：齐太史的简书，晋董狐的直笔，张良的铁椎，汉苏武十九年的坚毅，东汉严颜的宁愿断头，晋嵇绍的宁倾热血，唐张巡的嚼齿穿龈，颜杲卿的骂贼断舌，汉末管宁的辽东力耕，晋代祖逖的渡江击楫，誓复中原，他们清操自励，视死如归，他们凛然不屈、刚毅坚贞的气节，都在史册上留下光彩照人的一页。

文天祥最后终被忽必烈赐死，临上刑场，文天祥特别从容。他问围观的百姓，哪个方向是南，有人即刻指给他。他向南跪拜，口中道："我宋列圣在天之灵，愿俾天祥早生中原，遇圣明之主，当剿此胡以伸今日之恨！"对狱中吏卒说："我的事完了！"

等文天祥拜毕，宣谕使问他："丞相今有甚言？"

文天祥便索要纸笔。挥笔写就七律二首。第二首的最后四句：

天荒地老英雄散，国破家亡事业休。
惟有一灵忠烈气，碧空长共暮云愁。

文天祥在诗中再次表露了为正义而生，为正义而死，上不愧国，下不愧民的高风亮节。诗歌真力弥漫，大气磅礴，诗中所言，句句出于肺腑。

几天后，妻子欧阳氏收拾他的尸首，他的面部如活着一样。他衣服里有赞文说："孔曰成仁，孟曰取义。惟其义尽，所以仁至。读圣贤书，所学何事。而今而后，庶几无愧。"

后人赞之："殉国忘身，舍生取义。气吞寰宇，诚感天地。"（于谦语）

"生为名臣，没为列星，凛然劲气，为风为霆。干将莫邪，或寄良冶，出世则神，入土不化。今夕何夕，斗转河斜，中有光芒，非公也邪！"

玉柱擎天。

文天祥死后墓园高大的石坊镌刻四个大字：

仁至义尽。

这是宋王朝黄昏最后一道霞光，虽绚丽璀璨，但掩不住夜幕的降临。

第十章 浔阳荻花

长江一路东去，浩浩荡荡地来到江西地面，又遇到一座雄峙的大山——匡庐，也就是庐山。庐山坐落在长江右岸，一扫平庸，而陡然变得壮丽嵚崎。有了山，水更显得智慧而有灵性，更显得激情盎然，它彰显了生命力的滂沛和壮阔。站在匡庐之巅远眺长江，只见渺渺一江水，颙颙卬卬，莘莘将将，状如奔马，声振雷鼓。这是生命的激流迸发出的强大而原始的力量。

石坊门前有几棵老樟树，很传统，也很古典。那微微沁黄的叶子像挂满唐诗宋词，挂满《论语》和《孟子》的残章断句。风一吹，簌簌作响，像莘莘学子在吟读。

浔阳江头

没去九江之前，我总觉得这座小城刚健洗练，既柔情似水，又淡然如菊。它背靠庐山，面对鄱阳湖，浩浩长江平稳而安然地从身边流过，江环湖绕，形成它鲜明的个性。它顽强地默默无言地屹立在大江边，它曾在历史上扮演着很重要的角色，因此它灵魂深处是骄横的，在精神上有许多抑制和否定的力量，以保持独立自主，不为印象所动容，不为现实所左右，不为太阳神所控制，它不承认现在的秩序是理想……因为这里是陶渊明的故里，也是苏门四学士之一、江西诗派创始人黄庭坚的家乡。它对面的庐山上有大林寺、西林寺、东林寺，魏晋南北朝的高僧慧远、慧永先后来此寻找净土，筑舍修行。

这片土地神奇而精气神十足。如果乘飞机巡礼九江，俯瞰大地，大江滔滔东去，鄱阳湖浩浩渺渺，横无际涯，一片茫茫，有水无山算不得风景佳妙之处，偏偏上天想得周到，一山飞峙大江边。庐山简直是天外飞来之物，有山有水，一幅绝妙的水墨风景画。雾岚袅袅，云霭漠漠，伴着峰峦跌宕，又制造了神秘感、深邃感。

九江，山拥千嶂，江环九派。自古以来，就是舟车辐辏、商贾云集的通都大邑。长江流经九江水域，与鄱阳湖和赣、鄂、皖三省相连。河流汇集，百川归海，水势浩渺，江面雄阔。九江实际是九条江汇集之地。

其实，我认识九江是始自白居易《琵琶行》，诗人开笔写道："浔阳江头夜送客，枫叶荻花秋瑟瑟。"那是一个秋意很浓的夜晚，夜风凄凉，一介贬官本来心境悲哀，在这样水寒风冷之时送客远去，送至湓浦口，冷月在天，荻花飘零，更添一抹凄凉意蕴。忽然对面的商船上传来铮铮的琵琶声，有京都韵味，既亲切又让人惊喜，白诗人一打听，原来是流落江湖的长安歌女在弹奏，这是一首凄凉的哀歌。歌女的漂泊憔悴，转徙江湖间的不幸遭遇，让诗人想起被贬的悲伤，“同是天涯沦落人，相逢何必曾相识”，江州司马白居易的长长叹息，伴着萧瑟秋风，落寞之感，跃然纸上。

这个夜晚，白诗人收获一首名篇，文学史上多了一颗耀眼的星辰。六百一十六个字的《琵琶行》使九江扬名于世。白居易在世时，他的诗作已经是“童子解吟《长恨》曲，胡儿能唱《琵琶》篇”的经典之作，传播遐迩，展示了强大的艺术生命力。

长江，在这里也叫浔阳江，九江口也叫柴桑。一山一江一湖泊，九江名中带水，命中有水，魂中含水。有水就多一些灵气、秀气，多一些葱茏，多一些妩媚。九江成了一个充满生机、清凉和韵味丰赡的城市。陶渊明、谢灵运以来，这里儒风绵绵，相续不绝，高人雅士，纷至沓来。魏晋大诗人陶渊明罢官归隐，回归故里，茅篱竹舍，诗侣酒朋，吟唱田园，寄情山水，徜徉泉石，成为我国田园诗的开山鼻祖。稍后，南朝的谢灵运来到九江，吟山咏水，山水诗突兀挺拔，崛起诗坛。他的山水诗清新自然，空灵奇秀，“三江事多往，九派理空存”。是他写给鄱阳湖的，更具体地说是写给九江的名句。我想象得出，在某一个秋高气爽的日子里，这位风流放荡的诗人登上庐山，放牧视野，面对浩浩鄱阳湖，胸怀大开，诗情升腾。

田园诗也好，山水诗也好，诗人都受佛老思想影响较深，多政治失意，过着退隐生活，由仕而隐，或边仕边隐，实际上他们是官场上的凋零者、失败者。早于白居易数十年前，一位伟大的诗人李白临九江，登庐山，放歌瀑布，啸傲泉林，气势之豪迈，感情之奔放，令人有高山仰止之叹。山水容诗意，人物总关情。李白几次登庐山？不可知，但他写九江写庐山的诗多达十五首，可见诗人对这片神奇的山水投注多少情愫。

庐山东南五老峰，青天削出金芙蓉。

九江秀色可揽结，吾将此地巢云松。

匡庐得名于一种传说。周威烈王时代，有一位匡俗先生在庐山学道修仙。他的事迹传到朝廷，周天子屡次请他出山，匡俗屡次回避，潜入深山之中，无影无踪，有人说他成仙了。于是庐山被称为“神仙之庐”，又因他姓匡，便称为匡庐。

白居易做江州司马时，除留下《琵琶行》这一辉煌篇章，还有很多小诗，也是光华灿烂。其中《大林寺桃花》脍炙人口。庐山不仅是诗山，而且是佛教文化中心，山上建有三大寺：东林寺、西林寺、大林寺。以佛养心，以道修身，以儒治世。历代文人墨客，常在这里寻觅他们感情兴趣的文化元素、文化符号、文化遗迹，寺庵道观，山石泉瀑，山林莽丛，丹崖翠壑，都染上诗意。

我在九江见到一部历代文人墨客咏九江的诗赋汇编，令我大为震惊，竟有一千五百余名诗人，留诗四千余首，可谓洋洋大观。我想，用庐山每块石板刻一首诗，石尽，而诗不尽。这里钟灵毓秀，这里山幽水碧，这里林泉优美、山壑峥嵘。唐代的李白、白居易之外，杜甫、王维、孟郊、孟浩然、颜真卿、宋之问、张九龄、韦应物、韩愈、杜荀鹤，宋朝的诗人苏东坡、欧阳修、范仲淹、米芾、司马光、王安石、杨万里、文天祥，九江凝聚了人类文明的精神。陶渊明的诗魂照亮了世界，也照亮了九江的诗意，他们登东皋以舒啸，临清流而赋诗。这片山水涵养了浩浩缃帙，叠叠华章，还是这诗篇诗化了庐山，璀璨了九江？

我终于登上了四百旋的庐山，举目四望，奇峰林立，怪峦丛簇，飞泉流瀑，山高水长，秀色可餐。山风吹来，凉意森森，这里本来林木森森，高杉大松，密密匝匝，山静林幽，鸟鸣兽语隐隐传来，这是天籁，大自然的乐章优美动人。

大山和江川蕴含着丰赡厚重的文化，使人享受不尽，采撷不绝。山清水秀，诗情画意。奇峦险峰，流泉飞瀑，江流溪水，这迷人的风韵，使人的精神葱茏，智慧丰盛，情感多彩。

“一山分两湖”的庐山，大江大湖浑然交汇，雄奇、秀丽，刚柔相济。我坐在一块岩石上，呆呆地俯瞰着山脚下浩浩荡荡的长江，长江行程万里，穿越亿万年，依然情致昂昂。它是江，却有山的沉默；它是水，却有岩石的坚硬。它冲破万千障碍从远方走来，哪是它要去的地方？它日日夜夜地奔腾，不觉得疲累吗？它哪里来的力量，是什么精神支撑，给它源源不息地提供原动力？它奋勇向前，摧枯拉朽，把洼地冲成平原，把山陵冲出深壑，一条江用它的生命改天换地，它流啊流啊，带走多少岁月和时光？“一道残阳铺水中，半江瑟瑟半江红。”霞光从那里铺过来，湖水江水在沸腾，在摇荡，在融和，丝丝缕缕，哧哧啦啦地燃烧，那是火，那是光，江和湖都在燃烧，也把唐诗和宋词一齐照亮。

写九江的诗篇多数写到水。虽构思不同，长短不一，立意有别，风格迥异，或泱泱如水，或淡淡如水，或清澈如水，或平静如水，或丰沛如水，水意盎然，水之魂、水之魄、水之韵都融进那行云流水般的诗章里，那是纯真的自然美，意蕴悠远的神性美。

庐山的云、雾、岚、石、草、木、花、鸟、虫，泉瀑溪流，还有风、雨、雪、朝晖、夕阴，都注入了诗的因子，伴着诗人的情感，化为诗的风韵，飘逸在峰峦山壑间。苏东坡有诗云：“青山若无素，偃蹇不相亲。要识庐山面，他年是故人。”为何长江来到这里变得这么多情、知性、有灵性、有灵魂呢？有人说这里是“龙之眼”，画龙点睛，长江活了！长江凭它一身奔放的豪气，苍莽的雄气，水鲜鲜的灵气，孕育了多如繁星的千古华章！

然而，九江地处鄱阳湖与长江交汇处，庐山、长江、鄱阳湖成龙虎之势，千百年来，又是兵家必争之地。

三国时期的浔阳城是智多星“诸葛亮舌战群儒”“群英会蒋干中计”“柴桑口卧龙吊孝”之地，一场场智慧的较量，一场场刀光剑影的厮杀，演出战争的血腥残忍，政治家的智慧狡诈。

吴国大将周瑜曾在九江训练水师。赤壁大战的前夕，这位血气方刚的年轻将军豪情满怀，他踌躇满志，狂饮大醉，挥剑起舞，放声高歌：

> 丈夫处世兮立功名，立功名兮慰平生。慰平生兮吾将醉，吾将醉兮发狂吟。

谁知柴桑口成了周瑜的魂断之地，赤壁大战取得巨大的胜利，并未提升吴国战略的优势地位。诸葛亮在这里导演了一场场传奇剧，三气周瑜，使周瑜气绝身亡。

世上没有永恒的朋友，也没有永恒的敌人，一切都是为了权力和利益。

周公瑾采取“假途灭虢”之计，虚取西川，实取荆州，被孔明识破，来到荆州城下，反而被刘备的四路大军围住，声言要活捉周瑜，气得周郎箭疮大发，当即摔下马来。被人救起，苏醒后，却接到孔明派使者送来的一封信，言及周瑜，劳师远征，万里转运，谈何容易，倘若曹操乘隙而来，湔雪赤壁之耻，江南东吴化为齑粉矣！

周瑜看罢孔明的信，对身边的将领说："吾非不欲尽忠报国，奈天命已绝矣。汝等善事吴侯，共成大业。"言讫，昏绝。徐徐又醒，仰天长叹曰："既生瑜，何生亮？"连叫数声而亡。

滚滚长江水，浪花淘尽英雄！

宋时九江被设为江州，岳飞五次戍守江州。世人只知他的《满江红》豪气冲天，却不想他写在九江的诗篇也震撼千古：

溢浦庐山几度秋，长江万折向东流。

风雨渗透历史，时空以凌厉的巨笔涂抹着天地万物。贬官逐臣踏着斜阳而来，商贾的货船乘着月色而下，九江通衢忙得焦头烂额，哪有心思记住来来往往的商船，无意间留下几位诗人的身影。

白鹿洞书院

那年夏天，我参加了在庐山举办的海峡两岸散文笔会，我登上了庐山峭壁峰巅，顿时产生了一种奇异的感觉：平素总是高山仰止，现在忽然俯视万木葱茏的大地，茫茫九派的长江，还有雄阔浩瀚的鄱阳湖，它们就在我们足下，匍匐而温顺。云雾在身边缭绕，山风在耳旁絮语，天、地、人、神，皆为一体，连自己也说不清身在何处，有一种缥缈的感觉。庐山是长江旅程的里程碑。

我徘徊在石牌坊前，石阶斑斑驳驳，凸凸凹凹，岁月与风雨在这里留下遗痕，石阶的底部长满苍苔，登上倒有点“应怜屐齿印苍苔”的诗意。石坊门前有几棵老樟树，很传统，也很古典。从庐山上弥漫下来的晨雾，袅袅烟纱般笼罩在树梢间，湿漉漉的石径上走来三五个青青衣衿的学子，粗蛮的野气、土气、稚气，正从那飘曳的衣襟上剥落，他们变得文雅、儒雅起来。

白鹿洞书院位于五老峰之东南，四面皆为青山，道贯溪从庭院前面穿过，傍溪而行便是朱熹当年往返南康的古道。这里一度成为国子监，北宋时期改为书堂，南宋时期朱熹任南康军知军，访求旧址重加修建，制定学规，升坛讲学，于是白鹿洞书院成为江南四大书院之一。白鹿洞书院其实是一座简朴的山间居舍，灰墙青瓦，石阶木檐。院子里有高大的槐树、杉树，也有柳树、枫杨树，绿荫匝地，一片清凉幽雅之气扑面而来。院子里的一石碑——《白鹿洞书院揭示》碑，是朱熹亲自制定的校规校训，已属国宝级文物。

这里是庐山的余脉，山不高，满山弥漫着葳蕤而丰茂的树林。鸟的鸣唱，泉水的流韵，林涛的澎湃，使山更幽，林更静。这里远离世俗的灯红酒绿，远离凡尘的尔虞我诈，远离官场龌龊腐败的霉味，当然也远离烽火狼烟的恐怖。这静谧的时空，正是程朱理学展开翅膀振翮飞翔的大好时机，探索宇宙的奥妙，追求天理的终极，求解人生的命题，拷问人性的善恶，朱熹用抑扬顿挫的乡音，把智者的甘露，细雨润物般地播洒在那一颗颗如饥似渴的心灵中。在这里，思想在攀登，灵魂在升华。

宋朝，特别是南宋，文化教育兴旺发达，进入一个更高的层次。遗憾的是，南宋王朝并未达到“教育兴国”的目的，挽救南宋衰亡的命运。其原因是不务实际的学风虽然推动了中国文化的发展，但面对强敌南下的侵犯却束手无策，无可奈何。

但南宋时期，差不多历朝皇帝都举行过隆重的礼学典礼，以显示对教育的高度重视和对国运的关注。

宋代书院教育蓬勃兴起，到南宋形成庞大规模和繁盛景象。南宋时期四大书院——嵩阳书院、岳麓书院、应天书院和匡庐山下的白鹿洞书院，名冠天下。

提起白鹿洞书院，不能不使人想起位于九江南八里之遥的黄土岭下的濂溪书院，无论创建时间、规模、影响，虽远不及白鹿洞书院，但却是北宋理学开山鼻祖周敦颐所创建。周敦颐著述不多，因一篇《爱莲说》而风流千古。

理学，“理”者，法则也。一言以蔽之，理学就是有关天人性命定理的哲学。

周敦颐“出入释老”而“反求六经”，既适合江山社会一统的要求，也为“以儒为本，三教合流”的新儒学的诞生奠定了气度博大的思想基础。

大概有点洁癖的周敦颐老先生青衿长衫，头戴冠巾，面颊清癯，举止儒雅。尽管那衣襟上打着补丁，但扑面而来的是一种书卷气，高洁的气质使人顿时产生一种敬畏感。我如果早生一千年，也会投靠他的门下，做一名虔诚的学子。老先生用略带沙哑的湖南口音讲述着“四书五经”，课余也写点文章，练练书法，和学生幽默几句。麻油灯下我依稀看到他铺笺挥毫，抒怀言志，赞美莲花：“出淤泥而不染，濯清涟而不妖。”学高为师，身正为范。这位北宋的教育家以莲花自比，独善其身，对于官场的肮脏、世风的龌龊，依然坚守冰雪节操，是封建社会正人君子文化人格的典范，也是清风明月般文化人格的最好表征。

周敦颐以后便是邵雍、张载、程颢、程颐，一路开来，将理学思想进一步探究、论述、发扬光大，使之成为气象万千、蔚为大观的文化主流。

有学者说，长江凝聚着丰富的文化元素，对之深入索解，可以从中发现极有价值的编码信息。这片土地承载了文化的重负，奠基了大宋文化的巍峨。这片静幽的山林，见证了多少博大自强的情怀、奋发的精神，使人想起一千多年前，莘莘学子青灯黄卷苦读诗书的身影。

朱熹这老夫子，不同于周敦颐，刚烈、偏激，愤世嫉俗，当然在官场上很难混。天生我材必有用，到山野书院教书课徒吧。

我站在《白鹿洞书院揭示》石碑前，阅读碑文，字里行间依稀闪耀着他的身影。朱熹一头花白头发，目光灼灼，神采精旺。他手握竹笔，饱蘸浓墨，在白纸上书写院规，一条条、一句句都凝聚着教育家的心血。我仿佛看见朱熹身着灰布衣衫，登坛布道，讲《中庸》《大学》，他的闽地口音像山溪流水一样款款流淌，浸润着一群学子的渴求之心。山川大地，擎墨以待，蜃楼远景，源远流长，朱熹影响着几百年教育史。

朱熹一生酷爱教育事业，酷爱各地书院。他晚年正逢朝廷祸乱四起，以朱熹为代表的理学体系惨遭失败，朱熹学说被称为伪学，政敌要求将朱熹、蔡元定逮捕来京，斩首示众。宋皇帝下诏革去朱熹的职权俸禄，蔡元定被流放道州。朱熹得悉蔡元定将要被流放，万分绝望，便召集学生为蔡元定饯行，朱熹一边饮酒一边哽咽道："你去道州也算是个好的归宿，我一生中数度订正、注解、研究周敦颐的《通书》，却无缘去他家乡看看，你到道州一定要看濂溪书院，看看神龛上的尘埃是否有人拂拭，并代我烧炷香。"朱熹那天晚上喝"高"了，沉醉如泥，酒醒后，狱吏已将蔡元定带走，他唯恐蔡元定忘了他的嘱咐，便修书一封，快马追上蔡元定，要他写回信，濂溪院有否损坏，现在是什么状况。蔡元定一一记下，但一路长行，疲惫不堪，又因天热得病，未到道州，便死于途中。不久，朱熹也死去。

宋代到二程、朱熹时期，书院教育发展到顶峰。据有关资料，全国已有数百家之多，连大唐帝国也望尘莫及。但程朱理学并未挽救宋朝挨打称臣纳贡的命运，反而扼杀了人民的反抗精神、民主精神、生命原动力，也大失华夏民族的浩气、雄气和霸气，失去了唐朝开放多元、襟怀宇宙的大气。到了南宋，朝廷偏安一隅，满朝朱紫，苟且偷生，连点反抗的血性也没有了，人人变成被阉割的阴阳人。

朱老夫子在宋孝宗即位时，看到社会每况愈下，徽钦二帝被掳，也有点悲叹扼腕，曾上书建言整修内政，抗敌卫国。但宋金议和，复仇的锐气早已被“理学”这把钢锉锉成粉末了，理学像一把锋利的刀子，把中国人的血性、雄性阉割了。他又强调南宋时代的农民起义是大敌，攘外必先安内，“正心诚意”“格物致知”，朱熹的观点受到抗战派的激烈反对，特别是辛弃疾的朋友陈亮以“实事实功”反对朱熹“存天理，灭人欲”，这是中国哲学史上的一场大辩论。

当宁宗执政时期，朝中重臣赵汝愚、韩侂胄围绕朱熹“存理灭欲”的道学展开了一场权力之争。赵汝愚是朱熹学说的信徒，曾引荐朱熹为宁宗讲“正心诚意”“存理灭欲”，好在宁宗不感兴趣，并斥为“多不可用”，让他少谈点主义，多研究实际问题。韩侂胄是北宋名臣韩琦的曾孙，宁宗韩后的叔祖，他用外戚这一特殊身份，很快得到宁宗的信任，并得到抗战派官员的支持。韩侂胄当上宰相后，提出严禁道学，清除异己。庆元三年（1197）将赵汝愚、朱熹一派及其同情者定为“逆党”，大加翦除，史称“庆元党禁”。其后宁宗、韩侂胄又为岳飞平反，追封岳飞为鄂王，给予极高的政治地位，以褒奖抗战派将士。

朱熹生活的时代是南宋高宗、孝宗、光宗、宁宗时代。南宋是雍容富足，又惨淡萧条的时代；是安逸平和，又痛苦无奈的时代；是歌楼舞榭，醉生梦死，壮士扼腕，拔剑四顾心茫然的时代；又是云水浩荡迷南北、断肠落日千山暮的时代。

南宋的黄昏是阴暗的，秦桧曾经一手遮天，使天空阴霾密布；史弥远之流将更浓重的暮色涂抹在南宋的上空。

周敦颐、邵雍、张载、程颢、程颐被称为北宋五子，朱老夫子是五子思想和理论的集大成者。他身居江湖之远，心系庙堂之高，想朝廷之所想，急朝廷之所急，主张社会稳定，稳定压倒一切。理学就怕乱，乱了纲常，乱了君君臣臣，乱了严密的封建秩序，乱了官大一级压死人的官僚体制，乱了官本位无形的巨大的权力资源……中国封建专制社会如此漫长，这与儒家思想、程朱理学的观念深入一个民族的血脉，融进民族灵魂不无关系。实际上，程朱理学从思想体系上是直接为统治集团服务的。朱熹虽历经高宗、孝宗、光宗、宁宗四朝，实际上为官只有四年。他继承二程理本思想，以“理”为最高范畴，建立庞大而成熟的哲学体系。

朱熹认为理具有“无情意，无计度，无造作”的超意识特征，“无所适而不在”的超时空特征。理在事上并在事中，天下没有理外之物。并宣传“理气本无先后之可言”，天下未有无理之气，也没有无气之理，理气彼此渗透。

朱熹这种由天理自然观念到政治伦理取向，表明他继承了儒家重人文观念，轻自然科学的传统——一旦这种思潮成了社会思维的主流，成了统治集团的治理国家的工具，便会出现一大批无所作为的侏儒，没有任何鲜活的富有创造性的生命个体。人们在这庞大的思想体系压抑下都无所作为，这种思想机器车出的零件，都规格划一，无个性、无棱角，是完全按照统治者需要而制造的工具。

朱熹制定的“白鹿洞书院学规”中，以“父子有亲，君臣有义，夫妇有别，长幼有序，朋友有信”为五教之目；以“博学之，审问之，慎思之，明辨之，笃行之”为“学之序”；以“言忠信，行笃敬，惩忿窒欲，迁善改过”为“修身之要”；以“正其谊不谋其利，明其道不计其功”为“处事之要”；以“己所不欲，勿施于人；行有不得，反求诸已”为“接物之要”。这个学规糟粕与精华共存，荒谬与真理并生。

朱熹把理学推向极致，把人对自身修养的要求提升到一个崇高的地位，每个人都必须居敬穷理，内无妄想，外无妄动，方不失为立于天地之人。这实际上是朱熹哲学最荒谬的一点，根本就没人能做到这一点，包括他本人也做不到。“天理”的标准在哪里？世人茫然，人类自出现私有制，出现族群、家、国以来，随之便产生了“弱肉强食”的丛林法则。大宋朝的灭亡不是对朱熹哲学最好的讽刺吗？所以主战派韩侂胄任宰相时，把朱熹打入“道学”一党，削职罢祠。其实他早就嘲笑朱熹的迂腐不堪。朱熹哲学把鲜活的生命、强旺的生命力，紧紧束缚在“理”的桎梏中，人还有什么作为，还有什么创造力？

朱熹的人生结局也很悲惨，死后，皇帝特别下诏，禁止门生故旧为其送葬，果然无一至者。

我凝视着石碑，字迹清晰、端庄周正，一笔一画颇见功力。这不是院规纪念碑，这是“朱熹岩石”。朱熹有一副坚强的胃，污水、脏水、净水一口饮进去，美食、毒品、垃圾食品统统咽下去……什么信仰、理想、人格、是是非非全搅和在一起，那就是向人们灌输变虎成猪，变狼为羊，在丛林法则中任人咬噬吞食。在这里没有生命意识、本能、欲望、激情、感官、冲动、兽性、创造、特立独行，这里在阉割民族的血性、雄性，切断民族的超越意识。

野竹过雨，轻燕侧风，野菊花和秋海棠相继开放。秋阳西斜，石板小径上落满了银杏叶，踩上总是软绵绵的，让人感到一种暖意。理学的普及深入国民的灵魂，结果给后世——晚清，带来一百余年的欺凌、屈辱，被列强打得头破血流。国人才惊醒，理学已使国人丧失了灵魂。我打量这座庭院，这些承载着历史文化的陈砖旧瓦，古木朽株，柱础石雕，是一卷令人伤感的破碎史诗。国家生命所系，实系于文化，而文化根本则在思想。

漫步在白鹿洞书院，这里一切都是静寂的，寂寂的阳光穿过稀疏的树枝，将光斑投在黛色的瓦楞上，枯萎的瓦松和檐草在黄昏的晚风中索索摇曳。那树丛间、山径上、屋舍内、庭院里，依稀听到朗朗的读书声。石坊、泮池、碑亭，青石的柱础，巧夺天工的雕刻，变化繁多的图案……岁月流变，风剥雨蚀，虽已漫漶，但依然透出宋王朝孱弱的脉息。

不知怎的，我信步庭院时，忽然觉得梁山伯与祝英台可能在这里“之乎者也”过，这个千古爱情悲剧应该发生在这里！

江在湖中行

一条江和一片湖加到一起，是一片多么广阔的世界。

气可吞天的长江走出荆天楚地，与浩浩渺渺横无际涯的鄱阳湖来了个激情的拥抱，这是生命与生命的浩歌，这是文明与文明的相融。湖是江河的息园，江河是湖远行的歌。

长江离开九江口一头扎进鄱阳湖，这旷达辽阔的鄱阳湖，大得令人惊叹，令人眩晕。鄱阳湖的磅礴之势，颠覆了人对水的看法，不管流动还是凝聚在这高山之麓，都是最优美的造型。鄱阳湖敞开胸怀，接纳了多条水系，在这片古老的土地上，赣江、抚河、信江、饶河、修河五大河流汇入大湖，后经湖口进入长江。其实，长江还是眷恋这片土地的，它与鄱阳湖缠绵一番之后，才东去吴越的。长江不仅富有激情，且很有理智。它深情回眸鄱阳湖，恋恋不舍地无语东流。

我不喜欢湖泊，喜欢江河，江河有追求的目标、奋争的勇气、矢志不移的坚毅、百折不挠的意气。而湖泊是水的坟墓，没有前进的动力，变得慵懒、保守，连波纹也带有几分憔悴。但鄱阳湖不同，它仍然蓬勃着生命的元气、青春的热烈，浩瀚苍茫，巨浪腾空，气象万千，像猛虎雄狮在囚笼中挣扎扑跃，当黄昏风静时，又出现王勃笔下的景观：

落霞与孤鹜齐飞，秋水共长天一色。

江湖两色。夏天江水混浊，湖水清澈；春天江水清澈，湖水混浊。江水在湖中流，中间没有堤坝，江湖和而不同，而又互补互通，构成一幅雄浑壮丽的画卷。

长江之水气势雄阔，气象宏大，但又细腻婉约。它既有大涛巨浪，也有细流潺湲、润物无声慈母心肠。鄱阳湖、洞庭湖、太湖等等，大大小小的湖泊是长江的重要奇崛而又发人深思的章节。我在湖畔散步，这水滨世界令人陶醉。我蓦然发现在杂草丛中，有只灰褐色野兔，蜷缩着身体，将头埋在草丛里呼呼睡大觉。我不想给它带来惊扰，蹑足离去。

春天的步伐轻盈地走进江南。江南三月，莺飞草长，天地间氤氲着绿意。春和景明，在这样的季节游览鄱阳湖，只觉得万顷水面蒸腾着缕缕春气，如梦如幻。一轮朝阳从湖面上冉冉升起，鲜艳、妩媚，像浴后的仙子施施然凌波而来。湖面上霞光斑斑，飞红点点。当朝阳离开湖面，顿时天地流变，茫茫湖水成了一片红浆赤液，粉红、桃红、玫瑰红，那红得烂漫，红得璀璨，红得令人晕眩。这时你可听到从刚抽尖的芦苇丛里传来水鸟的鸣叫：叽叽、啾啾、吱吱、喳喳。时而有几只怀孕的雌鸟从芦丛里飞出来，像小天使似的在水面嬉戏，翅膀点击着波浪，发出快乐的吱吱声。

烟一样的轻柔，梦一样的迷离。晨雾氤氲在水面上，被朝阳一照，整个湖仿佛变成一座新婚洞房，充满着幸福感。晨雾里，早醒的渔民荡起小舟，欸乃之声轻轻传来，小船犁开水面，浪花间倏尔有鱼儿跳出来，一不小心落在小船的甲板上，又滚跳到船舱，喜得渔夫眉开眼笑。湖边湿湿的田野上传来老水牛沉闷的哞叫。随着太阳的升高，村外的场院里，有女人摊晒稻种，灿灿的，一片欢天喜地的金色。几只老母鸡咯咯咕咕地叫着，趁女人一不留心偷啄几粒，当女人发现时，一阵阵的驱赶声、叫骂声接连而至。几个娃娃在场院里追逐打闹，扎小辫的、剃光瓢的、光屁股的。大一点的欺侮了小点的，小点的就哇哇地哭，躺在地上打着滚儿哭，哭得很倔强、很悲痛，非得让母亲为他报了仇，才停止哭泣。那大点的，也号啕几声，母亲又是哄又是骗，可是转眼间，他们又滚玩在一起，好像并未发生过烽火狼烟的战争。

这种田园诗般的渔家生活，半是渔猎半是耕播，很恬淡，很自然，编织着江南水乡世世代代的生活画卷。

那行行岸柳，袅袅依依。风扶弱柳，柳丝又轻点静水，一撇一捺，细细的波纹，无声地漾去、漾去……鄱阳湖用她充盈的乳汁哺育着湖畔万物。水田里，庄稼汉子驱使水牛在翻地，赤着脚，高挽着裤腿，木犁翻起一轮轮泥垡，切断草根和去年残留的稻茬，接着又启开水渠的闸门，漾漾的清水便灌满了稻田。太阳升高了，湖畔是一方方镜子一样的水田。水汪汪的稻田，被耙了一遍又一遍，单等着秧苗育出来，插秧季节也就到了。“今夜偏知春气暖，虫声新透绿窗纱。”不知何时蛙鼓响了，那青蛙的叫声，很鲜，很嫩，有点怯怯的、羞羞的。

有几个老船工坐在岸边土冈上晒太阳，春天的阳光很体贴人，慈祥的阳光抚摸着一张张慈祥的脸。那脸庞有着江河湖泊的造型，纵横的皱纹是一条条波浪。他们在鄱阳湖打了一辈子鱼，现在老了，摇不动橹了，撒不开网了。他们也是漏网之鱼，逃脱了风浪的猎捕。他们捕鱼，湖水捕他们。他们是胜利者，但没有胜利者的骄傲、自豪；他们是历史的创造者，但历史不会记载他们。

他们一辈子没离开过湖。湖水涨了，把家搬到离湖远一点的高埠上；湖水退了，又搬迁到湖边。湖边长满青草，萋萋荒荒，疯疯野野。

老船工下意识地吸着劣质旱烟，一缕缕烟雾在脸上缭绕。他们沉默着，像湖边的老柳树。风吹老树尚发出沙沙自语，他们呆呆地凝视湖面，一言不发。我想，他们大脑里也许还有几粒细胞像寥落的晨星在闪耀，一段往事，一场惊心动魄的翻船事故，片段、细节，炸雷般吆喝，撕心裂肺地惨叫，什么亲人、同伴，被风浪吞噬，连骨头都没吐出来，生命在闪电般的瞬间消逝了！他们没有哭，没有怨恨，甚至没有太多的悲伤。他们说，这辈子打的鱼堆积如山，鱼神自然要他们偿还血债，这是命中注定的事。

他们的子孙不愿接过他的橹把，到城里打工去了。一条条文物般的渔船泊在湖滩上，黢裂的船板，乌漆麻黑，已看不出是什么木质的了。船上的芦席篷早已破烂不堪，岁月的刀片把他们割裂开来，再也不能遮风挡雨了。

他们的子孙背叛了湖，背叛了祖辈在风浪里度过的岁月。现在湖面仍有船，不过是些水泥船、钢板船，突突突，穿梭往来，机油味弥漫在湖面，久久不散。但大型的货船少了，横跨千米的鄱阳湖大桥通车了，水运改为陆运，鄱阳湖已失去旧时风貌。老船工的激情、青春、生命、热血、汗水、精神、意志、希望、苦难和欢乐，都成了苍茫的回忆，随着口中吐出的烟圈，无声无息地消散了。

远处，有一艘老大的古船，搁浅在湖岸，化作船屋，供一对老夫妇居住。船太老了，尽管船体、甲板、船桅、船舱都油漆了一遍又一遍，但那铁钉、锚链已锈迹裸露。老翁老妇，一头白发，满脸沧桑，皱纹在脸上像是满湖水纹的凝聚。老人说，这是祖上留下的船，父亲开了一辈子，传到他手里又是一辈子。老人驾驶这条桀骜不驯的古船，风里来，浪里去，打鱼、运货、载客。他从没离开过鄱阳湖，是饱经风浪的老江湖了。他熟悉这里的八百里的水面，每片水域也熟悉老渔翁。老人的儿孙早已离开，到城里住上了“洋房”，孩子们要接老人去城里享福，老人不愿去，他认为这湖是他的根，这里有他的神，他离不开湖，离不开船。他反问，渔民离开船还叫渔民吗？

老人是鄱阳湖的守望者。

夕阳温暖的光芒照在老人脸上，似古佛般慈祥。这船也像古陶罐、鼎、彝、樽、爵一样融入了历史的苍茫。

春天，长江水位下降，鄱阳湖便补充流水，湖岸后退，裸露出大片湖滩、湿地。滩地上长满野草，开遍野花，半夏、满天星、雏菊、牛蒡、蒲公英、地毯草、牛筋草、酢浆草，还有凤尾菊、通泉草、天胡荽……走在湖滩上，湿翠润踝，草味沾身，那通泉草很有教养，不枝不蔓，亭亭玉立，洁净、高雅，显出一种贵族气。还有一种耳挖草，枝茎不高，瘦小，在草丛中不显山，不露水，很沉静，开一种紫色小花，有种小家碧玉的窈窕和内秀。野草野花欢欢腾腾、热热闹闹地大写着江南的经典文章，却也模仿了塞北“风吹草低见牛羊”的章法。

湖滩上是散散漫漫的牛群和羊群，牛是水牛，很肥大，在阳光下黛褐色的肚腹闪着油汪汪的亮光。野草萋萋荒荒，葳蕤茂密，绿油油的，高者擦拭着牛肚子，低者埋住牛蹄子。羊群雪白，都埋头啃草，大多是母羊，间有羊羔，咩咩直叫，声音颤抖，叫得人心动。看不到牧羊人，牛和羊极其自由，无拘无束。

我想拍张照片，蓦然有只雄健的公羊闯入镜头，高大的弯角雄赳赳气昂昂。它是这群羊的头领，是这些母羊的保护者。

羊的叫声惊动了湖堤上的一只狗，它吠叫着向这边走来。狗的叫声很稚嫩，很不老练，缺乏威慑力。我发现它还是只很年轻的狗，像个少年，没有一点成熟感，主人把这群羊交给它看管，是很不负责任的。它叫了几声，走近几步，看到我并没有伤害羊群便走开了。

天空很蓝，云彩很白，阳光很迷人。寥廓的湖野安谧、宁静。空气里弥漫着花香、草香、牛羊的膻味、湖水的腥味，很鲜洌，也很纯净，一股浓浓的春天的气息。一只大黄蜂嗡嗡地叫着无目的地飞来飞去，几只牛虻朝着水牛袭来，不时遭到水牛尾巴的扑打。远处的湖水在阳光下闪金烁银，细波粼粼，很坦然，也有点自信。

在远处的草滩上，几朵白色的斑点，在跳跃，在滑翔，那是白鹭，摇曳着黑色的细腿，凌空而起，疾速飞过一丛柽柳林。白鹭的啄稍稍下弯，呈钩状，羽毛洁白，仿佛是大自然中最纯洁的生灵。灰鹭则肥胖，背高耸，脖颈也短，它负载着胖重的躯体，缓缓地飞去。有三五只鸬鹚在水面低矮的上空飞翔，不时迅速扎个猛子，转瞬间衔出一条鱼来。鱼不大，它狼吞虎咽，三下两下进了肚子。大点的鱼，扑棱着尾巴，噎得它直伸脖子，折腾好一阵子，才吞食下去。朱鹮是鸟类中的美女，飞翔起来，姿势优美，身体灵敏，在空中划下清丽的弧线。只有高傲的鹤优雅地站在高埠上，或闲步草地上，伸长脖子，高昂着头，潇洒浪漫，目空一切地扫描着天地。还有披一身绿羽的翠鸟，唱着歌儿，像过儿童节似的兴高采烈。浑身黑亮的鸫鸟是鸟中健儿，飞得极快，箭一样射向天空。有在草丛中穿梭觅食的精灵戴胜鸟和鸫鸟，有嬉戏的鹌鹑，有在野花下打盹的鹧鸪。浅水处和沼泽里生着一丛丛芦苇、蒲草、红花、水蓼、菰……很难想象，没有这些植物，人们将从何了解古代楚人的文明？芦苇、蒲草可以织席编篓、建房造屋。水蓼可以造纸、做饲料、喂牛喂羊，菰是江南人家最喜爱的食材，还有大片的红花草，学名紫云英，可做绿肥，施于稻田，那饱满、晶莹的稻谷都含有红花草生命的元素。红花草的根、茎、叶、花和果皆可入药，紫云英蜜是蜜中极品。鄱阳湖的天空、大地、湖水是生命群落的载体，自由、寥廓、静远。

鄱阳湖是长江的心脏，飞溅的浪花，涌动的波涛，显示了生命的激情和力量。

鄱阳湖有望湖亭，位于吴城镇最东面制高点，倚江而立，高峨雄伟。登上湖亭，鄱阳湖沿江美景可一览无余。但清人魏源登上望湖亭却大放悲声：“气蒸云梦泽何在？波撼岳阳城已殊。无复波涛八百里，唯余洲土半分潴。放歌高论惭先哲。围垦拦河愧后愚。愿睹沧桑重变易，还川有日更还湖。”魏老夫子为云梦泽的消失而悲悼，为鄱阳湖围湖造田而伤感，他是中国环保的先驱。

江和湖既创造着恬淡安谧的田园诗般的生活，同时，也制造灾难。长江和黄河都是双刃剑，既创造一切，养育一切，滋生一切，也会毁灭一切，冲决一切，排斥一切。

洞庭湖、鄱阳湖和长江下游的太湖，既是富甲天下的鱼米乡，又是洪水常常泛滥的地区。当雨季来临，狂风暴雨几天几夜不停，长江下游的支流连夜暴涨，长江怒涛翻滚，浊浪排空，江水便把一腔愤怒发泄给湖泊，周围的河流也向湖中倾泻淤积的哀怨。那时候你看吧，鄱阳湖水面上是排山倒海的巨浪，风助浪威，雨借风势，整个湖面云水激荡，雷电交加，天地沸腾，肆虐的滔天巨浪滚滚压来，好像撕碎了时空，把人们带到万劫不复的挪亚方舟时代。

洪水像恶魔一样张牙舞爪，恣肆狂妄，遭殃的不仅是那些渔船，还有湖畔的阡陌田园、屋舍村落。这些人类赖以生存的居所，犹如海滩上的沙器，一阵潮涌上来，顿时消逝得无影无踪。泥土的岸被浪的舌头轻轻一舔，连同护堤上的高杨大柳，便大块大块地化为湖水的腹中之物。

中国是历史上各种自然灾害——水、旱、蝗、雹、风、疫、地震……最多的国家。而水灾又是最惨烈的一种。历代王朝都把治水当作治国的一种国策：治国先治水。

长江水患是中华民族的心腹之患。

长江几千年来演绎了多少惨不忍睹的悲剧和灾难。与洪水的抗争，二十五史代代不断，悲歌一曲动地哀，血淋淋地记录在纸页发黄线装本的地方志上：

隋以前长江中下游沿江一带人烟稀少，两岸分蓄洪水的湖泽也多，虽洪水泛滥，影响不算太大。《隋书·地理志》载："江南之俗，火耕水耨，食鱼与稻，以渔猎为业，虽无蓄积之资，然而亦无饥馁。"

隋炀帝即位后，尤为重视水运，为进一步控制长江下游地区，首先凿通了通济渠，而后又令十余万众开邗沟，最后连通了横贯南北的大运河。大运河的凿通，不仅沟通了海河、黄河、淮河、长江、钱塘江五大水系，还促进了南北文化经济的交流与发展，使魏晋以来中国南北文化半封闭的状态完全被打破。运河两岸的淮安、扬州、苏州、杭州迅速发展起来，时称江南四大都市。

隋去唐始，中国的经济重心开始大规模南移，其标志便是江南人口骤然增加。特别是安史之乱，北方被战争破坏严重，而南方皮毛未损，对中国经济文化重心的转移起到很重要的作用。历史学家钱穆说："唐中叶以前，中国经济文化之支撑点，偏倚在北方（黄河流域）；唐中叶以后，中国经济文化的支撑点，偏倚在南方（长江流域）。这一个大转变以安史之乱为关捩。"

随着长江中下游人口密度增大，筑堤围堰也频繁起来，对自然的利用，对土地的开发，植被森林被破坏、砍伐，江川河流湖泊的原始状态也遭受了破坏，随之而来的是水灾日趋严重起来。

洪水给人民带来的灾难可谓罄竹难书。走进长江流域，走进南方的水乡泽国，走进洞庭湖、鄱阳湖、太湖、洪湖……那一道道大堤、一道道围堰，都记录着人类与洪水抗争的历史。那些大堤更是一尊尊悲壮的雕塑。如果将一段大堤切开，看它的横剖面，你会发现大堤里有人骨、兽骨，水火无情，长江发怒时，更是大灾大禳，冲决一切，毁坏一切，摧枯拉朽之势令人心惊胆战。

中国的典籍中关于洪水的记载可谓俯拾皆是：

往古之时，四极废，九州裂，天不兼覆，地不周载；火爁炎而不灭，水浩洋而不息。

——《淮南子·览冥训》

当帝尧之时，洪水滔天，浩浩怀山襄陵。

——《史记·夏本纪》

汤汤洪水方割，荡荡怀山襄陵，浩浩滔天。

——《尚书·尧典》

当尧之时，天下犹未平，洪水横流，泛滥于天下。

——《孟子·滕文公上》

长江是一把悬在我们民族头顶上的达摩克利斯之剑，既给广袤的流域以绿茵和鲜花、果实的丰硕、稻谷的芬芳，使多少农家窗棂飞出笑声，小院溢满火红的富足。但长江又具天生的报复性、毁灭性，它性情暴戾，发怒时暴露出横扫一切的野性、征服性，惊涛拍岸，洪浪迫天，它张开血盆大口，连骨头带肉吞噬多少鲜活的生命，还有不计其数的财产，人类血汗相伴的创造，无论多么伟大与辉煌，它都不屑一顾！

人类与江河的关系，用一部厚厚的哲学书籍都难以阐释清楚。江河孕育了人类，又给人类带来毁灭性的灾难；人类在江河的怀抱里生存，又毫无良知地破坏江河——砍伐森林，破坏植被，围湖造田，水土流失，结果又遭到江河的无情报复。人类很难走出这个魔圈。聪明的人类，你应该明白，必须对大自然（包括江河）有一种敬畏感，大自然就是“神”。

靖节祠之思

来九江不去陶渊明墓、靖节祠，那是一种遗憾。

他的墓地就在南山，当地人称为商山。那天我们乘大巴车前往墓地，正遇阴雨天气，天空布满带雨的云，水面上蒸腾着丝丝缕缕的水雾，路两旁的林木葱茏，野草野花挂着盈盈的水珠，好像刚刚哭过一场。走在这雨雾蒙蒙的旷野，有一种悲凉凄楚的氛围，历史仿佛隐藏在迷雾中，也有诗意的感触。这正应了陶渊明《停云》诗的意象，“霭霭停云，濛濛时雨”，停云是一种意象，写出陶渊明思友念亲的感情，因雨路泥泞，不得与友人往来，心情有点孤独和寂寞。

靖节祠，也叫“陶渊明纪念馆”，是当地百姓集资修建的坟墓和祠堂。

陶渊明是典型的长江之子，和屈原、苏东坡一样，是中国文学史上一面高艳的旗帜。他生活在东晋十六国时代，那是个烽火狼烟、腥风血雨的大分裂、大动荡时代。他少年时就立下志愿，不兼济天下，就独善其身，“击壤以自欢”，他不仅有志士的情怀，而且有豪侠的热血。

他四十一岁辞去彭泽县令，回归故里柴桑。

陶渊明故里有“靖节祠”，祠的楹柱上有赵孟頫撰写的楹联：“云无心以出岫，鸟倦飞而知还。”

陶令公不为五斗米折腰，不侍候乡里小儿，掷掉官帽，不辞而归。东晋士子的傲然风骨，为千百年来文人墨客竖起精神楷模。

陶渊明从二十九岁出任江州祭酒到辞去彭泽县令，前后出仕十三年。十几个春秋的官宦人生，他心里无时不卷起矛盾的风暴，苦恼、怅惘、郁闷，官场的黑暗，同僚的挤压，迎迓的虚伪，还有官事的缠扰，让他感到身陷囹圄般的痛苦。他离开官场，像倦鸟归林，池鱼入渊，那么自由、舒畅，那么优雅，那么潇洒，的确感到生命另一页风景的清新。生活如水，人淡如菊。晨起理荒秽，带月荷锄归，一种乡村农耕生活的审美体验。长江岸畔，匡庐山麓，在浔阳的山水田园里寻到"诗意的栖居"。他在自传《五柳先生传》中，模仿《庄子》的风格，写自己"闲静少言，不慕荣利""好读书，不求甚解""性嗜酒，家贫不能常得""不戚戚于贫贱，不汲汲于富贵"的人生观和精神风貌。

其实，魏晋风流人物大都是这样，面对芜杂黑暗的社会现实，他们的"风流"只能是"玄谈""不滞于物""不戚戚于贫贱，不汲汲于富贵"，说穿了，他们是政治舞台的失败者、凋零者，只是在精神上寻找解脱，是一种心灵的自我安慰。陶渊明回归故里，过着农家日子，但他把田园生活诗化、艺术化、审美化了，以此抚慰一颗伤痕累累的灵魂。但他的精神境界却高远、寥廓了，"天道幽且远，鬼神茫昧然"。

陶渊明的魏晋时代流行着一种风尚，即玄学、玄言，而陶渊明更有一颗玄心，心放得开，想得远，不哀怨贫贱，不追求富有，只追求精神的高洁、思想的自由，在生与死、形与神、出世与处世面前，追求"超人"的风流与潇洒，这是一种"心远地自偏"的人生哲学，像古代圣贤一样，有一种仙风道骨。

返乡初始，远离肮脏的官场，大自然优美而静谧，乡村生活悠然且闲散。这里莺飞草长，这里草木流翠，这里流水潺湲，这里鸟鸣虫吟，这里“暧暧远人村，依依墟里烟。狗吠深巷中，鸡鸣桑树颠”，这里“悲风爱静夜，林鸟喜晨开”，看山山青，看水水绿，看花花明，看林林葱，故乡的炊烟、鸡鸣犬吠、屋舍点点，和乡亲相见无杂言，但道桑麻长，多么清雅、美好动人的生活！这充满温馨恬淡的乡村生活，的确有一种诗性之美、人性之美、神性之美。陶渊明沉浸在一种审美艺术中。他携妇将子回归故里，打扫庭舍，三径就荒，松菊犹存，携幼入室，“倚南窗以寄傲，审容膝之易安”，感叹自己无官一身轻的潇洒、自由，“登东皋以舒啸，临清流而赋诗”。他耕耘南山，种瓜种豆，晨出晚归，虽然劳累，但心愿无违！一种《击壤歌》中的老农式的欣然自慰！

回归故里，就是回归自然，在自然中，人能沉静下来，没有焦虑、焦灼、焦躁的情绪。静是一种大境界、一种高境界，人生需要静气，静能找回一个“真我”，回到自由的生存时空，面对天地自然，面对更加深邃的人生空间，面对沉静安谧的境界，他的生命有了超越世俗，超越功利的思考。有学者说：陶渊明是大自然的幽灵，是自然之子。

一首《饮酒》最能体现陶渊明初归故里的舒畅、惬意的心境。“结庐在人境，而无车马喧”，这里没有车马的喧阗，没有市廛的喧嚣，没有灯红酒绿的豪奢，乡村的鸡鸣、犬吠、牛哞、羊咩，那是大自然的天籁，更衬托出乡间的幽静、接近自然。“采菊东篱下，悠然见南山”，南山雾霭山岚，滉漾翻腾，这静与动极其和谐，是一种诗与画的意境美。大辩无言，宇宙、人生、自然、天地，完全大而化之，融为一体。

陶渊明诗化了田园，诗化了乡间，这不是田园诗，而是诗化的田园。他的诗温暖了乡间的寂寞和苦涩，连他的“桃花源”都是乌托邦，生活的苦寒和艰辛完全删除了、消匿了、淡化了。在那个灵魂破碎、精神溃疡的时代，能保持一种肃穆高贵的心态，已是极为难得了。陶渊明被历代文人墨客称颂，当作楷模，不仅仅因为他敢与一种体制叫板，不侍候乡里小儿，不为五斗米折腰精神的崇高感，如果没有他大量的田园诗，诗中透露折射出人格、清流、清风、清洁的精神——以身殉道的精神，也就没有陶渊明了。

陶渊明追求艺术化的人生，或者说，他的人生是一种艺术行为。所谓魏晋风流，就是将自己的生活艺术化，超凡脱俗，骇俗惊世，用自己的言行、诗文，构筑自己人生艺术的大厦。说得明白一点，两汉时代，孔孟之道束缚人的枷锁，这些不得志的文人墨客要挣脱它，摒弃它，要活得自在、轻松、任性，活出一个真正的“自我”来。

这种隐逸被德国诗人荷尔德林誉为“诗意的栖居”，其实倡导者荷尔德林的人生并非“诗意的栖居”，他一生苦不堪言，大学毕业即失业，他只好给一位银行家当家庭教师，时间一长竟然和女主人搞起婚外恋了，被男主人发觉后，勒令“滚出去”。荷尔德林如丧家之犬，流浪、漂泊，后来得悉他心中“女神”的死讯，顿时疯了，一直到死，再也未清醒过来。

凡·高说：“痛苦便是人生。”富贵、繁华都是风，风是虚无的。辞了官职，辞了俗尘，倔强、率真、纯粹，换得的却是寂寥和穷困。

生活是严峻的，生活是真实的。生活就是柴米油盐酱醋茶，生活就是老婆孩子吃喝拉撒睡，浪漫主义、理想主义撞到现实生活的礁石上，会粉身碎骨，化为“浮烟”。陶渊明的家庭遭到一次火灾，生活顿时陷入困境，多亏亲戚友人的帮助，他才重新扬起生活的风帆。

他依然写诗，他的田园诗虽沾上酸辛苦涩的味道，但意境旷达，笔墨平淡，气度恢宏，风格豪放，洋洋洒洒，恣意纵横，写景、抒情、咏物，还有哲思，写得得心应手，驾轻就熟，炉火纯青。

陶渊明时代，选择隐逸生活的名士有名有姓的多达九十余人，还有许多并未载入《晋书》和《南史》的“隐逸传”。实际上这些士子学人隐居泉林、躬耕田亩的背后有着复杂的原因，官场失意，仕途侘傺，血腥的厮杀，残酷的欺诈，使他们感到人生的悲哀、失败的痛苦，不得已离开灯红酒绿的龌龊官场。“诗意的栖居”，实际上是一种失败的文化符号，自我安慰的心灵鸡汤。他们带着流血的伤口，回到莽林舔拭。“命运之神把他们紧紧锁在‘愤世嫉俗’的孤岛上。”

陶渊明的生活更加贫困了，常受“夏饥冬寒”的折磨，也有三餐不继之时，他成为地地道道的“农民诗人”。一次家中遭到火灾，房屋被烧光，后又遇天灾，逢兵乱，他穷得两手空空，只得乞讨度日。他去异乡乞讨，讨得饭食，哺养五个儿子，“饥来驱我去，不知竟何之。行行至斯里，叩门拙言辞”。写得何等真切！想叩门，又不知说什么。难以启齿的那种尴尬之态，真是淋漓尽致地表现出来。他嗜酒如命，用酒精麻醉现实的困厄和苦难。“猛志逸四海，骞翮思远翥”，即使在如此困境中还时时因想到自己平生壮志未酬而痛苦失眠。陶渊明贫困，用一种“安贫乐道”的精神和欢欣的姿态，直面惨淡的人生。“自古圣贤尽贫贱”，物质和精神成了一种反比，物质的匮乏象征着精神的富有。“穷且益坚，不坠青云之志”，“如僵卧于大雪中的袁安，居于蓬蒿中的张仲蔚，衣服褴褛、弹琴自若的荣启期，足着决履，清歌啸傲的原宪”，甚至不食周粟饿死在首阳山的伯夷、叔齐都是陶渊明心中的偶像，为他在贫困中营造一种温暖的心境，以守道为乐，度过他晚年凄惨贫苦的生涯。

陶渊明弃官务农，取得思想之自由，精神之独立，却付出沉重的代价，精神的高洁和物质的枯窘，如双峰对峙。柏拉图的“理想国”、莫尔的“乌托邦”、康帕内拉的“太阳城”、陶渊明的“桃花源”是根本不存在的。他的田园诗和后人谢灵运的山水诗，都是仕途侘傺、官场凋零者的自我呻吟、含泪的歌唱，悲哀中的豪放，苍凉中的愉悦。二律背反，他却用诗、人格、气节乃至生命为自己铸造了纪念碑。

当时有朋友，曾邀陶渊明出家庐山“索居”，实际上是去当和尚，并向慧远法师发誓皈依佛门。陶渊明不想离家，他离开仕途和世俗，并没有离开人间，他想与家人苦乐相聚，躬耕田亩，终其一生。

陶渊明晚年生活愈加贫困，遇到灾荒年，常有断炊危机。他在《咏贫士》（七首）《饮酒》（二十首）中写出晚年的生存状态，“万族各有托，孤云独无依”，“知音苟不存，已矣何所悲”。感叹人生的孤独和寂寞。他在《拟古》（九首）中更透露这种孤苦的心情：无人可语，但以语燕。“我心固匪石，君情定何如?”问燕问得这么突然，可见老夫子的孤苦悲哀！

他穷困至极仍不忘写诗、饮酒，不管酒优劣，有酒就喝。写诗、喝酒成了他生命的一部分，不喝酒难受，不写诗更难受。诗酒相伴，诗俦酒侣，麻醉他苦涩的晚年。他有个朋友名叫颜延年，做始安太守，路经浔阳，每天找陶渊明喝酒，临去时留给他两万钱。陶渊明就把钱全部送给酒家存着，随时取酒。陶渊明有所谓的“酒神精神”吗？尼采的“酒神精神”是和日神精神相对应的，而他的醉酒是中国“特色”的，是对苦难的忘却，对世俗的抗争，是思想和情感的解放与超越。

他接受别人的资助是有原则的，有个江州刺史檀道济来看望他，此时的陶渊明已连续几天没吃东西，饿得身体虚弱，起不了床，道济劝他：“贤者处世，天下无道则隐，有道则至。今子生文明之世，奈何自苦如此?”陶渊明与檀道济情不相投，心不相依，檀道济馈赠米面和肉，陶渊明拒绝受赠。

陶渊明在他那个时代并不受文坛重视，直到唐代才开始受到广泛尊崇。李白、高适、颜真卿、白居易，推崇其人格；王维、孟浩然、韦应物、柳宗元赞颂他的诗歌；特别是北宋以后，陶渊明在文坛地位更崇高了，苏轼把陶渊明抬举到李白、杜甫之上。大理学家朱熹、陆九渊对陶渊明更是推崇备至，陶渊明的文学史地位不可动摇了。他的特立独行，他的惊世骇俗，像闪电般照亮历代怀才不遇文人郁闷的心灵，给他们一个秘方：回归自然。他们在自己创造的虚拟状态中，高举着“天下无道，以身殉道”的旗帜，行走在后人的精神街垒上。

我们离开陶渊明墓地时，雨已停了。夕阳从云层里射出几道明亮的光，照在坟地四周的松柏上，树木更显得郁郁葱葱，树冠上缭绕着一种气，袅袅然，腾腾然，夕阳里久久不散。有鸟儿从远方飞来，歌唱着，在树上空盘桓着，在寻找“诗意的栖居”吗？

下编

第十一章 千古金陵

江河行地，并以乐章的形式弹拨着人间这根弦。

江河的故事实际上是大地的故事。

长江以其磅礴的气势，澎湃的激情，在虎踞龙盘的钟山脚下，洋洋洒洒，撰写了最精彩的篇章。

建业情怀，秦淮风物，金陵王气，南朝烟雨，赵宋落日，大明宫阙，天国风云，每个情节都如惊雷闪电，撼人心魄。这是响彻历史祭坛的旋律舒展、气韵跌宕、纵横捭阖的交响曲。

南京是悲情伤感的城市。

走进金陵古城，我怀着悲壮和希冀前瞻后顾：问金陵，台城烟柳今何在？秦淮风月今何在？南朝四百八十寺今何在？飞入寻常百姓家的王谢堂前燕今何在？……只觉得瞬间，历史在难以觉察的感应中，纷至沓来，我的心发出啜泣般的战栗。

金陵帝王州

“天门中断楚江开，碧水东流至此回。”长江告别匡庐，越铜陵，过芜湖，闯天门，直抵“地势东回万里江”的吴头楚尾金陵城下。

南京，古称金陵，地处长江中下游平原东部，属苏皖交界处，地跨长江两岸，境内山峦起伏，河湖纵横。长江临城而过，秦淮河蜿蜒城中，钟山盘桓城东，清凉山雄踞在西，有虎踞龙盘之势。南有固城湖、石臼湖，北有玄武湖，四周群山环抱，紫金山、牛首山、幕府山、栖霞山、汤山、青龙山、黄龙山、云台山、灵岩山，另外还有九华山、清凉山、鸡笼山、狮子山，层峦起伏，重陵跌宕，山环水复。山荡荡，水泱泱，构成南京骨感的坚硬、情感的缠绵。古有“江南佳丽地，金陵帝王州”之称。

金陵是一篇大文章，许多历史就聚焦在这片土地上，是长江的一篇恢宏磅礴的杰作。这里山川形胜，有帝王之气。诸葛亮出使东吴，曾买舟东下，途经金陵，摇着羽毛扇，下船上岸，顺便骑马上山观赏风景。突然他觉得金陵这地方帝像赫然，王气甚重，连声叹道：“钟山龙盘，石城虎踞，此帝王之宅也。”早他四百多年前，秦始皇就察觉这里五百年必有王者出。于是下令挖一条河，破坏这里的风水：“因凿钟阜，断金陵长陇以通流”，引淮水北流以泄王气，这就是闻名天下的秦淮河。接着又把金陵改名为秣陵县。这一手很绝。但天不遂人愿，秦始皇的江山没有矗立多久，就被陈胜吴广刘邦项羽们推翻了，秦王朝覆压三百里的阿房宫被西楚霸王一把火烧成灰烬。

但预言果然言中，几百年后，金陵先后成为六朝的首都。六朝金粉，艳说当年，南都烟花，盛传明代的秦淮风月，便成了吴越文化不可多得的七彩点缀。

南京是吴越文化极为重要的酝酿发育之地。

吴越文化的特质是重文轻武，重商轻农，重享受而轻开发。这一些都与江南的地理位置、自然条件和物质基础息息相关。

初春的长江显得轻俏、活泼，没有夏天的张狂、浮躁、恣肆放浪，没有冬天的冷涩、阴郁、肃穆。三月天，风是温柔的，日头是温暖的，长江的水面氤氲着一种鲜活的生气，抖擞着一种精神。长江岸边的油菜花铺开一地灿烂，杨柳已长丝袅袅，绿意欲滴；灵谷寺院、栖霞山中的桃花开得粉嘟嘟的，犹如落下一片片彩云；水田新栽的秧苗已缓过劲儿，正茁壮生长。“一水护田将绿绕，两山排闼送青来”（王安石），田野里依然有鞭影牛哞，虽然插秧机在水里突突吼叫，但水牛仅仅是退居二线。古典的江南味已淡了，河流湖汊依然在，没有了春来江水绿如蓝；斜风细雨依然在，没有了春在溪头荠菜花的诗意；高速公路上客车、货车、轿车鱼贯而来，过鲫而去。古老的田园情调已被高新技术开发区机器轰鸣声所替代，只有被作为风景名胜的园林和古建筑，依然保留一页历史的插图，模模糊糊透出历史的气息。虽然青山依旧青翠，但漾漾水田却在慢慢地缩小，好像一不小心，就会被那钢筋水泥组成的庞大怪物连骨头带肉吞噬得干干净净。“春风春雨花经眼，江北江南水拍天。”雨还是唐诗里的雨，水还是宋词里的水，但杜甫的两只黄鹂连一只也看不到了，白鹭也被作为珍禽保护起来……

我来到南京，感到江南依旧是佳丽地。玄武湖水像酿了满满一湖竹叶青酒，绿得惹人欲醉。春意恻恻，春风翦翦，湖岸的杨柳，柔丝苒苒，但杏花、春雨、江南这组合江南春天的六个方块字、三大元素已失去均衡。春雨依然淅淅，杏花却成了公园的观赏植物，一个醒目的招牌，警告道：请勿攀折。小巷里再也听不到卖杏花女孩甜甜的、细细的、柔柔的叫卖声。要听鸡鸣只有去《诗经》里找，要闻鹧鸪的叫声只有宋词里去寻觅。荷塘月色，春江花月夜，秦淮河的桨声灯影仍弥留在诗词歌赋里。

我走在南京的街头，翻阅这部面目全非的古老书卷，眼前依稀出现历史的倒影——南京的曾用名叫金陵，始建于三千多年前的楚国，比美国的华盛顿、纽约年长两千八百岁。那是战国七雄之一的楚国灭了吴越之后在这长江岸边龙盘虎踞之地大兴土木，构筑了一座城池。秦始皇统一中国，改名为秣陵。三国东吴又改名为建康、建业，到了晋初称江宁。谁知这么好的名字，唐帝国不知哪根神经出了毛病，非改成一个粗俗的名字："白下"，也称"白门"。我想，李白、杜甫、李贺、李商隐们绝对不满意，这和诗化的大唐帝国极不相称，所以张祜仍然《题金陵渡》；李白仍然《金陵酒肆留别》（金陵子弟来相送，欲行不行各尽觞。）……他们好像下决心与朝廷作对，拒不承认"白下""白门"这个名字。直到明初，朱皇帝下旨命名南京。朱皇帝是有点气魄的，一个"京"字提升了金陵的地位。六朝皇帝整天昏昏地抱红依翠，笙歌喧天，谁也没有想到气魄如此之大的名字——南京！

六朝如梦

来到南京不能不翻阅被六朝金粉涂抹得光怪陆离的历史。

金陵，历来被认为是"钟山龙盘，石域虎踞"的帝王之都，但是从古至今，任何王朝在这里建都都是短命的，唐代诗人刘禹锡诗云：“一片降幡出石头。”石头城头常常挂起投降的白幡。

且不说东吴、东晋，就说宋、齐、梁、陈吧，在这虎踞龙盘之地演绎了多少场血溅缵缨、尸堆如山的悲剧。那些昏君佞臣在丹墀玉阶的宫阙里又导演出多少幕令人作呕的丑剧！南朝宋前废帝刘子业淫姐又奸姑，竹林堂画尽乱伦图，含章殿里杀人如麻，淫性成狂，弄得举朝惶惶。自刘裕建宋，宋室你争我夺，骨肉相残，弄得朝廷威信扫地。先是刘子业被刘彧杀害，仅在位一年便结束了他的“政治生涯”；刘彧这个瘦弱不堪的皇帝，更是淫性成狂，竟然趴在一位爱妃身上呜呼哀哉了！接着是十岁的儿子刘昱以蛇充龙登上皇位。刘彧一生无子，刘昱是刘彧的妃子与他人通奸、怀孕，然后说是皇后所生。但是纸里包不住火，消息传来，天下哗然。任江州刺史的刘休范非常恼怒，图谋举事，便率两万人马，乘船自浔阳江东下，浩浩荡荡直逼建康。朝廷一片混乱，无人前往御敌。只有右卫将军萧道成挺身而出，抗击敌军。

刘昱也是残暴昏狂的恶君，小小年纪失去人性，凶狠残暴，嗜杀成性，为所欲为。外出私访，见农妇正在生产，他竟然推开产婆，袖子一挽，抓住婴儿的头“哧啦”一声，把婴儿拽出母体，疼得产妇一声惨叫，当即死去。他还手舞足蹈地喊叫：“有趣，有趣！以后朕为产妇接生孩子！”在后宫自备针锥凿锯等刑具，对侍臣姬妾妃子稍有不如意者便以酷刑相加。一次宴会，侍女斟酒溢出，便当场用锯将侍女锯成两截。后又将功勋盖世的将军萧道成的肚脐眼当“箭靶”来射击。这昏君恶贯满盈，终被翦除。

建康城头已换成“齐”字大旗了。这个宋朝的寿命不过短短的五十九年已寿终正寝了。其实“齐”的寿命更短，从萧道成夺取皇位建立齐朝到齐朝灭亡（479—502），只有二十三年，本是青春期，正是充满激情，充满生命力和创造力的年纪，这个短命王朝就灭亡了。飘扬城头的“齐”字大旗，也随之换成了“梁”字。

齐王朝执政二十三年却更换了好几个皇帝，只有武帝在位十一年，其他的皇帝执政时间有的仅仅一年，多的也不过四五年。且说萧宝卷登基不到半年，耗尽资财一万两黄金，在后宫畅春园附近建造一座地宫，是专供他过荒淫无度生活的场所，即“邃房”。

萧衍是南朝齐开国皇帝萧道成的族弟，官居雍州刺史，出镇襄阳，时年三十八岁。当时雍州粮草丰茂，兵多将广，军旅器械、舟船战舰均居各州之首。萧衍对这昏狂无能、荒淫残暴的君主恨之入骨，早有颠覆之心，便于公元 501 年秋率大军进攻金陵，将这位不满十九岁、在位不过三年的昏君，一刀劈成两段。萧衍入宫后又推举萧宝融为皇帝，接着不久又导演一出禅让的丑剧。

公元 502 年，短命的南齐便改国号为“梁”了。

梁王朝在六朝中算是一个强盛的王朝，在金陵经营五十五年。半个多世纪的历史，金陵曾经一度很繁华，是历史上的极盛时期，也是长江流域第一大城市。台城是皇帝的“紫禁城”，楼台殿阁，雕梁画栋，亭榭园林，一片辉煌。萧衍崇尚佛教，天天礼佛，全城寺庙多达五百余所，而台城有专供萧衍修身拜佛的寺庙——同泰寺，宏伟巍峨，气势磅礴，雕梁画栋，镶金嵌玉。上行下效，整个南京，寺庙遍布，林林总总，到处是袈裟飘逸，佛烟袅袅，僧侣多达万人。秦淮河曾是六朝王公贵族醉生梦死的游乐场，楼台分峙，亭榭参差，彻夜笙歌，帘幕烟花，桨声灯影，桡橹欸乃。“淮水东边旧时月，夜深还过女墙来。”这里小巷井然，剪子巷、船板巷、胭脂巷、扫帚巷，而城北却是带官气的街道：户部街、碑亭巷、后宰门，有道是：“朱雀桥边野草花，乌衣巷口夕阳斜。旧时王谢堂前燕，飞入寻常百姓家。”十里秦淮，一溪胭脂。

现在，我们再让笔穿越一千四百多年的时空，拜访台城即将饿死的梁武帝萧衍吧！

这源于侯景之乱。

公元549年的春天，这是江南很妩媚很生动的季节。梅雨绵绵，如烟似雾，泛绿绽红……而建康都城却处在战火纷飞、烟尘滚滚的岁月。台城四周高大雄伟的城墙，尸体杂陈，狼藉不堪，血水雨水和着泥浆从尸体堆里涌流出来，腐烂的尸体散发着恶臭……

古城已被叛军围困了一百三十多天。

侯景是公元548年背叛东魏投奔南梁的，驻守寿阳，东魏丞相高澄不甘罢休，利用反间计挑起南梁与侯景之间的矛盾和斗争。

侯景，字万景，属于羯人。曾做过怀朔镇的外兵史，与高欢为莫逆之交，后归顺尔朱荣。跟随尔朱荣大军攻晋阳，战洛阳，战功赫赫，被擢升为定州刺史。高欢除掉了尔朱荣，侯景因与高欢有旧谊，又投靠高欢。在东西魏之间的征战中屡建战功，渐次晋升为尚书右仆射、吏部尚书、司空、司徒、河南道大行台（河南道最高长官），统兵十万，系东魏实力最强的外藩。

侯景是个阴险狡诈之徒，凶顽刁钻，狂傲不羁。在东魏官员中除高欢外，均被他视为草芥，一副“我是流氓我怕谁”的嘴脸。高欢死后，高澄继任大丞相，总揽朝政。高澄怕侯景不服，兴兵作乱，在未发讣丧前，便以高欢的名义写信给侯景，调他入晋阳加官晋爵，来个先发制人，企图趁机诛杀，以除后患。

但侯景接到信一看，便知有诈。原来高欢与侯景有密约，凡高欢的信末，均点墨迹以作暗号。高澄不知此秘密，结果被侯景看出破绽。侯景派人去晋阳侦探，知高欢已死，便决定举兵投降西魏。高澄得知侯景反叛，料他必取道关西，便命司空韩轨督兵十万控扼关西要塞堵截。侯景知此去关西，必有一场恶战，倒不如转身投靠南梁，遂派人投书萧衍，愿举河南十三州尽附南朝。

萧衍已当了四十三年皇帝，终日梦想统一天下，接到侯景降书，正中下怀，高兴得不知如何是好，头脑一热，便下诏书封侯景为河南王，授大将军印，都督河南诸军并派三万大军，赴今河南汝南县接应。

侯景投奔梁朝，高澄去了心腹之患，东魏渐趋平静。

当年，南梁军为东魏所败，南梁的统帅萧衍的侄儿萧渊明被东魏俘虏，后东魏高澄致书萧衍，声称愿与南梁重修睦谊，并愿释放萧渊明。萧衍不知其中有诈，求和心切，便复信接受议和。不料，东魏来使在回国途中路经寿阳被侯景截获，得知萧衍要与东魏议和，便上书萧衍坚决反对，并请求出兵伐魏。萧衍搪塞过去。侯景忧心忡忡，便假造一封信给萧衍，说东魏提出以萧渊明换回侯景。萧衍不辨真伪，便回信同意此条件。侯景摸透了萧衍的心态，知道他随时可以出卖自己，便开始征集兵马，准备发动一场叛乱。

公元548年8月10日，寿阳叛军浩浩荡荡，向建康直逼而来。

这一切只有萧衍尚在梦中。当太子告诉萧衍，侯景已兵临城下，萧衍还骂太子："信口雌黄！长江天险，横亘东西，莫非侯景长了翅膀不成?"

当萧衍得知是萧正德引狼入室，才使他震惊。萧衍崇尚佛事，整天阿弥陀佛，那天他正在同泰寺里，烧香祈祷。儿子萧纲请求应战措施，他反对叱责：护城是你的事，还让我耄耋之年的父皇上阵厮杀吗？瞪一眼，便转过脸去，又开始捻动佛珠，喃喃地念起经来。

侯景军久攻不下城垣，台城守军足足坚持了一百三十天。九万守城士兵幸存者不足四千，十万市民苟活者也只有两千多人。城内粮尽矢绝，终于在公元 549 年 3 月 12 日凌晨，侯景破城而入，占领了台城。

侯景来到后宫章德殿，已经八十多岁的老皇帝萧衍仰卧在床上，安然不动。侯景单腿跪地，抱拳施礼，说：“丞相侯景叩见皇上。”“什么丞相，你乃狂徒侯景!”萧衍在床上连看也不看他一眼。侯景再三叩拜，萧衍缄默不语。

侯景便命兵士严加看管，不准外人擅入，萧衍终日郁郁不乐，忧愤成疾，最后死在卧榻上。

从萧衍杀掉南齐最后一个皇帝——和帝宝融（502）到南梁最后一个皇帝——敬帝萧方智遇害（557），前后五十五年，南梁政权灭亡。

围绕着台城的故事尚未结束，一幕幕血腥悲剧借助这个舞台还在继续演出。你方唱罢我登场。石头城上频频变换“大王旗”，又一个陈朝在血泊里分娩了。宋、齐、梁、陈是南北朝时期南国四大王朝，但“陈”这个短命的王朝仅仅苟延了三十二年，就像梦一样消逝了。岁月匆匆地掩埋了它的辉煌与悲哀。

六朝皇帝皆以奢靡荒淫著称，最末的那位陈后主更甚，他在豪华的台城营造了结绮、临春、望仙三座高达数十丈的楼阁，整天依红偎翠，不理朝政，还亲自谱曲《后庭花》，填上淫词，让数以万计的美女边唱边舞。

陈霸先自公元 557 年建立陈朝，在位三年病殁，谥为武帝。皇位由侄儿陈蒨继承，陈蒨在位七年病逝，谥为文帝。儿子伯宗继位，称帝三年，被他的叔叔陈顼夺去皇位。陈顼统治南陈十四年，染病而死。公元583年他的儿子，陈叔宝登基称帝。

当陈叔宝在台城光照殿的临春阁里，笙歌喧阗，纸醉金迷时，北方一个强大的王朝——隋朝在杨坚励精图治八年后崛起了。隋文帝杨坚那双充满血丝的虎豹之眼，早就盯住长江岸边金陵城里的南陈小朝廷。

陈后主好色贪酒，不亚于历代昏君。一年之内，连续数次广招天下美女，从中选出龚、孔二氏封为贵嫔，二位嫔妃姿色过人，甚得陈叔宝喜爱，日夜轮流侍寝，双双陪宴。龚氏进宫时带来一位贴身女婢张丽华，那时十岁。张丽华生得小巧玲珑，每日周旋主侧，善解人意，工于应酬，甚得陈叔宝喜欢。四年后，张丽华已出落得窈窕妩媚，楚楚动人，弄得陈叔宝神魂颠倒，癫狂不已。张丽华十五岁时便生下一个儿子，陈叔宝于是封其为贵妃。张丽华受宠得势，越发在陈叔宝面前献媚，惹得陈叔宝如醉如痴，与她形影不离，对其言听计从。

陈叔宝沉湎酒色，自然无心理政。久而久之，张贵妃逐渐问津朝政，事无巨细，均由她代笔圣裁，致使江东小朝廷，不知有陈叔宝，只知有张贵妃。临春阁终日花天酒地，一派歌舞升平，殊不知隋文帝已派次子杨广率五十万大军直扑长江而来。

正在偎红依翠赏花赋诗的陈后主，忽听宫监禀报：隋军已兵临江北。

陈后主听罢，哈哈大笑：“金陵龙盘虎踞，固若金汤，王气在此。齐兵三来，周师再来，无不摧败。彼何为者邪?”都官尚书孔范在一旁插话道：“长江天堑，古以为限隔南北，今日虏军岂能飞渡邪?”几位朝臣也曲意奉迎，于是陈后主手一挥，赶走宫监，又和张丽华赋诗作歌，狂饮浪醉。

第二天陈叔宝刚从睡梦中醒来，便有宫监禀报：隋将韩擒虎已从采石矶，贺若弼从京口渡过长江，直逼京城。陈叔宝吓出一头冷汗，慌忙召集群臣商议退兵之计，他连问几声，谁肯为朕出战？群臣装聋作哑无人应答。

陈叔宝已成热锅上的蚂蚁，惶惶然，戚戚然。半天才站出一位老将萧摩诃，答道："臣愿领三军前往御敌！"陈叔宝见老将出马，乐不可支，许诺："将军出征后，朕宣公妻及子进宫，加赏封号，馈金赠银。"

当萧摩诃出征后，陈叔宝随即下诏召萧摩诃的妻子进宫。这位萧老将军原配夫人已死，续弦是个年轻女人，貌如桃花，柳腰蛾眉，煞是娇美。这位风流天子一见钟情，垂涎欲滴，没想到这糟老头子还藏有天姿国色，顿生邪念，当晚便打发走其子，迫令萧的妻子侍寝，萧妻不敢违令，只得从命。战火已烧到床边，这位淫性不改的皇帝在兵临城下岌岌可危之时，还偷鸡摸狗，寻欢作乐。

消息传到前线萧老将军营帐，正欲下令进攻的老将军气得火冒三丈，血往上涌，大叫一声，昏倒在地……将士见主帅骤然晕倒，慌作一团，顿时乱了阵脚，结果不战自溃。

次日隋军兵分两路，包围了建康。守城军不战而降，城门大开。

都城已破，皇室乱作一窝蜂，四散逃遁。

陈叔宝听到一片喊杀声，知道隋军已冲进皇宫，慌忙找到一根绳子和张妃、孔嫔逃到景阳殿。景阳殿里有一口井，三人便坠绳藏匿井中。韩擒虎的兵卒四处追捕陈叔宝，不见踪影，后来发现这井边有一条绳子，断定井下有人，连喊数声，然后用绳子把三人提上来。男的是陈朝皇帝陈叔宝，另两位是张贵妃和孔贵嫔，韩擒虎看到这两个貌美狐媚妲己似的妖妃，一怒之下，抽出宝剑将二人拦腰砍成两截，投入井中。

陈叔宝吓得瘫在那里，欲哭无泪，被韩擒虎用绳索捆起押到洛阳，十五年后便客死在那里。

至此，陈王朝宣告灭亡，时在公元589年。

南北朝的分裂历史也画上句号。

金陵是个山清水秀的地方，纵目远望，苍茫的群山围绕着昔日的都城，环绕在长江两岸。那耸立的山峰隔江对峙，像女人的髻鬟。俯视地下，怒卷的江涛终日拍打着空旷的孤城，几叶风帆正驶向遥远的天际。

二百年后，大唐时代有一位以写竹枝词而著名的诗人刘禹锡造访金陵，写了一首诗《台城》，发出吊古伤今的无限感慨。

台城六代竞豪华，结绮临春事最奢。
万户千门成野草，只缘一曲《后庭花》。

刘诗人看到六朝金粉的金陵城满眼荒草、遍地瓦砾，想当年这里飞檐翘瓴，琼楼玉宇，一曲《后庭花》似乎余音犹在，六朝繁华转眼而逝，当年的粉黛青娥已化为白骨累累，那丹墀玉阶早已荒草披离。

刘禹锡却留给金陵五首咏史吊古的诗篇，这就是著名的《金陵五题》。

春花秋月梦已逝

李煜出生在五代十国时期，这是个大动荡、大分裂、大组合的时代，狼烟滚滚，战马萧萧，大江南北，旌旗翻卷，鼙鼓动地。李煜的父亲李璟——南唐中主，没有武功，却有文采，吟诗赋词是一位高手。他的词风凄冷阴寒，像南国梅雨天气，字字愁，声声恨，不是落花无主，夜寒香冷，孤梦难成，就是重楼深锁，美人迟暮，满目凄悲，满腹惆怅，毫无阳刚之气，更无气吞万里长江之雄势。而李煜"青出于蓝而胜于蓝"，更是喜爱歌舞，诗书琴画，样样精通，有天生的艺术细胞。

很容易想象到：江南春夜，夜风习习，素月当空，繁星荧荧。金陵城内，琼楼玉宇之中，宫娥们步履盈盈，羽衣飘飘，宫廷里红烛高照，琴瑟相和，瑞脑金兽，芝兰盈室。歌伎舞女肌肤散发的幽香，阵阵袭人。自幼在这种氛围和环境中长大的李煜，会挥手起风雷，纵马腾云天？人，是环境的产物。他只能是一介文弱书生，一棵温室里长大的豆芽，那销魂的歌舞不是《玉树后庭花》就是《霓裳羽衣舞》，这湿润温暖的土壤只能生长柔丝拂拂的细柳。李煜的妻子也是位通史书、精音律、工琵琶、善歌舞的才女，天配知音，两人感情弥笃。

李璟和李煜在江南过了几十年丝竹不绝于耳、舞榭歌楼、红翻绿滚的太平日子，早已忘记了采石矶曾是风雷激荡的古战场，早已忘记了江北岸一双双鹰隼般的眼睛，一张张豺狼般的血口——北周大将、陈桥兵变的策划者、大宋王朝的开国皇帝赵匡胤对江南佳胜之地早就垂涎三尺了！

虽然南唐后主与北宋是臣属关系，年年进贡，岁岁朝贺，政权名存实亡，但李煜并未从诗书琴画的沉迷中醒来，挺起腰杆，强兵精武，内修国政，外联四邻，同北宋分庭抗礼。只是一味地屈从讨好，搜刮国内的金银钱帛，进贡纳献。结果国事日非，江河日下。

当时局势，蜀、汉、南唐完全可以联合起来，牵制北宋，但李煜这个书呆子反而按照北宋王朝的旨意，派使臣去说服南汉投降北宋，这真一个荒诞的童话！

公元975年，宋太祖制定了“先南后北”横扫天下，统一天下的战略。

宋朝大军兵临长江北岸，大有投鞭断流之势。万箭齐发，百舸争流，南唐军怎能抵挡？纷纷溃退！当宋兵越过秦淮河，水陆大军十万列阵城下，南唐宫廷一片混乱，李煜躲到后院阿弥陀佛，求神灵保佑。李煜本不是做帝王的材料，他是吟风弄月的风流才子。在大军压境之际，也曾想一死了之，干柴已准备好，只要愿意死，一把火就把自己和这六朝花团锦簇、琼楼玉宇烧成灰烬！古有明训：即便已到了易子而食、折骸以爨的地步，但城下之盟，这是国之大耻，君主不能从也！但李煜并非那种视死如归的壮士，他转念一想，当皇上有什么意思，整天为纷繁的国事操心，何不躲个清静的地方，吟诗弄词，乱糟糟的江山交给赵匡胤去收拾吧！

李煜没有死，如果投火自焚，则是他生命的一道闪光，历史会青睐它，记下这辉煌的“壮举”，而李煜也将因为这壮举，完成了一个帝王辉煌的人格造型。李煜偏偏在这“一闪念”中选择了另一条路，他决心肉袒出降——这是一个帝王最尴尬、最难堪的下场。由玉尊到石贱，这是他人格最灰暗的一笔。但有幸的是文学史，他苟延了性命，用血泪铸就风流千古的绝章，成就了一代词人的辉煌。

初冬的江南，凄风苦雨，寒意萧萧。在宋朝大将曹彬的叱喝声中，李煜率领嫔妃媵嫱、王子皇孙、宫监、官属等一千余人，踩着泥泞，行走在通往北宋首都汴京的土路上。青衫愁苦，红粉垂泪，寒风袭来，李煜打了一个寒噤，在荷枪持戟的宋军监视下，到城外冒雨登船。李煜上了船，站在风雨凄凄的船上，江风悲号，江涛呜咽，金陵城已笼罩在烟雨中。那歌台舞榭，那锦幄翠帐，那佳卉灵石，那花团锦簇，都隐没在一片哀风怨雨之中。李煜泪如雨下，思绪万千。谁说金陵是“龙盘虎踞”的帝都？吴、东晋、六朝，谁在这里建立了持久的帝业？谁不是昙花一现，犹如浮云，一阵狂风，花自飘零云自散？四十年家国，三千里江山，到头来，只留下一抹苍凉凄冷的回忆！

冷雨淅沥，敲打着江面，敲打着船舷；乌云重重笼罩着金陵，笼罩着长江。愁肠百结，前途未卜，泪珠伴着雨珠一同滴落在长江里。回首残破不堪的故城废墟，他不禁脱口吟出催人泪下的诗篇：

江南江北旧家乡，三十年来梦一场。
吴苑宫闱今冷落，广陵台殿已荒凉。
云笼远岫愁千片，雨打归舟泪万行。
兄弟四人三百口，不堪闲坐细思量。

李煜白衣白帽跪在宋太祖面前，任其发落，宋太祖赵匡胤对这个风流倜傥艺术巨子的投降按说还是宽容的，没有杀他，没有虐待他，还赐给他礼贤馆，封他一个光禄大夫、检校太傅、右千牛卫上将军的虚衔。

人为刀俎，我为鱼肉。一个亡国之君得到如此待遇也该知足了。宋太祖不久去世，赵光义登基为宋太宗，也没有虐待这个臣虏，还特地加封他为陇西郡公。

毕竟是降侯，这种败者的生活比想象得还艰难，不仅失去人身自由，精神上受到摧残，物质生活也很艰涩，仅靠太祖赵匡胤御赐的嗟来之食度日。李煜整天戚戚惨惨凄凄，以泪洗面，在凄风苦雨里只得浅吟低唱，哀婉凄恻，字字血，声声泪。那诗词的每一个音节，每一个词汇都是病蚌孕育的珍珠，是血泪的结晶。忧患出诗人，正是这种寄人篱下的凄苦岁月，铸就了他诗词的灵魂。亡国之痛、故乡之思、身陷囹圄之愁，都赋予纸笺。李煜为打发岁月，整日饮酒，一醉方休。他生活艰涩，给赵光义写信，要求加薪，赵光义也算襟怀宽阔之人，不仅给他加薪，还赐钱三百万。

天铸文才。天资聪慧的李煜在做臣虏两年间，文思更为勃发，写了许多千古流传的华章："小楼昨夜又东风，故国不堪回首月明中。""问君能有几多愁，恰似一江春水向东流！"这璀璨凄美的辞章，只有这位亡国去乡的李煜才能酝酿出此等苍凉凄绝的情感！

赵光义看到李煜的诗词，猜忌刻毒之心油然而生。公元 978 年，也就是李煜降宋的第三年，在李煜七月七日生日那天，赐给他牵机药（据说，服下这种药走不了数十步，便头和脚弯在一起，疼痛而死）。李煜结束了他的生命，也是一种解脱。风流半世、哀伤半生的经历，多愁善感的个性，使他成为一颗艺术的巨星，现在陨落了。

李煜是为他的作品而死的。这是一介文人的悲剧。李煜本是"幽孱"的文人，历史错误地给了他一副帝王的重轭，到头来哪能是赳赳武夫式的赵匡胤的对手？但文人的毛病就在于手不释卷，吟不绝口，他要用诗文表达对人生、世界、社会的感悟，从屈原、司马迁到李白、杜甫、苏东坡，以至穷困潦倒的曹雪芹，他们的生命就是文学，就是艺术。这是上天降落在人世间的一颗颗星辰，使他们发光的便是诗文，他们因诗文而风流千古，也因诗文而遭坎坷鼎镬之灾。李煜在政治上是个孱弱者，但在文学上却是一尊巍峨的丰碑。他从九五之尊的帝王沦为囚徒贱虏，生命从顶峰跌到深深的峡谷，极其强烈的反差，铸就了一尊词人永不锈蚀的铜像！

长江的浪涛拍打着荒废的城郭，也许目不忍睹，碰到冰冷的石壁，又匆匆掉头东去，只留几声悲伤的叹息。

山川依然在，金陵昔日繁华已消逝，面对这冷落凄凉的景象，谁能不感慨万端，当年的豪华遗迹在哪里？那舞榭歌台在哪里？只有千年的古月依然多情地从女墙边冉冉升起，照耀着这座荒废的城郭。

治隆唐宋

最初朱元璋并不想建都金陵，他曾想在自己家乡凤阳建都，便派左丞相李善长在凤阳大兴土木，修建宫殿、城池、街道、桥梁、寺庙、宅院和军营等工程。刘基却说凤阳是帝乡而非帝都，那里缺乏作为首都的基础，农业、交通都不发达，不能支撑一个大都市的需要。刘基建议建都南京。刘基不仅是政治家，也是一个风水大师。

刘基等人对南京重新进行了一次次堪舆，他们认为建康（南京前身）四象完备，左有青龙钟山，右有白虎石头山，北有玄武湖为玄武，南有秦淮河为朱雀。秦淮河南岸一带为逶迤的案山。但也有两个不足之处，使得六朝气数不够：一是背靠玄武湖，湖是水，背后生凉，而且长江位于南京北边，南京属阴，阴气过重；二是水口朝外，秦淮河从内流到外，破了金陵之气。刘基要克服这两个弊端，避开六朝之气运，首先要把城建于山之南，背靠钟山，引钟山之灵气入宫，又将秦淮河重新规划，把所泄之气留住。

朱元璋听罢，认为言之有理，随即下旨改建南京为都。

二十年来，朱元璋率领自己的队伍，联合其他农民起义军，转战南北，经过浴血拼搏，终于推翻了元朝的黑暗统治。元朝实际上是个“奴隶”制国家，生产方式极其落后，把农田改为牧场，让大量的汉人沦为“驱奴”——即将被俘的汉人当作奴隶，把手工业工人当作“工奴”，严重地阻碍生产力的发展。推翻元朝统治，朱元璋恢复农民的社会地位，把高度集中的土地分给农民，大大调动了农民生产的积极性，社会生产力有了较大的发展。游牧文化重新被厚重、诗意的中原文化取代。这是对华夏文明发展的巨大贡献。

洪武元年（1368），谁能读懂这个年代的深邃和雄厚？

洪武元年（1368），谁能悟透这个数字的“玄机”？

朱元璋在应天府登基，百川归海，千溪汇流，烟尘飘落，雾霾散尽，日月大明，一切归朝华夏炎黄。

想当年，朱元璋带兵攻克婺州（今浙江金华），成立浙江东行省，省府门旁树起两面大黄旗，上书：

山河奄有中华地，日月重开大宋天。

两侧还立着两块木牌，上面写着：

九天日月开黄道，宋国江山复宝图。

这里的“中华”“大宋”都显示出一种鲜明的民族思想，复活了的华夏文脉。他发表檄文，号召进行民族斗争，“反对民族压迫、民族歧视”，强调中国是以汉族人为主体的国家，加强自己治理，强化炎黄子孙的历史观念和主权意识。

正如葛兆光所说：“……宋代中国就有了国境存在和国家主权的意识。二、由于同一性伦理的逐渐确立，宋代以来建立的历史传统、观念形态和文化认同，已经很清楚地形成了汉族中国自我确认的民族主义意识形态。”鄱阳湖之战时，朱元璋移书陈友谅，公开提出“同讨夷狄，以安中国”。后来发动北伐进攻大都（今北京），就提出：“驱逐‘胡虏’，恢复中华。”雪中国之耻。锋芒毕露，矛头所向，直指元王朝。朱元璋的北伐得到除元朝统治者以外的绝大多数人的支持，进军十分顺利。朱元璋的政治水平也达到了一个新的高度。

在烽火遍地、腥风血雨大动荡、大混战的时期，朱元璋不仅善于联合友军，团结各阶层人士，而且善于“招降纳叛”。他大败陈友谅军，俘虏陈军两万余人。他对“贤人君子”“有能相从立功者”，“吾礼用之”。“贤人君子”只要投靠他，拥护他，他则予重用，但警告“居官”不要“暴横”，使百姓遭殃、受罪；他善于建立军事基地，造舆论，收人心，广开言路，博采众长，保持严格的纪律，使他的军队所向披靡，百战不殆，在大大小小的战役中看不到他失败的记录。他天赋其才，这个贫雇农的儿子，没正式上过学，读书也少，却有高超的军事艺术、非凡的战略战术，闪耀着中华民族的智慧、才识的光辉，令人叫绝。

朱元璋的一生，雄才大略，文治武动，堪与秦皇汉武唐宗宋祖相比，是中国古代一个杰出的帝王。所以清康熙帝下江南拜谒前朝帝陵，肃然起敬，御笔题书“治隆唐宋”，极力推崇朱元璋治国治军、富民安邦的皇皇功勋。

朱元璋从小放过牛，讨过饭，当过小和尚，深知民间之苦，自幼便培养出一种刻苦自励、脚踏实地和勤恳务实的作风。他登上皇位，满朝文武大臣皆称朱元璋乃真命天子应运出世，并编出他出生时有巨龙从屋内飞出，天降祥云，朗日高照，吉天喜地。朱元璋根本不信这种“神仙”“上天”之说，他认为“人事迩，天道远”“天不可必，人事则当尽”。有道士献长生不老的方子，他不仅不相信，反而把道士杀了，朱元璋一直到老都不迷信此道，头脑清醒。

他治国理政，事必躬亲，勤劳俭朴，不贪享乐。朱元璋以全部精力、时间、心血打造他的王朝。他每天天不亮就起床办公，批阅公文，商讨政务，安排布置，检查督促，一直忙到深夜，没有休闲，没有假期，连娱乐也没有，日复一日，年复一年，一种农民实干家的遗风。

他制定了一系列的政治措施：加强中央政权，奖惩官吏，考核政绩，弘扬民本思想，以安养百姓，建立开明的政治；他求才若渴，在他的政治集团中，集中了一大批封建统治力量；他重视教育，兴办学校，培养了大批理政人才。他对官吏要求很严，要他们始终保持节俭清廉的为政之风，其风传之久远，至嘉靖朝还出现海瑞这样无欲则刚的清廉人杰，光耀千秋。

他曾对官吏们说：

> 天下新定，百姓财力俱困，如鸟初飞，木初植，勿拔其羽，勿撼其根。然惟廉者能约己而爱人，贪者必朘人以肥己。尔等戒之。（《明史・循吏列传》）

他对中书省臣说：“忧人应忧其心，爱人应惜其力。我经历过军旅生活，备知其中艰苦，每吃一顿饭，就常想天下军民之饥饿；每穿上衣服，就要想想天下军民之寒冷。”

他惩治贪官，反对腐败，手段之严厉，可谓史无前例。他发现户部侍郎郭恒与江浙富豪相勾结，贪赃枉法，鱼肉乡民，朱元璋即以此惩一儆百，反复追究。上至六部左右侍郎，下至地方官员，被判死刑者达几万人，受其牵连、受刑、破家的官吏、豪富不计其数。

《草木子》记载：“明祖严于吏治，凡守令贪酷者，许民赴京陈诉，赃至六十两以上者枭首示众，仍剥皮实草。府州县卫之左，特立一庙，以祀土地，为剥皮之场，名曰皮场庙。官府公座旁各悬一剥皮实草之袋，使之触目警心。法令森严，百职厘举。”

有些官吏有过，不至于论罪——但要“警告”一下，他采取另一种方式惩戒。朱元璋征天下布政史及知府来朝，请他们吃饭，让吏部根据他们的政绩排座位，“称职无过者为上，赐坐宴；有过而称职者为中，宴而不坐；有过而不称职者为下，不预宴，序立于门，宴者出然后退。”这是农民出身皇帝的狡黠，一种黑色的幽默。可见此时此地诸官吏是何心态了。

还有个点子，对那些有过失但又不应撤职的官吏，命他们将自己的过失抄写下来，贴在门上，自己贴自己的“大字报”，出门进门念一遍，待改正后，方可撕下。

朱元璋吏治严肃，确实有进步意义。他经常派遣官吏去考察地方政事，了解人民是否安居乐业，官吏有否贪污腐败。用考评的方法给官吏打分，这确实给朝野带来一股清廉之风，深得民心。但他采取“剥皮”“皮场庙”，还有挑筋、剁指、削足、断手、刑膑，钓肠等酷刑，实则过分，令人毛骨悚然。

朱元璋出身贫寒，无产无业，世世代代以农为本，在贫瘠的土地上，苦苦劳作，流尽血汗，终身填不饱肚子，还遭当地官吏和财主豪强的残酷剥削和欺诈。他饱尝了农村之苦，农业之苦，农民之苦，他生命的底色深深染上悯惜农民的成分，他关心农民，努力减轻农民的负担。他亲民爱民的思想和政策是千古帝王的楷模。

他还带着儿子和地方官吏深临农家，让他们目睹农家之辛苦，贫贱之艰难。开朝前夕，即1367年他曾带领大儿子“遍历农家，观其居住饮食”，并告诫之：“汝知农之劳乎？夫农勤四体，务五谷，身不离畎亩，手不释耒耜，终岁勤动，不得休息，其所居不过茅茨草榻，所服不过练裳布衣，所饮食不过菜羹粝饭，而国家经费皆其所出。”洪武二年，他又亲履田亩，沿着土路步行，大发感慨：“身处富贵而不知贫贱之艰难，古人常以为戒。”

朱元璋经常教育官吏，为政不难，得民心为难。官吏要认真履行自己的职责，才能得到百姓的爱戴。

朱元璋朴素的民本思想、真挚的农民阶级感情，使他的政府得到民众的拥护，社会风气安良。朱元璋把农民与地主之间的关系规定为兄弟辈的少长关系，虽然仍以地主为长，用封建宗法关系来统治农民，但这比元代的主仆关系要进步多了。朱元璋在制定的《明律》中，明确规定佃户为国家的“齐民”，要“锄强扶弱”“右贫抑富”，禁约地主、乡宦作威作福、欺凌弱小。贵族官僚必须承认佃户是国家的“齐民”，不是私人的奴隶，不能任意摆布打骂，更不得横加凌虐，私设刑狱，一经发现，必将受到国法的严惩。

洪武初年，由于长期战乱，经济凋敝，民生困厄。朱元璋制定一系列政策，使得百姓休养生息；他力主农桑，奖励耕织，大地恢复了生机，田园粮丰果茂，人民衣食丰足，达到国富民安，“四方无虞，民皆安乐”。

朱元璋有大功，也有很多过错，惩罚过苛，滥杀无辜，在历史上留下骂名。作为一个封建王朝的最高统治者，他难以摆脱历史局限性、悲剧性，但他的王朝与汉、唐、宋一样成为中华民族以儒家文化为基础、以汉民族为主体、立朝久远的四大文明王朝。万马归朝，千骑归宗，这是何等辉煌壮丽的事业。

我去拜谒明孝陵。陵墓位于钟山南麓："天为罗帐地为毯，日月星辰伴我眠。"这位乞丐出身、当过小和尚的贫雇农的儿子，一旦夺取大权，照样会享受，会豪华奢侈，会挥金如土，会颐指气使，会杀人如麻……明孝陵几乎覆盖了钟山的全部，山前有陵，山后有臣墓，山里设神宫监，山外设孝陵卫，围绕陵墓的皇墙长达二十二公里，相当于京师城墙长度的三分之二，颇有"普天之下，莫非王土"的气派！

因为细雨霏霏，游人不多，陵园里一片肃穆静寂。我走进陵区（陵域分为导引区、神道区、前朝区、后寝区，同时凭借三座御桥将这四个区域连接成一个和谐的整体，流动的水脉维系着陵域空间的有序性和完整性），漫步在明砖砌就的台阶上，宝顶上是方形的"城"。城砖古拙厚重，砖缝里咝咝地渗出一股苍凉之气。"当歌曲和传说都沉默的时候，还有建筑在说话。"（果戈理）建筑正向我们无声地讲述那个时代的故事和传说。令我惊奇的是它那巨大的砖块上竟然都刻着制造者的姓名。据导游说，明代城砖在南京随处可见。朱皇帝登上龙位便采纳了刘伯温之谏，"高筑墙，广积粮，缓称王"。且不说明万里长城创历史之最，从开国初期至明朝最后一个皇帝崇祯吊死煤山之后，三百年间一直叮叮当当地修个不停，成为人类建筑史上独一无二磅礴宏大的乐章。这是皇城，陵区的城墙，可谓坚不可摧。他一即位就调动了二十万人，用了二十年时间建皇城，修陵墓，襟江带湖，蜿蜒三十公里，可谓世界城垣之最。

朱元璋为建都城曾下令，长江中下游五省三十个府一百多个州县，大量烧制规格（长四十二厘米，宽二十厘米，厚十厘米）统一的城砖。朱元璋贫雇农出身，富有农民的狡黠和聪慧，心眼儿不少，规定每块砖都用阴雕刻上哪个县生产的、县官姓名、谁监制的、制砖的工匠是谁、烧窑工是谁，多达九人负责一块砖的烧制，简直是石破天惊的想法。这个“责任制”即使现代建筑业也不曾出现。这位朱皇帝赏罚制度之刻酷，连秦始皇也望尘莫及。

由于朱皇帝的重视，明代的南京的确繁华昌盛，富甲天下。除了日益兴隆的商业以外，还拥有发达的制造、印刷和建筑等手工业。据资料介绍，当时各种手工业作坊多达一千五百多家。为了保证农业生产，朱元璋还大兴水利，调动大量人力、物力修建水利工程，到洪武二十八年，国、府、县共计开塘堰 40987 处，开河 4162 条，疏浚陂渠堤岸 5048 处。这不能不说是朱皇帝的辉煌政绩。

中国是一个历史大国，也是文明延续性最强大的民族国家，很大原因在于这个民族有强烈的历史意识。中国历代王朝注重修史，史书最重大的事件就是“兴亡”，而对“兴”更是浓墨重彩，大书特书。“治隆唐宋”，康熙老爷子的评价并不为过。

秦淮水依依

栖霞寺的晨钟暮鼓，玄武湖畔杨花柳丝，莫愁湖畔的萋萋芳草，雨花台带血的桃花……这一切都被烟雨笼罩着。“烟笼寒水月笼沙，夜泊秦淮近酒家。”六朝以来，不知有多少文人骚客写过秦淮河，秦淮河一时成了金陵的代名词。到了明代，秦淮河两岸更是繁华：“秦淮灯船之盛，天下所无。两岸河房，雕栏画槛，绮窗丝障，十里珠帘……薄暮须臾，灯船毕集。火龙蜿蜒，光耀天地。”江头暮色，风笛暮霭，丰容盛鬋的青楼女子，或卖笑于门前，或鸣琴于室内，那纤纤细腰，那施粉涂黛的俏脸，一条不长的秦淮河养育了一代又一代的江南名妓。这里曾是六朝的王公贵族醉生梦死之所，是夜夜笙歌、日日狎戏、欢乐无穷之地。

北宋词人周邦彦曾写《西河·金陵怀古》，凄切哀婉：

佳丽地，南朝盛事谁记？山围故国绕清江，髻鬟对起。怒涛寂寞打孤城，风樯遥度天际。

断崖树，犹倒倚，莫愁艇子曾系。空余旧迹郁苍苍，雾沉半垒。夜深月过女墙来，伤心东望淮水。

酒旗戏鼓甚处市？想依稀、王谢邻里。燕子不知何世，入寻常、巷陌人家，相对如说兴亡，斜阳里。

到了明王朝，秦淮河一片繁华富贵、温柔旖旎，日日笙歌，夜夜灯火，两岸粉墙黛瓦的河房，如蜂巢般密集地排列着。河房水阁，歌楼舞榭，茶馆酒肆，笙歌罗绮，帘幕烟花，这里的喧喧嚣嚣挤满了一段历史。

时光荏苒，到了明末，这秦淮河的柔波细漪却掀起一页惊涛骇浪，弄潮儿是一个烟花女子——李香君。桃花扇底送南朝，演出明王朝大厦轰轰隆隆倒塌之时的一声暴响。这是一个刚烈女子同权奸抗争的故事。多少英雄豪杰、多少傲骨铮铮的历史精英都被历史淡忘了，一个孔尚任却使这青楼女子名垂千古，风流千秋！

我曾经参观过李香君的媚香楼，小小庭院，有一尊汉白玉雕像。李香君窈窕、苗条，小家碧玉般的形象。她肤色如脂，双目秋水般明澈。她是一位诗书琴画无所不通的才女，身份卑微，却有着非凡的人生追求。她调笑生活，却不失人格的高洁；她卖身却不出卖灵魂；她信仰坚贞，不容亵渎。她与同是天下沦落人的姐妹柳如是、顾眉生、寇白门、董小宛、陈圆圆、卞玉京、马湘兰是出类拔萃的“秦淮八艳”。

走进红栏黛瓦的小楼，二层是客厅，玉砖铺地，壁满丹青，名流字画，琳琅悦目，客厅又兼琴房、书斋、卧室，古雅可人。

李香君身处社会底层，但位卑未敢忘忧国，她坚守信仰、肃穆人格，宁愿一死，也不屈就。她的热血溅开一扇桃花，热烈芬芳，灿烂绚丽，那是一面生命的旗帜。

那些诗书满囊、满口诗云子曰的士子们，在大难降临，风云变幻中，个个叛国投敌。江左三大家之首钱谦益跪迎揖清，龚鼎孳降清，侯方域与奸佞和解，人格卑劣，节操沦丧，道德堕落。这些落入烟花之地的青春女子，虽低贱却崇高，虽柔弱却刚强。李香君命运悲凄，身处勾栏瓦肆，却为后人留下一座非人工的纪念碑。在大明末世，与那些堕落的男人相比，却凸显出她们的才藻、人格、气节，乃至献身精神。这是大明王朝最后一缕晚霞，虽艳丽，却凄迷。

一股正气，一缕芳魂，成就了秦淮八艳立身处世的高标。明末清初荒凉的年代，桨声灯影里的秦淮河，清军铁骑踏过，已是楼馆倾圮、荒草满院，美人如土，往事如梦，满眼沧桑，构成金陵一角的萧瑟。

我徘徊在秦淮河畔，背后是儒家的祖师爷孔圣人的祠庙。

我怎么也想不到，秦淮河对岸是夫子庙。一溪之隔，咫尺之间，竟然是精神的两极。一边是庄重、尊贵、崇高，卓然不群的君子；一边是低贱下流、龌龊肮脏、腻浪嬉笑之地。这边香火袅袅，刚拜过至高至尊的至圣先师，迈过小桥便跪倒石榴裙下，撕下文质彬彬、谦谦君子的面纱。自古，中国文人读书科考，修身、齐家、治国、平天下，被视为正途，入学堂、拜圣人、进贡院，堂皇正大，甚至有坐怀不乱的君子之风。不想，一条窄窄的河水竟成了中国式的黑色幽默，是对孔圣人的亵渎，还是对中国儒生士子的嘲弄？

在夫子庙边建妓女院，这是谁想的点子，出的馊主意？据说是朱元璋！乍一听真令人震惊，堂堂一国之君，其舆论导向应该是读圣人书，做正人君子，为何弄出这般荒唐的恶作剧？……细细一想，也只有皇帝敢这么做，也只有朱皇帝想得出来！苦大仇深的朱皇帝，从小未受过正规文化教育，吃尽了没文化的苦头，受尽了文化人的歧视。这只不过是发泄一下朱皇帝对天下读书人的妒恨！秦始皇还坑过儒呢，刘邦还拿儒生的帽子当过尿壶呢，汉武帝不是将大知识分子司马迁阉割了吗？

据说，朱皇帝还创办了培养歌舞艺伎的教坊司，在朝天宫附近，创立了富乐院，诏命各地妓女赴京，入住富乐院。朱皇帝闲暇时也微服私访，路过秦淮河还写了一副对联：

佳山佳水，佳风佳月，千秋佳境；
痴声痴色，痴梦痴情，几辈痴人。

细雨如丝，江南的雨依然扮演着主人公的角色，在天地间这巨大的舞台上，演绎一出出扑朔迷离的故事。

悲壮的风景

朱元璋死后，由皇孙允炆接了他的班，史称惠帝，年号建文。建文帝一上台，就开始“削藩”，几个叔叔先后不到半年时间便被废为庶人，有的还被杀了头。这下子引起坐镇北京的朱元璋的第四子、最大的藩王朱棣的恐慌和恼怒。明装疯傻，暗招兵买马、打造兵器，一旦时机成熟，就打起“清君侧”的旗号，铁马金戈，浩荡南下。朱棣燕军包围了皇城，但搜遍皇宫却不见朱允炆的踪影。一位老太监指着被烧得面目全非的尸体，说，这就是皇上。朱棣半信半疑，洒了几滴兔死狐悲的眼泪，草草收殓，一场宫廷政变由此画上了句号，朱家王朝换成永乐年号。

永乐皇帝收拾好内院，整饬梳理好朝政，在南京干了两件值得史学家大书特书的事：一是编修《永乐大典》，这部两万二千多卷，一万一千多册的皇皇巨著，不仅在中国，而且世界上也是最大、最全的百科全书，看来朱棣还是很注重文化建设的；二是派郑和下西洋，其目的是炫耀大明王朝国威，让世界认识中国，但也另有思虑，当时传说，朱允炆也许逃往海外，他怕侄子东山再起，好早剪除后患。且不管他目的所在，郑和下西洋也确实创造了世界航海史上的先例。

郑和第一次出海远航是在永乐三年（1405），比哥伦布要早近一个世纪，其规模之浩大、气势之磅礴、威风之显赫与哥伦布相比更是天壤之别。郑和的舰船大中小二百多艘：其中大号船六十二艘，另外还有“马船”“粮船”“坐船”“战船”“水船”等等。船队人员，除郑和任正使外，还有副使，还有都指挥、指挥、千户、百户等将士及郎中、买办、通事、医生以及舵师、水手，共27550人。

这么庞大的远洋船队，如此壮观的场面，在15世纪初叶那简直是历史上一尊大风景了！

郑和七下西洋并未使古老帝国强大起来，反而为西方列强后来打开东方古老帝国的大门埋下了伏笔，而近一个世纪后乘着三桅船的哥伦布行驶大西洋，却发现了墨西哥、印第安新大陆，解决了西班牙的国库空虚问题。郑和和哥伦布出身不同，哥伦布是探险家、发现家，他首先是想办大事的人，想象出奇，冒险精神不可思议，他远洋的目的就是寻找发财的机会。而郑和是太监，虽然生得“身长七尺，腰大十围，行如虎步，声音洪亮”，善于辩论，颇有才智，武艺高强，但却是去了势的小太监，没有雄风，他的灵魂仍然是很卑微的。他在皇室里只会点头哈腰，唯唯诺诺。而下西洋名为扬威，实为寻找朱允炆的下落，并没想到开拓疆域，占领那些没有注册的海隈荒岛。哥伦布发现了新大陆后，给正处在文艺复兴萌动时期的欧洲，带来震撼人心的喜讯，成千上万的欧洲穷光蛋们赶紧远渡冒险。他们一到这些新大陆便开矿建厂，强盗般地拓荒，大肆掠夺黄金、白银，干脆占领了当地土著人居住之地，最终使其成为欧洲一些国家的殖民地。人无外财不富，马无夜草不肥。欧洲这种海盗、强盗式的行为，使其若干年后（19世纪）个个成了财大气粗的发达国家。而郑和七下西洋却导致后来的明王朝“片板不得出海”“厉行海禁”以及清王朝的闭关锁国。国人躲在四合院小天井里，两耳不闻院外事，兴趣只在品茗弄琴中。天朝上国，老子天下第一，咱怕谁？把长城修得再高一点，再牢固点，莫非蒙古人或什么洋人会长出翅膀来？谁知院中才数年，世上已千载！15世纪正是欧洲文艺复兴之际，文化搭台，经济唱戏。文艺复兴紧锣密鼓折腾一阵子，接踵而来的便是热火朝天的工业革命，蒸汽机的发明、洋枪洋炮的出现……欧洲诸国已在世界范围内跑马圈地，抢占殖民地，而东方古国还在酣梦中，偌大的中国成了弱肉强食的盘中之餐、刀俎之肉。郑和下西洋没有给明帝国和后来的清王朝带来一丝一缕新鲜气息、一粒一丸强身健胃的灵丹妙药，而哥伦布的探险却给欧洲带来一个“文艺复兴”“工业革命”的辉煌时代！

郑和七下西洋的伟大壮举成了历史的绝响！中国海岸之长，海域之辽阔，并不亚于“欧洲文明的摇篮”的地中海。追溯历史，中华民族的祖先就揭开了航海的序幕，“刳木为舟，剡木为楫”，秦始皇时期几次东海觅仙，并派徐福东渡日本，虽然未有开发海洋的理念，但是却萌动了海洋意识。汉朝以来，陆上丝绸之路的开拓，疏通了同中西亚、南亚商业文化往来的通道。到了唐代，不仅加强了陆上丝绸之路商贸往来、文化交流，海上丝绸之路也热气腾腾地开辟起来。到了元末，中国已与世界一百二十个国家和地区建立了海上贸易关系。

官方的航海活动到郑和第七次出海后戛然而止，直到清朝后期才在外患的逼迫下新建海军。这长达四百年的历史，中国的海洋开发和建设几乎是空白。

这和明太祖朱元璋的国策不无关系。朱元璋和元末大多造反派头领一样，都是流民，他深知这些流民，是社会最不稳定的因素，必须想办法“摁住”这帮小子，不许他们离开土地，大力抑商，“片板不得出海”，“罢市舶，严海禁”。我们已说过，郑和下西洋，其目的是寻找传说逃往海外的建文帝，“遣郑和浮海下西洋以寻其迹”，这就是说，郑和下西洋并非国事，纯属“皇帝家事”，更与国际贸易无关。

但是郑和七下西洋并非一无所获，首先他开阔了视野，增长了见识。他曾说过一句振聋发聩的话：“欲国家富强，不可置海洋于不顾。

财富取之于海，危险亦来自于海”。这与2500年前古希腊学者西塞罗的预言何其相似：“谁控制了海洋，谁就控制了世界！”

郑和的船队，既不是一只商队，也不是一般外交使团，是由封建统治者组织的兼有外交和贸易双重任务的船队，目的是招来各国称臣纳贡，炫耀东方古国的雄威。他的船队停靠过爪哇、苏门答腊、苏禄、古里、真腊、暹罗、榜葛剌、阿丹、天方、左法尔等三十多个国家，最远达到东非、红海。这是十五世纪最辉煌的风景，它像张骞通西域一样，具有巨大的历史意义。

郑和的航行之举远远超过一个世纪之后的葡萄牙、西班牙航海家麦哲伦、哥伦布、达伽马等“大航海时代”的先驱。所以二十世纪末，西方媒体组织权威专家遴选“千年以来对人类最具影响的一百位人物”，中国入选的三人中，郑和占了一席之地。

中国大门砰的一声关上了，郑和短暂的风光很快地黯淡了，中国本来可以成为海洋帝国，却实行闭关锁国政策，断然退出自15世纪以来长达4个世纪全球性海洋开发、海洋竞争的战场，结果积贫积弱，两次鸦片战争被打得头破血流，最后沦为半殖民地国家！

这是东方古国的悲剧！

天下为公

历史翻到20世纪初叶。

1912年年初，孙中山就职中华民国临时大总统期间，他和总统府秘书胡汉民骑马去紫金山打猎，打了一只野鸭，下马休息。登上一座小山包，放牧视野，身后是峰峦跌宕的群山，山上林木蓊郁，云雾缭绕，似一种“天子气”。山前是一片开阔的旷野，坦荡如砥，北望便是滔滔东去的长江，南望就是依依秦淮河水，山清水秀，雄浑壮丽，真是一片风水宝地！他兴奋地说：“你看，这里比明孝陵还要好！有山有水，气象雄伟，待我他日辞世后，愿向国民乞此一抔土，以安置躯壳尔。”

孙中山钟情南京山水，不仅因为南京有独特的战略地位、优越的地理环境，更因为他喜爱南京积蕴丰厚的历史文化。他在《建国方略》中称赞道：“南京为中国古都，在北京之前。其位置乃在一美善之地区。其地有高山，有深水，有平原，此三种天工钟毓一处，在世界中之大都市，诚难觅如此佳境也。”并说：“当夫长江流域东区富源得有正当开发之时，南京将来之发达，未可限量也。”孙中山深沉高远的目光以及浪漫主义的情怀流溢着兴奋和激情。

孙中山 1866 年 11 月 12 日生于广东省香山县翠亨村，幼名帝象，后取名孙文，字德明，号日新，又号逸仙。从事革命时曾在日本化名“中山樵”。“孙”是姓，“中山”也是姓，“孙中山”的名号就这样流传开来。

孙中山第一次出洋是看望在檀香山（夏威夷）做工的哥哥。那年他十三岁，自此便漂泊海外，直到辛亥革命爆发，共三十二年。三十二年间，他只在国内居留不过三年。

孙中山曾被革命党人认为不识字，是一个江洋大盗、草莽英雄。1905 年吴稚晖第一次见到孙中山，大吃一惊：孙中山谈起话来，文质彬彬，上知天文，下知地理，纵横捭阖，谈吐高雅，极富节奏感，逻辑性极强，且举止风流，真乃一代杰人！孙中山专精政治学、经济学，旁及兵法、舆地、外交、外文，他熟读《史记》《汉书》《古文辞类纂》。胸中丘壑，腕底波澜，言则长江大河，珠玉滔滔，出口成章，语惊四座；写则辞如精金美玉，文采风流。他天赋大才，学养深厚，兼融百家。阔大的包容性，视野的广阔性，目光深邃、高远，当代人罕有比肩者。

更令人敬佩的是他伟大的人格气质，他立身行道的谦恭、朴实克己的态度、他谦和庄重的风度，他是一个温文尔雅、气象伟大的绅士，连在日本留学的中国学生读了有关宣传“大革命家孙逸仙”的材料都佩服得五体投地。是他第一个提出“驱除鞑虏，恢复中华，建立民国，平均地权”的革命口号，上顺天意，下遂民心，这是他民族主义思想最根本的要素。

有人问：“他有张之洞的气概吗?”

知情者曰：“张之洞是大官，孙文的气概，天下未见第二个。”

孙中山不可思议的人格魅力，除天赋其才外，更多是后天的素养、才干、学识、灼见、亢爽、深情、雄沉、率直、坚毅，综合而成。

在国外，孙中山早期革命的两大支柱，一是华侨，二是会党。华侨给孙中山钱，孙中山给会党钱，会党领导起义。孙中山在文章、演讲、致友信函中，极力宣传改革政治、反对清政府、推翻封建专制的腐败政府。他说，政治力是人类社会第一生命力、生产力、协调力、和谐力。不革新政治，不推翻腐朽不堪的清政府，没有民主制度做保障，中华民族永远也无法真正跻身于世界民族之林。

人心所向，天命可知。孙中山反独裁、反专制，反对君子远潜、宵小处堂。那些不顾百姓死活的统治集团，已有崩溃之势。革命浪潮，风起云涌，举国上下，同心协力，共建共和。中国历史长河，急流飞湍，一切污泥浊物，会荡涤一空。

孙中山思想和文采，雄健伟岸，坚毅沉挚，撼人心魄。他为《黄花岗七十二烈士事略》所写序言：“满清末造，革命党人，历艰难险巇，以坚毅不挠之精神，与民贼相搏，踬踣者屡。死事之惨，以辛亥三月二十九日围攻两广督署之役为最。吾党菁华，付之一炬，其损失可谓大矣！然是役也，碧血横飞，浩气四塞，草木为之含悲，风云因而变色。全国久蛰之人心，乃大兴奋。怨愤所积，如怒涛排壑，不可遏抑，不半载而武昌之大革命以成。则斯役之价值，直可惊天地、泣鬼神，与武昌革命之役并寿。”他言词悲愤慷慨，恣睢放纵，豪气干云。

孙中山的革命党人组织武装起义，屡败屡战，十次反清起义，均以失败而告终。但他百折不挠，以钢铁般的意志，以再造华夏的雄心再度与清廷决一死战，他鼓舞将士：“吾党经一次失败，即多一次进步。然则失败者，进步之原因也。”

终于迎来武昌起义的胜利。

孙中山的追随者们，辛亥革命的斗士，黄兴、王宠惠、宋教仁、张謇、章炳麟、蔡元培、于右任以及反抗清政府的知识精英、青年学子、文化名流，陈天华、姚宏业、杨笃生、章太炎、巾帼大侠秋瑾，个个热血澎湃，他们有的达到“疯、癫、狂、痴”的程度，其积郁之深，积怨之厚，积恨之重，不可言状。虽荆棘载途，饱尝困厄，但他们充满大丈夫气概，不惧风雨如磐，不惮身历险恶，不为物役，不媚时俗，何等豪迈奔放，何等赤胆忠心！他们有荆轲、高渐离、豫让、蔺相如、聂政、聂嫈等古之君子之风、古之志士的一腔浩气。他们像雄狮，吼啸奔突在荒旷的大野，他们高举着火把，烧透一角弥天大夜，导引中华民族命运的前程，他们是中华民族精神的敲门者，他们有伟岸的道德感召力。

据历史学家伍立扬统计：陈天华牺牲时仅30岁，吴樾26岁、陆浩27岁、秋瑾30岁、熊顾基23岁、邹容20岁、彭家24岁、史坚如21岁……他们或与贼搏击而被捕杀，或积愤如山蹈海自溺，以感天下，或在战火中殒命，或以身殉难，血沃中华……点亮共和国第一缕晨光的，是他们一腔热血！

1912年元旦前夕，孙中山来到南京。当十七省代表选举他为临时大总统消息传开时，江南大地一片沸腾。南京大街小巷，彩旗飘舞，锣鼓喧天，人人眉飞色舞，个个欢天喜地，白叟、黄童，无不逢人便称“共和万岁”！一个伟大的纪元开始了，一个伟大民族的命运打开了新的篇章！

元旦之夜，总统府内，兵士左右站立，张灯结彩，松柏成行，纸花张贴，气象一新。灯火辉煌的大礼堂，墙上挂着五色旗，主席中央有横幅会标，十三个大字，金光闪闪：“中华民国临时大总统就职典礼。”

孙中山面对国旗，宣读誓词：

> 倾覆满洲专制政府，巩固中华民国，图谋民生幸福。此国民之公意，文实遵之，以忠于国，为众服务。至专制政府既倒，国内无变乱，民国卓立于世界，为列邦公认。斯时，文当解临时大总统之职。谨以此誓于国民。

仅仅81个字，春雷般炸响华夏九州！但谁也未想到这短短81字，竟也是孙中山宣布自己届时退隐之辞，与会者震谔，深感中山先生大木千寻、伟峰万仞的胸襟气度！他伟大的人格气质，他个人立身行道、克己奉公之精神，毫无恋栈之念，大有远古尧舜之古风，又有华盛顿、托马斯·杰斐逊之气概！天高海阔，一代伟人！

典礼结束后，各省代表离开大堂，中山先生亲自一一送出会堂，代表们纷纷劝先生留步，中山先生却说："民国人民是国家主人，总统是人民公仆，各位代表是主人的代表，礼当送至阶下。"于是在阶下与大家握手而别。孙中山公仆形象深受民众赞誉。

"天下为公"，这四个字，孙中山所写条幅计三十五张之多，致朋友信函及演讲稿中，提到"天下为公"，也多达四十余次。这四个字铸就了革命者崇高的灵魂，伟岸的形象。

有则逸事更让人感动。一天从扬州来了一位须发花白、手扶拐杖的萧氏老人，要见大总统。门卫不让进，老人纠缠不休，这时侍卫队长来了，问清缘由，说："您等一等，我去报告一下。"孙中山听完后，立即答道："好，请他进来，我乐意和他交谈。"老人进来，中山先生起身迎上，要与老人握手。侍卫队长对老人说："他就是大总统！"

萧氏老人顿感惊慌，扔下拐杖，扑通跪倒在地，向孙中山行三拜九叩之礼，孙中山急忙拉起老人，扶他坐下，又亲自敬茶，老人说："没什么事，我就是看看今天的总统与过去的皇帝有什么不一样。"

孙中山说："总统和老百姓一样，总统在职一天，就是一天国民的公仆，是为全国老百姓服务的。"并告诉老人，总统和皇帝不一样，皇帝是终身的，是父传子，子传孙，世袭制，总统是四年换一次。不当总统了，和老百姓一样，能干什么就干什么。

这就是共和政府的初创，是民国第一都城南京对中国近代史的一大贡献。虎踞龙盘的金陵承担了中华民国首都的重负，把中国推到了一个新的时代。

一片烟水气

南方的雨仍在下，静穆的山林响起窸窸窣窣的声响，山泉小溪开始喧哗起来，更衬托了这山幽林静的雅致。历史在这里休憩，不要惊动它了吧。一路下山，吮吸着青草野花的幽香，望着高楼耸峙烟雨迷离的金陵古城，思绪仍然纠缠在纷乱的历史中。六朝古都，从孙权到陈后主，这里承载着一页页血泪斑斑的历史，但几乎没有一个王朝都没有超过百年，为何如此短命？是这里的胭脂味太浓，水气太大？是这里的风太阴柔、太缠绵？柳丝、碧波、画舫、轻舟、水榭、歌楼、杏花、春雨、芳草……从这些江南特有的词汇里，你很难化验出雄气、浩气、霸气、蛮气，和铁骨铮铮的钙质来。一个水淋淋、湿漉漉的王朝，怎能不患上类风湿性关节炎？又怎能挺起钢铁般的脊梁，迈出铿锵坚实的步伐？金陵，太女人味了，这怎能经得起北方强悍凶猛蛮横的金戈铁马？甜软的吴侬软语，雅歌投壶的靡靡之音，怎能压住西北高原如龙吟虎啸般的秦腔、塞外牧野豪壮的蒙古长调？清丽婉转的昆曲、越剧，怎能敌得北方“铁板铜琶”的“大风歌”？

其实，金陵（南京）最不适合做国都，历史上任何王朝建都南京都是短命的。孙吴建都南京（建业）只存活了五十八年；后来南北朝的宋、齐、梁、陈，多则五十九年，少则二十三年；朱元璋大气磅礴，建都南京，城池固若金汤，以祈万年安福，谁知其二世登基不久，便被朱棣篡权，移都北京；最可怜的是孙中山的国民政府 1911 年建都南京，三个月后便被袁世凯移都北平；蒋介石 1927 年在南京建立“国民政府”，十年后便沦陷于日寇的铁蹄下；1946 年刚刚从陪都迁回旧都，三年后，钟山风雨起苍黄，国民政府土崩瓦解。

这是金陵古都的命运。

天地氤氲，万物化醇。

我坐在玄武湖边，这是一个艳阳朗照的春日。身边柳丝拂拂，像是梳理我一腔思绪，眼前是碧波湜湜、细漪涟涟，湖的对面就是滔滔东去的长江，身后便是六朝金粉之地台城了。我不禁吟哦起李后主的诗句："春花秋月何时了？往事知多少。小楼昨夜又东风，故国不堪回首月明中。雕栏玉砌应犹在，只是朱颜改。问君能有几多愁？恰似一江春水向东流。"台城旧址已是芳草萋萋、春花烂漫的公园，游人如织……只是鸡鸣寺还有一口灌园的井，但不是陈后主和张丽华躲在一块的"胭脂井"。且不说陈后主吧，这位李后主实在可爱得很，他一生充满传奇，七月七日生，七月七日死，他既享受过尊崇无以复加的帝王生活，又经历过囚徒般的岁月。他不是当皇上的料，历史却阴差阳错，让他登上了"九五之尊"，他是个失败的政治家，却是一代开天拓地的诗词巨匠。宋词从他手下开始流出，成了一条浩浩大江，是他用一双无缚鸡之力的手，轻轻地打开了中国文学史上最壮丽的一页，他用柔指弱管为宋词奠基，这不能不说是奇迹。

我曾想，若南唐不被赵匡胤所灭，李煜仍然过着花天酒地的生活，没有亡国之恨、思乡之愁的深刻生命体验，会有如此撼人心魄的千古绝章吗？只能写一些香艳风流的"花间词"罢了。

浩浩长江，滔滔东流。春雨霏霏，青草浅浅。江南的春色可饮、可啜、可掬、可餐。晴添千里春痕，雨则烟涂雾抹，迷离中春透幽花，莺呖燕喃。有湿漉漉的晒不干的唐诗宋词，有烟雨霏霏扑朔迷离的山水画卷。“树杪云蒸，顷迷翠黛；山头烟合，忽掩青螺；桃花含笑，柳条舞媚；林莺出谷，园蝶逾墙。”虽然现代化的高楼大厦林林总总，气冲斗牛，但这里旧迹依然很多。经过了千年的风雨、岁月的剥蚀，有的已是残山剩水，有的了无梦痕，却仍然散溢着古典文化的气息，附着在历史废墟上的形声色意，或附于丘阿，或以诗表，或以词达。这座文化古城在煌煌千年之旅中，留下深深的履痕，渗透了文化的血脉。走进南京，你会处处感到历史的传承和文化的积淀，细细品味出她撼动人心的魄力。

第十二章 二分明月

长江流经这片土地，性情发生了突变：不那么暴躁、乖戾，由一个粗莽的汉子变成一个文雅的儒士，心胸阔朗，气度雍容，温文尔雅，风流潇洒；也许历经了漫长而艰苦卓绝的跋涉，历经了过多的坎坷曲折，长江既没有了惊涛拍岸巨浪滔天的狰狞与惊惶，也少了叱咤风云翻天覆地的气概，稳健优雅，那波涛不再章法混乱，仓皇紧迫，而是含情脉脉地向江南大地倾吐一腔情愫。

从扬州到苏州，长江在这里分娩出一系列玲珑妩媚、风景如画的小城：扬州、镇江、常州、无锡、苏州，一个个克隆出来似的，都散发着同样的味道：江南味、水乡味、唐诗味、宋词味，还有温馨的女人味。

隋炀帝的扬州

扬州自春秋吴王夫差开挖邗沟始，已有二千五百年历史。隋炀帝开凿大运河，沟通了钱塘江、长江、淮河、黄河、海河五大水系，全长1794公里，这是世界上最长的运河，比沟通红海和地中海的苏伊士运河长十倍多，比沟通太平洋和大西洋的巴拿马运河长二十多倍。

这里水汊交错，水土温软。明清之际盐业是朝廷的主要经济命脉，扬州盐商，富可敌国。

两淮漕运中心，万商云集，号称东南大都会，这既是东南的经济中心，也是文化艺术中心。

扬州没有金陵的皇家气魄，没有苏州的恬适幽雅，也没有杭州的雍容华贵，但扬州有浪荡公子的奢靡，有醉生梦死的颓废。唐代是她的青春浪漫期，“烟花三月下扬州”。“腰缠十万贯，骑鹤下扬州。”纸醉金迷，灯红酒绿，巨大的诱惑吸引着达官显贵、骚客文人，明清时期妖艳风流，已达到峰顶。

“十年一觉扬州梦。”扬州是个多梦的城市，是个乱花迷眼的城市，是如诗如画、如梦如幻的风月之都、富庶之地，是美女如云、酒香浓郁的繁华之境。历代文人都喜欢扬州。徐凝诗名不大，《全唐诗》只留下他两首诗，其中一首诗是写扬州的：“天下三分明月夜，二分无赖是扬州。”本来月光普照，遍及人寰，并不偏宠扬州，而扬州的魅力也非仅在月色，但作者酷爱扬州，他也慷慨大方，毫不犹豫地一笔下去，把天下三分之二的月色批给扬州了。这首诗写的又是离情别绪，扬州之月照离别之人，更助愁添恨，这说不清道不明的愁与恨都是这缠人的月光酿造的。这首诗传开来，扬州便有了另一个雅号："二分明月"。这不是秀才人情纸半张，而是作者发自肺腑的爱。

无独有偶，在《全唐诗》也只有两首诗传之后世的张若虚，其《春江花月夜》冠绝全唐，风流千古。此诗写的就是扬州月夜美景。到了李白笔下则是"烟花三月下扬州"，送诗友孟浩然，去烟花佳地，繁华锦绣之城。刘禹锡、杜牧都有诗作留赠扬州。

文化名城必是文人荟萃之地，引起骚客文人青睐的是山水风景。唐代有位诗人张祜，诗名不大，是杜牧的好朋友，竟然爱扬州达到痴迷的程度，即使死了，也愿埋在扬州："人生只合扬州死，禅智山光好墓田。"禅智山上有禅智寺，这里原是隋炀帝故宫，其山光水色，美轮美奂，令人陶醉。

长江在这里与大运河相遇，这是生命与青春激情的拥抱，是爱的亲吻。隋炀帝开凿大运河的历史贡献，不亚于秦始皇修长城。万里长城只剩下一道历史的风景，昭示着两千多年的烽火狼烟、血流如注、骨肉迸溅的记忆，而大运河尽管在交通十分发达的今天，仍然发挥漕运的作用。当然，隋炀帝起念要开通一条从洛阳到扬州的人工河道，他大脑细胞活跃的兴奋点在于，要到他的发迹之地——扬州寻欢作乐，故地重游，炫耀自己的穷奢极欲。但他又不愿骑马坐轿，翻山越岭，一路颠簸，那太辛苦了，就想到坐船，既平稳，又潇洒，两岸春色，一帆风流，多自在啊！

尚书右丞皇甫议是个水利专家，他心领神会，摸到了隋炀帝大脑中的兴奋点，便自告奋勇，带领随员，颠颠地从洛阳到江都一路查看了旧渠道。早年吴王夫差为操练水兵曾开挖一条邗沟，现多处堵塞，疏通了尚可用——皇甫议想，再开挖一条运河——通济渠，沟通淮河与黄河，岂不可从洛阳乘船直达扬州了吗？皇甫议是个精明人，为了满足隋炀帝的心愿，风尘仆仆，不辞劳苦。这一次踏察，石破天惊，中国辽阔的版图上添了一条曲折蜿蜒的蓝色线条。这线条后来继续延伸，于是苍莽的北中国大地又多了一道生机勃勃的血脉。

古埃及农民早在公元前一千四百年，就曾想过，在红海与地中海之间挖一条运河，可是这个梦想直到1869年才得以实现。古埃及农民的梦太长了，长达三千二百多年。而隋炀帝只需几年便梦想成真。隋炀帝一道御旨传诏天下，于是二百多万民工推车挑担，提镢扛锹云集而来，奔赴开河工地现场。于是沿线几百公里工地上彩旗飘飘，口号声声，热火朝天，一片沸腾。可是，这场面的背景是监工兵勇的皮鞭和厉声叱喝。

多少人辗转在泥水中，多少人倒毙在烈日下。皮鞭和棍棒伴着血腥，汗水泪水伴着痛苦的呻吟，大运河在延伸。督工的将领哪管民工的死活，他要的是工程进度，要的是政绩。

河督总管名叫麻叔谋，一脸络腮胡子，密密麻麻，人称“麻胡”。此人凶恶残忍，贪婪狠毒，他看哪个民工动作稍有点迟缓，或看谁不顺眼，立刻在河堤上斩首，将尸体扔到河里。两岸的人家需要拆迁，你立马就得拆迁，稍有延误，轻则敲诈勒索，重则当场处死。

有位哲学家把历史前进的动力归纳为两点：恐怖和私欲。“专制社会”动用的手段就是前者，以杀人和恐吓来调动人类生命的原始能量。有几个不怕死的？你不干就杀死你，看你干不干？一条运河的开通，一百多万民工死于苦役，尸骨遍野，惨不忍睹。《资治通鉴》上记载：“东京官吏督役严急，役丁死者什四五。所司以车载死丁，东至城皋，北至河阳，相望于道。”

麻叔谋还有个嗜好，便是喜欢吃婴儿肉，听到哪里传来婴儿哭声，便破门而入，抱走孩子，弄到营帐，便煮熟吃掉。所以江淮一带老百姓至今这么吓唬孩子：“别哭了，再哭老麻胡就来了!”吓得小孩不敢吱声。

运河修好了。隋炀帝则带领百官后妃，从显仁宫走出，乘一种名叫“朱航”的小船，出了漕渠，登上龙舟，开始了“伟大的首航”。

龙舟分四层，高四十五尺，长二百尺。最高一层有正殿、内殿，东西朝堂，中间一层有一百二十个房间，都是珠玉加以修饰，下层是宫人和太监的住处。此处还有“浮景”船，乃是集会用的水船。又有漾彩、朱鸟、翔螭、白虎、玄武、飞羽、青凫、凌波、五楼、道场、玄坛等等，各种船只数以千计，供随行宫娥彩女、贵族、大小官吏、和尚道士乘用。大小船只六百余艘，拉纤的纤夫多达八万余人，隋炀帝乘坐的龙舟纤夫多达九千人，这是中国公元 6 世纪的“泰坦尼克号”。浩浩荡荡，樯桅如林，风帆如云，舳舻相接，前后达二百里，锦帆过处，香风数里。每到夜间，灯火通明，像一条火龙蜿蜒在中原到江南的大地上。所过州县，五百里内的都要进贡饮食，一个州多达上百车……其声势之浩大，耗费之奢靡，创历史之最。

隋炀帝三次下扬州，最后一次是大业十二年（616）秋。他很迷信，最后一次下扬州前，找来一个巫人占卜，卜者说，他这次下扬州就回不去了。隋炀帝很恼火，太不吉利了，就把卜者杀了。18 世纪的泰坦尼克号撞上冰山，沉沦在大西洋里，而隋炀帝的龙舟就搁浅在他下令开凿的大运河里，最后被他的亲信宇文化及杀死在扬州。

隋炀帝杨广不仅是一代帝王，而且是卓有成就的诗人，他常常在暮色降临时分观赏长江。他有一首诗，堪称一绝：“暮江平不动，春花满正开。流波将月去，潮水带星来。”暮霭沉沉，江水浩渺，江岸春花如火，开得满满当当。后来我来到南通，这是江海“初恋”之地，体会杨广的诗，更感到亲切、自然、真实，莫不是当年他也来到长江入海处？骄奢淫逸的一代帝王面对长江大发感慨，意境壮阔，婉约中又气势磅礴。这恰切道出长江入海前的风貌。一江天水，三千归路，写下这壮丽诗句，不愧帝王情怀。隋炀帝在张若虚之前就写过《春江花月夜》：“江流扶明月，潮水拥星光。”他写春夜潮生，江水滔滔，情景极其宏大，在壮阔中写出时间的流逝，一幅江月胜景图。杨广虽被后世称为暴君，其罪罄竹难书，但他是一位真正的诗人，文学史应该有他一席之地。他的诗对后世也有影响，秦观直接套袭，马致远《天净沙·秋思》也袭用了他的诗句、诗意。

多梦扬州

瘦西湖是名扬天下的胜景。“瘦西湖”秀在一“瘦”字，苗条、倩丽，像一个美女的纤纤细腰，她与杭州西湖相比，简直算不上湖，那一泓流水，碧波澹澹，清漪湜湜，两岸垂柳，飘飘柳丝，轻拂水面，像妩媚女子的秀发。“春风十里扬州路”，就是指的这瘦西湖岸边的道路。如果把杭州西湖比作丰满妩媚的少妇，有一种雍容华贵的丰采，那么瘦西湖就是一位清秀婀娜的少女，几分妩媚，几分纤柔，几分羞怯。那芳姿，那气韵，撩得人心动，楚楚可爱得让人心疼。

瘦西湖，原名炮山河，是隋唐时期由蜀同诸山之水汇合安徽大别山来的洞水流入运河的一段水道。河道曲折迤逦，时展时收，犹如少女扭动的腰肢，也如九天仙子抛向人间的一条玉色飘带，袅娜迷人。

这里的一切都以玲珑小巧著称。江南人是以聪慧、灵性著称的，是这山水园林滋润了他们，还是他们的智慧灵气创造了如此玲珑的园林山水？瘦西湖那些小巧精致的建筑物，或依山临水，或立于波面，或突入湖心，如同玉色飘带上的点缀和饰物。更令人悦目的是湖内小园，姿态各异，或栖岛屿，或坐落湖滨，或踞湖岸土冈，或曲径通幽，清逸深邃；又有登高望远，风光尽收眼底的高阜山巅；更有使人豁然开朗、沁人心脾的大幅画面。诸园组合巧妙，互为因借，形成了一个风格协调的艺术整体。这些小园可又都以湖面为共同的空间，以水相连，因水而通，给人一种相依相偎的亲切感，构成了一处令人眷恋的集锦式的滨水园林群落。

据园林专家研究，扬州风景以园林为胜，园林又以叠石为胜。扬州园林延续了上千年，到清代还有百余处，个园、何园、西园……依然反映出当年扬州园林的风貌。园中假山、花墙、水池、花卉，相互点缀，造型秀丽，建筑豪华，园宅结合，叠石奇特，无一景相同，无一景相似。

个园，以假山叠造精巧而闻名。这座园林是清代嘉庆、道光年间两淮商总黄应泰所建。这里采用了分峰叠石的手法，运用不同颜色、不同产地、不同形状、不同质地的石料，表现出春夏秋冬的四季特征，号称“四季假山”。

雨天游览扬州，简直是走进水墨山水画里，走进唐诗韵里，宋词的意象里。撑一把雨伞，徜徉在瘦西湖畔，漫步二十四桥，品琼花，赏烟景。林霏烟翠，细雨如织，芭蕉叶阔，细雨轻抚，窸索有韵。琼花初开，芳魂一缕，一湖花事葳蕤，卷去料峭春寒。草萌萌如茵，藤菁菁如梦。萌者始也，菁者盛也，一片浓艳的春意，热腾腾地弥漫天地。阅尽人间春色，疑似天堂胜境。满身花影倩人扶。那花影错落，林霏散白，诗情画意，怎能不让人如痴如醉？

琼花是扬州花魁，是花中之魂。“维扬一枝花，四海无同类。”只有扬州有此花，举世罕见。琼花花瓣大而厚，柔润莹泽，洁白如雪，异香芬郁，“弄玉轻盈，飞琼淡泞”，被誉为“飞琼”。西王母的侍女名叫“许飞琼”，引起无数诗人骚客赞叹题咏，欧阳修竟然赞曰：“天上仙女号飞琼，不知何时谪广陵。”王禹偁、韩琦、刘敞、王令、秦观、刘克庄、贺铸、晁补之等诗人，都题诗咏歌琼花，它轻盈、雅淡、高洁、尊贵。琼花盛开时，满郭是春光，街衢土亦香。李莱老是不入流的诗人，他有一首词《扬州慢》，却写得风流蕴藉，卓然不俗。上阕如下：

玉倚风轻，粉凝冰薄。土花祠冷无人。听吹箫月底，传暮草金城。笑红紫、纷纷成雨，溯空如蝶，恐堕珠尘。叹而今，杜郎还见，应赋悲春。

……

“荒烟幽翠，东风吹作秋声”。那是李莱老时代的悲歌抒怀。

扬州是个具有审美意识的文化古城。烟雨中赏景，真令人赏心悦目。雨是朦胧诗、印象派画，雨中依依垂杨，亭亭香樟。倜傥青杉，沐雨而立，而琼花丛簇，花枝摇曳，袭人的丁香、潇洒大方的芭蕉、圣洁的梨花、艳绝的海棠、娇羞的连翘、玲珑秀美的水仙，亭台、水榭，拱桥如月；还有细雨中的紫燕，栖在枝丫上的白鹭，一种动态美、静态美、诗性美。有豆蔻少女持一顶花伞，款款盈盈地走在二十四桥上，简直是古代仕女图。横吹为笛，竖吹为箫。我在扬州无缘月夜听箫的机遇，却有雨中闻笛的体验。细雨霏霏，凭轩听雨，本就是一种诗意，此时谁家传来笛声，满园林木便沉浸在美的旋律中。那笛声幽雅，低沉委婉，微带哀怨，寄托着宁静悠远的遐思、丰富细腻的感情，让人回味无穷，返璞归真，追求情绪的安宁、思想的升华、境界的开阔。

扬州锦天绣地，奢华富丽，谁都愿在这里为官，那时候这里是商埠重邑，大运河从这里流过，这里南连苏杭，丝绸锦帛，通过扬州由大运河运往北方。这儿又是旅游胜地，天南海北的游子，贵达显要，富贾大商，文人骚客，都愿意来扬州一游。虹桥一带，扬州画舫每年都有若干“市”：如春有梅花、桃花二市；夏有牡丹、芍药、荷花三市；秋为桂花、芙蓉二市等等。每市游人大增，船价涨出数倍。五月的龙舟更为热闹，龙舟长十余丈，龙首、龙尾、龙腰各占一色，扬旌曳旗，金鼓声阵阵，水激声相迭，舟中人飞身泅水，龙腾虎跃，鱼翔鹰攫，各显其技，岸上岸下，舟内舟外，欢忭若狂，那是扬州的盛大节日。

每“市”，都有各式各样的船——画舫有堂客、官客之分。堂客为女人船，四面垂帘，船顶皆方，可放轿子。酒舫——船大并载有美酒，旁翼栏楹，形若亭榭。数艘鱼贯，宾客喧阗。游时画舫在前，酒船在后，橹篙相应，放乎中流，飘摇柳下花间，船上炊烟冉冉，传餐有声，曰“行庖”。还有歌船——歌以清唱为主，以笙、笛、鼓板、三弦和之。每一市，争相斗曲，以画舫停篙就听者多少为胜负。花船——插花画舫，花是插在瓷缸、瓷瓶、笔洗之中，一瓶值千金。水烟船——卖“水烟”的船老板有奇技，每自吸烟数十口，水烟不吐，吐时冉冉如线，渐引渐出，先烟色纯白，盘旋空际，接着茸茸如髻，烟色转绿，微如远山；风来势变，则隐隐若神仙，须眉、衣服、皮革、羽毛，无不毕现；有时又作山雨欲来状，直到徐风拂来，才见烟散。这“水烟”的绝技表演，常常引来画舫游客停篙观睹。灯船——顾名思义，那船上立上支架，扯上绳子，绳子上缀满千姿百态的灯笼，装饰华美，造型别致。特别是夜晚，一船船灯光，恍如群星闪烁，岸上琼楼玉宇，湖上群星璀璨，天上人间，浑然一体，可谓仙境仙苑，有谁不留连忘返？

春夏之交，晶莹透明的碧空，一尘不染；湖面鳞波微起，舒展幽阔，犹如一抹绿绸，微微拂动；两岸鲜秀，层出丛集的绿岸，湖心是点点皆绿的汀屿，恰如一幅神笔挥洒的中国画。

“杭州以湖山胜，苏州以市肆胜，扬州以园亭胜，三者鼎峙，不可轩轾。”——这是山东人刘大观所言，他在居丧守孝三年期间，扬州名园，江外诸山，苏州浒墅，西湖雁荡，无不极意广游。

《春江花月夜》的作者张若虚，他却以此诗冠绝全唐，道出了扬州美之魂。

张若虚就是扬州人，与当时的贺知章、张旭、包融齐名，并称“吴中四士”。

闻一多称之“诗中的诗，顶峰上的顶峰”。这首诗，一峰突兀，群山逶迤，张若虚就凭这一首诗横陈唐朝诗歌发展史，千古流芳。

春、江、花、月、夜，这五种事物本来就是诗的意象，诗人淋漓尽致地表现了动人的良辰美景，构成了诱人探寻的奇妙艺术境界，不愧为“孤篇横绝，竟为大家”。

那是暮春四月，我在扬州开完散文笔会，也是一个月色清雅的春夜，我们泛舟瘦西湖，暮色伴着烟霭悄悄笼罩下来，像一抹大写意涂抹在瘦西湖上，山、水、树、桥、楼阁、亭台，都变得朦朦胧胧。夜风徐来，岸边的杨花柳絮，飘然而至，湖上汀屿的琼花，次第相开，花香袭人。碧澄澄的夜幕中，一轮纤尘不染的皎月朗照大地万物，曲曲折折的江流绕过花草遍生的春之原野，月色泻在花树上，像撒了一层洁白的雪。月光荡涤了世间的五光十色，将大千世界浸染成梦幻一样的银灰色……在这样幽美的月色里怎能不生出“天地无终极，人命若朝霜”“哀吾生之须臾，羡长江之无穷”的人生感叹，又怎能不油然而生一种离别之情？在这美好的春江花月之夜，不知几人能乘月色回归自己的故乡？那无着无落的离情，伴着残月之光，洒满在江边林树之上……“不知江月待何人，但见长江送流水”，人生代代相继，江月年年照人，一轮孤月徘徊中天，像是等待什么人似的，却又永远不能如愿，只有大江急流，奔腾远去。江月有恨，流水无情……

在月光照耀下，江水、沙滩、天空、原野、枫树、花林、飞霜、白云、扁舟、高楼、镜台、砧石，长飞的鸿雁，潜跃的鱼龙，不眠的思妇，以及漂泊的游子，构成一幅多么凄迷而摄人心魄的画卷！

月是中国文人骚客作诗填词惯用的具象，又是寄托情思的意象。这是诗人的月亮情结，月亮澄清而不炫目，宁馨而不岑寂，历代文人墨客咏明月的诗词歌赋，多如繁星。秦风汉韵，唐魂宋魄，都融进如绢如练的月光里了。你弄不清是这些诗词化为月光的清辉，还是月亮的魂魄融注进这些诗词。月亮清丽圣洁的风雅，飘逸脱尘的气韵，晶莹剔透的品质，慰藉了多少悲苦幽怨的心灵和孤寂飘零的命运？

晚唐诗人徐凝爱屋及乌，一笔把天下三分之二的月光批给扬州，这有点太偏爱了。徐凝这首《忆扬州》诗实际上是写给妓女萧娘、桃叶的。他怀念二位妓女，离别时的泪眼、愁眉、哀伤的心情，都化为无限的惆怅，而今明月在天，又是照人的离别之月，怎么不引起诗人的伤感？割不断的相思、冲不淡的离愁，真是“剪不断，理还乱”，偏偏又遇到这曾照出人泪的月光，真是愁上添愁！

扬州是风光之地。青楼娼馆，勾栏瓦肆，曾经羁留多少文人墨客的脚步，软榻香巢里曾几度出现他们摇曳的身影，灯红酒绿的筵宴上哪个诗人不尽倾天才，极显风雅？

郁达夫说，扬州之美，美在各种名字，如绿杨村、廿四桥、杏花村舍、邗上农桑、尺五楼等，其实你到了这些地方，会发现它们并不是想象中的那么可爱，但它们却含有深厚的文化意蕴。

我在一篇散文中写道：

> 白天，我曾在一个建筑工地上逗留，那挖掘机锋利的钢铁牙齿正挖掘楼房的地基。土层一层一种颜色，灰色、黄色、黑色，还有青色，那莫不是时代的印痕？挖出的土里竟然有铁器、陶器的残片，象牙、骨器、玉器的碎片，砚台、胭脂盒，还有破碎的唐三彩，生锈的古钱币，破砖烂瓦中间还有断碑残碣……那是一层层文化，一层层时代的记忆，是一段散落在时间场的盘根错节、野花般的遗物。我觉得这些文化的碎片，都是有灵性的，带着历史的体温，洋溢着那个时代的感情，传递着古人生命的气息，它们始终活着，血脉相通，依稀可闻生命的跫音，这是城市的根！

今人不见古时月。我多想欣赏扬州月啊，直到第二次去扬州才如愿以偿。那是五月之夜。我在湖中亭榭里凭栏赏月、赏水、赏花，品读月光背后那一缕缠绵的闲愁和忧伤。在这静谧的暮春之夜，不闻玉人吹箫声，却传来谁家钢琴弹奏声，那手指起落间，击伤了流水，或许还有佳人的梦呓？青枫浦的忧愁已淡然消融，白云也缥缈远去，墨蓝的夜空，江月皎皎，不知等待何人？雕梁画栋的琼楼玉阁今安在？玉户帘中的佳人今安在？捣衣砧上再没有响起如鼓如磬的捣衣声。只见千里澄辉，万川映月，春花凋零，雁去无影，浮沉荣辱已风流云散。天阔江南，一片清静，红尘的喧嚣，世俗的浮华，被流水般月辉洗涤得碧清万里。我只感到从喧嚣和纷乱中挣扎出来的半是伤感半是欣悦。这份由古人渲染的情绪已渗入我们的灵魂深处。

徐凝的诗，张若虚的诗，也像一束清丽的月光，永恒地照耀人们审美艺术的苍穹！

文章太守

欧阳修却不喜欢扬州，他不愿滞留在这片富贵之地、温柔之乡。这就要费点笔墨，谈谈江南的经济和文化发展史了。

东汉末年、三国时期，由于战乱，人口南徙，江南经济才开始苏醒。魏晋南北朝的三百年间，北方因战乱遭到严重的破坏，长江流域的经济繁荣才始见端倪。

林语堂说：假如中国的北方和南方各出了一个不肖之子，假如都被父母一顿棍棒逐出家门；再假如浪子回头，都在二十年后衣锦还乡。那么，北方回来一个什么人，南方回来一个什么人？他给出的答案是：北方回来一位骑着高头大马的将军，而南方回来一位腰缠万贯的商人。中国北方人有政治军事禀赋，南方人更有商业经营才能。南方文化与北方文化最大的区别，是以吴越文化为代表的南方文化，向来重文轻武，重商轻农，重享受而轻开疆拓土，这一切源于地理位置的优越，以及自然条件和物质基础优势。

逸、雅、秀、美、静，塑造南方人的性格气质，感情丰富、性情柔顺、思维缜密、举止严谨、谈吐高雅，这里多诗人，多艺术家。而北国多武士，多战将，多英雄，多好汉！也多响马！

宋朝建立以后，战乱结束，北方开始稳定，黄河流域经济得到迅速发展，但是江南经济优势已确定，不可逆转。隋炀帝开凿大运河，其目的是把南北方经济统一起来。到北宋末年，由于北方辽、夏、金的频频骚扰，边患丛生，最高统治者将目光更多地投向江南。到了南宋时期，尽管国土面积只相当于北宋的五分之三，但南宋小朝廷错把杭州当汴州，在熏风吹得如痴如醉中，大有“乐不思蜀”的情绪，其时江南经济发展已达到历史的巅峰。长江流域大量的水田、葑田、山田、涂田、沙田都得到开发，几代人的血汗浇灌，已成膏壤沃土，肥得流油，插支筷子也会长出一棵婷婷秀竹。山坡开垦成梯田，滩涂辟为涂田，湖泥沙淤积处开出沙田，茂腾腾的庄稼，黑油油的土地，丰沛的雨量，使得江南有了“苏湖熟，天下足”的美誉。

两宋时期不仅经济上物阜民丰，而且在文化教育上也创中国历史之最，且不说值得国人“自豪”了多少个世纪的四大发明，就有三种出现在宋朝，农业和手工业的发展，也促使了商品经济的迅猛崛起；且不说首都汴京，出现了张择端《清明上河图》那样繁华兴隆的画面，而濒河临海的江南大小城镇也迅速出现。由于河网密布，舟楫穿梭，物流业特别发达，这又刺激了商品经济。巨商富贾，鹰击长空，虎跃群山，叱咤于江河湖泊之间，纵横于江南大地。作为上层建筑的文化教育，有这样雄厚的经济基础，焉能不得到高速发展？

由于文化教育兴旺发达，文学艺术又创造了与唐诗并驾齐驱的宋词。这是中国文学史最辉煌的坐标，前空千古，后垂百世。至于书法绘画更是登峰造极，连皇帝都成了画坛领袖，能不出现辉煌吗？

按说，两宋王朝的皇帝们在中国历史上干得还算不错，偏偏重文轻武，军事和外交搞得一塌糊涂，除了割地赔款，纳贡称臣，没有别的招了。虽然也出现了杨家将、岳飞一代忠烈，奈何最高统治者骨子里就缺钙，他们纵有倚天长剑，也只能仰天长啸，栏杆拍遍，登临意，无人会了！

现在我们再回到扬州。扬州是历史的一块切片，我想这江南佳胜之地，有豪绅巨贾纸醉金迷的奢靡生活，有佳人的欢愉，也有良家女子的血泪。

平山堂是瘦西湖的一大景观。这里原是一座庙宇，离瘦西湖不远，寺院巍峨，景色别致。欧阳修“击鼓传花”的故事就发生在这里。

庆历八年（1048），欧阳修出知扬州时曾游览平山堂，并在院内植柳一株，人称欧公柳。欧阳修任扬州太守时年方四十八岁，但他对繁华锦绣的扬州并不怎么感兴趣。是这里的脂粉味太浓，这里铜臭味太呛人，还是这里花艳缭眼，五色迷目，七音乱耳？他很想到个山幽水清的地方做官。他厌倦官场烦琐的应酬，厌烦花天酒地、花团锦簇、酒气氤氲、猜拳行令、频繁地迎迓送往……他过腻了这种庸俗的生活，他硬给朝廷打了个报告，要求调离金铺银裹富甲天下的扬州，到滁州去当太守，所以他在扬州只当了不到一年的太守。七年后，他忽然想起扬州那段生活，怀念起平山堂，于是填了一首词《朝中措·送刘仲原甫出守维扬》：

平山栏槛倚晴空，山色有无中。手种堂前垂柳，别来几度春风？

文章太守，挥毫万字，一饮千钟。行乐直须年少，尊前看取衰翁。

“平山堂在郡西北五里大明寺侧，宋庆历八年，郡守欧阳修建。临堂遥眺，江南诸山皆拱揖槛前，山与堂平，故名。”（《扬州府志》）

欧阳修外放十年，直到仁宗至和元年（1054）才被召回汴京。欧阳修自幼受母亲“宽仁方正”思想的教育，形成了他孤傲的文化人格和耿介的秉性以及正道直行、横身当事的刚劲之气，这十年忧患飘零的生活，使诗人白发满头，未老先衰。他饱尝了“仕途风波”的酸、甜、苦、辣，历尽人生坎坷，但并未改变他敢作敢为、疾恶如仇、达观豪放的人生观。“文章太守，挥毫万字，一饮千钟”，纵情诗酒，遨游山水，寄意山水花草，常常乐而不归，醉而返归，“鸟歌花舞太守醉，明日酒醒春已归”，“野鸟窥我醉，溪云留我眠。山花徒能笑，不解与我言。惟有岩风来，吹我还醒然。”那种放浪山水，悠然自得，几乎达到了忘我的境界。他从四十岁起就自称“醉翁”，他喜欢平静的生活，厌倦大郡重邑繁忙政务和交际，对这里妩媚妖艳、胭脂粉黛、金钱喧哗、铜臭呛人、应酬过繁，有点厌恶。他承受不了这种污染和喧嚣，所以他请调滁州、颍州（今安徽阜阳），度过了他人生最得意最闲适的一段时光。大自然也成就了他，他的《醉翁亭记》《丰乐亭记》等等成为流韵千古的散文精品，使他跻身于唐宋八大家之列。

欧阳修回到京城开封，虽然仕途险风恶雨不时袭来，但最后当上副宰相，封开国公，官越做越大。他写这首词是在开封一所豪华官邸里，回首当年放外生活“挥毫万字，一饮千钟”，自然颇为得意，这是生命最辉煌的时代。苏东坡对这首词十分喜爱，他曾在两首词中提到它，在其中一首《西江月·平山堂》中说：“欲吊文章太守，仍歌杨柳春风。”

这就是一个文化人与一座城市的情结。文化名城必定有文化人的遗迹，必有诗文超越时空、超越自我，成为一座城市的血脉，永远滋润着这座城市，使它容貌丰赡华丽，风韵万千。

由文章太守欧阳修使我想起整个宋朝文人，宋朝的文人骚客其才华不低于唐朝，但宋朝文人的人格底蕴远远低于唐朝文人。大唐帝国是开放的国度，胸藏万壑风雷，襟怀八方风雨，能诗能剑，能文能武。且不说一代边塞诗人仗剑去国，投笔从戎，负戈远地。就是酒仙李白一生笑傲江湖，放浪山水，诗剑在身，能骑能舞，能琴能书，“遍干诸侯，游历天下，在大自然的湖光山色中，一路求仕，一路访仙，一路拜师，一路狎妓，一路吟诗，一路弹琴”（陈炎语），风流倜傥，放纵不羁，生命的元气挥洒得淋漓尽致，那是时代精神的折射。宋神宗说，李白有苏轼之才，却没有苏轼之学，李白敢于让唐明皇的宠臣爱妃脱靴端砚，笔墨伺候，苏东坡敢吗？他最得志时也不过逆来顺受，在皇上面前唯唯诺诺，噤若寒蝉，他敢蔑视皇威吗？

大唐时代是一个开放、热烈的时代，是一个开疆拓土、东讨西伐、疆域得到扩张的时代，是一个人性得到张扬、情感得到充分倾泻、个体生命之花得到灿烂绽放的时代。

而被程朱理学的阴霾笼罩的宋王朝，时代精神发生巨大变异，一切都在收缩、内敛，思想变得枯萎，灵魂变得苍白，个体生命变得孱弱，精神遭到阉割，国力衰竭，妇女裹足。大唐时期女子也可受教育，到了宋朝建了那么多书院，又有几个女子的身影？而欧阳修竟自称为“六一居士”：藏书一万卷，集金石遗文一千卷，一张琴，一局棋，一壶酒，一老翁。这“六个一”工程集中地体现了那个时代中国知识分子共同追求的趣尚、理想，也就是他们的人生观。

再想想初唐四杰的王勃、卢照邻、杨炯、骆宾王，他们“八纮驰骋于思绪，万代出没于毫端”，“长风一振，众萌自偃”，特别诗人骆宾王不满则天女皇的僭权篡位，挥笔写下震天撼地的“讨武氏檄”，阳刚之气直冲牛斗，浩然之气扑面而来，连武则天也不得不加称赞。而宋朝初年词人代表柳永（且不说他的才华）却一味寻花眠柳，在娼妓丛里弹拨着靡靡小夜曲般艳词淫句。唐诗、宋词同是中国文学史上两个奇峰，但唐宋的诗人、词人，文化人格也高低各不同。时代精神铸就人文精神。一个时代缺乏高昂、向上、热烈、激情和创造的精神，这个时代便是无所作为的时代！

一个灵魂扭曲、精神病变的民族，无论在经济上多么富有，它在诗歌、绘画、音乐上有多么高的造诣，也不能使其昂首天地，巍峨山尊！因为你的诗词写得再漂亮，能抵挡住金辽铁骑硬弓弯刀吗？能抵挡住成吉思汗的上帝之鞭吗？

铁骨孤忠

去遍这些景点，我问陪我游览的文友，扬州还有什么可去的地方？他说，还有史可法纪念馆。我说这可是扬州最值得拜谒的地方。我们便打的去了梅花岭。

梅花岭下有几间修葺一新古典式的房子，门两旁的楹柱上一副对联：“数点梅花亡国泪，二分明月故臣心。”这是二十四史结尾处最悲壮的一笔。门敞着，史公坐像后四个大字，直击肺腑：气壮山河。

1645 年，扬州这座繁华富丽玉树琼花的江南名城，经历了一场血雨飞溅的大劫大难，至今每当触摸一下古建筑的伤痕，还隐隐感到历史的疼痛。

长辫子、马蹄袖的大清朝一代开国元勋多尔衮的战马跨过黄河，飞越长江，广袤的中原江南大地遍起狼烟烽火，腥风血雨弥漫华夏上空。北京被爱新觉罗氏占领后，朱明王朝最后一个皇帝朱由检吊死煤山，大明王朝已进入了尾声。在金陵，南明小王朝在一帮奸佞马士英、阮大铖的簇拥下，使一个昏庸、贪财、好色、酗酒、不孝、不读书的流氓恶棍福王当上了南明皇上。史可法身为忠臣被排挤出朝廷。弘光皇帝登基后第一件事就是下令到苏州、杭州征集民间美女，供自己淫乐。第二件事就是调离史可法去督师扬州（当时史可法任东阁大学士兼兵部尚书），而马士英之流则入阁掌权。深居宫中醉生梦死的弘光帝只要有美酒美女就一切不管不问，他以为有长江天堑可以阻拦清军，就靠这半壁江山也够他挥霍一辈子的，依然可以做个太平天子。

然而多尔衮的战马并未停止奔驰。清军已兵临扬州城，扬州是南京的门户，一旦扬州失陷，南京指日可取。

史可法率军进驻扬州，多方联络各地的草莽英雄，争取布置四位镇将，以伺机北伐，收复失地。这时多尔衮以大清朝摄政王身份向史可法送本招降书，劝他投降清朝："你们如若识时知命，怀念故土，厚爱贤王，就应当劝你主削弓归藩，前来归顺。我朝一定格外优待，使其位在诸侯以上。文武官员有平西王吴三桂之前，也一定不会亏待。如若不识时务，我大军已整装待发，随时可以投鞭断流，一鼓而下金陵。多望你们好好考虑，免得后悔莫及。"

史可法接到招降书，丝毫不为所胁，他早已怒火填膺，奋笔草书一封义正词严的信给多尔衮："我史可法不能救先帝于危难之中，于臣节有亏，如今只能竭股肱之力，继之以忠贞，鞠躬致命，克尽臣节，而决不会效法洪承畴、吴三桂的!"

史可法拒绝投降，大义凛然，浩气直冲牛斗。多尔衮见招降失败，气急败坏，则派大军南下，用武力解决南明政权。

中国官场文化孕育和滋生了两种迥然不同的人：一种是熟读儒家“四书五经”，深明忠孝节义的做人道理，真正忠于一朝一姓的忠臣义士，他们把君主视为一个国家至高无上的代表，矢志不渝地效忠君主，到了关键时刻，愿为君主献出一切，抛头颅，洒热血，赴汤蹈火在所不辞；另一种人读书时满脑子“四书五经”，半部《论语》背得滚瓜烂熟，一旦走上仕途，什么仁、义、礼、智、信、忠、孝，全被个人功名利禄挤没了，为了荣华富贵，他们昧着良心，有奶就是娘。虽然他们对君主顶礼膜拜，山呼万岁，但那是为了升官发财。他们把改朝换代看作十分平常的事，谁坐上龙椅称孤道寡，就对谁下跪磕头。历代都有这样的大忠大奸，中华民族五千多年文化血脉源源不绝地培育了一代代精英，他们的文化人格光照千秋，是人生的典范；中国传统文化最痛恨的是为臣不忠，为子不孝，为妻不贞，为人不义。然而在这片封建专制的土壤里，既生兰草也长牛蒡，既生嘉禾也生谷稗；既有英雄豪杰、忠臣良将，也生奸臣恶棍。多变的风云，既冶炼出了时代的精英，也浮现出人类的渣滓。

在四面楚歌的局势下，江南总兵暗中投降了清军，弘光元年（清顺治二年，公元 1645 年）三月，清军大队人马由豫亲王多铎率领，分头进军亳州、徐州。徐州守将李成栋贪生怕死，听说清军打来，便匆忙收拾细软，弃城而逃。清军兵不血刃，轻而易举占领了徐州。清军南下的道路打开了，一路浩浩荡荡，直逼南京。这时南明小朝廷已如风雨中的危巢，狂风巨浪中的漏船，满朝文武，惶惶然如热锅上的蚂蚁。

恰值危在旦夕之际，又发生了一场意外之变。镇守南昌的左良玉，原先与东林党有密切关系。他听说马士英、阮大铖乱政的情况，勃然大怒，打着“清君侧”的旗号，从武昌顺江而下，进攻南京，因左良玉在九江突然病逝，才终止了这场即将爆发的内战。这时泗州守将李遇春也投降了清军，扬州很快成了一座孤城，清军五月便包围了扬州。

多铎派泗州降将李遇春带着他的亲笔信求见史可法，劝史可法投降，史可法站在城头上大骂李遇春，并张弓搭箭要射杀这个叛徒，李遇春仓皇而逃。多铎又派人送信劝降，史可法接到信看也不看，扔到火炉里烧掉。

多铎见多次招降不成，下令攻城。炮声隆隆，矢镞如雨，呐喊声、嚎叫声响成一片。城内人心不稳，监军高凤歧等偷偷缒下城去，投降了清军。内外危机，史阁部已感到不祥，表明以身殉国之志。他对部下史得威说：“你随我多年，今有一事相托，请你务必答应。”史得威跪下回答：“内阁大人有何吩咐尽管说。”“我誓死保卫扬州，决不投降，我死后，请葬我于太祖皇帝陵墓之侧，或梅花岭上。”

此时，多铎再次派人送信劝降史可法，但史可法铁心已定，并发炮向城下轰击，打死清兵千余人。终因寡不敌众，城墙被清军轰塌。史可法见清军破城，欲拔剑自刎，被部下抱住，簇拥着冲出城来，与蜂拥而来的清军又展开肉搏战，最后被活捉。

史可法对清军说：“我就是史阁部，请带我去见你们的主将。”清兵便押着史可法去见多铎。多铎见到史可法，赶快从座位上站了起来，显得很恭敬的样子，下面便是他们的一段对话——

多铎：“我多次招降相邀，都未蒙阁下答应。如今你的责任已尽到了，就站在我们这边，帮助我们收拾江南残局吧！”

史可法：“本人此来只求一死，别的事情不用跟我谈。”

多铎："阁部大人难道没有听说洪承畴的事吗？他投诚过来，高官厚禄，比原先更受重用了。"

史可法："洪承畴身受先帝厚恩，却无耻背叛，我岂肯效法这种软骨头？"

……

多铎依然劝他投降，史可法视死如归，决不投降，多铎只好把他杀掉。

一位铁骨铮铮的孤忠，与扬州共存亡，洒下最后一滴血。倚剑长啸，视死如归，这是何等伟大的文化品格！

清军破城后，血洗十天。这就是历史上有名的"扬州十日"，满城尸体堆积如山，血流成河，时值盛夏，血水横流，腥臭熏天。一座富丽豪华的文化名城化为一片废墟。史得威寻找不到史可法的尸首，便将史阁部的衣冠葬于梅花岭上。

历史的筛选法是无情的。忠奸贤佞，终究被分离开来，那些叛徒降臣，虽然一时富贵腾达，却被钉在历史的耻辱柱上，而忠贤之士却星辰般地辉耀光照在民族英雄的画廊。他们的高风亮节、浩然正气、凛然节操，为世代垂范。这正是一个民族能自立于世界民族之林最宝贵的精神支柱，他们是民族之英魂，国家之栋梁。

扬州，当我读完这节血染的篇章，怎么也想不到，这细杨弱柳、柔若无骨的微波细澜，甜甜的吴侬软语，这溶溶月色、郁郁花香的江南锦绣小城，在民族生死存亡的关头，竟然出现如此铮铮铁骨，迸射出生命如此璀璨的火光！谁说你只知道醉生梦死、缠绵悱恻、烟花柳巷，当生命面临最后的抉择时，也会爆发出雄狮般的怒吼、火山熔岩般的奔突、狂风暴雨般的热血激情、海啸怒涛般的悲壮——这是人性最辉煌的支柱——气节。

气节乃是做人的根本，就像一座山的根基，只要根基不塌陷，其峰峦就能巍巍然、峨峨然。历史上，多少政治家、军事家、文人，但能保住气节者并不多见。气节又是精神的信仰，是精神的皈依。“人”能否站得住，并不在于是否功勋显赫、高官厚禄，而在于有无气节。所谓“士可杀而不可辱”，是一种气节；“无欲则刚”也是一种气节……“人生自古谁无死，留取丹心照汗青”是一种气节；“要留清白在人间”，是一种气节；“去留肝胆两昆仑”也是一种气节。气节是人格力量的集中表现，是一种至大、至刚、至尊、至荣的精神旗帜。为了保住气节的旗帜，或死于屠刀之下，或拔剑自刎，或纵身江河，或血溅沙场。一个人有了气节，就可巍峨于历史；一个民族有了气节，就可以耸立于世界民族之林。

史可法没有像文天祥那样留下《正气歌》这般气壮山河、震烁千古的诗篇，他只是将生命孤注一掷，投入到捍卫民族尊严的血与火的战争中。他没有挽救明王朝大厦之倾覆，但他却为一个民族树立了舍生取义、高山巍巍、大河泱泱的魂魄。所以作家易君左高度称赞：“史可法岂独有明一代完人，吾族光荣精神之不绝如缕，实赖此一人之维系而传递。乾坤之精英，天地浩然之气，使无此一人，则不待夷侵而自虏矣！”

第十三章 水城之春

走进苏州，你会看到杏花、春雨、江南这六个方块字绘出的一幅幅锦山秀水，这是温润秀雅而又扑朔迷离的画卷。

走进苏州，你会知道历史的悠久、文化的丰厚，唐诗宋词元曲明清绣像小说状写的风物，并未消失。摸一摸故墙旧楼、水巷小桥，看一看浮屠寺院、园亭曲槛，前踪陈迹，还带着余温和苍凉，说不定哪条小巷一摇三摆地走出个唐伯虎来！

苏州是水的制品，氤氲着一种灵气、秀气、才气，因而也滋生了一种“情”——浓郁的诗情、典丽的爱情。吴侬软语里透出一种雾蒙蒙、湿漉漉的温情，说不清，道不明，弥漫在山水间。

人文雕塑

烟雨四月天，走进苏州，简直像一头扎进一幅水墨滃然的山水画中。那流水、那小桥，那粉墙黛瓦的屋舍，那古樟老藤，那窄窄的小巷，给我留下铭刻在心的印象。新建的大楼高了，新修的街道宽了，大运河御用码头修葺得漂亮气派了，但小桥还是旧时的小桥，流水还是那样的流水，夜泊的小船不见了，只闻涛声依旧，一首流行歌曲却风行华夏大地："带走一盏渔火，让它温暖我的双眼；留下一段真情，让它停泊在枫桥边……"诗意的苏州，古典的苏州，历经沧桑的苏州，依然散发着浓浓的唐诗味、宋词味、昆曲味。走进那悠长的小巷，再撑一把油纸伞，顶着满天的霏霏潇潇的冷雨，你会疑惑，莫不是走进了唐朝、宋朝，迷失在梦里、幻里？

苏州是一卷发黄的册页，似乎是寒山、拾得、皎然、石涛的遗存，那些出家人破碎的心境，残山剩水的沧桑，枯枝断梗的衰败，一种憔悴，几分倦意，依稀还飘逸在古城的上空，细了风声、疏了雨声。寒山寺的钟声还是那样悠扬、清古，它的古风古韵，高雅肃穆，淬炼了时光，熔铸成历史。

走进苏州，你第一个想起的是那位落魄士子。张继"不朽的失眠"，成就了这座名刹古寺，为苏州这座江南古城平添了如许诗意。寒山寺门前，古运河蜿蜒而去，河上几座石砌的拱桥，彩虹般动人，岸边古樟旧桐，老柳新杨，把河岸涂抹得绿意腾腾。寒山寺门口的桥就是枫桥，而对面的山又叫孤山，又名愁眠山。这些物象、具象构成了张继的诗的元素。这是一幅情味隽永、幽静诱人的江南水乡的风景画。当霜月满天、寒意料峭、夜阑人静时，科考落榜的士子张继失眠，走出船舱，站在甲板上，怎能不诗潮涌动，怨悱丛生？那是凄清的秋夜，残月西沉，万籁俱寂，幽暗的河水闪烁着天上的星光月辉，天空是一片灰蒙蒙的光影，栖在枫树上的乌鸦像是受了什么惊，发出几声啼鸣。月落乌啼，霜天寒夜，江枫渔火，孤舟羁旅，又传来夜半寒山寺的钟声，这本身就构成一首悱怨诗的物象。这首诗的意境达到典型化至高地步，后人以此题写诗句，但无人企及。

我想象得出，那时寒山寺虽然香火旺盛，但寺庙破旧，斑驳的墙壁，长满厚厚的苔藓，一地衰败的枯叶。寒山和尚袈裟破旧，面容清癯，眉目疏朗，长髯隆鼻，一副谦和模样。张继这次“夜泊”之前准来过寒山寺，说不定还见过寒山、拾得二位释家大师！

这诗意的物象，都散发着彻骨的孤寒，再加上夜半钟声，也渗透着宗教的清音，一种古雅庄严的意绪便荡漾其中了。

苏州于公元前514年建城，比水城威尼斯年长千岁。它位于长江三角洲的中部，东临上海，南接嘉兴，西抱太湖，北依长江。围绕古城，湖荡密布，河港交错，漕湖、阳澄湖、金鸡湖、独墅湖，星罗棋布，是名副其实的水都、水城、水乡，苏州古城被法国思想家孟德斯鸠称为“鬼斧神工”。

皓发三千，白髯飘然！

苏州是吴国都，一场场腥风血雨、剑戈铿锵的战争，打掉了吴王的皇冠，苏州再没有扮演过王都的角色。但近代以来，苏州的地理位置使它成为金陵与上海间重要桥梁。或者说，它一肩挑着上海、南京两大都市。上海洋里洋气、霸道、纵横无忌，金陵则是端庄肃穆、谨言慎行。你能一眼看透上海，但你难一眼看透金陵。上海咄咄逼人，南京浑厚蕴藉，神龙见首不见尾。苏州小巧玲珑，小家碧玉，姑苏的斜阳使她温馨而温存，缠绵且悱恻。上海是喝咖啡、跳迪斯科的世界，苏州是摇着团扇品茶、听昆曲的世俗社会；上海是花花公子、摩登女郎的十里洋场，苏州是潇湘女子、绣幌佳人幻境之地。一个张扬，一个内敛；一个热烈奔放，一个内秀矜持。

苏州是江南的经典。江南是个湿淋淋的水词。悠长而逼仄的小巷，如虹的小桥、浮屠寺院、园林曲槛、木雕刺绣、卵石街道、娇小秀气的美女……白居易的山塘，唐伯虎的桃花坞，在这里尽显旖旎、婉约、素雅、浪漫。云情至美，风物至胜，水影花香，山光树色，轿从门前进，船在家中过，撑篙的汉子、浣衣的女人，更是风景里的人物。如诗如梦，真是《红楼梦》中所云："最是红尘中一二等富贵风流之地。"

那雨很柔、很清馨，绿了杨柳，清了湖水，揉蓝了山峰，洗净了砂石小径。那堆雪的梨花，铺金的菜花，灿烂了山野，妩媚了城池，真是"春光如酒"。

苏州是诗城。

张继之前有刘长卿，之后又有韦应物、白居易、刘禹锡、杜荀鹤、杜牧、李商隐、柳永、王安石、范成大驾临苏州或知任苏州。

诗人刘长卿何时来过苏州不可考。他的《饯别王十一南游》诗，似乎写在苏州，即使写于他处，移植苏州也很恰切："望君烟水阔，挥手泪沾巾。飞鸟没何处，青山空向人。长江一帆远，落日五湖春。谁见汀洲上，相思愁白蘋。"诗论家指出，"五湖"即太湖，这显然是苏州一带风光了。朋友已经登舟远去，小船行驶在浩渺的长江上，挥手、远望，依依惜别之意、惆怅感伤之情，只好借助江中烟水、岸边青山、天上飞鸟来倾泻了。

韦应物出身宰相之后。韦氏乃关中望族，世代簪缨，唐朝三百年一门出了十四位宰相，可谓势焰熏天。

韦应物——人称韦苏州。他知苏州是唐德宗贞元四年九月以后（788）。他来到苏州，见江南山水，风光秀丽，便兴奋地写诗道："始见吴都大，十里郁苍苍。山川表明丽，湖海吞大荒。"

按照当时惯例，因苏州管辖州数较多，最多共计十州，一般派往苏州任刺史的往往是节度使，或观察使。江南诸州，苏州最为大，不像一般的州。苏州是江南最富最大的州，是朝廷的粮仓，韦应物任苏州刺史是受重用的。

韦应物任苏州刺史期间，经常交往一些诗人、作家，往来频繁，常举行"热烈、隆重、朴素、高雅的作家宴会"。

顾况、孟郊都是他交往很密的诗友，诗俦酒侣，以至无忌失态，"神欢体自轻，意欲凌风翔"，那种欢忭之情，兴奋之至，是何等愉悦啊！后来，白居易做苏州刺史时，也对韦应物表现了"歆慕与尊敬"。韦应物本是个纨绔子弟，花花公子出身，但一当上官，便痛改前非，一本正经。他与诗僧也有交往，据说有一位姓谢的诗僧，是南北朝诗人谢灵运的后人。他二人常常泛舟游览湖光山色，品茗赋诗，吟山咏水。韦应物对这位大诗人的后人非常仰慕，诗歌创作竟然受这位诗僧诗风影响。有诗为证："茂苑文华地，流水古僧居。何当一游咏，倚阁吟踌躇。"这位诗僧离开苏州，到湖州做住持，韦应物就又去湖州拜访。

韦应物还结交了丘丹、秦系、章八元、崔峒等诗人。他厌倦官场庸俗的迎迓、灯红酒绿的宴会、虚伪的周旋，甚至感到烦闷、痛苦，一天官场生涯结束，夜间常常失眠。他许多诗是夜间写成的："空山松子落，幽人应未眠。""幽涧人夜汲，深林鸟长啼。""夜半鸟惊栖，窗间人独宿。”

韦应物晚年诗作中很少有歌舞声色的描写，这一点与白居易恰恰相反，四十岁以前的白居易，以讽喻诗闻名诗坛，大胆抨击社会的黑暗，鞭笞权贵的蛮横，关注民瘼；而到了晚年，却沉溺声色，追逐安逸、颓废、奢靡的生活。

韦应物是名副其实的清官，当了三年苏州刺史，罢官交印后，居然没有旅费，长安有家归不得，只好在苏州城外一个偏僻的寺庙——永定寺寄居下来，这可是大唐诗人的“奇事”。

四十二年后，又一位大诗人刘禹锡来苏州任刺史。刘禹锡实际上出生在苏州，是伴着寒山寺的晨钟暮鼓、大运河的涛声浪韵长大的。刘禹锡祖上是匈奴人，后来随着魏孝文帝拓跋宏迁徙洛阳，后来又移居苏州、嘉兴。

刘禹锡到任时，苏州正闹水灾，一片汪洋，庄稼村舍全泡在水中，他乘一条小船，到重灾区访询疾苦，了解灾情，并奏皇上，开仓赈饥，宣布免除赋税、徭役。他带领灾民自救，挖沟开渠，排灌积水，并亲自跳到泥水里和灾民一起挥锨挖沟，使苏州人感动不已。

其实，刘禹锡不甘心当一介文人，立志在政治上有一番作为，但他奋斗一生，未骋素志，很是痛苦。仕途的风狂雨骤、命运的多舛蹇涩，长期的挫折，更磨砺了他的坚毅顽强的气质。

白居易任苏州刺史时是唐敬宗宝历元年（825）三月，那时白居易还有“秉国权，治天下”的宏志，他提出一套全面的政治策略改革，同样受到当权者的排挤，一直得不到中央政权的要职，在苏州任职三年，倒也兢兢业业为百姓办了些实事。他也游山玩水，参禅、学道、饮酒、逐色、沉溺秦楼楚馆，想尽一切方法来平息内心的痛苦，麻木几根醒着的神经。但来去匆匆，短短三年，也很难改变一个地区的面貌，做出重大政绩。白居易来苏州任刺史时，人生已步入秋天。他的人生观发生了巨大的裂变，乐天知命，颓唐消极，诗酒奢靡，追逐声色，追求安逸享乐。他的讽喻诗换成闲适、感伤的情调，而且大量的诗作是艳诗、淫诗，他的诗自此以后，丧失了战斗性和光芒。

唐朝的三大诗人，在此地任职，更添了苏州诗城的光彩。

苏州是画城。

吴地绘画在魏晋南北朝时期已取得很大成就，出现了顾恺之、陆探微、张僧繇、曹不兴等书画大家。唐代最为突出的画家张璪、朱景玄，山水画创作达到新的高度。到了元代，吴地画风深受赵孟頫的影响，人物画、花鸟画极盛，寄物抒怀，借景抒情，一时风气蔚然。最杰出的代表人物黄公望，他的一幅《富春山居图》横亘千古，是世界美术史上不多见的杰作，他是“外师造化，中得心源”的一代宗师。

苏州进入 17 世纪，已是名闻天下的画城。苏州画坛上的四大天王：沈周、唐伯虎、文徵明、祝允明，还有仇英、魏之璜、文嘉、李士达、王之千、江叔烈，都是名噪一时的画家。有山有水、有诗有画，这便是风光旖旎、风景佳丽之地。

明代中叶，苏州经济更加繁荣，成为江南丝织和棉纺中心，江南丝绸大多来自苏州，苏州刺绣甲天下，绘画业不仅是艺术的新产品，也成了商品。苏州人喜欢静、雅、闲、逸，喜欢读书，喜欢字画，家家屋舍无字不文，无画不雅。那些富贾豪商，多为附庸风雅。

唐伯虎的画，文雅秀逸，山山水水、秀女、花花草草，渗入了文人画的气韵，特别是他的画达到了“清逸秀美”的至境、绝境。

唐伯虎青年时期遭到科考冤案，绝了仕途之念，一头扎进艺术天国里，纵情翰墨，驰骋山水。他离家远游，行迹很宽，先是乘船由苏州至无锡，至扬州。一叶小舟，一把雨伞，一只蓝印花包袱包着几件简单行装，浪游江湖。湖南的南岳，江西的匡庐，浙江的天台山，福建的武夷山，杭州的钱塘江海潮，洞庭湖的碧波……南国的名山胜水、风景绝佳之地，都留下他的履痕。那飘逸的云水，雨打篷船的天籁之韵，那荒刹古寺的破败，南国园林的梅影月色，春天的绮丽华滋，秋景的荒寒幽寂，都使人的灵魂得到沐浴。澡雪精神，陶冶情致，大自然是治疗精神创伤的良药！镜花水月般的功名，系囚罹狱的屈辱，都已忘却。得意时，恣肆畅饮，杯觥交错，长啸短吟，乘着酒兴，泼墨山水，追求超凡脱俗的艺术真谛和精神。“笔墨与物象并美，神思与意境相融”。他笔下秋江独钓，松下对弈，云岭横陈，竹风柳烟，画面总是洋溢着典型的人文气息和疏淡的山野情趣。那氤氲的水色是诗，空蒙的山光是诗，匠心独运而留下的空白也是诗。诗是画家情感的火焰，诗是他才气灵气的闪电，诗是流动的音乐，是浓缩的画卷。

人生是个奇怪的命题，谁也寻求不到它的答案。但上天是公允的，既然命运堵住一道墙，它必然会给你打开一扇窗。唐伯虎浪游归来，画艺大长，在山水中自然化解心中郁闷，在模山范水中画出挺拔秀媚的山水画卷。在古刹名寺中，他临摹菩萨塑像，自成一格；画仕女图笔法娴熟，线条柔和、秀润、细腻、流丽，风格雅逸、清秀，颇受人喜爱。唐伯虎才华横溢，也绯闻满天。他自称“江南第一风流才子”，在南国驰怀山水时自镌此章，每到一处他便泼墨挥洒，一幅山水小品活脱脱地跃然纸上，他总钤上这枚“江南第一风流才子”的印鉴。既是才子，又很风流，这本身就是极有诱惑力的广告。他的画很快敲开了市场经济的大门。他上街摆摊卖画，并作诗：“不炼金丹不坐禅，不为商贾不耕田。闲来写就青山卖，不使人间造孽钱。”

栉风沐雨的阅历，散怀山水的人生体验，开拓了他的视野，也升华了他的艺术境界，成熟了他的艺术风格。我曾欣赏过唐伯虎许多山水画、仕女图，有一幅为《看泉听风图》，那是用长线条画的山，山势方折，以斧辟皴，单层刷染，表现出坚硬的石质；近处的树木，高出半岭，皆夹叶，敷以淡彩，远处的树木用墨点叶，枝头倾斜，作风吹状；山道由山脚沿山涧而上。二高士坐石上，正陶醉山水之间。泉水从山涧蜿蜒下泄，淙淙似闻水声。画面明快、滋润、挺拔、秀媚。唐伯虎和宋朝的苏东坡有许多共同点，诗书画全才，且都有牢狱之灾，出入勾栏瓦肆，遍访名刹古寺和名僧法师高谈阔论，过着一种诗意哲学化的生活。佛道经论使他处世清醒，在醉眼蒙眬中保持一分理性，在穷困潦倒时也能诗情澎湃，才情四溢。他一生不会弃绝青山、绿水、美酒、美女，他们把诗、书、画、酒、女人糅合在一起，塑造自我浪漫、风流、潇逸的生命。

迷花好酒，江南才子，群体部落，吴中四子，名扬遐迩。十七世纪的苏州简直是缩小版文艺复兴时的欧洲。

我穿行在古香古色的苏州小巷，寻觅文徵明、祝允明、唐寅、仇英的踪迹、身影。我如入梦幻，总感到那粉墙黛瓦、小巧玲珑的宅院里，说不定推开那家黑漆宅门，就会出来一位头戴士子帽、身着青灰长衫的儒雅士子。衣服上沾着墨渍，清癯的脸庞带有微笑，一口地道的吴侬软语，满身散发着书卷气和翰墨香，招呼我进屋。香茗袅袅，话语滔滔，那是文徵明吗？文徵明着实已显苍老，苍白的胡须，苍白的头发，清瘦的脸庞，一双略有倦意但不失睿智的眼睛，顿然有一种清秀雅逸之气迎面扑来。我们寒暄一番，我问桃花庵在何处？他送我出门，用手指着，穿过小巷，往北走到大街西头，往右一拐，有几间茅屋，便是。我叩访桃花庵，庵主唐伯虎趿拉着鞋，踉踉跄跄走出来。这位风流才子，狂放不羁，口里高声长吟："雨打梨花深闭门。辜负青春，虚负青春。赏心乐事共谁论。花下销魂，月下销魂。愁聚眉峰尽日颦。千点啼痕，万点啼痕。晓看天色暮看云。行也思君，坐也思君。"

中国传统画分为三大类：士人画、宫廷画、民间画。唐伯虎的画属于士人画。行笔清丽，构图缜密，所画山水、花鸟、亭榭、楼台，特别精致。

士人画就是文人画，即诗人画。画家需要大自然滋润心灵，以造化为恩师，画意与诗意相结合。诗中有画，画中有诗，诗情画意相融相洽，诗人胸中的云烟丘壑化为纸上的水墨淋然。中国画的本身就含有诗的灵魂。

江南经典

宇宙之神是个缺乏责任感的家伙，或者说性情古怪、粗鲁偏执。他为何把天下的水都集中在江南，而却让北国干渴得要死？你看眼前的太湖茫茫复茫茫，洪波涌荡，水天相连，浩瀚、浩渺、恢宏、壮阔，你就是把词典上所有这类词汇全都摞在一块，也难述状太湖气吞九天、囊括万物的神与形！

太湖最美的是水。水澄如碧，水上白帆，水下红菱，水边蒹葭苍苍，岸畔柳浪叠叠，水底鱼肥虾壮，而湖中多岛屿，湖周围是起伏连绵的青山，湖光山色，相映成趣。湖中最著名的要算洞庭山，洞庭山又分东山西山，两山对峙，湖水荡荡，青山隐隐，山青水碧，给人一种青春的激情和生命的强旺之感。若是黄昏，一鞭夕阳落水，满湖霞光飞腾，天连水，水连天，天水一色，青的山，红的霞，绿的水，再有水鸟飞栖，涛声鸟韵，那简直是一幅多维的画卷，立体的长轴。

我在一个晴朗的春日登上太湖鼋头渚，太湖赏春，鼋头渚是一绝佳之境。湖山宛如一条起伏的翠龙，举目远眺，万顷银光，波浪闪闪，层峦叠嶂，郁郁葱葱。鼋头渚真如一大鼋之首，突出在碧波之中，坐落在三面环水的半岛上，形成大鼋戏水状。一登上大鼋头，眼前豁然开朗，波浪滚滚而来，惊涛轰鸣不已。这里有巨石隆然，如大牛卧水。你可以站在“牛背”上领略扑面而来的湖风，巍巍然极目远眺；你可以盘膝而坐，尽情品味绿水青山，细细地寻章摘句，发思古之幽情。

鼋头渚听涛历来是太湖之游一大重头戏。我曾在胶州湾长山岛听过海涛，那万马奔腾之气势，雷霆万钧之磅礴，惊心动魄；我曾钱塘江观潮，那龙腾虎跃、浪吼海啸之声，摇撼心旌；我也曾在曹孟德的碣石旁以观沧海：“水何澹澹，山岛竦峙。……秋风萧瑟，洪波涌起。日月之行，若出其中。星汉灿烂，若出其里。”而鼋头渚听涛却是第一次。站在渚上，纵目驰骋，茫茫太湖，浩浩渺渺，风平浪静，碧波万顷。细浪联翩而至，犹如小提琴协奏曲，声韵细细；浪吻岸台，低声呢喃，又如情人絮语。阵风乍起，湖浪翻腾，湖水仿佛一跃而起，滔滔涌涌，巨浪相击，訇然雷响，仿佛贝多芬《英雄》的乐章。随着风的骤然加剧，巨浪狮吼虎啸，大浪如山，大地微微战栗起来，狂风裹携着巨浪一排排一堵堵向岸石拍击而来，那种冲决一切、排斥一切、摧枯拉朽之势，使日月色变，万物觳觫……

这是太湖原始生命力的涌动！这是天籁、地籁、水籁，是大自然的灵魂的苏醒！

太湖三万六千顷，苏州占其四分之三，太湖七十二峰，苏州占其五十八峰。鼋头渚有一景“澄澜堂”，倘若秋高气爽时节登上，可见万顷碧波、千簇鸟影，七十二峰之冠的马迹山也清晰可见。传说秦始皇南巡会稽时，骑着一匹神马，路过太湖，踏浪来到青嘴山岩旁，突然看见一条青龙跃出水面，神马一惊，便在岩石上践下四个蹄印。此石依山傍水，下面有孔，宛若桥，名谓马迹桥。马迹山也由此得名。马迹山的北面是盘龙湾，传说是范蠡和西施在这里生活过，故又名“伴奴湾”。

苏州素有“东方威尼斯”之称，市区内外河道纵横，水多桥多，街坊临河而建，居民依水而居。据资料介绍，市区河道一百六十多公里，较大的纵河六条，较大的横河十四条，纵横交织，形成巨大的水网，市区桥梁就有三百八十多座。

吴越位于生态环境非常优越而且原始文化非常发达的江东，但从进入文明社会以来，却步履蹒跚，踯躅不前，远远落后于江北，落后于中原。这原因大概是吴越人把优势变成了劣势。人是环境的产物，人类天生的弱点就是惰性。你想，这里环境优美，鱼米之乡，生活富足，谁还筚路蓝缕地艰苦创业，开拓进取？他们有独特的稻作、养鱼、植桑、织麻技术，又封闭自守，对毗邻的文化信息传递不畅，知之甚少；文化形态又是近亲繁殖，不易产生杂交文化。因此，吴越终未成气候，在历史的舞台上，它只扮演了一个懦弱的角色。在春秋战国风雷激荡，大组合、大分裂的时代，它被楚国一举翦灭，这是必然的趋势。“烟柳画桥，风帘翠幕”，“谁是中州豪杰，借我五湖舟楫，去作钓鱼翁”。这种悲剧也只能发生吴越人身上，沦为亡国奴，借水垂钓而已。

抱残守缺，封闭自守，在湖边柳浪闻莺啼燕语，在小庭雅轩品茗清谈，在雕花精致、粉墙黛瓦的楼阁里，调琴弄瑟，雅歌投壶，生命力能不变得孱弱？

这是一片漂浮在水上的土地。

这是长江母亲孕育、分娩出来的最膏腴、最殷实、最亮丽、最完美、最古老，也最安谧的土地。

走近她，你才会感悟到“江南”这个水漉漉、湿淋淋的词汇的含义，不小心，稍稍一碰就淌出汁水来。

走进她，你才会看到杏花、春雨、江南这六个方块字画出一幅锦山绣水温润秀雅而又扑朔迷离的画卷。

这是水乡泽国。城郭、村镇、巷间都浮在水上，是水中的盆景，是开放在水中的莲蓬。纵横交织的河流，穿街而过，河岸上是粉墙黛瓦的楼阁，石拱小桥，一弯新月般地架在河面上，打着纸伞的少女从桥上悠悠走过，乌篷船从桥下欸乃而行。石砌的桥墩长满苍褐色苔藓。有荇藻在水中漂浮。流水潺潺，舟帆点点，往来穿梭，织出一页风韵楚楚的江南。

苏州是江南的经典。

走进苏州，我忽然想起一句诗：“时间把我折叠得太久，我挣扎着打开，让你读我。”

吴越之争，最后双双被楚国吞灭，使人想起了“鹬蚌相争，渔翁得利”的典故。

苏州两千五百年的历史，世上什么风云没经历过，什么酸甜苦辣没饱尝过？壮怀激烈的战歌，金戈铁马的豪歌，腥风血雨的悲歌，死亡阴影笼罩的哀歌，大运河浪涛的幻灭和涅槃交织的一曲壮歌……都奏响在这片土地上。苏州是富饶的，不是钱财而是土地。土地肥沃，草木葱茏繁茂；高大的乔木，富有争夺天空的欲望；草叶肥厚，色相饱满，一片盎然生机。“江山如此多娇，引无数英雄竞折腰。”所以三千年来这片土地上，马蹄一遍遍踏过，战火一遍遍烧过，鲜血一层层染过，你用手随便一拨拉，就会发现不知是哪个王朝、哪个民族的遗骨。

走进苏州，你会感到仿佛走进梦里、幻里、诗里、画里。千百年来，长江下游的淮阴、扬州、镇江、常州、无锡、苏州、嘉兴均以物阜民丰而著称于世。而苏州又为其中之最。

我读过明清时期的一部画集，题为《鲈乡古韵——吴江揽胜集》，你看那画的题款《鲈乡烟雨》《龙湫甘泉》《简村远帆》《垂虹秋月》《林皋春雨》《九里清澜》《柳溪月色》等等，每幅画都浸淫着烟雨蒙蒙的意境，都渗露出风韵楚楚的江南味，让你陶醉，让你痴迷。

这里风光如画，人文荟萃，厚厚重重的几千年历史，动荡起伏几千年风雨，几千年的日月精华孕育出多少才高八斗名冠华夏的风流俊杰。

天地间弥漫着一种“气”。北方的原野浩气、雄气、大气、刚烈之气；南国的锦山秀水氤氲着一种灵气、秀气、才气，因而也滋生了一种“情”——浓郁的诗情，典丽的爱情，吴侬软语里透出的一种水乡雾蒙蒙、湿漉漉的温情。缠缠绵绵，丝丝缕缕，缱绻悱恻，扯不断，理还乱，说不清，道不明的一种情愫弥漫在山水间。《白蛇传》《桃花扇》，《三笑》里的唐伯虎点秋香，《红楼梦》中的宝黛之恋，这些经典的爱情故事只会发生在江南。

苏州是适合谈情说爱的地方。

你想，撑一把雨伞，伞下温谧的一角，不是谈情说爱的地方吗？

即使把一缕湿淋淋的长发交给一天淅淅沥沥的春雨，手拉着手，跑过小桥，跑过小巷，那也是爱的浪漫，爱的风雅！

在苏州你很难听到粗野的吆喝声、凶戾的叱责声、粗暴的詈骂声。人说宁愿听苏州人吵架，不愿听宁波人谈话。即使吵架，苏州人的话语也是甜甜的湿湿的富有节奏感、韵律感，那话语怕是经过雨水的滋润，变得柔软，甚至还带着一种雨后草木萌发的馨香味。

倘若你坐在一苇小船上，橹桨的欸乃声，伴奏着浪花的唰唰声，浪击岸石的撕锦裂帛的窸索声，犹如一支摇篮曲，使你欲睡欲眠。船娘哼出一支小曲，袅袅娜娜，雨烟一般缥缈，晨雾一般缭绕，月色一般明丽，朝露一般晶莹，你会感觉如饮醇醪，如沐春风。到码头了，那船娘解缆靠岸，下锚，一切动作都要优雅、干净、利落。走遍吴越，条条小河，道道溪流，涓涓涌泉，明丽清亮，江南真是一首首婉约的花间词。

岸上嫩枝葳蕤，新荷摇翠。水榭楼阁，粉墙黛瓦，倒映水中，恰如一幅幅水墨画卷；是烟波水云，溪岸无尽，“小屏古画岸低平”的意境。风初苒苒，覆岸离离，绿杨荫里，细柳丛中，红蓼白蘋间，襟迎菰叶雨，袖拂荷花风，烟月竹影，“小山重叠金明灭”，真是一片诗天画地。

苏州和扬州一样，得到了历代骚客文人的青睐，固然因为这里是人间天堂，风流佳丽之地，丝弦歌舞之乡，更重要的是这里的静谧，这里的风景幽雅，这里的宁馨。宁静以致远，怎能不让你妙思如泉？所谓触景生情，没有景哪来的情？文学艺术都是性情之物，没有情也就没有诗，没有画。何况这些文人来苏州时并非个个都是春风得意、官运亨通、倜傥风流之辈，不少是官场上的落魄书生。他们看不惯燕雀处堂，宵小得志，因此仕途蹇涩，败下阵来，于是跑到苏州，购房置屋。在这里可以休憩，借这里一脉清波，洗去官场带来的满身尘埃；借这里一缕温柔的清风，熨平心灵的皱褶。那幽幽小巷，那古老高大的樟树，那紫藤缠绕的粉墙，那和风细雨的吴侬软语，那碧波澹澹的流水，的确让人心舒气畅，再浮躁的心境也会安静下来，再怫郁的情绪也会舒散开来。在这里选择一座临水的小楼，楼后是一方小巧精致的花园，假山真水，蒲荷藤萝，闲来谈诗说剑，兴至弄琴鼓瑟，树下品茗，轩窗听雨，真是洞天福地，神仙也歆羡啊！

苏州夹在“十里洋场”的上海和“六朝金粉”的金陵之间，既非风云变幻的政治中心，也非纸醉金迷、声色犬马的聚焦之地，这里正是政治和经济的后花园，是一片没有喧嚣，没有肮脏的精神净土。

苏州虽然不能领时风之先，但它山水胜迹，宁馨、平和、安谧。无论你在官场厮杀得伤痕累累，还是在商场拼搏得汗流浃背、精疲力竭，到这里养精蓄锐也好，修身养性也好，或充充电，读读书，或养老退隐也好。别处再也难找到如此恬适的地方。

在这里你会感悟到，人生需要才气、灵气、大气，更需要一种静气，静能生智，静能致远，静能图强。静是一种修行，一种境界，一种气质，大静必定出大才。“天地絪缊，万物化醇。”正是山水酿就了这“圣境”。

苏州的水乡古镇最富代表性的是同里和周庄。周庄有九百多年的历史，由于“镇为泽国，四面环水，咫尺往来，皆须舟楫”的独特自然环境，形成了典型的江南水乡风貌。河湖阻隔，也使它避开了历代兵燹战乱，至今仍完整地保存着原有的水镇建筑及其独特的局面。

在水的世界，浮在水上的小镇，屋舍临水，鳞次栉比，藤蔓在水巷里摇曳，屋檐下搭一根晾衣竹竿，挑起一片五彩缤纷。时而有一只吊桶从窗口“扑通”一声入水，吊起满满一桶清水，淋淋漓漓。石拱桥下，绿得像碧玉似的河水，潺湲流去；小船欸乃声中，运来鱼虾螃蟹、菱角鲜藕，泊在桥洞边，楼上的人使用绳子吊下竹篮，与之交易……这画面，这情景，使人想起“吴树依依吴水流，吴中舟楫好夷游”的诗句来。

这里的一切都诗化了、艺术化了。楼阁、花园、小巷、石桥，都富有诗性之美，碧水泱泱，绿树掩映，粉墙黛瓦，雕梁画栋，到处飞扬着艺术的灵感。即使嵌在水巷墙壁上的缆绳船石，竟也是一块块花岗石浮雕，姿态各异。有的琢成怪兽，有的是鲤鱼腾跳，有的是二龙戏珠，造型洗练生动，线条疏密有致，仅仅是几块圆形的或不规则形状的石头，便构成有生命、有灵性、有魅力的艺术品，显示出一种凝重、古朴的美，引起你丰富的想象。

桥最能体现古镇神韵，一拱石桥，弯弯地架在两岸，像虹、像月、像河流弯弯的眉，玲珑、秀气、雅致。仿佛那桥并非为行人而架，而是河流不可缺少的装饰品，河流玉臂上一只银镯。桥墩是大理石，桥身也是大理石，有单孔、双孔、多孔。栏杆上雕刻兽头，雕工精细，栩栩如生，堪称一绝。两岸古宅老屋，灯影摇曳，如有撩人的古琴，添香的红袖，那可是一曲《红楼梦》了。

很多石桥经千年风雨，虽显苍老，却依然坚固。桥墩下青石苔藓，厚茸茸的，桥面屐痕斑驳。谁知道石桥承载了多少沧桑，记录了人间几多风云？桥下流水涓涓，带去了多少岁月？

同里有一座小桥名叫渡船桥，两侧的石头上各有一副对联，南侧：“一线晴光通越水，半帆寒影带吴歌。”北侧：“春入船唇流水绿，人归渡口夕阳红。”据说这桥便是古代吴国和越国的分界处，是一座“界桥”。站在桥头环顾，油然升起一种历史沧桑感、时空的苍凉感。

苏州也被称为“园林之城”。其实，苏州整个城市就是一座园林，且不说青石铺路的市井小巷，家家小院，粉墙黛瓦，排列有序，既有章法，也不拥挤。院子里是花、草、树，雨水多，花期也长，此花凋零彼花开，一阵阵香雾馨风从小院漫过飘过，整个街道都氤氲在一片浓郁的馥香里。

苏州的园林小巧玲珑，晶莹幽美，不像北方的园林旷朗、富丽，气势宏伟。它的格局小，咫尺之间却步步是景。堆叠的假山有真山之气势，微风拂水，其姿生动；曲径回廊，匾额碑刻，以情造景，以景寓情，情景交融。亭台楼阁、树木花卉、假山水池，这是苏州园林的“三大件”，辅以回廊、小桥、园路，构成了巧夺天工的景观。文人画家再将诗情画意融入园林，形成立体的画，凝固的诗。

明朝有一个官吏叫王献臣，因与权贵不合，退隐归乡，建了一座园林叫“拙政园”，拙政园——拙政者的自嘲。王献臣大概不适于诡波谲涛的官场生涯，不适于尔虞我诈的生存斗争。于是败下阵来，回归故里，建园盖屋，闭门返思。拙政园和宋代的沧浪亭、元代的狮子林、清代的网师园一样，都是苏州的名园。

也许天性使然，人类追求居住环境的优美。远在古希腊迈锡尼时期。希腊人就喜欢在住宅周围精心建设花园，古庞贝城住宅的壁画，显示出花园在希腊人生活中占有的重要地位。

沈万三的悲剧

周庄和同里都是江南最典型的水乡小镇，似乎周庄更富有商业气息，临河两岸密密麻麻的店铺、酒肆、饭馆、茶楼，像蜂巢似的。探身窗外，可以听见市井的喧嚣，闻到油锅里热腾腾的香味，空气里弥漫着肉香味、鱼腥味，既诱惑人，又令人厌腻。但比起江南其他小镇，周庄算不上文化名镇，只是近年来，被贬抑辱没了六百多年的小镇名人——沈万三得到了历史的校正，周庄一下子声名鹊起。走进周庄，你处处可以看到以“万三”为商标的副食品。这是周庄人的骄傲，周庄人值得炫耀的品牌。

沈万三何许人也？如何有这样大的魅力和影响力？我眼前就是他的故居——一座很典雅优美、从外表看又不很扎眼的被称为“沈厅”的住宅。房屋、门楼青砖黛瓦，白灰抹缝，雕花窗棂，门楣上有青砖浮雕，上刻有《西厢记》故事片断，古色古香。然而曲径通幽，全宅分七进：水墙门、墙门间、茶厅、正厅、前堂楼、后堂楼，最后是平房。正厅内梁柱粗大，刻有蟒龙、麒麟、飞鹤、舞凤等良禽吉兽，散发着古典主义的气息。这大概是他的会客厅、办公室，墙上有字画，室内的仿古家具，井然有序。办公桌上摆放文房四宝，好像主人正写着什么，忽然有急事而离开了。大门外有自家专用码头，青石台阶，脚踩的正面光滑鉴人，侧面长满苔藓，茸茸的，有点发乌，和长满绿醭的河水很相衬，显得古老而苍凉。

几百年前，这座古宅该日日笙歌，夜夜灯火，人影幢幢，红翻翠舞；门前码头，舟船舻列，地方达官贵人，富商大贾，丫鬟仆人，出出进进，何等辉煌，何等兴旺！

沈万三，姓沈名富，字仲荣。元末明初，人分五等，为“哥、畸、郎、官、秀”，“秀”为最上。秀又分为各等，巨富者为“万户”。如此看来，“万三”比“万户”还高三倍，是巨富中的巨富，可谓“三秀”。

关于沈万三其人，民间传说很多，人们称他为“白衣天子”，他富可敌国，富甲天下，用现代的话说，是亿万富翁，是无可比肩的大款。但是沈万三并非周庄人，他的祖籍是南浔，现在属于浙江湖州，其父于元朝末年，举家迁至江苏长州（属苏州府）东蔡村，后又迁至昆山周庄。

他的父亲是很有经济头脑、很有商业战略眼光的，那时候他的家乡比周庄一带富庶，周庄当时还属于荒僻之地，但他深知长江下游水路发达，洞庭湖已出现繁荣景象，太湖流域也是个巨大的商业区，发展空间很大。而周庄上通和尚渠，下入淀山湖，既贴近京杭大运河，又毗邻长江、黄浦江。他超前的商业理念和敏锐的预感，直到明朝中叶才得到证实：明代中叶汉口“人烟数十里，贾户数千家，盐商典库咸数十处，千樯万舶之所归，货宝珍奇之所聚”。扬州“人烟浩穰，游手众多”，苏州则是“绫罗纱绸出盛泽，奔走衣被遍天下，富商大贾数千里辇万金而来，摩肩连袂。”这样的大空间、大繁荣必然会产生豪富巨商。

沈万三经营的主要是商品贸易，丝、棉、盐、茶、粮食等等。如果以周庄为原点，或者以周庄为码头，他的商船沿着大运河直达北京，而顺长江可直入东海，进而直通南亚，更远可达印度洋等地。这里土地肥沃，物产丰富，寸土寸金，土地的新产品增值率很高。农副产品变商品，这种“点石成金”的魔术就要靠沈万三们大显神通了。他们运进运出，白花花的银子源源不断地流入囊中。沈万三赚了钱就买地，买了地就开发，后来他占有土地数千顷。有了这样巨大的土地资源，他能不富甲天下？

沈万三并非是个很张扬的人物，在官僚机器和封建专制的夹缝中生存，他是很谨慎的。他是个有文化的商人，绝非只知赚钱的土包子。

沈万三毕竟不是政治家。在朱元璋和各地义军摧毁元政权后出现了军阀混战的局面——这是中国历代农民革命的特色。他押错了宝，看花了眼，以为张士诚会成气候，便为其歌功颂德，在苏州为张士诚修建纪功碑。碑亭刚落成，朱元璋胜利了！谁想主历史沉浮的是这个叫花子、小和尚，十足的贫雇农的儿子朱元璋？他顿感诚惶成恐，困惑迷茫，怕老朱拿他问罪。

当朱元璋将江南富户迁至皇都南京，并让他们认捐修城墙之费用时，沈万三毫不犹豫，慷慨解囊，一下子承包了南京城墙三分之一的建筑费用，后来又修酒楼、建牌坊，他满以为朱元璋会满脸堆笑地召见他，但朱元璋不动声色，置若罔闻。

这下子沈万三疑窦丛生，更感到迷惑。夏天的夜晚，南京酷热难耐，蚊蚋成群，沈万三辗转反侧，难以成眠。他毕竟有一颗商人的脑袋瓜，忽然心机灵动，他想了一个点子——犒劳军队，你朱元璋该满意了吧！

谁知这下子惹了大祸，拍马屁拍到马蹄子上了，你一个小小商人竟然发饷银给军队，你想干什么？莫非谋反？本来“拥”军是无可厚非的，却使朱皇帝产生疑心，大动肝火！他立即传诏将沈万三打入死牢，后来缓刑，发配云南边疆，沈万三最后客死边地，成了他乡冤魂！据民间传说，沈万三发配到云南充军的路上，身边带着五个儿子，叫金、银、铜、铁、锡。在押解的路上，沈万三身上总是金银闪烁。于是，有人向皇帝奏本，说沈万三五个儿子是五路财神下凡，现在跟沈万三去云南，将财气也带走了。云南是边界之地，倘若他们逃到外国，岂非连财神爷都给送掉了？朱元璋一听有道理，又下了一道圣旨，把沈万三五个儿子就地赐死。

朱元璋究竟哪根神经被沈万三蜇痛？竟然以莫须有的罪名置这位为国家做出巨大贡献的“爱国人士”于死地？历史没讲清楚。我想后人应该理解，朱皇帝苦大仇深，最恨地主老财，他骨血里流淌着对富人刻骨铭心的敌视，又值血气方刚之年，能不雷霆万钧，怒气冲天？

但这仅仅是一方面，朱元璋所制定的基本国策是“重农抑商”，所以对富贾巨商是大加抑制的。这是农耕文明与商业文明的巨大冲突。

朱元璋出身贫雇农，对土地是非常有感情的。他对种庄稼做过许多“最高指示”，非常具体且有量化指标：“令天下百姓，务要多栽桑枣。”“每五尺阔一垄。”“每一百户，初年二百株，次年四百株，三年六百株。”并下诏：“麻亩征八两，木棉亩四两。栽桑以四年起科。”他对农业如此重视，小农经济宗法观念很顽固，且很强硬。他为抑制商业发展，对商人穿什么衣裳都作出规定，加以限制：“令农衣绸、纱、绡、布，商贾止衣绢、布。农家有一人为商贾者，亦不得衣绸、纱。”造成整个社会对商人的歧视。沈万三无论怎样忠于大明皇帝，双方仍然是水火不相容的。聪明的沈万三是想不到这一点的，这正是沈万三的悲剧之根源。

说穿了，这是黄土文明借助皇权、国家机器对商业文明的扼杀，是封建小农宗法体制对新生的商品经济的残酷围剿。

西风碧树

中国的河流都很守规矩，除青海的倒淌河有逆反精神外，大都是由西向东奔腾而去，有的直接注入大海，有的投奔长江、黄河，最终的归宿也是大海。如果昆仑山是一个巨人，那么千万条河流就是它的飘飘长发。但是炀帝却敢反潮流，硬要从南到北开挖一条运河。皇帝的话是最高指示，一句顶一万句，敢让高山低头，河水让路，谁敢忤逆？炀帝把大隋朝搓捏成一条血泪之河，虽罪在当代，却利在千秋。

大运河承担了南北交通大动脉的角色。这个角色一落肩上，就脱不开身，一口气干了一千三百多年。

苏州运河属于江南运河，苏州码头也风光了千载。

苏州处于太湖、阳澄湖之间，是风调雨顺的水乡泽国，是稻米蚕桑的生产基地。南北朝时这里就成为天下粮仓，隋唐时开通大运河，漕粮通过大运河源源不断地输送到京都。吴绫同楚绢、蜀锦、齐纨、鲁缟一样享誉天下。汉唐时曾通过丝绸之路将它们运输到遥远的地中海。宋代中国经济南移，到了明清，苏州的手工业更为发达，种植业又遥遥领先全国，特别是丝织业十分繁荣，使苏州成为全国三大丝织中心之一。明清在这里设织造府，为皇室供应上乘丝织品。

丰厚的物产，必然促进漕运业的发展。苏州一带湖泊众多，河流纵横交错，水网如织，天然地提供了舟楫之利，苏州的漕运在中国漕运史上始终占有光辉的一页。明清时期，农耕技术有了较大的进步，苏州逐渐成为财贸集散、转运和信息交流中心之一，成为历史上缴漕粮的主要地区，乾隆四十年（1775），苏州产米二千万石，水稻亩产达三石多，可谓“苏湖熟，天下足”。

漕运输送东南之粟的同时，顺便捎带些南方的农副产品，茶叶、竹器、日用百货、手工艺品、药材等等。回时，北方的盐、水果、农副产品也随之被带回南方，南北的物流商贸随之而繁荣，政府有鼓励：捎带的货物只要不超过政府规定的数量，给予免税的优惠。无商不活，一条大运河激活了中国经济的发展。

因此，历代政府都重视漕运，视其为命脉。明朝时期，漕运制度不论从机构组织、法规制度到人事安排等各个方面都趋于完备，成了中国古代漕运制度的总结者、实践者。到了清朝，河运漕粮的赋税制度、征收兑运和交仓制度、漕运官制和船制、运厂和屯田制度、运道制度等都有一套很完备、很成熟的章程。

“姑苏城外寒山寺，夜半钟声到客船。”张继的一首诗牵动了中国文化的无限遐想和幽思。羁旅、漂泊、霜月、渔舟，昏黄的渔火，悠悠的梵钟之声，引发出一个民族心底的朦胧感、忧郁感。据《寒山寺志》记载，当年这里曾设有“粮卡”，当“皇粮”北运经过此处，便封锁河道，禁止他船航行，以保障皇粮通畅，因此桥为“封桥”。胆大妄为的张继却擅自改名为“枫”桥，谁知这一点化，古老的石桥更诗意了，一直流传千载。

那时枫桥跨越在运河到苏州的要塞处，古驿道也恰巧在此交汇，这一得天独厚的地理位置，使它成为水陆两种驿站。江浙、安徽、福建一带的“皇粮”和土特产都集中在枫桥运往京都和各地。这里商贾云集，货物山积，水中船只密布，岸上酒肆鳞次栉比。唐伯虎早就有诗云：“世间乐土是吴中，中有阊门更擅雄。翠袖三千楼上下，黄金百万水西东。”……

曹雪芹在《红楼梦》里将它说成是“红尘中一二等富贵风流之地”。官府派官员驻扎这里，一度超过号称中国四大名镇的河南朱仙镇、江西景德镇、广东佛山镇、湖北的汉口镇，是全国最大的米豆集散地。

我曾在苏州漕运展览馆看过幻灯片，它真实地展现了当年苏州码头的舳舻相接，风帆成云，樯橹如林，桨声灯影，一片繁忙而繁华的景象。运河漕船如过江之鲫，岸上、石桥上人群熙攘，脚夫或扛，或抬，或挑，往船上装载“皇粮”。监工兵丁或衙役走来走去、吆吆喝喝，骂声不绝。衣冠楚楚的富商大贾、官吏老爷摇着纸扇在岸上悠闲信步，一派悠然潇洒。

漕舫是漕运的头船，也就是漕粮押运官的船只。漕舫上设备齐全，上面有总指挥、使帆的、撑船的，里面还有庖厨、杂役近二十人。漕运中有个规矩，就是“龙去凤归”。其意是说，满载粮食往京都开的漕舫上挂“龙旗”，空船回来时挂“凤旗”。

漕运，风雨兼程，寒暑不停。拉纤的纤夫们，其艰难困苦不亚于伏尔加河上的纤夫。沉重的纤绳背在肩上，弯着腰，弓着背，有时整个身躯和大地成平行状态。夏日，大日炎炎，如炙如烤，脊背被晒得冒咸花，起白皮，口渴难耐，一阵头晕，便摔倒在地，有的再也站不起来了。冬日，寒风凛冽，雪花漫舞，只要河水未结冰，漕船就得航行，纤夫们跋涉在泥水里、冰凌渣子里，如遇到淤滩，那更步履维艰，挣断纤绳也拉不动船。没办法，纤夫们便跳下冰冷的河水里挖沙清淤……

离枫桥不远处便是御码头。这是康熙爷和乾隆皇帝下江南弃船上岸的码头。高大的青石牌坊，大理石台阶，麻石铺地的小广场。两边是雕梁画栋飞檐翘瓴的楼阁，虽风雨三百年，仍不减当年的奢华气魄，使人想到百官跪迎，山呼万岁，龙旗蔽天，甲戈林立，警卫森严的宏大场景。由此，我不禁想到当年隋炀帝开凿运河，三下江南，结果命丧扬州。他随心所欲，无人监督，滥用民力，穷奢极欲，留下暴君的千古骂名。而乾隆爷六下江南却得到历史的肯定，美名传天下。何因呢？其实乾隆爷也不乏游山玩水的想法，他在北国京都过腻了枯燥、单调、乏味的生活，很想去江南欣赏“三秋桂子，十里荷花”的旖旎风光，很想游览“烟柳画桥，风帘翠幕”的风景，体验一下“杨柳岸，晓风残月”的一缕诗情。江南多佳丽，也顺便捎带几个，以充实后宫，这念头不能说没有。但是乾隆爷比隋炀帝聪明得多，他的旗号是“南巡”，这个“巡”字就分量重了，庄严了，神圣了，这不是旅游，不是玩，是工作，皇帝的工作就是治国。这是经国之大举，为了治理和控制江南。乾隆爷六下江南，狎戏够了江南风光，却落下千古佳话。

再看炀帝所作所为，他来到吴越地面，还征集了五百名年龄十五六岁的花季少女，称之为“殿脚女”。这些少女到龙船拉纤，每条船上十根彩缆，每根彩缆用十名脚女，再加上十只羊，让脚女同羊一起拉纤。炀帝还隔三岔五地从殿脚女里发掘美女，供其淫乐。盛暑之下，脚女体力不支，聪明的翰林学士虞世基想了个点子，献策道：沿河栽植柳树，一可护堤，二为殿脚女遮阳，三是柳叶可为羊食用，一举三得，真是天才的发现。炀帝龙心大悦，还屈身垂范，亲手栽植一棵柳树，并赐姓杨，于是春风十里杨柳路，于是杨柳绿遍江南了。人家乾隆爷却不这样，他经常召见官吏于龙船上，或下点毛毛雨，或吹吹风，或深谈密室，或同餐共饮，制造君臣一团和气的氛围，弄得官吏们诚惶诚恐，又深感皇恩浩荡。有时乾隆爷也走下龙船，微服私访，既能体察民情，又能慢慢品味江南风光。有时还深入竹篱茅舍，访贫问苦，说几句不疼不痒的安慰话。等乾隆爷一离开，小民才得知来者是“真龙天子”，于是涕泪横流，千恩万谢，天呐！俺祖坟上也冒青烟了……

一条运河可以使一个王朝衰亡，同样可以使一个王朝兴旺，这一生一死，一兴一亡，从历史和哲学双重层面审视，人们不难会发现出什么。隋炀帝开通大运河，最大的受益者是后世的王朝。

到了晚清，两次鸦片战争之后，西方列强打开了闭关锁国的大清朝，辽阔的海岸线被撕开五个大“豁口”，铁甲舰船纷纷云集中国港口，而且横行长江水面，洋船拖着一缕浓浓的黑烟遮住了江面，马达的轰鸣声压过了拉纤的号子声，那一艘艘木桅帆船被洋人的机器船卷起的浪涛差一点儿打翻……大清朝的漕运能不衰败吗？蔓延南方数省、持续十三年的太平天国运动，使江南处在一片兵燹战火之中，且不说田园诗般的农耕经济遭到极大破坏，刚刚萌芽的资本主义经济和商业文明还能安然无恙吗？持续了千年的漕运日趋衰败，最后断航……

苏州码头萧条了，衰败了，枫桥的渔火黯淡了，寒山寺的钟声再也激不起夜泊的诗意了，留下的只是一片苍凉的寒月秋霜。

漕运衰败的另一个原因，是海运的崛起。且不说西方列强在上海创办了多家轮船公司，南方诸省的粮食、农副产品、日用百货可以通过海运到达天津，再装上火车发往北京。现代化的交通运输向古老的漕运发起了攻势强大的挑战，这就决定了漕运衰败的悲剧。

1872 年 12 月 26 日，李鸿章在上海创立轮船招商局，标志着中国海上航运的开始。创办伊始，困难重重，既缺乏资金，又无管理经验，更严重的是面临着外国轮船公司的激烈竞争，当时招商局只有三艘轮船，且吨位很小，真是举步维艰。第二年二月，轮船招商局永清号将首批漕粮九千石，外加各耗米共一万石，运往天津。这是中国海运的巨大成功。到了光绪二十七年（1901），清廷颁布漕粮改折诏，江浙漕粮海运全部转入招商局手中。于是大运河风帆如云、舳舻相接的风景凋零了！

蓝天、白云、风和日丽，一艘艘首尾相御的漕船，高扬风帆，气势磅礴，气派恢宏地放逐大运河上。两岸的菜花金黄，麦苗青青，鸟儿欢叫着掠过田野和河面，把嘹亮的鸣韵洒向大地和天空。拉纤的纤夫吼着号子，跋涉在春天的河堤上，引来三五成群的乡间娃娃来观赏这神圣庄严的皇家漕运的风景。这是大运河最鲜活最亮丽最风光的一页插图，而今它只属于历史，属于遥远的回忆了。

五人墓与虎丘寺

吴侬软语最能体现出苏州人的温和绵软、像水一样随方就圆的性格。

苏州人能出现铁骨铮铮、剽悍、刚烈的性格吗？会出现视死如归的英雄豪杰吗？

当然，当你参观五人墓，看到那石坊上刚劲遒健的四个大字“义风千古”，顿时会生出一种肃穆之情、壮烈之感。五人墓冢一字横列，围一石条，墓碑高达二点二米。一种壮烈、大义凛然之气扑面而来。三百九十年前，正是明末天启年间，由于这个小木匠皇帝只埋头他的木工活，不问朝政，朝廷大权落在阉党党魁魏忠贤手中，大阉乱政，网罗遍天下，以极其残暴的手段迫害、镇压东林党人，许多仁人志士因不满阉党黑暗统治，纷纷辞职归家，这正中阉党下怀，魏忠贤肆意安插、擢拔党人。天启六年（1626），魏忠贤派人来到苏州逮捕曾任吏部主事、文选员外郎的周顺昌，激起苏州市民的义愤，爆发了反抗宦官统治的斗争。五人墓葬有五位市井平民，是被阉党杀害的五位义士。

周顺昌，苏州人氏，万历年间进士，曾官至吏部主事、文选员外郎，因不满阉党黑暗统治，辞职归家。东林党人魏大中被捕，途经苏州，周顺昌毫不避讳，曾置酒宴请魏大中，并陪同过夜。二人抨击时政，大骂魏忠贤，直呼其名，这真是太岁头上动土，押解魏大中的士卒回京后告发了周顺昌。魏忠贤雷霆震怒，立派东厂缇骑抓捕周顺昌，由应天巡抚毛一鹭带领来到苏州。

苏州成千上万的百姓手持棍棒涌上街头，围攻缇骑，并当场打死一缇骑，其余四处逃窜。应天巡抚毛一鹭吓得脱去官服，扔掉官帽，溜进小巷，躲进茅房粪坑一角落，直到百姓散去，才被人拖了出来。

这场抗暴斗争传到北京，魏忠贤气急败坏，立即派重兵围剿苏州。为了保护广大市民，颜佩韦、杨念如、沈扬、马杰、周文元等五位义士齐刷刷站出来：

“我是首犯！”。

“我是首犯！”

“还有我……”

他们大义凛然，毫不畏惧，挺身而出，五条汉子承担了“罪行”，被抓进牢房，判为死罪。

五人临刑时，面不改色，浩气凛然，一路上大骂魏忠贤阉党，勇赴刑场。他们的头颅被悬挂在城头，依然神色自若。

“生，亦我所欲也；义，亦我所欲也；二者不可得兼，舍生而取义者也。”自古留名青史之人不胜枚举，多为舍生取义者。颜佩韦这五人，不过是市井小民，生于编伍之间，素不闻诗书之训，激昂大义，蹈死不顾，亦曷故哉？

义大于生！

义大于天！

卑贱者苟且偷生，激昂慷慨者赴难，五位烈士舍生取义也！

复社领袖张溥作《五人墓碑记》，赞叹他们言笑而死，高呼大骂阉党而死，面不改色而死！有贤者花五十金“买五人之脰而函之，卒与尸合”，安葬了五位义士。

魏忠贤手下有“五虎”“五彪”效忠，之外还有“十狗”“十孩儿”“四十孙”，势力遍布朝野，人称“九千岁”“九千九百九十九岁”，只差一岁就是万寿无疆，整个天启时代是魏忠贤纵横驰骋的时代。

杀掉五位义士，随即抓捕东林党要员。

东林党魁高攀龙，官至高位，在位时处处为难魏忠贤，魏忠贤对他恨之入骨，有人说，杨涟弹劾魏忠贤“二十四罪”的奏疏，就是他起草的。高攀龙赴湖广乡试，又在考题上提到赵高，含沙射影，指桑骂槐，魏忠贤更加恼怒。尽管魏忠贤人在京城，却时时监督他在江南的宿敌。后来魏忠贤弄来一份空白奏疏，用“李实”的名义填写奏书，弹劾一批东林党人，要逮捕高攀龙、周顺昌等七人下狱。

高攀龙得悉后，知道在劫难逃，便去道南祠拜谒先贤，然后回家与两个学生饮酒诀别，到了晚上给皇上写下“遗表”。整好衣冠，自溺池水，以死抗争。高攀龙真正实现了“士可杀而不可辱”的古训，保持了读书人的尊严。

其余六人被捕入狱：

缪昌期第一个被送进诏狱。在狱中，他慷慨激昂，不屈不挠，终被活活打死，其罪名是替杨涟起草了那个“奏疏”。尸体出狱时，发蓬蒙面，十个手指全被打断，塞入两袖之中，家奴凭随身衣物才认出身份。

周顺昌性格最为刚烈，在狱中对魏忠贤骂不绝口。狱卒许显纯是魏忠贤的忠实走狗，用铁锤硬是把他的牙一颗颗给敲掉，周顺昌仍不屈服，把满口鲜血吐到许显纯的脸上，大骂不止。当夜被杀，尸体被领出后，皮肉已腐烂。

周宗建，因首劾魏忠贤目不识丁，许显纯对其下毒手。经多次毒刑，周宗建已奄奄一息，倒卧在地，不能言语，许显纯恶狠狠地说："你还能骂魏公一丁不识吗?"活活用沙袋压在他身上，使其气绝而死。

黄尊素是"清初三大思想家"之一的黄宗羲之父，遇害时与隔壁唯一活着的李应升诀别："仲达（李应升字），我先走了。"黄尊素遇害的第二天，李应升也被杀于狱中。

周起元是苏松巡抚，掌管赋税，若起贪心，便是大富，而他一尘不染，严于律己。他的家人亲友在他生前未得到什么好处，死后却为他破财遭灾，其忠义廉洁，令人感佩不已。

虎丘寺位于太湖岸边，那年五月我参加中国散文评奖活动，参观了这座江南名刹大寺。三百八十多年前，1632 年，正是崇祯五年，这里举行了一次震撼朝野的士人大会，全国各地来参加的士人多达数万名。那时，士人建立了他们的组织——"复社"，是个庞大的民间读书人团体。复社系民间文社，是浙江、江苏、山东等地十几个社团组成的读书人联合体。复社于崇祯二年在吴江成立。主要领导人张溥、张采，他们是太仓人，又曾同窗共读，形影相依，声息相接，志同道合。

明朝的黄昏，阉党乱政，内忧外患，朝野上下，一片黑暗，大明王朝已不明。崇祯朱由检登基，很快翦除阉党，整顿朝纲。虽有起色，但大厦倾圮，梁檩已毁，皇帝虽朝乾夕惕，兢兢业业，图谋中兴，但上下已腐朽不堪，农民起义的烈火四处燃起；在关外，女真人的后裔努尔哈赤建立了一个新兴的政权，血气方刚，正虎视眈眈盯着中原，盯着即将倾覆的大明江山。国内农民起义军张献忠、李自成们纵横江南，席卷西北，官军屡屡败于农民军，大半个中国已遭沦陷。国事蜩螗，危在旦夕，以张溥为代表的读书人，纷纷成立社团，名为学术团体，实则政治组织。他们聚会，抨击朝政，揭露政府的昏暗腐朽，感时叹世，唤醒民众，救国救亡。他们打出复古主义的旗帜，在阶级矛盾和民族矛盾极其尖锐复杂的时代，倡导“尊经复古”。这些读书人要学道、得道、弘道、守道，志在报国，实际上他们代表着江南大地主和商人的利益，但又联系底层百姓，共同反对统治集团。复社的领袖张溥、张采以及骨干杨廷枢、徐汧、顾梦麟、杨彝、吴昌时、吴伟业、王启荣、朱隁，徐鸣时、王志庆、吴曾羽等都是苏州人，他们的活动范围主要在苏州。他们举行三次大会，联系全国各地的社团组织参加，影响很大，也很有凝聚力。

张溥是博古通今、文采飞扬的江南才子，年幼嗜学，文思敏捷，有人求文，他从不起草，对客挥毫，俄顷立就，名高江南。明崇祯四年（1630），他与他的学生吴伟业一起高中进士，声望如日中天。张溥入朝即卷入朝廷的“朋党之争”，不到一年便弃官回归故里，继续当他的复社领袖。他有很强的社会组织能力，在江南读书人中威望很高，追随他的青年学子达七千多人，他们当中不少是东林党人的后人，重气节，重操守，一身铮铮铁骨。

崇祯六年（1633）三月，张溥在虎丘主持召开了第三次大会。与会者有他的门生七千余人，座无虚席，观者甚众，人山人海，水泄不通，热闹非凡。规模之大，声势之烈，为三百年来所未见。

一时间，风流才子、倜傥少年、白发老者、垂髫儿童，笑语杂沓，如涌如流。湖上画舫游船，穿梭如织，熙熙攘攘，搅得湖水沸腾。复社领袖不得不张贴布告：“复社大会天下文士，虎丘狭小，行走不便，请闲杂人等，一律回避。复社同仁敬启。”

苏州沸腾了！这里凝结着中华民族的精神元素，这里涌动着势如大江巨流般的文化力量！这是地火，这是岩浆！虎丘大会，震撼了朝野，东林之魂未亡，东林士气未灭！

有些市井小民不能身临会场，他们便为“社员”们送茶、送饭，那种热情，那份真诚，真是感天动地！

爱国主义是一个民族至高至大至刚之精神，这些饮着太湖水、长江水长大的儿女，血管里奔腾着长江的汹涌澎湃之力量，他们的胸怀像太湖一样雄浑苍茫！

清兵南下，吴应箕、陈子龙等众多复社成员投入复明抗清的斗争中。复社“四公子”冒襄、陈贞慧、方以智、侯方域都是江南名士。明王朝灭亡后，他们遁隐泉林，诗酒唱和，苦中作乐。清政府初年下诏征山林隐逸，冒襄属于应征行列，但他视如敝屣，坚辞不出，人称“天际朱霞，人中白鹤”。这是一种气节，一个缺乏气节的民族是站立不起来的。

我走出虎丘寺已是晚霞满天时分，苏州夕阳又西下，天空一片空明，太湖一片苍茫，天光水色，交相辉映。

我迈步湖岸，岸边是蓬蓬勃勃的野草、茂茂腾腾的树林。放眼纵横交错的河汊，茫茫太湖，这是一种大气象，大天地！人类的生活习惯、生活理念，人们的语言、性情、风俗，甚至婚姻爱情都受一种水系的影响。谁说苏州柔靡，苏州文弱？这座水城是一曲声情并茂的乐章，正是长江宏大旋律中的一个乐章！

第十四章 曲满江南

有人说，昆曲是戏剧的古化石，清丽婉转的唱腔，悠扬曼妙的旋律，当地人称之为水磨腔。昆曲是水生的，水之韵，水之声，水之魂。水缓时，潺潺湲湲；水急时，哗哗啦啦；水暴时，涛浪奔腾。而黄梅戏却像云一样飘逸，像风一样潇洒，又像雨一样迷离。山和水孕育的戏曲，总有山的骨感，水的柔媚。

船娘和歌

长江告别石头城，顺着坦坦荡荡的苏南大平原，依然气势恢宏、步履矫健地奔腾东流。江面变阔，流水也不那么暴躁、乖戾、莽撞，像一个胸有成竹、气质舒阔的散文大家，起承转合，行文布阵，一切那么洒脱自然。波涛的弧度，一轮一轮，既有力度，也有幅度，节奏分明地拍打着堤岸，含情脉脉地向江南大地倾吐一腔情愫。

我想，长江也知道距离生命的目的地——大海并不遥远了，就像一个遥遥领先的马拉松健儿，在接近终点时，自信中又略带有松懈，冲刺时又似乎漫不经心，但又不完全是，像什么呢？我很难琢磨长江此时此刻的心态，是否像我漫步苏南这如花似锦的原野上一样，你急什么，慌什么呀？拱桥如梦，柳摇金缕，细叶舒眉，轻花吐絮，为何不好好欣赏一番，品味一番！

江南，走进苏扬才理解了这名字诗意的内涵、丰赡的文化。走进这片土地，你才深刻感悟到江南古典的浪漫，唐诗宋词的典雅。杏花春雨，小桥流水，莺声燕语，粉墙黛瓦，古樟怪石，青萍绿柳，花园玲珑，石径曲斜，青石斑驳，苍苔茸茸，“水行而山处，以船为车，以楫为马，往若飘风”。那行驶在江汉湖泊上的是一条条乌篷小船，犹如滑行的音符拨动着透明的琴弦，弹奏一曲曲《虞美人》《临江仙》《踏莎行》《蝶恋花》……

如诗的江南，如画的江南。

水，洋洋大观的水，纵横交织的河流小溪，星罗棋布的池塘湖泊，因云翳而肿胀的天空。风帘雨幕，织出了江南的锦绣，织出了江南的风韵。

你从瓜州到扬州如走陆路，最好步行，或骑一头小毛驴。驴蹄叩响泥土的小径，浪漫得很，诗意得很。遇到雨天，不要打伞，最好披一件蓑衣，戴一顶竹笠，那更古典了。品味江南不能性急，就像上海人吃螃蟹，一丝丝地慢慢咀嚼。

如果走水路，那更适意了。乘一叶乌篷船，迤逦而行，若是晴天，两岸的垂杨细柳，风韵楚楚。没有风，柳丝静静垂下，钓一缕春光，付于流水。那细波澹澹的流水中映着天光树影，像一幅流动的画。桨声欸乃，不知船移，还是水流，站在船头，尽情饱览春光春色，闻两岸呖呖莺声，喃喃燕语，这江南春色如醇醪，如佳酿美醴，让人未饮而醉了。

阴雨天气更有特殊韵味，船舱外是雨声淅淅，烟雨蒙蒙，天地间扑朔迷离，山抹青黛，水浮雾纱，岸柳沁绿。田野上黄绿湿碧，蚕豆花、油菜花，黄灿灿、紫莹莹。水田里刚放上水，新插的秧苗，带着稚气的嫩叶上，缀满亮晶晶的水珠儿。天空因雨云而忧郁，低垂着，离地面似乎近在咫尺，一不小心，就会碰落一块。雨点变大了，打得芦席船篷发出窸窸窣窣的声音，这是雨簌，是天籁，是大自然的神曲。船舱外是烟雾一样迷蒙的雨，几十米外都看不清庄稼和树木。雨，真是一个艺术大师，她是朦胧诗的始作俑者，印象派画的开山鼻祖。只见河流闪着浅浅的白光，依然悠悠地流淌着，雨点在水面上画满了细纹，破了，碎了，不厌其烦。我想在这雨意浓浓的时辰，你若头戴竹笠，身披蓑衣，坐在岸边的石头上，伸一钓竿，真不知这是唐诗宋词的意境，还是与喧嚣的现实生活极不协调的一页插图……

现在我们再腾出笔来，写一写水乡的船娘，她们是钟灵毓秀江南的造化。摇船的船娘无论阴晴总喜欢穿一件水红布衫，腰间系一条蓝布围裙，头戴一顶用细竹篾编织的斗笠，袖子挽得高高的，露出一截水藕般光润白皙的手臂，两手摇着橹柄，欸乃声中，小船移动了，盈盈的水波一圈圈荡去。不见船行，只见岸移。晴日里船娘微弯的身体，苗条的倩影都投到河里，水流船行，像一幅江南风情画、一首抒情诗。有时船娘高兴了，会低声哼一曲歌谣——算作船娘曲吧，当然没有黄河船夫曲的粗犷豪放，也没有川江号子的宏阔嘹亮。有点近似于摇篮曲，温柔细腻，绵软悠长，也不乏锦瑟银筝般的清丽婉转，催眠似的，让你如痴如醉：

手扶栏杆叹一声，鸳鸯枕上劝劝有情人。路边的野花你少要采，行船走马自己要当心。

江南的女子不仅和水难分难舍，而且和深深的巷子紧紧相连。“花木正佳二月景，人家疑住武陵溪。”巷窄窄的、长长的，青石板铺砌，历经风雨，凸凸凹凹，石缝里长出草芽，墙脚下是一抹苍苍的苔藓。谁家楼前，怪石突出，古樟如盖，穿石而过，凌秀峻拔，其右密孔泉出，递流而下，水声泠泠。小楼木格窗棂里露出一张白皙皙的女儿脸，仔细一看，梳一头青螺髻，眉眼里流出妩媚的风情。雨天里，女子干吗呢？她们刺绣、织布，她们的日子总像门前的流水一样，潺潺而来，缓缓而去，不急不忙，不浮不躁。她们也串门，三五成群聚集一家聊天，或带孩子，教孩子识字画画。这时，你仔细听，窗隙门缝里会传来一阵细婉的歌声：

姐在房中绣花绷，耳听大门响叮咚，啊呀呀，晓得，是我小郎兄。花针戳在我的花绷上，伸个懒腰去开门，啊呀呀，开门迎我心上人。

在水乡长大的女儿，涛声浪韵是她们的歌，舟楫桨橹是她们手中的笔，而一片小小的甲板是她们阅读人生的启蒙课本。五六岁时她们便会摇橹采莲、采菱，十多岁时就会织网，随父母或湖上或江河中捞鱼。她们没有伟大的理想，没有风花雪月的追求。水乡的女儿爱水，早晨临水梳妆，水面便绽开一朵粉盈盈的桃花，一缕雾纱飘来，在鬓边写意式涂上几笔青春的羞涩；傍晚是最好的时辰，夕阳向晚，半橹残阳，一河胭脂，拱桥错落，烟水柔和，水乡女儿撑一舴艋小舟，摇摇曳曳归来。鲜嫩的幼芽在树上蹦跳，洁白的杨花在风中飞舞，她们不时唱起谣曲，那种欢乐，那种愉悦，心腔里像盛满了蜜……

当夜色浓了的时候，田野静寂下来，只剩一线流水在吟唱，那是大地毛细血管的流动声。与长江汹涌澎湃的大动脉相比，显得细弱，甚至微不足道，但奏响的都是生命的律动，是一首动人曼妙的乐曲……

水灵灵的文化

美国学者房龙说：古希腊的艺术与古希腊的泥土血肉相连，与孕育它的自然景物和谐一致。这就是说一方水土养一方文化、一种艺术。

苏州是市井生活和田园牧歌水乳交融之地，这里的幽、雅、逸、秀、静，孕育的绝不会是铜琶铁板唱大风的雄浑豪放，而是山温水润的婉约缠绵，是一种水文化。水灵灵，水鲜鲜，水淋淋，水漉漉，水汪汪，水澹澹，水悠悠，水盈盈，水清清，水涟涟，水荡荡，水漾漾，水泱泱，水涣涣……水的温柔和平和，水的灵性和智性，自然会孕育出苏州评弹清柔细腻的艺术风格，昆曲和越剧，女扮男装，细声细调，轻如行云，飘若游丝，氤氲着一种聪慧灵秀的气息。

林语堂说：江南出商人，东北出强盗。苏州人聪明伶俐，善于辞令，不温不火，不浮不躁，但心里的小九九却清清楚楚；而东北人三句话不合就抡拳头，动刀子，雄悍得个个像吃了豹子胆，喝了野狼血。一个地域的文化最能从口头文学和戏剧艺术上表现出来，东北的“二人转”粗蛮粗野得掉土渣，三句话不过就下了趟子。苏州的评弹和说书温雅得很，文明得很。

单说“说书”，那是流行在民间最广泛的一种艺术形式，书场常设在茶馆里。闲暇时，人们坐在雕梁画栋的茶楼里，茶桌上摞上瓜子点心水果，一杯芳茗，跑堂的及时添水。茶是龙井，毛尖，茶叶泡在盖杯里，那碧澄澄的茶叶慢慢舒卷开来，打开杯盖，满室生香。这时茶馆里便有了说书人，抑扬顿挫的声音伴随茶香茶雾也弥漫在室内。弹词一般两人说唱，手持三弦，怀抱琵琶，自弹自唱。内容多为儿女情长的传奇和民间故事，吴侬软语，娓娓动听，绵绵唱腔，音韵袅袅，配上弦琵琮铮，情缓轻柔，像流水一样渺然而去。

苏州评弹是苏州说书和弹词的总称，流行在苏州、江浙、上海一带，用苏州方言演唱，历史悠久，它最辉煌的记忆，是曾为乾隆皇帝演奏一场《春江花月夜》《宫怨》《林冲长亭》。苏州的“说书”，分为两类，一类是大书，一类是小书。大书像《三国志》《水浒》《英烈传》等，小书则是《珍珠塔》《描金凤》《三笑》《文武香球》，小书当然是才子佳人，而大书则是金戈铁马、江湖好汉的故事。“小书”在表白里夹着唱词，“大书”没有唱词完全是表白。说“大书”的那把黑纸扇比说“小书”的更有用，几乎是一切“道具”的代替品。李逵的板斧，赵子龙的长枪，诸葛亮不离手的鹅毛扇，关云长的偃月刀，都是那把黑纸扇。情节的变化、主人公心态的变幻，都是通过黑纸扇不同动作淋漓尽致地表现出来。

说“大书”的最拿手的就是卖关子，譬如说《景阳冈武松打虎》，谁知说了十几天啦，武松还是醉醺醺的，东倒西歪，还没有上景阳冈呢！《岳传》是苏州评弹最经典的剧目，一部《岳传》能说上几个月，半年，或更长的时间，里面穿插很多故事。其实这些故事并非原著上的，都是说书人的再创作，有些是根据原著主人公小到一句话、一个细节，大至一个情节，生发开去，旁征博引，敷衍成篇，更多穿插的是《笑林广记》中一些性的笑话。

初到苏州的外地人，首先感到吴侬软语的温柔，然后是吴韵歌曲，词气清新、曲调婉转、情感真挚而细腻。苏州的评弹和滩簧里仍然透露出吴歌的雅韵，一波三折，抑扬顿挫，悠远绵长。歌曲，特别是民歌最能体现这方土地的风味，土地是文化的载体，民歌是这方土地生长的花。

南朝的流行歌曲《子夜四时歌》：“春林花多媚，春鸟意多哀。春风复多情，吹我罗裳开。”多么清丽、柔曼、婉约，像出水芙蓉，三春弱柳；南宋的《月儿弯弯照九州》流传至今，凄怨哀伤，如泣如诉，如溪流呜咽；而明代的《栀子开花六瓣头》的欢快明朗，清清甜甜，如风戏花丛，水欢浪跳。风含情水含笑，苏州处处氤氲着吴文化浓厚的韵味。

这是多水多桥多莲多菱多红荷的苏州；这是多诗多画多琴瑟多美人多才子的苏州；这是韦应物、刘禹锡、文徵明、唐伯虎的苏州；这是浑身奶油味、脂粉味的贾宝玉，人比黄花瘦的林黛玉和细皮嫩肉唇红齿白金陵十二钗的苏州。

吴越文化最显著的一点是渗入民间的饮食文化、服饰文化。苏州人喜欢甜食、点心、茶食、熟肉，小笼馒头。做工精细，讲究色、香、味。小笼馒头不是北方馒头的缩小版，而是加上猪肉馅、蟹粉，佐以虾仁，甜者有玫瑰、豆沙、薄荷，俱和以荤油。不用大笼蒸，而用小笼，每笼十只。苏州人会吃，无论什么东西到他们手里就变得精美而细腻，香嫩酥甜。苏州人创造出苏式菜肴，辅以太湖菱藕、阳澄湖蟹，细细地品味出人生的丰富和多滋多味。吴绫苏绣驰名天下，苏州人穿着打扮也颇为讲究，他们追求色彩的协调和鲜美，裹得周身流光溢彩。他们坐在客厅里，手里摇着饰以书画的苏扇，呷一口清香清醇的碧螺春茶，抬眼是满室精雕细刻的红木家具，满墙装裱精致的名人字画，砖缝墙隙无处不散发一缕浓郁的文化气息。高雅的气质，温婉的谈吐，文雅的举止，使人感到苏州人人都有一种书卷气、儒雅气，使人体验到温馨和柔情。

苏州和其他文化名城相比，有愧于政治功业，也有愧于军国抱负，它只是个纯粹意义上的文化小城。流畅似水，妙曼如烟，清净似梦，温润如玉，满城的小桥流水缺乏一种雄气、霸气、王气。吴国灭亡，政治硝烟从此散去，苏州再也没有引起英雄的注目，两千五百年前那股勃勃的阳刚之气，也随着潺潺流水化为靡靡丝竹之音了。

天地如一部书，现在已翻到黄昏这一页。其实这一页写得最精彩、最动人。先看那落日，在城外疏杨淡柳间悬浮着，像一枚熟透了的巨大的樱桃，挂在树梢间，仿佛不小心碰一下，就会溢出甜津津的汁液。城外的田野、池塘、河流，慢慢地升起淡淡的烟霭雾纱，庄稼、树木的影子朦胧开来。“夕阳归去还西斜”，晚霞的飞絮落在河水里，半江瑟瑟半江红。静寂的水面上，醒着鱼的家族。夜还未诞生，黄昏正处在童年。村庄在肿胀，山在肿胀，树木在肿胀，只有牛在消瘦，河水在消瘦，星和月也在消瘦。

这时苏州城里，路灯已经亮了。整个城市像活过来了，像醒了过来，街上行人熙熙攘攘，店铺前顾客也匆忙起来了。玄妙观前的大街是苏州的中心，“逛观前”是苏州人每日生活中的重要部分，像上海的南京路，北京的王府井。你从黄天源的楼上望观前大街，像从一幅完全的图画上看到最精彩的一部分。逛街的人有男有女，有老有少，并非都来购买什么商品，也不是来小吃摊上品味苏州食品，多数人是逛着玩。小伙子的目光都是追逐漂亮姑娘身影的，那姑娘的身影已经融进熙熙攘攘的人群里了，小伙子才回过头来，踮起脚尖四处张望，以至互相拥挤的人群撞了他，他仍然随着人潮移动，但目光却迷迷离离向人头攒集的地方逡巡，直到失望地回过头来，才悻悻离去。当然也有女子追逐男人的，哪家小姐看到一个靓男，目光突然发亮，脸上悄悄飞起一抹红晕，心口儿咚咚地跳。想多看几眼，又怕同小伙子的目光相撞；想赶紧走开，可双脚像被什么黏住了，总是挪不开。这时倘若被同伴发觉，胳膊便被一拽：“唉哟，魂被谁勾去啦!”这时才如梦初醒，脸羞得热辣辣的。嘴上反驳同伴，但身不由己地离开了，趁伙伴不注意，还扭过来在人群中扫描一下。

这观前街并不长，不到一里，石板街道，没车辆通行，是名副其实的步行街。你可以安安稳稳地在街心踱步。灯光辉煌，店铺一家挨一家，货摊相连，店牌有铝塑金字，有木制的，有铜制的，门脸上稍有空隙的地方都贴着广告或影星歌星的画报，花花绿绿，性感美女的照片更是让人眼花缭乱。茶食店的玻璃柜里，食物亮晶晶的在聚光灯之下闪着诱人的光泽，还散发着令人馋涎欲滴的香味，即使你嗓子眼里打着饱嗝，也会产生买几块甜食点心带回家的欲望。你在那街上，走着走着，如同走进一所游艺园中。你就是豪富、大款，这里的商品也会使你囊空如洗；你就是囊中羞涩、一分钱掰成两半花的穷人，也照样能买到你合心意的物品。一把折叠小扇，扇面上有山水、有人物，很有古典韵味。一把人工做的桃木梳子，玲珑精美，诱你买上一把，似乎不买还遗憾。你白天觉得这街太狭小，这会儿你才会觉得这小街如此的美妙。你走进去，就如一尾小鱼，四周被一片温馨的水包围着，你的头晕晕的，心暖暖的，脚步颤颤的。又如走进情人的怀抱，被她柔柔的肌肤贴裹着，那甜腻腻的吴侬软语，像情话似的，弄得你浑身舒泰，使你动情、动心。

会唱歌的水

到了苏州，不能不听一场昆曲，这里是昆曲诞生的地方。2001 年 5 月 18 日，联合国教科文组织颁布首批“人类口述和非物质遗产代表作”名录，中国昆曲赫然名列榜首，18 位评委全票通过。

丝织业发展催熟了新兴市民阶层，他们的文化消费趋向，促进了昆曲的发展。

昆曲原籍是昆山，那是一个山灵水秀的地方，温文尔雅的江南女子，儒雅端庄的文人士大夫，村坊里巷的善歌善舞的年轻人，才艺非凡的教坊乐师，谁不倾心那悠扬曼妙的唱腔、优美动人的旋律？风荷秀水，使你不能不想起“人杰地灵”四个字，巷间深深，岁月深深，正是戏曲文化地理学的衍生物。

昆曲唱腔被世人称为“水磨腔”，多生动多鲜活的比喻啊，在江南水做动力推着石磨一圈圈旋转，那是水的杰作。

昆曲、昆剧是文人的戏，典雅、清丽、温和、唱腔优美，唱词文学化、诗词化，艺术表演精彩，艺术个性的塑造、语言的戏剧性和文学作品的通俗化，是昆曲的基本元素。传统的诗文大多以文人自我形象的独白为主体，而南戏推崇的是人与自然、人与社会之间的对话。

昆曲是长江流域古雅幽远、唯美精致的艺术，是能够感召震撼人们的心灵与情绪的艺术世界。

昆曲是百戏之祖，中国后来的京剧等都曾经以它为师，昆曲是我国古典音乐和古典诗词相融汇的表演，它具有的文化底蕴与文化价值，是其他任何剧种都无法比拟的。它承继了唐诗、宋词、元曲的艺术传统，曲有实拍，拍有定句，句有定字，字有定声。

昆曲的出现和发展，是最瑰丽、最奇妙的文化现象之一，十四世纪于苏州民间萌发，是由诗歌、音乐、舞蹈、表演、武术、杂技、化妆、脸谱、服饰、道具、布景诸多元素组合、融汇而创建的独特的音腔系统。

我在苏州逗留的日子里，正是烟花四月、莺飞草长、春意盎然时节。茶花弄影，幽兰入梦，林木蓊郁，浅红透深翠，小萼润珠光，一湾碧水，一条条江流。正是江南最经典的注释。

在这诗意的苏州，在这样迷人的季节，看一场昆曲《牡丹亭》，那真是精神的盛宴。

那迤丽柔婉的水磨腔像流水一样，潺潺流淌而来。《牡丹亭》四百年久演不衰，成为经典剧目，把昆曲之美推向极致。那种纡徐绵渺、流丽清纯真达到了巅峰，华美炫目，令人叹为观止。

《牡丹亭》是中国式的魔幻主义作品。十六岁的花季少女杜丽娘，带着怀春的心思、青春的慵倦，在一个明丽的春日，由丫鬟陪伴来到后花园游玩——这是《牡丹亭》最精彩的华章乐段——园子里不仅弥漫着花的馨香，草木的青苍，还弥漫着一种若隐若现游丝般如梦如幻的“少女怀春”的气息。

在这样的季节，谁家的电视机播放出一曲《牡丹亭》，那悠长的水磨腔，磨出人心的不安，磨出时光的慢和灵魂深处的爱。《牡丹亭》是青春的回响，生命的旋律，青春的动感。“香魂一缕随风散，愁绪三更入梦遥”，演尽人生悲欢离合，在别人的故事里流着自己的眼泪。

昆曲是地方戏，更是文人戏，经典化的戏剧，纯净、典雅、清丽。流利婉转的唱词、旦角飘逸的水袖、小生那神采和通身气质，把中国传统美学那抒情写意、象征诗化、留白意境等表演得极具魅力，注入了生命的灵动、人生的悲欢离合、情感的浓淡枯涩。春阳倦倦，花事寥然，暮春时节，牡丹亭里的牡丹已绿肥红瘦，园内静谧中，透出冷清、落寞和悲哀。

这样的时节，这样的背景，那脍炙人口的艳丽典雅的片段，从假山后传来袅袅的唱腔：

原来姹紫嫣红开遍，似这般都付与断井颓垣。良辰美景奈何天，赏心乐事谁家院！朝飞暮卷，云霞翠轩，雨丝风片，烟波画船。锦屏人忒看的这韶光贱！

典雅的唱词又夹杂着方言，正是这方水土的胎记，正是这流水、这青山、这沃野，孕育了古典的戏曲。青山里啼红了杜鹃，荼蘼外烟丝醉软。

杜丽娘伤春惜春的感伤，被淋漓尽致地借景抒发出来，少女青春的律动，生命的灵性展示在春花凋零中，在寂寞中，更显冷艳和妩媚。

水软山温，沾衣欲湿的微雨、迷离动人的晨光夕晖，酿就了昆曲的文雅、吴歌的醉人。

昆曲非常适合表现才子佳人的爱情故事，小生、小旦、丫鬟、舞台、水袖、长衫、土帽子，环佩叮当，细步姗姗，那身姿，那歌喉，清丽、优雅，杜丽娘死而复生与柳梦梅团圆的爱情故事，与其说是一部充满浪漫主义色彩的剧作，不如说是中国式的魔幻主义："情不知所起，一往而深。"生者可以死，死者可以生，完全打破了阴阳两界，故事的人物穿越生死之间，瞑灭之际。

南戏分四大声腔，昆山腔、海盐腔、余姚腔、弋阳腔。南戏不像河北梆子、秦腔，高亢、激越、豪放，一声唱腔划破长空，声遏流云。南戏不叱咤、不豪放，宛如山溪流水，山坳云雾，缥缈、袅娜、精致，一出生就打上贵族文化的胎记。

江南的富庶不仅仅因为它土地的肥沃，雨水的充沛。鱼米之乡，我觉得它的经济发展是靠两片树叶——茶叶和桑叶，是它们给了经济活力和文明赓续绵延的动力。早在公元1世纪，西方国家通过丝绸之路认识古老的东方，东方有个盛产"赛里斯"（丝绸）的民族，那就是中国。你想那诞生了袅袅的香茗，柔软如绒的丝绸的土地上能不产生高雅的戏曲？

古典文化思想之伟力，古典艺术精神之气质，古典艺术技巧之神韵。对昆曲的守护和传承，可以看成是中华文明的现代崛起。

悠长压抑的水磨腔，磨去弥漫在人心里头的惆怅、烦躁和不安，磨出了时光的安逸、节奏的慢和心灵的爱。

昆曲多表现才子佳人，少了金戈铁马；多了生死别离的悲伤，少了豪阔放荡的爽朗。它柔如长长的流水，潺潺湲湲，汩汩不绝，这是一曲生命大悲咒，是青春的悲鸣曲。《牡丹亭》《西厢记》《桃花扇》《长生殿》还有《琵琶记》《玉簪记》《娇红记》等，都是演绎人间生死别离情，"一声声，肠寸绝；一言言，愁万叠"。这些剧作家大都饱经宦海沉浮，而后退出肮脏的官场，隐居泉林，潜心诗词歌赋的创作，他们改变不了现实，便沉浸在梦幻中，呕心沥血创作戏剧。“兴来时画一幅烟雨耕图，静来时著一部冰霜菊谱，闲来时撰一卷水旱农书。茶炉、酒炉，杏花深处桃花坞。水绕着门，云遮着屋，端的是隔断红尘一点无，那里有官吏催租。”（明代王磐语）明代的作家、艺术家都喜欢昆曲，陈铎、唐寅、祝允明，还有才高八斗、大名鼎鼎的杨慎都是昆曲狂热爱好者，有的亲自为这些散曲点板。

那雨带有古意，像唐诗里的雨，宋词里的雨，有韵有味，耐得推敲，耐得品味。雨给这个江南宜居的文化名城做着润物无声的事情。

庭院里有几株芭蕉，高大茂密宽阔的叶子，像飞机的螺旋桨，“丰腴，撑起一片幽绿”。细雨沙沙落在芭蕉叶子上，雨打芭蕉，沙沙有声，更增添了唐诗的律，宋词的韵，生活啊生活，生活得有滋有味有文化！

人生的困境，心灵的隔膜，邻里的龃龉，情感的疏远，生活的尴尬，仿佛听一场昆曲，那些不快就全融进优美曼妙的唱词里，往事如风，缠绵悱恻的旋律，悲欢离合的剧情，净化了人的心灵。那些伤情、失落、迷茫，都被昆曲一声声、一句句，声情并茂的水磨腔融化消磨了。

“良辰美景奈何天，赏心乐事谁家院？”“如花美眷，似水流年。”“锦屏人忒看的这韶光贱。”谁能不为青春渐渐远去，春光渐渐老去而伤感？人生如梦啊，启悟你、感召你、教诲你珍惜生命，珍惜每一缕朝晖，每一片晚霞。世上唯有情难诉！

朱元璋是草根阶层出身的皇帝，童年时代常食不果腹，衣不暖身，哪听得什么曲，看得什么舞？他一坐上龙椅，立即传旨：“一切淫词艳曲，皆弃不用。”甚至在都城南京建一座高楼，常年有士兵巡逻，看谁家在唱曲，在歌舞，便立即抓捕，倒悬楼上，只让饮水，直至死亡。如果军人唱曲，就立即割去舌头。他还下令任何戏剧都不得扮演帝王后妃、忠臣烈士先贤形象，也就是说这些戏剧不准出现帝王将相的形象，“违者杖一百”。这位朱爷爷就是禁止音乐歌舞，这简直是文化专制的残酷现象。

但是任何统治者都难禁止人们的情感，人是有情物。明代中期曲坛复兴，陈铎、唐伯虎、祝允明为昆曲的狂热票友。

昆曲之典雅、细腻、清丽，是任何剧种都无法企及的，它富有中正平和、雍容大度之美，它走的是贵族路线，品位是阳春白雪，唱词是文学家和歌者共同铸造。

昆曲剧目很多，是我国艺术瑰宝中的奇葩，典雅、精致、清丽，是文人戏，它的唱词是经典化的诗、词、曲的融汇，凡夫俗子离它很远，无法触及，她是缪斯女神极致高贵的女儿。

昆曲剧目很多，明中叶的代表作《浣纱记》演绎的是吴越争霸的历史，以吴胜越败开头，又以吴败越胜结束，“看满目兴亡真惨凄，笑吴是何人越是谁?”一个沉鱼落雁的美女，导演一段兴亡史，悠扬逶迤的唱腔像流水一样，起起伏伏，缠绵蜿蜒，真是水磨腔。

到了万历年间，虽然朝廷内有些小纠葛，万历一气之下，十年不上朝，但未影响社会发展，至少没有外患。昆曲进入了兴旺的黄金阶段，一曲《牡丹亭》震撼朝野，大明王朝的天空飘逸着咿咿呀呀的昆腔。那经典唱段犹如今日的流行歌曲，唱遍大江南北，汤显祖的出现，使《牡丹亭》《邯郸梦》《南柯记》成为江南家家户户喜闻乐见的曲目。连不识字的老汉、老太太都场场出现在舞台下，听得入神。

莎士比亚是英国戏剧大王，汤显祖则是中国戏剧大师。日本学者青木正儿在《中国近代戏曲史》中高度评价："显祖之诞生，先于英国莎士比亚十四年，后莎氏之逝世一年而卒，东西曲坛伟人，同出其时，亦一奇也。"

历史的许多现象无法解释，当古希腊文明最繁荣的时期诞生了毕达哥拉斯、苏格拉底、柏拉图；在东方古大陆也诞生了老子、孔子、庄子、孟子，正是百家争鸣的时代；而莎士比亚誉满欧罗巴的时期，中国的汤显祖横空出世，东西方文化巨人的同时出现说明了东西文明相互辉映，开辟了人类文明的宏阔道路。

花花草草都有心，生生死死总关情。大师们总是相通的，现实世界无法改变，那就转移到虚构的理想世界吧。《牡丹亭》一经问世，连一丁不识的老翁也看得入迷。

杜丽娘用真情反抗禁锢她们灵魂的"理"，她是一个从自然中来又复归自然中去的一个生命个体，她用青春、生命和赤子之心抗衡压制她自由的一切阻碍。对爱情的向往，实际上是杜丽娘对自由的向往。她是"一生爱好是天然"的姑娘。

我生在北方，对江南虽然多有"采风"，然而并不熟悉。但通过《牡丹亭》，我不仅认识了古典的江南，也看到今日江南的风采。慢生活、慢节奏，细腻、委婉、清丽、雅致，是江南的品格。江南多山多水多才子，为什么那么多诗人、作家、艺术大师，包括剧作家多出生在江南，唐宋八大家只有两位北方人，从屈原到司马相如，从李白到苏轼以至曹雪芹、鲁迅，特别是唐宋以后，文坛基本上被江南人统治。

夜静静，雨洗去一天喧嚣和芜杂，窗外沙沙的雨声，像一曲轻音乐。

昆曲是全民迷恋的艺术。一度苏州人、南京人因节日上演昆曲，观者如堵，人头攒动，前拥后挤，时常出现戏台挤塌和看客伤亡事件。古希腊三大悲剧到达极盛时才出现这种现象，但古希腊悲剧过于强调教化作用，逐渐衰弱，昆曲却一代代演绎下来。

昆曲是多种艺术形式的融汇，结合了文学、历史、舞蹈、音乐、书法、绘画多种艺术，明中叶至大清盛世三百年间，昆曲成了神曲、天籁之声，风靡大江南北，从庙堂之高到江湖之远，无不遇到昆曲这种艺术之魂。而京剧、越剧、黄梅戏，以至川剧都承认昆曲是它们的艺术母题。

血染桃花

四月的夜晚，是江南的春江花月夜。栀子花开了，鲜嫩嫩的；杜鹃花开了，火辣辣的；茶子花开了，水艳艳的……空气里弥漫着一种淡淡的倦慵和诗意的芬芳。剧院正上演《桃花扇》，在这样的背景下去看一场昆剧是最好不过的享受。这是部“借离合之情，写兴亡之感”的经典之作。

《西厢记》《牡丹亭》《桃花扇》《长生殿》是昆曲的四大名剧，几百年来经久而不衰，那悠悠的水磨腔，优美典雅的唱词，曲折动人的故事，生死离合的悲欣情感，打动了多少观众的心灵，真是“看人家的故事，流自己的眼泪”，昆曲还有一千二百部折子戏，涵盖了三千年文明史，是一部宏伟壮观的艺术“史记”。

看戏的人很多，老幼皆有。有人说，古典戏曲只是老年人的精神享受，在这时间就是金钱的时代，谁还欣赏那慢悠悠的“水磨腔”？

一句唱词，要唱上五六分钟、七八分钟，咿咿呀呀，没完没了。年轻人谁不追逐探戈、伦巴的快节奏、强刺激？热烈、疯狂、浪漫、时髦，其实传统文化的经典对现代文明仍有着强烈的艺术魅力，像润物无声的春雨，依然滋养着生命之花的开放。

大幕一拉开，出现一把巨大的纸扇，上有带血的桃花，鲜艳、悲凉，给人一种凝重的艺术感染力。

《桃花扇》以南明复社成员侯方域和秦淮名妓李香君爱情的悲欢离合为线索展开戏剧冲突，推动剧情发展，演绎出江山易主，政朝更迭的千古悲剧。作者巧妙地把侯、李爱情政治化，融进了南明的兴亡斗争。《桃花扇》剧本“前言”中说，南明覆亡后，侯方域与李香君意外重逢，悲喜交集，尽情倾诉相思之苦、别离之忧、风雨之难，传道法师却当头棒喝：“呵呸，两个痴虫，你看国在那里？家在那里？君在那里？父在那里？偏是这点花月情根，割他不断么？”他们如遭锤击，如梦初醒，二人冷汗淋漓，恍然醒悟，斩断情根，双双入道。南明灭亡，也是侯、李爱情的终结。这出爱情戏却被赋予了政治意义，抒发了强烈的亡国之痛，表现了浓郁的爱国主义情怀。

以侯方域为代表的复社清流文人同以阮大铖、马士英为代表的魏阉余孽之间的斗争，揭露了南明王朝政治腐败和灭亡的原因，是一部表现家破国亡的悲剧。

我一边看戏，脑海里却浮出一阕古词：

六代豪华，春去也，更无消息。空怅望，山川形胜，已非畴昔。王谢堂前双燕子，乌衣巷口曾相识。听夜深，寂寞打孤城，春潮急。

思往事，愁如织；怀故国，空陈迹。但荒烟衰草，乱鸦斜日。玉树歌残秋露冷，胭脂井坏寒螀泣。到如今，只有蒋山青，秦淮碧。

这是一首怀古的词，用来反映南明覆灭后的金陵景况，最恰切不过。

《桃花扇》的历史背景是，当时北京的明政府被李自成的农民军攻陷，崇祯皇帝煤山上吊自杀以身殉国。吴三桂引清兵入关，攻下北京，驱出李自成，大清朝坐胎分娩。北方大乱，消息传到南国。凤阳总督马士英拥立福王为皇帝，在南京登基，建立南明，号“弘光”。其实，清兵只有十万兵马，南明政府拥有三十万大军，只要励精图治，卧薪尝胆，完全有力量阻止清兵南下，甚至北上抗清，驱逐清人也大有希望。恰恰相反，福王一登基，不是训练兵马，整肃部队，发展生产，巩固国防，而是选美，充实后宫，启用魏阉余孽，重用奸佞，一味腐败，耽于声色，卖官鬻爵，搜刮民脂民膏，互相残杀，整个朝廷一片昏暗。马士英、阮大铖，这帮奸臣兴高采烈，他们把“国家不幸当作自己大幸”，窃权滥用，谋千秋富贵，招致国家败亡。短命弘光朝寿命仅一年零一个月。南国天怒人怨，只有史可法率领三千残兵坚守扬州，但百姓奋起反抗者不计其数，李香君就是一个具有民族气节的奇女子。

《桃花扇》除揭露南明小朝廷的昏庸腐败，奸佞弄权、陷害忠臣、卖国求荣的卑鄙勾当之外，还花了更多笔墨歌颂草根阶层的小人物李香君、柳敬亭、苏昆生等，他们属“三教九流”，毫无社会地位，在国难大起、亡国之危中表现了高尚的人格和爱国情怀，他们怒斥权奸误国，唤醒民众，激发个体生命的潜能，期待萌生抗清斗争的新力量，绽放出灿烂的生命之花。

柳敬亭任侠好义，奋勇投辕下书，使手握重兵、性情暴躁的左良玉折服；李香君身为秦淮艳妓、最卑微的小人物，却明辨是非，关心国家大事，有独立的人格，在国家处在累卵之危、人民有倒悬之苦时，能痛斥权奸，痛骂朝廷，表现出“国家兴亡，匹夫有责”的历史担当和责任感。卑贱者并不卑贱，这就是没有倾圮的民族之魂。

侯方域毕竟出身书香门第，风流倜傥，甚至有几分纨绔气，那是生命的胎记，但国家、民族利益至高至上的精神却可歌可泣。同魏阉余孽的斗争，体现出东林党人、复社社员那种高洁情操、疾恶如仇、一身书生意气，乃是民族浩然之气的体现。在国之大厦即将倾覆之际，他们力挽狂澜；当清兵南下、汹势滔滔之时，投奔史可法，参与到抗清的救国斗争中。

《桃花扇》剧作的高潮是《却奁》《守楼》《骂筵》三出，随着剧情的发展，正义与邪恶的矛盾愈发激烈。李香君坚守爱情，以头撞壁，同奸党做针锋相对的斗争。她在《骂筵》中自称“女祢衡”，当阮大铖、马士英命她斟酒时，她借机大骂这帮禄虫国贼，权奸大恶：“堂堂列公，半边南朝，望你峥嵘。出身希贵宠，创业选声容，《后庭花》又添几种。”骂他们“干儿义子从新用，绝不了魏家种”，表现出一种大义凛然、鄙视群奸的民族骨气，一种“冰肌雪肠原自同，铁心石腹何愁冻”的高尚情操。一个弱不禁风的小女子，一个最卑微、最底层的小人物，在大是大非面前，民族危难、国家危亡之时，是“吐不尽鹃血满胸”，这是千百万民众的心声，是大明王朝一缕芳魂！

古典文学的美质，经典化的戏剧，沉静清丽的唱腔，正义高洁的人格，激越慷慨的情感，使《桃花扇》在那缠绵旖旎的水磨腔中展示得绚丽多姿、淋漓尽致！

昆曲那离情别绪的忧愁、相聚团圆的欢欣、诗词一般的语言，不仅文人喜欢，就是樵夫渔夫农夫也喜闻乐见。在这里，把中国传统美的抒情、写意、象征、诗质、意境，演绎得极尽魅力，注入生命的灵动，有一种人性之美、人格之美，提升了社会的正能量。

南戏是水文化。水不仅仅是风景，水更是生活。纵横交错的大大小小的河流，临水而建的屋舍人家，莫愁湖的烟雨，秦淮河的波光，一代一代人傍水而生。昆曲凭借着文学的虚构性和丰富的想象力，“将水这一古老意象和人的命运”，以及人的性格、情操、日常生活都近乎执拗地打上水的痕迹，连唱腔都湿漉漉的绵软悠长。但《桃花扇》的《骂筵》却表现出昆曲的另一种风格：深沉、凝重，悲情中有慷慨，激情中有义愤，犹如流水遇到顽石，不怕粉身碎骨，激出一簇簇雪白的浪花！

《桃花扇》第六出，是写侯方域和李香君一见钟情、初识初爱的情节。那“齐梁词赋，陈隋花柳，日日芳情迤逗，青衫偎倚，今番小杜扬州”，那“楼台花颤，帘栊风抖，倚着雄姿英秀。春情无限，金钗肯与梳头。闲花添艳，野草生香，消得夫人做”。那唱词如古典诗词，那唱腔如流水那般风雅、那般优美。撩人春色，一湾流水，鸟鸣莺啭如诗如画，如梦如幻。才子佳人的爱之经典，在这烟花四月、春光灿烂的季节，那么清丽、明朗……甜蜜的爱情，梦中的追求，浪漫的诗情，心灵的飞动，真令人神魂颠倒、迷醉！所以《桃花扇》甫一问世，在北京演出，场场爆满，欢声雷动，百姓街评巷议，赞不绝口。

《桃花扇》的问世，正是大明朝亡魂的闪现，如一道幽玄之光照亮大明遗民的心灵。这茫茫黑暗中的一缕光亮，给民族精神注入一粒富有生命活力的因子。

长江流域有丰富多样的方言剧种。在青山绿水中，在温山暖水间，这些多如繁花般的剧种活跃在乡村和城镇。那优美的曲调、婉转的旋律、典雅的唱腔，配上飘逸的裙裾、精美的服饰，给人多少美的享受。这艺术是一种天籁。上海的沪剧，无锡、常州的锡剧，吸收了民歌的营养，具有江南水乡的音乐特点，柔和抒情，曲调丰富，唱腔流畅。有乡间的“儴儴腔”、田间的“栽秧调”，还夹有“门叹词”，竹板击节，丝竹柔润；扬剧则有另一番韵味，因剧情变化，或节奏明快、文辞朴素、风味浓郁，或节奏平缓、柔肠百转、抒情淋漓，富有“丹青胜似素山河”的特色；至于浙江的绍剧却有一种豪气，响亮、洪大，高亢激越，大开大阖，粗犷有力，大有长江惊涛裂岸、卷起千堆雪之气势；而徽剧、庐剧都是地方小剧种，却也生动鲜活，它们是由民间小调、民间音乐演化发展而成。还有苏剧、婺剧、瓯剧、甬剧，各有特色，但它们有一个共同的基因——“水”，水的灵性，水的睿智，水韵和水魂。江南孕育了艺术，艺术又“艺术化”了江南。

我最喜欢黄梅戏，它以抒情见长，韵味丰富，唱腔委婉清新，细腻动人，像山涧清澈的流泉，像潺潺汩汩的溪水。

黄梅戏也是南戏著名的曲种，和昆曲一样阴柔、优美。剧目多是爱情戏，一曲唱词像被捻细的丝线，拉扯得长长的、细细的，像把人带进梦一样的幻境中，哪怕一句道白，也流露出水的柔若无骨，柔媚得让人发酥。我在徽州采风时，走进皖南丛山里，仿佛走进《牛郎织女》的布景里，道旁的那棵老槐树会说话，天空的鸟儿会搭鹊桥，那山野，那流水，那老牛，如诗如画，如梦如幻。山水间总是飘逸着黄梅戏的曲调，婉约、细腻，仿佛前面就会遇到牛郎织女。这袅袅的旋律永远凄迷着、感伤着、哀怨着、惆怅着，这山、这水、这树，这里的花花草草集体创作了黄梅戏。

南戏绝对不像河北梆子那样高亢激昂，不像豫剧那样阳刚豪放，连旦角的唱腔也有男子汉的豪迈，更没有秦腔的狂野粗豪。黄梅戏源于长江岸边黄梅县的采花小调，是村姑的轻吟浅唱，流行于安庆，烂漫于安徽。

戏曲像其他艺术一样，是地域文化的产物。

第十五章 江海之恋

这是长江三角洲的北岸，这是长江孕育的绿洲平原。

这片古老而又年轻的土地像神话，像传说，给你带来巨大的诱惑。

这里有南国的灵性，也有塞北的豪迈。

历史上，这里曾活跃着范仲淹、王安石、米芾、文天祥、王国维的身影，还有晚清实业巨子张謇……

一粒松子没有落在地上仍然是松子，当它落进大地便是一棵巨松。

唐朝的树

胡逗洲早在公元五世纪就已形成，到六世纪南梁时，成为位于长江口北侧的一块巨大的沙洲。这个洲奇怪，形似胡豆。那时这里荒无人烟，偶然有打鱼人的海草屋、熬盐人的茅草屋，天荒地老的土地上出现袅袅的炊烟。

岁月悠悠，时光苒苒，海鸥鸣叫着掠过荒凉的长空，水鸟叽叽喳喳鸣叫在芦苇丛中。滔滔长江宏阔的水流，漾漾入海——这是万里长江与大海最初的相会。长江还不习惯，江水进，海水退；海水涨，江水落，相亲又相离。那时南通——东南沿海的繁华都市，还是汪洋大海，这里除胡逗洲，还有扶海洲、东洲、布洲等，斑斑驳驳大大小小的沙洲，潮涨则隐，潮落则显，荒凉、空寂。

到了唐朝，这片沙洲上出现了煎盐的炉火，胡逗洲出现了渔民、垦荒的农人，而流人也多。那些杀人越货者，那些违法犯罪者，那些逃难避灾者，断断续续来到这“无主之地”，叠土为壁，架梁为屋，在这里安家立业。这流人中也不乏有文化者，曾经与李敬业造反、抗争武则天、撰写《代李敬业传檄天下文》的初唐四杰之一的骆宾王就曾流落这荒地野陬。

走进南通这片年轻而神奇的土地，我顿时浮想联翩，历史的烟云在我眼前弥漫开来。当年鉴真和尚就是从这里东渡扶桑，把智慧和古老而先进的华夏文化传播到那粗蛮混沌的岛国，使他们的生活出现第一缕文明的曙光。公元九世纪中期，日本的一个遣唐使团的海船在黄海遇险，就是在南通扶海洲得救的，善良的中国人传播给日本人的友谊，换来的却是后世的仇恨杀戮，倭寇们也曾多次从这里登陆，袭扰我海疆。

唐天祐年间（904—907），胡逗洲与其西北方的如皋陆地连接，洲北的横江逐渐淤塞、封闭，这就是南通成陆史的第二次沙洲与大陆相衔接。

海洲的发育使陆地不断地向前推进，海水也只得呜咽着退却。潮水仍愤愤不平，涨潮时这里是汪洋，退潮时这里是滩涂，长江在这里逐渐变得狭窄，成为一条支流。海洲与大陆衔接，是长江的泥沙不断淤积的结果。

到如皋九华镇来吧，你会见到一棵大唐时代的银杏王。树冠庞大，树躯胸围六点八米，需要五六个人才能合抱，树高二十六米，有七八层楼高。银杏树的根系密密麻麻，向四周延伸，裸露的树根，最长达九十多米。这简直是一棵神树，它出生于大唐帝国开元盛世，唐朝的阳光照耀着它，唐朝的微风吹拂着它，唐朝的雨露滋润着它，至今身上还笼罩着大唐盛世的气象，一种诗意的文化气息。有了树就会出现人的活动，就像沙漠有了绿洲，就有了人烟，绿洲就是树的集团。那时的海是荒芜的，海水翻腾着，浪涛汹涌着，无数只大鱼翻出海面，只有海鸥在海空划着虚无缥缈的线条，那时的海滩空旷无边。

如皋的青年诗人柳永健陪我参观了这棵古树，我为它惊人的气魄而震撼：这是南通大地一部通史，一部生长着的地方志。千百年来，人世间什么样的灾难、兵燹、杀戮，大自然多少炼狱般的苦难，地震、冰雪、风暴、野火，它没目睹过、经历过？它躯干里蕴含着历史的记忆，珍藏着沧海桑田变化的每一处细节。它不会忘记北宋著名政治家范仲淹，这位“先天下之忧而忧，后天下之乐而乐”的仁人志士，看到海潮肆虐，淹没田舍，毁坏亭园，夺人性命。他率民修筑捍海堤堰，带领通州四万民工日夜奋战在工地上，筑堤九十多里，解决一方海潮的侵袭，安定一方百姓。它不会忘记南宋暮年的大臣文天祥前往元营谈判，被扣留，他夜间脱逃，历经艰险，路过通州，夜宿石港，写下《石港湾》一诗。第二天到达卖鱼湾，准备渡海南下，组织武装力量抗击元军，因船搁浅，候潮一日，写下《卖鱼湾》一诗，后四句是“故园何时讯，扁舟到处家。狼山青两点，极目是天涯”。石港古镇因文宰相《卖鱼湾》诗而名扬天下。“臣心一片磁针石，不指南方不肯休。”一位大忠大爱的仁人志士的情操，与日月同辉，共天地永存。古老的银杏，你可看到长江的子孙们是怎样“我以我血荐轩辕”了吧！狼山是长江入海口唯一的一座山，高不过百米，阔不过数百平方米，和它并排而列的还有几座不出名的小山，但临江矗立，玲珑娇小，秀丽多姿，酷似江汉平原一组惟妙惟肖的山石盆景。

洛宾王的墓就在山脚下。一个暮春时节的下午，我登上狼山山顶观景台，只见长江江水宏阔、浩荡，苍苍茫茫，江面上大船小船麇集，笛声四起，机声隆隆，船只如梭，一片繁忙，远处灰蒙蒙的天际下便是大海了。那波涛汹涌的大海，一望无际，白浪滔天，惊涛拍岸，江与海相融相汇，自是一番气象。这时你会想到李白的诗，“笑夸故人指绝境，山光水色青于蓝”，顿时迷恋于这江之花、海之门的山光水色壮美胜景中。大自然是野性的、原生态的。朝为陆，夕为海，海在反扑，攻势劣于颓势，只有长江在矢志不移地进攻，一片片土地在长江的臂弯里出现。

南通，别名“静海”，古称通州，东抵黄海，南望长江，西与苏州相邀，“据江海之会，扼南北之喉”，看到这些句子你会感到生厌，这八股文、地方志的“通用语”！但它却真实地概括了南通的地理风貌。这片土地给这座城市带来温湿的宁静，以及充满灵性、智慧而又细腻的慢生活。

一位伟人说过："文章须蓄势。"长江在这里"蓄势"。水面宏阔、平静，没有急浪飞湍，没有涛声雷鸣，也许历经万里艰难跋涉，它太疲累了，需要憩息，以"蓄势"待发，向最终目的地冲刺。

站在圆陀角海堤上，我们可以看到长江与大海的交汇处，还可以看到黄海潮涨潮落中，时隐时现的沙洲，长江在这里亲吻大海，渴望和梦想变成现实的刹那，那种幸福感、满足感，又表现为出奇的沉静，这是大江的气质，这是巨龙的风度，一种超越凡尘的大气象。

明朝的园

海水和江水拉锯之地，潮退为陆，潮涨为海，潮退江进，潮涨江退。长江和大海的亲吻，并非那样甜蜜、幸福、和美。但长江的执拗、坚毅、顽强却感动了大海，不然大海退潮时，还会留下长长的眷恋吗？

毕竟是南国，尽管满眼的烟水，这里仍氤氲着江南的恬美和清丽的气息，水光云影，林木葱茏，水湄湖畔的蒹葭，湿漉漉的青石板街巷，吹面不寒杨柳风，细微小雨，沾衣欲湿，更渲染出江南的风韵雅致。紫云英铺满田陌、沟壑，开得肆无忌惮；香樟树的浓郁气息在细雨中更加芬芳；更有枫杨树的俊逸挺拔，使你沉迷在缥缈的梦幻境地。

在如皋不去游历水绘园，你枉去江南。它比苏州园林更经典，比徽派园林更雅致，而它的大气豪放，二者更是望尘莫及。

我觉得水绘园是由一组绝妙的散文诗组成，诗的意境飘逸，委婉含蓄，诗情浓郁，迷人醉人。那冷杉、那枫杨、那香樟、那垂柳是诗中最富有特色的意象，还有花花草草，香蒲红蓼，更是诗句中最夺眼球的词汇。

庾信在《小园赋》中说：“鸟多闲暇，花随四时。”“草无忘忧之意，花无长乐之心。”忘忧草无忘忧之意，长乐花无常乐之念。一切顺其自然，人生才能进入“大自在”境界。

这是明末清初江南才子冒辟疆和秦淮佳丽董小宛栖隐的园林。冒辟疆是成吉思汗的后裔，名襄，字辟疆，他虽出生在江南，且其祖上在江南生活数代，但血统里仍然奔腾着游牧民族的基因，他字为辟疆，就包含着蒙古大汗开疆拓土的豪放和宏愿。1639 年，在乡试落第后在苏州与江南名妓董小宛相识，董小宛一见倾心，惊叹：“异人！异人！”此后冒辟疆六次去南京乡试，次次落第，怀才不遇，苦闷悒郁，这时钱谦益、柳如是从中说合，冒、董结为伉俪。

冒辟疆落第归来，携董小宛回到如皋，隐居水绘园。水绘园是江南园林的一颗璀璨的明珠，园以水为贵，水有石为佳，这里楼阁林立，水榭歌台，雕梁画栋，斗拱飞檐，三雕精美，楹联雅美，以园言志，以园寄意，并融诗、文、琴、棋、书画、博古、曲艺等集于一园的特色，富有浓郁的人文气息、古典气息，也散溢着书卷的芬芳。实际上这里是个科场、官场失意的悲剧人生的栖所，国亡家仇的伤感的寄托。这班文人以“躲进小楼”、沉隐山水，来表达对当朝的抗争，对故国的思念。江南文人虽有灭清复明之志，但无挽江山于既倾之力，只好隐居园林，诗酬酒侣，吟诗弄文，以倾泻心中郁垒。

水绘园原来是一座饶有书卷气的“文人园”。

水绘园始建于明朝万历年间，是由冒辟疆的祖人置业，历四世至冒辟疆时始臻完整。冒辟疆将旧园重整，赋予思想，精心增饰，在园中新设“妙隐香林”“壹默斋”“枕烟亭”“寒碧堂”“洗钵池”“小浯溪”“鹤屿”“烟波玉亭”“湘中阁”“镜阁”“碧落庐”等十余景点，雅致精美，别有洞天。清初名士陈维崧在《水绘园记》中写道：“绘者，会也；南北东西皆水绘其中，林峦葩卉，坱圠掩映，若绘画然。”

水绘园是江南园林的风格，但又别于姑苏园林的小巧柔和，它朴实而雅静，庄严又大气，以其独特的布景设计而为南国名胜。这里环境幽静怡人，布局有致，亭台水榭，高树低林，池塘湖水，假山叠石，玲珑剔透，草木之灵气，曲水流觞之逶迤，如诗如画如艺术小品，一派天上人间的仙境。

明朝灭亡后，冒辟疆心灰意冷，于是把水绘园改名为“水绘庵”，决心隐居不出。当时名流钱谦益、吴伟业、王士祯、孔尚任、陈维崧等纷纷前来如皋相聚，在园中诗文唱和，水绘园盛极一时。

这里人杰地灵，名流接踵，流风余韵至今不衰。悠悠岁月，这片风水宝地积聚了深厚的历史文化精髓。我走进园中，只见林木葱茏，花团锦簇，枫杨、香樟、水杉、塔松，还有菩提树，烟笼雾绕，遮云蔽日，整个园林生机盎然，又一片静谧、沉默。连树隙间漏出的斑驳影块也总是那么沉静。

明代万历年间，宦官专权，朝纲倾颓，冒辟疆与张溥结盟，参加复社，又同陈贞慧、方以智、侯朝宗过从甚密，人称“四公子”。他们年龄相仿，意气相投，血气方刚，或结伴同游，或诗酒相知，抨击时政，嘲讥阉党，希望改革政治，挽救国家危亡。

然而大明王朝日趋腐败，落日沉沉，国事蜩螗，李自成农民军席卷天下，威逼京畿；远在山海关外的清朝大军虎视鹰瞵，大有破关而铁蹄踏遍中原、江南之势。当冒辟疆力挽明朝无果，明王朝的大厦轰然倒塌后，只能日受寂寞、淡泊度日。清朝开国后，仍袭明制，开科取士，有人“特荐他”，但冒辟疆“坚辞”。康熙初年，清廷开“博学鸿词科”，下诏征“山林隐逸”，冒氏也属应征之列，但他置若罔闻，坚辞不赴。反而召集复社同仁和抗清志士的遗孤相聚水绘园，以纪念明亡时绝食而死的好友戴建。文人名士纷至沓来，东林、复社诸友，先后与会者三百余人。宾客云集，盛况空前，这是对故国的思念，对异族统治者的抗争。长江哺育的儿女子孙体内都奔腾着长江的血液，矢志不移，人与自然相融、相通，“无不以如皋为归”。

董小宛跟随冒辟疆回归水绘园，一洗铅华，凡事亲力亲为，百般体贴，无微不至地照顾冒辟疆。她性情温柔，智慧过人，且厨艺超凡，知书达礼，可谓冒氏的贤内助。冒辟疆为避战火而逃难，流离颠沛，历经磨难。董小宛如影相随，一路不眠不休地照顾，当冒辟疆病愈后，董小宛却积劳成疾，不久病故，年仅二十八岁。

南国多山多水多园林，在南通各县市乡镇都有雅致精美的园林，如东县的“文园”，平潮镇的“平潮十景”，南通港闸区被誉为城市“绿谷”的陈氏花园，是南通市乃至苏北最大的私人花园和别墅区，并且是融中、西风格于一园的独特园林，园中既有西式复合住宅，也有传统中式院落，再配以假山、荷池，徜徉其中，有时空交错更迭之美妙奇感。

如果是细雨霏霏的日子，撑一把油纸雨伞，游览园林，雨打竹叶，雨韵云情，看檐牙跌落细密的水滴，满园绿树生烟，雨滴乱敲黛瓦，雨霭云霭，扑朔迷离，是晨是昏，难分难辨，一种梦幻中的意象。

我来南通正是四月底五月初，春天的影子刚刚淡去，初夏的脚步尚未站稳。园子里春事寥然，偶有一缕残红缭绕在绿树丛中，绿意已深，真应了李清照的词句：绿肥红瘦。盛极的花瓣懒散而颓唐，一阵风雨，满池满地，这情景会引起古典的伤春、惜春情绪。园子里有几棵苦楝树，迟开的苦楝花，金黄的颜色，在雨雾中闪烁着深深的高贵的色彩，给小园增添了富贵之气。初夏正是石榴花照红的时节，遗憾的是江南少石榴树，多美人蕉，硕大的芭蕉叶肆无忌惮地张扬着，雨打芭蕉叶，那简直是一首诗。二十四番花信风，林花匆匆谢了春红，江南四月芳菲尽。不过，园林失去春花的繁闹喧嚣，倒添了庄严、稳重，一片森然，一片生命原始力量的喷射。

实业家张謇在南通修建了五座园林，至今已成了游览胜地。长江之岸，黄海之滨，江南水乡，最不缺的是水，每个花园都有池塘、湖泊，碧沉沉的一汪绿水，浓如一池春愁。微风吹来，涛纹如縠。那经不起波澜的静水倒也能洗去旅者一身倦意和羁旅之愁，平添满怀清新和温馨。如果你游兴方浓，不妨乘一叶小舟或画舫，荡漾水面，你会深深体悟到南国水乡的赏心乐事，这时你会感到旧事弥漫开来，心里会有丝绸一样的柔和松软。

南通滨江临海，水网密布，特产丰富，占尽天时地利，真是祟川福地。不仅园林美，更令人垂涎的是美食，这里美得令人叹为观止。“南通清蒸鲥鱼”“无刺刀鱼”“蟹粉鹿头银肚”“清烩鲈鱼片”“叉烧鳅鱼”，都是南通的杰作，海鲜江鱼是这一方最拿手的食材。明清时代，文人骚客往往又是美食家，李渔、冒辟疆、柳敬亭、李方膺……及近代实业巨子张謇对美食文化的发展，对南通烹饪业的开拓都发挥了重要作用。

暮春初夏，正是“鳜鱼肥”时节。到园林小酒店，一边品尝美味，一边看满园春色，细嚼慢咽温柔的风味，真是如临仙境。酒吧餐馆一色的仿古桌椅，花窗木格，雕刻精致，情致幽雅，三分酒醉，七分景醉，真不知今夕何夕，无论魏晋了！

风雨沧桑，古园不老，林木常青，几株古藤老枝，枝干虬蟠，但新枝盎然，花团依然锦簇，苍颜朴拙，展示着生命的原始力量。

南通是个“移民”城市，因为长江造地，提供了广阔的生存空间，人和动物，逐水草而居。淮北、吴地、越地、齐鲁北地，南通盐业日渐兴盛，成为千百年的经济支柱，吸引着南北淘金者、筑梦者的脚步。太平天国期间，天下大乱，许多人家为躲避战乱，举家迁来，叠土为壁，架梁为屋，几代人过去了，这南通呈现出多元的建筑风格，既有徽风皖韵的稳重，又有吴越的精细灵秀，还有齐鲁的庄严肃穆，当然更多的是为适宜本地物候，有地方特色的盐署风格的建筑。

漫步南濠河北岸的林荫道，前行不过百米，便遇到一座玲珑雅致的绣园。一座青砖小瓦，红漆门窗的小楼，门额上书“沈寿艺术馆”。未进馆前，我以为准是当地画家的陈列馆，满壁丹青，一片翰墨的漫歌狂舞。艺术大师的才气灵气弥漫在小楼里。

走进展馆，我顿然惊愕，这里没有书画丹青，满壁是刺绣工艺品，还有主人沈寿的生活照、工作照，以及用镜框镶嵌的旧报杂志的宣传文章。沈寿是南通刺绣大师，开辟一代绣风，她的“仿真绣”曾风靡天下，1915年在美国旧金山万国博览会上荣获一等奖，作品是一幅“耶稣受难像”，形象逼真，那忧郁的神色，那痛苦的面容，还有那双眼睛流露出的无可奈何的绝望，真是一幅绝品，色彩明暗得当，线条细腻，精湛绝伦，震惊大会，这幅刺绣时值一万三千美元。

沈寿出身盐官家庭，从小受到良好教育。七岁弄针，八岁学绣，绣制艺术性极高。她曾为慈禧太后七十大寿献上《八仙上寿图》，慈禧爱不释手，大加称赞。她自创仿真绣，开一代绣风，她先后绣制了《意大利皇帝像》《意大利皇后爱丽娜像》，在万国展览会，因其逼真的形象，精妙的绣工，轰动意大利朝野，展出后赠送给意大利皇帝、皇后，皇帝、皇后大为感动，回赠一枚最高级“圣母利宝星”，后又通过驻华大使赠给她一块有皇家徽号和嵌钻石的金表。

在沈寿艺术馆小小花园里，我见到沈寿雕像，洁白的大理石被雕塑成一位江南绣女的形象，她身材并不高大，脸盘也不阔，双眼皮，大眼睛，神色安详，两袖上挽，一双纤纤玉手交叉着，显出江南女子的淑雅和娴静。她身后是一丛猗猗翠竹，枝叶扶疏，脚下是一丛小花，芬芳浓艳。1903 年，清末著名学者俞樾曾在她的绣品上题下“针神”二字。

逛完绣园已近午时，正好去一家小店吃一盘南通“盘酥烧饼”。店家好手艺，他告诉我，就是把酵面加酥油反复地揉，包上脂油葱花，再搓成长条儿，最后盘起来再擀成椭圆形，进炉烘烤。这盘酥烧饼又香又酥脆，口感极佳。

清朝的人

这苍茫的海滩呈灰褐色，和天空相连。海风摇曳着稀疏的柽柳，柔弱的青草刚从松软的土地上直起腰来，一阵海风又强迫它们仄身、俯地，抑制它们生命的张扬。海岸线充满着张力，天空和陆地像鸿蒙初始，开始分离。长江和大海交媾分娩的这片新生的土地，还很幼稚、柔弱，缺乏成熟感，缺乏骨感。狼山是浮出水面上的孤独小岛，长江的喇叭口面对着大海的浩瀚，还有些许的恍惚，还未穿透时间的混沌和坚硬，一脸的沧桑和迷茫。

海岸线的张与弛分泌出欲望和诱惑：盐民走来了，水手们走来了，农夫走来了，兵丁走来了，土地测量员、泥瓦匠、木匠、理发匠、裁缝师、僧人、道士也陆陆续续走来了，松软的泥浆里出现了独轮车沉重的辙痕、马蹄的痕迹……窝棚、草房子、炊烟、雾、暴风雨、泥泞、水洼、水泡子、灾难、贫困，从窝棚、草屋里传出的第一声婴儿的哭泣，转瞬间被海风吹散了，若有若无。但生命是顽强的、坚韧的，江海大地，从混沌和迷茫中挣扎出来，便分泌出生命之火，欲望之火。叶绿素开始为这片土地着色，野花用生命的本色，消散这片土地的沧桑。一个个家族古老谱系的坐标竖立起来了，筑堤挡浪，围海造田。一瞬间，一次呼吸就是涨落了一千年的潮汐。这里麇集了多少苦难和艰辛，凝聚了长江的千曲百折，凝聚了朝代更替的漫长。

长江生生不息地流淌了无数个世纪，穿过时空，终于走向大海，在这片江海相吻的土地上，整个天地间是一片沉重的静寂，大片的灰褐色使人感到单调。长江一路裹挟大量泥沙，在这里得到沉淀，同时也送来植物种子，有了种子便有树木、花草，有了植物也就固定了土壤。植被的丰茂繁衍出昆虫，以虫为食的鸟儿也飞来了，这里出现了一片生机勃勃的景象。荒原上也有了坟墓，说明这里发生过丰富多彩的故事。

于是，历史便以天风海雨般的大手笔铺排开来。

人们在长江左岸立起了砖瓦房，用海草搭起了小屋，用尖木桩围起了院落，一群赤臂裸背的汉子黑黝黝的皮肤，在阳光下闪着光斑。他们是长江之子，是大自然之子。几只褐色的野兔竖起耳朵，不停地东张西望，这并非说明它们怯懦，而是镇静，一种守望者的镇静。

海岸线左后侧，潮水退了，海滩上、沼泽里、平原上，留下星星点点的骨头；羊骨、牛骨、狗骨、人骨，还有鱼骨，惨白。阳光和风像唱着安魂曲，轻轻地抚慰着。

起风了。帐篷被吹翻了，凉棚被刮倒了，那强烈的季风携卷如山的海潮奔腾而来，要吞噬一切，席卷一切。江涛和海潮双方猛烈撞击，在狂喜和阵痛中必然是互相牵制、纠缠。这是江海之吻，消耗着生命。长江变宽了，流水在两岸平静地流淌，但气势依然很壮，脉搏充满活力。长江在接近大海时有点疑虑，有点恐惧，流速放慢，它真的要将自己融进那苍茫和浩瀚中吗？

终于，他走来了，他不是诗人，却有炽热的诗心、超越时空的魅力，他将主观和客观融在一起，铸成天地之大美。他是这片土地的引擎，是江海奔腾的助推器。他有着宽阔的肩膀、健美的身影、聪慧的头脑、睿智的目光。他迈开大步，亮开嗓门，他是春天的第一声布谷鸟的鸣叫，他放飞七彩长虹，将这片大地与世界相联结，保持平衡和比例，将自己融洽在这广袤而充满朝气的土地上。他本身就是一首蓝色的恋歌，他要通过脱胎换骨的自我超越，写一首关于科学与发展的诗，从浑浊的滩涂一直写到苍茫的大海。

这是长江史诗中最富个性、最亮眼、最璀璨的诗句。

他就是张謇。

张謇，1894 年考取状元，时年 41 岁。自 1868 年考中秀才，在科举道路上跌跌撞撞奔波 26 个年头，终于如愿以偿。这期间，他进考场 20 余次，饱尝了科考的酸甜苦辣，谁知当他摘取这颗明珠时，噩耗从天而降，传来父亲逝世的消息，他没有披红戴花骑马的荣耀，没有“一日看尽长安花”的狂欢，反而泪水涟涟，立即赶赴家乡海门，这悲剧预示着张謇仕途的坎坷。

他回家丁忧。三个月后，甲午战争爆发，同年十二月威海最后一役，号称亚洲第一、李鸿章惨淡经营二十余年，并为之自豪的北洋水师全军覆没，海军提督丁汝昌自杀殉国。噩耗传来，举国震惊，朝野悲恸，随之而来的是签订丧权辱国的“马关条约”，割地赔款，华夏大地一片怒涛翻腾。

他丁忧三年期满，再回到北京，物是人非。他的恩师翁同龢被革职，开回原籍，光绪皇帝被软禁于瀛台，几次上书求变、戊戌变法的首席发起者康有为、梁启超避难于日本，谭嗣同等六君子喋血菜市口，一场轰轰烈烈的改革运动夭折于血泊中。北京满城风雨漫天愁，万马齐喑遍地哀。甲午战争的惨败，戊戌变法的悲剧，深深刺痛了国人，更使新科状元心痛如绞——一朵朵血性之花凋零了。朝廷的腐败，统治者的昏庸，社会的黑暗，国弱民穷的现实……大清朝船漏屋塌，国是日非，百端补缀，而他参与的洋务运动也被日寇的战刀拦腰砍断，更令他悲痛的是八国联军进攻北京，一把火烧尽了大清朝的生命元气。夕阳西下，暮色很快降临这个奄奄一息的王朝。

他忧愤不已。

天灾地孽，物怪人妖。张謇深深感到社会体制的落后，已经到了非改不可的地步。政治体制是人类社会第一生命力、生产力、协调力、和谐力，政治体制不改，必遭危机，不在危机中苟存，就在危机中灭亡。他悲愤焦虑，夜不成眠。他说，日本明治维新时代正是中国洋务运动时代，日本明治维新首先进行的是政治体制改革，吸取欧美国家的自由和民主理念，进行全方位的经济文化、教育外交、军事国防的改革，而洋务运动却仅仅“师夷长技以自强”，重在生产技术的改良，二者结局天壤之殊。

袁世凯曾是他的学生，张謇教袁诗词和八股文写作，袁世凯以师礼相待。当袁甫任北洋大臣，忽然脸色大变，以“仁兄”相称，一副势利小人嘴脸。张謇不计较，致信袁世凯，劝他促进君主立宪。他说，日本蕞尔小国，近十年却一连战胜中俄两个大国，推求其故，政治制度现代化乃为关节；日本因立法而强国，中国因专制而积弱。并说，革命派主张推翻专制皇权，可见革命之力，乃促成立宪之力。庞大的官僚机构已腐败不堪，它的僵化必然阻碍生产力和文化教育的发展。他对袁世凯说变法之重要，但对作为晚清的“股肱重臣”的袁世凯来说不过是轻风过耳。

张謇有重如磐石的家国情怀，他外表挺拔豪壮，更有魏晋人物的高标出尘的风采，如竹如松，他学识渊博，流溢于楮墨之间，文章词采华茂，气韵充沛，清帝室的“退位诏书”便出自他的手笔，一纸文告结束了一个王朝的历史。

他身为翰林院编撰，却厌恶官场的黑暗，朝廷的腐败，便生出实业救国、教育救国、文化救国的理念，国富才有国强。他深感弱国无外交，战则败，败则割地赔款，已成为恶性循环。他也感到“富民强国之本实在于工”，他曾想离开京畿之地，离开庙堂之高，离开声色犬马、灯红酒绿的官场，回归故里，投身长江三角洲这片未开垦的处女地，他曾将深邃睿智的目光放牧这片茫茫荒原，很想把炽热的情怀倾泻给这江海相融的大地。

1915 年，张謇不满袁世凯的恢复帝制，毅然辞职南归，开始了他伟大理想的实践。

他是一颗种子，要投向大地。

长江不恋花红酒绿的缠绵，不畏高山大嶂的纠缠，不惮粉身碎骨的危险，不惧道路崎岖的困难。一路跋涉，它雄心勃发，龙骧虎啸，志气如神，走向大海。

正是炎炎盛夏，一天，张謇带着几位好友，骑马踏察江海大地。暑气蒸腾，禾浪翻卷。江风吹来习习，海风吹来凉凉，这里是长江和黄海相融相汇处，又是相争之地。无边无际灰褐色的海滩，空旷、寂寥，阳光直射下来，一片白花花的盐碱。星星点点的柽柳，斑斑驳驳的芦苇丛，捉襟见肘，掩饰不住海滩的荒凉。

不远处的长江虽时处雨季，但漫无边际的江水并不浑浊。几只帆船漂泊在风浪里，长江在奔向大海的前夕，并不激动，兴奋得张牙舞爪，反而出奇地平静，超凡地理智和含蓄，有一种大贤大智的风度，那涛纹如縠，涟漪如织。

六月的阳光照到江面上，白花花的晃眼，但他感到江海大地发展宏伟的蓝图，他弯腰抓起一把泥土，攥了攥，这位贫寒出身的农家子弟对土地的熟悉，就像他熟读的“四书五经”。但他深知“诗云子曰”“之乎者也”救不了国家的衰败、民族的危亡。要使中国走出贫穷，走出落后，走出被列强欺凌、挨打受气的困境，必须富国强兵。当务之急，首先要实行政治改革，以议会制取代君主制；二是要大力发展实业，以求国家实力的增长，国富民强，兵强马壮，谁敢欺负泱泱中华？

张謇在江宁（南京）和晚清重臣张之洞谈了回乡办厂的事，得到张之洞的热情支持，他回到南通，迅即找来好友，并把在外经商结识的巨贾大佬请到家来，商议创办纺纱厂。六个人一拍即合，纷纷表示支持，有钱出钱，有力出力。议定以 100 元为一股，募集资金，成立董事会——“大生纱厂”于1899年5月23日正式开工，纺出第一缕棉纱。这是中国民办民族工业的第一缕曙光，出现在江海平原。张謇身为总经理，双手捧起第一缕洁白的棉纱，眼泪夺眶而出，那种激动、兴奋、惊喜，不亚于在京师皇宫听闻宣告“一甲第一名”时那种心情。几年来早出晚归的奔波，几年来风晨雨夕的折腾，东赴扶桑采购设备，西去欧罗巴聘请技师、专家，开不完的会，跑不完的腿，种种辛苦，呕心沥血终于出现了成果。

为了不受棉花市场的牵制，张謇决定创立“通海垦牧公司”。围垦10万亩海滩，开荒种植棉花，建立优质棉花基地，保证纱厂原材料的充足供应。

张謇将布告贴出去，报纸广告发表出去，一时间引起四周区域的骚动。从盐城、镇江，从广州、湖南、湖北，甚至齐鲁之地，四面八方，接踵而来的拓荒者、淘金者、筑梦者、远征者、逃难者、流浪者、猎奇者，五行八作，三教九流，拖儿带女，一路风尘仆仆云集到江海荒原。张謇把人员编成组，分成“提”，置屋盖房，建食堂，选出头脑，划片分方，开荒植棉。这些农民、流民都成为农业工人。还开设百货商店、学校、俱乐部、休闲的公园，完全是一座现代农业开发公司。短短几年，这里十万亩荒滩堆云铺雪，一片丰收景象。纱厂年年赢利，从最初20万元，发展到900万元。

这是南通近代史上的开山之作。

这是中国历史上前无古人的事业。

荒寂的海滩出现热气腾腾的景象，人们向大海要地，命长江造田，又一场筑堤圈地的战役在这里打响了。

在那古老荒凉的岁月，人们向往大海，大海的浩瀚却像梦魇。如今他们筑堤围堰，向大海要田。长江变得宽阔而平静，但它的生命和灵魂仍不失狂野的本性，默默地开启未来。长江带来的泥沙，使沼泽变成平原，化平原为绿野，这偏僻荒芜之地出现令人惊叹的绿洲，呈现出一座城市的繁华。

张謇说：一个人办一个县的事，要有一省的眼光；办一省的事，要有一国的眼光；办一国的事，就要有世界的眼光。

当初只有零零落落的几户人家，现在这片广袤的荒滩已是人欢马叫、村落密布、人烟遍野的良田沃野。张謇能不心潮起伏，兴奋异常吗？他满怀信心，也满怀希冀："天之生人也，与草木无异。若遗留一二有用事业，与草木同生，即不与草木同腐……"张謇是一颗落地的松子，现已成参天巨松；张謇是一粒星星之火，现已成燎原之势。

张謇视野宏阔，抱负宏大，他去日本参观学习七十天，日本明治维新的巨大变化震撼了他。他点点滴滴记在心，他角角落落看个仔细，师夷长技以制夷，先贤的教诲铭记心头。回国后，又铺开更为广阔的蓝图，他一口气又创建了"资生铁冶厂""广生榨油厂""大隆肥皂厂""吕四盐业公司""镇江铅笔公司""大达内河轮船公司""江浙渔业公司"，到第一次世界大战爆发前夕，张謇已创办了二三十个公司，形成一个以轻工业为核心的企业群，一个东南沿海地区独占鳌头的新兴的民族资本集团。

张謇虽不是圣人，但他有圣人的抱负；张謇虽不是宗教信徒，但有极强的信念和追求；他没有完美崇高的形象，却是中国现代文明的先驱，是人类的形象。他每时每刻都在奋斗。

他高瞻的目光、睿智的思维、拓荒者大无畏的精神，不仅仅局限于实业和金钱。"四书五经"难以束缚他，学而优则仕的教条更难困住他，他脑海沸腾着追赶世界潮流的大理念、大思维。欧美为何如此发达？是教育先进，科技先进，思想解放。他提出了“父教育，母实业”的理念，就是教育优先。他把大把大把的银圆用于投资教育，教育落后一切落后。他先后创办了职工专科学校、纺织学校、铁路学校、商船学校，更重视师范学校的建设，1902年，他创建了我国历史上最早的师范学校之一——通州师范学校，没有师范怎能发展教育？像一阵春风春雨经过这土地，湿了河川，润了海滩，随即在这片神奇的土地上如春笋般冒出医院、博物馆，随后他又创办女子师范学校、城厢初等小学、幼稚园、盲哑学校等370多所学校。1928年，他又将纺织、医学、农学三个专科学校合并为综合性的私立南通大学，后来还创办了戏剧专科学校，并请梅兰芳、欧阳予倩那样的戏剧艺术家，王国维那样的国学大师，来到这“荒僻”的远海远江来讲学。“南通大学”这所高等学府就诞生在张謇手下，近代建筑也龙骧虎啸般地拔地而起。张謇是“中国经济特区”的首创者，皇皇伟业，惊天动地。

第一次世界大战，欧洲的列强们忙于炮火连天的战争，一度放松对中国这个半殖民地国家的经济侵略、政治欺压，这恰恰给张謇的民族企业的发展提供了契机，张謇的事业发展到达到了顶峰。张謇以一个人的伟大见识，缔造了一座近代之城。

张謇在一片黑暗的背景下创造出一片光明，他撕破殖民统治的重重雾幔，把人类的文明之光倾泻给这片江海大地！他是中国近代版的普罗米修斯！

南通，成为江南一富庶世界，成为中国首富之县。它内在的活力恰恰是以张謇“父教育，母实业”的先进理念为赓续绵延的动力。

有学者说：“拿破仑征战沙场数十年，创造了无数军政奇迹和文化辉煌。回顾一生，他意味深长地说：世界有两种力量，长剑和思想。从长剑而论，利剑总是败在思想下。”而在张謇看来，“父教育、母实业”是推动世界两大力量发展的源泉。

张謇是长江之子，他出生于江之口，海之门，江水和海水养育了他。他具有海一样博大辽阔的襟怀，又有长江一样奔放浩荡的生命激情。人生苦短，他人到中年，其中有二十六年在科考路上跌跌撞撞地奔波，浪费了多少时光，也一事无成。他“不敢惊天动地，但求经天纬地”。甲午战争惨败，堂堂帝国被小小日本打得头破血流，西方列强又像鬣狗豺狼一样咬得中国遍体鳞伤。他的精神在炼狱的烈火中煎熬，他悲愤，他痛苦，他焦虑，只有实业救国，“愿成一分一毫有用之事，不愿居八命九命可耻之官”，你就是喊得“吾皇万岁万岁万万岁”山响，大清朝落日西沉，谁能力挽？

张謇是官场的叛逃者，是学而优则仕的决裂者，是对千百年科举制度的背叛和挑战，朝为田舍郎，暮登天子堂，他打破了历史的惯例，“朝登天子堂，暮归田舍郎”。历朝历代科举以来，状元七百，进士数以千计，谁不在仕途上艰难跋涉，奋力攀登？状元务农，岂不引起官场的嘲讽？张謇是否精神出了问题？人间一状元，天上一颗星，这颗耀眼的星辰而今落进泥土里！

此时他的大脑里究竟翻腾着什么呢？是空虚，是清醒？

张謇凭着他锐利的慧眼，注视着风云变幻、色彩缤纷的世界，他的双足踏在坚实的大地上，他如痴如狂地投奔在他的精神世界的王国里，他像一头垦荒牛，拽紧套绳，步履坚实、沉重，深深地耕耘，精心地描绘。他是清醒的实干家，他的目光深邃、开阔、旷达；他又是一位大地艺术家，他的智慧、才华、精力、心血、激情，悉数浇灌在这片土地上！

这片土地并不亏待他，南通成了全国的模范，民族工业的先驱，照亮中国现代化的第一缕晨光！

自十六世纪始，从大西洋绕过非洲通往东方的新航路被开辟出来，越来越多的欧洲人来到中国东南沿海，他们是从东南沿海逐渐认识中国的。中国东南沿海富则中国富，中国东南沿海强则中国强。陆疆重要，海疆也不能小觑，在西方工业革命之前，在欧洲文艺复兴之前，东方古老的大国通过丝绸之路的开通，将茶叶、丝绸、瓷器、冶铁和四大发明，源源不断地输入混乱、蒙昧的西方，“九天阊阖开宫殿，万国衣冠拜冕旒”，这是大唐帝国的盛世景象，然而令人遗憾的是到了明代郑和七下西洋之后，明朝皇帝竟下旨：“寸板不许下海”，将已打开的国门“砰”一声关上，闭关锁国成了国策。关起门来当皇帝，不知天下风云如何变幻。

站在长江大堤上，望着浩茫的长江。阳光热烈喧嚣，一川浩浩，既有动势感，又有跳跃感。那流水，那光影，那气势，不是滥情，是一种诗意的美。波浪影影绰绰地闪烁，这是天地玄黄的大气象。

这片土地的精神、气质、血脉是什么呢？

我曾想象，那是某年某月某日，多半是秋天的一个下午，几番燠热郁闷的天气过后，一场暴雨洗净了天空。天空明净清丽，秋阳也似乎变得明媚，初秋的长江深沉而雄阔。张謇带着他的几位好友同事，乘坐一艘小火轮航行在长江上。江涛舒缓地拍打着堤岸，拍打着船舷。两岸是郁郁葱葱的林莽，装点了平阔的江海大地。

张謇拿起望远镜，镜头里出现苍茫浩渺的江水，漫无边际，它肆无忌惮地流向大海。再远处是灰蒙蒙的一片浩瀚，海的辽阔，海的苍茫，海的雄浑，一片江海之美。

小火轮靠近岸边打鱼人的简易码头，张謇走下轮船，走上岸，放眼望去，是深广无边的灰褐色的滩涂，空旷、沉寂。海滩有片片芦苇，有斑驳的水泊、水汪，那是大海退潮时来不及收拾的残局。荒草丛中有野兔，有狐狸，也有蛇，一汪汪水泡里有青蛙，也有鱼虾。空中有水鸟掠过，嘎嘎的鸣叫，更衬托出这荒原的静寂。

荒滩要变成良田。张謇兴奋地对同伴说："将来这就是我们的棉花基地，是我们纱厂的原料生产基地！"在这江海浩瀚壮阔的舞台上，在这片新生的土地上，我们要导演一幕现代工业、现代农业、现代教育、现代文化的大剧，这不仅要有政治家的博大胸襟和视通万里、情系天下的视野，还要有实业家的大手笔，艺术家的呕心沥血、细腻精湛的表演。

夕阳西沉了，空落落的海滩，静寂无声。倦鸟归巢，远天远地已暮色四合。夕阳的余晖从长江的波峰浪尖上收敛，天地间散发着潮湿的气息。

苍苍茫茫的大地，张謇燃烧着理想和激情，他忧国忧民，誓要开启民智，洗我中华之耻。这个状元实业家热血沸腾，要用一己之力、一县民众之力，撑起这片天地。八荒六合，生命的峰峦，他悲愤慷慨的一生全是奉献。他是中华近代史上的伟人，名字列入曾国藩、张之洞、孙中山的行列。

张謇，他有一篇《季直论雅》，可谓别出心裁，启人心迪。他在上海为办纱厂借贷，钱没借到，反而回南通的路费也花光了。他便在马路卖纸扇，状元的墨宝也堪称一流，他的第一把扇子写道："财风送雅气，爽身也。身有纨绔，雅在衣；居有华堂，雅在室；出有车马，雅在途。"第二把扇子又写道："才气送雅风，静思也。口出诗文，此谓口雅；心有经纶，此谓心雅；手有技艺，此谓手雅。"第三把扇子写道："气动为风，无风而雅，神至也。夫子闻韶，三月不知肉味，神与韶相随，此为神雅也。雅有三境，此境最高。”一个状元在困厄时期，心境如此宁静高洁，非凡之人也。张謇的锦绣文章和伟岸人格，能不使人仰慕？弃官从商，正是他一颗高尚灵魂的外在表现。张謇一生光明磊落，直来为人直来做事，他一生事业辉煌，硕果遍地，他从未因私事在企业报销一分钱。

他是这座城市之魂。

一个细雨霏霏的日子，我参观了张謇纪念馆，他的纪念馆就是一个公园。这里林木葱茏，花草葳蕤，虽是暮春，落花缤纷，这里仍氤氲着南国旧日烟水的恬美与清丽。低垂的杨柳，高高的冷杉和香樟，盛开的蔷薇和紫藤把古典的园林装点得更幽雅古朴。有一片小小的池塘，香蒲丛簇，长叶如剑却不咄咄逼人，茂茂腾腾却无飞扬跋扈之势。空气中弥漫着花香和香樟树的气息，那林木的挺拔，藤萝的逶迤，使你沉迷在缥缈的梦幻和风光旖旎的摇曳中。据说，张謇在世时园子不大，只有一座三层小楼，后人为纪念他扩大了园林。这里没有纪念碑，也没有雕像，他是城市之魂，他一生的心血、汗水、智慧、才华都融进这座城市，他的企业、学校、医院、电信局、博物馆等等，哪座建筑物不是他的纪念碑？这一切没有虚构，没有粉饰，没有艺术加工，是最丰满、最真实的写照。

登上公园的高埠，可以看见长江，再远处便是苍茫的大海。长江在这里初吻大海，我想它的心情是愉悦的、激动的，一种渴望即将变成现实，那种幸福感、满足感，应该溢于言表。但它表现得出奇地沉静、平阔，这是长江的气质风度和超凡脱俗的大气。

长江之花

春江潮水连海平。

江涛海浪曾经在这里相亲相吻，江海的激情和眷恋在这里演绎着历史的沧桑、岁月的绵长。

阳光照耀着高楼大厦的玻璃幕墙。翻滚的车浪、涌动的人流，这是长江留给大地最后的热烈和喧嚣。这片年轻的土地是长江的创造，“巨海一边静，长江万里清”，诗仙李白的咏唱，显示了沧海桑田的伟大构建和精妙设计。五山连绵，敞开胸怀，面对滔滔长江，茫茫大海，有一种大气象、大境界。梦想和现实的扭结，展示了人类的智慧和创造，张謇在这片土地上，做足了锦绣文章。

南通真是值得琢磨推敲的地方，它的广阔并不意味着肤浅，它的高耸也并不意味着狂妄。这里的一砖一瓦，都那么真实朴素，没有表演的痕迹，没有临摹的缺憾，是独具风格的创新。新建的高楼大厦，绿植墙林，圆柱体的生态造型，既有中国元素的运用，又有古希腊建筑艺术的因子，炫耀着它的先锋意识、审美意识、世界意识，宏伟壮丽。而张謇当年留下的建筑群，依然健在，虽有疲倦感、沧桑感，仍不失典雅和欧风东渐的独特魅力。

漫步在濠河岸边，濠河清澈碧透，使我想起塞纳河拥抱巴黎的繁华，想起内卡河对海德堡的眷恋。几个艺术学院的男女学生或蹲或趴在草地上作画、写生，画面的线条优美而富有韵致，楼房、树林、小桥、古塔，现代的华美，古典的幽美，糅合在一起，笔和油彩在画面上狂奔。远处的背景是隐约的长江，轮船的影子投射在宽阔的江面上。为了吸引游人，南通人使用高科技的光学、电子学及数控技术，将南通的黄昏和夜晚装点成一片璀璨华美。大片古建筑映照在濠河中，站在老桥上，或隔河相望，彩灯闪烁，霓虹灯忽明忽暗，灯光色彩瞬间万变，赤橙黄绿青蓝紫，一番诗情画意，令人眩晕的神秘。

在这江之湄、海之滨，江水海水相融交汇的土地上，最悦人的是鲜润的空气、清丽的阳光，仿佛天地间氤氲着一种迷人的蓝色。风是浅浅的蓝，空气是淡淡的蓝，葱茏的林木笼罩薄雾般的蓝，那湖泊、池塘、河流，都是清澈碧透泛着蓝光。“春来江水绿如蓝”，白居易对大自然的观验体悟那么深刻、真实！春天的长江之尾平静、稳重，波涛深沉而雄厚，不浮不躁。一江春水清澈泛蓝，泛着黎明天空的幽蓝色。江和海是自然的，非社会性，它们有纯净的情感，是人类审美的天然元素。南通，这里的风景使我想起德国的山林、湖泊、河流和田野。

欧洲人对蓝色有狂热情绪。歌德就最喜欢蓝色，他说，蓝色就是绝对色。康定斯基则将蓝色理解为“男人的原则，精明的、理智的。”

是大海的元素弥漫了这片土地，但还不浓郁、不厚重，或者说，还不成熟，像种子萌发刚刚露出泥土时，那般清浅而令人惊喜。海的芬芳，江的馨香，使这里蓝幽幽的空气格外鲜冽，童话般美妙。

蓝是一种情感上的幽沉、静远，它永远属于哲学意义的概念。

走进那花朵般的古镇古村看看吧！你会想起海德格尔的“诗意的栖居”。这江海小镇，非江南小镇，它既有江南苏州姜堰古镇的精致、细腻，又有江海大地的豪阔、肃穆。朋友送我一册《南通名镇》，从封面到插图，统统是浓浓的蓝色，天空的蓝、湖泊的蓝、海水的蓝、高楼大厦远景的灰蓝，更令人注目的是河网遍布，林木蓊郁，那种静远的蓝，给人以开阔又深沉的情感。

曲塘镇、角斜镇、白蒲镇、三星镇、汇龙镇、海复镇、石港镇、平潮镇等等，数十个历史文化名镇，繁花般盛开在这片土地上。千姿百态，水光天色，古老的建筑，丰富多彩的人文故事，丰厚的文化积淀，使这些古镇的风采至今仍令人追慕。

我去过如皋市的白蒲镇，一路走去，古街古巷，明清古风，民国古韵，相映成趣。竹林遮门，花树绕宅，别有洞天的幽隐；夜宿古镇，清风拂窗，闲雨敲瓦，檐下滴水，跌落阶石，砰然惊客心；醒来，天新地新草木新，宿雨在枝头闪烁，花又开了几层，河流湖泊受宠般地纷纷苏醒。人生啊，春秋几度，厌腻了城市的喧嚣芜杂，方领略出小镇不动声色的韵味，恬静、古雅、清新、悦目、怡人、抒情、纯净、贞洁、坚实、温润，远离尘世的喧嚣。一片青瓦，一缕芳魂，江海春深，花事寥然，一片苍茫的翠绿，一抹淡淡的幽蓝。夏天悄然登场，虽属南国，阳光却不毒辣，风亦不燠热，吴语喃喃，越声依依，曲径庭院，水荷池塘，静如诗，美如画。街老了，老成历史；房老了，老成古董。青石板铺街，凹凸不平，这里却晃动过郑板桥、袁枚、李渔等一代名流的身影；掘港镇、国清寺，早在五代、宋元年间，屡毁屡建，十八尊楠木雕刻的罗汉；依然栩栩如生；王羲之、柳公权、黄庭坚、米芾、朱熹的摩崖手迹，千载犹新；连意大利大旅行家马可·波罗也造访此镇。江海小镇并不闭塞寡闻，是见过大世面的。

这里，河网密布，水路纵横，碧沉沉一池绿波，和春愁一般浓。港边芦苇摇曳，岸旁杂树生花，春来百鸟相鸣，繁花丛簇；夏来绿荫成盖；秋天荻花茫茫；冬临雪飞鱼藏。河曲、花繁、草茂、鸟多、水绿，舟行水巷之中，自有“山穷水尽”之感，“柳暗花明”之慨。

白蒲镇，这里滨江临海，沼泽遍地，境内河道如织，池塘斑驳成片。水湄柳岸，多重菖蒲，亦称“香蒲”，开着黄花和蓝花，长长的叶子弯垂下来，像旋律般优美。这是全国著名的历史文化名镇。乾隆年间扬州八怪之一的郑板桥曾乘船来到白蒲，看这里景色优美，民风淳朴，且有浓厚的人文气息，在这里一住三个月，写诗作画，留下一段佳话。

香蒲是安分的植物，生长在水之湄，高不过三尺，叶子敦厚，虽茂盛却没有精神失常的癫狂，长叶如剑，却不咄咄逼人；悠然潇洒，旋律般弯垂下来，有兰草的愉悦感。四月末，顶端绽放出一簇簇黄花，形状和质地犹如黄花菜，可食可餐，据说还有紫色和蓝色的花朵。这黄色明快、热烈、稳重，有着阳光的健康和凝聚力，正如康定斯基所言，这种颜色“具有物质力的性质，它不自觉地向对象奔注，无目的地向一切方向流泻”。

清代诗人袁枚虽人品不佳，但诗名甚高，有“南袁北纪”之称。袁枚是个美食家，他曾住在白蒲镇顾沙苑家一个多月。有一天，袁枚说：“我能辨别淄河和渑河的水味之不同。你们信不信?”顾笑答道：“信。我现在办一桌酒席，让你带来的厨师和我家里的厨师同时献技。恭请你辨尝佳肴的滋味。如果你能辨清楚哪道菜肴由何人掌勺，我就笃信无疑。”这就是袁枚“白蒲辨味”的一段逸事。

这里古宅多为明代或嘉靖年间所建，当然清朝年间也遗存不少。那些明清遗存的古建筑，少不了堂屋、厨房、耳房、天井、花窗、花格，临街的房屋，坐东朝南。敞厅做工极为精细，大梁柱子为斗拱结构，雕刻莲藕游鱼，颇有“用一块石头造成‘太华千寻’的感觉，用一瓢水造成‘江湖万里’的气势”。室内有楠木圆椅、竹编小筐、青瓷花瓶、紫砂茶壶，墙上一幅水墨山水并有对联，大都是劝耕劝读、励志成才的联句。

古镇的建筑风格，既有以牌坊、祠堂为代表的徽派建筑的淡雅、细腻，又有吴地建筑的精细与灵秀，还有苏州古园林的小巧柔和，曲致清幽，同时还结合了适合本地区气候地理因素而成地方特色的“盐署”风格。古街、古巷都是麻黄石铺砌。中间石板横铺，石板长一百厘米，宽三十厘米，厚十厘米，两边石板一边一块，竖铺在横石的两侧；面板长八十厘米，宽三十厘米，厚十九厘米。麻黄石被磨得光滑发亮，多少岁月从上面走过，这麻黄石记忆了小镇，沧桑了小镇。石板街两旁是商业店铺，主要店铺有渔行、米行、粮行、布行、八鲜行、南北杂货店、点心店、饭店、茶馆、书房。

这些小镇大小各异，方位也不尽相同，但都有江海风味。人的脾气、气质，既有大海的豪放，又有长江的执着。到圆陀角看一看大海日出和长江落日，那辉煌、壮美，你才能体悟到这片年轻土地的璀璨和文化内涵。

这些小镇如同风韵楚楚的野花，散落在江海初恋的大地上，摇曳生姿。

第十六章 龙跃大海

长江奔腾万里，来到吴淞口，这就是长江入海处。巨大的喇叭口，喷吐向一望无际的大海，大海亲吻着岸，拥抱着岸，形成了一个八十多公里浑浊的扇面。只见浪涛挤着浪涛，浪涛压着浪涛，浪涛追着浪涛，延伸到无垠的远方。

长江是流动的文明。

长江是奔腾的史诗。

长江你剪裁时空，呼吸寒暑，吞吐古今，你旖旎的梦幻，你雄奇的理想，你伟岸的精神，万里坎坷，万里苦难，万里跋涉。带着高山巍峨的向往，带着草原绿色的憧憬，带着戈壁荒漠的嗟叹，带着森林蓊郁的冥想……你终于走向大海，黄色的农业文明与蓝色的海洋文明，在这里拥抱狂欢，大海敞开博大的怀抱接纳风尘仆仆赶来的长江。

你高昂头颅，一声长啸，龙归大海。

灰暗的背景

上海是长江孕育的最年轻的孩子，是长江造就了上海。长江流经苏南，来到吴淞口，接近终点站时候，黄浦江、苏州河这两条源于太湖的河流也在这里汇合，从吴淞口进入长江，这是长江接纳的最后的两条河流。上海是一块冲积平原，是长江携带泥沙沉积而成的陆地。

上海比起重庆、武汉、南京、扬州、苏州，是最年轻的一座城市。当苏州、扬州早已风流繁华、富甲天下的时候，当大唐帝国的富贾巨商、风流士子“腰缠十万贯，骑鹤下扬州”的时候，当“天下三分明月夜，二分无赖是扬州”的时候，上海还是长江的入海口，一片汪洋都不见。成群的海鸥翅膀拍打着寂寞的蓝天，蔚蓝的海水舔蚀着空旷的沙滩，荒凉的海风吹拂着萋萋海草，发出窸窸窣窣的叹息声。直到宋朝初年海边上才出现一座小渔村，海草搭建的屋舍，破麻线编织的渔网，几艘油漆剥落、木质皴裂的渔船搁浅在沙滩上，一群衣衫破烂的打鱼佬，迷惘的眼睛望着迷茫的海天……

毕竟这亘古荒凉的山隈海陬有了人烟。

也是宋初，有零星的商船在这里登岸，于是小渔村就有了名字——上海；于是在襁褓中的未来的国际大都会就注册于华夏大地，注册于这海之唇、江之口。

到了元代，开始设置上海县。

到了明代，上海开始发展，但明政府三令五申“片板不得下海”，海禁森严，虽然上海一度成为全国的棉纺中心，但它的肢体仍然被束缚着，明政府仍然视它为内陆城镇。

长江涛涌浪急，依然匆匆跋涉大地，浩浩荡荡东归大海；大海依然敞开怀抱接纳长江的热情和执着，接纳长江的清澈和混浊，接纳长江赤裸的身躯，赤裸的灵魂，赤裸的肝胆，赤裸的爱恨。

道光十八年。

辽阔的北国畏缩浓重的严寒里。狂风怒号，飞沙走石，北京街头，尘土飞扬，几只冻得发抖的麻雀，躲在屋檐下悲戚地叫着，屋檐上的衰草在寒风中瑟缩着。

这天早上，一位大臣乘马，带着随从，两辆马车装着衣被书籍紧跟其后，出了北京宣武门，踏上通往南国的漫长道路。

他没有走水路，没有乘船沿着京杭大运河南去。乘船是轻稳，可船行太慢，他心急如焚，而且重任在肩，不敢有半点怠慢。

他就是湖广总督、钦差大臣、手持尚方宝剑的林则徐。他此行是赴穗公干，他要办的头等大事：禁烟。

林则徐素性刚直，办事认真。十九岁中举人，二十六岁中进士，二十多年来，累官总督，忠心耿耿，两袖清风，执法如山，铁面无私。而且此人眼光远大，知识渊博，朝野上下，颇有声望。

昨天晚上，他的好友龚自珍为他送行，很想随他南去广州禁烟，助他一臂之力，但当局阻挠，未能如愿。龚自珍才华满腹，经世致用，抨击弊端，倡导变政，他二人心相通、志相同。但是满朝宵小不识梅之高洁，不解鲲鹏之远志，对龚自珍时常诽谤，使他压抑不受重用。龚自珍感慨万端，世有三等：治世、乱世、衰世。当今民不聊生，又加鸦片之害，洋教传播，世人无忧心，无愤心，无思虑之心，无作为之心，无廉耻之心。长此下去，岌岌乎危哉！

林则徐听到龚自珍颤抖的声音，抬起头，只见龚自珍眼里饱含泪花，禁不住心潮澎湃，热泪潸然而出……

不久，龚自珍辞职南归，两年后在忧愤中暴卒，去世前曾写下脍炙人口的诗篇：

九州生气恃风雷，万马齐喑究可哀！

我劝天公重抖擞，不拘一格降人才。

这是针对十九世纪沉沉酣睡的中国声嘶力竭的呐喊，这是震撼铁屋子的长啸，这是忧国忧民的仁人志士期盼血腥中曙光升起的呼唤！

不过，这是后话。

林则徐轻车简从，一路风尘仆仆，十几天就到达了广州。

林则徐下车伊始，就深入街巷、村乡进行调查，接着开展了一场轰轰烈烈的禁烟运动，朝廷命官走私贩卖鸦片者，当场就地正法；向英国和其他外国不法商人下达通牒，立即交出鸦片；查缴民间吸食鸦片的烟枪烟具，当场销毁。迫于压力，英商义律交出鸦片两万多箱，二百三十七万斤。各国商人也低头认罪，保证以后不再走私鸦片。

虎门销烟池里，浓烟滚滚，冲天戗地，这些被石灰水烧得变了质的鸦片废水，通过涵洞，流入大海。

道光皇帝原是很有作为的皇帝，他本人也曾吸食鸦片。后来他得知自本朝十一年至十四年间，国库每年漏银数千万两，清政府每年白银哗哗外流；鸦片严重危害中国国民健康，一个个鲜活的生命，因吸食鸦片，人人面如土色、骨瘦如柴，变成不死不活的大烟鬼。一个民族，一个国家，长此以往，岂不衰弱不堪，遭遇财政危机，国家府库被掏空？一个帝国不成了弱不禁风的空架子？这不让祖宗的江山断送在我手中？道光皇帝愤怒地砸毁了自己的烟枪，发出禁烟令，并追责当初诱惑他吸食鸦片的太监，将其当场乱棍打死。

1840年，也就是道光二十年，灾星降临这个闭关自守的东方帝国。英吉利帝国的三桅战船从大西洋、印度洋，迎着猎猎的腥咸的海风，犁开重重海浪，开足了马力，气势汹汹地向太平洋驶来。船上烟囱冒出的一缕缕浓烟，飞扬在辽阔的海空。

站在甲板上的乔治·懿律是英国女王维多利亚任命的侵华军总司令，率领兵舰十六艘，载大炮五百四十门，英军三个团，印度兵一个团，还有在印度驻防的兵舰二十多艘，进发中国。

是年六月二十八日，中英鸦片战争正式爆发。林则徐和他的战友们早有准备，七战七捷，英军在广州、福建连连败阵，不得已转移北上。英军攻破浙江定海县城，从此登陆，辽阔的海岸线被撕破一个口子，接着英军进攻天津，威胁北京。

道光皇帝顿时慌了手脚，又气又急又恐慌，一时不知如何应对。

其实大清帝国从乾隆年间就开始衰败了，江河日下。你想，在“乾隆盛世”，竟然出现了天字第一号大贪污犯和珅，他侵吞的国家财银，相当于八年的政府收入，这么肥硕的巨鼠在庙堂上窜来窜去，乾隆爷竟然视而不见，置若罔闻？官吏腐败，必然导致国家衰败！

中国的好多事情都毁在奸佞小人手里。而长达几千年封建专制的历史又绵绵不断地滋养了一批批小人。小人脸厚心黑手狠，又巧舌如簧、花言巧语，嫉贤妒能，陷害忠良。琦善就是这样的卑劣小人，是他在道光皇帝面前进谗言诽谤林则徐，要利用最高权力置对手于死地。卖国贼陷害爱国英雄非琦善始，也非琦善终，这是社会体制决定的，也是中国文化滋生的毒菌、癌魔，大到一个国家，小到一个单位，只要有人群的地方，就有小人的存在。

琦善在廷堂大肆攻击林则徐，说战争都是林则徐惹的祸，不该禁烟，不该得罪洋人，必须严惩林则徐。道光皇帝竟然听信了琦善的谗言，降旨琦善代理两广总督，林则徐被莫名其妙地流放新疆！

1840年的鸦片战争在世界战争史上，实在算不上一场像样的战争，只不过算是在东方睡狮身上抓挠了几下。这东方帝国本有能力伸出巨掌给它一耳光，但是昏庸的道光皇帝和腐败的满朝文武，有能力残害自己的精英，却不敢抵抗外侮，这就注定了这场战争的悲剧。

在19世纪中国历史最灰暗的背景上，朦胧的鱼肚白已在东方隐隐浮现。

一首童谣

林则徐虎门销烟，驱散海上鸦片走私的阴霾，也揭开了中国近代史的扉页。

1842年6月，璞鼎查率领英国舰队逼近吴淞口——长江入海处。当时，这一带流传一首童谣：

一战甬江口，制台死，提台走。二战吴淞口，提台死，制台走。死的死，走的走，沿海码头多失守。

吴淞口失守，英舰长驱直入，沿着长江直达南京，六朝金粉的南京。浩浩长江水面布满了挂着米字旗的英国铁甲炮舰，几百门大炮对准了屋瓦鳞鳞的南京城，汽笛啸叫，浓烟滚滚，黑云压城城欲摧。

软弱无能的清政府立即委派耆英、伊里布为钦差大臣，同英军谈判议和。议和会议就安排在英康华丽号军舰上。璞鼎查气势汹汹，满脸横肉，一脸鄙夷，战胜国的狂妄和野蛮从那双狼一般凶恶的目光中表现得淋漓尽致，尽管耆英、伊里布点头哈腰，满脸堆笑，但璞鼎查目中无人，视若无睹。

“你们是战败国，我们是胜利者。你们要议和，那就要答应我国提出的条件。”

“请讲。”耆英哈着腰，连连点头。

璞鼎查将翻译好的条约书扔到耆英面前，命令道：“你们签字吧！”

一、割让香港岛给英国；

二、赔款军费一千二百万银圆，鸦片费六百万银圆，商欠三百万银圆，共计两千一百万银圆；

三、开放广州、福州、厦门、宁波、上海五个港口为商埠；

……

这就是《南京条约》，共计十三条。这是中国近代史上第一个丧权辱国的条约。

耆英、伊里布一看，脑门上立刻沁出冷汗，这些条款都是有关国家领土主权的，稍有疏忽，不是抄家，就是杀头。他们不怕丧权辱国，怕的是皇上怪罪他们。条件太苛刻了！他们头一次尝到豺狼的贪婪和野心，凶恶和残忍！

璞鼎查板着脸说：“一个字也不能改，没有什么可说的，你就签字吧！”

……

道光二十二年七月二十四日（公元1842年8月29日），耆英、伊里布又登上康华丽号军舰，一双软绵绵的、白皙皙的、无缚鸡之力的手颤抖着签了字。

长达两年的第一次鸦片战争最终以割地、赔款、开放通商口岸为代价熄灭了海疆烽火。

帝国的战舰在长江口纵横驰骋，列强的货轮在内海饕餮吞吐。硝烟味、油烟味、血腥味弥漫在长江口，千年封闭的中华古国被豺狼生生撕裂了几处血淋淋的口子。

长江呜咽着，悲鸣着。

长江啊，自从你告别高山之母那一刻起，你就认定大海是你的抱负、你的归宿、你的爱。你为了亲吻被太阳暖热的那一抹蔚蓝，为了把自己汹涌的情思焊接上那永恒的存在，为了投进大海的怀抱，融进太平洋那蓝色的事业，你走过艰难困厄，你走过崎岖坎坷，一次次粉身碎骨的牺牲，一次次重新聚集自己的力量，重塑自己的形象。岁月骎骎，关山重重。世上天崩地坼、血雨潇潇的厮杀和搏击，水下险滩顽石暗礁，魔鬼般凶恶，都难阻挡你奔腾东去的铿锵步伐，不想流到19 世纪中叶，你竟遭受如此巨大的屈辱，蒙受如此深重的灾难。

长江也在思索。

为什么弹丸之国英吉利能横行世界，称霸全球？为什么一面米字旗能在世界各个角落飘扬？19 世纪的英吉利为何被称为日不落帝国？

现在我们回到那首童谣上，“二战吴淞口，提台死，制台走”。吴淞口设有东西两个炮台，互为犄角，西炮台在海口上，由江南提督陈化成亲自扼守。这个陈化成行伍出身，秉性耿直，是个关天培式的英雄人物，时年六十六岁。在英舰炮击吴淞口时，陈化成誓与阵地共存亡，战死疆场，而作为两江总督的牛鉴却走了投降主义的路线。激战时，牛鉴率领一彪人马正奔赴炮台，遭到敌人的轰炸，他吓破了胆，慌忙跳下战马，混在士兵中，掉头逃走。后来就是这位制台大人、两江总督陪同钦差大臣耆英、伊里布在英舰康华丽号签订了丧权辱国的《南京条约》。贪生怕死，已是清王朝官吏的痼疾，王朝的腐败首先是因为官吏的骨头缺钙。

牛鉴逃回江宁（今南京），给道光皇帝写了奏折，说英军如何厉害，铁甲炮舰势不可挡，只能求和。道光皇帝本想励精图治，有一番作为，但他是一个庸才，看到奏折，心里一阵紧张。英夷屡战屡胜，我大清连连受挫，现在攻陷了吴淞，英夷的战舰可以沿长江直通内陆，后果不堪设想呀！想到此，他不禁打了个寒战，叫道："来人，把皮衣拿来！"太监连忙应道："喳。奴才这就去取。"待太监取来皮衣，道光才意识到现在是盛夏，穿什么皮衣呀？他抹了把头上的冷汗，平静地挥了挥手："把皮衣送回去。"说完，叹了口气，身子往椅子上一靠，疲倦地闭上了眼睛。

大清朝自1636年开国到道光二十年已历经二百多年。满族人本是强悍、勇猛、善骑射、以狩猎游牧为生的，活跃在白山黑水间，浑身充满一种关东大地特有的匪气、霸气和开天辟地的豪气。他们酷爱长剑和骏马，马奶子酒又点燃烈火般的激情。他们纵马天地，笑傲江湖，展示了一个民族生命的元气和活力。明末他们破关而入，一路飞溅的马蹄，风卷残云般地踏遍中原、江南大地。那是激情燃烧的岁月，那是开天辟地、重铸日月的年代，那是一个民族的血性和强旺的生命力得以淋漓尽致地挥洒、张扬的时代。

尼采把这狂飙惊涛的进取精神称为酒神精神。可是二百多年过去了，这个食烧肉、喝马奶子酒的民族入主中原后，身上那霸气、匪气、野气、雄气、阳刚之气全被儒家文化给消解了，荡然无存了，变得软弱、怯懦、文雅、柔媚起来。几千年的儒家文化太强大了，什么样的生猛刚烈都被煮成一锅粥了。早在康、雍、乾——清代最有作为、最有出息的三个王朝期间，八旗子弟就开始衰败了，走狗斗鸡玩蛐蛐，提鸟笼子斗鹌鹑，诗琴棋画弄翰墨，醉卧青楼泡茶馆，谁还有心习武练兵，保家卫国？而江南富庶之地，佳丽如云，田园如诗如画，谁还念记祖辈冰天雪地狩猎的苦难岁月？出宝剑和英雄的吴越之地成了销魂糜烂的渊薮。尽管康熙大帝垂范子孙，年年在避暑山庄春猎秋狝，进行“野营拉练”，在皇子皇孙眼里只不过是好奇、好玩；在御林军将弁心目中不过是玩形式、摆花架子，有谁理解康熙大帝的良苦用心？到了乾隆爷晚年，一代风流人物只剩下“十全”老人。而江南已是雌化了的江南，贾宝玉是最典型的代表，整天混在丫鬟小姐那些水一般的女子间，哪还有一点雄性、血性、豪气、霸气？

道光年间是个缺乏时代精神的时代，是个缺乏烈火金刚、骏马长剑的酒神精神的时代。所以外界稍一冲击，大清朝就骨折，就倒地，就半身不遂，这就注定了道光皇帝的悲剧。

上海开埠

1842 年，中英《南京条约》签订，上海被列为通商口岸，准允英国人在这里贸易居留。1843 年，一位曾当过陆军上尉、名叫巴富尔的英国人来到上海，在县城里租了一处房子，设领事馆，这就是大英帝国驻上海的首届领事。1843 年 11 月 17 日，他宣布上海开埠。

上海开埠前为江南松江府的属县，全县人口不足 20 万。主要产豆、麦、棉等。乾、嘉年间，虽享有“江海通津，东南都会”之誉，但它的经济地位只在全国排名的第十二位，同期，苏州却排名第二位。上海远远落后于排名第二的近邻苏州，在经济发达的江南，上海不过是一个比较强的县。

开埠后，上海迅猛崛起，在中国的城市中地位迅速攀升，十年后成为中国最大的对外贸易口岸；19 世纪 70 年代，上海已成了内河、长江、沿海和远洋四大航运系统乃至全国航运中心；1900 年，人口突破一百万，超过皇都北京，成了全国首屈一指的大都会。从世界范围来看，上海是远东著名的金融中心，国际化程度很高的大城市，在港口与人口规模上，上海已被列为世界六大港口之一。

老上海是世界城市发展史上的一个异数。“一市三治”，管理机构多元、法律多元、道德多元、人口多元、语言多元、货币多元、建筑多元、文化多元。

上海是长江下游的一颗明珠，和地处中游的重庆遥遥相称，一个是海城，一个是山城。这两颗硕大的明珠是长江巨龙的头饰和腰饰，展示了长江巨川的丰采和卓然非凡的气概。到了 20 世纪 30 年代，上海人口已达到了 335 万，在世界大城市中排第六名。赫赫煌煌，人誉之为“东方的巴黎，中国的纽约”。开埠，用今天的话来说，就是开放，就是“招商引资”，但又有本质的不同。大清朝被洋人打疼了脑袋，打疼了屁股，不得不放弃闭关锁国的政策，打开古老封闭的东方大陆一角，欧风美雨破窗而入，不想几十年后，让世界震惊，让国人咋舌。

上海优越的地理位置造就了这座城市的繁荣——你想，它位于长江的入海口，气势澎湃、胸襟博大的长江不远万里来到东海，一路积累，一路酝酿，一路构思，难道不在它走向大海时展示一下它的势壮雄强的英姿，完成它生命、力量、魄力最后的造型？

上海地处长江三角洲，整个江南雄厚的资源、资金、人才、市场，乃至人文资源都奉献了上海，被组合到上海，这才使上海发生翻天覆地的变化。

上海开埠以来，南京路便成为上海最繁华的商业街，素有“中华商业第一街”之称，也被誉为世界三大商业街之一。光绪年间，南京路就已相当繁华。这里产生“中国第一”众多：第一个使用电梯，第一个售货员统一着装，第一个开具发票，第一个开始开展质量保证制度和售后服务。

上海和香港是中国近代史上的双胞胎，1842 年《南京条约》签订后，香港被“割让”给英国，上海则允许英国人租借地皮；上海成了半殖民地，香港则是英国的“殖民地”。这两地都濒临大海，地理位置优越，迅速发展为大型国际港口。

江南，从广义上讲是指长江以南，从狭义上讲通常是指杭州、嘉兴、湖州、宁波、绍兴、苏州、扬州、南京等一带。明清以来，这些佳胜之地、富庶之乡，这些丰厚的资源，广袤的沃土膏壤，优越的人文环境，能不为上海的迅猛崛起添砖加瓦？

江南的丝绸在国内外享有盛誉。宋元以来，区域经济强大的江南，是种植业、纺织业的基地，丝织业的中心，清代在江宁、苏州、杭州都设派织造。那时候苏州是江南的中心城市：苏州商贾辐辏，百货骈阗，以高度稠密的人口支撑起来的商业空前繁荣；四方巨商富贾麇集而来，“灿若锦城，纷如海市”“阊门外商贾鳞集，货贝辐辏，襟带于山塘间，久成都会”。苏州为江左名区，其声名文物博扬天下，且被视为主天下雅俗的地方。也就是说，苏州人说雅的，天下人也随着说雅；苏州人说俗的，天下人也跟着说俗，领天下之时髦，开天下之先河。

江南一带湖泊星罗棋布，江河纵横交织，长江又是其主动脉，长江一呼一吸都牵动着大小河流，关联着千百湖泊港浦，形成一张稠密的水网。这张水网可以把江南小至村镇，大至城市都会联系起来。漕运舟楫左右逢源，政治、经济、文化又紧密结合起来。苏州居于要津，处于太湖之东，太湖通过长江入海，支流蔓延，贯通江南大地。如果说太湖以无锡为首，松江为足，湖州为背，那么苏州河又连大运河，直接沟通全国。

黄浦江对上海意义非凡，被誉为上海的“母亲河”。黄浦江发源于青浦区朱家角镇淀峰的淀山湖，而淀山湖来自太湖，而太湖最大支流是从浙江湖州注入的苕溪。因此黄浦江水最终源头还在苕溪源头的安吉龙王山。

黄浦江流程 113 公里，有 60 公里江段穿过上海市区，水面宽 200 米，两岸建筑码头百余座。黄浦江是个河港，也是一个海港，黄浦江不但集中了众多港口，也荟萃了上海城市景观的精华。

嘉庆年间《上海县志》上记载：上海“大海滨其东，吴淞绕其北，黄浦环其西南。闽广辽沈之货，鳞萃羽集，远及西洋、暹罗之舟，岁亦间至……地大物博，号称繁剧。诚江海之通津，东南之都会也。”

随着清政府海禁开放，上海被列入五大通商口岸，以港兴市，开埠之后，很快出现生机勃勃的局面，十里洋场一片繁华喧嚣，堪与苏州媲美。以“一城烟火半东南”的繁荣繁华而闻名于世。

上海在 19 世纪下半叶迅猛崛起的另一个重要原因，是一场农民战争——太平天国运动。它是酵母，是催化剂，膨胀了上海，发展了上海。长达十年之久的农民起义，像飓风狂澜席卷大江南北，而江南又是重灾区，战火焚烧的村庄城镇是一片荒凉不堪入目的废墟，富庶的江南，花繁枝茂的江南，是落红满地，哀鸿遍野。而上海却躲过了这场浩劫，因为它是租界地，太平军们望而生畏，害怕洋枪洋炮，不敢招惹，使得上海成了安谧的“港湾”，安全的孤岛。也正因为杭嘉之地的衰败，大量灾民、富贾大商纷纷涌入上海，这既为上海的发展提供了最廉价的劳动力，又为上海提供大量资本。

上海，这是中国第一次接受和吸取了19世纪欧洲的“法外治权”“炮舰外交”“外国租界”和列强侵略经验教训的一个城市。在这个城市里，理性的、重视法规的、科学的、工业发达的、高效率的扩张主义的西方文明，同因袭陈旧的、全凭直觉的、散漫无序的、低效率的、封建保守的、小农经济的、人文主义的中国传统文明，发生了碰撞。这种相互碰撞、相互渗透的结局——分娩了现代中国。

中国走向世界，中国走向现代，古老的农业文明、黄土文明的鳞片在剥落，它将在涅槃中新生。

“海”的上海

大海接纳了长江，又结束了长江。

上海是个“海”。

海的博大，海的壮阔，海的深邃。海能包容一切，囊括一切，吞吐一切。

上海汇聚着中外豪杰、达官鸿儒、仁人志士、能工巧匠、流氓瘪三、地痞无赖，鱼龙混杂，犬虎共处，三教九流，泥沙俱下。

上海是冒险家的乐园，英租界、法租界，逃难的犹太人、日本鬼子、广东人、宁波人、苏北人，这里还有横眉凝目的且介亭文人，大街上引车卖浆者流，跑马卖解的、唱戏的、要猴的、卖淫的、嫖娼的，形形色色，将这座城市装点得光怪陆离。

那些冒险家，那些虚伪、狂妄、蛮横的高鼻子蓝眼睛的洋人，刚到上海时十有八九是拎着一只破箱子，箱子里装着一套千纳百补的破衣服上的岸。他们在三等舱里蜷缩着半月二十天，头发蓬乱，满面污垢，一脸倦色，只有两颗蓝眼珠子还一转一转的。可是在十里洋场，凭着欺蒙拐骗敲诈勒索等流氓无赖伎俩，几年十几年后，这批无赖瘪三个个大腹便便，腰缠万贯，头戴礼帽，手持文明棍，仆佣成群，颐指气使，俨然绅士风度、阔佬气派。

他们是无耻的作恶天才。面皮厚，眼皮薄，胆子大，手段辣，抢劫、绑票、贩毒品、造假钞、杀人、放火、开妓院，为所欲为，肆无忌惮。因为他们享受领事裁判权的保护。领事裁判权包括三种特权：一种是外国人所享受的各种特权和豁免权，一种是法律上的超然地位，一种是普通法律的特殊例外。一句话，外国人在中国地面犯了法，你中国人管不着，不受你中国法律的约束和制裁。这实际上给外国强盗开了通行证，给冒险家一帖护身符。

上海，在他们眼里是神秘、神奇的地方，树上能长出烤鸡熏鹅，野花中能开出糖饼甜糕，河里能流出蜂蜜和牛奶，随便翻开哪一片瓦砾，就会发现一块狗头金。西方的冒险家、投机者、小偷、强盗，蓝眼珠闪烁着贪婪的光，不远千里万里，来到东方这块最富有诱惑力最肥腴的土地，让一种罪恶尽快落地生根，开花结果。

上海开埠一个月后，到1843年在上海的英国殖民者只有25人，散居在城里，后来日渐增多，英国人要求清政府单独划出一块地皮供他们居住，这就是“租界”的开始。

1845年英国侵略者胁迫清政府签订了一个《地皮章程》，也就使这种“租界”“合法化”了。以后，他们常以“跑马”为名，任意强占租界外的中国居民的土地。这些冒险家们借口跑马娱乐的需要，随意侵占农民大片耕地，建跑马场。据1851年有关资料介绍，这些强盗“不问田地、房舍、葬地、坟墓、界标、堤场和沟渠，一律打灰线，钉木桩，占用了几百亩地，迁移了两百多具棺材”。

再就是“越界修路”进行租界扩张。他们先利用某种借口，在租界外修一条马路，路筑到哪里，冒险家的土地就掠夺到哪里，修房盖屋，一块块扩大租界地。鲁迅在《且介亭杂文》一书中用的“且介”，就是“租界”二字各取一半，表示半租界区。

1854年，英法美领事又背着上海道台秘密拟定了《上海英法美租界租地章程》，无限扩张自己的欲望和权力，并成立“工部局”，即“上海公共租界工部局”，这是臭名昭著的殖民机构。他们有巡捕、警察，手持警棍，骑着高头大马在马路上巡逻，随意殴打中国行人，盖着工部局印章的布告满街张贴，到处收取各种税捐……上海真成了这些冒险家的乐园，他们肆无忌惮，飞扬跋扈，为所欲为。他们毫不隐讳地宣称：上海租界是“独立自主的国家”。1885年，“工部局公园管理委员会”更蛮横地在公园门口竖起一块木牌，写上“园规”，其中一条：“华人与狗不得入内!”

冒险家们的目光首先聚焦于黄浦江边外滩这片土地上，他们巧取豪夺，疯狂聚敛。一个冒险家曾这样说过：“我的事情就是抓紧发财，把土地租给中国人和建造房屋租给他们，以获取30%—40%的好处……我希望在两三年里发一笔大财，从此走开。此后上海化为烟烬或沉入海底，都与我何干?”赤裸裸地暴露了这些豺狼的贪婪。

上海简直是无主的一块肥肉，任这些豺狼撕咬、吞噬。他们把强占的土地再哄抬高价，拍卖给中国人。英籍犹太人沙逊和哈同就是臭名昭著的大地皮商，极端凶狠的吸血鬼！即使他们成为亿万大富翁后，哈同还亲自攀登小屋的扶梯，去仅迟交一天房租的中国租客家里，威逼催债。如这家主人不在家，他可以在肮脏腥臭的小屋里一坐几个小时！

酗酒。女人。高歌。狂舞。混混沌沌。浑浑噩噩。疯疯癫癫。追求欢乐和刺激，追逐利润和钞票。咖啡馆、夜总会、赌博场，虚伪和诈骗共舞，强盗与流氓合唱，十里洋场，欧风美雨，上海滩头，一片花花绿绿，一片乌烟瘴气。

20世纪30年代，上海更是芜杂和糟乱。各色人等粉墨登场，演绎出一场场悲剧与喜剧，正剧与闹剧。陈独秀、胡适、鲁迅、周璇、胡蝶、杜月笙、顾顺章等等叱咤风云的英雄、钩心斗角的政客、逞凶肆虐的流氓、昙花一现的明星、流血流汗流泪的穷人苦工……五行八作，让你眼花缭乱。

上海已失去它本质的朴实和浑厚，它是庞然大物和精力旺盛的混合，它的建筑雅致宏伟，却是对中国古典建筑的背叛。它狂热地变形，它浮躁与泡沫的表层下，殖民工业极其嚣张地发展，民族工业却受到挤压。

你走进尚未拆迁的老胡同、老弄堂、老洋楼、老饭店，都会看到历史的留影，前人的遗迹。这里记录着革命与反动，革新与保守，科学与愚昧，真善美与假恶丑之间的斗争，也记录了忘我与自私、人性与兽性、伟大与渺小、崇高与卑鄙的较量。上海最年轻，最有出息，最富有才华，最英俊，最有朝气，最有活力，最风流倜傥，最狂傲不羁；也最浅薄，最庸俗，最肮脏，最下流，最低级……落霞与霓虹灯光齐辉，惊涛骇浪与靡靡之音共鸣。

初识大海

滔滔奔腾的江河，生生不息的历史。奔腾着的混浊，跳动着生命的大脉搏的混浊。芜杂。喧嚣。骚动。追求大海的壮志豪情，同高山峡谷搏斗的长啸狂号，绿遍江南的绵绵爱恋，都在上海大风景上展示了长江的情操和性格。

任何江河与大海相比都是微不足道的，即使长江这样伟大的河流，当它游进大海的怀抱，也会顿时消融了。海汹涌着，澎湃着，浪花飞溅，惊涛涌动，海的强大生命力地球上至今还没有什么能够与它媲美。大海从天外滚滚而来的迷蒙的波涛，澎湃的情思，无边无际的辽阔，无边无际的自由，无穷无尽的渊深。强劲的蔚蓝色的海风吹拂着，成群的海鸟点缀着海空的寥廓，大海有兼收并蓄的博大胸怀。这里汇聚着潮与汐，洪波与微澜，惊涛与细浪，礁石与珊瑚，狂暴与温柔，明朗与清晰，长啸与低吟，暴风骤雨与海天明月。大海是永恒的，海不会枯，石不会烂，这是上天赋予它们的品格。

我们的祖先对大海并不陌生，我们的海岸线长达一万八千公里，寥廓的滩涂，广袤的海域是造化赋予我们民族的财富。大海从来就是激情的渊薮，充满了浪漫的诱惑力。我们的老祖宗孔子就有言论："乘桴浮于海。"而大秦帝国秦始皇东海觅仙，寻求长生不老药，曾命徐福带三百童男童女去东海方丈、蓬莱、瀛洲三座仙岛。徐福一去不复返，带领三百童男童女去了扶桑——成了日本人的祖先。大唐时期，鉴真和尚乘船去日本，去教化这蕞尔岛国的蛮夷。明成祖时郑和七下西洋，开创了中国和世界航海史的辉煌篇章。遗憾的是，七次归来成了历史的绝响——明宣宗朱瞻基曾下旨烧毁郑和下西洋的地图、资料，杜绝出海。从此中国人与大海生疏了。

山河缄默，万马齐喑，天空阴霾沉沉，思想的原野一片荒凉。第一次鸦片战争打疼了东方古国，惊醒了忧国忧民的读书人。他们先知先觉，深感民族的危机，不在沉默中爆发，便在沉默中灭亡。这时从湖南邵阳走出一位书生，姓魏名源字默深，道光进士。他奔走呼号，和龚自珍共同主张“通经致用”，和林则徐主持翻译西方的史地资料。他嗅到蓝色文明的强烈气息，还带有血腥味；他的目光看到了国朝之外还有那么多国家，一颗蓝色的星球是多么光怪陆离！日出而作，日入而息，几千年的“击壤歌”是否还要唱下去？黄河、长江哺育了农耕文明，面对浩瀚的蓝色的海洋文明，第一次感到尴尬，感到来势凶猛；千年不变的男耕女织，千年不变的面朝黄土背朝天，千年不变的之乎者也，千年不变的君君臣臣，千年不变的生于斯长于斯终老于斯的黄土观念是否该变革一下子了？于是他着手编著一部《海国图志》，这是一部集世界地理、人文历史和各国风情的皇皇巨著！

这本书使国人第一次知道天外有天，山外有山。天朝上国老子天下第一的观念被扑面而来的大海惊涛骇浪击碎了！作为晚清时期最杰出的思想家魏源又发出振聋发聩的声音：师夷长技以制夷！这是经国之大策！这是挽救腐败衰弱的大清王朝的一剂良药！

魏源是思想家，他多次上奏朝廷，建议制造枪炮、轮船，和其他“有益民间”的机器工业产品；加强海防，抵抗外国侵略；要求改革漕运盐法，减轻赋税，兼顾商人利益；强调“变古愈尽，便民愈甚”。但是魏源老矣，大清朝已病入膏肓！

第二次鸦片战争再次给衰败的清王朝当头棒喝，魏源的思想开始变成实践，中国近代史里出现了一个名词：洋务运动。从大清朝权压朝野的恭亲王奕䜣、军机大臣桂良、文祥和曾国藩到左宗棠、张之洞，连李鸿章也吆吆喝喝，办学堂，废科举，办兵工厂，制炮局，开矿山，建船厂，发展新型工业，学习国外先进技术。李鸿章不久又参与海军筹建。其实左宗棠早在同治三年（1864）在浙江巡抚任上，曾经招募杭州工匠，仿造一艘小火轮，放进西湖里试航，早就萌生创建近代海军的念头。同治三年五月，左宗棠在福州筹建船政局，他亲自兼任首届船政大臣。马尾港叮叮当当，一片繁忙景象，左宗棠更是忙得手脚不沾地，他亲自监工，雄心勃勃地圆着中国近代海军之梦。但他不久调任陕甘总督平叛戡乱，再也没有回到福建马尾港。

他们目睹西方列强的坚船利炮对中国的威胁，面对中国数千年来僵涩之局，他们力主改革。国际上资本主义体系已形成，人类已进入新时期，这个新时期主要特点是整体化、近代化，是达尔文主义，是弱肉强食、适者生存的丛林法则。1863 年至 1864 年，丁日昌、韩殿甲在苏州创办了“苏州洋炮局”，可视为洋务运动的先驱、探路者。1865 年被并入组建为“江南制造局”。大江南北随之掀起近代化高潮，金陵、天津相继将工业化提上日程，资本主义工商业发展显现。江南制造局实际上是领头羊，是爱国主义精神体现。

19 世纪是个震荡的世纪。由于 14 世纪至 16 世纪文艺复兴之潮泛滥开来，给欧洲带来热气腾腾的工业革命，整个欧洲睁开血红的眼睛，放眼世界，四处寻找原料和市场，到处“开垦”殖民地，凭着长枪短炮，铁甲利舰，从海洋到陆地，肆意掠夺和抢劫整个世界，一个个国家都插满了列强的界桩。

站在 19 世纪的悬崖上看中国，这个老大帝国僵化、呆滞、麻木、愚顽，还沉浸在歌舞升平、天朝上国的自我陶醉中。早醒的知识精英已看穿这个王朝已江河日下，在残阳余晖中苟延残喘。中国要找回旧梦，要找回炎汉盛唐的浩气大气，找回自己的灵魂。魏源的高声呐喊，唤醒朝野，接着李鸿章、左宗棠们打出洋务运动的旗子，宣扬要教育救国、经济救国、实业救国、文化救国，洋溢着一种心劲、一种灵魂要破壳而出的生命张力。种子在萌动，幼苗在成长，尽管风雨潇潇，那种开放精神，挣扎、奋起、超越的欲望，显示出原始积郁的冲动和图变图新的激情。

洋务运动自上而下，逐渐地大幅度地铺展开来。

在战场上勇猛杀敌是一种爱国，“师夷长技以制夷”也是一种爱国，洋务运动是一种救国救民、求富求强的爱国运动。

李鸿章筹建海军，朝廷曾批准每年从海关关税中提取 400 万两银子作为海军军费，用 10 年时间，积攒 4000 万两银子建起北洋水师、南洋水师和粤洋水师。李鸿章力主欲自强，非铁甲舰不足控制海洋，断无惜费中止建海军之理。1888 年，一支庞大的舰队终于建成，其中北洋水师有舰船 25 艘，配置齐全，堪称远东第一，是一支强大的海军力量。

1894 年甲午海战爆发，中国几十年创建的海军梦被日本炸得粉碎。

洋务运动实际上是一场在封建专制下的自我救亡运动、大清朝惶惑探求的梦，这是一场悲壮的改革。

但是毕竟窗户被打开了。中国第一次派出三十名幼童远涉大洋去了美国学习；上海第一次挂出了轮船招商局的牌子——中国的航运公司诞生了。盛宣怀，江苏武进人，秀才出身，同治九年（1870）为李鸿章当幕僚。他放弃登科进士的机会，踏上实业救国的道路。1893 年他出任上海轮船招商局会办，开办洋务事业，创办邮电局、纺织总厂、汉阳铁厂、卢汉铁路，后来又开办萍乡煤矿……上海滩连里弄里也出现了小型的民族工业。

长江入海口的上海，已经成为中国民族工业崛起和繁荣的基地、远东经济核心。汇丰银行、沙逊洋行、百老汇大厦、中国银行等的快速建设发展，上海也已迅速成为东方金融中心。走进上海你就走进亚洲的心脏。南京路、金陵路、淮海路和中山路，就是心脏的血管。阅读上海，抚摸上海，你不能不产生一种自豪感、窥视感、敬畏感。

但中国人认识大海很晚，中国人的海洋意识非常淡薄。鸦片战争、甲午战争、抗日战争，中国从惨痛的教训中，才开始意识到“海权”的意义。

19 世纪末，清政府吸收了有海无防的教训，花大价钱建造了亚洲最强大的海军——1890 年，北洋水师两千吨以上的战船七艘，共两万七千多吨。但日本提前完成了自 1885 年起的扩军计划，到了甲午战争前夕，日本已经建立了一支拥有六万三千名常备兵、二十多万预备兵的陆军，和排水量七万两千吨的海军战舰，超过了北洋水师，并取得了甲午战争的胜利。1931 年“九一八”事变，日本控制了东北三省。1932 年，日本又派它的海军炮轰吴淞口，攻破上海。从甲午战争失败到民国，海军一蹶不振。

大海有取之不尽、用之不竭的巨大财富，而中国人历来对蓝色领土缺乏情感，更无开拓蓝色疆域的理念。儒家提倡仁义礼智信，倡导民风淳厚、古朴，也就是说把狼变成羊。几千年的教育都在训诫官吏不许长脑子，不许有自己的见解。从春秋诸侯国到秦始皇，再到朱明王朝，统治者几千年没有忘掉一件事，就是筑长城，建土围子，防备北方游牧民族的马蹄子闯进菜园篱笆，糟蹋了汗水摔八瓣辛苦种植的茄子黄瓜。黄土文化、农耕文明已融入国人的灵魂里、血液里。小农经济的法权思想和理念根深蒂固地盘踞在国人的大脑里，中国人已成了黄土地的奴隶。美国东海岸耸立的自由女神，头戴太阳的金冠，高举火把，仿佛高喊：“前进吧！亲爱的孩子，迎着惊涛，迎着骇浪，迎着风暴!”激励她的子民要有扩张、自由、冒险的精神，要有征服一切、战胜一切的精神！这是蓝色文明最典型的标志，而中国的东海岸庙堂里供奉的是妈祖像，她的子民祈祷妈祖娘娘保佑出海渔船千万别遇到风浪，“安全第一”“生命第一”，哪有一点冒险意识、开拓精神？全球化的进程，才真正唤醒中国人的海洋意识、对海权的渴求，但辽阔的大海已是千帆竞发，百舸争流，庞大的舰队、超级航母已纵横驰骋于大海……

写到这里，我忽然想起庄子在《秋水》篇讲述的寓言故事：秋雨滂沱，秋水已至，百溪入河，河水暴涨，河神兴奋不已，以为天下自己为大。当河神来到北海，大惊：一片汪洋，无边无际，“难穷也”，不禁惭愧“吾长见笑于大方之家”。北海说：“井鼃不可以语于海者。”“天下之水，莫大于海。万川归之，不知何时止而不盈。”

长江走向大海，就是融于大化之中。

海天一色，苍茫浩瀚，神秘深邃，这是至大之域，宇宙的浑蒙，天地足以穷至。

晨光到来

20世纪90年代。

正是五月，东方天际浮出蛋白色的晨曦，星辰和残月带着倦色，百无聊赖地勾勒出高楼大厦棱线模糊的剪影，城市还未醒来，晨曦的亮光却把所有的陈迹旧痕留给即将关闭的夜。

这时正处在夜与昼的分界线上。

长江开始上涨了，黄浦江是长江最后一条支流，江面排满成阵成列的货轮，驳船，一个繁忙的早晨将要开启，汽笛声喧嚣开来。

太阳醒了，浦东醒了！

第一缕晨风吹过这长满荒凉岁月的大地，第一缕晨光镀亮了高高的脚手架。那戴着安全帽，着一身蓝色工装的砖瓦工，在熟练地操作着，一张剪影大写意贴在钢蓝色的天幕上……

晨光初露，每一寸时光都在祝福你——东方明珠、环球金融中心、金茂大厦、东方艺术中心、东方体育中心、浦东机场、杨浦大桥……一群错综纷致的世纪建筑，让城市超速地成长；激情与热烈，使城市闪烁着多姿的色彩。一种大风度，一种新图腾，正隆隆升起。是钢结构在筑成城市的骨架，是霓虹灯接纳阳光的培育，丰富一种梦的想象力。

看见了吗？那位站在脚手架上的年轻汉子，黝黑的脸膛，被晨光镀亮，红得像一朵霞。一顶安全帽，一身崭新的蓝工装，装扮出城市建设者的英姿。几年前，他那双紧握缰绳，吆牛扶犁的结满厚茧的大手，那双足趼层层的大脚，还在巴掌大的梯田里挣扎；而今他的身影却接近了蓝天，蓝天下是广阔的大海……

看见了吗？那开吊车的女司机，晨风吹着安全帽下流露出的一缕写意式的鬓发，晨曦的光亮在她脸上互相调色，使她的脸颊粉红，涨起青春的潮涌。曾几何时，她还是大山深处的牧羊女，古老的山歌伴随着她寂寞的童年，一座座大山遮住了她的视线，祖祖辈辈没踏出山径的尽头，外面精彩的画面，连梦中都未相遇；而今她那粗糙的手变得白皙、细腻了，白手套握着轮盘，巨大的机械像一枚钢针，在她手下熟练转动着……

他们曾经身披蓑衣，头戴竹笠，弯腰播种，低头耕耘，做一个沉默严肃的农民；他们曾经用镰收割，脚踩水车，吱吱嘎嘎地车水灌溉秧田，祖祖辈辈和猪牛羊、鸡鸭鹅生活在一起，他们习惯了猪屎牛粪，他们共守同一生存空间；他们曾经把巫婆当作神医，弯弯的山路，重重的山峦，他们是大山的儿子，生于斯，老于斯，世界多大、多宽，茫然不知。而今他们迎着第一缕晨光，踩着早春第一片春色，背着扛着蛇皮口袋，怀揣着梦想，走至山路的尽头，挤上绿皮火车，告别了山村。

他们世世代代在贫困和饥寒中挣扎，是因为懒惰吗？愚笨吗？是命运，他们在蒙昧中生活得太久了。

他们走进全国各大城市，一身蓝工装剥离掉了祖祖辈辈落在身上的泥腥土腥的尘垢——农民工。“农民工”是时代的符号，是农耕文明向城市文明、工业文明转化的标志。他们开始了亦工亦农，亦城亦乡的人生道路。他们身在城市，而灵魂还游荡在乡村。

他们是喝长江水长大的。

他们信仰长江。

多少人从长江九曲十八弯里走出来，来到长江下游。

南国的阳光热烈而纯洁，在阳光下，一切想象力和艺术性都化为纯粹的视觉惊叹，梦幻般一座座摩天大厦拔地而起，街宽了，衢阔了，每一个细节都生动感人。

东方明珠亮了！

金融中心像盛开的花朵，吸引着来自五大洲的蜂蝶。

金茂大厦凝聚着富商巨贾的财富，生活的节奏如神话般演绎。

东方艺术中心，在霓虹灯光里，慢慢地铺开新世纪、新时代的浪漫……

杨浦大桥如一道彩虹。彩虹如梦，是一场被春雨浸湿如期而至的梦，春宽梦窄。浦东像钢铁巨人，像阿里巴巴的宝库，一下子变得五光十色，璀璨无比。

那斜拉的钢丝绳，绷紧如弦，精神气十足，坚韧的风骨，雄劲的力量，承起一个新时代的重负，千千万万辆车隆隆穿过，留下了世纪豪迈的跫音。

这是一幅超越时代，超越历史的诗画，无须多言，这是城市苏醒的灵魂，生命拔节成长的节奏！

浦东机场，飞鸟般的机群，像一朵朵白云，在长江岸畔，浦江尾部悠然飞翔。

浦东有磐石之重、奇崛之气，富有独特的生命力。走进浦东，我突然想起《庄子》里的句子："乘云气，御飞龙，而游乎四海之外。"

浦东比任何时候都表现得大度、坦然、稳健而沉静，它命里注定要成为一曲新时代的乐章，一曲伟大乐章的前奏。

浦东新区 1999 年总产值 800 亿，是 1990 年 60 亿的 13.3 倍，由单元经济转变为现代企业制度的框架，即以多元投资为基础，国有及国有控股经济发挥积极作用，各种经济成分共同繁荣发展的多元经济。

浦东功能辐射已由上海转变为长江流域与国内、国际市场互动，一个外向型、多功能、现代化的新城区，雏形已在浦江东岸形成。

黄浦江漾起一层层波浪，簇簇浪花是献给浦东的贺词。华夏五千年的历史，自信地置于大地；长江万里的流程，配上这曼妙的和弦，在江风海韵中，演绎新的剧目。

浦东，百年苦难，百年血泪，百年耻辱，列强的哥特式、巴洛克式、洛可可式的高屋低楼已作为文物，陈列在历史的记忆中。

浦东直起脊梁，挺起胸膛，向着大海启动了脚步，那大海的蓝，大海的悠远、辽阔、浩瀚，还有海风的温柔，汪洋如梦。海，是彼岸的风光，正迎接新的客人。潮声拍岸，一阵阵波涛涌起，那是大海张起的手臂，那是一次次热情的拥抱。

我走近浦东，情感热烈而静默，我喜欢这样地行走，路在前方，路没有尽头。

我站在浦江岸边，遥望大海，苍茫辽阔，很自由，很潇洒，我觉得浦东像是被解放了的普罗米修斯，这座城浑身是力量，一腔热血在喷涌。

这是长江三角洲的心脏，这里有世界最繁忙的港口，它吞吐世界的财富，巨大的龙门吊，气势磅礴的集装箱，列阵如山。从海平线上驶来一艘艘巨轮，舵塔上载着一朵艳丽的朝霞。高高的瞭望塔上，看到的不再是列强的铁甲炮舰，再不是趾高气扬的傲慢，而是满载着友谊，满载着财货的轮船，缓缓地驶来，东方大陆正好大收一笔。

如果一个民族不经过重大而深刻的社会内部结构的动荡，新生和崛起只是幻想。

古老，不代表先进，有时它会成为包袱。

陈旧的文化机制必须更新，否则进取精神会窒息在僵硬的躯壳中。

长江最终要汇入蓝色的海洋。

浦东，这三角洲最前沿的一角，它的触须已经伸进了大海里，涅槃中的凤凰飞翔了，清爽的空气，清凉的晨风，荒芜贫瘠的城市在拔节升高。蓝、绿、黄三色交汇的三角洲头顶是寥廓的苍天，前面是苍茫的大海，身后是广阔的黄土地。

一群鸟儿飞过城市上空，鸟群中有北方的燕子吗？有海鸥矫健的身影吗？

走向大海

我驱车来到吴淞口，一路尽是摩天高楼，成群成阵，巨人般耸立着，展示着长江一道最宏伟壮丽的风景。这是长江孕育的土地，是长江造就的息壤——神话中的息壤，传说它自己会生长，永不耗减，“洪水滔天，鲧窃帝之息壤，以湮洪水”。长江口是不断延续的、扩张的。长江年均入海泥沙近五亿吨，约有百分之六十在河口沉积，形成陆地。沧海桑田，近五十年来，长江已奉献了一百万亩良田。长江造就了无限江山，长江编织了璀璨历史。

长江在东方古大陆跋涉了一万三千里，一万三千里的云和月，一万三千里的风霜和雪。这条莽莽巨流大川，从青藏高原格拉丹东冰山雪峰奏响第一个音符，泱泱东下，纳百川，汇千溪，浩浩荡荡，劈山凿岭，披荆斩棘，一路叱咤风云，一路高歌长啸，一路浅唱低吟，一路惊心动魄的鏖战，一路铺锦着绣，把它的情感、爱恋和理性的思考都留给它钟情的大地：伟岸、壮观、富饶、隽秀、美丽……也留下它的精神、节操、追求和探索：激情、热烈、喧嚣、豪放、坚韧、顽强……炎黄子孙因长江而煌煌，华夏大地因长江而泱泱，五千年的历史因长江而奔腾不息。

天地周行，物换星移。堂堂华夏炎黄民族，明齐日月，量含乾坤，长江和黄河犹如巨人的两条长腿，当它摆脱人类自制的桎梏，能不阔步走向世界，走向大海？

长江是流动的文明。

长江是奔腾的史诗。

长江，你剪裁着时空，呼吸寒暑，吞吐古今，你旖旎的梦幻，你雄奇的理想，你伟岸的精神，你经历了万里坎坷，万里苦难，万里跋涉。带着高山巍峨的向往，带着草原绿色的憧憬，带着戈壁荒漠的嗟叹，带着森林蓊郁的幻想……你终于走向大海，黄色的农业文明与蓝色的海洋文明，在这里拥抱狂欢，大海敞开博大的怀抱接纳风尘仆仆赶来的长江。

现在，长江来到入海口，只见巨大的喇叭口，喷吐向一望无际的大海。大海亲吻着岸，拥抱着岸，形成一个最宽处达 90 公里浑浊的扇面。只见浪涛挤着浪涛，浪涛压着浪涛，浪涛追着浪涛，延伸到无垠的远方。一轮一轮的波涛，弧度很高，幅度很宽，也很有力度。雄厚、凝重、恢宏、壮观，像万马奔腾，像燃烧起丛丛簇簇的火焰，飞雪扬霰，腾烟蒸雾，展现大自然无与伦比的大气象、大手笔、大泼墨。长江完成了最后的宏伟壮阔、气吞云天的造型。

一条大江维系着我们民族的童年，维系着我们民族的生存发展、荣辱兴衰，维系着我们民族的历史和未来。

长江流过了洪荒时代，河姆渡文化、马家浜文化、巫山大溪文化、良渚文化、三星堆文化时代，流过了青铜编钟、高猿长啸时代。狩猎的号角、丰收的舞蹈、祭祀的巫歌、驱邪的咒语，在这广袤的流域，在南中国低垂的天空下，人们繁衍生息，春种、夏耘、秋收、冬藏，婚丧嫁娶，生老病死。一代一代，绵延不绝，血沃中华，水泽大地，文化之花开得灿灿烂烂，文明之果结得夭夭灼灼。长江用坚强的肩胛撑起了南中国的万里江山。

长江入海口最惹人注目的是浦东，这是龙之首。三峡是龙之心脏，而重庆是这条巨龙强劲的臀鳍，上海、苏州、扬州、南京、九江、武汉……是龙的鳞甲，光彩熠熠，璀璨斑斓。

我赞美长江的理想，长江的抱负，长江的博大襟怀，长江的激情和旷达，长江的傲岸与雄健，长江的豪放与婉约，长江的酒神精神和骑士风采。

阅读长江，我壮怀激烈。

阅读长江，我血脉喷涌。

当大海送来被太阳晒暖的，夹有水腥味、鱼腥味、海草味鲜冽的海风，东方古大陆曾一度出现过晕眩，眼花缭乱，手足无措，惊悸不安。但长江毕竟有龙的气质，龙的风度，龙的胆略。海是龙的故乡，龙归大海，更展示出龙的叱咤风云的雄姿。

人类社会的文明经历了采猎文明、农业文明、工业文明，正走向信息文明，并孕育着生态文明。15 世纪欧洲文艺复兴，人类从蒙昧中睁开眼睛，18 世纪英国工业革命拉开了现代文明的序幕，而今人类跨进了 21 世纪的门槛。回首这两个世纪人类走过的里程，相当于人类几十万年漫长的进化。但是由于人类加快了文明的进程，人类赖以生存的地球付出了无与伦比的、甚至极其惨重的代价：全球性的资源紧张，能源匮乏，江河污染，物种递减，土地沙化，病毒蔓延，地球变暖，臭氧层破开……人类必须调整自己的步伐，规范自己的行为，形成人类与自然的和谐、可持续发展的态势。

长江走向大海，长江走向世界，板结的大陆开始松动，重新组合。涅槃和新生，淘汰和创新，毁灭与萌生，在这辽阔的国土上正演绎着新的方程。

这是长江之梦。

这梦里有神农氏尝尽百草的胆识与冒险，有夸父追日的执着和信念，有女娲炼五彩石补天的智慧和灵感，有伏羲传给禹王玉简的信赖和嘱托，有精卫填海的意志和希冀，有不死的蚩尤与共工的鏖战，有昆仑山那只开明兽的长啸，有西王母宫殿回荡的仙乐；这梦里活跃着重新打造的古老的因子，更多的是现代构思的色彩纷呈的图案，黄河、长江浑浊的浪涛编织的花一样的图案……

这梦里有着魏源的奇思妙想，有着林则徐的长吟短叹，有着谭嗣同"生死两昆仑"的悲啸，有着"五四"播种者的汗水和血泪……百年耻辱，百年抗争，百年浴血，百年奋起。长江这条巨龙昂起头颅，迎着新世纪的晨风呼啸飞腾……

这是上海的黎明。

这是长江三角洲的黎明。

我驱车奔驰在这片年轻的土地上，太阳还未升起。猎猎的海风吹过高楼大厦的罅隙，吹过古老的弄堂，吹过刚刚苏醒的街市，有点咸，有点腥，也有点甜，但鲜洌、纯净，而且陌生。老胡同、老弄堂、老楼房的潮湿霉变的酸腐味被荡涤而净……

就在这时，我看见一轮太阳正从大海深处冉冉升起，这轮朝阳裹着大海的羊水，淋淋漓漓；这轮朝阳，血黏黏的，混浊不清，它温暖如火，它明亮如镜，它有着初潮的红晕，青春的激情，充盈的生命元气。在它初离海面时，我听见大海粗重雄沉的呼吸，强健有力的脉跳……

长江融进大海里。

长江融进朝阳里。

2018 年 9 月定稿

后记

这部书稿折腾了我二十余年，从20世纪90年代中叶，我就想写一部“浩浩荡荡”的大文章。我选择了长江。我将这想法告诉了福建师范大学的文学评论家姚春树教授，不久收到他热情洋溢的很长的来信，鼓励我，对如何写好长江谈出几点意见，使我深受启悟。此信后来发表在一家杂志上。

我沿着长江，走过城市，走过乡村，走过田野，走过森林，走过平原，走过山区。我认识了长江，南国的巨流大川，它那壮丽优美的风景、灿烂的古代文明、多姿多彩的风俗民情，给我留下生动鲜明的记忆。（当然我非一次走过长江，而是每次选上几个点采风，断断续续收集人文资料，感悟自然风光。）我的精神昂奋着，思想沸腾着，情绪燃烧着，诗意的想象、历史的影像出现在大脑的屏幕上，把我强烈的抒情和历史的记忆糅合为诗的生命线。

历史和神秘化的风格，漫游者的神秘和丰富的旅行融为一体。

首先是文化的漫游，这是历史作为文化漫游观念的根据。有些章节，我追求诗人荷尔德林的风格，即“冷峻风格的特征如下：它致力于使词语牢固地占据强有力的位置……每一个词都清晰地凸显……不畏惧经常使用粗糙和开裂的衔接，如同用捡来的石头堆砌房子时出现的情况，它们不那么严丝合缝，条理有致，而是凸凹不平，龇牙咧嘴。”“就是使它具有雄壮华丽的节奏。”也许我永远达不到这种效果。

“想象的旅行”。想象的旅行是诗的灵魂，表达了时空结合的独立自主性，一种突破者的灵感幻想的力量，造成了强烈的地理和历史的具象性。我希望我的语言在情感和思想压缩的后面，具有古典的力量美。

我读过张大千的《长江万里图》和李可染的《万山红遍》，气派恢宏，纵横天地，艺术家的心魂飞上九天，在云端泼墨挥毫。我的目光扫描这史诗般的巨卷，被长江的大美深深地感动着，这是天地之大造化。

我常常坐在长江岸边沉思：什么都可以藐视，唯有长江不可藐视，长江和黄河一样是我们民族的母亲河。人类畏惧时间，但时间畏惧长江。长江流过《诗经》，流过《楚辞》，流过汉大赋，流过唐诗宋词，它穿越空间，流过时间，俘获大地。任何人都不可战胜长江，它的大气磅礴，它的刚烈勇猛，它的矢志不移，它的摧枯拉朽之力。这哪里是水，这是东征的大军，雄赳赳，气昂昂，轰轰烈烈，奔腾不息！它们是一群置生死于度外的猛士，和着冲锋号声，前赴后继，视死如归。这和一个民族的命运、国家的命运联系起来，其精神内涵多么贴切，多么丰赡啊！遇到困难，遇到挫折，遇到坎儿，没有放弃，没有妥协，没有颓唐，愈战愈勇，愈挫愈奋！所以杜甫诗云“不尽长江滚滚来”，李白诗云“抽刀断水水更流”！这就是长江精神，这就是大江之魂！

长江文明和黄河文明，组合为古老的、伟大的中华文明。中华文明是世界六大文明之一。也唯有中华文明未有中断，一直延绵至今。

二十多年来，我曾西去格尔木，奔波在青海大地；南去云南丽江，走近金沙江；我曾游历三峡，漫游江汉平原；我在湘江岸边沉思，在汨罗江畔徘徊；我曾住在川江古镇木楼里，乘船在岷江游弋，我一生都在漫游，这是命运。直到去年，我还去了武汉、荆州、荆门、荆山、襄阳、宜昌，还去了南通。我们乘车去了大海和长江交汇的地方，这是一片大沼泽，广阔苍凉，还有种海腥味和盐碱滩的苦涩。灰褐色的滩涂无边无际，辽阔的海空有鸥鸟飞翔，有几只天鹅停在芦苇丛中、溪水旁，它们看见了我们，鼓起强劲的翅膀，飞向高空，划出一道明亮的弧线。这片神奇的土地使我感情热烈，思想奔放，想象丰富；我心中充满了对大自然的爱，江河、湖泊、大海，这些宏大的具象，会开拓你的视野，扩展你的精神空间，赋予你辽阔的想象，成熟你的人生哲理，使人坚定对大自然之美的信念，实际上是对宇宙爱的信念，对人类可以臻于完美的信念。长江带着它永恒的追求、憧憬和意志，从一条小溪的源头，历经波澜壮阔的万里流程到投入大海的一瞬间，这是史诗中最壮丽的章节。

我喜欢宏大、崇高、壮阔的生存空间，雪域高原的苍茫，西域瀚海的壮阔，草原的深旷，戈壁滩的雄浑，森林的蓊郁，都曾给我阔大的印象，寥廓的思维空间。

我只是一个符号，毫无意义。

我也无痛苦，几乎是把语言遗失在陌生的土地上。

科学界最近的研究成果指出：水分子是有记忆的，并传播信息。那万里长江的记忆是什么呢？它向中国，向世界传播什么信息呢？这是一个令人困惑的巨大难题。我读过意大利克劳迪欧·马格里斯的《多瑙河之旅》，读过德国埃米尔·路德维希的《尼罗河传》，读过《神秘的底格里斯河与幼发拉底河》，也读过描写莱茵河、卢瓦尔河风光的文章，当然也读过中国水利专家撰写的大量长江资料，今年又游了鄱阳湖、“沧浪之水”、神农架，再一次参观了长江博物馆。长江不仅是巨大的具象，在我脑海里也形成了宏丽的意象。写江河的传记，总离不开历史、文化、风土民情、山川风光、名胜古迹，甚至建筑、绘画、音乐和诗。江河的自然史已涵盖了人类的文明史。江河的记忆和作家的想象、抒情、描写联系在一起便有了江河的传记。

十几年前我曾写过一本关于长江的书，囿于各种限制，不甚满意。今又重新布局，大删、大改、大增补，形成本书。在各地采风时得到当地宣传部门、文联、作协的文友们的热心帮助，在此表示谢意。

此书在创作和修改过程中，得到山东出版集团总编辑迟云、山东人民出版社社长胡长青以及王玉、赵菲等同志的大力支持，他们付出了很多心血，使我深受感动。

2018年9月16日于泉城